Le trésor

J'AI LU

JULIETTE BENZONI | ŒUVRES

CATHERINE :

CATHERINE : IL SUFFIT D'UN AMOUR... (2 tomes)	
BELLE CATHERINE	
CATHERINE DES GRANDS CHEMINS	
CATHERINE ET LE TEMPS D'AIMER	
PIÈGE POUR CATHERINE	
CATHERINE : LA DAME DE MONTSALVY	

MARIANNE :

MARIANNE, UNE ÉTOILE POUR NAPOLÉON - 1	*J'ai lu* 601****
MARIANNE, UNE ÉTOILE POUR NAPOLÉON - 2	*J'ai lu* 602****
MARIANNE ET L'INCONNU DE TOSCANE	*J'ai lu* 603****
MARIANNE, JASON DES QUATRE MERS	*J'ai lu* 604****
TOI, MARIANNE	*J'ai lu* 605****
MARIANNE, LES LAURIERS DE FLAMMES - 1	*J'ai lu* 606***
MARIANNE, LES LAURIERS DE FLAMMES - 2	*J'ai lu* 607***

LE GERFAUT DES BRUMES :

LE GERFAUT	*J'ai lu* 2206******
UN COLLIER POUR LE DIABLE	*J'ai lu* 2207******
LE TRÉSOR	*J'ai lu* 2208*****
HAUTE-SAVANE	*J'ai lu* 2209*****

Divers :

LES REINES TRAGIQUES	*J'ai lu* 730****
AVENTURIERS DU PASSÉ	*J'ai lu* 846****
PAR LE FER OU LE POISON	*J'ai lu* 884****
LE SANG, LA GLOIRE ET L'AMOUR	*J'ai lu* 798****
GRANDES DAMES ET PETITES VERTUS	
TROIS SEIGNEURS DE LA NUIT	
DE SAC ET DE CORDE	
DRAMES, DAMES ET DÉMONS	
UN AUSSI LONG CHEMIN	*J'ai lu* 1872****
DANS LE LIT DES ROIS	
LE ROMAN DES CHÂTEAUX DE FRANCE	

Juliette Benzoni

Le Gerfaut

***

Le trésor

Éditions J'ai lu

A précédemment paru sous le n° 1509.

PROLOGUE

Après l'exaltante aventure de la Révolution américaine qui lui a rendu son nom et son rang, Gilles Goëlo, naguère bâtard voué au destin obscur d'un curé de campagne, est devenu le chevalier de Tournemine, officier aux Dragons de la Reine, après avoir été le « Gerfaut » des Indiens Onondagas.

A cause de l'amour profond qu'il voue à la très belle Judith de Saint-Mélaine, disparue après son effroyable aventure vécue près du château de Trecesson, il souhaite aller plus haut, plus loin et d'abord retrouver les terres ancestrales et, au moins, la puissante forteresse de La Hunaudaye. Pour cela, il accepte de suivre en Espagne son ami Jean de Batz afin d'y prendre du service et d'arrondir le peu qu'il possède car, là-bas, la fortune, dit-on, vient plus facilement.

A la cour du roi Charles III, Gilles de Tournemine se fait d'implacables ennemis, dont les fidèles de l'Inquisition, mais aussi des amis dévoués comme le peintre Goya et l'ensorcelante duchesse d'Albe qui se prend pour lui d'un caprice violent et qui, lorsqu'il devra quitter l'Espagne un peu hâtivement, le chargera d'une mission bien féminine : acheter pour elle le plus fabuleux collier de diamants d'Europe, celui que les joailliers Boehmer et Bassange cherchent à vendre depuis le refus de la souveraine du royaume de France.

Rentré en France et devenu lieutenant en second aux Gardes du Corps, Gilles s'est trouvé mêlé aux intrigues du comte de Provence, frère de Louis XVI, qui convoite le trône de France, à ceux d'une certaine comtesse de La Motte-Valois qui convoite la fortune et le fameux collier qu'elle réussira à se faire remettre grâce à l'amour naïf que le cardinal de Rohan voue à la reine Marie-Antoinette, enfin aux étranges agissements d'un certain comte de Cagliostro dans l'ombre duquel il retrouve Judith, une Judith dont le mage exploite le don de voyance.

Lorsque sera découverte l'intrigue de ce qui va devenir l'Affaire du Collier de la Reine, Gilles, chargé d'arrêter en plein Versailles le cardinal de Rohan, acceptera néanmoins de recevoir de lui un dépôt sacré que le prélat veut soustraire à la police.

A son tour, Judith, chassée de chez Cagliostro par l'arrestation de celui-ci, vient chercher refuge auprès de lui, avoue enfin son amour et accepte de devenir sa femme.

Mais, au soir du mariage, une machination de la comtesse de Balbi, maîtresse de Gilles, écarte le jeune homme de son épouse durant trois jours. Quand il reviendra, Judith, persuadée qu'il est l'amant de la Reine, a disparu. Gilles, arrêté à ce moment pour complicité avec le cardinal de Rohan, est conduit à la Bastille.

PREMIÈRE PARTIE

LES FOSSÉS DE LA BASTILLE
Septembre 1785

UN ASTROLOGUE DE SALON

Les verrous claquèrent et la porte de la prison s'ouvrit. Un geôlier apparut, titubant sous le poids d'un échafaudage de plats et d'écuelles surmontés de leurs couvercles d'étain. Le vacarme de toute cette ferraille emplit la chambre octogonale qui résonna comme un tambour mais sans réussir à tirer le prisonnier de l'espèce de prostration, faite d'amère et vague songerie, dans laquelle il semblait se complaire depuis son arrivée à la Bastille.

A demi étendu sur son lit, les regards perdus dans les ombres poussiéreuses du baldaquin tendu de serge verte, Gilles de Tournemine pouvait rester là des heures entières, l'esprit noyé dans une sorte d'engourdissement où s'anesthésiait son chagrin, ne secouant sa torpeur que pour une rapide toilette et pour grignoter, sans le moindre appétit d'ailleurs, un peu de nourriture.

Encore était-ce uniquement pour faire plaisir à Pongo, l'ancien sorcier iroquois qui, depuis leur première rencontre au bord du fleuve Delaware, quatre ans plus tôt, lui servait de confident, d'écuyer, de valet de chambre, de cuisinier et, à l'occasion, de nourrice. Depuis les sierras espagnoles et la cour de Charles III jusqu'aux parquets luisants de Versailles et aux bosquets de Trianon, Pongo avait suivi fidèlement toutes les tribulations de son maître. Qu'on eût enfermé celui-ci à la Bastille ne changeait rien à la chose et, sans même lever un sourcil, l'Indien lui avait emboîté le pas et s'était laissé enfermer dans la vieille forteresse médiévale où, cependant, ce fils des grands espaces devait se sentir singulièrement à l'étroit.

Sans sa présence attentive et silencieuse, Gilles se fût aussi bien laissé mourir de faim sous une barbe longue et un pied de crasse, son sort actuel et son avenir ne lui paraissant plus dignes du moindre intérêt.

Interminablement, il revivait avec une ivresse amère les instants si doux de son trop court bonheur, ces quelques jours illuminés d'espérance que la présence d'une Judith enfin soumise à l'amour avait rendus inoubliables et qui avaient pris fin misérablement au moment où, la bénédiction nuptiale ayant fait de Mlle de Saint-Mélaine Mme de Tournemine, les chaudes perspectives de la vie à deux s'ouvraient devant le jeune couple.

La peine du captif était si profonde qu'elle ne parvenait même pas à engendrer la haine envers la femme égoïste et cruelle qui avait causé tout ce drame. Bien plus qu'à Mme de Balbi, sa maîtresse d'un moment, c'était à lui-même que Gilles en voulait, à lui qui n'avait pas su protéger son amour, à lui qui connaissait si bien Anne de Balbi. Comment avait-il pu être assez stupide pour ne pas deviner qu'une femme de son rang et de son orgueil ne se laisserait pas écarter sans chercher au moins à tirer une quelconque vengeance ?

C'était là le seul sujet de ses angoisses. Quant à la prétendue faute qui avait servi de prétexte à son arrestation, à la prétendue collusion établie entre lui, simple Garde du Corps, et le cardinal-prince de Rohan accusé par la Reine, comme un vulgaire truand, du vol d'un collier de diamants de plusieurs millions, il ne lui accordait même pas l'honneur d'un souci. Il n'avait conscience d'avoir accompli qu'un devoir de charité en acceptant de brûler un morceau de papier, peut-être un peu tendre, de cacher un petit portrait, peut-être compromettant pour la Reine, quand Rohan l'en avait supplié au moment de son arrestation. Un devoir de soutien naturel, aussi, entre gens du même terroir puisque, depuis la nuit des temps, les fils du Gerfaut et les princes de Rohan avaient tissé entre eux ces antiques liens féodaux qui dépassaient l'autorité même d'un Roi de France.

Peut-être cela le mènerait-il, quelque soir, à la lueur sanglante des torches jusqu'à un échafaud dressé sur la place de Grève ou, plus discrètement, dans la cour de la Bastille, mais en lui tranchant la tête, l'épée du bourreau ne ferait, après tout, que le libérer d'une souffrance à laquelle il ne voyait pas de remède.

Il avait touché de trop près au bonheur absolu pour imaginer un avenir où Judith n'aurait pas sa place. L'existence ne serait alors qu'un insupportable fardeau dont il se fût déjà délivré d'ailleurs si la crainte de Dieu ne l'avait retenu au bord du suicide. Il connaissait trop la jeune femme en effet pour espérer que son entêtement de Bretonne accepterait un jour la vérité, consentirait à lui laisser au moins le temps d'expliquer qu'ils étaient tous deux victimes d'un malentendu, d'un piège trop soigneusement tendu... Se croyant trahie dès le soir de ses noces, jamais Judith ne pardonnerait. Alors, à quoi bon vivre encore ?

En silence, mais non sans jeter vers le prisonnier dont il ne voyait qu'une jambe des regards pleins de curiosité, le porte-clefs Guyot avait déposé sur la table une nappe assez blanche, changé les chandelles plus qu'aux trois quarts usées et disposé, auprès du couvert, les plats dont il ôtait à présent les couvercles avec une mine gourmande.

– Le cuisinier a bien fait les choses, ce soir, mon gentilhomme. Vous avez du potage aux écrevisses, des petits pâtés chauds, de la langue en ragoût, des fruits et des échaudés...

– Je n'ai pas faim.

– Vous avez tort mais, si vous y tenez, je peux remporter...

– Nous tout manger ! affirma Pongo, péremptoire,

en poussant l'homme vers la porte sans ménagement. Toi t'en aller!...

– Au lieu de me gaver comme une oie à l'engrais, grogna Tournemine, on ferait beaucoup mieux de m'apprendre quand je dois être jugé et, éventuellement, exécuté...

C'était là le genre de questions qu'un geôlier redoutait entre toutes car il n'avait aucune possibilité d'y répondre. Eût-il d'ailleurs possédé la plus mince information sur le sort futur de ses prisonniers – la date ou l'heure du premier interrogatoire, par exemple – qu'il en était empêché par l'interdiction formelle, sous peine des plus graves sanctions, d'en laisser seulement supposer la plus petite parcelle, fût-ce par un seul mot ou même une intonation, un soupir. Aussi, quand les prisonniers s'engageaient sur ce chemin glissant, les gardiens choisissaient-ils de se cantonner dans un silence absolu et de quitter les lieux au plus vite. C'est ce que fit Guyot.

Sa silencieuse retraite ne fit pas l'affaire de Tournemine. Jaillissant soudain de sous l'abri de ses rideaux verts, il se jeta sur l'homme, le saisit par sa veste, le souleva de terre et se mit à le secouer si vigoureusement que le gros trousseau de clefs pendu à sa ceinture (il fallait parfois quatre ou cinq clefs pour une même serrure) se mit à grelotter tandis que les dents du malheureux claquaient d'effroi.

– Vas-tu me répondre, gredin? hurla le chevalier. Je veux savoir quand je dois mourir.

– Je... je voudrais bien vous répondre, mon gentilhomme! Je vous jure que je le voudrais de tout mon cœur. Mais je ne peux pas... Je ne sais rien!

– Tu es sûr?

– Très, très sûr! Et puis, fallait demander ça à M. le Gouverneur quand il vous a reçu à votre arrivée ici. Pas à un pauvre porte-clefs...

– Quand je suis arrivé?...

Lâchant brusquement l'homme qui vacilla, Tournemine lui tourna le dos et se dirigea vers l'étroite fenêtre, si profondément enfoncée dans son embrasure(1) qu'elle ressemblait à l'orifice d'un tunnel, et demeura là un moment, sans rien voir des éclats somptueux dont le soleil couchant illuminait le ciel, perdu de nouveau dans ses pensées et cherchant à rassembler les souvenirs qui le fuyaient.

La disparition de Judith l'avait plongé dans une si profonde souffrance qu'il ne se rappelait rien, ou si peu, de ce qui avait suivi le moment où le Lieutenant des Gardes de la Prévôté, en lui mettant la main sur l'épaule, s'était assuré de sa personne au nom du Roi. Seul l'aimable visage inondé de larmes de l'excellente Mlle Marjon, sa logeuse, flottait sur son départ de Versailles. Ensuite, il y avait un trou noir, l'obscurité cahotante d'une voiture hermétiquement close qui roulait au grand trot et qui conduisait à d'autres ténèbres, trouées de flammes rouges : celles d'un énorme puits de pierre, la cour de la Bastille...

Avait-il vu quelqu'un alors?... Sa mémoire, toujours si sûre cependant, mit longtemps à lui restituer un visage sanguin sous un chapeau galonné d'or, un sourire aimable sur des dents jaunes, le son d'une voix qui souhaitait une bienvenue ambiguë. Et puis le raclement de pas ferrés sur des marches de pierre, le claquement des verrous, le grincement d'une lourde porte et, pour finir, le vaste désert obscur d'une chambre voûtée fleurant l'abandon et l'humidité que Pongo avait stigmatisée à sa façon...

– Vilain tipi!...

Pourtant, à sa manière silencieuse, l'Indien s'était adapté étonnamment bien à cet état nouveau. Alors que son maître, inerte et indifférent à son sort futur, laissait les jours – combien au juste? cent mille... ou quatre? – couler sur lui sans réussir à penser à autre chose qu'à son bonheur brisé, Pongo, pour sa part, s'efforçait de tirer le meilleur parti possible des ressources de la Bastille.

(1) Les murs avaient deux mètres d'épaisseur.

L'ancien sorcier des Onondagas s'était, en effet, très vite aperçu de l'impression produite sur les geôliers, gens simples et volontiers craintifs, par son aspect sauvage, son crâne rasé, orné d'une longue mèche noire, qu'il se gardait bien à présent de recouvrir pudiquement d'une perruque, et les terrifiantes grimaces qu'il s'entendait si bien à étaler sur un visage déjà peu avantagé sur le rapport de la grâce. Sa voix caverneuse, son langage inhabituel avaient fait le reste et, régnant par la terreur, Pongo avait pu obtenir pour son maître un ameublement à peu près convenable, de la chandelle et même quelques livres auxquels, d'ailleurs, le prisonnier n'avait pas touché.

Veillant sur lui avec la vigilance d'une bonne nourrice, il avait laissé Tournemine remâcher son chagrin autant qu'il l'avait voulu, tout au moins jusqu'à ce jour – qui était le mardi 5 septembre 1785 – où Pongo décida que son maître avait donné suffisamment de temps aux regrets stériles. Et comme, avec un nouveau soupir, le chevalier quittait sa fenêtre pour regagner son lit sans même un regard à l'appétissant repas étalé sur la table, l'Indien vint lui barrer le passage.

– Assez pleuré ! fit-il sévèrement. Toi manger !

– La paix, Pongo ! C'est tout ce que je demande : la paix !

– Paix n'avoir jamais nourri personne et ventre creux mauvais pour esprit du guerrier...

– Guerrier ? Laisse-moi rire ! Qu'est-il devenu le guerrier ? Je suis prisonnier...

– Guerrier prisonnier toujours guerrier quand même ! Jamais perdre courage ou se laisser aller désespoir... comme petit enfant ou comme femme !

Gilles haussa les épaules.

– Si tu espères piquer ma vanité, mon vieux, tu te trompes. Entre un homme et une femme en prison il n'y a guère de différence. Le désespoir est le même...

A cet instant, comme pour lui apporter un démenti une voix de femme se fit entendre par la fenêtre, une voix qui chantait une romance à la mode. Pongo alla jusqu'à la profonde embrasure, tendit l'oreille et sourit, découvrant les deux longues incisives qui lui donnaient une si étonnante ressemblance avec un lapin.

– On dirait femme mieux supporter prison que fameux Gerfaut ! fit-il, goguenard.

– Qu'est-ce que cela prouve ? grogna Tournemine. Qu'il y a des femmes qui peuvent s'accoutumer à n'importe quoi. C'est peut-être une folle, d'ailleurs. On dit qu'il y en a ici...

Mais il savait qu'il n'en était rien et même, cette voix, il lui semblait bien la reconnaître pour l'avoir entendue fredonner cette même romance – un air de « Nina ou la Folle d'Amour » – au cours de la soirée de jeux passée rue Neuve-Saint-Gilles et qui s'était si mal terminée pour lui. Elle ressemblait beaucoup à celle de Mme de La Motte. Et comme celle-ci avait été arrêtée le 18 août, il n'y avait, après tout, rien d'étonnant à entendre sa voix. Par contre, il était surprenant qu'elle eût le cœur à chanter...

Pourtant, à se trouver ainsi tiré de ses idées noires et ramené à la fangeuse histoire qui avait éclaté comme un ouragan sur Versailles et fait arrêter pour vol, comme un simple truand, le cardinal-prince de Rohan, Grand Aumônier de France, Tournemine sentit que le temps des lamentations s'achevait pour lui.

Quittant la chaise sur laquelle il s'était laissé tomber, il dédia un pâle sourire à Pongo.

– Eh bien, grand sorcier, que veux-tu que je fasse ? Quelle médecine m'ordonnes-tu ?

– Pongo l'a dit : toi manger pour retrouver pensées saines et goût du combat.

– Eh bien, mangeons !...

Pour la première fois depuis son arrivée à la Bastille, Gilles prit place à table après avoir fait signe à Pongo de s'installer de l'autre côté. Jusque-là, il s'était contenté de grignoter un morceau de pain avec un peu de vin. Mais à se trouver soudain en face d'une nourriture agréablement parfumée, il sentit se réveiller le bel appétit de son âge, découvrant à la fois qu'il avait très faim et que la cuisine de la vieille forteresse était excellente.

Quand il eut achevé son repas, il en éprouva un bien-être certain qu'il compléta d'une pipe de son excellent tabac de Virginie que Pongo avait eu la précaution d'emporter.

– Tu avais raison, reconnut-il enfin en se renversant sur sa chaise. J'aurais dû t'écouter plus tôt et toi, tu aurais dû me secouer sans attendre aussi longtemps.

Pongo haussa les épaules à son tour.

– Avant n'aurait servi à rien. Pongo compris qu'il était temps quand toi sauter à la gorge du geôlier tout à l'heure... Etre bon signe !

– Bien ! Que proposes-tu à présent ?

– Réfléchir !

– Je ne fais que ça !...

– Réfléchir à moyen sortir d'ici ! Pas sur triste condition humaine ! Si toi veux savoir où être passée ta squaw, quitter prison.

En dépit de la douloureuse crispation qu'il ressentait à la moindre évocation de Judith, Tournemine ne put s'empêcher de sourire au pittoresque terme indien. Plût au Ciel que l'orgueilleuse fille du baron de Saint-Mélaine eût la tendre et fière soumission des femmes iroquoises qui savaient appartenir totalement à un homme sans pour autant cesser d'être elles-mêmes. Mais il repoussa vite cette pensée car une image venait de s'imposer sur celle de Judith : celle de Sitapanoki, la princesse indienne qui lui avait, un moment, inspiré une telle passion qu'il avait été à deux doigts d'oublier son amour et les promesses échangées. Et ce n'était pas le moment de s'attendrir sur les souvenirs d'autrefois, d'un autre temps, d'un autre monde...

Ce n'était d'ailleurs le moment d'aucune sorte d'évocation qui, rappelant les grandes forêts et la fabuleuse nature de l'Amérique, servirait tout juste à rendre plus insupportables encore les murs de la Bastille...

– Sortir d'ici ? soupira-t-il enfin. J'aimerais bien ! Mais je crains que ce ne soit guère possible. J'ai toujours entendu dire qu'on ne s'évadait pas de la Bastille. Je donnerais dix ans de ma vie pour pouvoir ouvrir cette porte...

Il s'interrompit. La porte, justement, s'ouvrait. Pensant que c'était Guyot, le geôlier, qui venait desservir le souper, Tournemine choisit de lui tourner le dos. Mais ce n'était pas Guyot.

Profondément salué par le geôlier resté au-dehors, un homme venait d'apparaître, un homme qui, de toute évidence, n'appartenait pas au personnel de la prison où l'on ne voyait guère que des uniformes ou les souquenilles des gardiens.

Sous un ample manteau noir négligemment rejeté sur l'épaule, le gentilhomme qui venait d'entrer portait un bel habit de cour en soie bleu foncé discrètement orné de broderies d'argent et timbré, à la hauteur du cœur, d'une rutilante croix de Malte. Sur son long gilet gris argent, de même nuance que ses culottes de soie, le ruban bleu de Saint-Louis pendait sous la cravate de dentelle.

Au physique, c'était un homme d'une cinquantaine d'années, de taille moyenne mais de belle allure. Sa tête, coiffée d'une perruque blanche bouclée, affectait un peu la forme d'un pain de sucre. Le nez était mince, droit et court, les sourcils très noirs et bien arqués. Ils soulignaient heureusement des yeux sombres et allongés au point d'évoquer les types orientaux. La bouche, dont le sourire semblait l'expression habituelle, était celle d'un gourmand et, dans l'ensemble, cette physionomie ne manquait pas de charme en dépit de quelques détails qui en corrigeaient désagréablement l'expression.

Ainsi du front fuyant, de l'air de contentement intime étalé comme une crème sur les traits du personnage mêlés à une double nuance de ruse et d'insolence. Mais la peau était soignée, les mains fines et la tenue irréprochable. Littéralement, le nouveau venu était tiré à quatre épingles.

Comme le prisonnier, dont la puissante silhouette se

dressait entre lui et la fenêtre, ne faisait pas mine de s'apercevoir de sa présence, le visiteur éloigna le geôlier d'un sec claquement de doigts puis, glissant un regard curieux sur Pongo momentanément changé en sa propre statue, il articula :

– Puis-je avoir, monsieur, l'avantage d'un moment d'entretien avec vous ?

Au son de cette voix, ensoleillée d'un soupçon d'accent provençal incomplètement maîtrisé, Tournemine fit volte-face.

– Je vous demande excuses, monsieur, dit-il tandis que ses yeux froids analysaient rapidement cette figure inconnue. Je ne savais pas que j'avais un visiteur et je croyais seulement au retour du gardien venu desservir.

– Il n'est pas besoin d'excuses puisque je ne me suis pas fait annoncer. Mais... vous avez là un bien curieux domestique, ajouta le nouveau venu en se tournant à demi vers Pongo qui, debout, bras croisés, au pied du lit de son maître, n'avait toujours pas bougé un cil.

– Ce n'est pas un domestique, coupa Gilles sèchement. C'est un guerrier iroquois et il est à la fois mon écuyer... et mon ami.

– Ami ? Un grand mot... un beau titre !

– Amplement mérité, croyez-le. Je lui dois la vie... entre autres choses.

– Eh bien... disons que vous avez de la chance de posséder une telle rareté. On doit vous l'envier et je gage que l'on vous a plus d'une fois offert de l'acheter.

– En effet. J'ai déjà eu le regret de refuser à Mgr le duc de Chartres et à M. de La Fayette, qui ont fort bien compris l'un et l'autre qu'un ami ne saurait se vendre. Mais je suppose, monsieur, que vous ne vous êtes pas donné la peine de monter jusqu'ici pour me parler de mon écuyer ?

L'inconnu sourit sans répondre, fit quelques pas dans la pièce puis, désignant l'une des deux chaises :

– Puis-je m'asseoir ? Mes jambes n'ont plus l'âge des vôtres, chevalier, et votre logis, s'il est plus près du

Ciel que ceux du commun des mortels, n'en est pas moins d'un accès pénible.

– Je vous en aurais déjà prié, monsieur, si vous aviez bien voulu prendre la peine supplémentaire de m'apprendre votre nom.

– C'est trop juste ! Eh bien, je me nomme François-Charles de Raimond, comte de Modène, gouverneur du palais du Luxembourg... et donc gentilhomme au service de Son Altesse Royale Monsieur, comte de Provence et frère de Sa Majesté le Roi.

L'emphase soudaine du ton fit sourire Tournemine. Cet oiseau si superbement paré pensait-il impressionner un Garde du Roi avec ses titres ronflants ?

– Je sais qui est Monsieur, fit-il avec un rien d'ironie et en se gardant bien d'ajouter quelle opinion peu flatteuse il gardait de l'Altesse Royale en question. Asseyez-vous, comte... et puis apprenez-moi la raison pour laquelle un si haut personnage prend la peine de m'envoyer un émissaire. Car c'est bien ce que vous êtes, n'est-ce pas ?

Tandis que le comte de Modène s'établissait sur sa chaise avec un soupir de soulagement mais en prenant un soin extrême de ne pas froisser son bel habit sur la paille grossière du mobilier carcéral, le chevalier, les yeux soudain rétrécis, l'examinait en détail. Le seul nom de Monsieur avait suffi à le mettre sur ses gardes. Familier du prince, le pompeux gouverneur de sa maison ne pouvait être qu'un ennemi et, avant même qu'il eût énoncé le but de sa visite, le jeune homme devinait qu'il allait lui falloir jouer serré.

– Le titre d'ambassadeur me conviendrait mieux, fit Modène avec une grimace qui pouvait passer pour un sourire, car je n'ai pas seulement un avis à vous donner mais aussi tous pouvoirs pour discuter avec vous des suites que vous verrez à lui donner. Mais asseyez-vous donc, chevalier, nous pourrons causer plus commodément. Et puis vous êtes si grand que vous me donnez le vertige...

– Permettez-moi de n'en rien faire! Un prisonnier n'a déjà que trop tendance à demeurer assis ou couché.

– Ah! vous êtes jeune! soupira Modène. Les maux de l'âge, les affreux rhumatismes ne vous torturent pas encore. Tandis que moi j'en suis envahi. Ainsi...

Peu désireux d'entendre le récit, sûrement fort long, des misères physiques de son visiteur, Gilles jugea prudent d'y couper court aussi poliment que possible.

– En ce cas, dit-il, vous devez avoir grand-hâte de retrouver votre logis, votre lit et de ne pas souffrir trop longtemps sur une chaise de prison. Me direz-vous ce qui vous amène?

Un éclair d'amusement brilla dans les yeux noirs du comte. Un instant, il considéra le chevalier comme s'il venait de découvrir un aspect inattendu de son personnage, sourit puis, doucement, déclara :

– Je suis venu vous faire connaître votre avenir.

– Mon avenir? Faites-vous profession de dire la bonne aventure? Etes-vous sorcier?

– Sorcier, non. Astrologue, oui. J'étudie les astres, leur course à travers l'infini et surtout leur étrange influence sur le cours capricieux des destinées humaines. Quel jour êtes-vous né, chevalier?

– Mais... le 26 juillet 1763, jour de la fête de sainte Anne patronne de la Bretagne, répondit le jeune homme légèrement surpris de constater que Modène avait paru prendre sa boutade au sérieux.

– Hum! Un Lion... du premier décan. Sauriez-vous me dire aussi à quelle heure?

Gilles haussa les épaules.

– Non, monsieur, je ne saurais vous le dire! fit-il sèchement.

Qui donc, mon Dieu, se serait étendu avec assez de complaisance sur sa naissance bâtarde pour lui en apprendre l'heure? Certainement pas une mère qui l'avait pratiquement renié dès son premier vagissement. La vieille Rozenn, sa fidèle nourrice, peut-être?... et encore! Mais, après tout, de tels détails avaient bien peu d'importance dans la vie d'un homme.

– Cela vous gênera-t-il, ajouta-t-il avec un brin d'insolence, pour me faire connaître mon avenir ainsi que vous l'annonciez il y a un instant ?

– Certainement pas puisqu'il s'agit de l'avenir immédiat. Mais j'avoue que j'aurais aimé en savoir plus sur votre naissance. Vous êtes un personnage intéressant, chevalier, et vous avez très certainement devant vous une longue, une très brillante carrière... dont il serait dommage d'interrompre prématurément le cours. (Puis, changeant brusquement de ton, Modène enchaîna :) Vous n'ignorez pas pour quelle raison vous vous trouvez actuellement ici, j'imagine ?

Gilles haussa les épaules.

– Je crois me souvenir qu'au moment de mon arrestation, je me suis entendu accusé de « complicité » avec Mgr de Rohan tout juste comme si le Grand Aumônier de France n'était rien d'autre qu'un simple chef de bande. Mais comme personne n'est venu me parler de nouveau d'une affaire aussi insensée, j'ai fini par penser que j'avais rêvé.

– Ceci n'est pas un rêve, dit le comte en désignant les barreaux de la fenêtre. Le cardinal est accusé de vol. En conséquence le mot complicité s'ordonne de lui-même... ni plus ni moins que pour un simple bandit. La simarre, au cours des siècles, en a couvert bien d'autres et je ne sache pas...

Il n'acheva pas. Tournemine, furieux, venait de l'arracher de sa chaise et le maintenait au-dessus du sol à la force des poignets en le secouant comme un sac de son.

– Vous êtes en train de traiter un prince breton de voleur, monsieur l'astrologue ! Si j'avais une épée vous me rendriez raison sur-le-champ, rhumatismes ou pas, au nom de Rohan... et au mien, Gilles de Tournemine que vous traitez de voleur par la même occasion.

– Lâchez-moi !... mais lâchez-moi donc, râla l'autre. Vous m'étranglez.

– Ce n'est pas l'envie qui m'en manque. Mais puisque vous voulez que je vous lâche, voilà !

Et, ouvrant les mains, le chevalier laissa son visiteur

s'écrouler sur le sol, contact un peu rude qui lui arracha une cascade de gémissements.

– Vous devez être fou ! En voilà des manières ! geignit Modène en se relevant péniblement. Personne ne vous a traité de voleur, vous personnellement, jusqu'à présent.

– Expliquez-moi donc alors la signification du mot complicité quand il s'agit d'un homme accusé de vol.

– Il arrive qu'un mot dépasse la pensée. Peut-être aurais-je dû dire collusion... ou entente.

– C'est encore trop !

– Vous êtes impossible ! Quoi qu'il en soit, n'avez-vous pas, alors que le Cardinal était déjà en état d'arrestation, reçu de lui quelques objets... une sorte de dépôt mais qui devait être singulièrement précieux si l'on en juge les précautions prises pour vous le remettre...

– Précautions qui, apparemment, n'ont pas servi à grand-chose puisque vous parlez de ce dépôt comme d'une affaire sûre ! Malheureusement pour vous, je n'ai rien reçu... qu'une très paternelle bénédiction.

– Allons donc ! Cela se passait dans l'appartement du Grand Aumônier où vous aviez ordre d'accompagner Monsieur de Rohan pendant qu'il déposerait les ornements et prendrait des vêtements plus convenables pour un séjour à la Bastille. Or, vous avez transgressé vos ordres car vous étiez chargé de la garde du prisonnier... non de l'aider à dissimuler des preuves, peut-être accablantes.

Tournemine enveloppa Modène d'un regard glacé puis, se détournant brusquement, alla se jeter sur son lit.

– Tout à l'heure j'étais un voleur, à présent je suis un traître ! Pongo ! Jette ce monsieur dehors ! Il m'ennuie...

Mais, avant même que l'Iroquois, qui avait quitté instantanément sa rigoureuse immobilité, ait pu se saisir de lui, le visiteur s'écriait :

– Je ne m'attendais guère à vous plaire. Quant à

vous ennuyer... Le sort de votre femme n'offre-t-il vraiment aucun intérêt pour vous ?

– Arrête, Pongo !...

Un brusque silence s'abattit, dramatisant la respiration légèrement asthmatique du visiteur. Gilles, qui avait commencé de bourrer sa pipe, suspendit son geste. Son pouce se figea dans le fourneau de terre. Lentement, il se redressa, posa les pieds à terre, déplia sa haute taille. Son regard avait repris possession de Modène et ne le lâchait plus. Et l'homme, sous la claire menace de ces prunelles transparentes, frissonna et parut se recroqueviller.

– Où est-elle ? demanda Tournemine sans élever la voix.

– En lieu sûr, n'ayez aucune crainte...

– C'est la réponse classique lorsqu'on ne veut rien dire. Seulement ce n'est pas d'une réponse classique que je peux me satisfaire, c'est d'une réponse... géographique. Alors, je répète : où est-elle ? En quel lieu, quelle ville, quelle rue ?

– D'honneur je n'en sais rien. Et le saurais-je que je n'aurais pas le droit de vous le dire.

– Et si j'avais le mauvais goût d'insister ?

– Cela ne servirait à rien, bredouilla Modène qui se voyait coincé entre les six pieds de muscles du chevalier et la silhouette de pierre brune de l'Indien. Mgr de Provence vous connaît trop pour m'avoir confié l'endroit où il assure la protection de Madame de Tournemine. Tout ce que je peux vous dire c'est qu'elle se trouve dans l'un des châteaux de Monsieur, qu'elle y est traitée le mieux du monde et que sa santé est parfaite.

– Comment a-t-elle pu retomber aux mains de cet homme après tout ce que je lui en ai dit, tout ce qu'elle a pu voir, entendre, savoir ?

– Chevalier ! s'écria le comte scandalisé. Vous vous exprimez sur le compte d'un fils de France en des termes...

– Qui ne traduisent pas le dixième de ma pensée.

Qui donc, en France, ignore encore que Monsieur ne poursuit qu'un seul but : coiffer la couronne du Roi son frère. Voilà pourquoi moi qui aime le Roi, moi dont la vie lui appartient, je hais Monsieur de toutes mes forces et le méprise en proportion.

Modène, qui reprenait graduellement confiance, retourna s'asseoir sur sa chaise, défroissa ses habits dérangés par l'attaque du prisonnier puis, tirant de sa poche une petite boîte d'ivoire incrusté d'argent, y prit une pincée de tabac qu'il aspira avec délices.

– Loin de moi la pensée de vous reprocher votre dévouement à Sa Majesté, dit-il calmement. Il est normal que la vie d'un Garde du Corps lui appartienne... mais vous devriez songer qu'actuellement, c'est à Mgr de Provence qu'appartient celle de votre jeune épouse.

Le premier mouvement de Gilles fut de se jeter de nouveau sur l'astrologue mais, comprenant qu'une nouvelle violence ne servirait à rien, il se contint au prix d'un effort qui fit perler la sueur à ses tempes.

– Sa vie? dit-il d'une voix blanche. Ce misérable n'oserait tout de même pas, lui un fils de France comme vous le proclamiez si hautement il y a un instant, s'en prendre à la vie d'une innocente jeune femme?

– Vous pensez bien que Son Altesse ne le ferait qu'avec un vrai chagrin, d'autant que ce serait trahir les lois de l'hospitalité. Elle aime beaucoup celle que nous appelions Mlle Julie et, quand cette pauvre enfant désemparée est venue chercher refuge à Montreuil...

– Elle, chercher refuge à Montreuil? Je ne croirai jamais cela!

– Il faut le croire pourtant. Lorsqu'elle s'est enfuie de chez vous, là où vous l'aviez abandonnée pour rejoindre la Reine, Mme de Tournemine, affolée, ne sachant où aller, s'est souvenue de l'extrême bonté que lui avait toujours montrée Madame, et aussi de sa maison de campagne de Montreuil. Elle y est venue tout naturellement...

– Et tout naturellement aussi votre noble maître l'a

fait transporter aussitôt dans l'un de ses nombreux domaines ? Le grand prince, le bon prince que voilà !... Tenez, comte, finissons-en ! Vous avez une vilaine commission à me délivrer et voilà une heure que vous tournez autour. Que voulez-vous ?

– Ce que le Cardinal vous a remis après son arrestation, un... sachet de soie rouge brodé à ses armes qu'il portait sous sa chemise, accroché à une chaîne d'or. Inutile de nier plus longtemps : vous voyez que nous sommes bien renseignés.

– En effet. Malheureusement pour vous, ce sachet je ne l'ai plus. Son Eminence m'avait demandé de le brûler et c'est...

Avec un énorme soupir et une petite grimace de souffrance, Modène se leva.

– Et c'est exactement ce que je m'attendais à entendre. Vous me prenez pour un sot, monsieur, et vous jouez sur les mots. Que vous ayez brûlé le sachet, je n'en doute pas. Mais... ce qu'il contenait ? La lettre... et le portrait ?

Ainsi, il savait cela aussi ? S'il n'avait si bien connu Provence et ses roueries infernales, Gilles eût peut-être pensé que son émissaire était le diable en personne et, en bon Breton ami du fantastique, il se retint de justesse de se signer. Car, en vérité, Modène parlait de ce qui s'était passé dans la chambre du Grand Aumônier de France comme s'il avait assisté personnellement à la scène. Or, Tournemine était bien certain qu'à cet instant précis, le Cardinal et lui étaient bien seuls, autrement celui-ci n'eût pas agi comme il l'avait fait.

Mais, apparemment, les murs de Versailles possédaient plus d'yeux et d'oreilles qu'on n'en pouvait imaginer et Tournemine se promit, si Dieu lui accordait de quitter sa prison vivant et – Sa Bonté étant sans limites – de reprendre sa place auprès du Roi, d'élucider ce problème et d'aller consulter l'architecte des Bâtiments Royaux. Il se souvenait, en effet, avoir entendu, un soir, son ami Winkleried lui parler, après boire, des couloirs secrets, passages invisibles et escaliers dérobés qui, selon son expérience de Garde Suisse particulièrement curieux, creusaient les murs fastueux du palais qu'il comparait prosaïquement à un fromage de Gruyère.

Gardant pour lui ses réflexions, Gilles se contenta de déclarer paisiblement :

– En admettant que vous ayez raison – je dis bien : en admettant – voulez-vous me dire en quoi les affaires de famille du Grand Aumônier de France peuvent intéresser Monsieur ?

– Quand elles peuvent perdre la Reine de France, les affaires « de famille » du Grand Aumônier sont d'un très vif intérêt pour son beau-frère...

– Surtout quand ce beau-frère affectueux n'a d'autre rêve que de subtiliser la couronne de son aîné pour en coiffer sa propre tête, fit Gilles en éclatant de rire. Savez-vous, mon cher monsieur, que vous êtes impayable avec vos histoires à dormir debout ? Quoi qu'il en soit, vous avez perdu votre temps et usé vos pauvres jambes inutilement : je ne possède rien de ce que vous cherchez. Sur l'honneur !

– Je n'en crois rien...

Cette fois, Gilles cessa de rire. Son poing partit comme une catapulte mais manqua la figure du comte qui, avec une souplesse inattendue chez un rhumatisant, l'avait évité et filait vers la porte sur laquelle il se mit à tambouriner, appelant le geôlier d'une voix de fausset. Instantanément, la porte s'ouvrit. Modène alors se retourna.

– Inutile de monter sur vos grands chevaux, monsieur de Tournemine. Je suis seulement venu vous dire ceci : ou bien vous me remettez ce que je vous ai demandé à ma prochaine visite qui aura lieu... disons dans trois jours ? C'est un honnête laps de temps pour réfléchir, n'est-ce pas ? – J'ajoute que j'entends par remettre, me donner les moyens d'entrer en possession de ces objets car je suppose bien que vous ne les avez pas ici...

– Ni ici ni ailleurs.

– Inutile de chercher à me convaincre : nous sommes bien renseignés. Ou bien, donc, vous ferez ce que l'on vous demande, ou bien...

– Ou bien ? fit Gilles avec hauteur.

– Vous ne reverrez jamais, tout au moins en ce bas monde, la dame qui vous tient si fort à cœur. J'en sais qui y veilleront.

La gorge du jeune homme se sécha d'un seul coup tandis qu'une fine sueur perlait à son front. Il mourait d'envie à présent d'aplatir ce visage ironique et doucereux, de nouer ses mains autour de cette gorge emmaillotée de dentelles mousseuses et de serrer, de serrer... Jamais encore il ne s'était imposé contrainte aussi violente... Tout son corps en tremblait ! Chargeant sa voix de tout le mépris qu'il put rassembler, il laissa tomber :

– Votre maître qui se dit descendant de Saint Louis, mais qui n'est sans doute qu'un bâtard de laquais car il ne peut pas être le frère de mon Roi, oserait-il s'en prendre à l'innocente venue chercher refuge sous son toit ? De quelle boue est-il donc fait ?

Rassuré par la présence du geôlier qui, debout auprès de la porte, ses clefs à la main, ne s'en différenciait guère tant il était immobile et impersonnel, Modène s'offrit le luxe d'un sourire plein d'impertinence.

– Vos injures ne peuvent l'atteindre : je ne les entends pas. Elles traduisent seulement votre impuissance à me convaincre. Naturellement mon maître ne saurait se livrer à si triste besogne car son cœur est bon et son âme sensible. Mais j'en sais plus d'un ou plus d'une qui n'auraient pas de ces délicatesses et qui se chargeraient volontiers d'une telle besogne. Entre autres certaine dame blonde qui a réclamé la faveur de veiller personnellement sur un si précieux otage... Une dame que Monseigneur aime beaucoup...

Cette fois Gilles se sentit frémir. La Balbi ! C'était à elle, la maîtresse de Provence, à cette femme perdue de débauche et qui le haïssait parce qu'il l'avait rejetée, que l'on avait confié Judith, sa fragile, sa farouche... Quelles infâmes confidences Mme de Balbi allait-elle faire à cette jeune femme dont elle avait blessé si cruellement le cœur en détruisant son mariage, au soir même de ses noces et à la veille de son départ pour les jeunes Etats-Unis ? Allons, le piège était bien monté et digne en tout point de son auteur...

Envahi d'un immense dégoût, il tourna la tête pour ne plus voir l'expression de joie cruelle de ce visage encore inconnu une heure plus tôt et qu'en si peu d'instants il avait appris à haïr. Par-dessus les flammes des bougies, son regard rencontra celui de Pongo. Les yeux sombres de l'Indien, presque toujours si curieusement inexpressifs, brûlaient comme des chandelles. Gilles y lut une colère égale à la sienne mais, aussi, un avertissement, une mise en garde et il comprit que son fidèle serviteur craignait qu'il ne se livrât à quelque geste irréparable.

Pour le rassurer, il lui adressa un semblant de sourire puis revenant à l'homme qui, prêt à sortir, l'observait :

— Allez au diable! gronda-t-il. Mais, en y allant, dites-lui bien ceci : au cas où, par sa faute, un seul cheveu tomberait de la tête de ma femme, ce serait la sienne qui m'en répondrait. Je n'aurai trêve ni repos que je ne l'aie abattu de ma main. J'en fais le serment sur la vie de ma mère, sur l'honneur de mon père...

L'autre eut un ricanement désagréable.

— Que pourrait-il avoir à craindre d'un mort... ou, tout comme, d'un prisonnier que l'on oublierait au fond d'un cul-de-basse-fosse ?

— Chez nous, monsieur, en Bretagne, on croit aux revenants et aux revenants qui tuent... ne fût-ce que par l'obsession et la terreur qu'ils peuvent causer. Dieu qui me connaît ne me refusera pas la joie de hanter mon ennemi. Un jour viendra où Satan lui-même gémira et tremblera sous Sa Justice! Pensez-y, monsieur l'astrologue! Vos pareils finissaient souvent sur le bûcher, jadis. Vous, en servant le maître que vous vous êtes choisi, c'est le feu éternel qui vous attend...

Il eut l'amère satisfaction de voir l'autre pâlir et faire un rapide, presque furtif signe de croix avant de disparaître derrière le vantail de la porte. Même les esprits forts de ce siècle, dit des Lumières, ne parvenaient pas toujours à chasser, des recoins obscurs de leur âme, la crainte des vieilles malédictions, l'angoisse de l'au-delà, du mystérieux passage derrière le miroir sans tain d'où personne, jamais, n'était revenu dire ce qu'il y avait trouvé. Le bruit de ses pas, étouffé par l'épaisseur des murs, s'éteignit très vite... Modène s'enfuyait...

Un moment, Gilles et Pongo demeurèrent seuls face à face sans rien se dire, chacun d'eux sachant bien, sans avoir besoin du secours des paroles, ce que l'autre ressentait. Peu bavards, comme tous ceux qui ont pris racine et longtemps vécu en étroite communion avec la nature – les grandes forêts américaines pour l'Indien, la lande et la mer bretonnes pour son maître – l'amitié et la confiance qui s'étaient développées entre eux depuis plusieurs années se traduisaient par un étrange pouvoir de chacun à lire dans les pensées de l'autre.

Ce fut seulement au bout d'un instant que Pongo murmura :

– Pas beaucoup trois jours pour...

Mais Gilles lui fit signe de se taire. Guyot le geôlier, en effet, revenait une fois de plus pour desservir la table.

Il fit la grimace en constatant que tous les plats étaient vides et que les prisonniers avaient tout mangé ainsi que l'Indien l'avait prédit et il était tout juste en train de se promettre de prélever, à l'avenir, sa dîme personnelle en apportant les repas quand Pongo, qui ne l'avait même pas regardé, lui déclara d'un ton sévère :

– Si plats pas assez pleins demain, moi te couper oreilles !

Sûr de lui, l'homme voulut faire le malin et haussa les épaules.

– Vous pas couteau ! fit-il, imitant Pongo. Vous rien couper du tout...

L'ancien sorcier sauta sur lui d'un bond de danseur et lui montrant les longues incisives qui le faisaient ressembler si fort à un lapin :

– Moi ai dents ! s'écria-t-il en roulant des yeux si terribles que le porte-clefs poussa un gémissement de terreur. Moi arracher grandes oreilles velues avec dents ! Moi l'avoir fait très souvent dans combats avec tribus ennemies...

Epouvanté, Guyot ramassa son plateau et s'enfuit sans demander son reste, oubliant même dans son affolement de refermer la porte derrière lui. Un vacarme de plats d'étain s'affalant sur les pierres de l'escalier donna la pleine mesure de sa frayeur. Pongo se mit à rire, alla jusqu'à la porte dont il fit jouer le battant, découvrant la torche, fixée dans des griffes de fer, qui éclairait le palier désert.

– Intéressant... dit-il seulement.

Mais Gilles était déjà dehors. Sans plus réfléchir, il s'était rué sur cette porte ouverte, ce symbole d'une liberté dont il avait plus que jamais besoin, comptant peut-être sur une chance exceptionnelle, sœur de celle qui, un jour, au collège Saint-Yves de Vannes, avait changé complètement l'orientation de sa vie. Parce que le concierge avait mal refermé sa porte et parce que lui avait osé franchir cette porte, son destin avait changé de cap. Au lieu de la grisaille du séminaire, il avait connu les immensités et les fulgurants soleils d'Amérique, les hasards et les fièvres de l'aventure et tout ce qui en était résulté pour lui jusqu'à ce couronnement qu'avait été son mariage avec Judith de Saint-Mélaine.

Au passage, il avait pris Pongo par la main.

– Viens... Il faut tenter le tout pour le tout. Il y a peut-être là un signe...

Ensemble, ils se ruèrent dans l'escalier mais, très vite, Pongo s'arrêta, retint son maître : des bruits de pas nombreux, des cliquetis d'armes qui montaient se faisaient entendre.

— Pas possible ce soir ! chuchota-t-il. Porte ouverte, oui, mais encore beaucoup d'autres et des gardes, des grilles, des fossés...

— Les gardes sont vieux pour la plupart puisque ce sont des invalides, les portes peuvent s'ouvrir, les grilles aussi, les fossés se franchissent...

— Tout cela possible avec armes. Nous pas d'armes...

— Nous en prendrons au premier soldat qui se présentera. Viens !

Mais non seulement Pongo refusa de bouger mais il obligea Tournemine à remonter quelques marches.

— Non. Quoi se passer si nous échouer ? Si nous surpris ? Nous tués ?

— Non. Mais peut-être jetés au cachot et séparés... Tu as raison, viens !... On pourra toujours essayer de nouveau dans trois jours... avec une arme cette fois.

— Quelle arme ?

— Cet homme qui est venu ce soir avait une épée au côté...

La troupe qui montait l'escalier devait être importante. Il eût été sans doute impossible d'en franchir la masse. Sans bruit, les deux hommes regagnèrent leur prison dont ils prirent soin de refermer la porte aussi soigneusement que possible. L'instant d'après d'ailleurs, le bruit d'une course affolée et le claquement précipité des verrous leur apprirent que Guyot, revenu de sa frayeur, s'était posé des questions à ce sujet. L'écho de son soupir de soulagement leur parvint même par le guichet resté lui aussi ouvert. Il était temps : une grosse escouade envahissait l'escalier, escortant un nouveau prisonnier.

— Tu as bien fait de m'arrêter, dit Gilles amèrement. On ne s'évade pas de la Bastille... ou alors il y faut une minutieuse préparation. Et nous n'avons que trois jours. Trois jours ! cria-t-il soudain, envahi par la rage en assenant sur la table un si violent coup de poing que l'un des pieds du meuble se rompit. Pourtant, dans trois jours, si je n'ai pas remis ce que je considérais comme un dépôt sacré... et que d'ailleurs je ne possède plus puisque j'ai brûlé lettre et sachet et que Judith a emporté le portrait, dans trois jours dis-je, il faut que je ne sois plus ici.

– Toi dire être impossible s'en aller?

Tournemine haussa les épaules.

– Il y a toujours un moyen de s'en aller, Pongo. Il reste la mort...

En dépit de son impassibilité naturelle, l'Indien tressaillit :

– La mort?

– Mais oui... et ce sera peut-être la meilleure solution. La vie de Mme de Tournemine ne sera plus en danger dès l'instant où j'aurai cessé de vivre et je n'offenserai même plus Dieu puisqu'en mourant je préserverai une autre vie. Dans trois jours, si notre situation n'a pas changé, il faut que cet homme ne trouve plus qu'un cadavre.

– Comment mourir? Toujours pas d'armes...

– Il y a cent moyens : se pendre avec sa cravate, faire appeler l'un des officiers et le maîtriser pour lui enlever son épée...

– Bonne idée. Mais alors pourquoi ne pas prendre épée pour sortir?

Après tout pourquoi pas? Tout valait mieux que se ronger les poings dans l'inaction et mourir misérablement. Tenter une sortie désespérée lui permettrait au moins, à défaut de liberté, de perdre la vie de la seule manière qui lui convînt : l'épée à la main. Et puis, qui pouvait savoir? Des entreprises plus folles avaient réussi avec l'aide de Dieu.

– Reste à savoir, murmura-t-il, poursuivant à haute voix sa pensée, si Provence, au cas où nous nous échapperions, laisserait vivre Judith. Ce misérable est capable de tout pour se venger et me détruire. Non, Pongo, j'ai bien peur que ma mort ne soit la seule solution possible pour la sauver.

– Alors, conclut l'Indien tranquillement, moi mourir avec toi. Plus rien à faire ici et, dès demain, moi commencer mon chant de mort.

Gilles n'entreprit pas de le dissuader. Il savait que cela ne servirait à rien et qu'une fois une décision prise, Pongo n'en démordait pas. La mort, pour les Indiens, était une compagne quotidienne, si familière qu'elle ne leur inspirait pas la moindre crainte, quelle que puisse être l'horreur du visage qu'elle offrait. Tous savaient, dès l'enfance, qu'au jour choisi par le destin, il leur suffirait de la prendre par la main et de se laisser conduire par elle vers le fabuleux pays des grandes chasses éternelles et du printemps sans fin, domaine personnel du Grand Esprit. C'était une vieille amie qu'il convenait d'accueillir avec honneur en lui chantant une fière bienvenue, plus chaleureuse encore si elle se présentait devant un poteau de torture...

Se préparant à suivre son maître, Pongo se devait donc d'exécuter son chant de mort. Mais connaissant ses étranges capacités musicales et la qualité très particulière de sa voix, Gilles se prit à songer qu'il serait peut-être intéressant d'observer l'effet de cette création artistique sur les oreilles et les nerfs des gens de la Bastille. Qui pouvait dire si des occasions inattendues ne se produiraient pas ?

Mais le chevalier ne devait jamais savoir s'il serait lui-même capable de supporter les incantations funèbres de l'Indien dont le lever du soleil devait être le signal car, en plein cœur de la nuit, alors que l'obscurité était profonde et le silence quasi total, le vacarme des verrous et des clefs se fit entendre de nouveau.

Réveillé en sursaut, Gilles se dressa sur son séant, retrouvant d'instinct, comme au temps des attaques nocturnes, le geste de chercher son épée. Mais il ne s'agissait plus de guerre : éclairés par la lanterne que brandissait un porte-clefs bâillant à se décrocher la mâchoire, un piquet de quatre soldats encadrait la silhouette sévère de M. le chevalier de Saint-Sauveur, lieutenant pour le Roi de la Bastille.

– Veuillez vous habiller et me suivre, Monsieur, dit-il. Et veuillez aussi vous hâter.

En dépit de l'appareil plutôt sinistre de cette mise en scène qui pouvait ne rien présager de bon, le prisonnier sentit une brusque vague d'espoir l'envahir. Allait-on le conduire devant un tribunal, l'interroger enfin, lui faire entendre ce que l'on avait à lui reprocher au juste en haut lieu et quelle peine il pouvait encourir ?

Le bon Louis XVI avait aboli la torture. Il n'avait donc plus rien à craindre de cette affreuse machinerie médiévale et, en admettant qu'on eût décidé de l'exécuter avec ou sans jugement, ce serait toujours autant de fait. Il n'aurait pas à se donner la mort.

Ce fut donc avec une sorte de hâte joyeuse qu'il enfila ses vêtements puis, tapant sur l'épaule de Pongo pour l'inciter à prendre patience, se tourna vers l'officier.

– Me voici, monsieur. Me direz-vous où vous me conduisez ?

– Vous le verrez bien, monsieur. Allons !

Les quatre soldats encadrèrent le prisonnier, s'engagèrent dans le couloir puis entamèrent la longue descente de l'étroit escalier à vis qui menait à la plus grande cour de la Bastille, celle que l'on nommait la seconde cour.

A se retrouver soudain à l'air libre, Tournemine éprouva une de ces petites joies simples comme apprennent à les apprécier les prisonniers et emplit avec délices ses poumons de la brise fraîche de la nuit.

Etant donné l'heure tardive, la grande cour aurait dû être déserte. Mais la première chose que vit Gilles fut une voiture fermée et grillagée entourée d'un peloton de Gardes de la Prévôté à cheval. Un officier qu'il ne connaissait pas arpentait les gros pavés de la vieille forteresse devant la portière ouverte de l'attelage. Ce fut à lui que s'adressa le lieutenant du Roi :

– Voici le prisonnier que je vous remets, monsieur. Ayez-en grand soin car il nous a été chaudement recommandé comme étant particulièrement dangereux.

– Soyez sans crainte ! Il ne nous échappera pas. Montez, monsieur.

Un instant plus tard, assis à côté de l'officier à l'intérieur de la voiture dont les ouvertures étaient obstruées par des grilles de fer et des mantelets de cuir, Tournemine entendait résonner sous les roues ferrées les planches des deux ponts-levis. Il se tourna vers son compagnon.

– Etes-vous autorisé à me dire, monsieur, où vous me conduisez ?

Mais il n'y eut pas de réponse. Apparemment, son compagnon n'était même pas autorisé à lui parler et le prisonnier sentit une vague angoisse lui serrer le cœur. Des histoires entendues jadis dans les cantonnements lui revenaient en mémoire, de prisonniers pour lesquels la Bastille était jugée trop douce et que l'on emmenait vers ces donjons de l'oubli et de la désespérance que l'on nommait Pignerol, ou Pierre-Encize. En ce cas, l'émissaire de Provence ne le retrouverait pas et Dieu seul pouvait savoir ce qu'il adviendrait de sa petite épouse... Mais pourquoi se donnerait-on tant de mal pour un homme qui n'avait fait, somme toute, que rendre un léger service à un prélat malheureux ? A moins que ce ne fût Provence lui-même qui eût trouvé ce moyen de le séparer de son fidèle Pongo et de s'assurer une influence plus complète encore sur son sort et sur sa vie ?

Incapable de répondre à ces questions, Tournemine s'installa le plus commodément qu'il put dans son coin, ferma les yeux et s'efforça de se rendormir. Le sommeil lui avait toujours paru la meilleure manière d'abréger un temps trop long et le meilleur refuge contre les idées noires.

La voiture, à présent, roulait à vive allure sur un grand chemin, environnée par le martèlement des sabots des chevaux lancés au galop. Il n'y avait rien à voir du paysage et puis la forte odeur de tabac que dégageait son compagnon servait tout juste à faire regretter au jeune homme sa chère pipe demeurée dans sa prison.

LE CŒUR D'UN ROI...

En dépit de ses efforts, Gilles ne réussit pas à retrouver le sommeil. La chaleur était étouffante dans cette voiture trop bien close et, s'il endurait aisément le froid, le chaud, la faim, la soif et la souffrance, le manque d'air lui avait toujours été intolérable. Heureusement, le voyage ne dura pas trop longtemps : un peu plus d'une heure. L'attelage et son escorte semblaient aller comme le vent.

Quand enfin il s'arrêta, le prisonnier savait, bien avant d'apercevoir par la portière ouverte les dalles noires et blanches de la Cour de Marbre, que l'on était à Versailles : les horloges familières de l'église Notre-Dame et de la cathédrale Saint-Louis sonnant 2 heures à sa droite et à sa gauche l'avaient déjà renseigné. Les bruits nocturnes de cette ville lui étaient aussi connus que ceux du palais où tant de nuits déjà il avait assuré son service. Restait à savoir chez qui on le menait.

Il eut tout juste le temps de se poser la question. Son muet compagnon, après l'avoir fait descendre, ne le dirigeait pas vers le Grand Vestibule où veillaient les Suisses mais le faisait pénétrer dans la Salle des Gardes sur laquelle s'ouvrait un petit escalier qu'il connaissait bien et que l'on nommait le Degré du Roi. Cet escalier conduisait aux Cabinets Intérieurs de Sa Majesté puis, plus haut, à ses Petits Appartements.

A sa grande surprise, on ne rencontra personne, ni dans la Salle des Gardes ni dans le Degré. Tout cela était désert... ce qui était parfaitement inhabituel. Où donc étaient ceux dont le devoir était de veiller aux portes des Appartements Royaux ?

Mais, en arrivant sur le palier où s'ouvraient les Cabinets d'Artillerie, des Plans et de Géographie, le prisonnier vit qu'un homme seul y faisait les cent pas, que cet homme était un Suisse et que ce Suisse était le baron Ulrich-August von Winkleried zu Winkleried, son meilleur ami...

A l'aspect du prisonnier et de son mentor, un éclair de joie brilla dans ses yeux noisette mais il ne dit rien, n'en ayant sans doute pas le droit. S'approchant de la porte devant laquelle il arpentait le dallage au pas cadencé, il frappa plusieurs coups légers et rapides et, aussitôt, cette porte s'ouvrit sous la main de Thierry, le valet de chambre de confiance du Roi.

– Sa Majesté vous prie de retourner à la voiture et d'y attendre ses ordres, monsieur, dit celui-ci à l'officier qui avait accompagné Gilles.

L'officier s'éloigna et le prisonnier pénétra seul dans l'appartement royal mais, au passage, il reçut en plein visage, comme un réconfortant rayon de soleil, le large sourire que Winkleried ne put s'empêcher de lui adresser en manière d'encouragement. Un instant plus tard, la porte du Cabinet de Géographie se refermait sur lui.

Tout de suite Tournemine s'inclina profondément. Empaqueté dans une robe de chambre de soie « puce » aux manches retroussées d'où émergeait le volant froncé d'une chemise de nuit ouverte sur sa poitrine, Louis XVI était penché sur une table supportant une petite mappemonde, de grandes feuilles de papier et tout un assortiment de plumes, de crayons, de compas, d'encres, de règles, d'équerres et d'une foule d'autres choses encore. Armé pour le moment d'un crayon et d'une règle, il donnait tous ses soins à la correction d'une carte marine comme si c'eût été la chose la plus naturelle qu'un roi de France quittât son lit en pleine nuit pour se consacrer à la géographie.

La perruque plantée un peu à la diable, les joues déjà mangées de barbe, le Roi n'avait pas l'aspect frais et soigné qui lui était habituel. Mais cela tenait moins au négligé de sa tenue qu'au pli amer creusé de chaque côté de sa bouche toujours si volontiers souriante, à la teinte curieuse de sa peau qui, sous le hâle du chasseur, montrait des traces grisâtres aux poches bistrées qui se gonflaient sous ses yeux. Cette nuit sans sommeil avait dû avoir des précédents et Louis avait exactement la mine d'un homme que ronge une peine secrète.

Un seul groupe de bougies éclairait la table et les mains du Roi, comme si la lumière avait été modérée intentionnellement afin que les impressions du monarque puissent se lire moins aisément sur son visage. Mais les yeux du chevalier, comme ceux d'un chat, pouvaient percer bien des ténèbres...

Le silence s'installa dans la petite pièce qui avait jadis abrité les perruques de Louis XV, un silence troublé seulement par le glissement léger du crayon le long de la règle. Il dura assez pour que Tournemine, figé et mal à l'aise, en vînt à se demander si le Roi s'était seulement aperçu de sa présence.

Enfin, avec un soupir où perçait un regret, celui peut-être d'abandonner une tâche passionnante pour retrouver un souci un instant bienheureusement oublié, Louis XVI repoussa son ouvrage et se laissa tomber lourdement dans un fauteuil que sa corpulence cachait.

Fermant les yeux, il appuya un instant, d'un geste plein de lassitude, deux doigts au coin interne de ses paupières, massant doucement la racine de son grand nez Bourbon qui n'avait plus rien de sa fierté naturelle. Puis, avec un nouveau soupir, il rouvrit les yeux, considérant le jeune homme avec une amère tristesse.

– Je vous devrai, monsieur, une pénible déception car vous avez trahi la confiance que j'avais mise en vous. Je ne vous cache pas qu'il a fallu beaucoup de supplications et d'insistance à votre ami, le baron de Winkleried, pour que j'accepte de vous entendre. Qu'avez-vous à dire ?

– Rien, Sire ! Puisque le Roi m'a déjà condamné, je n'ai rien à dire car le Roi ne saurait se tromper.

Le poing royal s'abattit sur la table.

– Qu'est-ce que ce propos de courtisan ? Ce n'est pas pour entendre des fadaises que je vous ai fait chercher à la Bastille mais bien pour apprendre de vous les justifications de votre conduite.

– De ma conduite ? Que le Roi me permette de lui dire que je n'ai encore jamais eu conscience de manquer, en quoi que ce soit, à mon devoir et à la fidélité que je lui dois. En outre, Sire, Votre Majesté sait bien que je n'ai rien d'un courtisan. Et si j'osais...

– Osez donc, monsieur ! L'audace a toujours, il me semble, fait partie de votre personnage. Et au point où nous en sommes... Veillez seulement à ne pas manquer au respect qui nous est dû.

– Je mourrai avant de manquer de respect à la majesté royale. Eh bien donc, Sire, puisque le Roi le permet, j'oserai lui demander pourquoi j'ai été jeté à la Bastille sous l'inculpation de « collusion et complicité » avec Son Eminence le Cardinal de Rohan ?

– Ah ! vous savez cela ?

– Le lieutenant des Gardes de la Prévôté de Votre Majesté, M. Gaudron du Tilloy qui a procédé à mon arrestation, ne me l'a pas laissé ignorer. Ce jour-là, Sire, un grand malheur me frappait et j'ai à peine fait attention à ses paroles. Mais, depuis, j'ai découvert que j'étais accusé de complicité de vol et que le voleur était un Rohan.

– Tout beau, chevalier ! Je ne vous ai pas fait venir pour discuter avec vous de la responsabilité du Cardinal dans cette vilaine affaire. Au surplus, vous n'êtes pas accusé de complicité dans le vol, mais bien d'entente criminelle avec un homme sur lequel la Justice du Roi venait de s'abattre, un homme que vous étiez chargé de garder et que, cependant, vous n'avez pas craint d'aider à faire disparaître des preuves accablantes, des preuves qui eussent été sans doute capitales.

Bien que sa situation n'eût rien d'enviable et qu'il eût pleinement conscience de l'endroit où il se trouvait, Tournemine se mit à rire, ce qui eut naturellement pour effet de porter à son comble la colère de Louis. Et comme le Roi rougissait facilement, il devint ponceau.

– Il me semble que vous vous oubliez, monsieur. Vous osez rire en ma présence?...

– Pourquoi non, Sire? J'ai toujours cru plaire davantage au Roi en lui montrant mes réactions naturelles plutôt qu'en composant une attitude contraire à la vérité. J'ai ri, Sire, à cause de l'extrême disproportion des termes employés par Votre Majesté avec la minceur du service qu'en effet j'ai accepté de rendre à Son Eminence.

– Ce sont pourtant les termes dont on s'est servi lorsque l'on m'a demandé de signer votre lettre de cachet. Le baron de Breteuil est un homme qui connaît la valeur des mots qu'il emploie.

– Ainsi, c'est le Ministre de la Maison du Roi qui a pris la peine de demander mon arrestation? C'est un bien grand honneur pour un homme qui ne pensait pas être connu de lui. Mais peut-être n'a-t-il agi que sur le désir de quelqu'un d'autre.

– Quelqu'un d'autre?

– Quelqu'un d'infiniment plus haut que lui, quelqu'un qui veut bien m'honorer, moi simple gentilhomme breton, d'une toute particulière inimitié. Nul n'ignore en effet, Sire, que, si M. de Breteuil porte au Grand Aumônier de France une haine tenace et si comme tel j'ai pu lui déplaire, ledit baron de Breteuil écoute volontiers les... suggestions de Mgr le comte de Provence.

Une surprise totale remplaça la colère dans les yeux bleus du Roi dont la voix, toujours un peu rauque, s'enroua tout à fait.

– Mon frère a de l'inimitié pour vous? Mais pourquoi?

Gilles n'hésita qu'un instant avant de se décider à frapper un grand coup. Après tout, il n'avait rien à perdre. Plantant hardiment son regard, aussi limpide qu'un lac de montagne, dans celui de son souverain, il articula calmement :

— Parce que je suis dévoué corps et âme à mon Roi et que Monsieur n'aime pas, n'aimera jamais, les serviteurs qui entendent consacrer leurs forces et leur vie au service d'un Roi qu'il a toujours souhaité remplacer sur le trône.

Un silence absolu, un peu angoissant, tomba brusquement entre les deux interlocuteurs. Louis avait reculé son fauteuil de façon que son visage quittât la zone lumineuse créée par les trois flammes du chandelier. Seules ses mains étaient visibles. Posées sur les bras du siège, Gilles pouvait les voir blanchir aux jointures, trahissant l'émotion qui s'était emparée du Roi et qui, lentement, crispait ses doigts. Mais quelle émotion était-ce là ? Conscient d'avoir lancé une très grave accusation, proche voisine de la lèse-majesté et qui pouvait l'envoyer pourrir pour le reste de son existence au fond d'un cul-de-basse-fosse, Gilles retint sa respiration, guettant ce qui allait venir... très probablement une explosion de colère, suivie d'un appel, d'un ordre de le ramener immédiatement à la Bastille. Mais il savait aussi qu'il n'avait rien à perdre, qu'il avait eu raison de jouer, sans crainte, le tout pour le tout.

Pourtant aucun éclat de colère ne vint. Seulement quelques mots murmurés d'une voix lasse qui semblait venir des profondeurs mêmes de la nuit.

— Croyez-vous que je l'ignore ? Par trois fois déjà, avant que la Reine n'eût mis au monde les princes qui font mon bonheur et l'espoir de la France, Monsieur a tenté de me tuer : la première fois ici même, dans un corridor dont les lumières se sont éteintes, peu de temps après mon avènement. J'ai reconnu mon frère au parfum d'iris qu'il affectionnait alors et dont il s'est d'ailleurs dégoûté aussitôt. La seconde fois, à la chasse : un subit emballement de mon cheval m'a sauvé d'un coup de fusil qui eût passé pour un accident : je l'ai su par un paysan qui avait assisté à la scène et que j'ai grassement payé pour qu'il se taise. La troisième en me faisant monter, au cours d'une promenade en forêt, dans deux voitures successives... dont les fonds se sont rompus l'un et l'autre avec une rare constance. Vous voyez, monsieur, que vous ne m'apprenez rien concernant les sentiments réels de mon frère. Il est persuadé que la couronne lui reviendra un jour parce que son astrologue favori, le comte de Modène, la lui a promise au cours d'une séance de magie...

Le nom de Modène, rappelant désagréablement à Tournemine ses propres tourments, le fit sortir de l'espèce de stupeur dans laquelle l'avaient plongé les terribles paroles du Roi.

– Le Roi sait tout cela, souffla-t-il, abasourdi, et cependant Monsieur jouit d'une entière liberté, Monsieur n'est pas mis hors d'état de nuire ?

– Je n'ai pas le goût de la vengeance, monsieur. Dieu ne la permet pas, et elle est indigne d'un roi. Je ne suis pas le premier de ma race qui ait eu à souffrir des complots de son frère. Louis XIII mon aïeul en a subi bien davantage de la part de Gaston d'Orléans et pourtant Gaston d'Orléans n'a jamais été puni. Et puis... il vaut mieux lorsque l'on se connaît un ennemi le garder sous son regard. Exilé sur l'une de ses terres ou mieux, enfermé au fond d'un château, Monsieur se créerait des partisans, s'attirerait des dévouements, se tisserait une légende et c'est encore moi qui aurais à en souffrir ! Enfin, la naissance de trois enfants a porté un coup sensible à ses ambitions et aux prédictions de ce Modène. Mon frère n'est pas dépourvu de sagesse et, à présent, il se contente de se ranger dans l'opposition...

– L'opposition ? s'écria Gilles, incapable de se contenir. Quel mot pour le lent travail de taupe que poursuit Monsieur à travers tant de voies obscures et souterraines ! Sire, Sire ! Votre Majesté se leurre ! Monsieur n'a pas renoncé, il a seulement changé de tactique et d'objectif.

– Qu'en savez-vous ?

– Le peu que j'en sais est encore trop, Sire, pour le repos de l'Etat et de son souverain. Le Roi sait-il que derrière cette misérable femme, cette La Motte que l'on vient d'arrêter, il y a Monsieur ?

– Quoi ?

– Mais oui. Oh ! Monsieur bien caché, Monsieur à longue distance, Monsieur qui, à cette heure, a sans doute tranché irréversiblement les liens invisibles qui le retenaient à cette femme, mais Monsieur tout de même.

– Allons donc ! Il ne la connaît même pas !

– Il la connaît. Sur mon honneur, Sire, je les ai vus, je les ai entendus ensemble dans les bosquets de Trianon, le soir où la Reine recevait Sa Majesté Gustave III.

– Monsieur n'était pas invité... bien que le Suédois soit de ses amis, ou plutôt à cause de cela.

– Il y était tout de même. Je n'ai pas très bien entendu ce qu'ils se disaient, mentit Gilles qui n'avait aucune envie de parler au Roi de la lettre de Fersen volée à la Reine par la dangereuse comtesse, mais le peu que j'ai compris était suffisant. Tarée, avide, perverse, Mme de La Motte ne pouvait qu'intéresser Monsieur. D'autant qu'ayant cessé de s'en prendre à la vie du Roi, il s'intéresse à présent de fort près à la réputation de la Reine.

– Ce n'est tout de même pas pour lui que La Motte a volé le collier ?

– Non. La comtesse seule est l'auteur du vol mais il n'empêche que son action fait du cardinal de Rohan une victime de Monsieur. Lui non plus, Sire, n'a pas volé le collier. Il a été dupé, trompé, mystifié, et il paie à présent fort cher sa crédulité et sa confiance dans une aventurière qui ne les méritait pas.

Emergeant enfin de son fauteuil et de son obscurité, Louis XVI se leva et, les mains nouées derrière son dos, se mit à marcher lentement de long en large à travers le petit cabinet. Son visage était plus sombre encore que tout à l'heure et Tournemine comprit que le seul nom du Cardinal en était responsable et que, de ce côté, il allait avoir du mal.

Passant et repassant entre le prisonnier et la lumière, le Roi finit par s'arrêter devant lui.

– Selon vous le Cardinal n'est pas coupable ?
– Du vol ? Certainement pas. De folie momentanée, d'inconséquence et d'irréflexion peut-être mais...
– Et... pas davantage de lèse-majesté ?
– Lèse-majesté, Sire ? Je ne vois pas...
Plus petit que Gilles, Louis dut lever la tête pour le regarder au fond des yeux mais dans ceux de son souverain, le jeune homme lut une lourde tristesse.
– Quand un homme ose prétendre à l'amour d'une reine, il y a lèse-majesté et plus encore envers l'époux de cette reine. Oserez-vous me jurer que le Cardinal ne s'est pas permis de lever les yeux jusqu'à sa souveraine et d'en attendre... – une brusque bouffée de fureur enflamma soudain le visage lourd du Roi, allumant une étincelle dans son regard en général assez terne... – je ne sais quelles complaisances indignes d'une femme honnête !
Le cœur du chevalier manqua un battement. La question était dangereuse, non pour lui-même qui avait fait délibérément le sacrifice de sa vie, mais pour cet homme couronné qu'il découvrait meurtri et douloureux comme n'importe quel mari dont on suspecte la fidélité de la femme. Or, par ce que lui avait révélé Cagliostro, Gilles savait que Rohan se croyait, grâce aux fausses lettres écrites par Mme de La Motte et son âme damnée Reteau de Villette, et grâce à l'infâme comédie jouée au Bosquet de Vénus, sinon devenu l'amant de la Reine tout au moins bien près de le devenir. Le Roi avait raison : le crime de lèse-majesté était flagrant mais il n'était pas possible de l'admettre sans détruire définitivement le repos et la confiance de Louis. Pas plus qu'il n'était possible de lui dire que l'ennemi de son bonheur ce n'était pas Rohan mais Fersen, le beau Suédois dont Marie-Antoinette était si follement éprise...
La colère du Roi était déjà retombée. Se méprenant sur le silence que gardait le jeune homme, il eut, des épaules et des mains, un geste traduisant une impuissance et une résignation navrantes chez un monarque.

– Vous voyez bien...

– Non, Sire, je ne crois pas que le Cardinal se soit rendu coupable d'un tel crime. Le respect...

– Le respect ? coupa Louis, s'emportant de nouveau. Allons donc ! Je sais, moi, que ce misérable ose aimer la Reine..., et que vous en avez eu la preuve entre vos mains, cette preuve détournée qui fait de vous un coupable.

Cette fois Gilles comprit qu'il lui fallait aller le plus loin possible dans le domaine de la franchise et qu'il avait peut-être entre les mains, pour un instant, l'honneur de sa Reine.

– C'est vrai, dit-il doucement, le Cardinal aime Sa Majesté la Reine mais, Sire, je ne crois pas qu'il soit le seul en France. La Reine est jeune, très belle. Elle est peut-être la femme la plus séduisante de ce siècle et nul n'est maître des mouvements de son cœur. Quant à ce que Son Eminence m'a confié, parce que sa sensibilité souffrait à l'idée de voir ces menus objets tomber entre des mains viles ou simplement étrangères, c'était bien peu de chose...

– Peu de chose? Des lettres, m'a-t-on dit, des bijoux...

– « Des » lettres? Des bijoux! Que le Roi est donc mal informé! Ce que le Cardinal m'a remis c'était un petit sachet de soie rouge brodé à ses armes qu'il portait au bout d'une chaîne. Ce sachet contenait seulement deux choses : un petit billet à l'écriture passée, au papier fané, écrit en allemand d'une grosse écriture maladroite d'écolière, et un médaillon renfermant un portrait.

– De qui ? De la Reine, bien sûr ? gronda Louis XVI.

– Non, Sire. De Madame la Dauphine à peu près au moment, j'imagine, où le cardinal de Rohan l'a accueillie à Strasbourg lorsqu'elle est entrée en France pour épouser Votre Majesté qui n'était encore que Votre Altesse. Ainsi, le Roi peut juger : il y a bien longtemps déjà que dure ce grand amour d'un homme qui est plus à plaindre qu'à blâmer.

– Qu'avez-vous fait de ces objets ?

– Ainsi que l'avait demandé Son Eminence, j'ai brûlé le billet et le sachet et gardé le portrait.

Le Roi réfléchit un moment puis, tournant les talons, alla vers l'une des armoires, hésita avant de l'ouvrir, se retourna vers le jeune homme.

– Ai-je votre parole, chevalier, que vous m'avez dit la vérité entière concernant le dépôt que vous avez reçu du Cardinal ?

– Sur mon honneur de soldat, ma foi de chrétien et le salut de mon âme, je jure au Roi que je n'ai rien reçu d'autre...

Un sourire de délivrance illumina un instant le visage fatigué de Louis. Revenant à son armoire, il l'ouvrit d'un geste plein de décision, en tira un plateau sur lequel étaient préparés un flacon, des verres, des petits pains, du beurre et quelques tranches de pâté. Il avait toujours auprès de lui de ces en-cas tout préparés car, même au plus épais des soucis ou dans le plus vif chagrin, son robuste appétit ne perdait jamais ses droits.

Portant le plateau sur une petite table encadrée de deux chaises, il désigna l'une d'elles à Tournemine.

– Asseyez-vous là, chevalier, et remettez-vous. Vous n'imaginez pas la joie que j'ai à vous trouver innocent des noirceurs dont on vous accusait. Nous allons fêter cela tous les deux; puis je vous ferai reconduire chez vous. Demain, ou plutôt tout à l'heure, car il est fort tard, je ferai savoir à M. le duc de Villeroy que vous êtes lavé de tout soupçon et que vous reprenez votre place aux Gardes du Corps. A votre santé, mon ami...

Tout en parlant, Louis remplissait deux verres de bourgogne, en tendait un à son invité occasionnel puis, après avoir légèrement levé le sien, en humait un instant le bouquet avant d'en avaler une gorgée, les yeux mi-clos, avec un visible plaisir. Le serment que venait de prêter son jeune garde avait repoussé assez loin l'écœurante vague de soupçons qui lui empoisonnait le cœur depuis le 15 août tragique au cours duquel le Cardinal avait été arrêté en pleine Galerie des Glaces.

Car, pur d'esprit et confiant de nature, Louis XVI avait besoin d'appuyer sa foi sur quelques hommes dont le nombre, malheureusement, s'amenuisait singulièrement depuis la mort du vieux Maurepas qu'il avait aimé comme un père, et l'idée que le jeune Breton qui s'était déclaré si hautement son homme lige et dont l'attachement lui avait paru sincère ait pu avoir partie liée avec des misérables lui avait été insupportable.

– Je suis d'autant plus heureux des assurances que vous venez de me donner que M. de Vergennes m'a entretenu ce tantôt de ses idées personnelles sur l'affaire. Il pense que la folie du Cardinal mérite une punition exemplaire mais qu'il n'est en rien coupable du vol de ce damné collier. Selon lui, nous devrions régler cette affaire le plus discrètement du monde.

– Ce serait sagesse, en effet. On n'en parle déjà que trop sans doute... Le Roi peut juger seul et, seul, indiquer la sentence.

– Je sais, je sais, mais la Reine veut la lumière pleine et entière. Elle est enragée contre le Cardinal et je la comprends. Puisqu'on a osé se servir de son nom, elle entend que la punition soit publique et éclatante. C'est le Parlement qui jugera...

Gilles eut un haut-le-corps.

– Le Parlement, Sire ? Les deux Chambres ?

Louis approuva de la tête.

– La Grande Chambre et la Tournelle réunies en juridiction exceptionnelle. Mais oui.

– Le Parlement qui règne sur Paris... Le Parlement si hostile à Versailles... et au Roi ?

– Je lui crois tout de même assez d'honneur pour juger convenablement ce crime sans précédent où le droit commun s'est haussé jusqu'à la lèse-majesté. Et puis, la Reine l'exige... et moi je le veux.

Beaucoup moins, certainement, que Marie-Antoinette mais c'était là le mot de la fin. Du moment que la Reine l'exigeait, il n'y avait plus rien à ajouter.

Tandis que le Roi buvait un autre verre et entamait

une tranche du pâté que Gilles venait de refuser, celui-ci s'enhardit à reprendre la conversation.

– Sire, dit-il doucement, si j'ai bien compris le Roi, je ne retourne pas à la Bastille?

– Bien sûr que non! Vous n'avez pas à être puni pour une faute que vous n'avez pas commise.

– Pourtant, Sire, je supplie le Roi de me faire ramener dans ma prison.

Louis XVI interrompit son petit repas si joyeusement commencé, repoussa son assiette et regarda Gilles avec une réelle stupeur.

– Vous voulez y retourner? Ah çà, monsieur, vous perdez l'esprit? Et pour quoi faire, s'il vous plaît?

– Pour y sauver la vie de mon épouse. Si le Roi me libère, en me déclarant aussi hautement hors de cause, elle mourra...

Louis XVI poussa un soupir à éteindre les chandelles et regagna son fauteuil.

– Qu'est-ce encore que cette histoire? Racontez, racontez! Nous nageons en plein délire et puisqu'il est écrit que nous finirions la nuit ensemble, apprenez-moi ce nouveau mystère.

Tournemine s'exécuta. Le plus calmement qu'il put il relata la visite du comte de Modène dont le nom, au passage, arracha au Roi une exclamation de colère qui ne fit que croître à mesure que se déroulait le récit du jeune homme. Quand il en vint à sa décision de mourir pour ôter à Provence tout motif de s'en prendre à la vie de Judith, Louis explosa.

– Dites-moi, chevalier, me prenez-vous pour un si pauvre sire? Ne suis-je pas le Roi? Si je déclare qu'il n'y a pas de quoi fouetter un chat dans cette histoire de sachet rouge, si j'ordonne à mon frère de rendre immédiatement sa liberté à Mme de Tournemine...

– Monsieur niera avec hauteur la détenir en sa maison. D'ailleurs dans laquelle, en admettant que ce soit bien l'une des demeures de Son Altesse? Et pendant qu'on la cherchera il exercera sur elle sa vengeance, ou plutôt la livrera à la vengeance d'une femme qui se croyait des droits sur moi. Non, Sire, je remercie le Roi du fond du cœur, mais il faut qu'il m'abandonne à mon sort et...

– Et moi je dis que vous êtes fou, que j'aime votre service et que j'entends vous garder en vie ! Je ne veux ni que vous mourriez ni vous laisser pourrir des années à la Bastille.

– Il faut pourtant que je meure, Sire... ou que je passe pour mort ! fit Tournemine en qui une idée commençait à se faire jour. Je ne peux supporter l'idée de savoir en danger la femme que j'aime.

– Qui la supporterait ? (Puis, changeant brusquement de ton :) Où vous a-t-on logé, à la Bastille ?

– Dans la tour de la Bazinière, je crois, Sire.

– Comme l'on fait pour les nouveaux venus auxquels on n'a pas encore attribué de prison définitive. Eh bien, l'on va vous trouver très vite une autre chambre, il ne faut pas que vous restiez à la Bazinière... Prenez ce flambeau et venez avec moi.

Renonçant momentanément à comprendre, Gilles prit le candélabre et quitta le Cabinet de Géographie à la suite du Roi. Sur le palier, Winkleried montait toujours sa garde et les regarda passer en s'efforçant de dissimuler la joyeuse surprise que lui causait leur double apparition.

– Veillez à ce que personne n'entre ici ou ne monte aux étages, Monsieur, lui lança le Roi en se dirigeant vers l'escalier.

L'un derrière l'autre, Louis XVI et Tournemine gagnèrent le quatrième palier du Degré. C'était le dernier étage du palais. Au-dessus, il n'y avait plus que le belvédère dans lequel le roi-savant avait son télescope. Tout était obscur dans cette partie des Petits Appartements où le Roi seul entrait. La chaleur, encore forte pour la saison, qui avait régné durant tout ce jour de septembre, semblait s'y être condensée car toutes les fenêtres étaient soigneusement closes et, avant même que Louis n'eût ouvert la porte qui menait à sa forge, les deux hommes étaient déjà inondés de sueur.

Ce n'était pas la première fois que Gilles pénétrait dans le domaine le plus privé du Roi. Il avait déjà eu les honneurs de l'atelier de serrurerie quand Lauzun, au retour d'Amérique, l'avait lui-même présenté au Roi. Il y avait reçu un accueil qui lui avait été droit au cœur et il retrouvait avec plaisir l'odeur de charbon, d'acide et de ferraille qui régnait dans la grande pièce, obscure à cette heure de la nuit.

La lumière qu'il tenait au poing fit surgir de la nuit les rangées d'outils bien ordonnés, la forme fantastique du soufflet et de la forge éteinte avec leurs chaînes de tirage, l'établi avec son étau dont les mâchoires puissantes retenaient une serrure commencée. Plus loin, sur des rayonnages, il y avait des coffres de tailles et de formes différentes avec des serrures plus ou moins compliquées et aussi, chacune portant une petite étiquette, une prodigieuse collection de clefs et de passe-partout. Amusé malgré lui, Gilles ne put s'empêcher de penser qu'il y avait là de quoi faire rêver le plus audacieux des cambrioleurs.

Ce fut vers sa collection de clefs que le Roi se dirigea. Il chercha un moment, retournant des étiquettes, ouvrant des coffres, s'énervant un peu de ne pas trouver ce dont il avait besoin. Finalement, il disparut dans la pièce voisine où il avait son tour et revint portant une boîte qui semblait assez pesante, la posa sur l'établi, l'ouvrit et, avec une exclamation de satisfaction, en tira trois clefs qu'il examina un instant avant de les offrir au chevalier...

– Ces clefs, chevalier, sont celles des portes qui ferment la plate-forme de la tour de la Liberté et celle-ci ouvre la porte de la chambre située au dernier étage de cette tour. C'est là que, sur mon ordre, on vous enfermera dès demain matin. C'est de là que vous vous enfuirez dans deux nuits...

– Mais, Sire, c'est impossible. Je ne peux pas m'évader... je n'ai pas le droit et...

– Calmez-vous, je vous prie. La solution que je vous offre est la seule possible mais je ne vous cache pas qu'elle n'est pas sans danger, quelles que puissent être les précautions que je prendrai... très discrètement pour favoriser votre évasion. Il faut toujours compter avec le destin, avec la chance, et nous ne pouvons éliminer ni l'un ni l'autre. En peu de mots, mon plan est le suivant : vous allez tenter de vous évader, cette tentative échouera apparemment et vous passerez pour mort. En fait, j'espère bien qu'avec l'aide de Dieu elle réussira. Ecoutez-moi un moment sans m'interrompre...

Pendant plusieurs minutes, dans le silence et la chaleur de la forge, la voix royale, volontairement assourdie, chuchota un plan dont la simplicité et l'audace révélèrent à Tournemine abasourdi que ce paisible souverain, si ami des sciences et de la lecture, si hostile à la violence, pouvait être un habile tacticien. A sa suite, et en imagination, il parvint à la plate-forme d'une tour, descendit le long de la vertigineuse muraille, traversa le fossé large de vingt-cinq mètres, profond de huit et au fond duquel s'étalait un ruisseau, escalada le mur de la contrescarpe pour atteindre le chemin de ronde extérieur et franchir la dernière enceinte de la forteresse.

– Quelqu'un vous attendra, quelqu'un vous aidera, quelqu'un enfin vous emmènera et vous cachera jusqu'à ce que vous puissiez reparaître sous une autre identité tandis que l'on enterrera un cadavre sous votre nom. Plus tard, peut-être, vous pourrez ressusciter et nous en parlerons car, bien sûr, je vous donnerai les moyens de me rencontrer. Ah ! Prenez encore ce canif, il est solide et vous pourrez en avoir besoin... A présent, venez. Le jour va bientôt paraître et il faut que je vous fasse reconduire en prison. A propos, vous êtes seul dans votre cachot ?

– En tant que prisonnier, oui, Sire. Mais mon serviteur indien m'a suivi et partage ma captivité.

– Parfait. A deux les choses seront un peu moins difficiles. Mettez tout ceci dans vos poches et redescendons.

– Sire ! pria Gilles, ému, avant de sortir, le Roi permet-il que je lui dise combien je lui suis reconnaissant, combien...

– C'est inutile, monsieur. C'est à moi et à mes enfants que je rends service en nous conservant un serviteur de votre valeur. En échange et quand vous aurez retrouvé votre liberté d'action vous essaierez de nous protéger des attaques de celui dont nous savons, vous et moi, qu'il est notre pire ennemi. Je vous reverrai dès que ce sera possible... si Dieu permet que vous sortiez vivant des fossés de la Bastille...

En revenant vers son Cabinet de Géographie, Louis XVI interpella Winkleried.

– Commandez l'escorte et la voiture, baron ! Le chevalier de Tournemine retourne à la Bastille.

Un émouvant mélange de déception et de désarroi se peignit sur le large visage du jeune Suisse.

– Sire ! murmura-t-il, atterré, le Roi ne veut pas dire...

– Le Roi veut dire ce qu'il dit ! Ne discutez pas, monsieur. Obéissez puis, quand la voiture sera repartie – et vous m'assurez sur votre vie qu'elle partira sans encombre –, vous reviendrez me parler...

Quelques instants plus tard, enfermé de nouveau dans sa prison roulante auprès d'un compagnon qui ne perdit pas un instant pour se rendormir, Gilles reprenait la route de Paris. Mais ce voyage de retour était bien différent de l'aller. Certes, il faisait toujours aussi chaud dans la voiture et l'officier de la Prévôté sentait toujours le tabac refroidi, mais le prisonnier emportait dans son cœur toute la fraîcheur vivifiante de l'aube.

Au-dehors, en dépit des bruits de l'escorte, il pouvait entendre l'appel des coqs qui se répondaient de Saint-Cyr au Chesnay, les premiers cris de la ville et, en traversant la place d'Armes, les jurons des cochers qui, eux aussi, se répondaient en effectuant un semblant de nettoyage dans leurs diverses voitures de place : coches, carabas ou « pots de chambre »...

Et puis ce fut l'Angélus et l'égrènement doux de ses

notes d'espérance. Silencieusement, alors, Gilles se mit à prier, offrant à Dieu une fervente action de grâces pour avoir bien voulu permettre que son Roi de France, à lui, ne fût ni Louis XIV ni Louis XV, ces rigides symboles de la monarchie absolue, impitoyable et sourde aux souffrances des simples mortels, mais un brave homme de savant au cœur bon et compatissant qui ne possédait certes pas la poigne de fer qui fait les grands rois mais toutes les qualités qui font les gens de bien et même, dans une certaine mesure, les saints.

Pourquoi, hélas ! avait-il fallu qu'on lui donnât pour femme cette jolie et folle archiduchesse d'Autriche qui avait pris sur lui un ascendant redoutable et qui, pour le malheur de tous, ne parvenait pas à oublier qu'elle était née sur les bords du Danube ? Et moins encore peut-être une naissance Habsbourg d'où elle tirait l'intime conviction d'appartenir à une race privilégiée, d'essence quasi divine, qui la rendait incapable de comprendre les aspirations, tellement plus simples et plus humaines, d'un fils de Saint Louis trouvant plaisir à pratiquer la serrurerie.

Pour sa part, Gilles bénissait de tout son cœur cette étrange face du caractère d'un roi. Répartis dans les vastes poches de son habit, il sentait la présence des clefs et du canif entrés en sa possession de si extraordinaire façon et en éprouvait une joie maligne. C'était amusant, à tout prendre, de se retrouver dans cette voiture, gardé comme un chargement d'or ou comme un prisonnier d'Etat, tout en sachant parfaitement que l'on emportait avec soi ce qui représentait, à la lettre, les clefs de la liberté...

Le goût de la vie, cette vie à laquelle il renonçait si aisément quelques heures plus tôt, lui revenait avec une ardeur nouvelle, une saveur plus dense de savoir qu'il allait tout de même la remettre en question, en dépit de la chance qu'on lui offrait. L'aide royale, en effet, s'arrêtait à certaines choses : les clefs et le fait que le gouverneur de la Bastille, M. de Launay, recevrait dès le matin l'ordre de le transférer dans la plus haute chambre de la tour de la Liberté, une de ces chambres étroites et voûtées si bas qu'il aurait peine à s'y tenir debout. En outre, Gilles savait que quelqu'un l'attendrait, déguisé en invalide, de l'autre côté du fossé, sur le chemin de ronde extérieur.

Mais, avant de rejoindre cet inconnu, il y aurait la vertigineuse descente le long d'une haute tour au moyen d'une corde qu'il allait devoir faire avec des draps et les tissus qu'il trouverait sur place car lui faire passer une corde en si peu de temps était parfaitement impossible. Cette corde certainement serait trop courte et il lui faudrait se laisser tomber dans le fossé, le traverser et remonter de l'autre côté. En outre, comme il était impossible de mettre la garnison au courant, il y aurait de fortes chances pour qu'on lui tire dessus.

Pourtant, ces difficultés mêmes stimulaient son ardeur. Elles représentaient sa part de courage personnel et le prix dont il était normal qu'il payât la générosité de Louis XVI. Il savait qu'au matin on retrouverait un cadavre dans le fossé, un cadavre qui accréditerait sa mort mais il se pouvait très bien que ce cadavre fût le sien et que l'Ecole de Médecine fît l'économie d'une pièce anatomique... L'important était seulement, à ses yeux, que Pongo, qui allait partager l'aventure, s'en tirât, lui, sans dommage.

Il faisait grand jour quand le carrosse pénétra de nouveau dans la vieille forteresse de Charles V. Lorsque la portière s'ouvrit devant lui, Gilles vit qu'il faisait beau et qu'un encourageant rayon de soleil plongeait jusqu'au fond de ce puits noir que constituait la grande cour, irradiant une brume qui annonçait la chaleur.

Pour la première fois, l'officier qui l'avait accompagné ouvrit la bouche.

– Vous voilà chez vous, Monsieur, fit-il avec un sourire qui donna au prisonnier l'envie irrésistible de lui aplatir la figure mais il se souvint à temps qu'il avait autre chose à faire et qu'en fait de prison sous les toits, il risquait alors de se retrouver dans un cachot à six pieds sous terre. Et puis l'animosité des soldats de la

Prévôté envers le régiment privilégié des Gardes du Corps ne datait pas d'hier. Visiblement, ce bonhomme avait éprouvé l'une des douces joies de sa vie en en trouvant un à la Bastille.

Il retourna son sourire mais en plus venimeux.

– Quelle joie! Vous n'imaginez pas la hâte que j'avais de m'y retrouver. La Bastille est ce qu'elle est mais elle ne sent pas mauvais...

Et, tournant le dos au personnage, il adressa un salut plein d'urbanité au chevalier de Saint-Sauveur qui approchait pour le reconduire dans sa chambre.

Le soupir que poussa Pongo en le voyant reparaître lui donna la pleine mesure du souci que celui-ci s'était fait à son sujet. Après avoir scruté attentivement le visage mal rasé du jeune homme, il se mit à palper ses bras et ses jambes.

– Rassure-toi! fit Gilles en riant. Je suis entier. On ne m'a pas mis à la torture. J'ai seulement fait un petit voyage...

Il attendit que la porte se fût refermée puis, jetant un coup d'œil au guichet derrière lequel il était toujours possible que Guyot fût aux écoutes, il posa vivement un doigt sur ses lèvres et se contenta de murmurer :

– Tout va bien...

Puis comme l'Indien, rassuré, allait s'accroupir de nouveau dans son coin préféré, près de la fenêtre, pour reprendre ses incantations préparatoires à une belle mort, il leva la main pour l'arrêter mais se ravisa. Tant qu'ils n'auraient pas mis une certaine distance entre eux et la vieille prison d'Etat, la mort demeurerait une éventualité assez proche pour mériter que l'on en tînt compte... Laissant donc Pongo à son improvisation, il alla se jeter sur son lit et, sourd aux rauques vocalises de son compagnon, s'endormit presque aussitôt.

Ce fut vers la fin du jour qu'on tira Tournemine de son bienheureux sommeil en venant le chercher pour le changer de prison. Pongo chantait toujours. Aussi, en passant devant Guyot, le chevalier ne put-il s'empêcher de sourire : le porte-clefs avait la mine défaite d'un homme qui vient de beaucoup souffrir mais dans son œil quelque chose ressemblait à une aurore d'espérance : Dieu l'avait pris en pitié et débarrassé de cet affreux sauvage qui poussait de si affreux cris et qui lui faisait si peur...

Sous bonne escorte, on descendit donc les trois étages de la Bazinière et l'on gagna la tour de la Liberté, séparée de la première par une autre tour, la Bertaudière. Ces tours, avec une quatrième, la tour du Coin, formaient la façade ouest de la Bastille et regardaient vers la rue Saint-Antoine. Autrefois, d'ailleurs, deux d'entre elles, la Bertaudière et la Liberté, n'étaient rien d'autre que les défenses encadrant l'ancienne Porte Saint-Antoine. Le reste de la forteresse avait été édifié autour.

Ces énormes cylindres de pierre comportaient en général cinq chambres, une par étage. Seule, la Liberté, ainsi nommée parce qu'en principe, jadis, ceux qu'on y logeait avaient la « liberté » de se promener sur le couronnement ou sur la terrasse, en possédait six.

La plus élevée, la calotte, fut celle qui accueillit Gilles et Pongo. C'était une pièce octogonale, pavée de briques et dont les huit arcades se rejoignaient en ogive sur un cul-de-lampe. Mais, alors que la hauteur de plafond des autres chambres était d'environ cinq mètres, celle de la calotte était si basse que les deux nouveaux prisonniers durent se baisser pour y entrer et que, vers le centre seulement, Pongo put se redresser complètement. Gilles ne le put pas : il lui manquait cinq bons centimètres.

En outre, à la manière des Plombs de Venise, il y régnait l'hiver un froid rigoureux et l'été une chaleur de four. Aussi, en franchissant la porte, les nouveaux venus eurent-ils l'impression d'entrer dans une fournaise. C'était l'une des pièces les plus pénibles de la prison. Mais, entre ce « carcere duro » et la plate-forme de la tour, il n'y avait que trois serrures à ouvrir : la double porte de la geôle et celle qui ouvrait la terrasse.

L'ameublement en était des plus succincts : un lit logé entre les intervalles des arcades et une chaise percée.

– Je suis navré, monsieur, de vous loger si mal, murmura d'un ton où perçait une vague pitié le chevalier de Saint-Sauveur qui avait à nouveau surveillé le transfert, mais ce sont les ordres du Roi...

– Que sa volonté s'accomplisse ! soupira Gilles en s'efforçant à une convenable contrition. J'ai dû l'offenser plus gravement que je ne le pensais... Ai-je néanmoins la permission de demander certains objets de première nécessité ? Il n'y a rien ici.

– Demandez, monsieur, demandez. En dehors du fait que le Roi exige de vous voir enfermé ici, ses ordres ne disent pas que l'on doive vous priver du nécessaire. Que voulez-vous ?

– Un lit pour mon serviteur, des draps, des couvertures...

– Des couvertures ? fit l'officier, abasourdi. Par cette chaleur ?

– Il fait chaud le jour mais, à cette hauteur, les nuits sont souvent froides et mon serviteur, comme moi-même, est habitué à de grandes chaleurs... En outre, s'il était possible d'avoir de l'eau, du savon et des serviettes, je voudrais me laver.

– C'est trop naturel. Désirez-vous aussi que je vous envoie le barbier ?

Gilles passa sa main sous son menton râpeux, hésita puis déclara finalement :

– Il est déjà tard. Demain matin, de bonne heure, si vous le voulez bien...

– Entendu. On va vous apporter tout cela avant le souper. Mais pensez-vous qu'il y aura place pour deux lits ?

– Pongo se contentera d'un simple matelas, mais avec des draps et des couvertures...

– Comme vous voudrez...

A peine l'officier eut-il tourné les talons que Gilles se ruait sur le lit, qui était tout prêt, en ôtait vivement le drap de dessous, en faisait un gros bouchon qu'il allait enfouir dans la chaise percée, avant de refaire le lit en rabattant seulement la couverture afin que l'on pût voir qu'un drap manquait. Cela lui permit, quand apparut son nouveau porte-clefs, un gros garçon aux cheveux filasse et à la face blême qui ressemblait irrésistiblement à un fromage blanc et devait en avoir la vivacité d'esprit, de lui faire remarquer qu'il manquait un drap à son lit et qu'il importait de lui en donner un autre dans les plus brefs délais.

L'homme souleva une lourde paupière, découvrant un œil d'une couleur indéfinissable qui ne tranchait guère avec le reste de sa figure, considéra un moment le lit ouvert d'un air perplexe, mit un doigt dans sa bouche, l'en ressortit et, finalement, articula :

– J' croyais pourtant ben avoir fait c' lit convenablement, hier?

– Il faut croire que non, dit Tournemine. Un drap ne s'envole pas tout seul...

– C'est ben vrai! C'est ben vrai!... Eh ben, j'ai plus qu'à en chercher un autre. V's'êtes sûr qui vous le faut pour ce soir? ajouta-t-il, pensant sans doute à la hauteur de la tour et au fait qu'il avait déjà fait deux voyages.

– Bien sûr qu'il le faut pour ce soir! Mais vous n'aurez qu'à l'apporter en même temps que le souper! fit Gilles, magnanime. Il est inutile de faire un voyage exprès.

L'homme approuva de la tête.

– Vs' êtes bien aimable, mon gentilhomme! fit-il, reconnaissant.

Il le fut plus encore quand Gilles lui dit que son serviteur se chargerait de faire les lits et assurerait tout le service intérieur de la chambre. Transpirant comme une gargoulette, le gardien se hâta de remercier et de redescendre vers des contrées plus respirables.

Quand il reparut, une heure plus tard, titubant sous le poids d'une pyramide de plats et du grand pot de café que le chevalier avait réclamé à chaque repas, Gilles et Pongo avaient usé abondamment du grand seau d'eau qu'il leur avait apporté pour se laver... et mis de côté quelques-unes des serviettes qui l'accompagnaient.

Avec la nuit venue, la chaleur était un peu tombée. Les deux captifs firent honneur au menu qui était excellent comme d'habitude puis, tandis que sur l'ordre de son maître, Pongo, qui avait passé sa journée à chanter, se couchait et s'endormait, Gilles, qui avait dormi, lui, toute la journée, commençait à préparer l'évasion du lendemain.

Le drap qu'il avait extrait de la chaise percée et les deux qui formaient le fond de son lit et de celui de Pongo furent, à l'aide du canif remis par le Roi, découpés en bandes que le jeune homme tressa et rajouta soigneusement puis qu'il teignit à l'aide du café qu'il s'était bien gardé de boire afin que, dans la nuit, la blancheur du tissu ne se remarquât pas trop quand la corde de fortune pendrait le long de la muraille.

Ce travail lui prit un certain temps mais il constata avec plaisir qu'il n'était pas encore minuit quand il l'acheva et fourra, sous son lit, le produit de son industrie. Son évasion devant avoir lieu la nuit suivante, vers 2 heures du matin, il aurait largement le temps, avec l'aide de Pongo, de transformer en nouvelles tresses les draps du dessus, les couvertures et les serviettes qu'il aurait réussi à se procurer. Son lit n'avait malheureusement pas de rideaux mais il y suppléerait avec les cravates, les chemises et les vêtements que Pongo avait emportés au moment de son arrestation.

N'ayant plus rien à faire, il s'étendit sur son lit, alluma sa pipe et, sa montre posée auprès de lui, se mit en devoir de noter les heures des rondes et les différents bruits qui lui parvenaient. La température était devenue plus supportable et dans le lointain, si l'on en croyait les roulements de tonnerre, de moins en moins espacés, qui se rapprochaient insensiblement, un orage se préparait...

Il éclata vers 3 heures avec une violence telle que

Pongo s'éveilla en sursaut. Le tonnerre avait claqué juste au-dessus de la tour et la chambre voûtée résonnait comme une cloche. Pendant un long moment ce fut l'Apocalypse. La tempête tourbillonnait autour de la forteresse, allumant des éclairs aveuglants qui plongeaient par les meurtrières, illuminant un instant l'intérieur de la geôle.

– Fasse le ciel que nous n'ayons pas ce temps demain, marmotta Gilles. On doit y voir comme en plein jour dehors. La plus maladroite des sentinelles ne nous manquerait pas !... D'un autre côté, cela pourrait les tenir à l'abri...

Un nouveau coup de tonnerre plus violent encore que les autres lui coupa la parole et aussitôt les nuages crevèrent. Une pluie diluvienne s'abattit sur la ville, soulevant d'abord des nuages d'une poussière qui, très vite, se changea en boue, arrachant les feuilles déjà sèches des arbres altérés, transformant les gouttières en fontaines et les ruisseaux en torrents.

Quand le jour se leva, si gris et si bas qu'il pénétrait à peine dans la prison, il pleuvait toujours et le vent hurlait comme une bande de loups. Dans leur « calotte » accrochée aux nuages, Gilles et Pongo avaient la sensation d'être perdus en plein ciel car le vacarme de la tempête dont elle semblait être le centre étouffait tous les bruits de la prison. En bon sorcier indien pour qui le tonnerre est la voix même du Grand Esprit, Pongo se livrait à une nouvelle série d'incantations et, à genoux au milieu de la pièce, envoyait de temps en temps, vers ce que l'on pouvait voir de ciel à travers l'étroite ouverture, des pincées d'une poudre mystérieuse qu'il puisait dans le sac-médecine en peau de caribou qui ne l'avait jamais quitté depuis les rives de la Delaware.

Assis sur son lit, Gilles le regardait faire, ne sachant trop s'il devait se réjouir d'un temps abominable qui, très certainement, n'inciterait guère les sentinelles de garde sur le parapet à quitter leurs guérites mais risquerait de balancer inconfortablement la corde de fortune grâce à laquelle tous deux allaient descendre le long de la tour.

La matinée s'étira, interminable, égayée seulement par les repas et la visite du barbier qui apparut dans la matinée, passablement essoufflé, avec l'attirail non seulement convenable mais étonnamment luxueux qui était d'usage à la Bastille. Nanti d'un bassin et d'un coquemar d'argent massif, l'homme, un garçon replet et jovial que la fréquentation d'interminables escaliers ne semblait pas faire maigrir, coiffa Gilles d'un beau bonnet de soie bleue, étala sous son menton une serviette à barbe de toile fine garnie de dentelle et lui enduisit le visage d'un savon qui fleurait la violette. Tout en maniant son blaireau, il se répandait en sourires, s'exclamait sur le temps affreux qui régnait ce matin et, de toute évidence, brûlait d'envie de causer. Gilles décida de l'y aider.

— Que dit-on à la Bastille, ce matin ? demanda-t-il d'un ton volontairement détaché.

— Pas grand-chose, monsieur, pas grand-chose ! Hormis cette Mme de La Motte qui est enfermée à la Bertaudière, qui crie beaucoup et qui ne cesse de réclamer contre tout, on ne dit pas grand-chose. La grande affaire ce matin a été la nouvelle visite rendue par M. le comte de Vergennes et M. le Maréchal de Castries à M. le cardinal de Rohan pour lui expliquer, croit-on, les intentions de la Cour. Son Eminence ne cesse, paraît-il, de demander qu'on l'affronte à cette femme La Motte. Mais cela ne peut se faire...

— Je ne vois pas pourquoi ? fit Tournemine en haussant les épaules. Au fait, où l'a-t-on logé, le Cardinal ? Dans une tour ?

— Un prince de l'Eglise ? Oh, Monsieur !... Non, on lui a bien vite aménagé un bel appartement dans le corps de logis de l'Etat-Major, entre la Grande Cour et la troisième cour. Il est assez bien installé, en compagnie de son secrétaire et de deux domestiques. Il s'apprêterait même à donner un grand dîner à certains de ses amis...

Tournemine n'écoutait plus. Il était étrange de constater avec quelle facilité il avait oublié, en dépit de l'explication qu'il avait eue avec le Roi, les conséquences de cette affaire dramatique sur des êtres humains qu'il avait pu approcher. L'homme, décidément, ne peut s'intéresser sérieusement qu'à ses propres problèmes et lui-même ne s'était jusqu'à présent soucié ni du sort de Rohan ni de celui de la belle et dangereuse comtesse. Obnubilé par ses regrets d'avoir perdu Judith puis par la crainte de la savoir en danger de mort, il avait pu vivre durant des jours et des jours dans cette prison sans seulement s'inquiéter de ce que devenait le prélat, trop insouciant et trop crédule peut-être mais dont il savait bien qu'un cœur semblable à celui de beaucoup d'autres hommes battait sous la simarre pourpre...

Sa mémoire lui montra Rohan tel qu'il l'avait vu, rue Neuve-Saint-Gilles, au jeu chez la comtesse de La Motte et, plus tard, dans l'escalier de l'hôtel de Cagliostro, tel enfin qu'il l'avait vu, dans tout le faste de sa fonction de Grand Aumônier de France sous les lambris glorieux de Versailles : noble, beau, séduisant, plein d'un charme qu'il était impossible de lui refuser, grand seigneur jusqu'au bout des ongles terminant ses mains généreuses, toujours si largement ouvertes. Bien des femmes avaient été prises à ce charme et Gilles ne parvenait pas à comprendre la haine, apparemment inguérissable, que lui portait Marie-Antoinette.

Certes, ses mœurs n'étaient pas des plus pures mais l'entourage favori de la Reine n'était pas constitué, tant s'en fallait, par des modèles de vertu. Etait-ce parce qu'il avait osé lever les yeux jusqu'à l'altière fille de Marie-Thérèse ? Mais Fersen avait fait plus que lever les yeux sans être d'aussi bonne noblesse.

Bien sûr, Fersen était aimé et Rohan ne l'était pas, mais dans l'acharnement que Marie-Antoinette mettait à poursuivre le malheureux cardinal, Gilles n'était pas loin de penser qu'entraient pour beaucoup la conscience d'avoir agi plus que légèrement lors de la comédie du Bosquet de Vénus et la crainte que fût découvert le rôle que la Reine s'était laissée aller à jouer en permettant que cette farce cruelle ait lieu devant elle. A présent, Rohan était prisonnier, accusé d'escroquerie et de vol. Comment était-il dans ce nouvel avatar? Toujours semblable à lui-même sans doute... Il avait trop l'habitude de vivre l'échine droite. Mais le cœur que recouvrait cette superbe enveloppe, dans quel état était-il?

Qu'éprouvait-il? De l'amertume sans doute et aussi des regrets mais peut-être moins de la folie commise en se prêtant à l'achat du collier que d'avoir vu se briser à ses pieds le rêve merveilleux dont il avait vécu durant tant de mois. Une douleur d'amour, enfin, et combien cruelle puisque celle qu'il aimait s'obstinait à ne voir en lui qu'un voleur alors qu'il était simplement un amoureux...

Le fil des pensées de Tournemine cassa soudain, laissant remonter à sa conscience le bavardage du barbier. Qu'était-il en train de dire?... Il parlait de Mme de La Motte et disait qu'elle occupait beaucoup les hommes de la forteresse où son charme faisait apparemment des ravages...

– Il n'est, fit l'homme d'un ton lyrique en grattant délicatement le menton de Tournemine, jusqu'au lieutenant de Police, M. Thiroux de Crosne, qui ne lui mange dans la main. On dit qu'il en tient pour elle au point de proclamer à tout venant que s'il y a ici un coupable ce ne peut être que M. le Cardinal car une dame aussi accomplie ne saurait être qu'une victime...

– Il ne doit pas très bien savoir ce que c'est qu'une dame accomplie, marmotta Gilles. Joli lieutenant de Police que nous avons là! Que n'a-t-on laissé l'habile, efficace et silencieux M. Lenoir?

– Il était bien sévère! soupira le manieur de rasoirs. Et puis il était un peu trop curieux; cela ne plaisait pas à tout le monde. Ainsi, je me suis laissé dire qu'il a gravement déplu à Mgr le comte de Provence, frère de

Sa Majesté. C'est lui qui aurait obtenu le remplacement...

– ... par un imbécile tandis qu'on l'envoyait faire régner l'ordre parmi les bouquins de la Bibliothèque Royale, conclut le chevalier qui garda pour lui la fin de sa pensée. (A savoir : que ce judicieux remplacement avait eu lieu, comme par hasard, juste avant que n'éclatât le scandale du Collier...)

Le barbier avait fini. Il tamponna délicatement les joues humides de son patient, paracheva son ouvrage d'un nuage de poudre à l'iris qui mit une brume parfumée à l'intérieur du cachot et fit tousser Pongo, voulut reculer de quelques pas pour juger de l'effet produit et s'écroula bienheureusement dans les bras de Pongo, ce qui lui évita de s'assommer à l'une des arêtes de la voûte.

Reconnaissant, il accepta avec un certain enthousiasme de raser l'Indien à son tour et le flot de paroles s'épancha de nouveau mais sur un autre mode. C'était la toute première fois que le bonhomme grattait le cuir d'un « sauvage » et celui-ci dut faire face à une avalanche de questions touchant ses impressions sur les charmes et délices de la civilisation occidentale. Mais c'était un homme d'un naturel doux et peu sanguinaire et, lorsque Pongo lui eut fait connaître, à sa manière laconique, son point de vue qui tenait en peu de mots : « Bonne nourriture, belles squaws et bons vins... », le barbier se tint pour satisfait et se chargea courageusement des demandes et des réponses afin de ne pas entamer la peau d'un client aussi exotique.

– Au fait, sait-on ce que devient le comte de Cagliostro ? L'avons-nous ici ? demanda Gilles.

L'homme eut l'air surpris.

– Aurais-je négligé d'en parler à Monsieur ? Il me semblait pourtant... mais j'ai dû me tromper sans doute. Naturellement, il est ici, comme tous ceux qui ont participé à cette étrange affaire, mais je ne saurais dire ce qu'il devient car il est au secret, ce qui est bien cruel pour un homme de bien comme lui.

– Vous le connaissez ? fit Tournemine, intéressé.

Le barbier rougit puis, jetant un coup d'œil angoissé vers la porte comme s'il s'apprêtait à révéler un secret d'Etat :

– Il a guéri ma fille d'un flux de ventre alors que sa mère et moi désespérions. Nous ne comprenons pas pourquoi on l'a arrêté. Il n'a sûrement rien pu faire de mal.

– La chose est facile à comprendre pourtant; c'est Mme de La Motte qui l'a dénoncé...

Gilles ne devait jamais connaître le sentiment du barbier sur cette nouvelle noirceur de la jolie comtesse car une violente bourrasque de pluie et de vent se mit à hurler autour de la prison rendant la conversation difficile. D'ailleurs, le rasage de Pongo était terminé. Gilles paya l'homme de l'art qui plia bagage, laissant ses clients occasionnels se demander au milieu des éléments déchaînés ce qui pourrait se passer lorsqu'ils se balanceraient à une corde de fortune par un temps aussi abominable.

RENCONTRE SUR UN PARAPET...

Quand vint le soir, le vent était tombé mais la pluie, solidement installée, pleurait sans discontinuer d'un ciel couleur de novembre. C'était au fond ce qui pouvait arriver de mieux pour les évadés en puissance car cette énorme averse qui noyait Paris depuis la veille avait dû gonfler non seulement la Seine, ce qui était sans importance, mais aussi son modeste satellite, le petit ruisseau qui mouillait les douves de la Bastille, ce qui rendait le fossé moins dangereux en cas de chute si la corde se révélait trop courte. En outre, les invalides de garde aux créneaux seraient certainement peu enclins à risquer leurs membres rhumatisants en dehors de leurs guérites...

La corde commencée reposait sous le matelas de Gilles. Lui et Pongo avaient soigneusement refait leurs lits afin que l'idée ne vînt pas au geôlier – d'ailleurs reconnaissant car cela lui évitait de remonter – de s'en occuper. Pour plus de sûreté, en outre, le chevalier avait décidé qu'on resterait couchés durant tout le laps de temps qui s'étendrait entre le repas du milieu du jour et celui du soir, attitude sage qui présentait au surplus l'avantage de permettre un repos anticipé pouvant se révéler salutaire.

Car la nuit promettait d'être rude et, la dernière bouchée du savoureux gâteau au chocolat dont se composait le dessert avalée, les deux prisonniers allèrent tranquillement se coucher et, avec un bel ensemble, s'endormirent du sommeil des justes. Tous deux possédaient en effet la précieuse faculté de s'endormir à volonté ce qui, en l'occurrence, présentait le double avantage d'effacer l'énervement de l'attente et de ménager des forces dont ils allaient avoir le plus grand besoin...

Ils se réveillèrent peu avant le souper, y firent honneur en gens qui ignorent encore comment ils déjeuneront le lendemain puis, quand le geôlier eut desservi et qu'ils furent bien certains de ne plus être dérangés, les deux hommes se mirent à l'ouvrage. A l'aide du couteau remis par le Roi et qu'ils affûtaient de temps en temps sur une pierre de la voûte, ils découpèrent en lanières les draps encore intacts, les couvertures et même la toile des matelas.

C'était un travail rude car les tissus étaient grossiers, très résistants et d'autant plus difficiles à découper puis à tordre et à tresser afin d'obtenir un support suffisamment solide pour un corps humain. Pour plus de longueur, on ajouta les cravates que possédait Gilles.

Habile, depuis l'enfance, au tressage de lianes, d'herbes, de racines même et de toutes les matières fibreuses poussant à l'état sauvage dans la nature, Pongo travaillait vite et efficacement et Gilles, pour sa part, avait suffisamment fréquenté les pêcheurs dans son enfance, puis les marins durant les préparatifs et la traversée du convoi commandé par le chevalier de Ternay, pour ne rien ignorer des finesses et ressources des nœuds marins.

Le résultat, après plusieurs heures d'efforts, se présenta sous l'aspect bizarre mais, à tout prendre, réconfortant d'un long filin bosselé, de la grosseur d'un doigt, qu'ils s'efforcèrent de mesurer approximativement en l'étalant à terre sur le diamètre de la prison.

– Ce sera peut-être un peu juste, murmura Tournemine en conclusion, mais quand nous serons au bout, nous ne devrions pas être bien loin du bas des tours. Espérons que la pluie a mis suffisamment d'eau dans le fossé pour nous éviter de nous rompre les os...

Les reins endoloris pour être demeuré trop longtemps accroupi, il se redressa sur ses genoux et s'étira. Ce faisant, son regard accrocha, sur la pente de la voûte, une inscription que révélait la flamme de la chandelle posée à terre.

« Le 20 novembre 1613, Dussault a été amené en cette chambre. Il en sortira quand il plaira à Dieu... »

Ces quelques mots résignés, gravés dans la pierre par une main depuis longtemps desséchée, lui firent éprouver une désagréable sensation. La piété, trop sévère pour n'être pas un peu étroite, de ses jeunes années lui fit se demander s'il plaisait réellement à Dieu que cette évasion réussît, et si Judith n'allait pas en payer les conséquences... Mais Pongo avait suivi la direction de son regard et lu, lui aussi, la vieille inscription. Il eut un bref sourire, haussa les épaules.

– Toi me dire toujours Roi être représentant Seigneur Dieu sur terre...

Gilles lui rendit son sourire, chassant résolument la pensée déprimante.

– Tu as raison : « Si veut le Roi, Dieu le veut aussi... » A présent, il nous faut attendre qu'il soit 2 heures. Il doit nous rester une dizaine de minutes...

Ils les employèrent à repousser de côté le tas de

paille et de balle d'avoine qu'ils avaient retiré des matelas éventrés et qui risquait de gêner l'ouverture de la porte.

Quand 2 heures sonnèrent à l'horloge de la Bastille, Pongo marmotta entre ses dents une courte oraison propitiatoire, Gilles, une rapide prière puis tous deux, tombant dans les bras l'un de l'autre avec un bel ensemble, s'accolèrent fraternellement.

Le chevalier tira alors l'une des clefs de sa poche et tenta de l'introduire précautionneusement dans la serrure du bas. Ce n'était pas la bonne. Il en prit une autre, sans parvenir d'ailleurs à se défendre d'une vague angoisse. Ne se pouvait-il, après tout, que l'on changeât de temps en temps les serrures de la Bastille sans en avertir le Roi ?

Mais non. La seconde clef tournait aisément tandis que la première s'adaptait parfaitement à la serrure du haut... et la porte, doucement, s'ouvrit sans un grincement. Pour plus de sûreté, d'ailleurs, Gilles avait soigneusement graissé ses gonds avec ce qui restait de son huile à salade.

« Quel dommage d'avoir mis un pareil artiste sur un trône où d'ailleurs il se déplaît si fort ! pensa-t-il. La serrurerie poussée à ce point de perfection, c'est du génie... »

L'un derrière l'autre, retenant leur souffle, les deux hommes gagnèrent les quelques marches qui donnaient accès au couronnement de la tour. Dans les profondeurs de celle-ci tout était silencieux. Seule, la petite toux sèche d'un des hommes de garde tout en bas de l'escalier parvint jusqu'à eux. L'acoustique, apparemment, était excellente dans ce vaste cylindre de pierre.

Restait à ouvrir la dernière porte. Lentement, doucement, Tournemine approcha la clef de la serrure, la fit pénétrer, tourna avec une extrême lenteur... Mais cette clef-là était aussi bonne que les deux autres et le vantail s'ouvrit lui aussi sans la moindre difficulté : les candidats à l'évasion se retrouvèrent sous le ciel, à l'air libre.

Peu engageant, le ciel en question. Noir comme de l'encre, il continuait à dégoutter continuellement, transformant la plate-forme en une grande flaque d'eau que n'éclairait aucun reflet. Un peu en arrière des créneaux, assez retirés pour que leurs bouches n'y apparussent pas, on pouvait deviner la silhouette menaçante des canons.

En débouchant sur la tour de la Liberté dont ils espéraient bien qu'elle n'allait pas les décevoir, Gilles et Pongo, oubliant la pluie, se donnèrent la joie de respirer deux ou trois fois très profondément, emplissant avec délices leurs poumons de l'air humide et froid, cependant que leurs yeux, vite accoutumés à l'obscurité, fouillaient l'immensité qui les entourait. Au delà des tours et de leurs tourelles d'escaliers qui ressemblaient à des champignons, Paris était étendu à leurs pieds.

En dépit de la nuit pluvieuse, quelques points lumineux perçaient l'obscurité, feux brûlant auprès de corps de garde ou lanternes dansant sur leurs cordes aux carrefours. Par meilleur temps on eût distingué aisément les hauteurs de Montmartre et de Montrouge, avec leurs moulins, les tours plus proches de Notre-Dame, la flèche de la Sainte-Chapelle et le long ruban, à peine moiré, de la Seine.

Vues de cette hauteur, les choses semblaient étonnamment paisibles et rassurantes. Aucun bruit ne se faisait entendre, rien ne bougeait. Aussi les fugitifs éprouvèrent-ils un instant l'impression d'être seuls au monde sous le regard de Dieu. Mais ils n'étaient pas là pour philosopher en contemplant le paysage.

Rassurés par le grand silence, ils se dirigèrent vers le bord de la plate-forme, tirant après eux leur corde dont ils éprouvèrent vigoureusement la solidité.

– Ça devrait pouvoir aller, chuchota Tournemine.

Jetant un coup d'œil en bas, il mesura la hauteur de la tour, la largeur du fossé. Le reflet d'un quinquet de corps de garde allumé quelque part vers l'entrée de la forteresse lui arracha une exclamation satisfaite.

– Le fossé est presque plein. La Seine doit être très haute...

De l'autre côté s'élevait la haute contrescarpe, coiffée d'une galerie couverte sur laquelle, passé l'angle de la tour du Puits qui se trouvait à droite de la Liberté, devait attendre l'inconnu chargé de leur prêter assistance. Malheureusement, sur cette galerie devaient se trouver aussi deux ou trois sentinelles qu'il s'agissait de ne pas alerter. Au delà, les fugitifs pouvaient voir la petite place de la Bastille délimitée par les lanternes allumées à l'entrée du boulevard et des autres rues.

Sans échanger une parole et d'un commun accord, les deux hommes, unissant leurs efforts, s'attelèrent à l'un des canons et firent rouler doucement le lourd engin de bronze jusqu'au plus proche créneau afin d'y attacher la corde. Le Roi l'avait conseillé et il était impossible de trouver meilleur ancrage.

Quand il fut certain que la corde tenait bien, Gilles donna à Pongo les clefs qui leur avaient ouvert les portes de leur geôle.

– Je passe le premier, dit-il. Si la corde ne tient pas, rentre dans la prison et referme les portes sur toi. Tu seras vite libéré car tu n'as rien à te reprocher et le Roi d'ailleurs me l'a promis au cas où nous échouerions. Mon ami Winkleried, celui que tu appelles Ours Rouge, s'occupera de toi et te fera repartir en Amérique. Tu lui diras que je l'aimais bien...

Une brusque émotion le jeta de nouveau dans les bras de l'Indien.

– Adieu, mon ami... ou bien à tout de suite, ce que j'espère fermement, ajouta-t-il avec un sourire.

Sans attendre de réponse, il empoigna la corde et, tournant le dos au vide, les pieds appuyés à la muraille, commença la périlleuse descente en recommandant son âme au Créateur. Il s'attendait à chaque instant à ce que son support de fortune cassât et le précipitât au pied de la tour.

Peu à peu, il reprit de l'assurance. Les choses se passaient mieux qu'il ne l'avait craint. La corde tenait bien en dépit des irrégularités qui en rendaient le contact peu agréable mais les prises plus solides. L'interminable muraille glissait lentement sous ses pieds. De temps en temps, il jetait un coup d'œil vers la galerie, s'attendant à chaque instant à voir surgir une ronde précédée d'un porte-lanterne. Il savait qu'elles étaient fréquentes mais que, pour des raisons de sécurité, elles n'étaient pas faites à heure fixe. Aucune n'étant passée depuis qu'il s'était approché du bord de la tour, il fallait faire vite. D'autant que l'inconnu, sur sa galerie, devait lui aussi risquer de se faire prendre.

Tout en descendant, Gilles s'efforçait de ne pas imprimer d'inutiles secousses à son support afin de ne pas l'endommager avant que Pongo, heureusement plus léger que lui, ait pu descendre à son tour. Pour mieux contrôler la longueur de la corde, il avait cessé de descendre en s'appuyant des pieds à la muraille et se contentait de l'étreindre entre ses genoux.

Tout à coup, après un temps qui lui parut interminable, ses pieds ne touchèrent plus que le vide. Comprenant qu'il était au bout de sa tresse de drap, Gilles leva les yeux, vit la tour dressée au-dessus de lui comme une falaise prête à s'abattre mais un autre regard, en bas cette fois, lui montra un faible miroitement de l'eau. Elle était toute proche.

« C'est gagné ! » pensa-t-il et, le plus doucement qu'il put, il se laissa glisser. Il entra dans l'eau presque sans éclaboussures, toucha du bout des pieds la pente noyée du fossé et la repoussa d'une détente de ses jarrets pour laisser le champ libre à Pongo. Arrivé au milieu du fossé, il se contenta de se maintenir sur l'eau et ne bougea plus. Là-haut, Pongo, qui avait senti la corde devenir molle, était déjà en train de commencer sa descente. Ce fut à ce moment-là qu'un bruit de pas fit retentir les planches de la galerie...

En même temps, la lueur d'une lanterne dessinait brusquement sur la nuit la charpente qui habillait le parapet et, glissant sur l'eau, atteignit Tournemine. Instantanément, il disparut sous la surface. Il avait pu apercevoir deux soldats qui, sans se presser, effectuaient leur ronde habituelle.

Le cœur battant comme un tambour, il demeura un instant sous l'eau, ravagé d'angoisse à la pensée de Pongo qui avait dû être obligé de demeurer pendu à sa corde, aussi immobile que possible tandis que passaient les deux hommes. En pensant aussi au mystérieux personnage qui devait les attendre, après le coude de la contrescarpe...

Au bout d'un moment qui lui parut convenable, il refit surface, vit que les gardes avaient passé l'angle et que Pongo, aussi tranquillement que s'il redescendait d'un arbre dans sa forêt natale, progressait calmement le long de la corde que sa teinture de fortune rendait heureusement très peu visible.

Un moment plus tard, l'Indien rejoignait son maître dans l'eau bourbeuse du fossé et, dans l'ombre, le chevalier vit briller ses grandes dents.

– Allons-y ! chuchota Gilles. Il faut voir ce qui s'est passé de l'autre côté...

N'ayant entendu aucun bruit suspect, son inquiétude avait pris une autre direction : si son guetteur ne s'était pas fait prendre, c'était peut-être parce qu'il n'était pas au rendez-vous et, dans ce cas, qui les aiderait à escalader une contrescarpe dont l'apparence était celle d'un mur nu surmonté de la galerie en encorbellement ?

Lentement, en évitant de faire le moindre bruit, tous deux se mirent à nager dans la direction qu'avait indiquée le Roi, cherchant à distinguer, à mesure qu'ils approchaient, si quelque silhouette apparaissait dans l'ombre du passage couvert. Mais rien ne se montrait.

– S'il n'y a personne, je ne sais pas comment nous allons faire, souffla Gilles quand il estima être arrivé au bon endroit...

La réponse vint instantanément sous la forme de quelque chose de dur qui tomba si près de lui qu'il faillit bien la recevoir sur la tête. Sortant un bras de l'eau, il tâta l'objet, sentit qu'il s'agissait d'une échelle de corde.

– Il est bien là... chuchota-t-il, ravi. Nous sommes sauvés.

– Oui, si vous vous dépêchez, fit une voix étouffée qui lui parut venir du ciel, la ronde refait quelquefois le tour en sens contraire...

Il ne se le fit pas dire deux fois. Empoignant l'échelle, il escalada rapidement, enjamba la balustrade et se retrouva sur la galerie en face d'un homme si soigneusement empaqueté qu'il était impossible de distinguer sa silhouette.

– Monsieur, dit-il, reconnaissant, nous allons vous avoir de bien grandes obligations.

– Nous parlerons de cela plus tard. Il faut faire vite. Vous êtes trempés mais avec cette pluie qui inonde tout vos traces ne se verront pas sur ces planches. Tout est mouillé ici...

Tout en parlant, il aidait Pongo, qui arrivait à son tour, à prendre pied sur la galerie puis, allant de l'autre côté, celui qui donnait sur la rue de la Porte Saint-Antoine, se penchait au-dehors.

– Envoie le colis... ordonna-t-il, et vous, venez m'aider...

Unissant leurs efforts, Tournemine, Pongo et l'inconnu firent passer dans la galerie un long et lourd paquet qui montait à l'aide de deux cordes. Le paquet, bien sûr, c'était le cadavre destiné à jouer, dans le fossé, le rôle de Gilles.

– Les chevaux nous attendent sur la place, dit l'homme masqué. Quant à ceci, il faut qu'on le trouve en face de la tour de la Liberté. Portons-le!

A trois, ils enlevèrent le corps sans la moindre difficulté. C'était un homme à peu près de la taille de Tournemine, vêtu d'une chemise blanche, d'une culotte d'ordonnance, portant des bas de soie et des souliers à boucle. Le visage couvert d'une sorte de cagoule était invisible.

On fit glisser le corps à l'eau, à peu près à l'endroit annoncé, après que l'inconnu eut prestement escamoté la cagoule, puis l'homme, qui avait récupéré son échelle de corde, désigna le parapet donnant sur la place.

– Mon valet vous attend en bas. Ce n'est pas très haut, d'autant que les chevaux tout sellés se trouvent juste en dessous. Une fois en selle, attendez-moi !

– Qu'allez-vous faire ?

A travers l'épaisseur du manteau, il entendit l'homme ricaner.

– Vous serez censé avoir été abattu pendant que vous descendiez avec votre corde, il faut bien que je tire le coup de feu qui vous aura tué. La garnison de cette agréable demeure n'est pas, tant s'en faut, composée de petits génies mais comme le Gouverneur, qui est naturellement dans le secret, n'a pas jugé bon d'y mettre toute sa troupe, ces braves gens pourraient se poser des questions. Vite, en bas ! Il faut que nous ayons disparu quand les gardes vont accourir... et ils courent encore assez vite pour des invalides.

Le coup de feu éclata à l'instant précis où les séants de Gilles et de Pongo touchaient, avec un bel ensemble, les selles des chevaux sur lesquels ils avaient sauté en voltige depuis la galerie. Trois secondes plus tard leur sauveur se laissait tomber à son tour, un peu moins légèrement peut-être, et les quatre cavaliers piquant des deux traversèrent la place de la Bastille comme quatre boulets de canon, s'engouffrant dans la rue Saint-Antoine au moment même où la cloche de la forteresse se mettait à sonner, annonçant que l'évasion était découverte. En se retournant, Gilles put voir qu'une troupe armée agitant des lanternes et des torches avait envahi la galerie de la contrescarpe... Les gardes avaient, en effet, montré beaucoup de diligence...

Sans ralentir l'allure, les quatre hommes continuèrent la rue Saint-Antoine jusqu'à l'église Saint-Paul qu'ils atteignirent au moment même où l'horloge sonnait 3 heures. Mais ils remirent leurs chevaux au pas pour s'engager dans la rue de la Couture-Sainte-Catherine(1), beaucoup plus étroite, et qu'ils suivirent en évitant, autant que faire se pouvait, d'éveiller les échos endormis. Des profondeurs de cette rue, on entendait encore un peu la cloche de la Bastille mais pas assez pour éveiller ceux qui y dormaient sagement derrière volets clos et façades muettes.

– Les chevaux étaient utiles parce qu'il fallait disparaître très vite, confia l'inconnu à Tournemine, et aussi pour transporter le personnage qui a pris votre place dans le fossé, sinon nous aurions très bien pu aller à pied. Nous sommes presque arrivés.

– Où allons-nous donc ?

– Chez moi. Personne n'aura l'idée de venir vous y chercher.

Il avait rejeté son épais manteau que la pluie ne justifiait plus d'ailleurs car elle avait brusquement cessé, comme si, ayant rempli son office dans les plans du Roi, elle n'avait plus de raison d'être. Il avait aussi ôté son masque, montrant sous l'éclairage d'une lanterne un visage ouvert et souriant, animé par des yeux vifs et bien fendus, un nez assez long, plutôt pointu, une grande bouche sinueuse mais spirituelle et meublée de belles dents. Grand, bien découplé et de belle prestance, l'inconnu n'était plus très jeune mais il avait un charme indéniable et devait aimer la vie.

Passé l'hôtel de Carnavalet et celui des Lepeletier de Saint-Fargeau, on tourna dans la rue des Francs-Bourgeois que l'on suivit jusqu'à la rue Vieille-du-Temple.

– Nous y voilà ! dit l'inconnu en désignant l'imposant portail arrondi d'un vieil hôtel dont le domestique, un Noir athlétique, se hâta d'aller ouvrir les portes. Les trois cavaliers pénétrèrent alors dans une grande cour pavée entourée de bâtiments aux fenêtres desquels ne se montrait aucune lumière.

On mit pied à terre et le domestique rassembla les guides dans sa main pour ramener les chevaux à l'écurie.

(1) Actuelle rue de Sévigné.

– Je vous montre le chemin, dit son maître. Prenez seulement garde à ne pas trébucher. Cette maison est l'ancien hôtel des Ambassadeurs de Hollande et cette cour aurait besoin de quelques réparations. Certains pavés sont un peu démis.

A sa suite, Gilles et Pongo franchirent un passage voûté, un peu éclairé d'ailleurs par le faible reflet d'une flamme qui devait brûler quelque part. Ils débouchèrent dans une seconde cour, plus grande que la première, et découvrirent des bâtiments dont l'ornementation semblait aussi riche qu'élégante. Sur la gauche, un petit portique ouvrait sur une terrasse. Et, cette fois, plusieurs fenêtres montraient que, derrière leurs rideaux tirés, les pièces du rez-de-chaussée étaient éclairées.

Au bruit de pas, d'ailleurs, la porte s'ouvrit et une jeune femme en négligé de mousseline parut, tenant à la main une chandelle qui éclairait son joli visage inquiet.

– Enfin, vous voilà ! soupira-t-elle. Je ne vivais plus tant je me tourmentais pour vous...

– Vous avez eu bien tort, ma chère Thérèse. Tout s'est fort bien passé et nous voici tous trois sains et saufs... Souffrez, ma chère amie, que je vous présente le chevalier de Tournemine de La Hunaudaye qui sera votre hôte quelque temps ainsi que son serviteur...

– J'aimerais mieux « compagnon », corrigea Gilles en souriant et en s'approchant pour saluer la jeune femme. On ne saurait faire un serviteur du Grand Sorcier des Onondagas et c'était la fonction que remplissait mon ami Pongo sur les rives du fleuve Delaware. Si vous voulez bien permettre que je vous le présente, madame, vous pourrez voir qu'il est tout à fait ce que nos ennemis anglais nomment un gentleman.

Tandis que Tournemine débitait son petit discours et que Pongo saluait avec une grande dignité, le visage de leur hôte s'était illuminé tandis qu'il esquissait même le geste de tendre les bras à son invité. Mais il se contenta de poser sur son épaule une main chaleureuse.

– Voilà un langage qui me charme, chevalier, surtout chez un noble de vieille souche. Vrai Dieu ! je suis à présent extraordinairement heureux de vous accueillir chez moi. Un combattant d'Amérique doublé d'un homme de cœur sachant rendre à l'homme ce qui lui appartient ne peut y être que le très bienvenu.

– Je vous remercie. Mais peut-être alors, monsieur, consentirez-vous à m'apprendre, à présent, à qui je dois, croyez-le, bien plus que la vie.

L'autre se mit à rire et ce rire, franc et communicatif, était extraordinairement jeune chez un homme qui avait dépassé la cinquantaine, ainsi que le révélait la lumière des bougies sur son visage tout au moins car la silhouette était restée mince et le geste vif.

– Recevez mille excuses ! Je suis impardonnable ! C'est à Mme de Willermaulaz, ma « ménagère », que je viens de vous présenter et, en ce qui me concerne, j'ai pour nom Pierre-Augustin Caron de Beaumarchais.

Les yeux de Tournemine s'arrondirent.

– Beaumarchais ?... L'auteur du fameux *Mariage de Figaro* et du *Barbier de Séville* que viennent de jouer la Reine et le comte d'Artois en personne ?

Le sourire de l'écrivain s'accentua tandis qu'il saluait de nouveau.

– Mes modestes personnages ont eu, en effet, ce très grand honneur...

Mais Tournemine n'en avait pas encore fini avec l'étonnement et les questions qu'il se posait à lui-même plus encore qu'à son hôte.

– Beaumarchais l'homme du Roi ? Son agent secret en quelque sorte ? Comme c'est étrange !... Pourtant, n'avez-vous pas été jeté en prison voici peu ?

– A Saint-Lazare, en effet, mais ce n'était pas vraiment le Roi qui m'y avait envoyé. C'était Monsieur... tout comme vous-même à la Bastille, n'est-ce pas ? Et c'est le Roi qui m'en a fait sortir quelques jours après... Tout comme vous encore mais plus facilement : il a suffi d'un ordre d'élargissement. J'ajoute que, depuis longtemps déjà, je suis à son service... secret, sans que, d'ailleurs, il s'en rende toujours parfaitement compte. C'est au surplus sans importance...

Son visage, qui s'était rembruni progressivement, reprit bien vite sa sérénité souriante.

– Mais ne croyez-vous pas, chevalier, qu'avant de parler politique, nous devrions songer à vous mettre au sec ? Vous et le seigneur Pongo êtes en train d'inonder les tapis de Thérèse... outre que vous ne devez pas être fort à votre aise.

– C'est trop juste ! Pardonnez-moi, madame, cet involontaire gâchis. Je ne pensais pas me retrouver si vite dans un salon.

– Vous êtes tout pardonné, monsieur, sourit Thérèse sur laquelle agissait déjà visiblement le charme du jeune homme en dépit de sa piteuse apparence. Pierre-Augustin va vous trouver des vêtements secs puis vous passerez à table pour vous remettre un peu avant d'aller dormir. J'ai des œufs tout frais que j'ai rapportés hier d'Ermenonville et j'espère que vous allez aimer ma confiture de fraises...

Un moment plus tard, enveloppé dans une vaste robe de chambre rayée vert et blanc, appartenant à Beaumarchais, qui rattrapait en largeur ce qui lui manquait en longueur, Gilles prenait place avec ses hôtes et Pongo, drapé lui-même dans un tissu pourpre qui lui donnait assez l'air d'un roi de tragédie, autour d'une table aussi agréablement servie que si l'on eût été au milieu de la journée.

Tout en faisant honneur aux œufs brouillés de Thérèse accompagnés d'un pain miraculeusement croustillant et tiède et d'un café qui embaumait toutes les senteurs de son île natale de Saint-Domingue, Tournemine examinait ses hôtes.

Rassurée à présent sur le sort de son seigneur et maître qu'elle couvait d'un regard plein d'une tendresse quasi maternelle, bien qu'elle eût près de vingt ans de moins que lui, la belle « ménagère » se laissait aller sans arrière-pensée à son naturel enjoué, chaleureux et hospitalier. Tandis qu'elle bavardait avec ses nouveaux amis, les beaux yeux bleus qui animaient son joli visage en forme de cœur et s'accordaient si bien avec ses cheveux blond cendré se posaient incessamment sur les assiettes et les tasses afin de s'assurer que personne ne manquait de rien.

Fraîche, nette et appétissante dans son négligé d'une blancheur neigeuse, bien coiffée en dépit de l'heure excessivement matinale, Thérèse s'accordait à merveille avec le cadre de la salle à manger décorée, sous un plafond peint par Dorigny, de boiseries claires, de deux grands buffets peints en gris clair avec dessus de marbre supportant argenterie massive et porcelaines de la Compagnie des Indes, d'un poêle en faïence, d'une fontaine de cuivre rutilante et de quelques bonnes toiles flamandes représentant des natures mortes. Une quinzaine de chaises garnies d'une « moquette » de Tournay d'un beau rouge profond donnaient du ton à l'ensemble sur lequel un grand lustre en bronze doré déversait une agréable lumière.

On sentait que cette grande jeune femme saine était l'âme d'une maison où tout respirait l'ordre, la propreté et la joie de vivre. Mais, comme elle lui offrait de reprendre du fromage de Brie, Gilles, en déclinant l'invitation, remarqua son accent qui n'était d'ailleurs pas sans lui en rappeler un autre.

— De quelle région de France êtes-vous, madame ? demanda-t-il en souriant.

Elle devint aussi rouge que les fraises de ses confitures.

— Oh ! vous avez remarqué mon malheureux accent ? fit-elle avec une charmante confusion. C'est que je ne suis pas née en France, chevalier, mais bien en Suisse. Cela doit faire un peu campagnard pour un Parisien...

— Parisien, moi ? Mais je suis breton et il n'y a pas si longtemps encore que je n'étais qu'un petit paysan courant pieds nus sur les landes et les rochers de son pays. Alors que me parlez-vous d'accent campagnard ? Il est charmant, cet accent et, en ce qui me concerne, je le trouve particulièrement touchant car, voyez-vous, le meilleur de mes amis, le baron Ulrich-August von Winkleried zu Winkleried, est suisse comme vous et officier aux Gardes. Vous comprendrez que, en ce cas, je me trouve infiniment heureux d'avoir pour hôtesse l'une de ses plus aimables compatriotes.

En conclusion de son petit discours, il prit la main de la jeune femme qui reposait sur la nappe non loin de la sienne et l'effleura de ses lèvres à la satisfaction visible de Beaumarchais qui leur envoya, des yeux, un sourire par-dessus sa tasse de café.

Lorsqu'il eut reposé sa tasse vide, Pierre-Augustin alla prendre sur l'un des buffets un grand coffret en bois des Iles et l'apporta tout ouvert, révélant la belle couleur brun clair des cigares qu'il contenait.

– Usez-vous de cela, chevalier? L'Américain que vous avez été doit avoir essayé au moins une fois, là-bas, ce que l'on dit être l'un des plaisirs de l'existence? Personnellement, j'en use parfois mais rarement.

– En effet, dit Gilles en prenant l'un des soyeux cylindres qu'il huma avec délices et tourna un moment entre ses doigts avant d'en offrir l'extrémité à la flamme d'une bougie. J'ai pris, là-bas, le goût de fumer le tabac de Virginie et aussi le cigare, mais j'avoue, pour celui-ci, n'avoir pas eu l'occasion d'en goûter depuis la table de l'amiral de Grasse en rade de Yorktown. Vous êtes heureux d'en posséder, monsieur de Beaumarchais. Mais vous avez, je crois, de grands intérêts en Amérique?

L'écrivain se mit à rire tout en sacrifiant, lui aussi, au rite minutieux de l'allumage.

– De grands intérêts, en effet, si grands même qu'on semble les oublier assez facilement au Congrès. Ceci, joint au café que vous venez de boire, au thé et à quelques autres ingrédients, est à peu près tout ce que m'a laissé, en fait de profit, la maison Rodrigue Hortalez et Cie que j'avais fondée ici même.

En effet, en 1776, comme l'avait fait d'ailleurs le financier Leray de Chaumont (mais celui-là avec sa propre fortune), Beaumarchais, afin de dissimuler l'aide que la France apportait aux révoltés d'Amérique, avait fondé une maison de commerce au capital d'un million de livres fourni par le gouvernement, chargée de fournir à l'Amérique armes, munitions et vêtements militaires. Ami du grandiose comme toujours, il s'était lancé là dans une affaire énorme dont il espérait des bénéfices substantiels. Après avoir frété des navires, dont l'un, *le Fier Rodrigue,* lui appartenait, il avait expédié des canons, des mortiers, des bombes, des fusils, comptant sur la bonne foi américaine pour le paiement de tout cela. Mais, passé le danger adieu le saint, et la victoire acquise, les jeunes Etats-Unis oubliaient joyeusement les efforts financiers faits par leurs amis français. La maison Rodrigue Hortalez avait dû fermer boutique, laissant son chef sur la corde raide.

Bien installé sur sa chaise, les coudes sur la table, Beaumarchais tirait rêveusement sur son cigare, cherchant peut-être à retrouver ses rêves dorés dans le parfum des volutes bleues qui s'en échappaient. Voyant qu'il ne disait rien, Thérèse se leva.

– Ne croyez-vous pas que vous pourriez conduire vos hôtes à leurs chambres ? Après ce qu'ils viennent de vivre ils doivent être exténués et ils ont certainement besoin d'un bon repos.

– L'atmosphère de votre maison est telle, madame, que je ne sens plus aucune fatigue. Pongo non plus, je crois bien, ajouta-t-il en jetant un coup d'œil à l'Indien qui, droit comme un I sur sa chaise, fumait son cigare avec la même majesté réservée autrefois au calumet tribal.

– Alors, je vais vous laisser, chevalier, dit Thérèse en offrant sa main au jeune homme. Moi, je me sens un peu lasse. Nous nous reverrons demain...

– Oui, mais demain il ne faudra plus l'appeler « chevalier », dit Beaumarchais, brusquement revenu à la réalité. Il faut, dès à présent, nous bien pénétrer de l'idée que vous êtes mort, mon pauvre ami, et qu'il faut songer à vous trouver une nouvelle personnalité. Y avez-vous déjà pensé ?

– Un peu, oui... Le mieux ne serait-il pas que je reprenne mon ancien nom, celui que je portais avant que mon père ne me reconnaisse ? Pourquoi ne pas redevenir Gilles Goëlo, le plébéien ?...

– Ne soyez pas naïf. C'est parfaitement impossible. Outre que Monsieur, toujours si parfaitement renseigné par ses espions, n'ignore certainement rien de vos antécédents, ce n'est pas seulement de nom qu'il faut changer, c'est de peau, de qualité, de manière de vivre. Il faut que vous soyez un autre et croyez-moi, ce n'est pas si facile. Le bon théâtre est un grand art qui s'apprend. Il y faut du temps...

– Mais je n'ai pas le temps. Outre que je ne souhaite pas vous encombrer longtemps, comprenez donc que la vie de ma femme est peut-être encore en danger, qu'il faut que je puisse...

– ... vous lancer dès demain sur la trace de cette sale bête qu'on appelle le comte de Provence ? Je regrette, mon ami, mais c'est impossible. J'ai pour vous un billet de la main du Roi qui vous enjoint de demeurer caché ici tant que je ne jugerai pas prudent de vous rendre votre liberté.

– Pierre-Augustin a raison, plaida Thérèse. Vous ne pouvez passer pour mort tel que vous voilà. On ne peut que vous remarquer facilement. D'abord, vous êtes très beau, ajouta-t-elle avec une naïve franchise qui fit sourire les deux hommes et détendit l'atmosphère.

– Vous êtes blond, dit Beaumarchais, mais votre peau est brune. Pourquoi ne deviendriez-vous pas espagnol ? Par exemple...

– Encore l'Espagne ! soupira Thérèse, les yeux au plafond. Nous n'en sortirons jamais... Pourquoi pas la Suisse, pour une fois ? Cela lui irait mieux.

– Mais, bon sang, pourquoi ne veux-tu pas...

– Nuit porter conseil, coupa soudain Pongo qui, de tout le repas, n'avait pas ouvert la bouche pour autre chose qu'engouffrer une impressionnante quantité de nourriture et surtout de café. Nuit presque finie mais si nous aller dormir nous peut-être trouver demain bonne idée !

– Voilà qui est parler ! s'exclama Beaumarchais en s'étirant comme un gros chat. Vive l'antique sagesse indienne ! D'autant, ajouta-t-il à l'usage de Thérèse, que je vois mal l'un de vos frères suisses, qui sont grands navigateurs comme chacun sait, déambuler par les rues flanqué d'un chef iroquois. L'un ne va pas avec l'autre... Il faudra donc trouver quelque chose de plus adéquat mais, pour le moment, allons dormir.

Il prit lui-même le flambeau pour escorter ses hôtes, après qu'ils eurent gravement salué Thérèse, jusqu'à leurs chambres situées à l'étage au-dessus.

Arrivé devant une jolie porte peinte de sujets champêtres, il dit encore :

– J'ai confiance dans mes serviteurs mais, pour plus de sécurité, c'est tout de même Jean-Baptiste, le Noir qui nous a aidés ce soir et qui m'est très attaché, qui assurera votre service jusqu'à ce que nous trouvions une solution. Durant quelques jours, d'ailleurs, il vaudra mieux pour vous ne quitter cet appartement que pour prendre l'air, de nuit, au jardin. Vous passerez pour malade, au moins jusqu'à ce que le bruit de votre fin tragique soit éteint. Cela ne durera guère, croyez-moi. Les fins tragiques sont fréquentes et l'intérêt du public fugace. Evidemment, je n'en dirais pas autant de celui de Monsieur. Avec lui il va falloir jouer serré.

– Je m'en remets entièrement à vous et à vos conseils. Mais je ne vous cache pas que j'aurai peine à supporter une longue captivité. Il faut que je puisse sortir le plus vite possible.

– Je sais. Je sais aussi ce qu'est l'amour. Sachez vous-même que vous pouvez compter entièrement sur moi et sur ma compréhension. Ainsi soyez en repos et dormez bien. Vous voici chez vous.

Au seuil, Gilles tendit une main dans laquelle, instantanément, Pierre-Augustin mit la sienne.

– Merci, dit simplement le jeune homme. Merci pour tout. Je n'oublierai pas.

Et il referma la porte tandis que son hôte se dirigeait vers sa propre chambre en fredonnant la chanson de Chérubin que tout Paris chantait alors :

> « *Je veux, traînant ma chaîne,*
> *(Que mon cœur, mon cœur a de peine)*
> *Mourir de cette peine*
> *Mais non m'en consoler...*

C'est ainsi que Tournemine et Pongo entrèrent chez Figaro...

DEUXIÈME PARTIE

L'ATTENTAT

UN AUTRE VISAGE

Cette nuit-là, Thérèse de Willermaulaz ne se coucha pas. La nuit était trop avancée pour qu'elle pût espérer trouver le repos.

Tandis que ses hôtes, succombant enfin à la fatigue, dormaient de ce bon sommeil que donnent la sécurité et l'espoir d'une prochaine liberté, elle s'en alla, dès que le jour fut clair, entendre la messe au couvent des Filles de La Croix, voisin immédiat de la Bastille, puis errer sous les jeunes tilleuls de la place Royale(1) pour entendre les nouvelles du quartier. Elle savait que les dévotes des premières messes étaient toujours les meilleures sources d'information et qu'une fois en possession d'une nouvelle bien juteuse, elles se hâtaient de la répandre au plus vite en se rendant d'abord au cœur potinier du quartier, c'est-à-dire entre les grilles du beau quadrilatère couleur d'aurore qu'avait jadis construit le bon Roi Henri.

Son attente ne fut pas déçue. Depuis l'arrestation si spectaculaire du cardinal de Rohan et les premières inculpations dans ce que l'on appelait déjà l'Affaire du Collier, les prisonniers de la Bastille tenaient la vedette dans la curiosité des Parisiens et, à plus forte raison, dans celle des habitants de la rue Saint-Antoine et du faubourg voisin. A peine marmotté le dernier « Deo gratias » qu'en gagnant la sortie on chuchotait déjà en se trempant le bout des doigts dans le bénitier.

— Vous avez entendu la cloche cette nuit ?

(1) Actuelle place des Vosges.

– Pensez ! Ça nous a tenus éveillés un bon bout de temps ! Est-ce qu'on sait ce qui s'est passé ?

– Eh bien, je me suis laissé dire qu'un de ces pauvres gens que l'Autrichienne entasse à la Bastille comme harengs dans leur caque se serait jeté du haut d'une tour...

– Une évasion comme qui dirait ?... Mon gamin, en sortant du fournil pendant que ça sonnait, a appris qu'un prisonnier avait essayé de s'en sauver et que les invalides lui auraient tiré dessus.

– Une chose est sûre : on a tiré et pas qu'un coup !... Ça me paraît louche, moi, ce bonhomme qui essaie de s'évader et qu'on abat. L'a pas eu beaucoup de temps pour se préparer. Ça serait pas un témoin gênant qu'on aurait voulu faire disparaître parce qu'il en savait trop ?

Les potins allaient si bon train qu'en arrivant place Royale, Thérèse avait recueilli une foule d'informations allant des abords de la vérité à la plus intense fantaisie, d'un espion chargé d'empoisonner le cardinal de Rohan et qui, démasqué par les gardes, aurait été fusillé et jeté dans le fossé pour faire croire à une évasion... jusqu'au cardinal de Rohan lui-même qui aurait tenté de s'enfuir et qu'on aurait rattrapé à temps. Mais il ne venait à l'idée de personne que l'alerte de la nuit pouvait cacher tout simplement une évasion réussie. Personne ne parlait des quatre cavaliers qui avaient, à la vitesse de l'éclair, traversé la petite place pour s'enfoncer dans les ténèbres de la ville endormie.

Un peu rassurée, la jeune femme reprit le chemin de la rue Vieille-du-Temple à travers le lacis de ruelles maladorantes où les pluies de la veille et de l'avant-veille avaient donné naissance à des monceaux de boue truffée d'immondices. Ce n'était pas un mince mérite que de s'y aventurer, mais quand il s'agissait de la sécurité des siens, et surtout de son bien-aimé Pierre-Augustin, Thérèse était capable de se hausser au niveau des grandes héroïnes. N'était-ce pas déjà une action bien méritoire, pour une femme qui n'avait pas dormi, que d'être allée assister à une messe? La religion, d'ailleurs, n'avait jamais eu beaucoup d'importance pour elle puisqu'elle avait déjà un dieu, tout à fait terrestre et qui lui suffisait.

Ce fut au nom de ce dieu quasi conjugal que, dans la journée, elle exigea doucement de Tournemine la promesse de ne rien tenter pour sortir de l'hôtel de Hollande tant que Pierre-Augustin ne lui aurait pas lui-même ouvert la porte.

– Soyez certain qu'il ne vous retiendra pas plus longtemps qu'il ne faut. Lorsqu'il vous rendra la liberté vous pourrez la prendre en toute sécurité car il y a peu d'hommes mieux informés que lui. Mais jusque-là il serait trop bête, puisque les choses semblent se présenter assez bien, de tout remettre en question en vous faisant reconnaître. Les espions de Monsieur sont nombreux et ils ont de bons yeux.

– Ce serait surtout trop bête, trop injuste et même criminel que payer votre hospitalité en faisant courir à vous-même et aux vôtres un aussi grave danger. Vous avez ma parole.

Ces quatre derniers mots lui avaient coûté infiniment plus que Thérèse ne l'imaginait car il brûlait de se jeter, sans plus attendre, sur la trace qu'il sentait si chaude encore de son ennemi princier et il craignait un peu que le côté bourgeois prudent de l'auteur dramatique ne l'incitât à faire traîner les choses au delà du temps nécessaire. Mais il connaissait trop bien, à présent, les méthodes du comte de Provence pour comprendre quel grave danger courraient les Beaumarchais si celui-ci venait à avoir le moindre doute sur la réalité de sa mort. Qu'une imprudence lui apprît que Tournemine vivait caché rue Vieille-du-Temple et toute la maisonnée paierait très cher le refuge si généreusement accordé.

Bon gré mal gré, il lui fallut s'intégrer à la vie d'une famille qu'il ne tarda pas à trouver charmante et ce fut le début d'une période où le confort de ses jours n'avait d'égal que l'inconfort de ses nuits hantées continuellement par l'ombre fragile de sa bien-aimée Judith. Des cauchemars horribles la lui montraient pleurant et se débattant aux mains de démons qui avaient tantôt le visage de Monsieur et tantôt celui de son astrologue. Parfois, le désir sans cesse grandissant qui le tenaillait le faisait plonger en un rêve délicieux : Judith était près de lui, dans ses bras, elle l'enveloppait de ses cheveux de flamme et il pouvait sentir la douceur de sa peau contre la sienne. Il entendait battre son cœur sous ses lèvres et aussi le doux halètement de biche forcée qu'elle avait au moment où, noyée de caresses, elle s'ouvrait pour lui... et puis le rêve basculait dans l'horreur. Des mains énormes lui arrachaient la jeune femme dont le murmure devenait sanglot, des mains noires et gluantes dont les doigts informes se traînaient comme des limaces sur ses seins, sur son ventre, qui broyaient son corps soyeux avant de le précipiter dans un abîme sans fond où il n'en finissait pas de tomber en tourbillonnant.

De ces cauchemars, Gilles sortait bouleversé, trempé de sueur, épuisé, en criant la plupart du temps, pour trouver le visage inquiet de Pongo qui le secouait, penché sur lui.

– Toi finir par te rendre malade, disait le brave Indien en allant chercher la tisanière que Thérèse faisait disposer dans toutes les chambres de sa maison et en l'abreuvant de tilleul auquel par la suite il ajouta un peu de pavot quand les assauts des mauvais rêves devinrent plus fréquents et plus cruels.

Heureusement, entre ces mauvaises nuits, il y avait les jours dont les couleurs étaient infiniment plus douces car on était très bien chez les Beaumarchais... Il y avait Pierre-Augustin, d'abord, et à vivre auprès de lui, le fugitif constata bientôt que la renommée dessine parfois d'étranges images, bien différentes de la réalité.

Peu d'hommes en France étaient aussi célèbres que le père de Figaro mais encore moins étaient aussi injustement vilipendés. De quoi les jaloux ne l'accusaient-ils pas ? On l'avait dit voleur, criminel même, rapace, concussionnaire, pervers, traître à toutes sortes de causes tant il est vrai qu'en France, si l'on veut jouir de l'amitié de tous, il faut ne dépasser personne...

Or, Gilles vit un homme qui avait plus du double de son âge et que, cependant, il pouvait traiter en frère aîné tant il avait de jeunesse véritable et de gentillesse, un homme qui, en dépit d'un léger début de surdité, savait entendre un soupir de tristesse, un homme qui se passionnait pour toutes les causes humaines et dont les soucis allaient des Insurgents d'Amérique et des Protestants de France aux œuvres de Voltaire interdites sur le territoire français, un homme qui se préoccupait de progrès, se battait pour que Paris eût l'eau courante et pour que l'homme en vînt à conquérir l'espace aérien, un homme qui aimait les femmes, certes, la vie facile, le luxe, l'amour, l'argent... mais qui savait merveilleusement partager tout cela.

Et puis il y avait Thérèse. Thérèse qui remplaçait auprès de Pierre-Augustin les chères petites sœurs que la vie avait écartées plus ou moins de sa maison. Thérèse qui avait élevé l'art de vivre à la hauteur d'une institution...

Ennemie jurée de tout ce qui n'était pas l'ordre, la propreté et le confort, Thérèse, en bonne Suissesse doublée de Flamande, ne pouvait concevoir sa luxueuse maison qu'étincelante de propreté. Chez elle, le linge était neigeux, les parquets miroitants, l'argenterie fulgurante, les meubles luisants de bonne santé, embaumés de cire d'abeille, et les soieries aussi fraîches que les fleurs du jardin. Un jardin qui, surveillé d'aussi près que le reste, voyait ses pelouses balayées chaque matin et recevait des soins si sévères qu'il ne serait certainement venu à l'idée d'aucune haie, bordure de buis ou oranger en caisse de se permettre la moindre négligence en matière d'alignement.

Mais c'était surtout à la cuisine que le génie de Thérèse donnait toute sa mesure. Beaumarchais était gourmand, aimait recevoir avec éclat et souvent, et Thérèse faisait en sorte qu'il n'eût jamais le plus petit reproche à lui adresser. Fine cuisinière, elle n'avait confiance qu'en elle-même pour le choix des denrées appelées à l'honneur de figurer sur la table du grand homme. Aussi chaque matin, à heure fixe, pouvait-on la voir, vêtue avec simplicité, s'en aller faire son marché, suivie d'un ou deux valets armés de grands paniers et parfois même, les jours de grand souper comme le samedi, d'une charrette destinée à rapporter les provisions.

Quand elle rentrait, le sous-sol de sa maison se changeait en une sorte de palais de Dame Tartine d'où s'évadaient des senteurs exquises, évocatrices de préparations délectables, qui embaumaient l'escalier et montaient jusqu'au niveau des chambres.

Mais ces belles vertus ménagères n'empêchaient nullement la jeune femme d'être joliment cultivée et de jouer de la harpe en artiste. Douce et gaie, toujours miraculeusement nette dans ses robes claires, même les jours de confitures ou de gibier, d'une discrète élégance, elle pouvait représenter pour un homme de goût la compagne idéale et Gilles, peu à peu, se prit pour cette charmante femme d'une affection sincère et fraternelle qu'on lui rendit bientôt avec usure et sans la moindre arrière-pensée d'ailleurs.

C'était Thérèse encore qui avait fait confectionner les vêtements neufs dont Pierre-Augustin, généreusement, avait pourvu les deux évadés arrivés pratiquement nus chez lui, et elle y avait mis non seulement son goût mais la délicatesse que l'on réserve aux êtres chers. De cela aussi Gilles lui était reconnaissant.

Il s'attachait, enfin, à la petite Eugénie, l'enfant que Thérèse avait donné à son amant neuf ans plus tôt. La fillette tenait de son père une pétulance de vif-argent et, si le charme discret de sa mère apparaissait déjà en elle, Eugénie n'en promenait pas moins sur le monde environnant des regards précocement conquérants qui choisissaient ou repoussaient sans appel les pauvres mortels offerts à ses yeux.

Elle avait adopté d'enthousiasme Gilles et Pongo quand, après quelques jours de claustration totale,

Pierre-Augustin les avait présentés officiellement à sa maisonnée sous les avatars fantaisistes qu'il avait choisis pour eux.

Dûment affublé d'une perruque d'un noir de suie retenue dans une résille espagnole et armée de redoutables accroche-cœurs, Pongo devint le señor Don Inigo Conil y Tortuga, comte de Barataria, tandis que Gilles, nanti d'une perruque de procureur et d'une paire de lunettes, se voyait promu au rang de secrétaire du noble comte.

Ce double déguisement satisfaisait pleinement la passion de la comédie qui habitait Beaumarchais et son goût irrésistible pour les espagnolades, d'autant que ses deux protagonistes jouèrent leurs rôles avec une perfection qui le surprit. Le maintien naturellement hautain et silencieux de l'Indien s'adapta parfaitement à l'hidalgo arrogant et théâtral, ne parlant guère que par monosyllabes, voulu par l'auteur. Quant à Gilles, la contenance subalterne qui convenait à son personnage l'avait complètement transformé : clignant des paupières derrière la monture de fer de ses lunettes, le dos rond comme il sied à un homme passant le plus clair de son temps courbé sur des paperasses, les pieds en dehors et les genoux légèrement fléchis, il avait réussi à perdre une bonne partie de sa taille.

– Vous êtes certain de vouloir retourner servir aux Gardes du Corps ? dit Pierre-Augustin un soir où, toutes portes closes, tous deux buvaient du vin de Champagne dans le cabinet de l'écrivain en causant de leurs affaires. Il me semble que, si vous vouliez devenir comédien, vous auriez une belle carrière devant vous... et une excellente couverture. Qui donc irait chercher un noble parmi les baladins, les histrions ?

– L'idée pourrait être bonne, en effet, soupira Tournemine en étirant avec volupté ses longues jambes devant lui, s'il n'y avait les chandelles de la rampe et les yeux aigus du public. Et puis, je ne crois pas que je pourrais soutenir longtemps un personnage ratatiné comme en ce moment. Il faudra trouver autre chose pour la vie de tous les jours. La peau dans laquelle j'entrerai doit au moins me permettre de vivre vertical... Il n'empêche, ajouta-t-il après avoir réfléchi un instant en achevant de vider sa flûte de cristal, que j'avoue prendre un certain plaisir à ce rôle que vous me faites jouer pour vos gens. C'est amusant de changer de visage, de personnalité...

– Je ne vous le fais pas dire ! s'écria Beaumarchais soudain épanoui. Le théâtre, mon cher, il n'y a pas de meilleure école de la vie car il permet d'aborder toutes les situations, d'entrer dans tous les personnages, d'être un jour celui-ci et demain cet autre, d'avoir vingt ans ce soir et d'approcher le siècle au matin suivant. Ah oui, c'est une belle chose qu'être comédien ! Mais, si j'ai bien compris les intentions de notre sire le Roi, vous vous disposez à devenir pour moi un confrère ?

– Un confrère ? Comment l'entendez-vous ?

– Ne serez-vous pas, peu ou prou, un agent secret lorsque nous aurons réussi à vous trouver une personnalité de rechange convenable ? Nous serons donc confrères, conclut-il tranquillement. J'ajoute que le métier présente quelques ressemblances avec celui de comédien. L'agent est un comédien qui joue sans public, pour sa propre admiration en quelque sorte. Lui seul peut savoir s'il a été bon ou mauvais en scène car lui seul – s'il a du courage et de l'honneur – en supporte les conséquences. Voyez-vous, ajouta Beaumarchais en tendant simultanément les mains vers la grosse bouteille ronde qui reposait dans un rafraîchissoir d'argent et vers l'assiette sur laquelle Thérèse avait fait disposer des biscuits de Reims, il peut arriver qu'ayant choisi ce dangereux métier du renseignement qui est en quelque sorte celui d'une guerre perpétuelle et secrète, un homme se retrouve prisonnier du masque dont il s'est affublé et qui refuse de quitter son visage. La comédie alors devient drame...

Tournemine regarda son hôte avec curiosité.

– Comment cela ? J'avoue ne pas très bien comprendre. Que l'agent secret change fréquemment de visage, j'en demeure d'accord, mais pourquoi devrait-il en garder définitivement un autre aspect que le sien propre ? Le señor Rodrigue Hortalez me semble avoir bien disparu puisque vous m'avez montré, sur le devant de cette maison, ses bureaux vidés et désaffectés...

– Rodrigue Hortalez n'était guère qu'un fantôme d'homme d'affaires créé pour des besoins commerciaux et je n'ai que très rarement emprunté son apparence. Il n'en va pas de même pour quelqu'un à qui je pense et qui devra, jusqu'à sa mort, demeurer captif de son double. Vous êtes jeune, chevalier, et introduit depuis trop peu de temps à la cour pour avoir entendu prononcer le nom du chevalier d'Eon. Il ne vit plus en France d'ailleurs depuis quelque temps...

La mémoire exacte de Tournemine qui n'oubliait jamais un nom ni un visage lui restitua immédiatement un souvenir.

– Le chevalier d'Eon ? La dame chez qui je loge, à Versailles, m'a dit avoir hébergé avant moi une demoiselle d'Eon qui avait d'ailleurs de curieuses habitudes, entre autres celle de fumer la pipe.

– Où habitez-vous donc ?

– Rue de Noailles, au pavillon Marjon...

Beaumarchais se mit à rire.

– Eh bien, votre demoiselle et le chevalier ne font qu'une seule et même personne.

Et il raconta l'étrange histoire de ce jeune noble bourguignon qui, entré au fameux « Secret du roi »(1) durant l'ambassade du comte de Broglie en Russie, occupa, sous des jupons de femme, le poste de lectrice de la Tsarine Elisabeth avant de servir comme capitaine de Dragons puis d'être chargé d'autres missions en Angleterre.

– Mince, beau, séduisant avec un teint de demoiselle, des mains charmantes et une sorte de grâce, d'Eon faisait une aussi jolie femme qu'un fringant officier.

(1) Institué par Louis XV pour servir sa politique étrangère personnelle.

— N'exagérez-vous pas un peu ? Une femme cela se sent, cela se respire même...

Beaumarchais se mit à rire.

— Les brouillards de la Tamise ne m'avaient pourtant pas enrhumé, je vous le jure, mais quand je l'ai connu, je vous affirme que j'ai été pris au jeu moi qui vous parle et qui, croyez-moi, m'entends assez à... respirer les femmes. Je lui ai même proposé de l'épouser.

Cette fois ce fut au tour de Gilles de rire. Pierre-Augustin marié à un capitaine de Dragons. L'image était irrésistible.

— Comment l'avez-vous évité ? La « dame » n'est pas tombée amoureuse de vous ?

— Ni moi d'elle... ou de lui, d'ailleurs. Ma proposition était toute politique et puis d'Eon n'a plus vingt ans. En fait, nous nous détestons cordialement, ce qui ne m'empêche pas de le plaindre car, à la suite d'une intrigue touchant de près à l'honneur du Roi d'Angleterre, d'Eon a dû faire le serment de ne plus jamais quitter ses vêtements féminins. Interdiction lui est faite, par le Roi et le ministère des Affaires étrangères, de reparaître jamais sous ses habits d'homme. Et je sais qu'à présent il en souffre comme un damné.

— Où vit-il actuellement ?

— A Londres. On lui sert une pension. Hélas, à présent il ne reste plus grand-chose du damoiseau de jadis ! Il est amer, aigri et regrette, je crois, de tout son cœur, la folie qu'il a commise de se glisser un jour sous des falbalas de femme. Manier l'éventail, se poser des mouches, marcher continuellement perché sur des mules à hauts talons quand on aimerait tant, en pantoufles, fumer sa pipe à cheval sur une chaise en regardant roussir les vignes du Tonnerrois — du Tonnerrois où il ne retournera jamais —, c'est un assez cruel supplice...

Un silence s'établit entre les deux hommes. Gilles évoquait silencieusement mais avec horreur le sort de cet homme prisonnier de son double comme l'avait dit Beaumarchais, enseveli vivant sous les dentelles et l'attirail mièvre des femmes alors que, sans doute comme lui-même à présent, d'Eon avait rêvé d'une vie glorieuse, d'une famille à qui transmettre son vieux nom, d'une vieillesse honorable. Les récits, distraitement écoutés à l'époque, de Mlle Marjon lui revenaient en esprit. Bien souvent, la vieille demoiselle avait parlé de cette grande femme toujours vêtue de noir mais d'un noir élégant que lui fournissait la modiste de la Reine, Mlle Bertin, et qui écrivait à longueur de journée en fumant sa pipe, de cette étrange créature qui n'était pas servie par une femme de chambre et qu'elle avait surprise, un matin, à la petite pointe de l'aube, faisant un assaut d'escrime avec son valet derrière les buissons qui encombraient le fond du jardin, de cette pieuse fille de Bourgogne enfin, qui n'allait jamais à la messe et encore moins à confesse. Et Gilles essayait d'imaginer ce qu'il ressentirait si les hasards d'une vie de dévouement à la cause royale le conduisaient lui aussi à étouffer lentement sous une inexorable cuirasse de soieries parfumées.

– Je ne pourrais pas supporter cela, dit-il enfin, et je ne comprends pas que cet homme ait accepté un tel supplice. Que n'est-il parti au diable... plus loin que la mer, plus loin que l'horizon? Au cœur sauvage de l'Amérique personne ne serait allé voir s'il enfilait, le matin en se levant, une culotte ou un cotillon.

– Personne, en effet... et personne non plus ne lui interdit de prendre un bateau, à Douvres ou à Portsmouth, mais il sait bien que, ce bateau, il devrait le prendre en femme et qu'au cœur de vos forêts américaines, il lui faudrait encore garder sa défroque. Ne vous ai-je pas dit qu'il avait dû donner sa parole? Et d'Eon, même si je ne l'aime pas, est un gentilhomme.

Tournemine rougit légèrement.

– C'est juste! J'avais oublié. Vous avez raison, dans ce cas il n'y a rien à faire mais votre histoire amène de l'eau à mon moulin, mon ami; il faut, pour la suite des jours à venir, que je me trouve un personnage assez différent de ce que je suis pour ne pas éveiller les soupçons de qui vous savez, mais sous le masque duquel il me soit possible de vivre et de mourir réellement si le sort voulait qu'il ne me soit plus possible de le rejeter.

– Un peu de patience ! L'article de la *Gazette* décrivant comment l'on a retrouvé le corps du chevalier de Tournemine, frappé de plusieurs balles, dans l'eau des fossés à la suite d'une tentative d'évasion désespérée, est encore trop récent. C'est tout juste si l'encre en a eu le temps de sécher. Dans quelques jours, je vous ferai connaître mon ami Préville.

– Préville ? Le comédien ?

– Le comédien. C'est un homme de goût, un homme sûr... et un brave homme. Avec lui notre secret sera en d'excellentes mains. Il en a gardé d'autres, croyez-moi. D'autant qu'il n'aime pas plus Monsieur que nous ne l'aimons vous et moi. Mais, surtout, Préville est un maître dans l'art du grimage et son coup d'œil est infaillible. Il saura, d'emblée, ce qui peut le mieux vous convenir quand il aura parlé avec vous durant trois minutes car personne, comme lui, ne sait quel personnage convient le mieux à tel rôle. Savez-vous, ajouta-t-il en souriant, que Préville a eu le beau courage de me refuser le rôle de Figaro que je lui offrais sur un plateau d'or ?

– Peste ! fit Gilles qui savait déjà quelle tendresse Beaumarchais portait à son barbier sévillan.

– Et cela parce qu'il estimait n'avoir plus l'âge du personnage même s'il en conservait encore l'apparence. Croyez-moi, chevalier, c'est Préville qu'il nous faut. Mais, en attendant, continuez donc à jouer les secrétaires un peu demeurés. Vous vous en tirez à merveille...

C'était en vérité un rôle facile pour Tournemine car, en dehors des repas qu'ils prenaient avec la famille Beaumarchais, souvent réduite dans la journée à Thérèse et à Eugénie, le señor Conil y Tortuga et son secrétaire se renfermaient la majeure partie de la journée dans leur appartement pour y tuer le temps chacun à sa façon.

Parfois, le soir, Gilles devait mettre au lit, avant

même le souper, un Pongo ivre comme toute la Pologne un jour de fête et descendre souper sans lui. Il s'attardait alors à écouter Thérèse lui jouer de la harpe dans la galerie de Flore ou à entamer avec Eugénie une partie de jonchets si Pierre-Augustin n'était pas là pour lui tenir compagnie.

Par contre, le samedi soir, ni lui ni Pongo n'apparaissaient car c'était, traditionnellement, le jour où Beaumarchais recevait ses amis habituels : Gudin, l'alter ego, le plus intime qui, cependant, ignorait tout de leur présence, l'abbé de Calonne, l'acteur Molé ou l'Intendant des Menus-Plaisirs Papillon de la Ferté, les personnages importants qui pouvaient lui être d'une quelconque utilité. Ces soirs-là l'hôtel de la rue Vieille-du-Temple ruisselait de lumières et, au son d'une musique discrète, les invités prenaient place autour d'une table royalement servie que Thérèse présidait avec sa douceur et sa grâce habituelles, cependant que le noir Jean-Baptiste, ou encore le vieux Paul, le fidèle serviteur de Pierre-Augustin, montait sur un grand plateau leur repas aux deux séquestrés.

Ces dîners du samedi étaient une rude épreuve pour ceux-ci, car ils réunissaient toujours beaucoup de monde. Le triomphe sans cesse grandissant du *Mariage de Figaro* portait Beaumarchais au sommet de sa gloire. Après Paris où l'on s'arrachait les places, la France, et l'Europe avec elle, brûlait d'applaudir une pièce que l'on disait prodigieuse. En outre Pierre-Augustin venait de fonder le Bureau de Législation dramatique(1) destiné à obliger enfin les Comédiens Français à payer des droits à leurs auteurs. Cela n'avait pas été sans mal. Beaumarchais avait dû soutenir un combat épique mais il en était sorti vainqueur et nombreux étaient ceux qui étaient prêts aux pires bassesses pour le plaisir de s'asseoir à la table de l'homme du jour. Aussi le bruit de la fête emplissait-il toute la maison, rendant le sommeil impossible, un sommeil auquel

(1) Le bureau s'appelle maintenant la Société des Auteurs.

d'ailleurs Gilles et Pongo ne songeaient guère, craignant à chaque instant de voir leur petit domaine envahi par quelques-uns des joyeux pochards de l'étage inférieur en veine d'exploration.

Et puis, à mesure que le temps passait, Tournemine supportait de plus en plus difficilement sa claustration. Il se sentait étouffer entre les murs élégamment tendus de damas jaune de sa chambre et, la nuit, il rêvait d'une plaine immense et nue, d'une vaste campagne à travers laquelle il galopait éperdument sur le dos de Merlin, son beau cheval, dont il était privé depuis des semaines. Peu à peu, les attraits de la maison faiblirent. Le jeune homme perdait l'appétit et quand on atteignit les premiers jours d'octobre, c'était lui qui ne quittait plus guère sa chambre le soir.

Comme si elle était sensible aux vibrations de cette âme en peine, l'atmosphère de la maison semblait s'assombrir progressivement. Pierre-Augustin, que son génie remuant ne laissait guère en repos et qui avait toujours une ou deux affaires sur les bras, en venait, depuis quelques jours, à considérer amèrement les revers d'une médaille aussi exceptionnellement brillante : à mesure que grandissaient ses triomphes, le nombre de ses ennemis augmentait en proportion, peut-être même plus vite encore et, parmi ces nouveaux venus, il s'en découvrait parfois qui étaient particulièrement dangereux : ceux qui, comme le dernier en date, détenaient une plume aussi redoutable que la sienne et pouvaient le battre sur son propre terrain.

Ainsi d'un certain comte de Mirabeau, gentilhomme provençal de mœurs plus que douteuses, qui traînait alors à Paris une existence incertaine de gueux littéraire perpétuellement à la recherche de cet or trop rare dont il avait tant besoin pour satisfaire ses passions. Par ses dettes, ses duels, ses démêlés avec sa femme et ses débauches, ce Mirabeau traînait le scandale après lui et les multiples lettres de cachet que son père avait obtenues pour tenter de le ramener à une plus juste conception de la vie de société lui avaient valu de nombreux séjours en prison sans d'ailleurs l'assagir le moins du monde. D'une laideur quasi monstrueuse avec une tête énorme et une figure ravagée par la petite vérole, il avait reçu des fées, en contrepartie, le don de l'éloquence, la puissance du verbe jointe à celle de la plume et une grande solidité de pensée. Et c'était cet homme-là, ce terrible molosse qui avait entrepris de planter ses crocs dans les mollets élégants et spirituels de Beaumarchais.

Celui-ci venait, en effet, d'offenser doublement le futur tribun en refusant d'imprimer, sur les presses qu'il possédait de l'autre côté du Rhin, à Kehl, son *Essai sur les Cincinnati* et, chose plus grave encore vu l'état des finances du personnage, de lui prêter vingt-cinq louis.

– Si je vous prête cette somme, déclara Pierre-Augustin avec une grande logique, nous ne manquerons pas de nous brouiller par la suite. J'aime mieux me brouiller avec vous tout de suite et faire une économie de vingt-cinq louis...

C'était une faute et la réaction ne s'était pas fait attendre. Dans les tout débuts du mois d'octobre, Mirabeau publiait un violent pamphlet *Sur les Actions de la Compagnie des Eaux de Paris* dont Beaumarchais, toujours à la pointe du progrès, était l'un des notoires promoteurs et, sous couleur de défendre la corporation des porteurs d'eau, le pamphlétaire famélique et génial l'y traînait dans la boue en l'accusant de vouloir réduire à la misère un petit métier et de préparer des fondrières dans les rues de Paris avec le passage de ses canalisations.

L'inculpé venait tout juste de lire ce désagréable factum quand, au matin du samedi 6 octobre, Tournemine qui avait passé la majeure partie de sa nuit à arpenter sa chambre vint frapper à la porte de son cabinet. Rouge de colère, la perruque en bataille, il releva sur son hôte un regard qui flambait.

– Que voulez-vous ? grogna-t-il sans plus s'embarrasser de formules de politesse tant il était furieux, mais le jeune homme ne s'émut pas pour autant.

– Croyez que je suis navré de vous déranger à un moment qui me paraît... fort mal choisi, mais je ne pouvais plus attendre. Beaumarchais, mon ami, si vous ne voulez pas me voir devenir fou sous votre toit, il faut que je vous quitte.

Le visage de l'écrivain revint progressivement à une teinte normale tandis que son œil se faisait attentif.

– Vous en avez assez, hein ?

– De votre hospitalité ? Certainement pas ! Elle est royale et je vous supplie de ne pas me taxer d'ingratitude. Mais le gamin des landes de Kervignac n'est pas encore mort en moi. Je suis un animal de grand vent, mon ami, et voilà un grand mois que je vis enfermé. Je n'en peux plus. En outre, si j'ai bien deviné ce qui se passe ici depuis quelques jours, vous avez des ennuis.

– J'en ai toujours eu... et de plus graves que ce torchon ! gronda Pierre-Augustin en jetant les feuillets de papier sur un coin de sa table de travail. Cette fois, cela tient à ce que j'ai trop de succès, ajouta-t-il avec cette fatuité ingénue qui était à la fois, chez lui, un défaut et un charme. Et si vous en voulez la preuve, tenez ! Lisez !...

Sa vaste robe de chambre en damas zinzolin(1), largement ouverte, voltigeant autour de lui comme de grandes ailes sombres, il se rua sur un angle de la bibliothèque, en tira un énorme livre relié en maroquin pourpre qu'il vint abattre sur une petite table placée en prolongement du bureau. Une inscription en larges lettres d'or s'étalait sur le cuir odorant : « Matériaux pour élever mon piédestal », lut Gilles avec une surprise amusée. Mais déjà Beaumarchais ouvrait le livre, il était plein de libelles, de pamphlets, de chansons, de lettres anonymes ou non, mais toutes rassemblant une assez jolie collection d'injures plus ou moins claires.

– Voilà ! fit-il non sans orgueil. Voilà tout ce que

(1) Couleur rouge violacé.

l'on a déjà écrit sur moi, tout ce qui, un jour, servira ma gloire ! Les âneries de ce Mirabeau vont y occuper, croyez-moi, une place de choix car le bougre a du talent.

– Et vous n'allez pas répondre ? fit Gilles après avoir parcouru rapidement le pamphlet.

– Je... Si !... Oh ! s'il n'y avait que moi, je mépriserais, mais je ne peux pas laisser insulter en même temps tous les actionnaires de la Compagnie des Eaux, ni bafouer le progrès. A ce propos... il est peut-être temps en effet que vous repreniez votre liberté, mon ami, car il va falloir me rendre à Kehl pour faire imprimer ma réponse et aussi pour voir où en est ma grande édition des œuvres de Voltaire (1) que l'on voudrait m'obliger à détruire. Comme je repars en guerre, en quelque sorte, je ne voudrais pas qu'il arrive du désagrément à Thérèse pendant mon absence. Ce Mirabeau est à la solde d'un groupe de banquiers qui jouent à la baisse sur les Eaux dans l'espoir de me faire boire un bouillon ! Cela lui donne de la puissance à ce salaud et il en profite. Mirabeau écrivaillon taré qui mettrait sa mère au bordel pour une poignée d'or !

Il devenait violent, vulgaire. L'apprenti horloger de jadis faisait craquer le vernis de l'homme de cour, du professeur de musique de Mesdames Tantes (2) sous la poussée d'une colère dans la trame de laquelle Gilles décelait de la lassitude et aussi de la peur. Mais était-ce pour lui-même qu'il craignait ou seulement pour celle qu'il appelait sa « ménagère » faute d'avoir eu, jusqu'à présent, l'honnêteté d'en faire sa femme.

– En ce qui vous concerne, continua-t-il d'un ton plus calme, je crois qu'en effet le moment est venu de vous ouvrir la porte. La Cour va gagner Fontainebleau pour les chasses et pour y recevoir les ambassadeurs

(1) C'est pour pouvoir éditer *L'Intégrale* de Voltaire interdit en France, que Beaumarchais avait installé son imprimerie à Kehl, sur les terres du Margrave de Bade.

(2) Les filles de Louis XV : Adélaïde et Victoire.

autrichiens et hollandais en vue du traité et Monsieur, qui ne chasse pas, va sans doute se rendre dans sa terre de Brunoy. Le temps me paraît bien choisi pour faire faire ses premiers pas sur le pavé de Paris à un nouveau personnage. Je vais appeler Préville auquel, d'ailleurs, j'ai déjà touché un mot de notre affaire et...

– Pourquoi ne l'épousez-vous pas? interrompit Tournemine.

Le flot de paroles s'arrêta net. Il y eut un instant de silence tandis qu'une lueur railleuse s'allumait dans l'œil bleu de Pierre-Augustin.

– Epouser qui? Préville?

– Allons, Beaumarchais! Cette plaisanterie n'est pas digne d'un amour comme le sien. Pourquoi n'épousez-vous pas Thérèse? Elle vous aime de tout son cœur, elle vous a donné une fille que vous adorez et elle est une femme merveilleuse. Depuis le temps qu'elle vit avec vous, n'avez-vous pas compris qu'elle était tout juste celle qu'il vous fallait? A moi il a suffi d'un mois pour m'en rendre compte, et vous pourriez être mon père.

– Justement! Comment pouvez-vous savoir ce qu'il me faut? grogna Pierre-Augustin.

– Cela se voit. Vous vous plaisez chez vous, vous y êtes heureux et vous aimez être auprès d'elle. En outre, elle est jeune. Vous l'êtes... moins.

– Je sais! Mais j'ai encore envie d'autres femmes.

– Eh bien, ayez des maîtresses... mais faites de Thérèse Mme de Beaumarchais. Il vient un temps où l'homme a besoin de stabilité.

– J'ai déjà été marié deux fois et pas pour mon bien.

– La troisième sera pour votre bien. Imaginez que quelqu'un passe, quelqu'un dont elle puisse s'éprendre. Elle est trop droite pour le partage : elle partirait. Comment accepteriez-vous ce départ? Vous n'imaginez pas ce que cela peut être cruel, une place vide, murmura le jeune homme, songeant à Judith.

– Je ne l'accepterais pas du tout! cria Beaumarchais hors de lui, et quant à vous cessez un peu de vous occuper des affaires des autres : les vôtres sont assez embrouillées comme cela. Ceci dit... il se peut que vous ayez raison. Je vais y réfléchir...

– Merci. J'emporterai donc l'impression réconfortante d'avoir un peu payé ma dette à cette charmante et généreuse femme. Et pardon si je me suis mêlé de ce qui ne me regardait pas... n'y voyez que de l'amitié.

– Je le sais bien... C'est donc entendu, je vais prévenir Préville.

Mais il n'eut pas besoin de le faire. Il existe, en effet, des jours où les coïncidences paraissent se donner le mot pour se rassembler et où les angoisses nocturnes prennent l'allure de prémonitions. La mauvaise nuit de Tournemine qui l'avait poussé à réclamer d'urgence sa liberté se mit à pousser d'étranges prolongements.

Ce fut d'abord, porté par un commissionnaire qui ressemblait à un jardinier endimanché, un court billet à l'adresse de M. Caron de Beaumarchais, un billet qui n'avait l'air de rien et qui en fait contenait quelques lignes parfaitement incompréhensibles : des phrases anodines truffées de lettres grecques et de signes qui semblaient relever de la plus haute fantaisie.

Au reçu de ce billet, Pierre-Augustin ferma à clef la porte de son cabinet de travail, s'en alla soulever une lame de son parquet, prit en dessous un petit coffre qu'il ouvrit au moyen d'une clef minuscule qui semblait perdue parmi les breloques d'or et de pierreries pendues à sa chaîne de montre et qui d'ailleurs pouvait servir de remontoir à ladite montre, authentique chef-d'œuvre de l'ex-horloger Caron. Il en sortit un mince cahier relié en peau grâce auquel il déchiffra le billet. Ceci fait, il rangea le tout, rouvrit sa porte et appela Tournemine.

– On dirait que les dieux sont avec vous, mon ami. Vous souhaitez nous quitter et voici que le Roi vous en donne l'autorisation expresse. Selon Sa Majesté, il n'y a plus d'inconvénient à ce que, dûment transformé, vous reparaissiez au grand air.

– Il y a tout cela là-dedans ? fit Gilles qui tournait et retournait entre ses doigts l'incompréhensible billet.

– Il y a tout cela, en effet, et d'autres choses encore : votre cadavre a été acheminé sur la Bretagne afin d'y être chrétiennement enterré dans le cimetière d'Hennebont, votre ville natale si j'ai bien compris. Il faut faire vrai pour rouler un aussi fin renard que Monsieur.

Gilles ne put retenir un soupir en pensant au chagrin qu'avaient dû éprouver ceux qui l'aimaient : son parrain, le recteur d'Hennebont, sa vieille Rozenn qui avait été sa nourrice et aussi Katel, la fidèle servante de l'abbé de Talhouet... peut-être enfin l'austère bénédictine de Locmaria qui lui avait donné la vie. A moins que celle qui avait été Jeanne-Marie Goëlo n'éprouvât que du soulagement à savoir enfin entre les mains de Dieu l'enfant rebelle qu'elle Lui avait destiné jadis... Et pourtant c'était un inconnu qui reposait à présent sous les aubépines du vieux cimetière, à l'ombre des pierres grises de Notre-Dame du Paradis et c'était pour cet inconnu que le vieux prêtre dirait des messes... Jamais Gilles n'aurait imaginé que le Roi irait jusque-là pour le préserver des machinations de son frère.

– Ainsi donc, dès à présent je ne suis plus personne ? fit-il en rendant l'étroite feuille de papier si curieusement libellée... Me direz-vous quel est ce langage bizarre ?

– Ce n'est pas un langage mais l'un des « chiffres » du Roi. Il se sert de celui-ci, qui était jadis celui du roi Louis XIII avec son ambassadeur à Constantinople, pour ses affaires privées. L'autre, le Grand Chiffre de Louis XIV jadis composé par le génial Antoine Rossignol, lui seul en détient la clef avec quelques rares et très importants serviteurs. Personnellement, je ne l'ai jamais eu en main. Allons, mon ami, ne faites pas cette mine de carême : vous serez un autre pendant quelque temps mais un jour, j'en suis sûr, vous pourrez redevenir le chevalier de Tournemine.

– Un autre, oui... mais lequel ?

C'était ce qu'il allait apprendre le jour même car – toujours les coïncidences, – ce même Préville, dont Pierre-Augustin attendait des miracles, apparut sur le coup de 11 heures, comme l'on allait passer à table. Retiré depuis quelques mois dans sa belle maison de Senlis, il venait, en toute simplicité, après une séance de Comité un peu agitée à la Comédie-Française, demander à dîner à son ami Beaumarchais.

On ajouta son couvert et, après avoir salué à la ronde, il s'installa joyeusement près de Thérèse qui l'embrassa, et empila incontinent sur son assiette des tartines au fromage couronnées d'œufs brouillés à la crème et des « atriaux », ces crépinettes de porc vigoureusement aromatisées dont on raffolait à Genève. Il protesta gentiment.

– Vous allez me faire grossir. J'ai beau avoir pris ma retraite, je tiens à rester mince.

– Bah ! votre femme m'a dit que vous vous livriez aux joies du jardinage. Vous n'avez rien à craindre...

– Et puis, tu dois avoir faim ! Rien de creusant comme les Comités de la chère grande maison. Pour un homme qui souhaite le repos, c'est une drôle d'idée de continuer à fréquenter ce panier de crabes talentueux, dit Beaumarchais.

Préville haussa les épaules.

– Tu sais bien que j'y joue toujours de petits rôles pour rendre service et puis, ils disent que mes conseils leur sont précieux. Je ne peux pas les leur refuser. En plus, ce sont tout de même mes amis et ils me sont d'autant plus chers qu'ils ne m'en ont pas voulu d'être demeuré fidèlement attaché à notre amitié au moment de la « grande bagarre ». Mais je reconnais qu'aujourd'hui le Comité était éprouvant. La grande Sainval était exaspérante. Ses prétentions ne connaissent plus de borne depuis qu'elle joue ta comtesse Almaviva et...

Lancé à présent, il racontait son histoire sans pour autant perdre un coup de fourchette, mais Gilles, qui ne connaissait pas les gens dont il parlait, cessa de l'écouter, préférant le regarder et chercher à comprendre. Ainsi c'était là ce comédien fameux, l'un des plus illustres de l'époque, célèbre à travers toute l'Europe et dont Beaumarchais disait qu'il était une sorte de Protée, capable de prendre à volonté tous les visages, toutes les apparences, hormis, bien sûr, celle d'un enfant nouveau-né. « Et encore, ajoutait en riant le père de Figaro, je ne suis pas certain qu'il ne puisse y parvenir. »

En ce moment même, il se livrait à un étonnant numéro, imitant tour à tour chacun de ses camarades et passant des envolées superbes de Mlle Sainval à la voix posée de Molé, à l'affectation de Vestris, au rire lourd de Desessarts, heureux visiblement du succès qu'il remportait auprès de ce public réduit de connaisseurs.

Mais c'était vers le pseudo-secrétaire que revenait le plus. souvent son regard, et celui-ci avait l'impression que cette étonnante représentation était donnée pour lui seul, comme si le comédien avait cherché à persuader ce silencieux jeune homme, dont le regard caché derrière les verres brillants de ses lunettes et les paupières à demi baissées lui était insaisissable, de l'excellence de l'enseignement qu'il pouvait lui dispenser et des facettes multiples de son talent. Il regardait aussi Pongo, toujours figé dans son rôle d'hidalgo, avec un intérêt qu'on ne lui rendait pas d'ailleurs car à table Pongo ne s'occupait que de son assiette. A ce moment-là le reflet d'un rêve passait dans les yeux du comédien et Gilles, amusé, se demanda s'il n'était pas en train de caresser l'idée de s'introduire un jour dans la personnalité originale d'un sorcier iroquois.

Le repas terminé, Thérèse se leva, emmena sa fille en priant les hommes de l'excuser : elle avait à faire, ce qui permit à Pierre-Augustin de les entraîner dans son cabinet où il demanda au vieux Paul de servir le café.

Un moment plus tard, tandis que l'odorant breuvage fumait dans les tasses translucides, emplissant l'air de son parfum velouté et chaleureux d'îles du bout du monde, Paul refermait soigneusement la double porte et s'installait sur une chaise voisine, en principe pour être prêt à répondre au moindre désir du maître, en réalité afin de veiller à ce que personne ne s'approchât si peu que ce soit du sanctuaire.

A l'intérieur, assis sur un fragile cabriolet de velours gris, les jambes croisées et une tasse pleine au creux de sa main, Préville s'était remis à regarder Gilles qui, recroquevillé dans un coin de canapé, les yeux au sol, buvait son café en silence, attendant que Beaumarchais ou le comédien ouvrissent le feu. Ce fut celui-ci qui s'en chargea.

– A présent que nous sommes seuls, dit-il, je crois qu'il n'y a plus d'inconvénients à ce que vous me montriez, monsieur le secrétaire, votre véritable visage ?

– Je le crois, en effet, renchérit Pierre-Augustin. Il est temps de songer aux choses sérieuses, mon ami.

Sans rien dire, Gilles abandonna sa tasse sur un coin de meuble, ôta posément sa perruque de procureur, ses lunettes, et se leva en se redressant de toute sa taille.

– Voilà ! fit-il en ouvrant largement ses yeux clairs et en les posant sur le comédien. Que pensez-vous pouvoir faire de moi, monsieur Préville ?

L'autre ne répondit pas tout de suite, considérant non sans surprise la haute et puissante silhouette qui se dressait à présent devant lui, le dominant d'une telle hauteur. Au bout d'un instant de contemplation muette, il eut un clappement de lèvres.

– Cela ne va pas être facile ! Vous n'avez pas, monsieur, un physique facile à dissimuler... encore que vous vous en tiriez à merveille dans ce rôle de secrétaire taciturne et falot. Du diable si je vous aurais cru aussi grand !

– J'avoue, fit Gilles en souriant, que je suis content de pouvoir me déplier et que j'aimerais bien me glisser dans une peau qui ait à peu près mes dimensions.

– Je vous comprends ! Voyons, que pouvons-nous faire de vous ? Un Hollandais, un Danois, un Allemand ?... Parlez-vous une langue étrangère ?

– L'anglais, très bien je crois mais je devrais plutôt

dire l'américain car c'est surtout là-bas, pendant la guerre des Insurgents, que je l'ai perfectionné... Ça m'a laissé un peu de couleur du terroir...

– Voilà la solution ! L'Amérique est fort à la mode et nous voyons venir, ces temps-ci, un certain nombre de jeunes citoyens de cette libre République !

– C'est même une solution encore meilleure que vous ne l'imaginez, dit Beaumarchais en riant, car je pourrai trouver sans peine des papiers et passeports tout à fait convaincants.

– Je serai donc américain. Cela me plaît, mais...

– Pas si vite ! coupa Préville. Il ne suffit pas de changer de nom mais aussi de modifier suffisamment votre aspect extérieur... et même intérieur pour que tout le monde puisse y croire. Et cela je ne peux le faire ici. Il faut être seul pour bien apprendre un rôle.

– Où dois-je aller, alors ?

– Chez moi... si vous voulez bien me faire l'honneur d'un court séjour, avec votre serviteur, bien sûr, car lui aussi devra changer encore s'il veut demeurer auprès de vous. Ce rôle d'Espagnol par trop fantaisiste et qui sent son théâtre de Beaumarchais ne tiendrait pas longtemps hors d'ici. En outre, il ne parle pas la langue, il faut quelque chose qui se rapproche davantage de sa personnalité réelle.

Les yeux de Gilles tournèrent vers Pierre-Augustin.

– Un long séjour ?

– Trois ou quatre jours, pas plus car vous me semblez doué. Vous ne serez pas mal, d'ailleurs. Ma femme n'est pas comparable, pour la perfection d'une maison, à notre chère Thérèse mais elle ne s'en tire tout de même pas si mal.

– Il ne tient plus en place, dit Beaumarchais, mais il supportera bien encore trois ou quatre jours. Quand partez-vous ?

– Tout de suite, si vous le permettez. Mme Préville m'a prié de passer chez Mlle Alexandre pour y prendre je ne sais quel chapeau qui doit être prêt et j'aimerais ne pas rentrer trop tard dans la nuit.

Le départ s'effectua le plus simplement du monde : Préville emmenait le noble Espagnol saluer chez elle Mme Préville, comédienne elle aussi, dont il était un grand admirateur et le secrétaire suivait tout naturellement. Deux heures plus tard, par la portière de la voiture que conduisait un ancien figurant devenu homme de confiance du comédien, Gilles regardait défiler les vieux arbres de la route du Valois avec une merveilleuse sensation de libération. C'était bon de retrouver de grands espaces, un ciel que ne mesuraient plus chichement les toits gris de la rue Vieille-du-Temple. Le jardin de Beaumarchais était trop petit pour sa faim et lui semblait à présent tout juste à la taille de la petite Eugénie.

Certes, il avait été heureux d'y trouver refuge mais, durant tout ce mois de claustration, il s'était fait l'effet d'un objet usagé rangé dans un placard en attendant que quelqu'un s'aperçût qu'il pouvait encore servir. A présent, il allait pouvoir redevenir un homme responsable de son propre destin, même si c'était sous un autre visage, un homme qui aurait le droit de chercher la trace, heureusement encore fraîche, de son bonheur si brutalement brisé.

Durant ses nuits d'insomnie, il s'était interminablement demandé comment avait réagi Judith à la nouvelle de sa mort, car elle avait dû être une des premières à l'apprendre. Avait-elle pleuré ? Se sentait-elle veuve ? Souffrait-elle un peu à l'idée de ne plus revoir, jamais, celui qu'elle disait aimer si passionnément ? Ou bien cette mort satisfaisait-elle sa rancune et le goût de la vengeance que devait garder son âme encore sauvage ? Quatre jours ! Quatre jours encore avant d'avoir le droit de se mettre à la recherche de cette vérité-là...

Le lendemain, à la même heure, Gilles, debout devant une glace, contemplait non sans stupeur le visage qui allait être le sien : celui d'un homme plus âgé que lui et qui ressemblait davantage à un forban qu'à un élégant lieutenant des Gardes du Corps de Sa Majesté Très Chrétienne. Ses cheveux blonds, habilement teints, étaient devenus d'un brun presque noir et s'argentaient légèrement sur les tempes. Une fausse cicatrice tirait légèrement vers l'oreille l'un des coins de sa bouche, ses yeux qui représentaient la difficulté majeure à cause de leur couleur bleu glacier avaient été creusés par la magie d'une pommade contenant du brou de noix et abrités sous d'épais sourcils bruns qui changeaient la forme de l'arcade. Une courte barbe en collier complétait la transformation.

– La sagesse, dit Préville qui, debout auprès du miroir, contemplait son œuvre non sans satisfaction, sera de laisser pousser votre propre barbe. Elle est, en général, plus foncée que la nuance des cheveux mais si la vôtre est trop claire, vous pourrez toujours la teindre avec le même produit que vos cheveux. Je vous en fournirai régulièrement. Comment vous trouvez-vous ?

Gilles fit la grimace, ce qui n'arrangea rien.

– Foncièrement antipathique ! dit-il. Je suis affreux à souhait.

– Je ne suis pas de votre avis. Vous n'êtes pas antipathique, vous êtes inquiétant. Quant à être laid, ce ne sera certainement pas l'avis des femmes : vous avez à présent un côté sauvage qui devrait plaire. En résumé, vous êtes très différent et c'est tout ce que nous souhaitions.

– Parfait. Qui suis-je, alors ?

– Un marin. C'est ce qui vous ira le mieux. Et c'est ce que désire Beaumarchais. Avez-vous déjà navigué ?

– Je suis breton, fit le chevalier avec orgueil. La mer est l'une des deux choses que j'aime le plus au monde et je la connais bien.

– A merveille ! Mais il faut à présent modifier votre allure, vous tenir moins droit. Le corps d'un marin est naturellement souple et vous l'êtes aussi mais votre passage dans l'armée, et singulièrement dans les troupes de la Maison du Roi, vous a donné une raideur de maintien qu'il faut perdre. Sans aller jusqu'au dos rond que vous aviez adopté chez Beaumarchais et que vous ne pourriez garder durant des heures, il faut rentrer un peu votre tête dans vos épaules et balancer légèrement celles-ci. Essayez...

Durant toute la soirée et toute la journée du lendemain, Gilles « répéta » docilement sous la direction de Préville. Le comédien était un maître incomparable, d'une patience et d'une finesse extrêmes. Peu à peu, il gommait l'empois militaire, la contenance rigide de l'homme de cour pour rendre à son élève la liberté de mouvements et la décontraction de son adolescence.

– Je ne saurai plus jamais me tenir dans le monde ! fit l'élève en riant. Si je continue de vous écouter, je vais finir par mettre mes pieds sur la table.

– Mais je l'espère bien car cela fait partie de votre personnage ! Cela dit, je ne suis pas inquiet : votre atavisme et votre bonne éducation vous rendront, quand il le faudra, votre arrogante raideur de gentilhomme. A présent, descendons s'il vous plaît dans la bibliothèque. J'ai demandé que l'on y apporte du rhum. Nous allons boire. Ou plutôt vous allez boire.

– Comment cela, je vais boire ? Pas tout seul quand même ?

– J'ai le foie fragile et l'on m'a interdit l'alcool. Mais un vrai marin doit boire sec. Il faut que je voie comment vous tenez la chopine.

– Oh ! si ce n'est que cela, soyez sans inquiétude ! J'ai fait mes classes à Newport et en Virginie avec un mien ami, Tim Thocker, qui est coureur des bois dans l'Etat de Massachusetts... et aussi avec M. de La Fayette, ajouta-t-il en pensant à certaine cuite mémorable prise par lui au camp de Washington. Voilà une leçon qui va vous coûter cher si votre rhum est bon, mon ami...

Il était bon. Les reins bien calés dans un large fauteuil, les pieds sur les chenets de la cheminée où flambait un joli feu de sarments, Gilles entreprit de faire disparaître le boujaron de vieux Jamaïque avec une méthode et une régularité qui firent l'admiration de son hôte. Il prenait un vif plaisir à cette expérience imprévue. Non qu'il eût particulièrement le goût de la boisson mais parce qu'à travers le cœur chaleureux du rhum, son premier contact avec son nouveau personnage lui semblait agréable et de bon augure. Préville le regardait faire en souriant, assis de l'autre côté de la cheminée et le menton coincé dans sa main, tout en entretenant une conversation à bâtons rompus destinée visiblement à déceler l'instant où la voix du jeune homme aurait tendance à s'épaissir.

Il ne devait jamais le savoir.

Le liquide ambré avait seulement baissé de moitié dans la grosse bouteille noire que le reflet des flammes laquait d'or quand le roulement caractéristique annonçant un cheval lancé au galop naquit dans les profondeurs de la nuit, grandit et vint bientôt éveiller les échos de la ville déjà endormie.

Le bruit de la course s'enfla rapidement mais se ralentit en abordant les gros pavés inégaux de la rue sur laquelle ouvrait la propriété des Préville et, finalement, s'arrêta.

– Quelqu'un vient ! remarqua Gilles en reposant ses pieds à terre et en esquissant le geste de se lever. (Mais Préville lui fit signe de demeurer.)

– Qui que ce soit, cela ne peut en rien vous concerner. Demeurez donc. Une visite peut, au contraire, nous donner l'occasion d'un essai. Comment vous sentez-vous ?

– On ne peut plus lucide. Quant à votre visite, je gagerais que ce cavalier est un militaire et qu'il pèse lourd.

Le tintement de la cloche agitée d'une main autoritaire se faisait entendre au portail ouvrant sur la cour. On put percevoir ensuite le grincement du vantail, un murmure de voix confuses, le trottinement pressé du vieux valet qui revenait, doublé d'un bruit de bottes écrasant le gravier et, finalement, le grattement d'un serviteur bien stylé à la porte de la bibliothèque. Celle-ci s'ouvrit presque en même temps.

– Monsieur, commença le maître Jacques de la maison, il y a là...

– Monsieur, s'écria en même temps une voix sonore dont l'accent helvétique bien connu fit bondir le cœur de Gilles, excusez-moi de ne pas attendre votre permis et de violenter votre porte mais il faut que je parle à vous si vous êtes bien le baladin Préville.

Ayant une haute idée de son renom qui s'accommodait mal du terme de baladin, le comédien fronça les sourcils.

– Je suis en effet Préville, le grand Préville si vous permettez, et non un baladin ! Pourquoi pas un saltimbanque pendant que vous y êtes ? Mais vous-même, mon cher monsieur, qui pénétrez ainsi chez les gens sans y être invité, qui êtes-vous ?

L'intrus rectifia la position, claqua des talons.

– Baron Ulrich-August von Winkleried zu Winkleried, des Gardes Suisses de Sa Majesté. Je demande le pardon. Mais M. Beaumarchais m'a dit que vous déteniez un ami à moi qui...

A cet instant Gilles quitta l'abri de son fauteuil et fit quelques pas dans la lumière de la lampe posée sur une table bouillotte. Winkleried aussitôt rougit, se figea.

– Pardonnez ! J'aurais dû être moins impétueux. Je ne savais pas que vous receviez... Je désire parler à vous dans le particulier, ajouta-t-il en tournant résolument le dos à ce personnage inconnu dont la vue, visiblement, lui était désagréable.

– Vous voudrez bien, d'abord, monsieur, sortir de cette pièce et m'attendre dans le petit salon que vous trouverez à main gauche en sortant dans le vestibule. Je vous y rejoindrai mais...

Gilles alors se mit à rire.

– Inutile de le mettre en pénitence, mon cher Préville. C'est bien un ami... mon meilleur ami.

LE RENDEZ-VOUS NOCTURNE

Après quelques instants de flottement, le calme revint dans la bibliothèque. Assis dans le fauteuil que son ami venait de quitter, Ulrich-August se remettait doucement de sa surprise en mettant définitivement à mort le boujaron de rhum. De temps en temps, entre deux lampées, il levait sur son ami qui l'observait, planté devant lui, jambes écartées et les mains nouées dans le dos, un regard qui, visiblement, ne s'habituait pas.

– Eh bien! marmottait-il sans réussir à trouver autre chose. Eh bien...

Tournemine le laissa boire un moment et récupérer ses esprits. Ce fut d'ailleurs plus rapide que le Suisse voulut bien l'admettre car, au bout de quelques secondes, son œil gris paraissait s'amuser franchement en considérant ce nouvel avatar de son ami. Mais le rhum était excellent et Winkleried faisait durer le plaisir.

– Et maintenant, fit Gilles quand la dernière goutte disparut, si tu me disais pourquoi tu me cours après?

Serrant la bouteille vide sur son cœur avec la tendresse d'une mère pour son enfant malade, Winkleried, de sa main libre, tira de son habit une lettre qu'il tendit.

– A cause de ça! Un garçon que l'on a vu partir en courant l'a jetée, ce tantôt, dans le jardin de Mlle Marjon, ta logeuse.

C'était un billet élégamment plié, fermé d'un cachet de cire rouge dont l'empreinte représentait une branche d'olivier. Mais ce fut avec un froncement de sourcils que Tournemine lut l'adresse libellée à son nom :

« À M. le chevalier de Tournemine de La Hunaudaye, au Pavillon Marjon, rue de Noailles à Versailles, avec prière instante de vouloir bien lui faire tenir cette lettre au « plus tôt ».

– Qui peut écrire à un mort? pensa-t-il tout haut.

– Quelqu'un qui ne sait pas... ou qui n'y croit pas, dit Préville. (Mais Ulrich-August haussa les épaules.)

– Il n'y a qu'une femme pour ça et c'est une femme qui écrit : regarde l'écriture. Mlle Marjon pense que c'est peut-être ta femme. Elle a dit qu'il fallait te porter tout de suite cette volaille...

– Ce poulet ! rectifia Gilles machinalement tout en continuant à tourner entre ses doigts la lettre qu'il ne se décidait pas à ouvrir. Tu as raison, c'est une écriture de femme mais ce n'est pas celle de Judith. D'ailleurs celle-ci est contrefaite. Elle me rappelle pourtant quelque chose...

Et, sans plus hésiter, il fit sauter le cachet, parcourut rapidement le texte qui n'était pas signé. A la place normale de la signature, il n'y avait qu'une petite branche d'olivier, semblable à celle du cachet, dessinée à la plume avec une certaine habileté.

« *La Reine,* disait la lettre, *s'embarquera le 10 de ce mois au quai de la Rapée, pour gagner Fontainebleau par la Seine en compagnie de ses enfants et des ses amis habituels. Un grave danger menace la famille royale, un danger qui se présentera près du château de Sainte-Assise... à moins que vous ne veniez apprendre les moyens de le conjurer en vous rendant, le 12 à minuit, à la terrasse du Petit-Cavalier près de Seine-Port. Quiconque viendrait à votre place ne trouverait personne. Venez seul et sans crainte. Il ne vous sera fait aucun mal et l'on vous dira comment sauver la Reine, les héritiers du trône...* »

Tendant à Winkleried la lettre tout ouverte, Gilles se tourna vers Préville.

– Quel jour sommes-nous ?

– Le 8 octobre, lundi...

– Et combien de temps faut-il pour aller, par eau, de Paris à Fontainebleau ?

– Trois ou quatre jours, je pense, car on cesse de voyager la nuit. Il faut remonter le courant, employer des chevaux de halage. Mais pourquoi me demandez-vous cela ?

– Pour rien! coupa Winkleried en jaillissant de son fauteuil. Je regrette immensément d'avoir apporté la lettre. J'aurais dû lire et déchirer. Cette chose sent terrifiquement le piège! Toi tu restes ici et moi je m'en vais!

Il fourrait déjà la lettre dans sa poche mais Gilles la lui arracha des mains et l'offrit à Préville.

– C'est à moi de décider ce que je fais.

– Et qu'est-ce que tu fais? Ce n'est pas difficile à deviner, va! Tu veux aller là-bas tout seul comme on le demande... Au fait, c'est où Seine-Port?

– C'est un village situé un peu avant Melun, tout proche de ce château de Sainte-Assise dont on parle justement.

– A qui le château? fit Gilles.

– A la marquise de Montesson, l'épouse morganatique du duc d'Orléans. Nous autres comédiens le connaissons bien car la marquise, qui est férue de spectacle, donne souvent la comédie. Parfois, elle joue elle-même avec des amis.

– Ecoute, s'écria Winkleried, si tu veux que je te dise mon idée, la voilà : il y a quelqu'un qui sait ou qui devine que tu n'es pas défunt et qui cherche à te faire sortir de ton trou. Je dis, moi, c'est un piège!

– Peut-être... mais peut-être pas. De toute façon, je n'ai pas le droit de mettre en balance ma propre sécurité avec la vie de la Reine et des enfants de France.

C'était plus que le Suisse n'en pouvait supporter. Brusquement, il vira au rouge brique.

– Quelle damnée sottise! Si on avait envie de tuer Sa Majesté on ne te le dirait pas! Ecoute : tu me donnes la lettre, je cours à Versailles, je la montre au Roi... et la famille royale ira à Fontainebleau en carrosse. Comme ça tout sera arrangé.

– J'ai bien peur que non, intervint Préville. Je ne doute pas que vous puissiez approcher le Roi facilement puisque vous êtes de sa Garde Suisse, mais je crois sincèrement que cela ne servirait à rien : jamais, quand la Reine s'est mis quelque chose en tête, le pauvre Louis XVI n'a réussi à l'en empêcher. Je la connais assez bien. Elle vient de faire construire ce bateau tout exprès pour la circonstance. C'est une grande machine aussi dorée que le Bucentaure du Doge de Venise qui coûte au bas mot cent mille livres au Trésor et la Reine doit l'inaugurer avec ses bons amis Polignac et autres. Deux fois déjà elle a fait le trajet de Paris à Fontainebleau sur un bateau : celui que lui avait prêté le duc d'Orléans quand elle était enceinte. Elle a pris goût à ce genre de locomotion et, j'en suis persuadé, aucune force humaine de l'empêchera d'inaugurer « son » bateau.

– Même si le Roi dit « non » ?

– Même ! Elle trouvera le moyen. D'ailleurs, il fait plus que jamais ses volontés. Cette maudite histoire de collier a exaspéré Marie-Antoinette qui ne rêve plus que vengeance. On dit qu'elle est d'une telle humeur que le Roi ne se déplace plus que sur la pointe des pieds...

– De toute façon, interrompit Gilles, nous discutons pour rien. Le billet dit que je suis le seul à pouvoir éviter le drame : je n'ai ni le droit ni l'envie de me dérober. Avez-vous un cheval, mon cher Préville ?

– Naturellement. Mais vous voulez repartir dès ce soir ? Pour aller où ?

– A Paris. Je prendrai pension dans une auberge. Je voudrais essayer d'examiner le bateau de la Reine... et je n'ai qu'une journée.

– Pas d'auberge ! coupa Ulrich-August. Le Beaumarchais a dit que je te ramène chez lui.

Tournemine se mit à rire.

– Il avait deviné que je reviendrais, sans même lire la lettre ?

– Il doit être intelligent, grogna Winkleried. Il a dit qu'il avait des choses pour toi. Il dit aussi qu'il vaut mieux que tu laisses Pongo stationner un moment ici.

Encore que l'idée de se séparer même pour quelque temps de son fidèle Indien ne sourît guère à Gilles, il avait assez de sagesse pour comprendre que cela valait mieux. Préville n'avait pas encore eu le temps de s'occuper de lui et de lui enseigner son nouveau rôle. Dans l'état actuel des choses, il ne pouvait que risquer de faire reconnaître son maître.

– Je reviendrai te chercher, ou je te ferai venir dès que je serai installé quelque part, dit Gilles à l'Indien. S'il m'arrivait malheur dans cette aventure...

– C'est moi qui viendrais le chercher, grogna Winkleried, Pongo sait bien qu'il a une place chez moi quand il voudra. Et maintenant prépare-toi, nous partons.

– Pas avant d'avoir soupé, protesta Préville. Vous devez avoir faim et il n'est pas bon de galoper le ventre vide.

– Ma foi, je n'osais pas réclamer, fit Ulrich-August soudain épanoui. Mais c'est vrai que j'ai grand-faim...

Le contraire eût été étonnant, surtout après une chevauchée rapide, l'appétit du jeune Suisse étant de taille à passer à la postérité. Tandis qu'il se restaurait avec un bel enthousiasme, Préville, après quelques coups de fourchette, s'en allait faire préparer les chevaux et le bagage de son pensionnaire d'un moment.

Tout cela prit pas mal de temps et la rue Vieille-du-Temple s'éveillait dans un tintamarre quasi diabolique lorsque Gilles et Ulrich-August franchirent le portail de l'hôtel des Ambassadeurs de Hollande, grand ouvert à cette heure matinale. Le concierge était en train de balayer la cour, à grands gestes nonchalants ponctués de profonds soupirs car cet homme de bien, ennemi de l'effort inutile, ne voyait pas pourquoi la maîtresse des lieux tenait tellement à lui faire recommencer chaque jour les mêmes gestes. Souvent d'ailleurs il s'arrêtait, appuyé des deux mains sur son balai, pour causer avec tous ceux, marchands d'eau, d'herbe, de lait, de sable, de balais ou de poisson, dont les cris, joints aux pas des chevaux et des ânes et au roulement des voitures, entretenaient dans la rue, comme dans la plupart des autres, ce vacarme assourdissant qui était le propre de la capitale française.

Après s'être assurés auprès de lui que le maître était

bien au logis, les deux hommes pénétrèrent dans la maison et trouvèrent Beaumarchais, en bonnet de nuit à ruban vert et robe de chambre à ramages assortis, attablé devant un grand pot de café et une pile de rôties brûlantes. D'une main tachée d'encre d'imprimerie, il triturait nerveusement un numéro, tout frais tiré, de la *Gazette.* Il était d'une humeur de dogue et, voyant pénétrer dans son cabinet deux hommes dont l'un lui était à peine connu et l'autre pas du tout, il hurla :

– Qu'est-ce que vous voulez, vous ? Et d'abord, qui vous a permis d'entrer ?

Tournemine se mit à rire.

– Le vieux Paul, qui ne m'a pas reconnu plus que vous d'ailleurs mais auquel j'ai dit que vous nous attendiez. Et vous connaissez déjà le baron von Winkleried, il me semble.

Au son de cette voix, Pierre-Augustin lâcha du même coup sa gazette et la tartine qu'il tenait de l'autre main, tendit le cou, regarda avec des yeux qui s'arrondissaient et lâcha :

– Quoi ? C'est vous ?... Savez-vous que vous êtes tout simplement prodigieux ?

– Ce n'est pas moi qui le suis mais bien votre cher Préville. C'est un grand homme.

– Je vous l'avais dit. A présent, asseyez-vous, nous avons à parler mais d'abord je vais demander d'autres tasses et d'autres rôties. Thérèse est partie voilà une demi-heure pour Ermenonville.

Tandis qu'il courait se pendre au cordon de sonnette pour appeler Paul, Gilles jeta un coup d'œil au journal abandonné sur un coin du bureau. Un grand article signé Mirabeau s'y étalait en belle place et les quelques lignes qui tombèrent sous les yeux du jeune homme suffirent à l'éclairer sur les raisons profondes de la mauvaise humeur de son ami.

« *Né dans l'obscurité, sans ressources que l'intrigue, le voilà ce Beaumarchais, que ses libelles avaient rendu si redoutable, chargé aujourd'hui de la haine publique. Qu'il serve à jamais d'exemple à ceux qui, de pauvres devenus riches, qui, du sein du mépris parvenus à se faire craindre, veulent perdre les autres et finissent par...* »

– Ne lisez pas ces ordures! s'écria Pierre-Augustin en lui arrachant la feuille. La pourriture elle-même se salirait à un tel contact! Je sais ce que veut ce misérable Mirabeau, ce gentilhomme taré : ruiner les porteurs d'actions des pompes à eau des frères Perrier, faire reculer le progrès, et me ruiner par-dessus le marché s'il le peut.

– Allons, c'est enfantin. Comment pourrait-il y parvenir? Votre fortune est belle et...

– Ma fortune?...

Brusquement, sa voix baissa de plusieurs tons pour atteindre au murmure tandis que, sur son visage si mobile, une gravité teintée d'angoisse prenait la place de la colère.

– Je n'ai plus rien, mon ami... que des dettes! Si l'Etat ne se décide pas à me rembourser ce qu'il doit à Rodrigue Hortalez, il ne me restera plus d'autre ressource que de partir pour les Etats-Unis avec Thérèse et notre petite Eugénie. Et Mirabeau le sait, l'animal! Jamais il n'aurait osé de telles injures si j'étais encore riche... mais laissons cela, s'il vous plaît! je saurai me battre; j'en ai tellement l'habitude. Parlons plutôt de vous... Qu'était-ce au juste que cette lettre dont votre ami, ici présent, était chargé?

Pour toute réponse, Tournemine la sortit de sa poche et la lui tendit tout ouverte.

– Naturellement, vous y allez? fit Beaumarchais après avoir lu. Ce n'est même pas la peine de discuter, j'imagine?

– Naturellement!

– Vous avez pensé qu'il s'agit sans doute d'un piège, que quelqu'un doit se douter de quelque chose touchant notre tour de passe-passe et cherche à vous faire sortir de votre trou?

– Je sais tout cela. Mais l'enjeu est tel que je n'ai pas le droit de refuser. Au surplus, je suis curieux...

– Une curiosité qui peut vous coûter cher. Votre masque sera levé avant même d'avoir servi.

– Mais je n'ai pas l'intention de le porter pour me rendre au rendez-vous. Vous avez lu la lettre : c'est à Tournemine seul que l'on parlera, non à un quelconque marin américain, puisque c'est là le personnage que Préville a choisi.

– Et fort bien choisi. Un peu sur mon conseil d'ailleurs et à ce propos...

Allant jusqu'à l'une des étroites armoires ménagées dans les boiseries claires de sa bibliothèque, Pierre-Augustin y prit une liasse de papiers qu'il porta sur son bureau et se mit à feuilleter. Il en tira un, orné d'un sceau de belle dimension et qui, entre des lignes écrites, comportait des blancs qu'il se mit incontinent en devoir de remplir. Quand il eut fini, il présenta la grande feuille craquante à Tournemine et celui-ci vit que c'était, dûment estampillé et signé de la main du comte de Vergennes, ministre des Affaires étrangères, un passeport autorisant le capitaine John Vaughan, de Providence (Rhode Island) à séjourner en France pour une durée indéterminée.

Puis Beaumarchais sortit d'autres papiers d'une couleur indéfinissable cette fois, jaunis, roussis, culottés comme une vieille pipe : ceux du navire corsaire *Susquehanna* appartenant justement au capitaine Vaughan.

– Voilà, dit l'écrivain en conclusion, avec ces papiers vous êtes en règle sur tout le territoire de la France. Vous pouvez aller et venir à votre gré, prendre pension dans tel hôtel qui vous conviendra. Et, à ce propos...

Quittant une fois de plus sa table de travail, il alla plonger dans un coffre disposé dans le coin le plus sombre de la vaste pièce et en tira un sac assez lourd qui rendait un son métallique.

– Je dois vous remettre ceci, dit-il seulement.

Sans commentaire mais avec une certaine satisfaction, Gilles fit disparaître le sac dans l'une des vastes poches de son habit. C'était sa solde d'une année aux Gardes que le Roi lui faisait payer de cette façon un peu inhabituelle. En vérité cet argent tombait bien car, n'ayant plus un sou vaillant, le jeune homme se demandait avec quelque inquiétude comment il allait pouvoir faire vivre son personnage de marin américain.

– Voilà qui va me rendre la vie plus facile, même si elle ne doit plus durer très longtemps, fit-il en souriant. Merci, mon ami. Pourtant avant de vous quitter je voudrais vous poser encore une seule question.

– Posez !

– Où sont passés le bateau et son capitaine ? dit-il en agitant le papier jauni.

Beaumarchais haussa les épaules.

– L'un est au fond de l'eau, quelque part entre le port de Blackpool et l'île de Man, l'autre au fond de la terre, près d'une chapelle en ruine, où je l'ai mis moi-même après que la mer l'eut rejeté sur la plage de Ste Anne's. Il portait sur lui ces papiers que j'ai eu l'idée de conserver. Je m'aperçois à présent que c'était une bonne idée car ce marin et son vaisseau fantôme vont nous être bien utiles aujourd'hui. Vous ne risquerez donc pas de le rencontrer dans le monde...

Sans répondre, Gilles serra soigneusement les papiers dans la poche intérieure de son habit, en s'abstenant de poser la moindre question touchant les raisons qui avaient pu pousser un auteur dramatique français à errer sur les rives de la mer d'Irlande et à y enterrer des capitaines américains comme s'il n'avait fait que ça toute sa vie.

Les pensées du jeune homme allaient, en effet, dans une tout autre direction et s'attachaient surtout au nom de ce navire perdu qui évoquait pour lui tant de souvenirs doux-amers car il avait fait resurgir des fonds de sa mémoire la profonde vallée de la rivière Susquehanna, son décor de montagnes et de champs de maïs, les huttes en forme de coffrets qui abritaient la puissante tribu des Indiens sénécas. Comme s'il venait de s'y trouver magiquement transporté, Gilles revit le coude de la rivière sous le soleil levant, l'enceinte de rondins qui enfermait le camp, le poteau verni de sang séché auquel on l'avait attaché pour lui faire subir la lente mort des vrais braves et puis des visages, des silhouettes, la face haineuse de Hiakin, le sorcier, la stature fière du chef Sagoyewatha, debout à la proue recourbée d'un canot, enfin la torturante beauté de Sitapanoki, la femme qui lui avait fait perdre la tête et pour laquelle il avait failli oublier Judith.

Certes, il en avait été bien près et, si grand que fût aujourd'hui son amour pour celle qui était devenue sa femme devant Dieu, il savait que, dût-il vivre mille ans, il n'oublierait jamais le visage aux yeux semblables à des lacs d'or liquide, le corps incomparable dont les mains avaient tant de fois suivi les capiteux chemins. Quel homme, fait de chair et de sang, ayant possédé une déesse, pourrait jamais la chasser de sa mémoire ?

Il y pensait encore une heure plus tard en repoussant derrière lui la porte d'une chambre qu'il venait de prendre à l'hôtel White, impasse des Petits-Frères qui était alors l'auberge où un Américain arrivant à Paris se devait de descendre. Il n'avait pas l'intention d'y séjourner longtemps, souhaitant plutôt se trouver aussi vite que possible un petit appartement dans un quartier discret où il lui serait possible de faire venir Pongo, transformé lui aussi selon les idées de Préville.

Winkleried était reparti pour Versailles en se bornant à lui désigner, en guise d'au revoir, la belle enseigne du restaurant du sieur Hue qui faisait face à l'hôtel White.

– J'espère bien que nous pourrons bientôt y retourner manger des écrevisses comme le jour où on s'est connus, nous deux ? Tu te souviens ?...

– Parbleu ! On n'oublie pas ces moments-là... Le temps des écrevisses reviendra, va, et je l'espère aussi celui où j'aurai le droit de redevenir moi-même.

Le pied déjà à l'étrier, Ulrich-August se ravisa.

– Ecoute, je ne peux pas te laisser aller dans ce traquenard horrifiquement seul. J'y vais aussi.

— Merci, mais c'est impossible. Est-ce que les Suisses ne vont pas, eux aussi, à Fontainebleau ?

— Si, bien sûr, mais nous allons avec le Roi. Donc nous serons là-bas le 10. Qui empêche que je vienne moi aussi... bien caché évidemment, au rendez-vous ? Personne ne me verra, pas même toi. Mais si tu as besoin de moi je serai là...

— Non, mon ami. Si le rendez-vous est surveillé cela peut être dangereux pour tout le monde et je ne veux pas que tu risques ta carrière pour abandon de poste. Il faut que j'y aille seul. Mais je te remercie de tout mon cœur...

Jamais Gilles n'avait douté de l'amitié de Winkleried, mais cette nouvelle preuve d'affection le toucha. Pourtant il n'y songeait déjà plus quand, son sac jeté dans un coin de sa chambre, il se laissa tomber dans un petit fauteuil posé au coin de la cheminée en regardant sans le voir le garçon qui, occupé à allumer le feu tout préparé, déchaînait une tempête en miniature avec son soufflet.

A son insu, l'ombre de Sitapanoki l'avait suivi depuis la maison de Beaumarchais, lovée comme un silencieux reptile autour d'un vieux papier jauni. A présent, elle emplissait cette chambre anonyme, dont Gilles n'avait rien vu, comme une fumée d'opium où se dissolvaient, sans qu'il s'en doutât, sa volonté et son courage car elle apportait avec elle tout le charme dangereux des amours inachevées.

La glace du trumeau, orné de bergères maniérées, qui surmontait la cheminée, lui renvoya l'image d'un inconnu qu'il jugea antipathique et accentua l'étrange impression dont il se retrouvait captif depuis que Pierre-Augustin lui avait mis entre les mains la lettre de marque de la *Susquehanna*. C'était comme si, en endossant le personnage de ce marin défunt, il avait hérité, du même coup, d'une partie de sa mentalité. Il se découvrait une soudaine nostalgie de l'immense et mystérieux pays qu'il n'avait qu'à peine découvert mais qu'il avait aimé d'instinct dans l'enthousiasme de sa liberté toute neuve.

Etait-ce l'appel des grandes solitudes ou celui d'un regain du désir d'autrefois accru par une continence de plusieurs semaines mais l'envie lui prenait de retourner là-bas, d'abandonner ce pays où trop de choses lui paraissaient choquantes, cette société trop policée dont il devait bien constater l'élégante pourriture et les nombreuses craquelures, cette Cour pleine de traquenards, enfin, peuplée de princes copiés sur le modèle des Atrides, au bénéfice de la grande pureté de l'Océan, des plaines écartelées par les vents des quatre horizons, des forêts si profondes que le pas de l'homme n'en avait pas encore touché les limites suprêmes...

Au coin de cette cheminée anonyme, l'œil perdu dans des flammes semblables à celles qui éclairaient les camps indiens sous tous les cieux d'Amérique, Gilles livra l'un des plus rudes combats de sa vie. Durant des heures, immobile, il lutta contre lui-même, contre son égoïsme, son goût de l'aventure et son amour de la vie. Au lieu d'aller donner tête baissée dans ce qui ne pouvait être qu'un piège dans l'espoir de sauver une reine qui semblait avoir pris à tâche de se détruire elle-même, il serait tellement plus simple de repasser la porte de cet hôtel, de se faire conduire à l'Hôtel des Messageries et de s'y enquérir du départ de la malle de Brest... ou de Nantes, ou de Cherbourg, ou du Havre. Puis, enfin, de poser son sac sur quelque navire et de laisser la longue houle de l'Atlantique bercer ses rêves d'une vie nouvelle, recommencer sous ce nom de John Vaughan, marin américain...

Mais, peut-être, après tout, ne serait-ce pas si simple. Car ce départ serait une fuite et ce mot-là sonne toujours, pour l'homme de cœur, le même glas lugubre que celui qui se prononce lâcheté. Que la Reine soit réellement victime d'un attentat et le sommeil le fuirait pour jamais car, même si elle était une mauvaise épouse et une mauvaise conseillère, même si elle n'était pas celle dont la France aurait eu besoin, Tournemine savait bien que le chagrin de son pauvre époux lui serait insupportable, même à distance, et que sa conscience, jamais, ne lui laisserait un instant de paix...

Et puis il y avait Judith, Judith qui lui avait donné de si brèves joies, Judith qui n'avait jamais eu confiance en lui, Judith qui l'avait trahi d'une certaine façon et qui n'était venue à lui que lorsqu'elle n'avait plus trouvé sur son chemin que des murs infranchissables... mais Judith qu'il aimait toujours même si, à cette minute, ce n'était pas d'elle qu'il avait envie mais d'une autre plus douce et plus tendre, d'une autre qui jamais ne l'avait repoussé et qui s'était soumise à lui aussi simplement que la biche, au fond des bois, se soumet au cerf. D'une autre pour laquelle il avait bien failli l'oublier...

Un instant, et parce que son séjour chez Beaumarchais lui avait montré ce que pouvait être la vie d'un homme dans la douceur d'une maison agréable, auprès d'une femme tendre et attentive et d'un enfant bienaimé, il maudit ce serment qu'il avait fait au Roi de le servir toujours, et en tous lieux, en tous temps et en toutes circonstances, d'être sur son poing l'oiseau chasseur qui s'en va d'un vol rapide atteindre aussi sûrement qu'une balle de pistolet le but désigné. Mais quoi? Un Tournemine pouvait-il reprendre la parole une fois donnée, conclure des arrangements avec le Ciel et avec sa conscience

– Ma parole... c'est à croire que j'ai peur...

Il avait parlé tout haut et le son de sa voix rompit le maléfice. En même temps, on gratta à sa porte et la tête du valet de tout à l'heure passa par l'ouverture pour demander s'il souhaitait descendre pour souper à la table d'hôtes ou s'il préférait qu'on lui montât son repas.

Il vit alors que la journée entière s'était écoulée, que la nuit était venue... et qu'il était sauvé. La tentation était passée. Quels que puissent être l'attrait de l'Amérique et le charme des souvenirs d'amour, il y avait toujours sous ce grimage un peu diabolique auquel il adressa, dans le miroir, un sourire grimaçant, la vieille âme bretonne fidèle, fataliste et obstinée qui ne lui permettrait jamais de s'écarter du chemin choisi une fois pour toutes.

– Je souperai dehors, dit-il au garçon. Défaites seulement mon sac, fermez les volets et préparez mon lit. Je rentrerai peut-être tard...

Jetant un manteau sur ses épaules, il sortit, demandant qu'on lui appelât une voiture de place. Il était temps pour lui d'aller voir un peu à quoi ressemblait ce bateau dans lequel Marie-Antoinette allait, à partir du lendemain, remonter la Seine...

Mais il lui fut impossible d'aller jusque-là. Quand il fit arrêter le fiacre, au petit pont qui enjambait l'égout des fossés de l'Arsenal, il s'aperçut qu'il n'était pas possible de franchir ledit petit pont qu'habituellement on pouvait traverser sans problème moyennant la somme de trois deniers. Au lieu du péage habituel, Tournemine tomba sur un poste de Gardes-Françaises installé là provisoirement mais solidement et qui interdisait à quiconque de s'aventurer au-delà.

– Ordre de M. le Prévôt des Marchands ! lui dit le sergent qui commandait le poste. Il est interdit de s'aventurer sur le quai cette nuit.

– Et la raison ?

Le soldat haussa les épaules.

– C'est à cause du bateau qui doit emmener l'Aut... enfin, la Reine à Fontainebleau avec toute sa coterie demain. On l'a sorti des chantiers ce tantôt et amené au quai. Depuis que les ouvriers sont partis et ont été remplacés par des serviteurs et des soldats, personne n'a le droit d'en approcher. Des fois qu'avec leurs mains sales les gens du quartier iraient abîmer le nouveau joujou de Sa Majesté !... conclut-il avec un gros rire. D'ailleurs y a rien à voir d'autre...

– Je pensais seulement aller jusqu'au couvent des Lazaristes et faire une prière à la chapelle Saint-Bonnet...

– Eh ben, vous la ferez demain, votre prière, quand

Sa Majesté et ses petits amis seront partis. C'est prévu pour midi. Y en a à qui ça va faire bien plaisir de voir étalée sous leur nez la nouvelle folie de la dame de Trianon...

– Qui donc ?

Le sergent désigna de la tête la masse formidable et noire de la Bastille qui se détachait dans la nuit, si proche qu'on avait l'impression de pouvoir la toucher rien qu'en tendant la main.

– Eux autres ! Tous ceux qu'on empile là-dedans depuis tantôt deux mois parce qu'elle a eu envie d'un collier de deux millions et qu'elle a pas voulu le payer. Ils vont être aux premières loges, demain, pour voir le spectacle. Et moi je dis qu'elle aurait pu aller embarquer ailleurs, à Charenton, par exemple... mais je suis sûr qu'elle le fait exprès, pour les narguer. Seulement ça pourrait bien pas lui porter bonheur. Eh là, vous autres, où est-ce que vous prétendez aller ?

La fin de la phrase s'adressait à deux moines qui venaient d'apparaître et qui, eux aussi, prétendaient passer le petit pont pour regagner leur couvent. Laissant le sergent leur expliquer qu'ils allaient être obligés d'aller passer la nuit ailleurs, Gilles tourna les talons et s'éloigna pour rejoindre la voiture à laquelle il avait demandé de l'attendre auprès des murs de l'Arsenal.

Les paroles du Garde-Française, le ton amer, ironique et vaguement menaçant surtout l'avaient frappé. Parlant de la Reine l'homme avait failli dire « l'Autrichienne », cet adjectif anodin en apparence mais devenu insultant depuis que Marie-Antoinette avait obligé son époux à se plier à la politique de son frère, l'empereur Joseph II. Seul, sans doute, le respect de son uniforme l'avait retenu, mais c'était tout de même un symptôme de plus du mécontentement qui grondait sourdement dans le peuple.

L'hiver précédent, déjà, alors qu'en compagnie d'Ulrich-August il donnait la chasse aux pamphlétaires plus ou moins appointés par Monsieur, il avait pris conscience d'une désaffection croissante des Parisiens pour leur souveraine et ne s'en était pas autrement ému : de tout temps il avait été de bon ton chez les intellectuels et dans les salons d'attaquer le pouvoir établi. Mais ce soir, l'homme qui s'était exprimé était un soldat, l'un de ceux que leur métier instituait comme les défenseurs normaux de la monarchie. Et, plus grave encore, la Reine semblait avoir perdu dans l'esprit de son peuple tout caractère sacré. On l'y dépouillait de toute grandeur pour la ravaler au rang d'une simple femme. Et c'était ce même peuple, par la voix d'un Parlement qui la détestait, que Marie-Antoinette avait chargé de lui rendre justice dans une affaire aussi sordide que celle du fameux collier telle que Tournemine la connaissait. L'avenir décidément s'assombrissait...

Cette impression, il la ressentit plus péniblement encore le lendemain en allant assister au départ du fameux bateau.

Cette fois, les quais étaient noirs de monde. Mal contenus par des barrières et des cordons de Gardes-Françaises, les Parisiens se pressaient au spectacle royal, ce spectacle qu'ils avaient si peu souvent l'occasion de contempler chez eux. Il y en avait le long du quai du Mail, le long de celui de la Râpée naturellement et même sur la pointe de l'île Louvier où les plus audacieux s'étaient juchés sur les grandes piles de bois de construction. Certains même avaient pris d'assaut la *Seyne*, la vieille galiote jadis construite par Turgot pour promener la famille royale mais qui ne servait plus qu'aux inspections des Echevins.

En dépit de la saison déjà avancée, le temps était radieux. Irisée par le soleil automnal, une brume légère montait du fleuve pour accueillir les feuilles jaunies qui lentement tombaient des grands ormes. De cette brume surgissait, comme une vision d'un autre âge, le bateau neuf de la Reine. C'était une étonnante, une énorme gondole dorée comme un missel, guillochée comme une tabatière, rutilante et enrubannée comme quelque Bucentaure en rupture de Gundecca. Un grand rouf, dont les fenêtres habillées de ce bleu Nattier qu'affectionnait Marie-Antoinette renvoyaient les flèches du soleil, occupait la majeure partie du pont. Il abritait neuf pièces : chambres, antichambre, salon de compagnie, cuisine. Mais l'imagination populaire et les potins de la rue aidant on y ajoutait mille folies telles que boudoirs secrets entièrement habillés de glaces, piscine emplie de parfums et salle de banquets garnie de lits à la romaine; tous décors propres à ce que les mauvaises langues s'imaginaient devoir servir de cadre obligatoire aux orgies de la Reine.

Autour de Gilles qui s'était posté près du petit pont dont on lui avait refusé l'accès la veille, la foule déjà dense grossissait d'instant en instant, doublée de voitures, de cabriolets, de pataches, de véhicules et de tout ce qui était susceptible de hisser les curieux au-dessus des têtes du commun. Cette foule s'agitait, grognait, riait, jetait au vent plaisanteries et sarcasmes et ressemblait assez à un énorme chien tirant sur sa laisse moitié par jeu moitié par rogne.

Bousculé par une dame de la Halle dont les abondants cotillons fleuraient la marée fraîche, Gilles se détourna pour lui permettre d'approcher et, oubliant la grosse femme qui le remerciait d'un clin d'œil aguicheur, il se figea, dévorant des yeux une tête coiffée d'un bonnet de castor et qui, grâce à la taille de son propriétaire, surgissait de la houle des autres têtes comme le clocher d'une église de son village. Cette tête qui se découpait sur la brillante caisse verte d'une voiture, il ne pouvait pas en exister deux semblables sur toute la boule ronde et il la reconnut avec une stupeur mêlée d'une telle joie que le nom franchit ses lèvres avant même qu'il s'en fût rendu compte.

– Tim! Tim Thocker!... cria-t-il. Vingt dieux, qu'est-ce que tu fais là?

Retrouver ainsi son premier ami américain, l'étonnant coureur des bois qui avait été son meilleur compagnon d'aventures, lui causait un tel bonheur qu'il en oublia et le fait qu'il avait changé d'aspect et la raison grave pour laquelle il était là. C'était tellement bon, surtout à ce moment de solitude totale, de revoir le large visage tranquille du fils du pasteur de Stillborough et de constater que, semblable à sa terre natale, Tim semblait toujours égal à lui-même. Seule concession aux usages européens, son habituelle tunique de daim à franges avait cédé le pas à une sorte de redingote de gros drap couleur de châtaigne d'où surgissait un col de chemise noué d'une cravate tellement tortillée qu'elle ressemblait à une ficelle verte terminée par des pompons.

L'appel de Gilles étant parvenu jusqu'à lui, Tim tourna les yeux vers cet inconnu barbu qui avait l'air de rire aux anges. Ses yeux, naturellement ronds, parurent s'arrondir encore sous ses sourcils couleur de paille roussie mais, à cet instant, il y eut un remous dans la foule qui refluait pour laisser libre passage aux voitures de la Cour transportant la Reine, ses enfants, ses amis et sa suite.

La voiture à laquelle Tim s'appuyait opéra alors un mouvement tournant de telle sorte que Gilles ne vit plus son ami. Il réussit à escalader une borne voisine mais il y avait des grappes humaines accrochées un peu partout et, bien que l'Américain fût de la taille d'un jeune arbre, il fut impossible de l'apercevoir.

Peut-être, pour mieux voir, Gilles eût-il tenté l'escalade d'une lanterne ou d'un pilier d'entrepôt, encore que cela représentât certainement un combat à livrer, mais soudain, à la portière d'une voiture de spectateurs, un buste d'homme apparut et Gilles, renonçant à dominer les foules, prit au contraire le parti de redescendre et de se noyer dans la foule car cet homme c'était son sorcier de la Bastille, c'était l'homme aux menaces. En un mot, c'était le comte de Modène et, peu soucieux d'accrocher un regard aussi inquisiteur, Gilles choisit de se noyer dans le public parisien refluant vers le petit pont, le plus loin possible des yeux du nouveau venu.

Modène ne s'intéressait pas à la foule, d'ailleurs, mais bien au bateau qu'il examinait avec ce qui parut être à Tournemine un soin tout particulier. Il avait l'air de chercher quelque chose et le chevalier fit comme lui, mais alors que le comte achevait son examen par un demi-sourire prouvant qu'il avait trouvé ce qu'il cherchait, le jeune homme ne vit dans cet extravagant bateau de plaisance rien qui pût justifier cette satisfaction.

Coincé par la foule, Gilles fut bien obligé d'assister à la suite du spectacle. Le silence s'était fait dans la foule d'où ne partait aucun cri de joie, aucune acclamation. Les rires et les plaisanteries de tout à l'heure avaient cessé. Un respect venu du fond des âges retenait encore les bons sujets de Sa Majesté au bord des insultes et des sifflets, peut-être aussi la vue des armes bien astiquées des Suisses et des Gardes du Corps. Alors le peuple avait choisi de se taire et si la musique des Gardes-Françaises ne s'était mise à jouer, c'eût été dans un profond silence que la Reine aurait gagné son bateau.

Elle apparut tout à coup au milieu d'un parterre de gigantesques chapeaux couverts de fleurs et de plumes multicolores, imposante et belle, au cœur d'une symphonie bleue assortie à ses yeux comme le grand Diamant Bleu qui battait à sa gorge, souriante sous un chapeau qui ressemblait à une vague écumeuse chevauchant ses beaux cheveux blond cendré sans poudre. Elle souriait au soleil, au fleuve, à l'extravagant navire, au comte de Boulainvilliers, Prévôt des Marchands, qui lui offrait cérémonieusement la main pour la mener à la passerelle drapée de satin. Mais, contrairement à ceux de bien des assistants qui se détournaient vers les tours de la Bastille au couronnement desquelles apparaissaient de petites silhouettes noires, pas une seule fois ses yeux ne s'égarèrent de ce côté.

Quelque part dans la foule il y eut quelques timides « Vive la Reine ! » mais les tambours battirent pour saluer l'embarquement, couvrant ces voix trop rares et trop faibles. Un peu plus loin sur le quai attendait le peloton de gros percherons qui allaient haler l'absurde gondole jusqu'à Fontainebleau. Il y eut un coup de sifflet, un sec claquement de fouet. Les traits se tendirent sous l'effort des vigoureuses bêtes et lentement, doucement, le bateau quitta le quai. Debout, à l'avant, tenant sa fille par la main, la Reine entourée des dames de sa maison regardait le fleuve.

– Sera bien toujours la même ! grommela quelqu'un dans la foule. Ses plaisirs d'abord. Le peuple, lui, peut crever !... Il y a de quoi nourrir Paris pendant un mois là-dedans !

– Ça, on peut dire qu'elle nous aura coûté cher, celle-là...

La foule, à présent, se desserrait, commençait à s'écouler. Les voitures s'éloignaient. Dégagé, Gilles chercha s'il reconnaissait quelque part la silhouette, si brièvement entrevue, de son ami. Mais Tim n'apparaissait nulle part, si tant est qu'il eût jamais été là, car à présent le jeune homme en venait à douter du témoignage de ses yeux. Peut-être, après tout, avait-il été victime d'une ressemblance...

Et puis Modène, lui, était toujours là. Il semblait ne pouvoir quitter son poste d'observation et continuait à suivre, sur l'eau brillante de la Seine, la course du navire qui s'éloignait. Alors, peu désireux d'attirer son attention, Gilles s'éloigna pour regagner son hôtel et s'y disposer à rejoindre ce village de Seine-Port près duquel on lui avait donné rendez-vous le surlendemain. La prudence conseillait, en effet, d'aller reconnaître les lieux et se familiariser avec les alentours.

Pourtant, avant de rentrer, il fit un léger détour sur le quai de la Ferraille(1), séjour de prédilection des sergents recruteurs et des armuriers et, chez l'un de ces derniers, fit l'emplette d'une paire de pistolets anglais d'occasion mais de bonne qualité qui lui rendirent une partie de son optimisme naturel quelque peu entamé par les dernières vingt-quatre heures. S'il devait donner délibérément dans un piège, du moins

(1) Quai de la Mégisserie actuel.

aurait-il l'extrême satisfaction de vendre chèrement sa peau.

Ainsi équipé, il s'en alla régler sa note d'hôtel, boucler son sac et récupérer son cheval puis, au pas tranquille d'une monture qu'il n'avait aucune raison de fatiguer, il gagna la barrière de Fontainebleau où, au petit trot, il prit la route qui s'enfonçait vers le sud, comptant bien, au premier petit bois rencontré, ôter la majeure partie de son grimage.

11 heures sonnaient à l'église de Seine-Port quand, le surlendemain, Gilles de Tournemine quitta l'auberge où il était venu s'installer sous son aspect presque normal, n'ayant conservé, par force, de son masque marin que les cheveux si soigneusement teints par les soins de Préville. Il lui suffirait, pour redevenir tout à fait lui-même, de coiffer la perruque blanche d'uniforme qu'il avait dans sa poche, lorsqu'il serait hors de vue de l'auberge.

Il s'y était présenté sous le nom tout à fait inoffensif de Jean Martin, arpenteur au service des Eaux et Forêts de France. Ce métier, dont le souvenir de George Washington lui avait inspiré l'idée(1), offrait l'avantage inestimable de lui permettre d'errer tranquillement dans la campagne et les forêts voisines, une chaîne à la main, sans attirer l'attention des peuplades autochtones. Le costume qu'il avait adopté – gros drap puce à l'épreuve des intempéries, culotte de coutil bis enfouie dans des bottes courtes à revers – ne le démentait en rien...

Toute la journée et la précédente, il avait visité les environs, repéré l'élégant château de Sainte-Assise environné de son beau jardin en terrasses et gardé par les hussards du colonel Shee. La demeure, achetée aux Choiseul, avait été offerte à l'épouse morganatique du duc Louis-Philippe le Gros mais comme celui-ci, poda-

(1) Durant sa jeunesse le premier président des Etats-Unis avait exercé le métier d'arpenteur.

gre et à peu près impotent, y résidait en permanence, une garde armée s'imposait. En s'efforçant de ne pas attirer l'attention, Gilles avait soigneusement examiné les alentours du château sans rien remarquer qui pût servir de support à un piège quelconque : la Seine coulait, belle et large au pied de la grande demeure qui, dans la lumière de midi, avec ses hautes fenêtres illuminées par le soleil, offrait une superbe image de paix et de tranquillité.

Il avait aussi repéré, de l'autre côté de Seine-Port, sur la route de Nandy, le chemin qui s'amorçait en pleine forêt de Rougeau, près d'un pavillon aux allures de rendez-vous de chasse et qui menait au rond-point en terrasse qui était le point de vue du Petit Cavalier.

Aussi, quand était venu le moment de partir pour son rendez-vous n'avait-il eu aucune hésitation sur le chemin à prendre. Personne, à son auberge, ne s'était aperçu de son départ car il avait choisi une modeste maison, rendez-vous habituel des rouliers et des bateliers de la Seine qui y entretenaient jour et nuit une certaine agitation. En dépit de l'heure tardive, la salle basse était encore pleine de buveurs attardés et personne ne l'avait vu descendre l'escalier rampant au flanc de la maison, prendre son cheval à l'écurie et s'éloigner en direction de la forêt.

N'ayant guère qu'une demi-lieue à parcourir, il chemina paisiblement sur la route qui grimpait le coteau en direction de Nandy et, la dernière maison du village passée, la masse sombre des bois l'engloutit sous ses branches où les feuilles se clairsemaient. La nuit était fraîche, presque froide. Les premières gelées de l'hiver n'étaient plus loin sans doute. La forêt sentait la terre humide, les feuilles pourrissantes et le champignon joints à un relent de fumée qui devait provenir d'une hutte de charbonnier.

Le nez au vent, humant toutes les odeurs qui passaient à sa portée, Gilles s'efforçait de ne penser à rien. Une légère excitation fourmillait dans ses doigts et ses genoux, faisant briller ses yeux sans qu'il s'en rendît compte : celle qui s'emparait de lui, comme une griserie joyeuse, chaque fois qu'il sentait approcher l'aventure.

Le pavillon de chasse surgit brusquement, blanc et fantomal, sous l'éclairage discret du mince croissant lunaire. Gilles ne lui accorda qu'un regard habitué et prit en face le chemin carrossable qui trouait largement le fourré. Un instant de marche et il débouchait sur une terrasse en demi-lune d'où l'on dominait la vallée de la Seine. Il avait mis son cheval au pas, gardant les yeux et les oreilles au guet. Sous le manteau qui l'enveloppait jusqu'aux yeux sa main gauche caressait la crosse d'un pistolet tout armé. C'était là précaution de routine car, au fond de lui-même, il ne croyait pas être obligé de s'en servir. La lettre venait certainement d'une femme.

A première vue, le rond-point était vide mais tandis qu'il en faisait le tour ses yeux furent attirés par deux lumières, celles des lanternes d'une voiture arrêtée sous les arbres et cachée en partie par une pile de fagots.

Sans hésiter il poussa son cheval vers l'attelage sur le siège duquel il ne distinguait aucune silhouette.

Au bruit qu'il fit une sorte de nuage clair apparut à la portière dont la vitre se baissa : une tête de femme emballée de dentelles et qui resta un instant immobile, le regardant venir.

– Attachez votre cheval à un arbre et montez auprès de moi, chevalier, nous avons à parler.

Le son de cette voix, à peine étouffée par les blanches transparences d'où elle sortait, lui apprit que le pressentiment éprouvé en recevant le billet ne l'avait pas trompé et qu'il avait deviné juste : cette femme, c'était sa Némésis personnelle, c'était la très belle et très dangereuse comtesse de Balbi.

Toujours en selle, il se contenta d'ôter son tricorne et de saluer.

– La dernière fois que nous nous sommes trouvés ensemble dans un espace clos, cela n'a pas été pour mon bien, madame. Aussi comprendrez-vous qu'un tête-à-tête avec vous dans cette boîte ne me tente guère.

Elle se mit à rire.

– Vous voilà devenu bien prudent, il me semble ? Pourtant les morts ne devraient pas craindre grand-chose des pauvres vivants. Que proposez-vous ?

– De faire quelques pas sur cette terrasse qui est belle. La nuit est un peu fraîche mais agréable et pleine de ces odeurs de campagne que vous prétendez aimer. Pourquoi ne pas parler tranquillement en face de ce paysage fluvial que la lune éclaire ?

Tout en parlant, il sautait à bas de son cheval qu'il allait tranquillement attacher à un jeune platane puis revenait ouvrir la portière et offrir la main à la jeune femme. Avec une toute légère hésitation, elle y mit la sienne et descendit dans un gracieux bruit de soie froissée.

– Allons, puisque vous le préférez ainsi ! Après tout, je n'ai rien contre une promenade nocturne. Cela donne du ton au sentiment... et nous n'en avons jamais fait ensemble. Sauf peut-être le premier soir, lorsque nous nous sommes rencontrés. Vous souvenez-vous, chevalier, des rues de Versailles par cette belle nuit du mois d'août si chaude ?

– Ma mémoire est excellente, madame, et je n'ai rien oublié de vos bienfaits, dit-il en appuyant intentionnellement sur le dernier mot. Mais vous venez de parler de sentiment ? C'est un mot bien curieux dans votre bouche... et dans cette circonstance. Dois-je vous rappeler que nous sommes ici pour parler d'une affaire grave ? Si tant est qu'elle existe ailleurs que dans votre imagination fertile, ce dont je doute assez...

– Elle existe. Mais rien ne presse...

Elle se tut soudain et ce fut en silence qu'ils marchèrent vers le bord de la terrasse. Sous son apparence glacée, Tournemine luttait de toutes ses forces contre la tempête intérieure qui le secouait. N'eût-il écouté que sa colère et son ressentiment, il eût fait taire définitivement cette voix douce qui se voulait charmeuse et qui ne faisait que l'irriter. Cette femme avait brisé son bonheur, chassé son amour et détruit ses espérances; pourtant il lui fallait garder avec elle les formes extérieures d'une exquise politesse, il fallait jouer le jeu subtil et cruel auquel il avait été convié au nom d'intérêts tellement supérieurs que sa propre vie, comme d'ailleurs celle de Judith, perdait en comparaison toute importance. C'était cela servir le Roi : sacrifier sans broncher ce que l'on avait de plus précieux, y compris sa propre existence.

Il aurait donné cher pour la joie de tuer de ses mains la très belle Mme de Balbi et pourtant – l'homme est ainsi tissé de contradictions – il ne pouvait se défendre d'une sorte de plaisir sensuel à respirer l'odeur de rose fraîche qui la suivait partout et l'enveloppait comme une caresse.

Quand elle mit pied à terre, il lâcha la main qu'elle avait posée sur la sienne pour descendre mais, sans paraître s'en apercevoir, elle glissa son bras sous le sien le plus naturellement du monde et il n'osa pas le repousser. A quoi bon irriter cette femme? Il fallait savoir ce qu'elle avait à dire.

D'un geste vif, elle ôta la dentelle qui lui enveloppait la tête, libérant la masse de ses cheveux blond cendré coiffés avec art, la grâce d'un profil espiègle, le sourire aux lèvres dont Gilles avait maintes fois apprécié la douceur et dont il connaissait parfaitement les dangers.

Insensiblement, la comtesse resserra la pression de son bras.

– Tu es venu à visage découvert, dit-elle doucement. C'est d'autant plus courageux que tu as dû te donner, jusqu'à présent, beaucoup de mal pour te cacher. Pourquoi?

– Parce qu'il fallait que ce soit moi et non un autre, n'est-ce pas? Ne s'agit-il pas de sauver la Reine?

– La Reine, la Reine! s'écria-t-elle prise d'une brusque colère. Sur ma foi, elle vous a tous ensorcelés! Mais qu'a-t-elle donc, cette femme, pour qu'on lui sacrifie sans hésiter toute sécurité et jusqu'à la plus élémentaire prudence ?

– Elle est la Reine et c'est là que vous faites erreur, madame, car elle n'est pas une femme pour moi mais seulement l'épouse de mon Roi... et la mère de mon futur souverain.

Il y eut un silence. Mme de Balbi scrutait avidement le visage détourné du jeune homme, ce profil perdu dont elle connaissait l'arrogance, cherchant le regard de ces yeux glacés qu'elle avait vus parfois se noyer au point d'orgue de la volupté.

– Ma parole ! fit-elle avec une stupeur amusée, ma parole, tu aimes ce gros Louis XVI ?

– Eh oui ! Cela ne devrait pas vous surprendre. Vous aimez bien Monsieur, vous, et il est bien plus gros.

– Mais tellement plus intelligent !

– Ce n'est pas mon avis. Je n'appelle pas intelligence la monstrueuse, la criminelle ambition dont il fait preuve et que ne font reculer ni le sang ni la boue. Au surplus, brisons là ! Je suppose que si vous m'avez donné ce rendez-vous c'est sur son ordre et que...

– Il n'en est rien. J'en jure l'honneur de ma mère, il te croit vraiment mort.

– Vraiment ? En ce cas, comment se fait-il que vous ne partagiez pas sa croyance ?

Brusquement, elle lâcha son bras, s'éloigna d'un ou deux pas, détournant la tête pour qu'il ne pût voir son visage.

– Peut-être parce que je ne voulais pas le croire, parce que tout en moi refusait ta mort. Alors j'ai voulu en avoir le cœur net, j'ai voulu voir le cadavre que l'on avait retiré, il y a un mois et demi, des fossés de la Bastille.

– Et on vous l'a montré tout simplement ? Vous entrez à la Bastille comme vous le voulez ?

– Cela n'a pas été si difficile. Je connais bien le chapelain du château, M. de Faverly. Je suis allée le voir et je lui ai dit que nous avions un lien de parenté, que je souhaitais prier un moment auprès du corps. C'est un saint homme et il a trouvé mon désir bien naturel. J'avais emporté des fleurs et il a bien voulu me conduire lui-même dans la salle basse où le cadavre avait été déposé. Le major Chevalier, qui nous a reçus, voulait m'empêcher d'entrer, disant que c'était un affreux spectacle, beaucoup trop cruel pour une femme... mais j'ai tant insisté qu'il m'a enfin permis d'entrer...

Elle se tut et enfouit soudain son visage entre ses mains comme pour se préserver d'une abominable vision.

– C'était atroce!... pire encore que je ne l'avais imaginé! On m'a dit que ton visage s'était écrasé au pied de la tour quand la balle de la sentinelle t'avait touché. Ce n'était qu'une... immonde bouillie dans laquelle il était impossible de reconnaître le moindre trait.

L'émotion qui la bouleversait était sincère et la voix de Tournemine s'adoucit un peu pour demander :

– Comment, dans ce cas, avez-vous acquis la certitude que je n'étais pas ce cadavre?

D'un mouvement violent, elle lui fit face de nouveau, levant vers lui un visage inondé de larmes au milieu desquelles les yeux noirs étincelaient, triomphants.

– Je ne pouvais savoir si c'était ton visage... mais ce n'était pas ton corps! Ah! je le connais si bien, ton corps! Chaque muscle, chaque pouce de ta peau. On avait ôté à l'homme ses vêtements souillés et déchirés. Il était nu sous un drap que j'ai fait glisser d'un geste que mon émotion a sans peine fait passer pour une maladresse. Et j'ai ressenti un grand bonheur... Jamais ce corps-là n'avait possédé le mien, jamais je ne l'avais caressé... Mais, rassure-toi, j'ai bien joué mon rôle. J'ai versé une larme, posé mes fleurs, dit une prière et puis, en donnant tous les signes d'une profonde affliction, j'ai rabattu mon voile sur ma figure parce que j'éprouvais un mal affreux à ne pas éclater de rire, à ne pas montrer la joie folle que j'emportais : j'étais sûre, à présent, que tu étais vivant, que je te reverrais...

Tournemine se permit un sourire.

– Très touchant ! Eh bien, madame, vous m'avez revu ? Vous voilà contente, j'espère. Votre petit piège innocent a bien fonctionné...

– Ce n'est pas un petit piège innocent ! Monsieur a bel et bien l'intention de faire tuer, demain, la Reine et ses fils.

Elle avait jeté au vent de la nuit ces mots terribles d'une voix si sauvage que Gilles, surpris, scruta ce visage tendu où aucune trace d'ironie ou de joie n'apparaissait plus. Un instant, Anne de Balbi et lui se regardèrent au fond des yeux.

– Et c'est vous, articula-t-il lentement au bout d'un instant, vous, sa maîtresse, qui venez me le dire ?

– Moi, oui !

– Pourquoi ?

– Parce que je t'aime !

Le mot lui arracha un sourire de dédain et un haussement d'épaules.

– Vous ne savez même plus de quoi vous parlez ! Je me souviens vous avoir entendue dire que l'amour était une idée stupide et bourgeoise; que seul le plaisir était souhaitable ? Alors, ne confondez pas.

– J'ai dit tout cela et je ne le renie pas. Le plaisir est une bonne compensation quand le cœur se tait et longtemps j'ai cru qu'il pouvait suffire. A présent, je ne le crois plus.

– Bravo ! Et c'est à moi que vous devez cette admirable découverte ?

– Raille si tu veux, moque-toi ! tu n'empêcheras pas que ce ne soit la seule vérité. L'amour, j'ai senti ce qu'il était vraiment cet affreux matin où l'on est venu me dire que tu avais été tué en tentant de t'évader de la Bastille. J'ai senti... que quelque chose mourait en moi, que des fibres inconnues se déchiraient... et que cela faisait très mal. Crois-moi ou ne me crois pas, qu'importe après tout ! Mon amour à moi est né dans la souffrance comme un enfant trop fort qui déchire ses barrières naturelles sur son passage. Plus jamais je ne pourrai le confondre avec les chaleurs de mon ventre. Dieu sait pourtant qu'il ne me laisse guère de repos celui-là, ajouta-t-elle d'une voix basse et rauque qui passa comme une râpe sur les nerfs tendus de l'homme. Jamais je ne t'ai autant désiré !

Etait-elle sincère ? Sans doute. Son joli visage malicieux était transfiguré par la passion et Gilles, frappé en dépit de sa méfiance, ne put s'empêcher de penser qu'il y avait là quelque chose de changé. Il en éprouva une joie assez cruelle, mêlée d'orgueil. S'il savait s'en servir, quelle arme ne serait-elle pas entre ses mains cette femme qui avait tous les secrets, toutes les confidences d'un prince perfide et trouble comme un marais mortel, cette femme qui s'avouait esclave d'un amour imprévu.

– Fort bien ! soupira-t-il. Je veux bien croire que vous m'aimez, à condition toutefois que vous m'en donniez la preuve puisque vous êtes venue pour cela, dites-vous...

Instantanément, elle fut contre lui, les lèvres entrouvertes, les yeux déjà noyés, offerte comme le bouquet de roses que son parfum évoquait. Contre sa poitrine, il sentit les battements précipités d'un cœur qui s'affolait. Doucement, alors, il détacha les bras gainés de soie qui se glissaient autour de son cou.

– Pas comme cela. Ce serait trop facile ! fit-il en écartant prudemment de lui un corps dont il connaissait bien la séduction. Je ne suis pas venu ici... de si loin, pour entendre parler d'amour. Avez-vous oublié les termes de votre lettre ?

De ses deux mains, elle s'agrippa à son bras.

– Je n'ai rien oublié, tu le sais bien. Et je suis prête à répondre à toutes les questions que tu voudras me poser. Mais ensuite... ensuite, tu me reprendras, n'est-ce pas ? tu accepteras de m'aimer encore, même si ce n'est que de temps en temps ?

Ainsi le marché était nettement posé et Gilles commençait à voir clair dans ce rendez-vous qu'il avait cru un piège, qui en était un d'ailleurs d'une certaine façon, mais un piège tendu à sa sensualité et non à sa vie. C'était non seulement flatteur mais intéressant puisque la belle Anne, sous la seule condition qu'il redevînt son amant, offrait de trahir Provence.

– Peut-être... dit-il seulement, évitant de trop s'engager. Il en sera selon votre franchise.

Apercevant un peu plus loin un tronc d'arbre couché, il l'y conduisit et l'y fit asseoir tandis que lui-même demeurait debout, un pied posé sur le tronc renversé.

– Nous serons mieux ici. A présent, madame, je vous écoute...

UN FILET TISSÉ D'OR ET D'ARGENT...

Si un reste de méfiance subsistait encore en Tournemine touchant l'importance du complot dirigé contre la famille royale, les premières phrases du récit d'Anne de Balbi le dissipa. Il fallait toute l'infernale astuce de Monsieur pour monter une telle machine.

L'idée partait d'une vexation princière : le bateau de la Reine devant, au cours de son voyage vers Fontainebleau, passer pratiquement sous les fenêtres du château de Sainte-Assise, le vieux duc d'Orléans, poussé bien entendu par la Montesson qui enrageait de n'être point officiellement « reconnue », avait exprimé le désir de voir sa royale cousine accepter, si le temps le permettait, une collation doublée d'un concert champêtre sous les arbres précieux, parés par l'automne d'or et de pourpre, de son admirable parc. Peu désireuse de complaire à la famille d'Orléans, et moins encore de rencontrer une femme en qui elle ne voyait guère plus qu'une aventurière, Marie-Antoinette avait décliné l'invitation, fort gracieusement d'ailleurs, en prétextant qu'un arrêt à Sainte-Assise rognerait trop sévèrement celui qu'elle devait faire à Melun et ne pourrait qu'indisposer les bonnes gens de cette fidèle cité. Elle le regrettait d'autant plus que l'on disait merveilles des serres de Sainte-Assise et de leurs espèces rares qu'elle aurait eu le plus grand plaisir à visiter.

Encore qu'aussi soigneusement habillé de rubans soyeux, le refus avait blessé le gros Louis-Philippe, désolé de voir sa chère marquise pleurer comme fontaine à longueur de journée. Ce double désespoir avait fait quelque bruit et ce bruit était venu caresser agréablement les oreilles de Monsieur qui avait vu aussitôt quel parti il pouvait en tirer. Après avoir déclaré que « ces gens-là étaient de bien pauvres esprits qui ne savaient tourner galamment à leur profit une situation désagréable » et que « si la Reine refusait de s'arrêter, il fallait l'y obliger avec élégance », il avait entrepris d'apporter à une si belle cause une aide discrète.

– C'est ainsi, continua Madame de Balbi, que la Montesson a dû recevoir aujourd'hui un cadeau fastueux, poétique... et anonyme : un immense filet de pêcheur tissé d'or et d'argent, assez grand pour barrer la Seine sur toute sa largeur et qui était accompagné d'un petit poème, tout aussi anonyme... dont voici le texte, ajouta-t-elle en tirant de son décolleté un petit papier qu'elle mit dans la main de Gilles. Il fait trop sombre pour que tu puisses lire mais je le sais par cœur. Tu pourras vérifier.

« A vous, savante enchanteresse
O Montesson, l'envoi s'adresse
Docile à mon avis follet
Avec confiance osez tendre
Sur-le-champ ce galant filet
Et quelque grâce va s'y prendre... »

– Très joli ! apprécia Gilles. C'est de Monsieur ?

– Du premier au dernier mot. Il en est assez fier car il se croit un grand homme de plume.

– Pourquoi pas ! Mais jusqu'à présent je ne vois là qu'une idée assez gracieuse et pas du tout comment un filet de fantaisie pourrait causer un tel drame. Il est probable que la Reine sera mécontente de se voir arrêtée alors qu'elle ne le désirait pas et rien de plus.

– Peut-être pas car personne ne lui demandera de quitter son bateau, bien au contraire. Simplement, elle sera obligée de regarder un spectacle que lui offriront, des berges, les danseurs et comédiens de Mgr le duc d'Orléans, puis le filet se relèvera pour laisser libre passage. Tout au moins s'il en a le temps.

– Pourquoi ne l'aurait-il pas ?

La voix de Madame de Balbi baissa de plusieurs tons jusqu'à atteindre le murmure et se chargea d'une sorte d'angoisse.

– Parce qu'il n'en restera probablement rien quand le bateau aura sauté.

– Sauté ? souffla Gilles en écho horrifié. Mais... à moins que le duc n'accueille la Reine à coups de canon, c'est impossible. L'extravagant raffiot qu'on lui a construit n'a pas de Sainte-Barbe que je sache(1).

– Peut-être mais il n'y en a pas moins une charge de poudre cachée à bord. Où, je te jure que je n'en sais rien. Ce que je sais, par contre, c'est comment la pièce doit se jouer : des barques chargées de chanteurs et de musiciens s'approcheront de la gondole arrêtée devant le filet. Sur l'une d'elles il y aura quelqu'un qui allumera discrètement une mèche dissimulée dans les sculptures et les dorures extérieures du bateau. Il y en a tant que ça a dû être très facile d'y ajouter un bout de cordon doré.

– C'est effrayant ! murmura Gilles abasourdi. Une telle haine envers une femme, des enfants ! Mais c'est monstrueux !

– Ce n'est pas vraiment de la haine... mais de l'ambition poussée à l'extrême. Quant au côté monstrueux de l'affaire j'en demeure d'accord et d'autant que, grâce à ce maudit filet planté devant leurs portes, les Orléans seront tenus responsables du crime. Le cha-

(1) La Sainte-Barbe était la réserve de poudre et de munitions d'un navire de guerre.

grin du Roi sera immense, sa colère aveugle et c'est un coup à faire tirer toute la famille à quatre chevaux(1) en dépit des idées humanitaires de Louis XVI. Mais quelle fructueuse opération pour Monsieur ! Songe un peu : sans que les soupçons puissent retomber sur lui, il éliminera en un seul feu d'artifice la couvée royale et les turbulents cousins dont la popularité grandissante à Paris commence à le gêner. En outre leur mort ferait lever instantanément les barricades dans Paris. Le Roi pourrait être balayé par la tempête. Comprends-tu, à présent, pourquoi j'ai voulu que tu saches cela ? Je hais la Reine... mais cette boucherie me fait horreur.

– Et si je n'étais pas venu ?

Elle eut un geste vague qui traduisait une sorte de désarroi.

– Je ne sais pas. Mais, je te le jure, j'aurais essayé de faire quelque chose. Je ne sais pas quoi et je n'ai pas cherché car j'étais sûre que tu viendrais et, vois-tu, l'occasion était trop belle de te retrouver. Où vas-tu ?

Elle avait crié les derniers mots. Gilles, en effet, courait déjà vers son cheval. Elle courut après lui, relevant à deux mains ses jupes encombrantes, le rejoignit comme il mettait le pied à l'étrier et s'y accrocha tandis que, de sa main libre, elle empoignait la bride.

– Reste encore ! Tu n'as pas le droit de t'en aller, de me laisser à présent comme une lettre inutile ou un citron que l'on a pressé. Je veux que tu restes avec moi, tu entends ? J'ai risqué ma vie en faisant ce que j'ai fait et je veux, à présent, ma récompense.

Une fureur quasi démente flambait dans ses yeux. Tout son visage crispé disait qu'elle était au bord d'une crise nerveuse ou d'une folie.

– Votre récompense ? Elle peut attendre. Pensiez-vous sérieusement que j'allais perdre, à faire l'amour, un temps précieux alors que la Reine dort sur un tonneau de poudre ? Il faut que je m'en aille. Pourtant, Dieu m'est témoin que j'ai encore bien des choses à

(1) Le supplice réservé aux régicides était l'écartèlement.

apprendre de vous, bien des questions à poser qui me tiennent à cœur mais ce n'est pas le moment...

– Que veux-tu faire? Rejoindre le bateau? Tu as tout le temps. Il est amarré pour cette nuit à Corbeil et ne sera pas à Sainte-Assise avant la fin de la matinée. D'ailleurs, tu ne pourrais pas y pénétrer. Il est bien gardé... et tu es mort! Viens avec moi, je t'en supplie! Nous n'irons pas loin... rien qu'au pavillon de chasse du feu roi qui est au bout de l'allée. Je ne te retiendrai pas longtemps non plus. Une heure! Rien qu'une heure...

– Pas une minute! Mais, je le jure, quand j'aurai fini ce que j'ai à faire, je reviendrai.

– Tu mens! Si tu pars maintenant, je sais que tu ne reviendras pas. Pourquoi le ferais-tu, d'ailleurs? ajouta-t-elle avec amertume. Tu as appris tout ce que tu voulais savoir.

– Pas tout, non! Sur mon honneur, je reviendrai dans le pavillon mais à quelle heure je n'en sais rien. Vous n'aurez qu'à m'attendre.

Mais elle était au delà de tout raisonnement. Fouillant vivement dans son corsage, elle en tira un objet qu'elle porta vivement à ses lèvres. Un coup de sifflet strident fit retentir les échos de la forêt et, instantanément, plusieurs hommes armés surgirent des buissons, tombèrent des arbres.

– J'ai dit tout de suite! fit-elle d'une voix redevenue étrangement calme. Dans une heure tu seras libre, pas avant! Soumets-toi de bonne grâce si tu veux que, justement, dans une heure je te rende ta liberté.

Il eut une moue méprisante.

– Et vous appelez ça aimer?

Elle eut un petit rire sans gaieté.

– Peut-être que je ne sais pas encore très bien. Mais j'ai trop faim de toi. On ne peut pas demander un raisonnement sain à quelqu'un qui meurt de faim, n'est-ce pas? Ne me pousse pas à bout, je t'en supplie. Fais ce que je te demande si tu ne veux pas que ces hommes t'emmènent de force au pavillon...

La repoussant brutalement, il sauta en selle pour tenter une percée dans le front de l'ennemi quand une voix placide et nasillarde qui couvrit sans peine un gémissement de la comtesse déclara en anglais :

– Besoin d'un coup de main, on dirait ?

Retenant son cheval qui allait s'élancer, Gilles éclata d'un rire torrentiel qui emporta sa colère. Anne de Balbi se débattait furieusement entre les pattes d'une sorte de géant coiffé d'un bonnet de castor. Tim Thocker était en train d'effectuer, à sa manière toujours imprévue, sa rentrée dans l'existence de son ami Gilles.

– Salut à toi, mon frère ! ajouta-t-il avec bonne humeur. On s'embrassera après. Pour le moment, dis à ta petite amie qu'elle renvoie ses corniauds si elle ne veut pas que je lui fasse sauter sa tête de linotte.

Tournemine vit alors qu'en effet la gueule d'un pistolet venait s'appuyer sur la tempe de Mme de Balbi, une seule main suffisant amplement à Tim pour maîtriser une faible femme.

– Inutile ! ragea celle-ci. Je parle anglais moi aussi.

Puis, élevant encore la voix, elle ordonna à ses domestiques de se retirer et d'aller l'attendre « à la maison... ».

– Voilà qui est parler ! remarqua Gilles. (Se penchant brusquement, il cueillit la femme d'un bras, la hissa jusqu'à sa hauteur, lui mangea la bouche d'un baiser vorace puis, la laissant retomber sur ses pieds :) Va m'attendre, toi aussi, ma belle, et n'aie pas peur. Avant que la lune ne se lève de nouveau, je serai revenu te payer à la mesure du service rendu. Tu as un cheval, Tim ?

– Parbleu ! dit celui-ci qui avait profité de ce court intermède pour aller récupérer sa monture cachée dans le bois.

Laissant la comtesse, ombre blanche solitaire, comme une âme en peine au milieu du rond-point, les deux cavaliers s'engouffrèrent en tempête sous le tunnel craquant des arbres qui déversaient sur eux une pluie de feuilles mortes...

– Comment es-tu ici ? dit Gilles tandis qu'ils redescendaient tous deux vers le fleuve. Cela tient du miracle...

– Pas tellement... L'autre jour, quand j'ai entendu mon nom j'ai regardé bien sûr d'où venait le bruit et j'ai aperçu un type que je ne connaissais pas. J'ai voulu savoir qui c'était, comme de juste, mais il a disparu d'un seul coup derrière une voiture et quand je l'ai vu de nouveau il regardait un autre type qui se trouvait dans une autre voiture comme s'il lui avait vendu des peaux de loutre avariées et puis il a redisparu à cause de tous ces gens qui remuaient sans arrêt. Quand la fête a été finie, je l'ai aperçu encore. Il partait. Alors, pour essayer de savoir qui ça pouvait bien être j'ai préféré le suivre. C'est comme ça que j'ai fini par comprendre que c'était toi.

– Dans ce cas, pourquoi n'es-tu pas venu vers moi ?

Tim repoussa en arrière son bonnet de castor que le trot du cheval dérangeait, prit un temps de réflexion, cracha par terre et finit par déclarer :

– Tu sais, les « petits travaux » que je fais de temps en temps pour le général Washington qui m'a toujours à la bonne m'ont appris que, quand un type change de peau, c'est en général pour qu'on ne le reconnaisse pas. Dans ces cas-là, même un vieux copain animé des meilleures intentions peut se transformer en catastrophe. Alors j'ai continué à te surveiller, à te suivre. Et me voilà.

– Dire que je ne me suis aperçu de rien ! Pas un instant je n'ai senti que j'étais suivi, grogna Gilles, vexé. Pourtant, on peut dire que tu es visible. Eh bien, non ! J'ai dû baisser bougrement depuis que nous suivions les pistes indiennes du côté de la Susquehanna. Ce n'est pourtant pas le moment...

– Je ne sais pas mais, justement, c'est peut-être celui de m'expliquer à quoi tu joues ?

Au tournant du chemin le clocher de Seine-Port et les quelques maisons groupées alentour venaient d'apparaître. Gilles retint son cheval à un carrefour dominé par une croix de pierre.

– Nous n'avons pas le temps. Ecoute, puisque tu me suis depuis deux jours, tu connais le grand château qui se trouve un peu plus loin sur le bord de la Seine ?

Tim fit signe que oui. Gilles alors tira de sa poche le carnet et le crayon grâce auxquels l'arpenteur Jean Martin était censé noter ses mesures, s'approcha de la lampe à huile qui brûlait sur les marches de la croix auprès d'une image sainte et d'un bouquet de feuilles rouges et griffonna rapidement un court billet adressé à la marquise de Montesson.

« *Madame,* disait-il, *un filet tissé d'or et d'argent accompagné de quelques vers vous ont été portés hier. Un ami de la maison d'Orléans, soucieux du repos de son chef, vous adjure de ne pas faire tendre ce filet destiné à obliger le bateau de la Reine à s'arrêter. Il vous en supplie afin d'éviter de grands malheurs et cela dans l'unique souci du repos et de la gloire d'une grande dame dont ceux qui l'aiment espèrent bien que la hauteur de ses mérites sera couronnée un jour. Très respectueusement.* »

La signature était illisible et il s'en voulut un peu du ton flagorneur des derniers mots mais il savait depuis longtemps qu'on ne perd jamais rien en s'adressant à la vanité d'une femme ambitieuse.

– Tiens ! dit-il à Tim après avoir plié soigneusement le petit billet. Va au château, fais tout le bruit que tu veux mais obtiens que ceci soit remis immédiatement à l'épouse du duc d'Orléans, la marquise de Montesson. Ne prononce pas mon nom, bien sûr, le tien devrait suffire : tu es américain, ami de George Washington : c'est un passeport chez les Orléans, cela. Tu n'auras qu'à dire qu'un dignitaire de la Loge des Neuf Sœurs (1) t'envoie.

– Entendu. Et ensuite, qu'est-ce que je fais ?

– Tu reviens m'attendre à mon auberge. Demande

(1) La loge maçonnique dont le duc de Chartres était le grand maître.

la chambre de Jean Martin et installe-toi. Mange, dors, fais ce que tu veux. Ce sera peut-être un peu long...

Un large sourire fendit en deux la figure tannée de Tim.

– Prends ton temps, mon fils. Il faut toujours tenir les promesses que l'on fait aux dames... surtout quand elles sont jolies. Et moi je ne m'ennuie jamais quand j'ai une bonne bouteille pour me tenir compagnie. A plus tard !

– A plus tard...

Avec un bel ensemble, les deux chevaux firent volte-face et partirent chacun de son côté. Tim tira vers le château de Sainte-Assise, et Gilles prit le chemin de Corbeil afin de rejoindre le bateau de la Reine. Il ne savait pas encore très bien comment il allait s'y prendre pour y pénétrer et tenter de retrouver le fameux cordon et la poudre, mais il comptait sur sa bonne étoile. Il était environ 2 heures et demie du matin, et tout le monde devait dormir. A moins que l'on ne fût encore aux tables de bezigue, de whist ou même de pharaon. Joueuse enragée, Marie-Antoinette passait parfois des nuits entières les cartes à la main et il était probable que, durant ce voyage où le Roi ne l'accompagnait pas, elle ne devait guère se priver d'une distraction qui faisait souvent froncer le sourcil de son époux à cause des gens plus ou moins douteux qui pénétraient chez elle à la faveur du jeu. Auquel cas, les choses ne seraient guère simplifiées s'il voulait agir en évitant de déchaîner une panique et un affreux scandale.

Le mieux serait peut-être de prévenir la lectrice de la Reine, cette Mme Campan à la reconnaissance de laquelle il s'était acquis certains titres en dénonçant les agissements de Jeanne de La Motte. C'était une femme qui semblait avoir la tête sur les épaules. Restait à savoir comment cette tête si bien faite se comporterait en face d'un mort inopinément ressuscité...

Il découvrit la gondole dorée en amont de Corbeil, arrêtée près d'une colline couverte de vignes au delà desquelles apparaissaient, blanches comme d'immenses plumes de mouettes, les ailes des grands moulins qui nourrissaient Paris depuis des siècles.

Les derniers rayons de la lune idéalisaient le bateau-caprice et en gommaient l'excessive décoration. Il semblait fait de la même matière brillante que le fleuve lui-même, évoquant quelque gigantesque boîte d'argent posée sur un plateau de même métal. Des gardes dont à cette distance il était impossible de distinguer l'uniforme mais qui ne pouvaient être que des Gardes du Corps veillaient à la poupe et à la proue tandis que des feux de bivouacs, rougissant sur la berge, dénonçaient la présence de quelque régiment local chargé d'assurer la sécurité du bateau. A travers les grands rideaux tirés, on pouvait voir les lumières adoucies des veilleuses et, en vérité, l'image offerte était belle mais Gilles n'en vit rien, sinon une chose navrante : le bateau était amarré de l'autre côté de la Seine. Si aucune embarcation n'était en vue, il allait falloir y aller à la nage.

Attachant son cheval à un arbre encore touffu, Gilles descendit la pente herbue dans l'espoir de trouver une barque amarrée dans les roseaux et, très vite, en aperçut une. Retenue par une chaîne à un tronc de saule dont les branches déjà veuves de leurs feuilles trempaient dans l'eau, elle était à demi cachée par les grandes herbes.

Voyant là le doigt de la Providence, le jeune homme sauta dans le léger bateau, s'assura que les rames reposaient bien au fond et, montant sur le plat-bord, entreprit de détacher la chaîne.

– Ce bateau ne vous appartient pas, dit au-dessus de sa tête une voix masculine pourvue d'un léger accent. Veuillez donc le laisser en repos et retourner d'où vous venez.

Levant la tête, Gilles aperçut une silhouette noire, debout sur le sentier qui longeait le fleuve.

– S'il est à vous, monsieur, je vous demande en grâce de me le prêter un moment. J'en ai le plus urgent besoin...

– Comme j'en ai encore plus besoin que vous, je dis non ! Et je vous conseille de descendre très vite, si vous ne voulez pas que je vous loge une balle. Vous ne voyez peut-être pas mon pistolet mais lui vous voit très bien.

C'était sans doute exact car sa silhouette à lui devait se découper nettement sur le fond luisant de la rivière. La partie était inégale, Gilles ayant laissé ses propres pistolets à l'arçon de son cheval.

– Pourtant, il me faut ce bateau ! marmotta-t-il entre ses dents...

Calmement il remit la chaîne déjà détachée à sa place, sauta à terre et remonta le talus en direction du perturbateur... bien décidé à l'assommer s'il le fallait pour s'assurer l'utilisation de la barque. L'homme semblait moins grand que lui. Quant à sa corpulence il était difficile d'en juger à cause du manteau à triple collet posé sur ses épaules. Mais, décidément, il n'avait pas envie d'engager la conversation.

– Passez au large ! ordonna-t-il quand il vit Gilles se diriger vers lui.

– Soyez raisonnable, monsieur ! Il est inutile d'employer les armes. Je ne suis pas un bandit de grand chemin et je désire seulement vous parler...

Il était arrivé sur le chemin et c'est alors qu'il aperçut la femme bien qu'elle fût difficile à distinguer mais la lune venait de se dégager d'un nuage et permettait d'y voir mieux. Elle se tenait debout à quelques pas de l'homme, enveloppée de la tête aux pieds dans une grande mante sombre dont le capuchon froncé était rabattu sur son visage.

– Moi je n'ai rien à vous dire, s'écria l'homme, sinon ce que j'ai déjà dit : écartez-vous, passez au large... et ne m'obligez pas à tirer !

Gilles s'arrêta. A mesure qu'il approchait, d'ailleurs, il acquérait la certitude de connaître cette voix, et surtout cette façon un peu lourde d'accentuer les consonnes. Le rayon de lune, bien que faible, le renseigna et il éprouva une brusque joie. Cette rencontre qu'il pensait catastrophique était en fait providentielle car l'étranger était tout juste l'homme qu'il lui fallait. Cette nuit, décidément, était celle des rencontres.

– Axel, dit-il froidement, je dois te parler. Baisse ton pistolet. On ne tue pas un ami pour une barque...

Le regard un peu myope du comte de Fersen fouilla la nuit pour tenter de distinguer ce visage qui se montrait à contrejour mais, instinctivement, il baissa son pistolet.

– Qui êtes-vous ?

– Gilles de Tournemine. J'ai besoin que tu m'aides à sauver la Reine et ses enfants.

Une exclamation de surprise lui répondit, une exclamation qui était double d'ailleurs. La femme, que d'ailleurs il évitait de regarder depuis qu'il avait reconnu le gentilhomme suédois, par crainte d'identifier peut-être une trop grande dame, l'avait poussée elle aussi, il en était certain.

Mais le Suédois était dur à convaincre.

– Le chevalier de Tournemine est mort.

Allons bon ! Lui aussi ! Décidément, la nouvelle de sa fausse évasion manquée avait fait le tour de l'Europe mais, au train où allaient les choses, toute la France serait bientôt au courant de sa survie.

– Ce n'est pas de gaieté de cœur que je me déclare encore bien vivant, grogna-t-il, car il ne reste pas grand-chose d'un secret quand cinq ou six personnes le partagent. Quoi qu'il en soit, avance et regarde-moi !

Et, se retournant, il fit face à la lumière tandis que Fersen approchait, scrutant le profil net dont le nez, légèrement busqué, évoquait l'oiseau de proie, la bouche ferme, les maxillaires puissants.

– Alors ? fit Tournemine impatienté par un examen qu'il jugeait un peu trop long.

– Il faut en croire l'évidence, dit Fersen. C'est bien là notre insupportable Breton de retour des Enfers...

– Tu ne saurais mieux dire. Puis-je néanmoins te demander ta parole... et celle de la dame qui t'accompagne, de me garder un secret qui n'est pas tout à fait le mien. Service du Roi !

– En ce cas... Vous l'avez, chevalier. Et je me porte garant de cette dame... mais il était temps que vous disiez ces mots car j'allais, mon cher, vous abattre comme un chien. Je n'aime pas les complices de M. le cardinal de Rohan...

– Décidément, mon cher comte, vous êtes toujours aussi bête ! déclara sans ménagement le chevalier. Et sourd par-dessus le marché ! Je croyais que nous étions toujours amis ? Apparemment, nous ne le sommes plus. Soit ! Mais je croyais aussi vous avoir dit que j'avais besoin de vous pour sauver la Reine et ses enfants.

Sans répondre, Fersen s'éloigna de quelques pas, rejoignit la dame toujours debout à la même place, aussi immobile qu'une statue, lui dit quelques mots tout bas et revint auprès du chevalier.

– Pardonnez-moi, dit-il. Je vous écoute !

Sans lui donner ses sources, Gilles, en quelques phrases, le mit au courant du terrible danger qui menaçait la gondole royale, de l'envoi du filet à Sainte-Assise, sans en nommer l'auteur, et de ce que Tim Thocker, vieille connaissance de Fersen lui aussi en tant qu'ancien combattant de la guerre d'Indépendance, était en train de faire chez les Orléans.

Avec simplement une exclamation horrifiée au passage du mot « poudre », Fersen l'écouta sans l'interrompre. Ce fut seulement quand Gilles se tut qu'il demanda, revenant cette fois naturellement à la vieille camaraderie d'autrefois :

– Qui a fait cela ? dit-il seulement. Tu le sais ?

– Oui. Et toi aussi, si tu cherches bien. Mais ce nom-là est impossible à prononcer, de même que l'attentat serait impossible à prouver. A présent je crois que nous avons assez parlé et qu'il est temps d'agir...

– Tu as raison. Viens ! Nous allons rejoindre le bateau où je comptais ramener cette dame... qui est l'une des femmes allemandes de la Reine. Il est donc inutile que tu lui parles, elle ne te comprendrait pas.

Le regard grave du chevalier plongea dans celui du

Suédois dont, mieux que quiconque, il savait quels liens l'attachaient à la Reine de France.

– Y a-t-il une dame avec toi ? Je ne vois personne... Marche, je te suis !

Silencieusement, les trois personnages embarquèrent. Gilles le premier avait sauté dans la barque et pris les avirons tandis que la dame s'installait à l'arrière, que Fersen détachait la chaîne et repoussait la berge du pied, avant de s'asseoir auprès de sa compagne. Celle-ci était parfaitement dissimulée à tous les regards. Outre le capuchon qui retombait plus bas que ses yeux, elle portait un masque vénitien dont la barbe de dentelle noire cachait tout le bas de son visage et rejoignait les liens soyeux de la mante. Elle aurait pu passer pour une statue d'ébène si le bas légèrement entrouvert de son manteau n'avait montré un coin de jupe claire.

Gilles s'efforçait de ne pas la regarder mais ne pouvait se défendre d'une bizarre émotion en face de cette statue noire et droite, si droite que le mot de majesté venait instinctivement à l'esprit.

Le jeune homme rama vigoureusement jusqu'au milieu du fleuve puis plus doucement, plongeant ses pelles avec précaution et évitant les bruyantes éclaboussures, à mesure que l'on approchait du bateau plongé dans le silence. C'était l'heure où la nuit, avant de se laisser vaincre par le jour, faisait taire tous ses bruits qui sont comme les dernières défenses de la vie, l'heure entre toutes redoutée des angoisses nocturnes et des soucis accablants pour qui ne peut retrouver le sommeil, celle où la mort approche du lit des malades sur des pieds chaussés de velours noir...

Le chant d'un coq voisin éclata, triomphant, à l'instant où le bord de la barque venait toucher la coque du navire et chassa les pensées lugubres du chevalier. Un autre lui répondit quelque part derrière les moulins, puis un autre de l'autre côté de la Seine.

La dame se dressa dans le bateau, appuyée sur la main que lui offrait Fersen. Une forme féminine glissa d'une fenêtre entrouverte, s'approcha du bordage, fit retomber une courte échelle de corde et se pencha en tendant la main pour aider la voyageuse à prendre pied sur le pont. Puis les deux dames disparurent dans l'intérieur du bateau sans s'être retournées et sans qu'une seule parole eût été prononcée.

– Ecartons-nous, souffla Fersen et allons aborder un peu plus loin afin que je puisse retourner sur ce bateau au vu et au su de tous...

Sans répondre, Gilles dégagea l'une des rames, l'appuya sur la coque dorée afin de reprendre du large et laissa la barque glisser doucement dans le courant jusqu'à ce que l'on eût dépassé les deux barges d'escorte, tout aussi silencieuses d'ailleurs que la gondole et encore plus obscures. Puis, reprenant ses rames, il alla toucher terre près du point d'amarrage de l'un des coches d'eau, les fameux « corbeillards » qui transportaient aussi bien la farine que les voyageurs jusqu'à la capitale.

– Attends-moi ici, dit Fersen. Je devrais suffire à trouver ce que nous cherchons. Et puis, il vaut mieux ne pas tenter le diable. Même avec tes cheveux noirs et sous cet accoutrement tu demeures assez reconnaissable.

– Quelle compagnie de Gardes est chargée du voyage ?

– Celle des Bourguignons aux ordres du comte de Castellane, 1er lieutenant (1).

– On ne m'y connaît pas. Je t'accompagne. Il faut faire vite et les recherches peuvent être longues.

– Tu penses bien que je ne vais pas les faire tout seul. Les Gardes vont m'aider. S'ils ne te connaissent pas, certaines des femmes de la Reine te connaissent. Crois-moi, reste ici ! Nous repasserons le fleuve ensemble. J'ai pris logis de l'autre côté de la Seine pas loin de l'endroit où tu m'as trouvé.

(1) Les Gardes du Corps se divisaient en quatre compagnies : écossaise, anglaise, bourguignonne et flamande.

Et, sautant sur le quai, le Suédois se mit à courir vers le premier des postes de garde disposés aux abords de la gondole. Gilles amarra son bateau, rentra ses rames et s'étendit au fond, moins pour se reposer car il n'en éprouvait pas le besoin, que pour éviter d'être vu. Les appels des coqs se faisaient de plus en plus fréquents et, dans le bourg proche, des lumières s'allumaient ici et là dans les maisons. Chez les militaires, la diane se fit entendre et le camp s'anima bien que la nuit fût toujours aussi obscure.

Les minutes qui coulèrent ensuite parurent au chevalier durer des siècles. L'infernale astuce de Monsieur et de ses séides lui était trop connue pour qu'il ne fût pas inquiet. La machine infernale devait être soigneusement montée et cachée en proportion. Mais, après tout, s'il ne trouvait rien, Fersen possédait suffisamment d'influence sur la Reine pour la persuader de débarquer et de poursuivre son voyage en carrosse... en admettant qu'elle ne fût pas déjà au courant de la situation. S'étant ainsi rassuré, Gilles attendit plus calmement le retour de son ami.

Une mince bande plus claire allégeait le ciel vers l'est quand Axel reparut, visiblement joyeux. Il sauta dans la barque et, allongeant une bourrade à son ami :

– Nage ! fit-il. Tout va bien. Le coffre de poudre est à présent au fond de la Seine.

– Le coffre ?...

– Oui. Ce n'était pas un tonneau, trop facile à repérer, mais une grosse malle de voyage en cuir, dissimulée parmi les bagages qui encombrent la cale. C'est en déplaçant ces bagages que nous l'avons trouvée sans trop de peine grâce à son bizarre dispositif. La malle était placée contre la paroi du bateau, vers l'avant, à peu près sous l'endroit où se tient la Reine quand elle vient regarder les spectacles que lui offrent ses sujets au long des rives du fleuve. Quand nous l'avons bougée, un mince tuyau qui était enfoncé dans ses flancs est tombé à terre. Il était plein de poudre lui aussi et rejoignait, sur le sol, la mèche peinte et dorée qui sortait dans les sculptures de la proue, à portée de main pour quelqu'un qui se trouverait dans une barque... Nous avons tout arraché, tout jeté à l'eau... mais laissé la mèche.

Gilles sourit.

— Tu penses que ce sera peut-être intéressant de voir qui approchera de cette mèche?... C'est une bonne idée mais, si le filet n'est pas tendu, personne, peut-être, ne s'y risquera puisque le bateau ne s'arrêtera pas...

— Mais le bateau s'arrêtera, ne fût-ce que quelques instants devant les jardins de Sainte-Assise où, très certainement, la maison d'Orléans sera rangée en bataille pour le saluer. Même si l'amour-propre du vieux duc a été égratigné par le refus de la Reine de s'arrêter chez son épouse morganatique, il ne peut se dispenser de la saluer. Madame de Montesson d'ailleurs, qui est férue de théâtre, aura certainement préparé un divertissement. A présent, rentrons, chevalier, et séparons-nous. Le bateau sera sans doute devant le château vers midi et j'ai bien l'intention d'y être aussi afin de ne pas manquer le spectacle.

— J'y serai aussi...

Le reste du trajet se fit en silence. Mais, une fois revenu à terre, Axel de Fersen tendit, à la mode anglaise, sa main à cet ami longtemps perdu et si étrangement retrouvé.

— Me pardonneras-tu jamais, chevalier, mes soupçons imbéciles? Tu t'es toujours comporté en ami loyal et fidèle, même si tu as quelquefois employé la manière forte. Je ne l'ai pas compris et, à présent, je m'en repens amèrement.

Gilles se mit à rire et haussa les épaules.

— Repentir bien inutile puisque notre amitié sort indemne de tout cela et je n'ai rien à te pardonner car je te devais trop pour avoir seulement le droit de t'en vouloir. C'est à toi que je dois d'avoir retrouvé mon père et mon nom. Tu pourrais me tuer sans que je me reconnaisse le droit de te le reprocher.

D'un même élan les deux amis tombèrent dans les bras l'un de l'autre puis se séparèrent. Fersen se perdit sous les arbres qui abritaient le sentier du bord de l'eau et au delà desquels se montrait un grand toit en pente accompagné d'une belle cheminée. Gilles alla reprendre son cheval et sauta en selle avec une intense impression de soulagement.

Avant de reprendre sa route vers Seine-Port, il jeta un dernier coup d'œil au bateau de la Reine. Là-bas, dans la grisaille du petit matin, il émergeait de la légère brume qui montait de l'eau et amortissait ses rutilances. La pauvreté de la lumière lui enlevait son éclat et, sans l'agitation qui régnait à son bord, il eût pu passer pour le décor défraîchi de quelque opéra désuet. En bon Breton, Gilles avait détesté au premier regard ce bateau qui n'en était pas un, qui ne savait pas naviguer tout seul, auquel manquait l'envol des voiles ou les longues pattes des rames mais à présent, et bien qu'il eût perdu sa charge mortelle, il lui faisait horreur car il y voyait un symbole de futilité et de légèreté inadmissibles chez une femme investie, par le choix de Dieu et par celui des hommes, des graves obligations du pouvoir royal...

Le galop à travers la campagne qui sentait bon la rosée du petit matin et la fumée des feux qui avaient repris vie au vent des soufflets vigoureusement actionnés lui rendit sa bonne humeur naturelle. Il avait mené à bien cette première mission d'ouvrier clandestin au service de son Roi et il se sentait bien dans sa peau. Aussi, quand il arriva à l'embranchement du chemin de Nandy, n'hésita-t-il pas une seconde à lancer son cheval dans la côte menant à certain pavillon de chasse ayant appartenu jadis, lui avait-on dit, au roi Louis XV qui, vu sa réputation, n'avait pas dû y tenir que des rendez-vous cynégétiques. La belle Anne de Balbi n'avait pas menti. Elle lui avait permis de sauver la famille royale et, même si quelques comptes restaient à régler entre eux, Tournemine admettait qu'elle avait bien gagné la bizarre récompense qu'elle s'était choisie.

Il avait juré, d'ailleurs, et un homme d'honneur se devait de tenir sa parole...

S'efforçant hypocritement de ne pas penser aux agréments que pouvait représenter une parole de cette sorte donnée à une fort jolie femme par un garçon jeune, naturellement ardent et à jeun depuis longtemps, le chevalier considéra un moment l'élégante construction et ses alentours qui étaient parfaitement déserts. Pas une âme, pas un chat n'apparaissait sous les grands arbres qui cernaient le toit mais un panache de fumée légère sortant par une cheminée disait assez que la maison n'était pas vide.

Après avoir attaché son cheval sous un auvent disposé à cet effet sur le côté, il alla vers la porte ornée d'un marteau de bronze ouvragé mais quand il voulut le soulever, il s'aperçut que la porte était seulement poussée. Il entra donc sans plus attendre.

Connaissant bien la voluptueuse créature à laquelle il avait affaire, il s'était attendu vaguement au savant désordre d'une chambre aux lumières voilées, à un lit défait au creux duquel elle l'attendrait sans autre parure que ses cheveux dénoués et, peut-être, un soupçon de mousseline ou de dentelle, la chair déjà houleuse et les yeux noyés dans les prémices du plaisir. Or, il déboucha dans une sorte de grande cuisine-salle à manger fleurant bon le café fraîchement moulu et le poulet rôti.

Un beau feu flambait sous le manteau de pierre de la cheminée, ornée d'images saintes et de fusils croisés, éclairant une table de ferme nappée de blanc sur laquelle étaient disposés, auprès d'un couvert rustique, un gros pain rond, une motte de beurre fraîchement pressée, une jatte de lait et tous les éléments d'un repas confortable.

Entre la table et la cheminée Mme de Balbi allait et venait, un tablier blanc protégeant sa robe de gourgouran(1) bleue, surveillant la cuisson du poulet ou ajou-

(1) Etoffe de soie brochée originaire de l'Inde.

tant de l'eau dans la cafetière. Les flammes arrachaient des éclairs aux diamants qui ornaient ses mains tandis qu'elle maniait la grande cuillère d'étain pour arroser le rôti et la peau délicate de son visage avait rougi à l'ardeur du foyer.

Elle accueillit l'arrivant d'un sourire malicieux.

– Assieds-toi. Tu dois mourir de faim. Je te sers tout de suite...

Otant machinalement son manteau et son chapeau qu'il jeta sur un banc, il obéit, s'installa sur l'une des chaises paillées disposées autour de la table. Anne lui jeta un vif coup d'œil.

– Tout s'est bien passé ? Tu as réussi ?...

– Oui... grâce à vous, la Reine est sauve. Le bateau ne sautera pas.

Les doigts de la jeune femme se crispèrent sur l'anse de la cafetière qu'elle apportait justement sur la table.

– Vous ?... fit-elle amèrement. N'ai-je donc pas assez prouvé que je souhaitais uniquement me dévouer pour toi, que je voulais que tu apprennes à ne plus me regarder comme une ennemie... peut-être à m'aimer un peu ? Pourquoi es-tu revenu, en ce cas ?

– Mais... je m'y étais engagé. Je suis venu payer ma dette.

Elle eut un petit rire aussi sec, aussi triste qu'un sanglot et se mit à verser le liquide brûlant dans les tasses avec des mains qui tremblaient.

– Tu es venu me faire l'amour, n'est-ce pas ? Tu pensais sans doute que je t'attendais... toute prête, nue sur un lit et les jambes écartées comme la fille de bordel qui attend un client ? Non, tu vois, ce n'est plus tout à fait ainsi que j'imagine nos revoirs. Pense seulement à ce que je t'ai dit tout à l'heure : j'ai faim de toi, c'est vrai... mais à présent je t'aime aussi. Et plus rien n'est comme il était hier...

Aux cils baissés de la jeune femme, Gilles vit briller une larme et, pour la première fois depuis qu'ils s'étaient retrouvés, il éprouva un sentiment nouveau : il avait envie de croire, tout à coup, ce que disait cette femme qu'il abhorrait encore quelques heures plus tôt. Et puis, il ressentait aussi cette flatteuse pitié qu'inspirent ceux que l'on a le pouvoir de faire souffrir. Mais, bien qu'elle prétendît que plus rien n'était semblable à ce qu'il était hier, il n'en demeurait pas moins, entre eux, une lourde dette encore impayée.

– Anne, dit-il employant pour la première fois son prénom, je souhaite vous croire. Mais peut-être oubliez-vous avec un peu trop d'aisance ce qui s'est passé entre nous au soir de mon mariage, ce que vous m'avez fait... ce que vous nous avez fait, à ma femme et à moi.

Elle planta brusquement dans les siens ses yeux noirs étincelant de larmes.

– Pour ce que tu as enduré, toi, par ma faute et ma volonté, je te demande pardon! Mais vois-tu j'étais folle, folle de colère, d'orgueil blessé... de jalousie. Quant à elle, si elle a souffert, ne compte pas que je le regretterai. J'ai toujours détesté, instinctivement et avant même de savoir ce qu'elle était pour toi, cette jolie créature froide, railleuse et sarcastique. N'oublie pas que je l'ai vue bien souvent, lorsqu'elle était la lectrice de Madame et déjà là, elle me déplaisait. Alors de l'imaginer auprès de toi, dans ton lit, dans tes bras, portant ton nom et, plus tard, tes enfants... je n'ai pas pu le supporter.

– Nous sommes unis devant Dieu, Anne... et à cela vous ne pouvez rien... pas plus qu'au fait que je l'aime.

– Peut-être... on n'est pas maître de son cœur, je ne le sais que trop. Mais parfois Dieu se trompe et parfois il ne lie les êtres l'un à l'autre que pour leur punition. Cette femme est incapable de t'apporter le bonheur...

– Ce n'est pas à vous d'en juger. Et, maintenant, je vais vous poser la question, la seule qui m'intéresse vraiment et que de si graves intérêts m'ont empêché de poser jusqu'à présent : qu'avez-vous fait d'elle?

– D'elle? Qui donc?

– Judith, ma femme! fit-il avec impatience. On m'a dit qu'elle avait cherché refuge chez Madame, à Montreuil, lorsqu'elle s'était enfuie de ma maison, on m'a dit aussi qu'on vous en avait confié la garde ?

— A moi ? Votre femme ? Qui a bien pu vous dire un mensonge aussi éhonté ? Il y a des mois que je n'ai vu celle que l'on appelait Mlle de Latour... et je n'ai jamais vu Mme de Tournemine.

Tournant vivement sur ses talons, elle parut chercher quelque chose autour d'elle, courut dans la pièce voisine et en revint portant un petit crucifix d'ébène et d'ivoire qu'elle lui mit entre les mains.

— Tiens ! Sur cette croix et sur le salut de mon âme, je te jure que je ne t'ai dit que la vérité. Je n'ai jamais rencontré cette femme depuis que tu l'as épousée. Qui a proféré ce mensonge ?

— Le comte de Modène, quand il est venu me voir à la Bastille pour me faire chanter. Il disait même que vous tueriez Judith si je ne remettais pas certains objets destinés à compromettre la Reine.

Alors elle éclata :

— Et tu l'as cru ? Ce misérable Levantin, qui traîne dans son sang à moitié grec tous les vices de la race sans en avoir les grandeurs, ce suppôt de Satan qui fait du prince ce qu'il veut depuis qu'il lui a promis la couronne de France ? Il se vante même d'avoir, au cours d'une nuit d'orage, fait voir le diable à Monsieur ! Je ne suis pas une sainte, tant s'en faut et tu le sais mieux que personne, mais mon sang à moi est pur et je sais encore prier. Modène me hait autant que je l'exècre et nous menons l'un contre l'autre une guerre sourde, impitoyable à qui aura le plus d'empire sur le comte de Provence, une guerre qui ne se terminera peut-être que par la mort de l'un d'entre nous...

D'un geste plein de lassitude, elle se détourna de Gilles, alla vers la cheminée devant laquelle elle s'accroupit, prit le tisonnier et secoua les bûches qui jetèrent des étincelles et flambèrent plus joyeusement. Un instant elle les regarda flamber d'un air absent puis, brusquement, enfouit sa tête dans ses bras et se mit à sangloter tandis que le tisonnier échappé de ses doigts roulait sur le dallage.

Un moment, Gilles la regarda pleurer sans essayer d'intervenir. Il ne savait plus trop que penser de cette femme séduisante et hardie, cynique et sensuelle, à peu près dépourvue de scrupules et qu'il avait crue redoutable et sans le moindre défaut à sa cuirasse d'élégante dépravation. Or, il découvrait qu'elle pouvait faiblir, souffrir, pleurer et se lamenter comme n'importe quelle pauvre fille atteinte du mal d'amour.

Peu à peu, quelque chose s'émut en lui et le poussa vers la forme repliée qui, jusque dans sa prostration, gardait une grâce troublante. La masse blonde des cheveux, simplement nouée d'un large ruban blanc qui donnait à la comtesse l'air d'une jeune fille, avait glissé en un énorme écheveau soyeux découvrant une nuque mince aux frisons légers sur laquelle Gilles posa sa main. La peau en était tiède, soyeuse, et il ne résista pas au plaisir de laisser glisser ses doigts le long du cou penché.

Au contact de cette main, Anne frissonna. Ses sanglots s'apaisèrent graduellement pour faire place à des soupirs. Elle se redressa peu à peu, rejetant la tête en arrière comme si elle cherchait à emprisonner la main si doucement caressante qui découvrit, dans les dentelles de son décolleté, les rondeurs fermes de sa gorge. Elle avait clos les paupières et ses cils tremblaient sur ses joues inondées de larmes; elles roulaient encore jusqu'à sa bouche entrouverte dont les lèvres frissonnaient, humides et gonflées, attendant d'autres lèvres.

Les doigts de Gilles trouvèrent les agrafes de la robe qui ne firent aucune difficulté pour s'ouvrir. Afin de faire glisser plus commodément le corsage, il mit un genou en terre, dégagea les épaules rondes, les plis délicats des aisselles, les seins drus qui jaillirent joyeusement de leur prison de soie et s'offrirent à ses caresses avec leurs pointes brunes déjà durcies qu'il effleura légèrement, arrachant à la femme renversée sur son genou un frisson qui ressemblait à un râle. Alors seulement il se pencha sur sa bouche qu'il ravagea tandis que sa main poursuivait habilement l'exploration d'un corps qu'elle retrouvait avec plaisir. La belle comtesse n'ayant pas jugé utile d'étrangler d'un corset sa taille mince, aucun autre obstacle que de légères batistes ne s'opposait au cheminement des caresses. Passive, pour la première fois depuis leur première rencontre, elle le laissait faire, haletante, les yeux noyés, attentive seulement à la progression du plaisir.

Dépouillé de ses vêtements qui gisaient dans la cendre, à l'exception des bas de soie bleue retenus au-dessus du genou par des jarretières ornées de diamants, son corps se tendait, s'arquait, appelant son bienheureux anéantissement et Gilles, maîtrisant le furieux désir qui lui tordait le ventre, continuait à jouer de cette chair somptueuse étendue devant lui, dorée par le reflet du feu et qu'il sentait si totalement à sa merci.

Jugeant que le jeu avait assez duré, il allait se relever pour se dépouiller à son tour quand une affreuse odeur de brûlé les redressa tous deux en même temps. Non seulement le poulet, las d'attendre, était en train de se transformer en charbon mais l'un des jupons de la jeune femme, jeté à la diable par la main impatiente de Gilles, commençait à flamber.

Il bondit pour l'éteindre sous ses pieds mais elle le retint, l'en empêcha et, même, se levant d'un souple mouvement de reins, saisit à pleins bras sa robe, sa lingerie et jeta le tout dans le feu. Ses bas et ses jarretières endiamantées suivirent le même chemin ainsi que ses mules à hauts talons et le ruban qui retenait ses cheveux. Puis, agenouillée devant le feu, elle ôta posément ses bagues, ses bracelets et les offrit à leur tour à la flamme dévorante.

– Je ne veux rien garder de ce que je portais en venant à ce rendez-vous, afin de symboliser la femme nouvelle que je veux être pour toi seul. Je veux venir à toi aussi nue, aussi désarmée qu'au jour de ma naissance parce que tu m'auras fait renaître...

– Aussi désarmée? murmura-t-il. Jamais tu n'as été mieux armée, démone...

Il la prit sur la pierre chaude de l'âtre... Le temps s'abolit. Après avoir triomphalement conclu son premier assaut, Gilles avait emporté Anne à demi inconsciente jusqu'à l'espèce de divan oriental, couvert de coussins multicolores, qui tenait lieu de lit dans la pièce voisine et occupait l'un des coins d'une gracieuse cheminée de marbre blanc. Elle s'y était laissé ensevelir sans un geste mais à peine avait-elle pris contact avec le soyeux désordre qu'elle avait retrouvé toute sa vitalité. Le jeu d'amour reprit de plus belle avec ses solos raffinés, ses accords parfaits et la plénitude de ses points d'orgue débouchant sur le silence de la bienheureuse lassitude et du sommeil...

Ce fut la faim qui réveilla Gilles et le jeta, un peu titubant, hors du divan à la recherche des appétissantes nourritures auxquelles il n'avait pas touché et que son subconscient venait de lui rappeler. Dans le simple costume d'un habitant du Paradis terrestre, il passa dans la cuisine, constata que le poulet était réduit à l'état d'un morceau de charbon et que le café était froid mais que le pain, le beurre, le fromage et la corbeille de raisins étaient toujours là. Il se tailla un gros morceau de pain, une part de brie large comme la main qu'il empila dessus et, empoignant une bouteille déjà débouchée, but à la régalade une large rasade.

Ce que faisant, son regard accrocha au passage la grande horloge peinte et sculptée qui occupait l'un des coins de la salle. La petite aiguille dorée approchait de midi et la grande était posée sur le chiffre dix.

– Tonnerre de sort!..., s'écria-t-il. Le bateau!...

Tenant toujours d'une main sa tartine, il se mit à la recherche de ses vêtements qui jonchaient les dalles un peu partout à la manière d'un archipel et, tout en dévorant, commença à se rhabiller.

Il en était à nouer sa cravate lorsque Anne, drapée dans une soierie persane prise sur le divan, s'encadra dans le chambranle de la porte.

– Que fais-tu? soupira-t-elle en bâillant largement, montrant l'intérieur rose de son palais et ses petites dents blanches bien rangées. Tu veux me quitter déjà?

– Il le faut. Il va être midi et c'est l'heure à laquelle la Reine doit passer devant Sainte-Assise. Je veux y aller...

– Pourquoi donc, grands dieux? Tu m'as dit toi-même qu'il n'y avait plus rien à craindre.

– Pour voir quelque chose... et pour retrouver un ami auquel j'ai donné rendez-vous.

Il s'assit pour tirer ses bottes. Paresseusement, la jeune femme s'étira... ce qui eut pour résultat de faire glisser jusqu'à ses pieds la soierie mal attachée. Sans s'émouvoir pour autant, elle enjamba le tas de tissu et vint s'asseoir sur les genoux du jeune homme, entoura son cou de ses bras et frotta sa joue contre la sienne.

– C'est fini, n'est-ce pas? fit-elle tristement. Tu as tenu ta parole et, à présent, tu t'en vas... et tu ne reviendras plus?... Oh, je ne me plains pas : j'ai été royalement payée... mais j'aurais aimé te garder encore un peu...

Les heures qu'il venait de vivre n'étaient pas de celles qu'un homme peut balayer d'un revers de main. Enveloppant la jeune femme de ses bras, il la serra une seconde contre lui.

– Je ne reviendrai pas dans cette maison, pas ce soir tout au moins. Mais plus tard peut-être... si tu veux bien m'accueillir parfois.

Elle tressaillit de joie et ses yeux s'illuminèrent.

– Vrai? Tu veux bien me revenir de temps en temps? Tu m'as pardonné?

– Tu en doutais? Ma belle diablesse, tu es bien le plus délicieux repos que puisse goûter un guerrier. Qui n'aurait envie d'y revenir? A présent, laisse-moi aller sinon je vais arriver à la fumée des cierges...

Elle se leva aussitôt, alla reprendre sa soierie qu'elle noua, cette fois, énergiquement autour de sa poitrine, puis, s'approchant de la cheminée, se mit à tisonner avec énergie le feu éteint, secouant l'amas de tissus brûlés qui l'étouffait sans paraître prendre garde aux petits lingots d'or qui brillaient dans les cendres.

– J'ai envie de te laisser mon manteau, dit Gilles. Tu ne peux tout de même pas te montrer ainsi vêtue à tes domestiques lorsqu'ils viendront te chercher.

Par-dessus son épaule, elle jeta, dédaigneuse :

– Depuis quand un domestique est-il un homme ? Aucun des miens ne se permettrait de juger mon comportement, même s'il me plaisait de me promener nue... Mais, rassure-toi, il y a dans les armoires de cette maison de quoi m'habiller convenablement. Le Roi Louis XV ne laissait pas grand-chose au hasard dans les petites maisons qu'il possédait, à Versailles ou en forêt...

Elle semblait tout entière occupée par la résurrection de son feu mais courut à Gilles quand il fut sur le point de partir.

– Ecoute... quand tu voudras me voir, fais déposer un mot à mon hôtel de la rue Madame, un mot, avec ton adresse, au bas duquel tu dessineras un sapin comme celui qui pousse là, devant la maison. Dès le lendemain, tu sauras où me rejoindre. Quant à cette maison, tu pourras y venir autant que tu le voudras : la clef est toujours accrochée à gauche dans le lierre qui grimpe le long de la porte.

– Je me souviendrai...

Il lui jeta un baiser du bout des doigts, sortit en courant et alla détacher son cheval. Il vit alors qu'Anne l'avait suivi et le regardait, pieds nus au seuil de la porte contre laquelle elle s'appuyait. Ses traits étaient un peu crispés et son front barré d'un pli profond, comme si elle se livrait à elle-même quelque combat intérieur. Finalement, comme Gilles faisait volter sa monture pour rejoindre le chemin, elle cria :

– Pour ta femme... il est possible qu'elle soit cachée au château de Brunoy. C'est le lieu des divertissements secrets et Cromot, le gouverneur, un homme pervers et intéressé, est tout dévoué aux intérêts de son prince qui le paie grassement. Le domaine est une vraie forteresse, mais sert beaucoup quand Monsieur a quelque chose à cacher...

Retenu à la force des poignets au moment de s'élancer, le cheval se cabra. De sa hauteur, Gilles cria :

– Merci !...

Et rendit la main. La bête partit à fond de train.

Les quelques mots que Mme de Balbi venait de prononcer firent plus, pour asseoir la confiance encore bien fragile de Tournemine, que ses larmes et ses mots d'amour de tout à l'heure. Si cette femme exclusive consentait à indiquer une piste pour retrouver Judith cela ne pouvait signifier que deux choses : ou bien elle capitulait sans condition, montrant ainsi qu'elle ne désirait plus intervenir dans les affaires du jeune ménage, ou bien elle faisait preuve d'une suprême habileté et d'une suprême philosophie.

Dans la haute société, en effet, il était du dernier ridicule d'être épris de sa femme ou de son mari. Et la belle comtesse pensait peut-être que le meilleur moyen de s'attacher un amant était sans doute de le laisser s'installer dans une conjugalité, finalement sans surprise, qui laisserait à une maîtresse tout son attrait d'exception, d'aventure et pour ainsi dire d'exotisme vivifiant...

Sous le beau soleil de midi de ce jour d'octobre encore estival, le chevalier dévala la route comme une tempête, contourna le village de Seine-Port et déboucha peu après dans les alentours du château de Sainte-Assise, juste à temps pour apercevoir l'arrière doré et le vaste drapeau fleurdelisé, traînant presque dans l'eau, de la gondole royale qui poursuivait son chemin vers Melun. Il trouva là une foule en voie de dispersion et s'aperçut qu'il y régnait une grande confusion.

Ces gens parlaient tous en même temps et, en descendant vers le bord du fleuve, Gilles croisa des groupes de paysans qui s'en retournaient en discutant entre eux d'un événement qui venait apparemment de se produire. Des bribes de phrases arrivaient, portées par des voix habituées au grand air.

– Un grand malheur que ça aurait été!

– Pour sûr! J' dis pas que j' l'aime, elle, mais ces pauvres petiots...

– Fallait en avoir sur le cœur, pas vrai, pour faire une chose pareille?

– Et dire c' qu'on a entendu...

– M'en parlez pas! J'en ai encore les sangs tout retournés...

Que s'était-il donc passé? S'il n'avait vu le bateau de la Reine s'éloigner indemne Gilles aurait échafaudé sur l'heure les pires suppositions : que Fersen n'avait pas tout enlevé, qu'une autre forme d'attentat avait été prévue et Dieu sait quoi!... Se penchant sur l'encolure de son cheval, il arrêta un homme en sabots qui, tout en marchant, pérorait au milieu d'un groupe de femmes, assez semblable sous son bonnet coquettement drapé à un coq dans sa basse-cour.

– Qu'y a-t-il eu ici? demanda le chevalier. Vous me semblez tous bien agités...

L'homme mit son bonnet à la main et commença par faire taire les femmes qui s'étaient mises à parler toutes à la fois.

– La paix, vous autres! C'est à moi que Monsieur parle! Pour sûr, mon gentilhomme, qu'il s'est passé quelque chose. S'en est fallu d'un cheveu qu'on voie sauter la Reine, ses mioches et tout le saint-frusquin!

– Comment cela?

L'homme alors raconta que, pour voir les danses et toutes les belles choses que Mgr le Duc d'Orléans avait fait préparer sur la berge de son jardin, la Reine qui se tenait debout à l'avant du bateau avec ses enfants et ses dames avait ordonné que l'on ralentît. Peut-être aussi parce qu'il y avait beaucoup de barques, pleines de belles dames et de beaux messieurs, et aussi d'autres avec des musiciens et de jolies filles avec des corbeilles de fleurs qu'elles jetaient devant la proue dorée du bateau comme devant le Saint-Sacrement? Or, dans une de ces barques il y avait une femme toute seule avec un rameur et un tas de fleurs et, tout à coup, cette femme avait sorti des fleurs une chandelle tout allumée avec laquelle elle avait essayé de « mettre le feu au bateau, en brûlant un bout de dorure ». En même temps elle avait crié « un tas d'injures et d'horreurs » à l'adresse de la Reine « qui était devenue toute pâle »...

– Une femme? fit Gilles abasourdi. C'est une femme qui...

Réalisant brusquement qu'il allait en dire trop il s'arrêta. Un autre personnage, d'ailleurs, venait de prendre la parole, un homme d'une cinquantaine d'années, vêtu assez pauvrement moitié comme un ancien militaire, moitié comme un abbé de Cour, et qui se tenait assis, une canne à la main, sur l'une des bornes flanquant, presque au bord de l'eau, le mur du château.

– Une jeune femme, dit-il, et qui m'est apparue belle et élégante autant que j'aie pu en juger de loin. Elle s'est dressée comme une lionne furieuse, brandissant sa flamme, et elle a crié : « Maudite reine, tu vas payer enfin tes crimes et tes turpitudes, tes débauches et tes trahisons! Tu as jeté à la Bastille un homme de Dieu qui s'était oublié jusqu'à devenir ton amant, et un homme de bien, Cagliostro, qui s'efforçait de soulager les misères de ton peuple! Tu as tué l'homme que j'aimais et qui était lui aussi ton amant... Tu n'es qu'une putain couronnée... Tu vas mourir et de ma main! »

– Mon Dieu!... Mais qui était-ce?

L'homme haussa les épaules.

– On ne sait encore. Elle n'a pas pu en dire davantage. Dans les barques voisines des gens se sont jetés sur elle, on l'a maîtrisée, ligotée, tandis que le rameur de sa barque se jetait à l'eau et réussissait à s'enfuir. Mais c'était horrible, monsieur, ces mots affreux, cette haine dans une si jeune et si jolie bouche.

– Qu'en a-t-on fait?

– Ceux qui s'étaient emparés d'elle l'ont remise aux gardes de Mgr le duc d'Orléans qui l'ont menée au château avant de la remettre tout à l'heure aux gens de la Maison du Roi qui doivent amener une voiture pour l'emmener, je ne sais où. A Paris, peut-être, à la Bastille s'il y a encore de la place, ou au Châtelet. Mais son sort ne fait aucun doute : insultes, tentative d'assassinat, lèse-majesté... c'est la mort !

– Vous semblez en être peiné, monsieur, dit Gilles en regardant curieusement son interlocuteur dont l'unique beauté consistait en une épaisse et longue chevelure blonde, déjà argentée, qui tombait librement sur ses épaules à la mode de Louis XIV... ou à celle des Bretons bretonnants.

– Je le suis, monsieur, car cette femme méritait peut-être moins son sort que celle à qui elle s'adressait. Elle est, elle, une œuvre parfaite de la Nature et je pense qu'il faut qu'elle ait beaucoup souffert pour se jeter ainsi, délibérément, à la tête de la mort. C'est peut-être une héroïne comme Jeanne d'Arc... peut-être une folle mais moi qui suis un humble disciple du grand Rousseau, je pleure quand je vois sacrifier inutilement un être jeune et beau...

– Etes-vous breton, monsieur ?

– Breton ? Quelle idée ? Je suis normand, homme de lettres, voyageur. Je pense que Dieu a fait la Terre pour les hommes, tous les hommes et non pas quelques privilégiés... Mais voulez-vous que nous remontions de compagnie ? Il n'y a plus rien à voir ici, ajouta-t-il en désignant le fleuve déserté peu à peu par l'afflux de petites embarcations qui l'avaient encombré un moment et les berges où la foule se clairsemait de plus en plus. Par contre, je pense que mon héroïne ne devrait pas tarder à quitter le château car les Orléans ne tiennent certainement pas à la garder longtemps. En nous postant près des grilles, nous devrions la voir passer...

– Cela vous intéresse tant ? Une criminelle somme toute ?

– Peut-être... et peut-être pas ! Voyez-vous, monsieur, j'écris en ce moment l'histoire d'une jeune fille belle et malheureuse, qui aime la vie et que la vie va détruire. Foi de Bernardin de Saint-Pierre, cette créature m'intéresse et je voudrais revoir son visage, surtout à ce moment où elle sait qu'elle va rencontrer la mort.

Gilles mit pied à terre et passa la bride à son bras. Nulle part il n'avait aperçu Axel de Fersen et il n'avait à présent rien d'autre à faire que rejoindre, tout à l'heure, Tim Thocker à l'auberge et, sans doute, rentrer avec lui à Paris après avoir retrouvé l'apparence du capitaine Vaughan. Cet homme était bavard mais point désagréable et puis il se sentait intrigué. Lui aussi voulait voir à quoi ressemblait une créature assez folle pour se laisser ainsi sacrifier aux sordides intérêts d'un prince ambitieux. Plus encore que son voisin il était tout prêt à voir en elle une victime...

A pas tranquilles on remonta vers les grilles repeintes à neuf et qui brillaient, dorées, dans le beau soleil. Mais d'autres gens avaient dû être saisis de la même idée car il y avait foule quand ils arrivèrent. Tous ceux qui étaient venus regarder passer la Reine se regroupaient pour voir passer celle qui avait voulu la tuer. Chose étrange, cette foule, si bavarde tout à l'heure, s'était apaisée. Calme, presque silencieuse, elle attendait, massée près des grilles, tendant le cou pour mieux voir...

– C'est stupide! dit soudain Gilles impatient. Personne ne verra rien, bien certainement. Quand cette femme partira, il est probable que ce sera dans une voiture entièrement close et au milieu d'un peloton de cavaliers...

– Je suis d'accord pour les cavaliers mais pas pour la voiture fermée, dit Bernardin de Saint-Pierre. Le duc doit avoir bien trop peur qu'on l'accuse d'être plus ou moins en relations avec cette femme. Il tiendra sûrement à ce que chacun de ceux qui ont été témoins de ce qui s'est passé sur le fleuve s'assure de visu de ce que c'est bien la même que l'on a emmenée. Je jurerais que les mantelets seront relevés...

– Peut-être...

Soudain, une sorte de grand soupir passa sur la foule qui s'écarta tandis que les grilles s'ouvraient largement en grinçant légèrement. Encadrée d'un peloton de cavaliers, une grande voiture rouge foncé arrivait au trot le long de la grande allée principale.

Emporté par une impulsion dont il n'aurait pu dire d'où elle venait, Gilles, coincé contre l'un des pilastres d'entrée par le reflux de la foule, s'agrippa aux pierres et grimpa.

Il se trouva ainsi juste à la hauteur des portières du carrosse quand il passa auprès de lui. Ainsi que l'avait prédit l'homme de lettres, la voiture était fermée mais seulement par ses glaces et les mantelets étaient relevés. Chacun put voir la femme qui était assise à l'intérieur, très droite, entre deux soldats. Elle était très pâle et ses cheveux défaits pendaient le long de son visage tuméfié. Ses yeux regardaient droit devant elle.

Etouffant un cri sous son poing qu'il mordit, Gilles la reconnut avec horreur : c'était Judith !

PLAIDOYER POUR UNE RÉGICIDE...

A la grande stupéfaction de l'amateur d'héroïnes belles et tragiques, l'aimable jeune homme avec lequel il avait lié connaissance eut, dès le passage de la voiture, un comportement des plus étranges. Dégringolant du pilier sur lequel il s'était hissé, il courut rejoindre son cheval, laissé un peu plus bas à cause de la foule, sauta dessus en voltige et disparut comme un météore dans le nuage de poussière qui n'avait pas encore eu le temps de retomber.

– Dommage ! soupira-t-il en haussant les épaules. Ce garçon me plaisait. J'aurais aimé l'étudier davantage... Je me demande qui il est...

S'il avait pu, à cette minute même, poser la question à l'intéressé, il est probable que celui-ci eût été incapable d'y répondre. Le cœur fou, l'esprit en déroute, il n'avait plus qu'une seule idée claire : rejoindre ce carrosse, en arracher celle qu'il aimait, cette malheureuse enfant que Monsieur venait de sacrifier froidement à ses appétits de règne en exploitant, avec quelle abominable lâcheté! sa folle jalousie envers la Reine. Car si l'infernale machine de mort avait éclaté, l'hécatombe qu'elle aurait causée en faisait une victime de plus. Jamais la petite barque n'aurait pu s'écarter assez vite pour mettre la jeune incendiaire à l'abri. De toute façon, Judith devait mourir... ce qui était évidemment une excellente façon de l'empêcher de parler.

– Si je n'arrive pas à la sauver, je le tuerai, je le tuerai de mes mains, ce misérable prince! Je l'étranglerai.

La colère l'étouffait, d'autant plus sauvage qu'elle se doublait d'un remords car il imaginait Judith désespérée, insensible peut-être à force de chagrin, se préparant froidement à cette action insensée dans laquelle Satan seul pouvait savoir quelle diabolique préparation l'avait précipitée. Et lui, pendant ce temps...

Des genoux et des talons, il précipitait le galop de son cheval sans trop savoir ce qu'il allait faire, obnubilé par la caisse rouge de cette voiture qui roulait devant lui et sur laquelle, peu à peu, il gagnait... Qu'une douzaine de gendarmes galopât autour ne le troublait pas. Il allait, seul, attaquer cette forteresse, se battre, tuer ces hommes qui avaient osé mettre leurs pattes sales sur sa délicate Judith, la charger de cordes comme un gibier de potence... de cette potence où, sans doute, après un jugement hâtif, ils la traîneraient ensuite.

Tout en chevauchant, il avait tiré l'un après l'autre ses pistolets pour en vérifier la charge. Il ne vit pas l'un des gardes de la voiture se retourner, tirer une arme de ses fontes et faire feu... Avec un hennissement de douleur, son cheval s'abattit et Gilles, vidant les étriers, se retrouva l'instant d'après couché sur le talus qui bordait la route, la tête à deux doigts du tronc d'un des platanes qui jalonnaient le chemin.

Le tapis de feuilles mortes qui ouatait le talus ayant

amorti la chute, il se releva presque aussitôt... Là-bas, au bout du tunnel formé par les arbres, la voiture rouge et les cavaliers bleus disparaissaient, avalés par la poussière et par la distance. Hors d'atteinte !

Des larmes de rage aux yeux, Tournemine essuya à sa manche sa figure souillée de terre et alla rejoindre son cheval abattu en plein milieu de la route. L'animal était mort : une balle l'avait frappé juste entre les deux yeux avec une haileté qui tenait du prodige. Ramené brutalement à la réalité par sa chute, Gilles, comme si un mécanisme secret venait de jouer en lui, retrouva d'un seul coup tout son sang-froid, et se mit à réfléchir en considérant le grand cadavre brun étendu à ses pieds.

Depuis la seconde où, dans un bruit qui lui avait paru le fracas même du tonnerre, le profil pâle de Judith lui était apparu, il n'avait plus rien vu d'autre, sinon la caisse rouge de la voiture qui l'emmenait. Quels étaient donc les soldats que l'on avait envoyés pour l'emmener ? Il n'avait fait attention ni à leurs uniformes ni à leurs armes... Et surtout, quels étaient ces hommes qui, sans être attaqués, tiraient à vue sur un cavalier coupable seulement de galoper derrière eux, un homme seul ? L'arme qui avait abattu son cheval à cette distance, ce ne pouvait être un pistolet. Plutôt un fusil, ou mieux pour la précision du tir, une carabine...

Remettant à plus tard la solution du problème, il en revint à celui qui le hantait toujours : rejoindre la voiture et, au moins, apprendre où elle allait... Mais comment faire à présent, seul et à pied ?...

Il regarda autour de lui, reconnut la route qui, passant à travers les bois de Sainte-Assise, longeait le haut du coteau en direction de Nandy. Un peu plus loin ce devait être l'embranchement dont une tige allait sur Savigny-le-Temple mais, surtout, Seine-Port était tout proche... Seine-Port où, à l'auberge, Tim devait l'attendre comme il le lui avait demandé. Tim ! Cette force de la nature, le meilleur tireur sans doute de l'Ancien et du Nouveau Monde ! Avec lui, même la prise de la Bastille ne serait pas une entreprise impossible

Récupérant ses armes et son chapeau qui avait roulé dans le fossé, Gilles se mit à courir pour rejoindre au plus tôt cet indispensable élément du salut de Judith. Une demi-heure plus tard, à peu près hors d'haleine, il tombait comme la foudre sur Tim Thocker qui dormait du sommeil du juste, étendu de tout son long sur le lit de Gilles à l'auberge de l'Ormeteau :

– Allons ! Réveille-toi ! Debout !... Vite ! Nous partons. J'ai besoin de toi... Mais réveille-toi donc, bon sang ! s'écria-t-il en le secouant si vigoureusement que Tim ouvrit un œil et lui sourit.

– Oh ! Cest toi !...

– Oui, c'est moi ! Je t'en prie, lève-toi vite ! il faut que nous partions tout de suite !

Le jeune Américain, qui avait peut-être arrosé un peu trop copieusement son repas, ne comprit pas grand-chose aux explications quelque peu embrouillées de son ami mais il venait de dire qu'il avait besoin de lui et cela suffisait. Tandis que Gilles bouclait ses sacoches et allait régler l'aubergiste, il se plongeait la tête dans un seau d'eau froide puis, encore tout trempé, se déclarait prêt à reprendre la route.

Comme il n'y avait plus qu'un cheval pour deux, on le chargea simplement des bagages et l'on alla prendre le bac pour traverser la Seine, car la seule chance pour Gilles de trouver une nouvelle monture était le maître de poste de Saint-Fargeau où, en effet, il put se remonter avec un soulagement intense.

– Où allons-nous ? dit paisiblement Tim que son ami avait mis approximativement au courant de la situation durant le court voyage et qui ne s'en montrait pas autrement troublé.

– J'ignore quelle route aura choisie l'escorte. Cela peut être Juvisy ou Villeneuve-Saint-Georges. Allons toujours jusqu'à Corbeil et nous verrons bien...

Mais, à Corbeil, personne n'avait vu passer la voiture rouge de la prisonnière. Alors ils repartirent, empruntant le vieux pont pour repasser la Seine, plongèrent dans les épaisseurs de la forêt de Sénart, lancés comme deux limiers sur la trace d'une harde.

Ils la retrouvèrent, cette trace, à la croix de Villeroy où un forestier les renseigna; oui il avait vu passer, environ une heure plus tôt, un carrosse fermé, gardé par une forte escorte. La calvacade s'était même arrêtée un moment à cause d'un des chevaux qui s'était déferré. Il avait prêté la main pour aider et, comme cette voiture si bien protégée l'intriguait, il avait demandé, histoire de plaisanter, s'il y avait un trésor.

— Joli trésor! oui, lui avait répondu l'un des soldats. Du gibier de potence! Une meurtrière qu'on emmène à Vincennes...

— C'est quoi, Vincennes? demanda Tim quand l'homme, après avoir touché son bonnet, eut regagné sa maisonnette.

— Un vieux château royal, une prison aux portes de Paris... La sœur jumelle de la Bastille ou presque... en plus redoutable peut-être...

Il répondait machinalement, réfléchissant en même temps. Une heure d'avance... c'était beaucoup... c'était trop! La voiture et son escorte devaient atteindre Villeneuve-Saint-Georges en ce moment et eux, dont les chevaux n'avaient rien d'exceptionnel, ne les rejoindraient peut-être pas avant Vincennes, justement. Quelle chance aurait alors une attaque sous les murs mêmes du vieux château?

— Ecoute, dit Tim, je ne connais rien aux habitudes de ce pays ni comment on s'y prend avec un roi ou une reine. On n'a pas tout ça chez nous... mais si j'ai bien compris ce que tu m'as raconté, ta reine, tu l'as sauvée, elle et ses gosses?

— Oui, c'est à peu près ça...

— Bon. Alors, en échange de ce beau service, on va te tuer ta femme parce qu'elle lui a crié des injures en promenant une chandelle contre le bois de son bateau?

— ... avec l'intention de faire exploser ce bateau parce qu'elle ignorait qu'il était désamorcé. Dans un cas pareil, c'est l'intention qui compte. Judith voulait tuer... En outre, la Reine ignore qu'elle est ma femme.

– Eh bien, il faut aller le lui dire, tout simplement ! conclut Tim avec tranquillité. (Et il ajouta :) Ta femme te croit mort, et mort à cause de cette reine. Si ça ne lui paraît pas des excuses suffisantes, c'est qu'à ce service-là tu perds ton temps, ta santé, tes forces et ton intelligence. C'est trop ! Alors ? On y va ?

Comme tout paraissait tout à coup simple, et clair, en passant par la saine logique de Tim. C'était cela bien sûr, la solution : la Reine, principale intéressée, pouvait, devait pardonner. Elle seule, en tout cas, avait le pouvoir de libérer Judith.

– Aujourd'hui, ce n'est pas possible, dit-il enfin. Elle n'arrivera à Fontainebleau que demain soir. Mais, en attendant, nous allons nous mettre à la recherche de quelqu'un qui saura, mieux que quiconque, la disposer à m'entendre...

Il haïssait l'idée de réclamer un paiement, quel qu'il soit, en contrepartie d'un service rendu, d'autant que ce service n'était rien d'autre, à ses yeux, qu'un simple devoir. Mais il n'avait pas le choix et, pour sauver Judith, il se savait prêt à toutes les exigences, à tous les chantages... Aussi la première chose à faire était-elle de retrouver Axel de Fersen. Il aurait même dû commencer par là s'il n'avait eu ce coup de folie, cette fureur aveugle du mâle dont la femelle est en danger et qui ne raisonne plus.

Que le Suédois ne fît pas partie de la suite de la Reine ne faisait aucun doute. Peut-être même se cachait-il plus ou moins car, lorsqu'ils s'étaient quittés, à l'aube sur le chemin de halage, il avait désigné au chevalier le toit d'une petite maison derrière les arbres et il était très possible qu'il y soit encore... Si tout cela, ce voyage incroyablement paresseux, cette gondole d'un autre âge, et jusqu'à ce retour inattendu de Fersen(1), n'avait été voulu qu'en vue de cette seule

(1) Stationné à Landrecies avec le Royal-Suédois, Fersen était rentré à Paris le 30 septembre précédent.

nuit... et si elle avait été, cette nuit, ce qu'il en avait espéré, il y avait une chance pour que le romantique Suédois, tel que Tournemine le connaissait, eût préféré revenir en revivre chaque instant dans la maison du bord de l'eau plutôt que se mêler au tohu-bohu des fêtes qui attendaient la Reine à Melun.

En conclusion de quoi, Gilles et Tim reprirent, en gens pressés, le chemin de Corbeil.

La nuit était tombée quand ils atteignirent le faubourg de Saint-Germain... et se séparèrent. Tim s'en alla préparer leur logement à l'auberge du Pont tandis que Gilles se dirigeait seul vers le chemin de halage. Ce qu'il serait peut-être amené à faire entendre à Fersen ne pouvait l'être devant aucun témoin, ce témoin fût-il le bon Tim Thocker qui parlait mal le français mais le comprenait assez bien... et qui était tout de même un agent du gouvernement américain. D'ailleurs, puisqu'il ne s'agissait que de causer, celui-ci ne voyait que des avantages à s'en aller préparer pour eux deux le souper et le coucher.

Gilles n'eut aucune peine à retrouver la maison, bien que la nuit fût noire et la lune pas encore levée, grâce à certain bouquet de trois ormes qu'il avait repéré au lever du jour. C'était, sous un grand toit en pente, une construction à un seul étage avec des fenêtres assez hautes présentement habillées de leurs volets de bois. Mais on pouvait apercevoir un peu de lumière filtrant par les fentes de ces volets. Il y avait donc quelqu'un. Restait seulement à savoir si ce quelqu'un était bien Fersen.

Afin de s'en assurer sans déranger personne, Gilles choisit d'escalader le mur grâce au lierre, certainement centenaire, qui le couvrait d'un épais manteau. De là-haut il découvrit un jardin plein d'herbes folles au milieu desquelles il se laissa tomber sans autre bruit qu'un léger froissement. Un instant il y demeura accroupi, guettant si sa chute avait attiré l'attention de quelqu'un mais rien ne vint, que le cri désagréable d'un engoulevent qui devait nicher dans l'un des grands arbres auxquels s'adossait la maison.

A grandes enjambées, il marcha vers elle, s'approcha de l'une des fenêtres éclairées, colla son œil à la fente d'un volet et s'accorda un sourire de satisfaction : le Suédois était bien là. Assis à un petit bureau, à la lumière de trois bougies plantées dans un chandelier d'argent, il écrivait une lettre qui devait être passionnante si l'on en jugeait par l'ardeur inhabituelle qui colorait son visage pâle et le sourire plein de tendresse qu'il adressait de temps en temps à son papier tandis que la plume courait sur la feuille blanche.

Sans plus attendre, Gilles frappa, du poing, plusieurs coups au volet. Il put voir Fersen tressaillir, se tourner, sourcils froncés, vers la fenêtre mais sans lâcher sa plume et sans quitter sa chaise. Alors, il frappa plus fort.

– Ouvre ! dit-il en s'efforçant de ne donner que juste ce qu'il fallait de voix. C'est moi, Gilles !

Cette fois le Suédois bondit et le chevalier n'eut que le temps de reculer pour ne pas recevoir le volet dans la figure. La lumière de l'intérieur l'éclaira presque entièrement.

– Excuse-moi ! dit-il. Tu m'avais dit, ce matin, que cette maison était la tienne et comme il fallait à tout prix que je te parle, je me suis permis de venir frapper à ta fenêtre.

– Tu as bien fait, mais pourquoi pas à la porte ?

– Je n'étais pas certain que c'était la bonne maison et je ne me voyais pas venant réclamer le comte de Fersen chez n'importe qui. Puis-je entrer ?

– Je t'en prie...

Tournemine enjamba l'appui de la fenêtre et se trouva dans un petit salon tendu d'indienne à fleurs blanches et bleues. Les sièges et les rideaux étaient faits du même tissu candide et un énorme bouquet de roses d'automne avait abandonné quelques-uns de ses pétales sur la marquetterie d'un petit clavecin, auprès d'une écharpe de soie bleu Nattier. Près d'une porte entrouverte que Fersen, après avoir soigneusement clos volets et fenêtre, se hâta d'aller refermer, il y avait une petite bibliothèque pleine de livres reliés en bleu. En résumé cette pièce, dans sa grâce un peu campagnarde, ne ressemblait en rien au salon d'un colonel suédois... à moins qu'elle n'ait été arrangée en vue d'une visite féminine.

Revenant vers son bureau, Fersen, d'un geste qu'il s'efforça de rendre aussi naturel que possible, sabla sa lettre, la plia et la glissa dans un petit sous-main avant de se retourner vers son ami qui l'observait sans rien dire.

– Où étais-tu, à midi ? demanda-t-il. Je t'ai cherché partout mais je ne t'ai vu nulle part. Il est vrai qu'il y avait tellement de monde... bien plus que je ne l'aurais imaginé.

– Je suis arrivé en retard, juste à temps pour voir s'éloigner la gondole : la fête était finie.

– Alors tu n'as rien vu ? Mon cher, notre piège a fonctionné à merveille et nous avons fait une capture des plus intéressantes. Imagines-tu qui était chargé de mettre le feu à la mèche ? Une femme, mon ami ! Une femme ravissante d'ailleurs ! Que dis-je ? Une jeune fille ! Et qui non seulement ne s'est pas cachée mais s'est désignée elle-même en interpellant Sa Majesté d'une façon... abominable. Elle lui a dit...

– Ne te fatigue pas ! interrompit Gilles. Je sais tout ça. Je suis arrivé juste à temps pour la voir partir, couverte de liens, dans une voiture encadrée d'une douzaine de soldats. C'est d'elle que je viens te parler.

– En voilà une idée ! Pourquoi ?

– Parce que c'est ma femme !

Le silence qui suit les grandes catastrophes s'abattit sur le paisible salon. Fersen avait eu un haut-le-corps et, à présent, il regardait son ami comme s'il était fou ou pris de boisson.

– Qu'as-tu dit ?

– Tu as très bien entendu. J'ai dit que cette jeune femme est la mienne, qu'elle se nomme, devant Dieu et les hommes, Judith de Tournemine. Ma femme, tu entends, qui me croit mort à cause de la Reine, ma femme qui sous le nom de Julie de Latour a été pendant une longue période lectrice de la comtesse de Provence, ma femme, que sa haine et son désespoir ont fait le docile instrument des ambitions criminelles de Monsieur. Ma femme que j'aime... et que tu vas sauver!

La stupeur, un instant, amena le silence de Fersen, mais il réagit vite :

– La sauver? C'est impossible! Tu n'as pas vu le visage épouvanté de la Reine tandis qu'elle contemplait cette folle qui la couvrait d'insultes. Tu n'as pas entendu son cri d'horreur?

– Non, mais j'ai vu le visage blessé de Judith que des brutes ont malmenée, j'ai vu son regard morne, fixe, presque halluciné...

– Que peut espérer d'autre une régicide? Des sourires, des fleurs, des caresses?

– Où as-tu pris qu'elle fût régicide? Elle l'eût été sans doute si je ne t'avais permis de sauver, cette nuit, la Reine de France. Sans moi, à cette heure, Louis XVI n'aurait plus ni femme ni enfants et dans plus d'une famille on pleurerait des morts. Ceci me donne, je crois, le droit d'exiger...

– Exiger? Quel mot!

– Je le répète : exiger que l'on ne me tue pas la femme que j'aime, qui se croit ma veuve et qui porte mon nom. J'ai le droit d'exiger que l'on ne me déshonore pas! Demain, tu iras à Fontainebleau et tu verras la Reine!...

Fersen, l'air accablé, se laissa tomber dans un fauteuil et passa sur son front une main qui tremblait.

– Cela aussi c'est impossible! Je ne peux pas aller à Fontainebleau. Essaie de comprendre. On m'a défendu d'y paraître et je ne suis même pas censé me trouver dans la région.

– Vraiment? Comment as-tu fait, alors, ce matin, quand tu es monté sur ce damné bateau?

– Je n'ai vu que Mme Campan. Elle est de celles qui savent se taire.

– Eh bien, va revoir Mme Campan ! Ou bien préfères-tu que j'y aille moi-même et que je m'adresse directement à la dame allemande qui t'accompagnait cette nuit ?

Fersen haussa les épaules mais il avait pâli.

– Tu ne la connais pas !

– Crois-tu ? Ne serait-ce pas celle dont certaine lettre était tombée si malencontreusement entre les mains de Monsieur, voici plus d'un an, lettre que j'ai récupérée en assommant à moitié ce bon prince... et dont tu m'as remercié en m'insultant et en m'obligeant à t'assommer à ton tour ?

Une flamme de colère brilla dans les yeux du Suédois.

– Jamais je ne t'aurais cru capable d'employer de pareils moyens. Cela s'appelle...

– Du chantage ? Pourquoi pas. Ecoute-moi bien, Axel : tant qu'il ne s'agit que de moi, de ma vie, de ma sécurité, de mon avenir, je suis prêt à tous les dévouements sans contrepartie, à tous les abandons de ma propre volonté. Mais quand il s'agit de Judith, tu n'imagines sûrement pas de quoi je peux être capable. Et, sur mon honneur, sur celui de tous ceux qui ont porté mon nom, je te jure que je ne la laisserai pas sacrifier en me croisant les bras et, dussé-je susciter un scandale plus affreux encore que celui de ce maudit collier...

– Arrête ! cria Fersen.

Les deux hommes se regardèrent un instant avec les yeux égarés de ceux qui ne savent plus très bien ni ce qu'ils vont dire ni ce qu'ils vont faire. Ceux de Gilles flambaient comme des torches. Le comte, alors, baissa les siens, hocha la tête, puis s'approchant de son ami posa sa main sur son épaule.

– Calme-toi ! Tu souffres, n'est-ce pas ?... Je ne peux pas t'en vouloir. C'est moi, au contraire, qui te demande pardon. Après ce que tu as fait, tu as tous les droits... et je sais que tu n'en abuseras pas...

– N'en sois pas trop sûr !

– Si. Demain soir, je m'arrangerai pour voir la Reine.

– Merci ! dit Gilles seulement. Je n'en demande pas davantage...

Mais, emporté par sa bonne volonté, Axel de Fersen avait fait preuve d'une assurance excessive en promettant de voir Marie-Antoinette dès le lendemain soir. Cela tenait à son ignorance totale de ce que pouvait être la vie à Fontainebleau lorsque le Roi, la Reine et toute la Cour y venaient pour les chasses d'automne.

La petite ville de quelques centaines d'habitants autochtones, élevée dans une plaine sablonneuse sertie dans la grande forêt rocheuse auprès d'un château trois fois plus gros qu'elle, devait s'étirer suffisamment pour accueillir une énorme foule lorsque le Tout-Versailles se déversait sur elle. Evidemment, les princes et les grands du royaume y possédaient presque tous une maison ou un hôtel.

Tout cela avait été construit à la suite du grand incendie qui, au début du siècle, avait ravagé la majeure partie de la cité qui n'était alors qu'une sorte de faubourg de sa voisine, Avon. Mais, depuis un an, le roi Louis XVI qui aimait beaucoup Fontainebleau en avait fait une ville à part entière en la dotant d'une administration municipale.

Reconnaissants, les gens de Fontainebleau se donnaient beaucoup de mal pour loger convenablement toute la suite d'un si bon roi et il n'était pas de maison qui n'accueillît un ou plusieurs courtisans dont le nom, d'ailleurs, était écrit à la craie sur la porte. Les appartements du château, en effet, en dépit du bâtiment édifié par Louis XVI le long de la galerie François Ier, étaient notoirement insuffisants et comme, en outre, ils étaient totalement vides de meubles, chacun de ceux qui avaient l'honneur de se les voir attribuer avait aussi l'obligation de se procurer le mobilier, ce qui faisait le bonheur de quelques tapissiers parisiens, pratiquant la location et qui avaient eu le bon esprit d'ouvrir une succursale dans la ville.

Tout cela créait une agitation telle que personne ne fit pratiquement attention aux trois cavaliers – Gilles, Tim et Fersen – qui pénétrèrent dans la ville vers le milieu de l'après-midi, environ une heure après l'arrivée de la Reine elle-même. Ce n'était partout qu'allées et venues de chevaux, de voitures, de charrettes, de valets et de servantes, sans compter tous ceux qui, dans l'espoir d'approcher la Cour, avaient pris d'assaut hôtels et auberges dans lesquels il était devenu impossible de trouver la moindre chambre.

– Quel maudit entêtement vous a poussés à vouloir m'accompagner à tout prix! grogna le Suédois en jetant un regard mécontent à ses deux compagnons. Moi, je peux toujours trouver à me loger. Il y a ici cent personnes qui m'accueilleront. Mais vous?

– Ni Tim ni moi ne craignons une nuit passée à la belle étoile, fit Tournemine calmement. Dis-nous seulement où tu désires que nous t'attendions et où tu nous rejoindras après l'entrevue...

– Mais essaie donc de comprendre qu'en te promettant de voir qui tu sais ce soir, je crains à présent de t'avoir fait une promesse de Gascon. Je n'aurais pas imaginé qu'un séjour « à la campagne » puisse se traduire par cette indescriptible foire. Pourquoi ne pas retourner m'attendre à Melun?

– Ne revenons pas là-dessus. Je veux n'attendre que le moins possible, je veux être fixé tout de suite. Rien ne s'opposait à ce que nous venions ici ensemble puisque, tu l'as dit toi-même, je suis méconnaissable.

Le Suédois lança à son ami un regard à la fois inquiet et vaguement rancunier. En quittant l'auberge de Saint-Germain, Gilles avait, en effet, repris le visage et l'allure de John Vaughan, avec une facilité qui l'avait étonné lui-même et confondu Tim. Quelques gestes précis lui avaient suffi pour disparaître derrière le masque composé par Préville. Cela avait été l'affaire de très peu d'instants. Mais, à ce nouveau visage, Fersen, apparemment, avait du mal à se faire.

– Tu ferais mieux d'avouer que tu n'as pas confiance en moi, maugréa-t-il. Tu crains que je ne t'aie fait cette promesse que pour me débarrasser de toi, n'est-ce pas ?

Le chevalier haussa les épaules.

– Tu ne devrais même pas avoir eu cette idée, Axel. Sur mon honneur, elle ne m'a pas effleuré car j'ai confiance en toi. Simplement je ne vis plus... et Melun me semble le bout du monde...

– Et un village nommé Thomery ? dit soudain Tim, est-ce que c'est loin ?

– Environ trois quarts de lieue quand on est au fond du parc du château, dit Axel. C'est un village de vignerons, au bord de la Seine. Pourquoi ?

– Hier soir, à l'auberge, le vin était bon. Le patron m'a dit qu'il venait de chez un cousin à lui qui a une vigne et une toute petite auberge dans ce village. On pourrait attendre là...

– Ça s'appelle ?

– Le Grand Pressoir, je crois.

– Eh bien, allez m'attendre au Grand Pressoir. L'hôtelier vous trouvera au moins une botte de paille... mais pour l'amour du ciel, Tournemine, ne mets pas la région à feu et à sang si tu ne me revois pas cette nuit. Je ne suis pas sûr de pouvoir être admis dès ce soir...

– Ne t'inquiète pas. Je saurai attendre. Où vas-tu à présent ?

– Oh ! j'ai le choix. Je peux demander l'hospitalité à Mgr le comte d'Artois ou à la duchesse de Fitz-James, la dame d'honneur de la Reine, qui est une vieille amie. Tenez, prenez cette route, ajouta-t-il. Elle traverse Avon de bout en bout et, un peu plus loin, vous trouverez Thomery.

Et, se dirigeant vers le centre de la ville, il les laissa continuer seuls le chemin qu'il leur avait indiqué. Ils le suivirent à une allure tranquille, trouvant plaisir à traverser ce morceau de forêt que l'automne habillait d'or et de pourpre. Le soleil allait vers son déclin et nimbait toute la campagne d'une gloire incandescente. Cette lumière faisait les couleurs irréelles et moirait de tons mauves l'eau tranquille de la Seine qui apparaissait au bout du long tunnel de branches et de feuilles. L'air était doux et Gilles, laissant la bride sur le cou de son cheval, trouva une sorte d'apaisement à son angoisse à se laisser porter ainsi au cœur même d'une nature qui se voulait suprêmement belle. Son cœur de paysan lui permettait de demeurer sensible aux splendeurs de la création...

Tim Thocker, pour sa part, regardait moins le doux paysage d'Ile-de-France que son ami, redevenu l'homme aperçu dans la foule trois jours plus tôt. En fait, il n'avait rien fait d'autre que l'observer depuis le matin mais, jusqu'à ce que l'on fût à Fontainebleau, Gilles, absorbé dans ses propres pensées, ne s'était pas aperçu de ce silencieux examen. Il en prit brusquement conscience lorsque Fersen eut disparu, emportant ses espoirs.

– Pourquoi me regardes-tu comme cela? dit-il soudain. Est-ce que, toi non plus, tu n'arrives pas à te faire à ma nouvelle tête?

– Que si, *my boy!* Je m'y fais très bien à ta nouvelle tête, tellement bien même que je m'en étonne moi-même et que je cherche à comprendre.

– J'ai donc vraiment l'air d'un Américain?

– D'un Américain, je ne sais trop car, au fond, je n'ai jamais vu grande différence entre nous autres et tous ces braves jeunes hommes qui sont venus d'Europe pour nous donner un coup de main. Il y a des Américains bruns, blonds, roux, certains avec la peau foncée, d'autres avec la peau claire. D'ailleurs, au fond, les seuls vrais Américains, ce sont nos frères indiens. Tous les autres, moi y compris, nous ne sommes que des descendants de Hollandais, d'Anglais, d'Irlandais, de Français, etc. Non, ce qui me frappe, c'est que tu aies tellement l'air d'un marin et que tu sois entré si aisément dans la peau de ce vieux John Vaughan. Parole d'homme, tu n'aurais aucune peine, si tu revenais comme ça au pays, à te faire passer pour un fils à lui qu'il aurait eu quelque part dans le vaste monde.

– Le vieux John Vaughan ? Tu le connaissais ?

Tim secoua ses vastes épaules qui, privées de leur tunique de daim culotté, semblaient singulièrement à l'étroit dans les limites bien coupées d'un habit citadin.

– Il était de Providence, moi je suis de Stillborough, ce n'est pas tellement loin et puis mon père, le pasteur, était je crois bien le seul être au monde que le captain Vaughan consentît à voir quand il était à terre, ce qui n'était pas souvent. Il avait une vieille bâtisse pleine de courants d'air et de bouteilles vides sur l'estuaire de la Pawtucket River et il y venait de temps en temps quand la *Susquehanna* avait besoin d'un coup de radoub. Mon père m'y a emmené un jour et c'est là que je l'ai vu : un grand type maigre, avec une barbe en collier, d'énormes sourcils sous lesquels il était à peu près impossible de voir la couleur de ses yeux, l'air teigneux comme c'est pas permis et à peu près aussi bavard qu'un saumon. Comme, quand il était à terre, il passait son temps à pinter, il ne disait pas dix paroles par heure et comme, en général, il les empruntait à la Bible, il n'y avait jamais personne pour lui porter la contradiction.

– Pourtant, avec ton père il parlait bien de quelque chose ? dit Gilles, intéressé malgré lui par cette histoire de l'homme qu'on l'avait chargé de ressusciter.

– Justement, de la Bible ! Le vieux la connaissait aussi bien que mon père et, quand il était bien luné et à jeun, le captain pouvait passer des heures à commenter un simple verset. A dix paroles par heure, tu vois ce que ça pouvait donner, conclut Tim en riant.

– Curieux que tu l'aies connu ! dit Gilles. Mais alors, est-ce que cela ne te gêne pas un peu de voir que j'ai pris son identité ?

– Me choquer ? Pourquoi donc ? Un fils comme toi, ça aurait été la plus belle chose qui aurait pu lui arriver et je suis sûr que là où il est, il est content. Et même, je vais te dire : de te voir comme ça, ça m'a donné une idée, j'y pense depuis ce matin.

– Laquelle ?

– Dans quinze jours, trois semaines, je vais repartir pour le Congrès avec les dépêches de M. Jefferson. Pourquoi ne viendrais-tu pas avec moi ? Pourquoi ne deviendrais-tu pas réellement John Vaughan junior ? Si j'ai bien compris, ça ne va pas tellement bien pour toi, ici ? Quant à ta femme, si tu arrives à la tirer du fichu pétrin où elle s'est fourrée, j'ai comme une idée que la largeur de l'Atlantique ne serait pas de trop pour la mettre définitivement à l'abri. Qu'est-ce que tu en penses ?

– C'est drôle... fit Gilles songeur. C'est drôle surtout que tu me dises ça à propos de cette tête qu'on m'a faite. Parce que la première fois que je me suis trouvé en face d'elle, devant une glace à l'hôtel White, j'ai été pris d'une terrible envie de tout laisser en plan ici, de repartir là-bas pour tout recommencer, pour tout oublier.

– Tu vois ? triompha Tim. C'était ce que ma sainte mère appelait une prémonition. Elle disait aussi qu'il fallait toujours en tenir compte. Alors, tu viens ?

– Je ne sais pas. Ça, c'était quand je croyais que Judith ne voulait plus de moi et m'oubliait. C'était, au fond, une attitude de commande, d'autant que les vieux souvenirs revenaient... A toi qui es mon plus vieil ami, je peux bien le dire : quand ce désir m'est venu, ce n'était pas à Judith que je pensais. C'était... à Sitapanoki ! Je voulais la revoir. Tu ne peux pas savoir à quel point j'ai eu envie de la rejoindre, à cette minute-là...

Le pas paisible des chevaux froissant les feuilles mortes troubla seul le silence qui s'établit alors. Une flèche de soleil caressant les branches encore garnies d'un grand peuplier tout doré y fit vibrer la nuance exacte des yeux de la princesse indienne. Tim toussa et, très vite, comme quelqu'un qui se décide après une mûre réflexion, il dit :

– Tu ne pourrais plus la rejoindre. Sitapanoki est

morte... il y a longtemps déjà mais je ne l'ai su qu'il y a six mois environ.

– Morte !

Même après l'avoir prononcé, Gilles ne parvenait pas à donner sa pleine signification à ce mot terrible. Accolé au nom de Sitapanoki, il semblait absurde, incongru, presque inconvenant. Elle était peut-être la plus belle créature jamais née de la femme, si radieusement belle que son éclat n'appartenait peut-être pas tout à fait à la terre et que, pour qui ne l'avait pas approchée dans la réalité vivante et chaude de sa chair, elle devait apparaître semblable à quelque fille des dieux, égarée un instant parmi les mortels. A présent, la légende l'avait réclamée tout entière... mais morte, non ! Le même mot ne pouvait pas être appliqué à la pauvre charogne de n'importe quel être humain fait de chair et de sang et à la divinité qui avait dû surgir un matin de l'écume d'un torrent fécondée par le soleil...

Non sans surprise, Gilles découvrait qu'il n'éprouvait pas vraiment de chagrin mais quelque chose qui ressemblait assez à un égoïste soulagement. Le souvenir, parfois torturant, de celle qui s'était détournée de lui pour s'en aller vers la couche de l'ennemi ne viendrait plus troubler certaines de ses nuits, s'interposer avec arrogance entre lui et Judith... La belle aventure indienne allait entrer définitivement dans les limbes brumeuses des amours passées....

Pourquoi fallut-il, alors, qu'il posât à Tim une question de trop ?

– De quoi est-elle morte ? Le sais-tu ?...

Tim fit signe que oui puis, détournant la tête :

– Elle est morte d'une fièvre de lait, environ neuf mois après avoir rejoint le camp de Cornplanter. Elle venait de mettre au monde un enfant... un garçon qui avait la peau brune mais les cheveux blonds et les yeux bleus.

En dépit de sa maîtrise de lui-même, Gilles eut un mouvement si brusque que son cheval fit un écart et manqua le jeter au fossé. Il le ramena, machinalement, dans le droit chemin puis tourna vers le profil immobile de son ami un visage brusquement décoloré :

– Qu'est-ce que tu viens de dire ?

– Je n'ai rien dit. Tu m'as demandé comment est morte la fille du dernier sagamore des Algonquins et je t'ai répondu.

– Mais l'enfant... Qu'est devenu l'enfant ? Vit-il ?

– Celui qui m'a raconté l'histoire m'a dit que c'était un bel enfant, déjà vigoureux, et que Cornplanter le traitait mieux que ses autres fils car il voit en lui un cadeau du Grand Esprit, le fils du Soleil et de la Lune en quelque sorte et il pense que les dieux le lui ont envoyé pour régner un jour, non seulement sur les Six Nations iroquoises mais aussi sur les autres races indiennes, sur les derniers Algonquins enfins ralliés, et pourquoi pas sur les Blancs... Peut-être a-t-il raison, d'ailleurs... peut-être que cet enfant est promis à un grand destin ?

– Un fils... murmura Gilles bouleversé, j'ai un fils.

Le mot, si nouveau pour lui, si lourd d'orgueil et de joie profonde, le grisait. Jamais encore il n'avait éprouvé chose semblable. Il se sentait un peu ivre tout à coup mais sans pour autant perdre complètement le sens des réalités. En lui-même il calculait que l'enfant devait avoir trois ans, que c'était déjà un homme en réduction... et l'idée lui était insupportable de le savoir aux mains du Planteur de Maïs. Non sans un brin de perfidie, d'ailleurs, Tim corrigeait déjà les mots de son triomphe.

– Cornplanter a un fils, dit-il placidement... à moins qu'un autre guerrier ne vienne le réclamer pour sien. Viendras-tu ? Quand les neiges de l'hiver auront recouvert la vallée du Mohawk, il sera difficile d'approcher des feux de cuisine du sachem. Sa puissance est grande et ses guerriers nombreux.

Le regard dont Gilles l'enveloppa était lourd de reproches.

– Tu n'aurais pas dû me dire tout cela, Tim... pas encore car j'ai besoin de garder l'esprit clair et le cœur libre. Si rien ne s'y opposait, je te jure, sur l'honneur de mon père et sur mon âme, qu'aucune force, aucune loi humaine ne pourrait m'empêcher de partir avec toi. Mais je ne m'appartiens pas... tout au moins tant que je n'aurai pas repris celle que Dieu m'a donnée. Jusque-là, je te demande, sur notre amitié, de ne jamais me parler du fils de Sitapanoki...

– Pourquoi parlerais-je encore ? Je ne sais rien de plus...

Ils avaient rejoint la Seine. Rousse et violette, elle baignait un village aux maisons blanches, aux toits bruns, aux murs garnis de somptueuses treilles en espaliers. Après l'agitation de Fontainebleau, ce village paraissait étonnamment paisible, étendu dans la douceur de cette fin de journée, sous l'égrènement des premiers tintements de l'angélus. De sa houssine, Gilles désigna une grande enseigne hardiment peinturlurée qui grinçait dans le vent du soir au-dessus d'une porte basse.

– Voilà le Grand Pressoir, dit-il d'une voix qu'il s'efforçait de rendre naturelle et calme en dépit du bouleversement secret de son cœur où s'abritaient à la fois l'enfer et le paradis. Espérons que l'attente ne sera pas trop longue...

Ce n'est que le lendemain soir, alors qu'il était déjà assez tard, que la longue silhouette de Fersen s'encadra au seuil de la chambre où Gilles, de plus en plus nerveux, faisait les cent pas tandis que Tim, accroupi près de la cheminée, grillait des châtaignes. Soudain immobile, le chevalier chercha des yeux le regard du Suédois.

– Alors ? demanda-t-il seulement.

Fersen rejeta en arrière son manteau de cheval, ôta ses gants et vint tendre à la flamme ses longues mains blanches dont il prenait le plus grand soin.

– Je ne peux rien te dire. La Reine veut te voir.

Gilles fronça le sourcil.

– Pourquoi ? Ne lui as-tu pas dit...

– J'ai dit tout ce que je pouvais dire. Elle ne m'a donné aucune autre réponse que ce que je viens de dire : elle veut te voir.

– Je n'aime guère cela... Elle a trop d'amitié pour toi sans doute, pour te charger d'une mauvaise commission. Qu'importe ! je verrai donc Sa Majesté puisqu'elle l'ordonne. Dis-moi seulement où et quand ?

– Il y a bal ce soir, au palais. Je dois te conduire vers minuit dans le Parterre. C'est là que tu la rencontreras. Et comme cela nous laisse plus de deux heures, je ne serais pas fâché de goûter le vin de la maison que Tim trouve si bon accompagné de quelque nourriture car je meurs de faim. Si tu veux tout savoir, je n'ai rien mangé depuis hier soir.

– Comment cela ? fit Tim en lui offrant gracieusement une châtaigne brûlante piquée sur une fourchette. Ton prince et ta duchesse ne t'ont pas nourri ?

– Mgr d'Artois qui me loge gracieusement dans une mansarde sous ses toits m'a nourri hier soir mais aujourd'hui je n'ai décroché aucune invitation. Le prince chassait avec le Roi, toute la Cour était en forêt et les auberges beaucoup trop pleines. N'oublie pas que moi aussi je suis ici en contrebande.

– Tu n'avais pas besoin d'en dire tant pour que je t'invite à souper, dit Gilles. Je dois tous les égards à mon messager. Descendons. Je crois que tu ne seras pas mécontent de la maison...

Il était un peu plus de 11 heures et demie quand Tournemine et Fersen, après avoir traversé Ablon endormie, pénétrèrent dans le parc du château par la Porte Rouge et laissèrent leurs chevaux au corps de garde. On leur avait ouvert sans difficulté quand le Suédois eut donné le mot de passe de la nuit. D'un pas rapide, car il s'en fallait d'un bon quart de lieue qu'ils n'atteignent le Parterre, ils suivirent le long canal étiré à travers le parc jusqu'à la héronnière du roi François Ier et jusqu'aux Cascades dont les eaux moussaient dans un large bassin. Personne ne croisa leur chemin qu'ils accomplirent dans le plus grand silence, simplement parce qu'ils n'avaient pas envie de parler. Tout en marchant ils se contentaient de regarder le palais grandir devant eux avec ses fenêtres brillantes et ses grands toits pentus dont les ardoises fines luisaient doucement sous la lumière timide d'un croissant de lune accroché au plus haut d'entre eux.

Près des Cascades, un escalier les conduisit à la terrasse entourant le Parterre, vaste jardin carré de trois hectares ordonné et brodé comme un tapis précieux par les jardiniers du Grand Siècle. Des arbres bien taillés cernaient cette terrasse qu'une large avenue plantée d'une double rangée de grands tilleuls séparait de l'étang des Carpes.

Cette nuit, le Parterre offrait un spectacle féerique grâce aux flots de lumière déversée par les hautes fenêtres de la salle de bal qui dominaient l'un de ses angles, grâce aussi aux cordons de petites lampes qui jouaient les lucioles parmi ses festons et ses astragales de verdure. La musique affaiblie d'un menuet accompagnait à merveille la chanson grêle de la fontaine centrale, représentant un Tibre de bronze divinisé par le ciseau génial du Primatice.

Toujours sans un mot, Fersen conduisit son ami jusqu'à l'épaisse frange de tilleuls qui étalait son ombre entre la féerie du Parterre et les reflets argentés de l'étang. Ils atteignirent cette zone obscure au moment précis où minuit sonnait simultanément à l'horloge du palais et à l'église voisine.

– Nous sommes exacts, chuchota Fersen, mais peut-être aurons-nous à patienter un moment. Bien sûr, la Reine m'a dit qu'elle se retirerait avant minuit mais on ne peut...

Il se tut soudain, tendant l'oreille. Comme pour lui donner un démenti un bruit léger de pas et de soies froissées arrivait sous l'ombre des arbres. Deux femmes approchaient, couvertes toutes deux de grandes mantes de soie ouatée destinées à les défendre de la fraîcheur de la nuit et des eaux plus qu'à les dissimuler car celle qui marchait en avant, plus grande et plus majestueuse que sa compagne, érigeait au-dessus des plis sombres du vêtement une tête fière dont la haute coiffure blanche scintillait de diamants et irradiait sa propre lumière. D'autres diamants cousus au tissu neigeux de la robe jetaient leurs feux par instants lorsque le mouvement de la marche écartait davantage les pans de la mante déjà étalés par la largeur des paniers.

Derrière cette lumineuse apparition une autre venait, sacrifiée... car les deux hommes ne virent que la Reine.

Lorsqu'elle approcha d'eux, Gilles, lentement, ôta son chapeau et mit un genou en terre tandis que Fersen se pliait en deux et balayait de son tricorne noir le sable de l'allée. Ce fut à lui que Marie-Antoinette s'adressa en premier : lui désignant du bout de son éventail sa compagne restée respectueusement en arrière, elle ordonna :

– Monsieur de Fersen, voilà Mme de Polignac qui meurt d'envie de faire quelques pas le long de ce bel étang que nous aimons autant l'une que l'autre. Voulez-vous l'accompagner ?... Sans toutefois vous éloigner par trop. Ce ne sera pas très long.

Avec un nouveau salut, Fersen s'éloigna et rejoignit l'amie de la Reine. Leur double silhouette disparut instantanément derrière les arbres. La Reine, qui les avait regardés s'éloigner, se tourna alors vers Tournemine toujours à demi agenouillé.

– Relevez-vous, chevalier ! Cette pose de suppliant ne saurait convenir à l'homme qui a sauvé le bonheur de son Roi et l'espoir du royaume.

– Madame, murmura-t-il sans obéir, le crime de celle dont je viens implorer la grâce est de ceux qui ne permettent d'approcher la Reine qu'à genoux. M'y voici donc !

– Votre délicatesse vous honore mais je vous prie cependant de vous relever afin que nous puissions faire quelques pas. Outre l'inconfort de cette posture, comme dirait mon beau-frère d'Artois qui se pique d'anglomanie, elle pourrait éveiller des curiosités intempestives si d'aventure on nous voyait. Allons jusqu'à cette charmille, voulez-vous ?

Elle y alla, suivie à trois pas par Gilles qui ne savait trop comment augurer de la suite. La Reine semblait infiniment gracieuse mais cela ne signifiait nullement qu'elle se laisserait fléchir. Parvenue à destination, elle s'assit sur un banc de pierre disposé non loin des grands bassins qui fermaient le Parterre vers le sud.

– Si je ne me suis pas contentée de ce que m'a dit le comte de Fersen et si j'ai voulu vous voir, chevalier, dit-elle en relevant vers le jeune homme sa tête scintillante, c'est afin que vous éclairiez pour moi certains points fort obscurs de cette triste affaire, points que le comte était parfaitement incapable d'expliquer.

– Que la Reine daigne interroger ! Je ferai de mon mieux pour lui répondre.

Elle approuva d'un hochement de tête qui alluma plusieurs étoiles dans ses cheveux.

– Je n'en doute pas. Eh bien, dites-moi donc, pour commencer, comment il se fait que vous soyez là, devant moi, bien vivant alors que l'on vous croit mort ? J'ai su que l'on vous avait arrêté... pour complicité avec ce misérable prélat traître et félon à ses souverains ce qui, je ne vous le cache pas, m'a beaucoup surprise et un peu peinée car je croyais à votre dévouement. Non ! laissez-moi parler ! On vous arrête donc, on vous jette à la Bastille d'où vous tentez de vous évader. Malheureusement pour vous, tandis que vous descendez le long d'une tour, une sentinelle vous surprend, tire sur vous et vous abat. On retrouve dans le fossé votre cadavre assez défiguré d'ailleurs, que l'on renvoie en Bretagne afin que vous y dormiez dans la terre de vos ancêtres... et brusquement, quelques semaines plus tard vous surgissez de la mort pour révéler à M. de Fersen, qui d'ailleurs ne rêvait que de vous tuer, le plus noir complot jamais ourdi contre une femme et ses enfants. Il y a là quelque chose d'inexplicable, vous en conviendrez... un secret sans doute ?

– Un secret, oui, Madame, et qui ne m'appartient pas.

– A qui donc alors ? On peut tout dire à la Reine.

– Certes, Madame... Sauf peut-être ce qui est au Roi ! La Reine sait, depuis longtemps, que je lui suis dévoué corps et âme, que...

– Que vous l'aimez beaucoup, je sais... bien plus que vous n'aimez la Reine, n'est-ce pas ? ajouta-t-elle avec une pointe dc mélancolie.

– Comment pourrait-on ne pas aimer la Reine ? dit Gilles doucement. Votre Majesté se trompe et mon dévouement est aussi grand envers elle...

– Vous venez de le prouver amplement, ne fût-ce qu'en sortant de votre cachette ce qui a mis vraisemblablement vos jours en péril, j'imagine...

– Plus ou moins, mais bien moins que ceux de ma femme. Si je demeurais vivant, c'était elle qui devait mourir. Voilà pourquoi j'ai accepté de passer pour mort.

– Et qui donc la menaçait ?...

– Celui qui menace tous ceux qui se dévouent pour que vivent le Roi et la Reine...

– Monsieur !... Tenez, chevalier, vous disiez à l'instant : comment peut-on ne pas aimer la Reine ? Vous devriez demander à Monsieur. C'est une chose qu'il fait en perfection. Bien, soupira-t-elle. Voilà un premier point éclairci. A présent... j'ai une autre question à vous poser : On m'a dit que cette malheureuse folle, cette femme qui s'est dressée devant moi l'autre matin, l'insulte à la bouche, et qui devait faire sauter mon bateau, était votre épouse...

– En effet !

– Mais... en êtes-vous bien certain ? Etes-vous sûr de ne pas être victime d'une ressemblance ?...

– C'est à mon tour de ne plus comprendre. La Reine veut-elle me faire la grâce de s'expliquer ?

– Je vais essayer. Ecoutez... je me suis crue, à cette minute, l'objet d'une hallucination. La femme que j'ai vue était jeune, belle, élégante. Elle avait de magnifiques cheveux roux mais son visage... ah! son visage était celui d'une autre femme, d'une femme dont vous êtes venu un jour, à Trianon, me dire qu'il fallait me défier.

– Je comprends à présent pourquoi, en la voyant, Votre Majesté a crié, dit Gilles tristement. C'est vrai, Mme de Tournemine ressemble un peu à Mme de La Motte, et la première fois que j'ai vu cette dernière dans le parc de Versailles, je m'y suis trompé un moment. J'avoue à la Reine que j'avais oublié cette circonstance et j'imagine, avec chagrin, que cette ressemblance constitue une charge de plus?

– J'ai cru un instant... Dieu sait quoi! Que la comtesse s'était enfuie de la Bastille... ou même que j'étais en train de perdre la raison. Je crois que, d'une pareille femme, on peut attendre n'importe quel méfait, n'importe quelle diablerie... Ainsi donc, sur votre honneur, vous m'assurez que vous ne vous trompez pas, qu'il s'agit bien de votre femme?

– Sur mon honneur, oui, Madame, fit le chevalier avec une lourde tristesse... sur cet honneur dont il ne restera rien lorsque la hache du bourreau sera passée si la Reine refuse de faire grâce. Je serai, pour jamais, l'époux d'une régicide.

– Non pas. Cette femme, quand on l'a arrêtée, a refusé de dire son nom, elle mourrait peut-être sans le dire... Mais, à présent, j'ai une troisième question à vous poser : ce sera la dernière : l'aimez-vous?

– Si je l'aime? Oh, Madame! Est-ce que Votre Majesté ne le devine pas à mon angoisse, à mon chagrin? Si Judith meurt, je disparaîtrai...

Mais la Reine ne l'écoutait que distraitement, préférant suivre le cheminement capricieux de sa propre pensée.

– Judith?... Ainsi, c'est là son nom? Il lui va bien. C'est celui de la vengeance, celui d'une héroïne sans pitié, sans faiblesse et, en l'occurrence, d'une femme qui me hait. Pourquoi donc me hait-elle à ce point?

Gilles bénit le faible éclairage qui cacha la brusque rougeur qui était montée à son visage.

– Parce qu'elle me croit mort à cause de Votre Majesté... et aussi parce qu'elle croit que j'aime trop la Reine...

Il y eut un petit silence puis Marie-Antoinette murmura tristement :

– En d'autres termes, elle vous croit mon amant, n'est-ce pas ? Pourquoi pas, après tout ? On m'en prête déjà tellement !... Coigny, Vaudreuil, Lauzun, Dillon, Liancourt, l'ambassadeur anglais Dorset, Romantzoff, lord Seymour, le duc de Guines; d'autres encore ! Pourquoi donc pas vous ? Vous êtes beau et vaillant : tout ce qu'il faut pour séduire une reine, n'est-il pas vrai ?

– Madame, Madame ! supplia Gilles, inquiet de la voir s'aigrir mais qui n'avait pu s'empêcher de constater tout de même qu'un seul nom n'était pas venu et que c'était justement celui de Fersen, j'implore la Reine de ne pas ajouter à ma confusion...

– Je le veux bien. A une condition pourtant ! Vous me direz très franchement d'où cette folle a tiré une telle certitude. Ne me cachez rien, je veux tout savoir...

– Mais... l'histoire peut être longue !

– J'ai tout mon temps. Allons, chevalier, parlez ! Je le veux.

Il fallut bien s'exécuter. Le plus rapidement qu'il put, Gilles retraça l'histoire de son amour pour Judith, raconta le cauchemar vécu par la malheureuse dans la nuit de Trécesson, comment ils s'étaient retrouvés, puis reperdus, puis à nouveau retrouvés, le grand bonheur qu'avait été leur mariage et tous les espoirs qu'ils avaient fondés sur leurs espérances de vie commune, leur désir de gagner les terres vierges d'Amérique pour arracher définitivement Judith à ses terribles souvenirs, à l'influence étrange que Cagliostro avait prise sur son esprit, à celle plus dangereuse encore du comte de Provence, enfin ce qui s'était passé au soir de ce jour si joyeux et le désastre qui avait suivi...

Il se borna seulement à taire, courtoisement, le nom

de celle qui avait causé ce désastre. Outre qu'un galant homme ne se vante pas de ses amours, Anne de Balbi s'était rachetée quelque peu en trahissant Provence. Mais, naturellement, ce mutisme appelait une question qui vint aussitôt.

– Qui avez-vous trouvé dans ce moulin ?

– La Reine ne sait-elle pas qu'un nom de femme ne se doit jamais prononcer quand il s'agit d'amour ?

La fameuse lèvre autrichienne se fit si dédaigneuse que Marie-Antoinette s'en trouva soudain enlaidie.

– Je pourrais exiger, monsieur. Un bon serviteur ne doit pas avoir de secrets pour son maître.

– Un valet, peut-être, Madame... encore qu'un valet soit homme et ait droit à sa dignité. Mais le cœur d'un gentilhomme doit pouvoir garder non seulement ses propres secrets... mais aussi ceux des autres.

Peut-être n'y mit-il pas d'intention, peut-être fut-ce simple maladresse mais la Reine rougit, détourna la tête et ne répondit rien, songeant sans doute que ce garçon connaissait son secret à elle, depuis longtemps déjà, qu'il ne s'en était jamais prévalu... et qu'au moins cela lui donnait le droit de conserver les siens propres.

Comme le silence s'éternisait, risquait de devenir gênant, Gilles osa reprendre, le premier, la parole, au mépris de toute étiquette.

– Madame, pria-t-il d'une voix basse et ardente, la Reine veut-elle bien mettre fin à mon supplice et me dire si elle consent à pardonner, à me rendre cette malheureuse enfant coupable de s'être fait l'instrument d'une culpabilité plus haute ? Ce n'est pas elle qui voulait tuer, pas vraiment tout au moins. On a exploité habilement sa souffrance, son orgueil blessé, sa...

– Sa sottise, chevalier ! Pourquoi ne pas voir les choses telles qu'elles sont ? Dans tout ce que vous m'avez raconté, je cherche vainement une preuve d'amour, d'amour réel de la part de cette Judith. Elle avait promis de vous attendre lorsque vous êtes parti pour l'Amérique, elle ne l'a pas fait. Qu'elle en ait été abominablement punie, je ne le nie pas mais c'est un fait : elle s'était mariée. Quand vous l'avez retrouvée, alors au pouvoir de ce charlatan de Cagliostro, est-elle venue vers vous ? Non... elle a menacé de lâcher des chiens sur vous et, quand enfin elle a cherché refuge dans votre maison, c'est parce qu'elle ne savait plus où aller, quand son maître bien-aimé a été arrêté...

– Elle est venue aussi... du moins, je le crois, parce qu'elle m'aimait. Nous nous sommes mariés, d'ailleurs...

– Soit, vous vous êtes mariés mais vous m'accorderez qu'elle n'a pas mieux supporté l'épreuve suivante que les précédentes. Elle vous aime, dites-vous ? Et cependant elle n'a pas hésité à croire la lettre mensongère touchant vos relations avec moi, elle n'a pas eu la patience d'attendre quelques jours pour avoir avec vous une franche explication. Non ! Elle n'était même pas certaine que vous soyez encore vivant et pourtant elle est partie, elle s'est enfuie et pour aller où ? Pour courir se réfugier chez l'homme dont elle savait bien qu'il est votre pire ennemi. Elle n'a pas mis en doute une seule seconde votre culpabilité... et vous dites qu'elle vous aime ?

– Madame, Madame ! gémit Gilles, bouleversé par l'implacable logique de la souveraine. Comment douter de son amour après ce qu'elle a voulu faire : tuer parce qu'elle me croyait mort...

– Non : tuer sa rivale pour qu'au moins la victoire finale lui appartienne jusque par-delà la mort ! Monsieur de Tournemine, cette femme-là ne vous mérite pas.

– Peut-être... oui peut-être Votre Majesté a-t-elle raison, peut-être ne m'a-t-elle jamais aimé vraiment. Mais il n'empêche, Madame, que je l'aime et que je ne peux pas supporter l'idée de sa mort prochaine.

– Aussi ne mourra-t-elle point.

– Vrai ? Ah, Madame !... Ah Majesté ! Quelle joie ! Quel merveilleux soulagement ! Comme la Reine est bonne !...

Un élan venait de le rejeter à genoux auprès du banc

où était assise la Reine, prêt à baiser l'ourlet de la fastueuse robe blanche mais elle l'en empêcha.

– Attendez, chevalier! Je n'ai pas fini. Elle ne mourra pas et même, demain j'obtiendrai du Roi qu'on lui fasse quitter Vincennes... mais pas pour vous la rendre. Vous êtes vous-même en danger et plus encore à présent que l'attentat a échoué. Vous devez vivre caché. Si elle vous sait vivant, elle vous mettra tôt ou tard en péril car, de femmes qui savent se taire, je n'en connais pas.

– Mais nous pouvons partir très loin, nous expatrier...

– En effet. Mais alors, chevalier, vous sacrifierez peut-être votre Roi, votre Roi sur lequel vous avez juré de veiller, à une femme qui, je le répète, ne vous mérite pas et en qui, moi, je n'ai pas confiance. Elle devra donc continuer de vous croire mort et vous, vous devrez me donner votre parole de ne pas chercher à la revoir jusqu'à ce que je vous en donne permission...

La condition était rude mais c'était déjà un magnifique résultat qu'avoir obtenu vie sauve et libération pour la régicide en puissance. Gilles s'inclina sans oser protester davantage.

– Je rends grâce pour ce généreux pardon, Madame... mais la Reine consent-elle à me dire quel sort elle réserve à Mme de Tournemine?

– Aucun à Mme de Tournemine que je ne connais pas, qui n'est pas encore née. Quant à cette jeune femme que vous nommez Judith, elle quittera la prison pour un couvent de mon choix... rassurez-vous : un excellent couvent, peut-être un chapitre de chanoinesses où elle mènera une vie convenable. Je veux voir comment elle supportera son veuvage... et si, enfin, elle se décidera à devenir digne de l'amour d'un homme tel que vous. Car elle sera surveillée de près. Alors, peut-être vous rendrai-je un jour, de ma main, celle qui sera vraiment Mme de Tournemine... Ah! mon Dieu, que vous m'avez fait peur...

Ces derniers mots s'adressaient à un homme qui

venait de sortir de derrière l'arbre auquel s'appuyait le banc de la Reine, un homme qu'elle avait reconnu instantanément et qui n'était autre que le Roi.

– Ma foi, ma chère Antoinette, je vous en demande bien pardon, dit Louis XVI en faisant entendre ce gros rire qui lui était particulier quand il était gêné ou qu'il ne savait quoi dire. Mais j'étais là depuis un moment et j'ai pensé qu'il était temps que je me mêle de cet entretien plein d'intérêt. Le bonsoir, monsieur de Tournemine ! Je suis charmé de vous revoir en si bonne forme après tant d'aventures... et de vous dire l'extrême gratitude du Roi, du père et de l'époux...

– Mais, s'écria la Reine, scandalisée, vous espionniez ?

– Mon Dieu... oui ! Ce n'est pas d'hier que je sais tout le profit que l'on peut tirer à écouter les conversations qui ne vous sont pas particulièrement destinées. Demandez plutôt à Monsieur mon frère. Il fait cela à merveille... Mais revenons à vous, ma chère amie, qui me regardez comme si je passais mon temps l'oreille collée à vos serrures. Voyez-vous, quand on veut tenir ses audiences secrètes, on les donne au fond d'un bois parfaitement obscur, non dans un jardin où il y a quelque lumière et surtout pas en grand habit de cour avec le Sancy dans les cheveux et une douzaine de Mazarins autour du cou. Je vous ai aperçue d'assez loin et j'ai voulu savoir qui vous retenait ainsi au fond du jardin.

– Bien ! fit la Reine avec un mouvement d'épaules agacé. Voilà l'explication. A présent, Sire, me direz-vous pour quelle raison vous avez jugé utile, à cet instant, d'intervenir ? Le jugement que je viens de rendre n'aurait-il pas votre agrément ? Je vous préviens...

– Là, là, là ! Ne montez pas sur vos grands chevaux ! Votre jugement est parfait et je ne demanderais pas mieux qu'y souscrire... si seulement c'était possible.

– Et pourquoi ne le serait-ce pas ? fit Marie-Antoinette avec hauteur.

– Pour une raison qu'il me faut bien vous apprendre à présent : la prisonnière n'est jamais arrivée à

Vincennes. Lorsque les solats en garnison à Melun sont arrivés à Sainte-Assise avec la voiture fermée commandée par le comte de Castellane qui ne pouvait détacher alors aucun des Gardes du Corps, ils ont appris que d'autres soldats et une autre voiture étaient déjà venus prendre livraison de la coupable. A présent, quels soldats, quelle voiture? Voilà ce qu'il faudrait savoir...

– Moi, je les ai vus, Sire, intervint Gilles. Une voiture peinte en rouge sombre, des soldats bleus et rouges montés et armés de carabines. Je me suis lancé à leur poursuite et l'un d'eux m'a tiré dessus. Mon cheval a été abattu sous moi et j'ai dû cesser toute poursuite.

– Quelle route ont-ils prise?

– Celle qui va vers Nandy et rejoint, à Lieusaint, la grande route menant de Melun à Paris... celle qui va vers Vincennes le plus directement...

Louis XVI haussa les épaules avec un petit rire totalement dépourvu de gaieté.

– ... et qui longe le parc de Brunoy! dit-il en conclusion. Allons, nous sommes des enfants et la stratégie de Monsieur est sans défaut! Il n'a sans doute rien voulu laisser au hasard et, voyant le coup manqué, il s'est arrangé pour empêcher son envoyée de parler. La tuer au milieu de ses gardes c'était proclamer que quelqu'un pouvait en avoir peur, donc que ce quelqu'un était derrière elle. L'enlever était plus simple, moins dangereux, car il ne reste plus de trace, très certainement, à l'heure qu'il est...

Un terrible silence tomba sur les trois personnages. Assommé par ce que sous-entendaient les dernières paroles du Roi, Gilles, oubliant tout ce qui l'entourait, venait de se laisser tomber sur le banc occupé précédemment par la Reine et, la tête dans ses mains, essayait désespérément de retrouver un semblant de sang-froid, une once de lucidité car il se sentait devenir fou. La vérité, à présent, lui apparaissait dans toute son horreur aveuglante : les hommes qui avaient enlevé Judith devant ses yeux, à la barbe d'un prince du sang, d'une foule et entre les murs mêmes d'un château appartenant aux Orléans n'étaient pas de ceux qui reculent devant un crime. N'avaient-ils pas tiré sur lui sans une hésitation ? Il n'y avait plus aucun doute possible : à cette heure, Judith était morte...

Une main appuyée sur son épaule le rappela à la réalité. Ce fut en relevant sur le Roi son visage inondé de larmes qu'il s'aperçut qu'il pleurait.

– Mon ami, dit Louis XVI avec bonté, ne vous désolez pas ainsi. J'ai dit qu'à cette heure sans doute il ne restait plus de trace mais j'entendais parler du carrosse et des soldats que l'on a dû escamoter. Je n'ai jamais dit que la jeune femme eût été abattue, et croyez-le, je ne le pense pas... A présent qu'elle est de nouveau en son pouvoir, Monsieur n'a plus à craindre qu'elle parle. En outre, c'est une arme précieuse qu'une femme à ce point déterminée. On ne se sépare pas d'une collaboratrice de cette valeur quand on a les ambitions... et la froide détermination de mon frère...

– Votre frère ! coupa la Reine avec indignation. Vous continuez à lui donner ce titre ? Enfin, Sire, ce misérable continue de tendre sous nos pieds des chausse-trapes telles qu'on pourrait douter de votre commune origine ! Vous êtes la bonté même tandis qu'il ne rêve qu'asseoir son règne dans votre sang et celui de vos enfants. En vérité, si l'on ne savait quelle sainte créature était votre auguste mère...

– Là... là ! Madame ! Tout beau ! Dans un instant vous allez mettre en doute la pureté de sa naissance et m'offenser à travers mes parents. Non, croyez-moi, il n'y a aucun doute, Monsieur est bien mon frère.

– Alors qu'il se comporte comme tel ! Et puisqu'il s'y refuse, c'est à vous d'agir, non plus comme un frère mais comme le maître que vous devriez être ! Frappez, que diable ! Envoyez à Brunoy votre capitaine des Gardes avec ses quatre Compagnies, vos Cent-Suisses, vos Gendarmes, vos Chevau-Légers, vos Grenadiers, vos Gardes-Françaises et la garnison de Paris tout entière s'il le faut, mais faites nettoyer ce nid de conspirateurs ! Et ce soir Monsieur, dûment enfermé à la Bastille en compagnie de ses âmes damnées, la Balbi, le Modène et l'odieux comte d'Antraigues, pourra y consulter les étoiles à loisir pour savoir quand tombera sur lui la hache du bourreau. Et nous, nous pourrons enfin dormir tranquilles.

– Madame, riposta froidement Louis XVI, je vous rappelle que la Bastille est pleine de gens dont certains ont cru pouvoir se dire de vos amis. Allons, ma chère Antoinette! ajouta-t-il plus doucement en voyant des larmes perler aux yeux bleus de sa femme, vous savez bien que ce rêve-là est impossible à réaliser. Outre que, pour prendre Brunoy il faudrait verser beaucoup de sang, nous n'avons aucune preuve tangible à fournir à la Haute Cour d'exception qu'il faudrait susciter pour juger un prince du sang.

– Mais, votre preuve, elle existe : c'est cette jeune femme. C'est elle qu'il faut reprendre... ne fût-ce que pour l'empêcher de nuire encore.

Le Roi haussa les épaules.

– Je gagerais ma couronne contre une poignée de châtaignes qu'on lui a trouvé, à cette heure, un refuge bien plus secret...

– Dites que vous ne voulez rien faire!

– Je ne peux rien faire. Cela a toujours été le sort des rois de devoir laisser se développer auprès d'eux les pires complots voilés sous le masque de l'affection fraternelle sans jamais frapper sous peine de soulever de graves troubles. Car, hélas, Monsieur a de nombreux partisans et je n'ignore pas que l'on pense, en maints lieux où l'on cultive l'esprit, qu'il ferait un roi bien meilleur que moi parce qu'il est beaucoup plus intelligent. Ne prolongeons pas davantage cette discussion, Madame, car, croyez-moi, elle ne peut mener à rien.

» Quant à vous, chevalier, ajouta-t-il en revenant à Gilles, sachez que le Roi partage votre angoisse et vous supplie de vous reprendre. Ceci n'est, vous le comprenez, qu'un épisode dans une lutte sournoise qui ne finira qu'avec Monsieur lui-même et qui devient chaque jour un peu plus dangereuse car Provence s'exaspère à voir que la couronne s'éloigne de lui davantage chaque fois qu'il naît un prince à la France. La famille royale a besoin que ses meilleurs serviteurs demeurent debout... et en vie. C'est pourquoi je vais exiger de vous une promesse.

Au prix d'un violent effort, Gilles réussit à s'incliner.

– Le Roi peut exiger, en effet...

– Non. Le terme a dépassé ma pensée, le Roi vous demande de renoncer au projet insensé qu'il sent germer dans votre esprit. Vous allez me promettre, monsieur de Tournemine, de ne rien tenter contre le château de Brunoy car vous n'y trouveriez rien, vous y perdriez sans doute la vie et moi un serviteur dévoué. Promettez-vous ?...

Comprenant que le combat était inutile, le jeune homme baissa la tête.

– Je promets, Sire... Quels sont mes ordres pour le moment ?

– Aucun. Rentrez seulement dans le silence... Ah ! pendant que j'y pense : comptez-vous conserver votre logement à l'hôtel White ?

– Le Roi sait cela ? dit Gilles surpris.

– Le Roi sait bien des choses qui vous surprendraient. Il faut que vous trouviez un logis indépendant, un appartement, une maison où il vous serait plus facile de vous défendre au cas où votre incognito serait percé... ce qui ne saurait manquer d'arriver si vous continuez à vous promener ainsi à visage découvert. Vous m'en ferez savoir l'adresse par qui vous savez. A présent, Madame, ajouta-t-il en se tournant vers la Reine, je vous donne le bonsoir et je vais me coucher. Rappelez donc M. de Fersen qui s'ennuie à mourir, près de l'étang, avec votre amie Polignac, et dites-lui qu'il ramène son camarade à Paris avec le plus de discrétion possible.

– Sire ! s'écria Marie-Antoinette devenue très rouge sous ses cheveux poudrés à frimas, vous me semblez ce soir avoir de bien bons yeux. C'est en effet M. de Fersen qui a conduit ici le chevalier...

Le Roi se mit à rire.

– Pourquoi tenez-vous tellement à m'expliquer ce que je sais ? Voyez-vous, ma chère Antoinette, je suis comme beaucoup de myopes : habitué à vivre dans le brouillard, je distingue fort bien les silhouettes et, tout compte fait, j'y vois plus clair qu'il n'y paraît. A bientôt, chevalier, je ne vous oublierai pas...

Un instant plus tard, il n'y avait plus, près de la charmille, que Tournemine et Fersen. Le Roi avait disparu aussi subitement qu'il était apparu et, sous l'ombre des tilleuls, les silhouettes gracieuses de la Reine et de son amie étaient en train de se fondre. Quand elles eurent tout à fait disparu Gilles alla vers le bassin voisin et, s'agenouillant sur la margelle, y trempa plusieurs fois son visage.

L'eau froide lui fit du bien. La lueur d'espoir que Louis XVI avait allumée en lui après sa crise de désespoir lui avait mis l'esprit en déroute. Après trois immersions, il retrouva des idées plus claires.

– Que vas-tu faire à présent ? demanda le Suédois en lui tendant un grand mouchoir pour éponger l'eau qui ruisselait sur son visage, ce que Gilles fit avec vigueur. Après quoi, découvrant des yeux redevenus clairs et pleins de détermination :

– Ce que je vais faire ? Mais obéir au Roi, ricana-t-il : rentrer à Paris, m'y trouver un logis et y faire venir Pongo dont je vais avoir le plus grand besoin. Ensuite, je chercherai Judith, je fouillerai, s'il le faut, chacun des repaires de ce maudit comte de Provence. Et si j'obtiens la certitude que Judith a été sacrifiée...

– Eh bien ?

– Je tuerai Monsieur ! dit froidement le chevalier. Ce sera encore le meilleur service que je pourrai jamais rendre au Roi... et à la France. Je me demande même, ajouta-t-il, si je ne devrais pas commencer par là...

« – Madame, il est charmant votre projet. Je viens d'y réfléchir. Il rapproche tout, termine tout, embrasse tout, et quelque chose qui arrive, mon mariage est maintenant certain. »

Suzanne se penchait pour baiser la main de la comtesse au milieu d'un tonnerre d'applaudissements tandis que le rideau se baissait sur le second acte du *Mariage de Figaro.*

Il se releva presque aussitôt sur les révérences des deux jeunes femmes qui jouaient les principaux rôles féminins de la célèbre comédie de Beaumarchais et l'enthousiasme de la salle grandit encore de quelques degrés tant elles avaient de grâce. Peut-être Louise Contat qui jouait Suzanne avait-elle plus d'éclat et de piquant avec son casaquin à basquine et son ample jupe à volants, mais Marie-Blanche Sainval, sous l'ample lévite(1) de soie blanche de la comtesse et sans autre coiffure que ses beaux cheveux avait, elle, tout le charme sensible de son rôle.

– Bravo ! Très, très joli ! criait Tim qui s'était dressé d'un bond dès la première salve d'applaudissements au risque de jeter par-dessus bord Gilles assis devant lui, et qui manifestait un enthousiasme d'autant plus chaleureux qu'il avait consciencieusement dormi depuis le début de l'acte.

– Vous appréciez à ce point la comédie de Pierre-Augustin, dit, en se tournant vers lui, Thérèse de Willermaulaz qui n'avait rien remarqué.

L'Américain devint rouge brique.

– Je... je ne pense pas très bien comprendre, dit-il dans son français hésitant, mais je trouver demoiselles très jolies... *indeed !*

(1) Robe d'intérieur ample en soie légère que portaient alors les élégantes.

– Eh bien, à la fin de la représentation, vous n'aurez qu'à demander à leur être présenté. Regardez : vous avez presque autant de succès qu'elles !

C'était vrai. Installés auprès de Thérèse, dans la loge que la Comédie-Française réservait toujours à l'auteur, les deux Américains faisaient incontestablement recette depuis leur entrée. Tim, gigantesque et hilare, toujours très homme des bois en dépit de ses vêtements occidentaux, et « John Vaughan », athlétique et sombre dans un habit de fin drap noir à la mode anglaise dont l'austérité n'était corrigée que par des boutons d'or guilloché et la mousse neigeuse d'une cravate sur laquelle s'élevait vigoureusement son visage au teint bronzé cerné d'une courte barbe brune, tous deux attiraient souvent les regards des femmes élégantes et parées qui emplissaient la belle salle neuve élevée sur l'ancien hôtel de Condé et que l'on avait inaugurée trois ans plus tôt (1).

Une salle pleine à craquer, comme chaque fois que l'on jouait *le Mariage* mais où l'on ne voyait guère de gens appartenant à la Cour à la seule exception du comte d'Artois qui, pour rien au monde, n'aurait laissé passer une occasion de voir la belle Contat, sa maîtresse, jouer ce rôle charmant de Suzanne. La Cour, en ce début de novembre, était encore à Fontainebleau où l'Autriche et la Hollande étaient en train de signer, sous la médiation de la France, un traité qui était l'œuvre à peu près exclusive de Marie-Antoinette, et qui terminait la désastreuse aventure des bouches de l'Escaut vieille d'un an déjà et n'arrangeait pas la popularité de la souveraine. On savait depuis six mois déjà que la Hollande serait contrainte d'offrir des excuses à l'Autriche pour une sombre histoire de brigantin canonné dans l'Escaut, des excuses et de l'argent parce que la Reine de France, manœuvrée depuis Vienne, avait obligé son époux à retirer ses propres troupes et à payer une partie de l'indemnité afin que les Hollandais

(1) C'est actuellement l'Odéon.

mortifiés ne crient pas trop fort. Depuis six mois déjà, Marie-Antoinette était devenue l'Autrichienne pour Paris où, dans les salons, grondait la colère des esprits éclairés.

C'est pourquoi, ce soir, la salle de la Comédie-Française débordait presque et, si Versailles était absent, Paris, lui, était là au grand complet avec, aux premiers rangs de l'orchestre, les « anciens d'Amérique », La Fayette, Lauzun, Noailles, Berthier, Lameth, tous ceux dont la coterie de la Reine ne voulait pas entendre parler et qui, déjà, s'emparaient petit à petit de l'esprit de la capitale. Et, aux entractes, les commentaires allaient bon train sur ce que l'on appelait déjà « l'infâme traité de Fontainebleau ».

Tous avaient regardé les Américains et si quelques saluts joyeux étaient montés vers Tim Thocker, aucun signe de reconnaissance ne s'était adressé à Gilles bien que tous ces hommes eussent combattu avec lui et qu'il en connût intimement quelques-uns.

– Je crois que l'épreuve est concluante, lui chuchota Thérèse sous l'abri de son éventail d'ivoire peint. Personne ne vous reconnaît...

C'était Pierre-Augustin qui avait eu l'idée de cette soirée au théâtre afin d'assurer plus solidement Gilles dans son nouveau personnage.

– Tant que l'on n'a pas affronté le double feu des chandelles et des regards d'une foule, on ne peut être sûr de son rôle, lui avait-il dit.

A son retour de Fontainebleau, c'était lui que le chevalier avait vu apparaître, dès le lendemain matin, à l'hôtel White où il était retourné pour obéir aux ordres du Roi comme il l'avait annoncé à Fersen. Beaumarchais apportait le signe tangible de la reconnaissance royale : un bon de caisse de vingt-cinq mille livres(1) sur la banque Thélusson qui allait permettre au pseudo-capitaine Vaughan de vivre convenablement et de tenir même un certain rang dans la société parisienne.

(1) Environ 130000 de nos francs.

– Vous voilà riche, ou presque, avait dit Pierre-Augustin en souriant. Le Roi désire, en outre, que des recherches soient effectuées auprès des Lloyd's de Londres pour savoir si la *Susquehanna* était cotée chez eux. Auquel cas il n'y aurait aucune raison pour que le nouveau capitaine Vaughan, héritier du bateau et de la charge de son père, n'obtienne pas dédommagement du naufrage. Ce n'est pas certain, évidemment, mais c'est une éventualité assez agréable à considérer. Qu'allez-vous faire de tout cet argent ?

– M'installer d'abord, comme le Roi l'ordonne, et tenter d'obtenir une certitude sur le sort de mon épouse... et puis profiter d'une aussi royale générosité pour essayer d'alléger un peu ma dette envers vous...

– Mais vous ne me devez rien, voyons ! protesta Beaumarchais.

– Allons donc ! Outre les risques courus, vous nous avez hébergés durant un grand mois, Pongo et moi. Vous nous avez nourris, vêtus, réconfortés, sauvés enfin ! Sans vous, rien de ce qui vient d'être fait n'eût été possible. Je serais encore à la Bastille, la Reine et ses enfants seraient peut-être morts. Vous voyez bien qu'en vous offrant de partager avec vous je ne fais que vous rendre justice, bien petitement encore... car ce secours que vous avez dispensé si largement, vous l'avez donné à un moment où vous deviez faire face à de graves difficultés financières. Alors, je vous en prie, Beaumarchais : acceptez ! Ne fût-ce que pour ne pas me couvrir de honte !

– Mais non ! Mais je ne veux pas ! Mais jamais de la vie ! Mettez-vous bien dans la tête, Tournemine, que le Roi m'a défrayé de tout ce que j'ai pu dépenser pour vous, que vous ne me devez rien... qu'un peu d'amitié si vous le jugez bon.

– Cela va de soi, mais enfin...

– Pas un mot de plus là-dessus, vous m'offenseriez ! Voyez-vous, mes dettes montent à un tel chiffre que votre offre généreuse s'y noierait... mais je vous sais gré infini de l'avoir faite. Je ne l'oublierai pas. Rassurez-vous d'ailleurs, se hâta-t-il d'ajouter en arrêtant le geste de protestation du chevalier, je viens d'en écrire à M. de Calonne et, en outre, mon ami le banquier Baudard de Saint James pense pouvoir venir à mon secours. Ainsi, installez-vous sans remords et forgez-vous des armes. Monsieur est un gibier coriace : la lutte sera longue, peut-être mortelle...

Sans plus tarder, Gilles s'était mis à la recherche du logis souhaité. Il l'avait trouvé très vite, grâce à Tim qui habitait la pension de la veuve Saint-Hilaire rue du Bac, dans une dépendance de l'ancien hôtel du financier Samuel Bernard où un bel appartement, donnant sur jardin, et des écuries lui avaient été loués pour trois cents livres par semestre.

Ceci fait, il s'était hâté de courir à Senlis afin d'en ramener Pongo dont l'absence lui pesait étrangement. Tout le long du chemin il s'était demandé ce que Préville avait bien pu en faire mais le résultat dépassa ses espérances quand il vit s'avancer vers lui et s'incliner silencieusement, bras croisés sur sa poitrine, un personnage enturbanné de blanc, vêtu d'une sorte de redingote de soie vert sombre brodée ton sur ton et arborant, à la manière des Sikhs musulmans, une arrogante moustache et une barbe épaisse roulée autour du visage dans un petit filet.

– Vous m'avez laissé un Indien des Indes Occidentales, expliqua Préville qui jouissait visiblement de sa surprise, je vous rends un Indien des Grandes Indes Orientales. Personne ne s'étonnera de voir un navigateur américain, habitué à bourlinguer aussi bien en Atlantique qu'en océan Indien, flanqué d'un serviteur récupéré quelque part sur les côtes de Malabar ou de Coromandel. Il est étonnant d'ailleurs de constater combien les vêtements de l'homme du Levant conviennent à celui de l'Occident...

Préville avait raison. En s'installant rue du Bac, Gilles constata que la curiosité soulevée par Pongo était somme toute assez discrète. Dans ce quartier aristocratique où les serviteurs noirs ou café au lait étaient nombreux et déambulaient dans des costumes empruntés directement au répertoire de l'Opéra ou de la Comédie-Française, la lévite sombre et le turban blanc de l'Indien se révélaient plutôt discrets auprès de certains fantastiques accoutrements. Pongo s'était d'ailleurs introduit dans son nouveau personnage avec une autorité remarquable et, sans ses longues incisives que le sourire découvrait largement lorsqu'il était seul avec son maître, celui-ci aurait eu parfois quelque peine à le reconnaître.

– Pongo très content, déclara-t-il dès leur réunion. Costume beaucoup plus joli et confortable que triste équipement européen, et ridicule perruque qui gratte...

La maison fut vite montée. Promu au rang de maître d'hôtel à tout faire, Pongo s'empara de la cuisine, tolérant de justesse deux femmes du quartier pour le ménage, le travail de l'écurie et du jardin étant assuré par le personnel du fermier-général de Boulogne, propriétaire de l'hôtel Bernard et avec lequel John Vaughan avait conclu un arrangement. Mais une écurie ne se concevant qu'habitée par un ou plusieurs chevaux, Gilles s'en alla au marché aux Chevaux, acheter une monture pour Pongo et lui confia une première mission : aller droit à Versailles, nanti de deux lettres : l'une pour l'excellente Marguerite Marjon, l'autre destinée à Winkleried qui la trouverait à son retour de Fontainebleau, et en revenir avec Merlin, le bel alezan doré, dont la privation avait été presque aussi cruelle au chevalier que celle de sa liberté depuis son arrestation. Pour lui, Merlin était un ami fidèle, doué d'une personnalité bien à lui et, durant les quelques heures pendant lesquelles Pongo mena à bien son ambassade, Gilles arpenta fébrilement son vestibule avec des impatiences d'amant attendant une maîtresse adorée.

La réunion fut émouvante. Le nouvel aspect de son maître ne trompa pas l'intelligent animal qui hennit de joie en l'apercevant et vint, tout naturellement, offrir sa belle tête soyeuse aux caresses dont il avait été privé pendant de si longues semaines.

– Peut-être dangereux faire venir cheval ici ? remarqua Pongo qui contemplait la scène avec son habituelle impassibilité. Quelqu'un peut reconnaître...

– Tant pis ! coupa Gilles farouche. Déjà je suis privé de ma femme et je ne sais si je la reverrai vivante, alors je veux au moins avoir auprès de moi ceux qui me sont le plus cher et le plus fidèle. Avec toi et lui, je me sens suffisamment fort pour attaquer tous les princes de la terre...

Le soir même, il s'en allait errer aux environs du Luxembourg près du magnifique hôtel que Monsieur avait fait construire, au bout de son jardin, par l'architecte Chalgrin pour sa bien-aimée comtesse de Balbi. Sa meilleure chance d'apprendre ce qu'il avait pu advenir de Judith, c'était la belle Anne qui la détenait puisque Monsieur ne lui cachait pas grand-chose des menées sournoises de sa politique bien personnelle. Le chevalier en était même tellement persuadé qu'en quittant Fontainebleau, il était repassé par le rendez-vous de chasse de la forêt de Rougeau dans l'espoir que peut-être, elle s'y serait attardée mais le pavillon était vide, désert, et rien n'indiquait où il était possible de retrouver celle qui en avait fait, si cavalièrement, son refuge d'amour... un de ses refuges d'amour tout au moins car c'était au moins le troisième que Gilles lui connaissait...

Le grand hôtel parisien était tout aussi sombre et muet derrière son vaste jardin qu'une grille séparait seule du jardin de Monsieur. Les hautes fenêtres étaient noires et vides comme si elles ouvraient sur un monde mort. Seul le logis du concierge avait de la lumière et Gilles, sans hésiter, était allé frapper à ce logis.

L'homme déjà âgé qui était venu lui ouvrir, coiffé d'un bonnet de police et chaussé de gros chaussons de lisière, lui avait appris que Madame la comtesse n'était pas chez elle et même n'était pas à Paris car elle avait dû se rendre en province auprès de sa mère malade. On ne savait quand elle rentrerait...

Déçu car cette absence imprévue lui ôtait momentanément son meilleur moyen d'information, Gilles n'osa pas laisser le billet dont lui et Anne étaient convenus pour se rejoindre. Le concierge était peut-être dévoué à sa maîtresse... mais peut-être pas et il était toujours dangereux de laisser traîner une lettre.

A tout hasard il fit aussi un saut jusqu'à une certaine petite maison, nichée dans les bois de Satory et où plus d'une fois il avait retrouvé Mme de Balbi. Mais, comme la maison des bords de Seine, comme l'hôtel de Paris, celle-là était également déserte et vide. Il n'y avait aucun doute à garder : Anne avait bien quitté Paris. Restait à savoir si cette absence serait longue.

Alors, comme un chien perdu qui cherche son maître, Gilles était allé errer plusieurs fois, au risque de se faire remarquer, autour du Luxembourg, du château de Grosbois aussi dont il savait par expérience qu'il appartenait à Monsieur et qu'il n'était pas difficile d'y cacher quelqu'un, interrogeant quand il le pouvait un domestique, ou un jardinier. Les réponses étaient toujours les mêmes : il n'y avait personne; le prince et sa maisonnée se trouvaient à Brunoy... ce Brunoy dont on avait exigé sa parole qu'il ne s'approcherait pas et qui l'attirait cependant comme l'aimant attire la limaille de fer. Il lui apparaissait comme une forteresse inexpugnable, détentrice de tous les secrets ressorts qui commandaient sa propre vie. Bientôt, il n'y tint plus.

En dépit de l'ordre royal il n'avait pu s'empêcher de retourner à Seine-Port pour y refaire la route suivie par la berline rouge et son escorte armée, questionnant les maisons de postes, les aubergistes, tous ceux qui avaient pu remarquer l'attelage et les soldats. Quelques pièces de monnaie l'aidèrent à délier les langues et il put reconstituer assez exactement le trajet. Il s'arrêtait, en effet, à Brunoy où un paysan qui rentrait tard après avoir recherché sa vache égarée lui affirma avoir vu la voiture rouge et ses gardes franchir les limites du parc et se diriger vers les deux châteaux, le grand et le petit, qui étaient tous deux la propriété du frère du Roi.

Alors il avait fait le tour de ce parc, constatant seulement avec rage que Monsieur était sans doute le prince le mieux gardé d'Europe. Des bruits de bottes résonnaient un peu partout le long du grand mur d'enceinte hérissé de tessons de bouteilles et, lorsque l'on trouvait un endroit susceptible d'être escaladé, on découvrait aussitôt, du sommet, les pointes des baïonnettes errant régulièrement au rythme de la marche des factionnaires.

– Faudrait canon ou gros bataillon pour entrer làdedans, commenta Pongo. Roi lui-même pas si bien gardé.

– Je suis de ton avis. Le prince ne doit pas jouir d'une grande popularité auprès de ses paysans et des gens de la région pour protéger sa maison de la sorte...

C'était le moins que l'on pût dire. Quelques questions habiles jointes à un peu d'argent renseignèrent Tournemine : non seulement les gens de Brunoy n'aimaient pas Monsieur mais encore ils le détestaient carrément. Cela tenait surtout à la manière dont le prince était entré en possession de cette terre, au mois d'août 1774. Brunoy appartenait alors au jeune marquis de Brunoy, Armand Paris de Montmartel, fils du célèbre financier, et qui adorait d'un même cœur son domaine et ceux qui le peuplaient.

– Je ne suis pas seigneur, avait-il coutume de dire, je suis un croquant déguisé en seigneur, le petit-fils d'un aubergiste de village. Nous sommes tous frères.

Ce curieux maître qui avait la passion du jardinage couvrit de ses bienfaits ses jardiniers avec lesquels il maniait souvent la bêche ou le râteau mais les étendit aussi à tous ses paysans avec lesquels il buvait volontiers le coup et qu'il invitait à sa table. Ceux-ci n'étaient guère troublés alors par l'élégance de leur maître car Armand-Louis, dédaignant les artifices vestimentaires, ne changeait jamais de chemise, se contentant de la brûler quand elle était raide de crasse. En revanche il aimait que son monde fût bien vêtu. Ainsi, les jardiniers reçurent de superbes habits galonnés d'or fin et il dota la compagnie d'arquebusiers du village d'une tenue vert et or d'une si grande élégance que le comte d'Artois s'en inspira pour habiller ses gardes. Le château lui aussi fut superbement orné, agrandi, et embelli... dans le seul but d'y accueillir tous les miséreux et les vagabonds des environs.

Une fois mis sur le chapitre de leur ancien et bien-aimé maître, les gens de Brunoy n'en finissaient plus de s'attendrir et de regretter. Bien sûr, Armand-Louis n'avait peut-être pas la tête bien solide, bien sûr il faisait des choses un peu bizarres comme le deuil insensé ordonné pour la mort de son père où les vaches même avaient été peintes en noir... mais il était bon comme du bon pain, généreux comme un roi qui serait généreux et jamais, tant qu'il avait été là, personne n'avait souffert misère, faim ou froid sur ses terres. Monsieur, lui, s'était contenté pour l'obliger à lui vendre ce domaine qu'il convoitait depuis longtemps, de faire pression sur une famille déjà suffisamment inquiète de voir la fortune d'Armand-Louis passer en grande partie dans les poches des croquants.

Il avait obtenu des Paris de tout poil que le jeune marquis fût interdit et que le domaine lui fût vendu. Et comme le spolié appelait tout le pays à la révolte, comme cette révolte était déjà en marche, on avait tout simplement arrêté le « pauvre fou » qu'on avait d'abord interné au prieuré d'Elmont, près de Saint-Germain-en-Laye, avant de l'envoyer mourir à l'abbaye de Villers-Bocage, en Normandie.

– Avec le prince les choses sont bien différentes, dit à Gilles le bourrelier Maréchal qui avait longtemps occupé le poste incongru mais rentable de « secrétaire de Monsieur le Marquis ». Il nous met à la ration congrue sous prétexte qu'on a assez touché comme ça et il nous surveille comme si on était tous fous. L'ose quand même pas nous faire tous enfermer mais c'est pas l'envie qui lui en manque...

L'amertume régnait sans doute au village, mais aussi la peur car le chevalier ne put obtenir sur la berline rouge d'autre renseignement que ce qu'il savait déjà : elle était entrée dans le parc. Un point, c'est tout. Il ne sut même pas si elle en était ressortie. Tout ce qu'il réussit à se faire dire encore, ce fut « qu'il s'en passait de drôles au château où ne venait guère Madame mais où venaient beaucoup, en revanche, de danseuses, de chanteuses et de femmes de mauvaise vie en général pour animer les orgies secrètes dont Monsieur, en parfait impuissant, avait grand besoin pour pimenter quelque peu ses nuits quand il ne les passait pas à dévorer des livres ou à taquiner sa muse ».

Quant à obtenir l'indication d'un moyen permettant d'entrer dans la place, il n'y fallait même pas songer. S'il y en avait un, personne ne se risquerait à le lui indiquer. Seul un long séjour sur place, permettant une observation quotidienne et attentive des habitudes du château, permettrait peut-être de le découvrir; encore n'était-ce pas absolument certain.

Après réflexion, Gilles et Pongo en vinrent à l'unique conclusion possible : seule Mme de Balbi pouvait servir de fil conducteur dans ce sombre labyrinthe et il fallait la retrouver coûte que coûte... Et le chevalier songeait déjà à la rejoindre sur les bords de la Dordogne, au domaine paternel, quand, pour lui changer les idées, Pierre-Augustin vint l'inviter à assister dans sa loge à la douzième représentation de son *Mariage de Figaro* en assurant qu'il était temps pour lui d'affronter, sous son masque, la bonne société parisienne...

Une société qui valait bien celle de Versailles pour l'élégance et le faste. Les jolies femmes y étaient même beaucoup plus nombreuses car, à la Cour, en dehors du petit groupe de la Reine qui s'entendait à choisir des visages agréables, on ne voyait plus guère que les titulaires des Grandes Charges dont les épouses n'étaient pas toujours de la première jeunesse tandis que les salles de spectacles parisiennes faisaient se coudoyer joyeusement la noblesse de robe, la haute bourgeoisie, les salons littéraires ou politiques, les beaux esprits, les artistes, les étrangers de qualité et le monde scintillant, froufroutant, parfumé et sensuel des courtisanes de haut vol et des gloires de la scène, ce qui était souvent la même chose.

Durant l'entracte qui vida le parterre et remplit les petits salons qui prolongeaient chaque loge, Gilles, laissant Thérèse bavarder avec Tim, examina à son tour cette salle qui l'avait si fort dévisagé avant le lever du rideau, constatant qu'il pouvait déjà mettre des noms sur bien des visages, peut-être parce qu'ils se rapprochaient d'autres qui lui étaient familiers. Ainsi en voyant Lauzun baiser plus longuement qu'il n'était naturel la main d'une très jolie femme blonde dont la carnation éclatante et les yeux couleur de mer s'entendaient à merveille avec le velours vert amande qui la vêtait, il devina en elle la marquise de Coigny, maîtresse de son ancien compagnon d'armes, celle que Marie-Antoinette, qui ne l'aimait pas, surnommait amèrement « la reine de Paris ». Elle était si belle que le voisinage de sa très jeune nièce, l'adorable Aimée de Franquetot qui allait prochainement épouser le duc de Fleury, ne lui portait aucune ombre... Quant à cette charmante créature à laquelle La Fayette parlait tout bas à l'abri de l'éventail déployé et qui ressemblait à une rose dans ses satins couleur d'aurore, ce ne pouvait être que la belle Madame de Simiane...

Il vit aussi de vieilles connaissances : le duc de Chartres dont on disait qu'il serait bientôt duc d'Orléans car le gros Louis-Philippe se mourait, auprès duquel il reconnut sa belle Provençale, la charmante Aglaé d'Hunolstein dont il avait été l'hôte durant des semaines et qui l'avait arraché à la mort. Elle aussi l'avait regardé tout à l'heure et, s'il avait pu lire sur son visage un intérêt certain, il n'y avait vu, en revanche, aucun signe de surprise ou de reconnaissance. Pourtant, Aglaé n'avait pas caché jadis le « penchant » qu'elle avait pour lui... Mais il valait infiniment mieux qu'il en soit ainsi...

Dans la loge voisine, il reconnut Fersen en grande conversation avec le nouvel ambassadeur de Suède, le jeune baron de Staël, beau garçon qui semblait traîner après lui toutes les glaces de son pays mais dont le mariage prochain, avec la richissime héritière de l'ancien Contrôleur des Finances exilé Necker, défrayait les chroniques. D'autres têtes encore, d'autres visages laids ou séduisants, célèbres ou anonymes attiraient un instant son attention...

– A quoi pensez-vous? murmura à son oreille la voix affectueuse de Thérèse. Vous voilà bien songeur... Cette première sortie semble pourtant se passer à merveille.

– C'est justement ce qui me rend songeur. Un nouveau visage ouvre bien des possibilités... Et je vais peut-être trouver intéressant ce Paris qu'au fond je ne connais pas.

– Vous avez pourtant beaucoup d'amis ici... même s'ils ne vous ont pas reconnu?

– Quelques-uns mais il y en a beaucoup plus que je ne connais pas. Tenez, prenez cette grande loge, presque en face de celle du duc de Chartres. Il semble qu'il y ait beaucoup de monde autour de ce grave personnage vêtu de façon à la fois austère et somptueuse. Eh bien, je ne le connais pas...

– Vous avez pourtant bien failli le connaître, fit Beaumarchais qui venait d'entrer et qui avait entendu ce que venait de dire le chevalier. C'est le Président d'Aligre, premier président au Parlement. C'est lui qui doit présider le tribunal extraordinaire formé de la Grand-Chambre et de la Tournelle réunies qui seront chargées de juger l'affaire du Collier. Et tenez, ce long bonhomme qui se penche pour lui parler et qui a l'air d'un aimable imbécile, c'est le Procureur Joly de Fleury... De là vient que ces messieurs soient si entourés : ce sont les héros du jour. Mais nous parlerons plus tard; voilà l'orchestre qui vient reprendre ses places. Le troisième acte va commencer...

Quelques instants plus tard, le rideau se relevait sur le comte Almaviva et son courrier Pedrille... mais Gilles n'entendit rien de ce qu'ils se disaient et ne s'aperçut même pas de leur présence en scène car, au moment précis où Molé, qui jouait le comte, ouvrait la bouche, les portes d'une des meilleures loges, la seule qui fût encore vide, venaient de s'ouvrir et, précédée d'un valet portant un chandelier dont les flammes arrachèrent des éclairs à la fabuleuse parure de diamants et de saphirs qu'elle portait, une femme entra, toute vêtue de velours bleu sombre avec des étoiles de diamant dans ses cheveux blonds et se tint un instant debout sur le devant de la loge pour examiner la salle avec ce superbe dédain des grandes dames qui sont chez elles partout...

Quand elle s'assit, son immense robe sembla remplir toute la loge, cependant qu'un frisson de joie glissait le long du dos de Gilles. Le Ciel, ce soir, lui faisait un beau cadeau, puisque cette femme c'était celle dont il avait tellement besoin, c'était Anne de Balbi.

L'entrée de la favorite de Monsieur n'était pas, tant s'en faut, passée inaperçue. Thérèse, qui ne savait rien de ses relations avec Gilles, l'avait constaté avec une inquiétude grandissante.

– Mon Dieu, que vient-elle faire ici ce soir ? chuchota-t-elle. C'est l'âme damnée de Monsieur. Elle a le plus méchant esprit qui soit et les yeux les plus malins, les plus perçants du monde. Et tenez, elle regarde par ici... Elle a pris son face-à-main pour mieux voir. Il n'y a pas une minute qu'elle est là et elle vous a déjà remarqué...

– Qui donc ? fit Gilles tranquillement, Mme de Balbi ? C'est elle qui vous tourmente à ce point, chère Thérèse ?

Au-dessus de la ligne brillante de l'éventail d'ivoire, les yeux de la jeune femme s'effarèrent.

– Vous la connaissez ?... C'est encore pis ! Peut-être devrions-nous partir...

– Pourquoi donc ? D'abord moi, Vaughan, je ne la connais pas. C'est mon double qui a cet honneur... mais j'ai bien l'intention d'aller la saluer et rendre hommage au charme d'une jolie femme.

– Pour le coup vous êtes fou ! Je vous dis que cette

femme est le diable en personne. Ce serait jouer avec le feu.

La main de Gilles se posa, apaisante, sur celle de la jeune femme qui s'était brusquement glacée.

– Allons, chère Thérèse, cessez donc de vous tourmenter de la sorte ! Vous voyez bien qu'aucun de ceux qui me connaissent ici ne m'a reconnu. Pourquoi voulez-vous que cette femme soit plus clairvoyante que d'anciens frères d'armes ?... Et puis, voyez-vous, j'ai justement besoin de m'assurer une aide puissante et tant mieux si le diable et Mme de Balbi ne sont qu'un. Je ne pourrais pas trouver mieux...

Il se tut car, autour d'eux, des « chut ! » énergiques se faisaient entendre. Le comte, après avoir monologué un moment, venait d'être rejoint par Figaro, que jouait le beau Dazincourt, et personne ne voulait perdre une miette du dialogue. Gilles s'installa plus commodément sur sa chaise pour laisser aux acteurs tout le temps d'accaparer l'attention des spectateurs.

Un léger ronflement, aussi doux qu'un soupir, fusa derrière lui et lui arracha un sourire : toujours aussi hermétiquement fermé à la prose étincelante de Pierre-Augustin, Tim venait de se rendormir...

Sans attendre plus longtemps, Gilles se leva. C'était le moment.

Avec un sourire rassurant à l'adresse de Thérèse qui levait sur lui un regard chargé d'angoisse, il sortit sans bruit de la loge, compta les portes qui la séparaient de celle de la comtesse et, quand il l'eut atteinte, ouvrit doucement le battant et vit Anne qui lui tournait le dos. Accoudée au rebord de velours rouge, la tête légèrement penchée, elle écoutait la grande scène opposant Figaro au comte. Mais son attention était peut-être un peu flottante car le léger grincement de la porte suffit à la faire retourner.

– Qu'est-ce donc ? fit-elle un peu nerveusement en cherchant à distinguer le visage posé sur cette haute silhouette qui lui apparaissait à contre-jour sur le fond éclairé du petit salon.

– Chut ! murmura Tournemine. Ne vous effrayez pas, continua-t-il en anglais. Je suis un ami envoyé par un autre ami.

– Voilà bien des amis, il me semble ! Un nom serait mieux venu...

– Mon ami n'en a plus. Peut-être, en outre, n'a-t-il plus toute sa tête car il se prend pour un arbre... un petit sapin. C'est comme cela qu'il signe ses lettres.

– Mon Dieu ! Restez où vous êtes !

Avec un rapide coup d'œil à la salle, Mme de Balbi se leva doucement, s'efforçant de maîtriser le froissement, cependant léger, des larges paniers qui gonflaient sa robe, et rejoignit son visiteur dans le petit salon tendu de velours rouge dont, d'un geste vif, elle fit retomber la draperie, l'isolant du reste de la salle.

Un instant, avec une stupeur amusée, elle considéra le personnage inattendu qui lui faisait face.

– Je ne crois pas vous connaître, monsieur, dit-elle en souriant. Me ferez-vous la grâce de m'apprendre, enfin, votre nom ?

– Volontiers, madame. Mon nom est John Vaughan. Je suis un marin américain qui a eu le malheur de perdre son père et son navire quelque part dans le canal Saint-Georges et qui, vous apercevant tout à l'heure, n'a pu se retenir de venir vous saluer et vous dire... qu'il vous trouvait fort belle, ce soir.

– Hummmm ! Je ne savais pas les marins américains aussi galants...

Brusquement, elle se mit à rire, de ce rire de gorge bas et doux, un peu roucoulant, qu'elle avait lorsqu'elle voulait vraiment plaire puis, tout à coup, se jeta dans les bras de Gilles et se pendit à son cou.

– Mon amour ! Quel bonheur de te retrouver dès ce soir ! Je ne savais que faire, je me sentais triste comme une femme qui vient de découvrir sa première ride et je ne suis venue ici que parce que cet endroit-là en valait bien un autre. J'ai compris que j'avais eu raison, qu'un instinct plus fort que tout m'avait poussée lorsque je t'ai reconnu...

– Reconnu ? s'insurgea-t-il indigné. Voilà un mensonge, ma belle amie, car vous seriez bien la seule. Je connais beaucoup de monde dans cette salle et aucun de ces gens n'en a été capable.

– Parce que aucun n'est amoureux de toi. Moi, je le suis ! Je reconnais même volontiers que je suis folle de toi, que je vais l'être sans doute davantage encore car je me demande si tu ne me plais pas plus qu'avant, avec cette figure de pirate qui te fait plus viril encore. Embrasse-moi !

Il s'exécuta non sans plaisir. Anne était fraîche comme les roses qui embaumaient ses vêtements et ses belles épaules nues, ainsi que ses baisers d'ailleurs, étaient, à leur manière, de petits chefs-d'œuvre hautement savoureux. Tellement même qu'il voulut prolonger celui-là. Ce fut elle qui se déroba mais pour lui mordiller l'oreille en roucoulant.

– Aide-moi à me débarrasser de cette ridicule cage à poule.

– De cette quoi ?...

– De mes paniers, mon cœur, ils me tiennent à une lieue de toi...

Du coup il l'écarta de lui, la maintenant à distance de toute la longueur de son bras.

– Ah ça, mais que veux-tu faire ?...

Elle lui offrit un sourire à damner un saint.

– Mais... l'amour, mon cœur ! Tu sais très bien que je ne peux pas être une minute auprès de toi sans en avoir envie. Je pensais à toi, le Ciel... ou quelque bon diable t'a envoyé à moi, tout est donc pour le mieux dans le meilleur des mondes : aimons-nous !

– Ici ? Dans cette loge avec six ou sept cents personnes à peine séparées de nous par un rideau ?

Le regard qu'elle levait sur lui fut d'une désarmante candeur.

– Pourquoi donc pas ? Cela se fait beaucoup, tu sais ? Es-tu donc devenu à ce point américain pour ignorer à quoi servent, plus souvent qu'à leur tour, ces confortables petits salons dans lesquels un bienfaiteur de l'humanité a eu le bon esprit de disposer un canapé et des coussins ?... Je peux te citer des précédents illustres. Tiens ! par exemple, c'est dans sa loge à l'Opéra que Julie de Lespinasse s'est donnée pour la première fois au comte de Guibert. Je me sens très Julie, ce soir, et l'amour, surtout avec toi, est encore plus amusant que *le Mariage* de ce cher Beaumarchais.

– Amusant ! grogna Gilles indigné. Vous avez de ces mots !

– Ils ne te plaisent pas ? Alors passons aux actes...

Elle y passait déjà. Prestement dénoués, les encombrants paniers de baleines légères habillés de volants de mousseline tombèrent sur le tapis tandis que l'immense robe retombait comme un rideau découragé.

– Anne ! dit-il sévèrement. Cessez ce jeu ! J'ai à vous parler sérieusement. Ce que j'ai à dire est même très grave.

Sans l'écouter elle alla s'allonger sur le canapé, relevant coquettement le velours bleu de sa robe pour découvrir ses longues jambes gainées de soie de même nuance.

– Tu as toujours une foule de choses sérieuses ou même graves à débattre avec moi, mon chéri. Et moi je pense que, plus les choses sont graves et plus on a besoin de les aborder avec un corps dispos et des idées claires. Les miennes ne le sont jamais quand j'ai envie de faire l'amour mais, après, elles deviennent étonnamment lumineuses. Allons, cesse de bouder et viens ! Ou alors dis-moi que tu n'en as pas envie... mais je te préviens tout de suite que je ne te croirai pas.

Cette diablesse avait raison. Elle possédait une sorte de génie pour éveiller le désir. Cela tenait peut-être à son impudeur et à cette espèce de nymphomanie qui l'habitait mais avec elle le plaisir était une affaire d'autant plus sûre qu'elle éprouvait pour l'amour une vraie passion qu'elle ne cherchait nullement à dissimuler.

Un instant plus tard Gilles, nageant dans une mer de velours bleu et de linon blanc, s'enfonçait avec délices dans la chair fondante de la jeune femme, ironiquement encouragé par les applaudissements frénétiques d'une salle qui saluait à cette minute l'entrée de Préville dans le rôle du juge Brid'oison...

– Est-ce que, vraiment, nous n'aurions pas pu nous rejoindre ailleurs qu'ici ? bougonna-t-il tout en se battant, un peu plus tard, avec les lacets des paniers qu'il s'agissait de remettre à leur place. Chez toi, par exemple, après le théâtre ?

Occupée à replacer les étoiles de diamant dans sa coiffure un peu dérangée, Anne lui sourit dans la glace.

– Chez moi ? Impossible ! Satory est trop loin, la petite maison de Versailles aussi et ne parlons pas de notre cher rendez-vous de chasse...

– Je pensais à ta maison de Paris.

Elle lui dédia un coup d'œil mi-malicieux, mi-admiratif.

– A deux pas du Luxembourg ? Peste !... tu es courageux ! Cela n'aurait rien d'impossible, d'ailleurs, en d'autres temps, mais, pour celui-ci il me faut garder, au moins vis-à-vis de mes gens, une certaine retenue, un certain décorum. Je suis veuve, mon cher...

Sidéré, il considéra cette veuve couverte de diamants et de saphirs qui s'abandonnait si joyeusement aux plaisirs de l'amour dans une loge de théâtre.

– Veuve ? souffla-t-il sans rien trouver d'autre.

– Ou presque ! La maladie de ma mère n'était qu'un prétexte, fit-elle, redevenue soudain sérieuse. En réalité, j'ai dû me rendre à Valenciennes pour en ramener mon mari. Voilà quelque temps qu'il avait disparu et l'on ne savait trop où il était quand, il y a une dizaine de jours, j'ai appris qu'on l'avait retrouvé là-bas dans une auberge, dépenaillé, sans un sou, servant de risée aux badauds de l'endroit qui l'ont livré à la police. Il n'avait plus qu'une vieille malle à peu près vide au fond de laquelle on a retrouvé quelques papiers qui ont servi à l'identifier et ses épaulettes d'argent de colonel, sa seule fortune... alors qu'il est riche à millions. Je l'ai ramené avec moi... Il est dans un état à faire pitié, il divague à longueur de journée parlant sans cesse de Dieu et des importantes communications qu'il a quotidiennement avec Lui ou ses Saints... Il ne cesse de prêcher tous nos laquais et nos servantes pour qu'ils entrent en religion... Dans huit jours, le conseil de famille doit se réunir pour décider de son sort. C'est... c'est une pitié ! Il n'a pas trente-trois ans...

Sous son carcan de pierreries, la gorge délicate de la jeune femme laissa échapper un sanglot et, dans le miroir, Gilles vit des larmes perler à ses cils. Emu, il emprisonna doucement entre ses mains ses épaules rondes.

– Tu l'aimais ? demanda-t-il contre son oreille.

– Je crois que je l'ai aimé un temps. J'avais quinze ans quand je l'ai épousé, il en avait vingt-quatre. Il était colonel de Bourbon-Infanterie et il était très beau dans son uniforme. Je crois... oui... je crois que je l'ai aimé... peut-être parce que je n'en connaissais pas d'autres. Et puis, nous sommes allés chacun vers son destin. Je ne l'intéressais guère, je crois. D'autres hommes sont venus... et puis Monsieur...

Il y eut un silence, très court : Anne de Balbi n'était pas de celles qui laissent longtemps peser sur elle l'emprise des souvenirs quels qu'ils puissent être. Elle redressa soudain la tête, s'écarta de Gilles et alla jusqu'à une petite console dorée sur laquelle étaient disposés des verres, des gâteaux et un flacon de vin d'Espagne. Elle s'en versa un verre qu'elle avala d'un trait...

– Tu en veux ?

– Non, merci...

Il hésitait, à présent, à entamer l'interrogatoire qu'il avait préparé. Habitué à voir, en cette jeune femme, un être pervers, sensuel, égoïste et passablement dépravé, il s'étonnait de découvrir, sous cette ravissante carapace, quelque chose qui ressemblait à une souffrance. C'était la seconde fois qu'elle lui laissait sentir qu'elle pouvait être humaine, autant que n'importe quelle autre femme, autant que Judith dont, en dépit des apparences, elle était à peine l'aînée. Elle aurait pu, peut-être, être heureuse : riche, belle, jeune, de grande famille, mariée à un homme dont elle disait elle-même qu'elle l'avait aimé. Qu'est-ce donc qui était venu jeter le sable mortel dans les rouages d'or de cette existence... sinon l'homme qui, dans l'ombre, s'essayait à pourrir un royaume ? Etait-il donc écrit que derrière tous les drames, toutes les détresses il retrouverait toujours le comte de Provence ?

La voix d'Anne le tira de son amère méditation.

— A présent, dit-elle de son ton habituel, si tu me disais ces choses graves dont tu désirais parler. Nous voilà en plein roman conjugal et je pense que nous allons y rester. C'est de ta femme, n'est-ce pas, que tu voulais me parler ?

— Comment l'as-tu deviné ?

Elle eut un mouvement d'épaules désenchanté et lui sourit, d'un curieux sourire triste qu'il ne lui connaissait pas.

— Pour que tu me cherches avec cette insistance, il fallait que tu sois en peine d'elle une fois encore. Je me trompe ?

— Non, je la cherche et...

— Laisse-moi parler, car je ne veux plus qu'il y ait d'ambiguïtés entre nous, plus jamais ! Et, en repassant par Brunoy, après t'avoir quitté, j'ai appris ce qui s'était passé à Sainte-Assise, j'ai appris... qui avait été chargé de l'attentat. Je me suis doutée alors que, tôt ou tard, tu m'en demanderais compte, sans que je puisse, hélas ! te le reprocher. Mais, vois-tu, c'est la raison profonde pour laquelle j'ai tenu à commencer notre conversation... comme nous venons de le faire. Non, non, ne dis rien encore..., ajouta-t-elle en posant vivement sa main sur les lèvres du jeune homme, tu es venu me demander de parler, je parlerai donc autant que j'en aurai envie. T'appartenir ici, sur l'heure, avant même que tu aies pu ouvrir la bouche, c'était pour moi comme un défi à la fois à moi-même et à toi. Il fallait que je me prouve que je gardais quelque puissance sur toi et que je te prouve, à toi, que nos deux corps pouvaient, toujours et en n'importe quelle circonstance, se retrouver d'accord. A présent, j'ai à te dire ceci : sur le salut de mon âme, je te jure que j'ignorais tout de cette partie du complot, j'ignorais tout du rôle que ta Judith devait jouer et je te supplie de croire que, l'eussé-je appris, j'aurais tout fait pour empêcher cela. Tout, tu entends?... même lui apprendre que tu étais vivant! Vois-tu, je croyais bien connaître Louis-Xavier mais je m'aperçois qu'il s'en faut de beaucoup que j'aie pu le sonder jusqu'au fond de son insondable perfidie. Selon le zodiaque, il est Scorpion, et scorpion de la pire espèce, celle de la boue, des visqueuses ténèbres des profondeurs inconnues d'un monde dont l'Enfer est la lumière... mais je ne l'aurais tout de même pas cru capable de sacrifier froidement une innocente...

– Moi, je le crois capable de tout et de pis encore! coupa Gilles, impatienté. Au surplus, que tu l'aies su ou non ne m'importe plus. Ce qui compte, à présent, c'est ce que tu sais de la suite. Qu'as-tu vu à Brunoy? Qu'est devenue Judith? Vit-elle encore ou ce démon l'a-t-il supprimée?

Les yeux sombres d'Anne reflétèrent une sincère surprise.

– Pourquoi l'aurait-il supprimée?

– Cela coule de source : pour l'empêcher de parler...

– A qui? Si cela était, Monsieur ne se serait pas donné tant de mal pour la faire enlever et la soustraire à la justice. Il suffisait de la faire abattre sur place... car crois-moi il y avait à Sainte-Assise du monde à lui. Mais, voyant le coup manqué, il a préféré la récupérer pour une circonstance meilleure. Avec sa haine et son désespoir, elle vaut son pesant de poudre à canon, ta Judith! Elle fait songer à ces jeunes fanatiques, bourrés de haschisch, que le Vieux de la Montagne envoyait, jadis, jusqu'aux limites du monde connu pour y frapper ceux que son obscure justice avait condamnés. Elle est, pour la Reine au moins, un danger permanent...

– Alors, elle vit?

– Elle vit.

— Tu l'as vue ?

— Je l'ai vue quand on l'a ramenée. Ceux qui l'avaient arrêtée, l'avaient un peu malmenée mais elle était toujours aussi droite, aussi froide, aussi insensible en apparence. En arrivant au château elle est montée droit dans sa chambre, sans voir personne, sans dire un seul mot, sans même paraître entendre ceux qui lui parlaient. Monsieur, alors, a ordonné qu'on la laisse reposer un moment.

— Elle est toujours là-bas ?

— A Brunoy ? Tu n'y penses pas ! La garder au château, si bien défendu qu'il soit, représenterait tout de même un trop grand risque. Tu as bien su retracer l'itinéraire de sa voiture, n'est-ce pas ? D'autres pouvaient le faire aussi et rien ne dit que Monsieur ne recevra pas, de la part de son royal frère, une visite domiciliaire, d'autant que la Montesson a fait remettre le fameux filet au Lieutenant de Police, avec mission d'en rechercher l'expéditeur... Non, le soir même, elle a quitté le domaine, dans une voiture discrète et bien fermée. Le comte de Modène l'accompagnait pour la conduire en lieu sûr.

— Ce charlatan...

— Eh oui, ce charlatan ! Même si cela ne te fait pas plaisir à entendre, tu dois savoir qu'il a, sur elle, une grande influence... très semblable à celle qu'avait naguère Cagliostro. Ta chère Judith montre décidément un goût prononcé pour les sorciers...

— Où l'a-t-il emmenée ? Le sais-tu ?

— Là où personne, hormis Madame quand son époux le lui ordonnera, ne pourra aller la chercher, ni même la voir : dans le couvent le mieux gardé de France : au Carmel de Saint-Denis.

Le Carmel ! Le plus austère, le plus sévère de tous les monastères de femmes, celui dont les portes arrêtaient la justice du Roi et les désirs des hommes, celui dont le voile noir, une fois les vœux prononcés, ensevelissait aussi sûrement que le tombeau ! L'image de Judith enfermée dans cette forteresse de la Foi serra le cœur du jeune homme.

– Il n'est pas de couvent qui puisse garder une femme contre la volonté de son époux, dit-il. Judith est ma femme et je possède toutes les preuves de notre mariage... Il faudra bien qu'on me la rende.

Madame de Balbi haussa ses jolies épaules dont le mouvement arracha des éclairs bleus à son collier.

– On ne t'entendra même pas ! Celle que l'on y a accueillie, c'est Mlle de Latour, lectrice de Mme la comtesse de Provence, une pauvre enfant à l'esprit troublé, qui a le plus grand besoin de la paix divine... N'oublie pas que la Prieure, Mère Thérèse de Saint-Augustin, s'appelait dans le monde Son Altesse Royale Madame Louise de France et qu'elle aime bien ses neveux. Ce serait la parole d'un prince du sang... contre celle d'un défunt ! Crois-moi, ne tente rien pour le moment. Ce serait inutilement dangereux et, somme toute, assez stupide. Là où elle est, ta Judith ne craint rien. Il faut laisser le temps éteindre un peu les braises. Monsieur est trop rusé pour se servir d'elle avant un grand moment... Il faut lui laisser le temps de tendre un nouveau piège...

Gilles ne répondit rien. La tête baissée, il réfléchissait, soulagé, au fond, de cette certitude qui lui était donnée et qui était de toutes choses la principale : Judith vivait et ne courait plus aucun danger. Quant à la laisser au Carmel le temps qu'il plairait à Monsieur, c'était une autre affaire. Après tout, le prince n'avait fait que prévenir les intentions de la Reine touchant la jeune femme. Et pour la tirer définitivement des griffes de Provence, ne suffirait-il pas de faire savoir à Marie-Antoinette le lieu de sa retraite ? Que la souveraine étendît sa main sur elle et fît savoir qu'elle interdisait à quiconque de lui faire quitter le couvent sans sa volonté expresse et Madame Louise, toute princesse qu'elle fût, ne pourrait que s'incliner et défendre sa pensionnaire contre tous les Provence de la terre...

La main d'Anne, se glissant dans la sienne, tiède et caressante, le tira de sa rêverie.

– Le cinquième acte est commencé, murmura-t-elle. Ne crois-tu pas qu'il serait temps pour nous de regagner chacun notre place ? Donne-moi seulement ton adresse que je sache où te trouver et séparons-nous...

A travers le rideau que la jeune femme s'apprêtait à relever, la voix de Dazincourt leur parvint, entamant ce qui était le déjà célèbre monologue de Figaro.

« *Oh femme ! femme ! femme ! Créature faible et décevante !... nul animal créé ne peut manquer à son instinct; le tien est-il donc de tromper ?...* »

Anne eut un petit rire doux et, offrant sa main à baiser au jeune homme, elle murmura :

– M. de Beaumarchais a beaucoup de talent... mais il ne faut tout de même pas prendre ce qu'il dit pour parole d'Evangile. Sa connaissance des femmes me paraît bien superficielle.

– Croyez-vous ? S'il ne leur disait pas leurs vérités, comme à nous tous, aurait-il tant de succès ?...

Quand il reprit, silencieusement, sa place auprès de Thérèse, Tim dormait toujours mais la jeune femme glissa vers lui un coup d'œil où se mêlaient effarement et soulagement.

– Doux Jésus ! Vous voilà enfin ! Je me demandais où vous étiez passé, chuchota-t-elle. Pierre-Augustin vous cherche partout !

– Croyez-vous ? Cela m'étonnerait de sa finesse d'esprit. Mais... écoutons plutôt ce que dit maître Figaro : ceci me paraît fort beau.

« *O bizarre suite d'événements ! Comment cela m'est-il arrivé ? Pourquoi ces choses et non pas d'autres ? Qui les a fixées sur ma tête ? Forcé de parcourir la route où je suis entré sans le savoir, comme j'en sortirai sans le vouloir, je l'ai jonchée d'autant de fleurs que ma gaîté me l'a permis; encore je dis ma gaîté sans savoir si elle est à moi plus que le reste ni même quel est ce moi dont je m'occupe...* »

Attentif pour la première fois, Gilles laissait les mots de Beaumarchais-Figaro tracer leur chemin dans son esprit et y éveiller des échos inattendus. Lui non plus n'avait pas choisi sa route, lui non plus ne savait plus très bien quel était son moi véritable mais pour la première fois depuis longtemps, il se sentait jeune, détendu et plein d'énergie à la fois, décidé à parcourir hardiment le chemin proposé en forçant le destin à lui donner son dû mais sans dédaigner les roses qui fleurissaient sur ses bords, des roses comme celles qui embaumaient la gorge de Mme de Balbi...

Et ce fut avec enthousiasme qu'il joignit ses applaudissements à ceux de la salle quand la tirade prit fin...

TROISIÈME PARTIE

LA REINE DE LA NUIT
Printemps 1786

LE GRAND JUGEMENT

Il était environ 3 heures et demie et le jour ne s'annonçait pas encore lorsque Pierre-Augustin de Beaumarchais et son ami « John Vaughan » sortirent de l'hôtel des Ambassadeurs de Hollande en prenant toutes sortes de précautions pour ne pas faire de bruit. On avait bien banqueté une partie de la nuit, bavardé durant une autre partie mais Thérèse, fatiguée, s'était retirée dans sa chambre vers minuit et, depuis qu'il l'avait épousée devant Dieu et devant les hommes deux mois et demi plus tôt, Pierre-Augustin prenait avec elle une foule de précautions et lui montrait des attentions un peu enfantines mais touchantes.

La porte refermée, les deux hommes partirent à pied pour gagner le Palais de Justice, assez tôt pour espérer trouver de bonnes places dans la salle d'audience.

C'était, en effet, aujourd'hui, vendredi 31 mai 1786, qu'à l'issue de la dernière audience devait être rendu par les deux Chambres du Parlement le verdict du fameux procès du Collier dont les péripéties bouleversaient et passionnaient, depuis plusieurs mois, la France et une partie de l'Europe.

Quand, le 15 août 1785, le cardinal de Rohan, Grand Aumônier de France, avait été arrêté à Versailles, en pleine Galerie des Glaces et avec un éclat scandaleux au moment précis où, sous les grands ornements sacerdotaux, il allait célébrer la messe de l'Assomption dans la chapelle du château et renouveler le vœu solennel du roi Louis XIII offrant la France à la Vierge Marie, une sorte de stupeur s'était emparée du royaume tout entier.

C'était comme si des grondements sourds s'étaient fait soudain entendre sous les nobles perspectives du plus beau palais du monde, annonçant le réveil prochain de quelque monstre ignoré parce que assoupi depuis trop longtemps. Et un peu partout, dans les profondeurs obscures de Paris, surtout, où grouillait un peuple griffu de pamphlétaires et de gratte-papier faméliques, le volcan encore somnolent produisait des failles par où s'échappaient d'étranges puanteurs et des clapotis visqueux. Refroidi, tout cela donnerait un lac de boue dont les vagues s'en viendraient battre les marches du trône et lentement, lentement, à la manière d'un marais mortel, en graviraient les degrés jusqu'à l'engloutissement final...

Tout en accordant son pas à celui, un peu plus lent, de son ami et en se dirigeant vers la place de Grève, Gilles entreprit de rappeler à sa mémoire l'enchaînement incroyable de cette délirante histoire à laquelle il s'était trouvé mêlé plus qu'il ne l'aurait souhaité.

Les faits historiques en étaient les suivants : une jolie femme aussi cupide qu'impécunieuse, Jeanne de Saint-Rémy de Valois, descendante en ligne bâtarde du roi de France Henri II et de Nicole de Savigny, mariée à un gendarme aussi pcu fortuné qu'elle-même, Marc-Antoine de La Motte qui s'était intronisé comte de sa propre autorité, avait réussi à prendre dans ses filets le cardinal-prince de Rohan, ancien ambassadeur de France à Vienne, prélat fastueux et galant s'il en fut, et qui passait pour l'un des hommes les plus riches de France.

Tenu alors en disgrâce quasi totale par la reine Marie-Antoinette qui avait embrassé les inimitiés de sa mère l'impératrice Marie-Thérèse, Rohan s'en désespérait car il était tombé, depuis longtemps, amoureux de sa jeune souveraine auprès de laquelle il brûlait de jouer le rôle capital d'un ministre aimé donc tout-puissant. Aussi avait-il vu en Jeanne de La Motte-Valois le génie bienfaisant et sauveur qu'il n'osait plus espérer. Ne lui avait-elle pas dit que la Reine, sa « cousine », la recevait avec faveur, encore que secrètement, et qu'elle-même possédait les moyens, non seulement de plaider sa cause, mais encore de le faire rentrer en grâce d'éclatante façon ?

Le destin alors servit l'aventurière. Sous les galeries du Palais-Royal, rendez-vous des filles galantes de Paris, le « comte » de La Motte rencontra une jeune prostituée, Nicole Legay, dite d'Oliva, qui présentait avec la Reine une ressemblance certaine. Les deux époux engagèrent alors la jeune femme et, à la faveur de l'obscurité, l'introduisirent, vêtue d'une robe copiée sur l'une de celles de la Reine, dans le Bosquet de Vénus à Versailles et la mirent en présence du Cardinal qui, trompé par la nuit, ne douta pas un instant qu'elle ne fût la Reine elle-même. La fille n'eut pas un mot à dire. Rohan s'agenouilla, baisa le bas de sa robe, reçut d'elle une rose et s'enfuit précipitamment quand on vint lui dire que l'on venait...

Dès ce moment, le Cardinal était pris et prêt à croire tout ce que son amie Jeanne lui dirait. Celle-ci commença par lui soutirer quelques sommes d'argent puis trouva enfin son idée de génie quand, par curiosité féminine, elle se fut fait montrer le fabuleux collier de diamants jadis commandé par le roi Louis XV pour la du Barry et que la Reine avait déjà refusé deux ou trois fois.

L'aventurière persuada alors Rohan du désir secret de Marie-Antoinette d'acquérir cette extraordinaire parure que « le Roi lui refusait » et de la faveur extrême qui récompenserait l'homme assez habile pour lui permettre de se passer cette folie. Le Cardinal n'hésita pas. Pourquoi l'aurait-il fait d'ailleurs ? Depuis plusieurs semaines il recevait de la Reine des lettres de plus en plus tendres que lui distillait savamment la comtesse. Il entra donc en rapport avec les joailliers Boehmer et Bassange, et acheta le collier au nom de la

Reine, se portant garant pour Marie-Antoinette, dont il croyait posséder l'ordre écrit, de la régularité des paiements échelonnés et versant même un premier acompte. Le collier fut remis par lui, chez Mme de La Motte, à un faux envoyé de la Reine qui était en réalité le chevalier Reteau de Villette, amant de Jeanne et auteur des fausses lettres de Marie-Antoinette. Le soir même la comtesse et ses complices dépeçaient le merveilleux joyau dont les pierres prenaient divers chemins, mais principalement celui de l'Angleterre.

Le pot-aux-roses fut découvert quand les joailliers, inquiets de ne recevoir aucun des paiements annoncés, allèrent innocemment à Versailles en réclamer le solde à la Reine. C'était le 15 août 1785. Une heure après le cardinal de Rohan était arrêté sous l'inculpation de vol...

Cela, c'était la vérité de l'Histoire mais une vérité incomplète à laquelle Gilles pouvait ajouter bien des incidences qu'il était impossible de livrer à la publicité d'une salle d'audience. Bien rares, et bien muets heureusement, étaient ceux qui, comme lui, savaient que, grâce au comte Valentin Esterhazy, ami de la Reine, Mme de La Motte avait bel et bien eu accès aux appartements de la souveraine, que Marie-Antoinette la trouvant amusante et touchante avait permis qu'elle montât, pour elle, la mascarade du Bosquet de Vénus à laquelle la Reine et quelques intimes avaient assisté cachés derrière une charmille. Mais lui seul savait les liens secrets qui unissaient l'aventurière au comte de Provence et aussi comment, avertie par lui, Marie-Antoinette s'était enfin décidée à fermer ses portes devant la trop entreprenante comtesse. A présent qu'allait-il advenir des protagonistes de cette fabuleuse escroquerie auxquels la vindicte de Mme de La Motte avait fait ajouter Cagliostro (et sa femme!) coupable à ses yeux de n'avoir pas secondé ses desseins et même d'avoir averti le Cardinal de se méfier d'elle?...

– Sacrebleu! grogna Beaumarchais qui venait de trébucher sur un trognon de chou et qui s'accrochait au bras de son ami avant de repousser l'obstacle du bout de sa canne, quand donc un urbaniste de génie trouvera-t-il un moyen de faire enlever régulièrement les ordures de cette sacrée ville ! Sans vous j'aurais pu me rompre le cou ! Mais aussi quelle damnée idée avez-vous eue de refuser que nous prenions la voiture pour aller au Palais ? Nous avons l'air de deux merciers et si, comme je le crains, il y a foule, nous serons noyés dedans et sans possibilité d'utiliser les « entrées » que l'on m'a données.

– Avec une voiture nous ne pourrions même pas approcher. Et puis la distance est courte... et puis vous ne marchez pas assez. Les promenades sont excellentes quand on commence à prendre du ventre... Mais, Seigneur !... qu'est-ce que c'est que cette odeur abominable ? Même sur les champs de bataille, même dans les camps indiens je n'ai jamais senti pareille puanteur.

En effet, depuis que les deux hommes avaient atteint les abords de l'Hôtel de Ville, ils plongeaient dans une atmosphère nauséabonde, un monde d'effluves de pourriture végétale et de décomposition animale, une effroyable odeur de mort qui obligea Gilles à sortir précipitamment son mouchoir.

Beaumarchais se mit à rire, souleva tranquillement un petit couvercle dans le pommeau d'or de sa canne et se mit à humer le parfum qu'il contenait.

– Cela fait partie des joies de ces promenades à pied que vous appréciez tant, mon ami, dit-il.

– Mais cela vient d'où ? Des Halles ?

– De ça !

Sortant de la rue des Arcis et se dirigeant vers le pont Notre-Dame, trois tombereaux venaient d'apparaître, tirés par de gros chevaux de labour. A la lumière fumeuse des torches que portaient des hommes en sarraus de toile dont le visage était en partie masqué de chiffons, on pouvait voir les draps mortuaires noirs, barrés de croix blanches qui recouvraient le contenu bizarrement bossué de ces tombereaux. Un prêtre en surplis et un acolyte armé d'un encensoir suivaient chacun des véhicules que Tournemine considéra avec dégoût.

– Qu'est-ce que cela ?...

– Les anciens habitants du cimetière des Innocents ! Ce que c'est, soupira Pierre-Augustin, que d'habiter les beaux quartiers et de ne jamais mettre les pieds, ou peu s'en faut, de ce côté-ci de la Seine ! Sans cela vous sauriez que le Lieutenant de Police et le Prévôt de Paris ont décidé enfin la suppression de cet énorme pourrissoir où l'on a entassé quelque quarante générations de Parisiens et que, depuis le 7 avril, on défonce chaque nuit les monceaux de cadavres dont la hauteur avait fini par dépasser le mur d'enceinte du cimetière pour leur faire traverser la Seine.

– Et pour aller où ?

– Dans les anciennes carrières de la Tombe-Issoire(1) où on les déverse dans un grand puits de service. Je crains que nous n'en ayons pas fini de sitôt. Dans les débuts de l'opération c'était supportable mais, avec la chaleur qui vient, nous serons empuantis jusqu'à la Bastille au moins. Cet été, il va falloir que j'envoie Thérèse et Eugénie à la campagne.

– Que va-t-on faire, à la place du cimetière ?

– Un marché aux herbes et aux légumes ! Une excellente chose, croyez-en un homme qui a passé toute son enfance et son adolescence rue Saint-Denis, à deux pas des Innocents ! Ce n'était pas un voisinage agréable...

Tout en parlant, les deux hommes s'étaient engagés, à la suite des tombereaux, entre la double file de maisons vétustes et branlantes qui bordaient le pont Notre-Dame. Le Pont-au-Change, qui arrivait droit sur le Palais de Justice et qu'ils auraient dû emprunter, était alors aux mains des démolisseurs qui abattaient ses antiques échoppes de changeurs et ses vieilles masures. La nuit commençait à céder et dessinait un bizarre paysage lunaire fait d'une chaîne de décombres

(1) Ce sont, à présent, nos Catacombes dont l'entrée se trouve place Denfert-Rochereau.

blanchâtres amassés sur les grandes arches de bois plantées dans la Seine.

– Paris fait peau neuve ! remarqua Beaumarchais avec satisfaction. L'an prochain c'est ce pont-là que l'on nettoyera. Seule, la pompe qui est en son milieu subsistera. Vous savez, Gilles, nous avons un très bon roi, trop bon même. Cela lui nuit, d'autant qu'il est mal marié et qu'il lui manque la rude poigne des vieux Capétiens. Ah ! s'il l'avait, nous connaîtrions l'âge d'or.

– Vous avez écrit le *Mariage de Figaro* et vous me dites aimer le Roi ? Votre pièce, mon ami, est un brûlot, une charge de poudre...

– Contre la noblesse et ses privilèges... mais pas contre le Roi ! Qu'il ait auprès de lui un Richelieu capable d'abattre sans sourciller la tête d'un Montmorency et j'applaudirais des deux mains. Seigneur ! Vous aviez raison ! Il y a un monde fou et je vois là des voitures qui rebroussent chemin. Nous n'atteindrons jamais le Palais.

En effet, une foule, qui se gonflait d'instant en instant, se dirigeait au pas de course vers le Palais. Les rues de la Cité, les quais et les grèves étaient noirs de monde. Il y en avait partout en dépit du Guet, à pied et à cheval, qui s'efforçait de canaliser l'invasion.

– Il faut foncer ! dit Gilles. Donnez-moi le sauf-conduit que vous a remis le Procureur et suivez-moi !

Avec énergie, il entreprit de tracer, dans la foule, un passage pour lui et son compagnon. Sa haute taille lui permettant de dominer la majorité des têtes lui avait permis aussi de repérer un sergent du Guet qui, en mettant son cheval en travers de la rue Gervais-Laurent, avait établi une sorte d'écluse grâce à laquelle il filtrait, le plus arbitrairement du monde d'ailleurs, ceux qui tentaient d'atteindre les grilles du Palais par ce canal. Au bout de son long bras, Gilles agita le billet signé du Procureur.

– Faites-nous passer, sergent ! cria-t-il. Place ! Place à M. de Beaumarchais !

C'était peut-être, à l'époque, le nom le plus connu de tout Paris. Les grognements des gens que Gilles bousculait sans vergogne se muèrent en un murmure flatteur et déférent. On se poussa pour faire place au grand homme et à son compagnon et, sans trop savoir comment, Pierre-Augustin, rouge d'orgueil et de chaleur, se retrouva, après une poussée violente, de l'autre côté des grilles auxquelles s'accrochaient déjà des grappes de curieux.

En effet, à l'exception du cardinal de Rohan, les accusés avaient été transférés à la Conciergerie en vue de cette dernière audience et la curiosité populaire était à son comble. On pouvait entendre flotter, sur la foule, l'écho des chansons, ces typiques expressions de la rue parisienne, que le long procès avait fait naître.

Oliva dit qu'il (le cardinal) est dindon
Lamotte dit qu'il est fripon
Lui-même dit qu'il est bêta
Alléluia !
Notre Saint-Père l'a rougi
Le Roi de France l'a noirci
Le Parlement le blanchira
Alléluia !

Ou encore, et celle-là était infiniment plus cruelle pour la Reine.

Vile donzelle, il te sied bien
De jouer mon rôle de reine !
— Point de courroux, ma souveraine,
Vous faites si souvent le mien !...

Le premier rayon du jour éclairait la façade toute neuve du Palais, où subsistaient encore quelques échafaudages, quand Beaumarchais et Gilles, pratiquement portés par le flot, gravirent le grand escalier aux marches blanches et se retrouvèrent dans la Grand-

Salle (1). Il s'agissait à présent de gagner la Grand-Chambre du Parlement qui s'étendait au-dessus des salles des Gardes.

Son accès présentait un nouveau problème. Pour cette audience capitale, on entrait seulement sur autorisation mais, apparemment, il y avait beaucoup d'autorisations, chacun des membres du Tribunal ayant tenu à honneur d'en distribuer un maximum à ses amis et connaissances pour mieux faire étalage de son importance. Les huissiers, débordés, avaient fort à faire pour éviter non seulement les bousculades mais aussi les bagarres, les femmes étant les plus redoutables car elles savaient à merveille jouer de leurs talons pointus sur les orteils masculins. Mais Gilles et Beaumarchais en avaient vu d'autres et leurs propres armes jouèrent leur rôle à leur entière satisfaction. Ils se retrouvèrent bientôt, sur le coup de 5 heures, sous les dorures somptueuses du magnifique plafond à caissons décoré au XVIe siècle par le moine italien Giovanni Giocondo.

– Enfin nous y voilà ! soupira Pierre-Augustin en prenant possession de deux sièges situés assez près de la porte par laquelle, tout à l'heure, arriverait le Tribunal. Il nous faut à présent prendre patience. Nous en avons encore pour une heure. Faut-il être curieux pour se lever si tôt ! Je regrette mon lit...

– Allons, vous le retrouverez. Mais vous ne retrouverez jamais la possibilité d'assister au dénouement d'une pareille aventure. C'est une aubaine pour un dramaturge, il me semble.

– Il vous semble juste. Cela m'intéresse mais j'ai aussi une autre raison et cette raison c'est vous. La fin de ce procès est lourde de signification pour vous. A présent que tout va s'achever le Roi vous permettra sans doute de reprendre votre nom, votre véritable personnalité et votre place aux Gardes du Corps. On trouvera une belle histoire pour expliquer votre résurrection et vous deviendrez la coqueluche des dames...

(1) Notre actuelle salle des Pas-Perdus.

– Croyez-vous que je serai aussi celle de Monsieur ? Il cherchera à savoir comment et pourquoi je suis encore en vie et, s'il trouve, cela ne fera qu'augmenter ses mauvais sentiments envers le Roi. Même si ce procès, qui l'intéresse énormément, lui donne satisfaction, c'est-à-dire si le Parlement refuse de juger comme le veulent le Roi et la Reine, il n'en sera peut-être que plus à craindre. Je pense qu'il vaut mieux attendre encore et voir comment tourneront les choses. Et puis... je ne suis pas certain d'avoir envie de retourner vivre à Versailles et de reprendre le harnais. Voyez-vous, depuis que j'ai assumé le personnage de John Vaughan, j'en suis venu à penser que j'aurais peut-être plus de chance d'être utile au Roi sous cette apparence qu'enfermé dans le carcan d'un Garde du Corps. On n'y a guère ses coudées franches. Et puis, les dangers qui menacent le Roi dans l'enceinte même de ses palais sont fort réduits et, pour y faire face, ils sont nombreux, aux Gardes, aux Suisses, aux Chevau-Légers qui sont prêts à mourir sans l'ombre d'une hésitation. Moi, j'ai à combattre Monsieur, et Monsieur ne hante guère Versailles. Enfin... pour Judith comme pour moi, il vaut mieux qu'il me croie mort encore quelque temps...

– Votre jeune épouse est toujours à Saint-Denis ?

– Je le pense. La Reine m'a fait savoir... et a fait savoir à Madame Louise qu'elle la prenait sous sa protection toute spéciale. Vous savez que Sa Majesté exige qu'elle y subisse ce que l'on pourrait appeler un temps de probation. Etant donné la gravité de la faute commise, je n'ai pas le droit de m'y opposer... si pénible que ce soit ! Au moins, elle est à l'abri...

– Bah ! les retrouvailles n'en seront que meilleures... d'autant que vous ne souffrez pas outre mesure de solitude.

– Que voulez-vous dire ?

– Qu'une bien jolie femme s'intéresse à vous... que cela se sait en dépit de l'extrême discrétion que vous déployez tous deux en toutes circonstances... enfin en presque toutes car je crois bien l'apercevoir là-bas de l'autre côté de la salle, avec un ravissant chapeau à plumes bleues. Elle se livre à toute une agitation pour attirer votre attention.

Suivant la direction que lui indiquait son ami, Gilles aperçut, en effet, Mme de Balbi. Avec deux autres jolies femmes et autant d'hommes elle occupait quelques-uns des sièges réservés à la bonne société parisienne et aux familles des magistrats. Elle avait apporté une lorgnette, comme au théâtre, et la tenait braquée obstinément dans la direction du jeune homme. Pour bien marquer qu'il l'avait vue, il lui sourit et la salua puis cessa de s'en occuper, choqué, justement, par le côté divertissement que prenait la conclusion d'un drame à l'échelle nationale. Anne était une maîtresse adorable. Il aimait son corps, sa science de la volupté, sa gaieté et parfois, auprès d'elle, il lui arrivait de rêver d'une vie dans laquelle Judith ne serait jamais entrée. Mais son cœur jusqu'à présent n'avait pas encore appris à prononcer un autre nom.

La salle se remplissait et s'illuminait peu à peu des rayons du soleil. Elle prenait un air de fête avec les toilettes estivales des femmes, les tissus clairs des hommes.

– Ce jugement est une lourde bêtise ! grogna Beaumarchais. Il faut que la Reine soit folle pour l'avoir exigé. Si la Cour n'accepte pas les conclusions que va déposer tout à l'heure le Procureur du Roi, conclusions qui sont le reflet même de la volonté royale, si elle rend un autre jugement, le Roi est bafoué, la Reine vilipendée.

– Pourquoi donc le jugement serait-il différent ? Le Parlement a accepté les lettres patentes que lui a fait tenir le Roi au début de l'instruction, il doit donc en suivre l'esprit. Tenant pour avérés tous les faits dont a eu à se plaindre le ménage royal il n'est là que pour rechercher jusqu'à quel point la majesté royale a été offensée ?

– Tout à fait d'accord ! L'achat du collier, l'escroquerie n'étaient pour les coupables que des moyens et le grand fait qui domine cette triste affaire est celui-ci : que les La Motte aient eu l'audace de feindre que la nuit, dans l'un des bosquets de Versailles, la Reine de France, la femme du Roi ait donné un rendez-vous au cardinal de Rohan et que, de son côté, le cardinal, grand officier de la Couronne, ait osé croire que ce rendez-vous lui ait été donné par la Reine de France, par la femme du Roi, là est le seul crime pour lequel les coupables doivent être punis car il est de lèse-majesté. Reste à savoir comment ces Messieurs du Parlement jugeront car, outre qu'ils n'aiment guère Versailles, ils sont fort sollicités. Et tenez, regardez donc ce qui nous arrive!

Ce qui arrivait c'était une vingtaine de personnes, toutes de très haute mine, toutes en grand deuil. Tandis qu'elles s'avançaient lentement dans la salle, le silence, un profond silence s'établit. Les assistants venaient de se rappeler brusquement pour quelle raison ils étaient là.

– Les Rohan! murmura quelqu'un.

C'étaient en effet les Rohan : princes, princesses, un maréchal de France et même un archevêque, qui s'en venaient, par leur présence, soutenir celui des leurs, le Grand Aumônier de France, qu'une bande de robins allait juger de par la volonté royale. Calmement, au seul bruissement des longues robes de soie noire, ceux qui, tous, portaient sur leurs armes la fière devise « Roi ne puis, prince ne daigne, Rohan suis!... » vinrent se ranger comme ils l'auraient fait à la Cour, de chaque côté du passage par lequel allaient entrer les juges et ne bougèrent plus, attendant, très droits et impassibles, que viennent ceux dont dépendait désormais l'honneur de leur antique maison.

Soudain, comme l'horloge du Palais sonnait 6 heures, ils apparurent, longue file rouge et noir sur laquelle neigeaient l'hermine des collets et la poudre des hautes perruques à la mode du Grand Siècle. Alors, comme sur un mot d'ordre muet, les Rohan d'un seul mouvement s'inclinèrent, plongèrent en une muette révérence devant ces hommes dont le plus noble n'atteignait pas au quart de leur grandeur mais qui tenaient entre leurs mains l'avenir d'une des plus hautes familles d'Europe.

– Impressionnant ! murmura Beaumarchais. Les juges ne peuvent pas ne pas être touchés...

Gilles, pour sa part, éprouvait une sorte de colère mêlée de honte. Son sang breton renâclait au spectacle de l'humiliation que s'imposaient ces princes qui étaient les siens, les plus nobles qu'ait jamais connus la Bretagne. Mais déjà, après leur avoir rendu leur salut, le Président d'Aligre avait pris sa place et déclaré ouverte cette dernière audience. Elle allait commencer par un dernier interrogatoire des prisonniers (1).

Au milieu du prétoire on avait disposé un petit siège bas, en bois brut, sur lequel devaient prendre place les accusés. C'était déjà une marque d'infamie que s'y asseoir car il avait servi à nombre de criminels qui ne l'avaient quitté que pour l'échafaud. On l'appelait la Sellette.

Le premier qui parut fut le secrétaire-amant de Madame de La Motte, le fameux Reteau de Villette avec lequel Tournemine avait eu plus d'une fois maille à partir. Toujours aussi élégamment vêtu, il fut égal à lui-même : faux, retors et infâme. Alors que les fameuses lettres de la Reine au Cardinal étaient toutes sorties de sa plume de faussaire il consentit seulement à reconnaître avoir apposé, sur le contrat d'achat du collier, le mot « Approuvé » à plusieurs reprises et la signature « Marie-Antoinette ». Après quoi il se lança dans une longue et filandreuse diatribe contre le Cardinal qu'il chargea odieusement tout en pleurant comme une fontaine...

– Si cet homme n'est pas pendu ou condamné aux

(1) Pour la clarté du récit, j'ai fusionné les deux audiences finales. Le texte eût été beaucoup trop long.

galères à perpétuité, je le tuerai ! gronda Gilles hors de lui.

– Ne rêvez pas ! fit Pierre-Augustin. Il sera l'un ou l'autre. Auteur de faux écrits de la Reine il mérite au moins ça !... Mais chut ! Voici l'héroïne.

En effet, Jeanne de La Motte venait de succéder à Reteau et un murmure courut parmi les femmes de l'assistance. Vêtue avec une grande élégance d'une robe de satin gris-bleu bordée de velours noir avec une ceinture brodée de perles d'acier et un mantelet de mousseline orné de fort belles dentelles de Malines, elle portait avec assurance un grand chapeau de velours noir garni de dentelles noires et de nœuds de ruban sur la masse parfaitement coiffée de ses cheveux bruns légèrement poudrés.

La ressemblance de cette femme avec Judith parut à Tournemine plus évidente que jamais et lui serra le cœur. Il ferma les yeux pour ne plus la voir, se contentant de l'entendre, ce qui était déjà bien suffisant car, d'entrée et d'une voix claironnante, elle commença par annoncer qu'elle était là pour confondre un grand fripon et que ce fripon était le Cardinal. Interrogée par l'abbé Sabatier, l'un des conseillers-clercs, elle répondit avec une rare impudence, réclamant que l'on produisît les lettres et les écrits qui, selon elle, établissaient de façon certaine les relations intimes entre la Reine et le Cardinal, ce qui était impossible, le Cardinal ayant, dès l'instant de son arrestation, fait détruire par son secrétaire le contenu de certaine cassette qui se trouvait dans sa chambre. L'interrogatoire dura longtemps mais l'attitude fanfaronne de Jeanne déplaisait visiblement à la foule qui gronda de temps à autre et, quand elle se retira, ce fut un soulagement pour tout le monde...

Cette sortie, elle la marqua d'ailleurs d'un cri de colère en constatant que les huissiers étaient en train d'apporter un fauteuil destiné de toute évidence au Cardinal alors qu'elle-même, une Valois, avait été contrainte à l'infâme Sellette.

– Cette femme est condamnée d'avance ! remarqua Beaumarchais avec un haussement d'épaules. Je ne vois pas ce qui pourrait la sauver et je pense que, dans ses « recommandations » à la Cour, le procureur demandera sa tête.

– Sans doute. Mais je ne sais si ce sera une bonne idée. Il s'en trouvera toujours, parmi ceux qui haïssent la Reine, pour faire d'elle une victime et une martyre ! Ah, voici le Cardinal.

Rohan venait, en effet, d'être introduit. Vêtu d'une longue robe violette, couleur qui était de deuil pour les cardinaux, il portait une petite calotte rouge, des bas de même couleur et un petit manteau de drap violet doublé de satin rouge. Sur sa poitrine une belle croix épiscopale au bout d'une chaîne d'or et la moire bleue du Saint-Esprit. Il était pâle avec les traits tirés car il venait d'être assez sérieusement malade mais il n'avait rien perdu de son charme et gagna le cœur du public en refusant, par deux fois, de s'asseoir, n'acceptant qu'à la troisième invitation quand ses forces commencèrent à lui manquer.

D'une voix douce et calme, il répondit aux questions avec précision et humilité, avouant avec franchise les faux pas que lui avaient fait faire sa bonne foi et sa crédulité.

– J'ai été complètement aveuglé, déclara-t-il tristement, par le désir immense que j'avais de regagner les bonnes grâces de la Reine...

Ce fut du meilleur effet. Son interrogatoire achevé, le Cardinal-Prince salua les magistrats qui se levèrent d'un seul mouvement pour lui rendre son salut et se retira au milieu d'un silence qui n'était pas celui de la condamnation mais celui du respect pour le malheur.

– Si la Reine a demandé sa tête, elle aura du mal à l'obtenir ! commenta Beaumarchais. Pourtant la lèse-majesté réclame une sanction sévère...

L'intervention suivante détendit l'atmosphère. Il s'agissait d'entendre la jeune Oliva mais celle-ci, qui venait de donner le jour à un enfant, était occupée à lui donner le sein et elle priait humblement la Cour de vouloir bien patienter. Ce que celle-ci fit avec la meilleure grâce du monde. Aussi l'apparition de la jeune femme, vêtue simplement d'une robe claire avec un petit bonnet rond d'où s'échappaient ses magnifiques cheveux châtain clair, eut-elle le plus grand succès. Elle pleurait, on la sentait troublée au dernier degré, et en vérité elle était charmante. Pourtant Gilles la regarda avec horreur : la maison de cette femme, qui osait ressembler à la Reine, avait été pour lui le piège mortel où l'attendaient les spadassins de Monsieur, aux ordres du comte d'Antraigues, son ennemi. Mais Beaumarchais, lui, était passionnément intéressé.

– C'est qu'elle lui ressemble vraiment ! fit-il, trépignant presque d'enthousiasme. Et quelle ravissante créature ! Si elle s'en tire indemne, j'aimerais fort la rencontrer.

– Vous êtes fou ? Cette femme est infiniment plus dangereuse que ses larmes et ses grands yeux naïfs ne le laissent imaginer.

– Tant pis ! Que ne ferait-on pas pour l'illusion de tenir un instant la Reine de France entre ses bras ! Vrai Dieu ! J'en rêve depuis des années.

– Eh bien, je vous conseille vivement de rêver à autre chose ! grogna Gilles, choqué. Tenez, voilà Cagliostro ! Celui-là s'y entend en matière de rêves...

Une rancune oubliée vibrait dans la voix du jeune homme. A voir paraître soudain, à quelques pas de lui, cet homme dont il connaissait si bien les étranges pouvoirs, cet homme dont il savait que ses sortilèges avaient asservi trop longtemps l'esprit fragile de Judith, cet homme, enfin, dont les yeux fouillaient les cœurs, il sentait se réveiller en lui les vieilles colères de l'homme aux pouvoirs limités en face de celui qui en possède d'extraordinaires. Il n'avait jamais aimé ce Cagliostro en qui sa piété profonde voyait un suppôt de Satan en dépit du bien indéniable qu'il semait continuellement sur son passage. Qu'il fût impliqué à tort dans ce procès où il n'avait rien à faire et où, seule, la haine de Mme de La Motte l'avait entraîné, ne changeait rien à ces sentiments même si Gilles savait bien qu'ils étaient injustes.

Le sorcier de la rue Saint-Claude n'inspirait d'ailleurs aucunement la pitié. Son entrée fut une réussite théâtrale. Vêtu d'un superbe habit de taffetas brodé d'or, coiffé bizarrement en petites tresses qui lui tombaient sur les épaules, il dégageait une extraordinaire atmosphère d'irréalité qui imprégna instantanément la salle.

– Qui êtes-vous ? D'où venez-vous ? demanda le président d'Aligre.

Les magnifiques yeux noirs du mage, insondables et étincelants, se posèrent, ironiques et calmes, sur l'homme en robe rouge.

– Je suis un noble voyageur, dit-il. Il m'est arrivé de voyager sous différents noms. Je me suis appelé successivement le comte Harat, le comte de Fénix, le marquis d'Anna mais le nom sous lequel je suis le plus généralement connu en Europe est celui de comte de Cagliostro. Sachez que j'ai toujours eu du plaisir à ne point satisfaire là-dessus la curiosité du public malgré tout ce qu'on a dit de moi lorsque l'on a débité que j'étais l'homme de 1400 ans, le Juif Errant, l'Antéchrist, le Philosophe Inconnu, enfin toutes les horreurs que la malice des méchants pouvait inventer. Mais si, depuis mon séjour en France, j'ai offensé une seule personne, qu'elle se lève et rende témoignage contre moi...

Cessant, à cet instant, de regarder le Président, Cagliostro se tourna et, lentement, laissa son regard planer sur le cercle de visages qui l'environnait. Et soudain, ce regard s'arrêta, accrocha celui de Gilles. A l'éclair qui y brilla, le jeune homme comprit qu'il était reconnu et qu'aucun déguisement, si bien fait soit-il, ne pouvait tromper Cagliostro. Il y lut aussi une sorte de défi amusé. Il avait eu à se plaindre de cet homme qui l'avait tenu, si longtemps, écarté de celle qu'il aimait et qui s'en était servi pour manifestations impies. Mais outre qu'il était impossible au pseudo-défunt de se manifester aussi hautement, il découvrait avec étonnement que sa rancune s'effritait, se dissolvait sous l'éclat de ce regard comme une lave dans le cœur d'un volcan. Il eut soudain la certitude que le mage avait agi, presque toujours, avec de bonnes intentions et que, s'il avait un temps suivi les vues du comte de Provence, ce n'était certes pas pour l'aider à s'assurer le trône mais dans un but plus grand et infiniment plus difficile à atteindre et qui était peut-être le bonheur d'un peuple.

Cette idée bizarre lui vint tandis qu'il écoutait le sorcier faire aux juges le récit de sa vie, fabuleux roman qui tenait à la fois du conte de fées, du poème épique et de la Commedia dell'Arte mais où, parfois, apparaissaient des éclairs de vérité étrange et qui jetaient une lumière nouvelle sur le personnage. Quoi qu'il en soit, Cagliostro remporta un beau succès, clôturant l'audition des accusés par une théâtrale apothéose. La parole, à présent, appartenait à la Justice.

Quand le Procureur Joly de Fleury se leva pour faire entendre à la Cour ses « recommandations », autrement dit son réquisitoire, une sorte de frisson passa sur la foule. On allait entendre certainement des mots terribles et, derrière la silhouette rouge du magistrat, nombreux étaient ceux qui voyaient déjà s'en dessiner une autre, plus rouge encore : celle du bourreau.

Au milieu de tous ces visages tendus, Gilles en distingua soudain un qui appartenait à un ancien ami du chevalier de Tournemine : Paul de Barras, le gentilhomme impécunieux, le joueur presque toujours malchanceux dont il s'était attiré, un soir, l'amitié et qui la lui avait prouvée, le même soir lors du guet-apens chez Oliva, était là lui aussi. Mais, dans la grande lumière du soleil son visage blême, aux traits tirés, était celui d'un oiseau de nuit brutalement jeté dans un jour cruel et Tournemine sentit la pitié se glisser dans son cœur en se souvenant des liens presque affectueux qui liaient Barras à Jeanne de La Motte. Peut-être avait-il été son amant une nuit ou deux mais, surtout, il avait souhaité, un moment, épouser la sœur de la belle comtesse. Etre là, au jour du jugement, cela représentait à tout prendre une preuve de courage d'autant plus grande que l'homme semblait fort mal en point. Il avait l'air malade et ses habits râpés suaient la misère. Le nouveau duc d'Orléans, dont Barras avait été un temps le commensal, avait dû se détourner de lui quand le procès de son amie La Motte avait commencé...

Gilles se promit, l'audience achevée, de le rejoindre afin d'essayer de lui apporter le secours dont il semblait avoir le plus grand besoin puis se disposa à écouter le Procureur.

La chaleur ne cessait d'augmenter. La salle était bondée et le poids du jour commençait à se faire sentir. Au-dehors, le soleil montait dans un ciel pur de tout nuage et la foule, sachant bien que le verdict n'interviendrait qu'en fin de journée, se dispersait un peu, cherchant l'ombre. Les marchands de limonade allaient faire de bonnes affaires.

Dans la salle, les éventails avaient fait leur apparition mais leur rythme lui-même semblait ralenti, précautionneux comme si l'on craignait de troubler, si peu que ce soit, l'auguste silence tandis que le vieux procureur, un peu nerveux, essuyait ses mains déjà moites à un mouchoir qu'il fourra ensuite dans l'une de ses larges manches. Lui aussi avait chaud...

Après avoir laissé planer un regard impérieux sur la foule, il décacheta calmement le pli contenant le texte de ses recommandations à la Cour et commença à le lire.

La première était presque de routine et ne souleva guère d'émotion : il s'agissait de biffer, sur le faux contrat de vente du collier, le mot « Approuvé » répété six fois et la signature « Marie-Antoinette de France ». Elle fut donc adoptée à l'unanimité par les soixante-deux juges présents.

La deuxième visait le faussaire.

– Que Marc-Antoine Reteau de Villette soit

condamné à être pour la vie banni du royaume de France et ses biens confisqués au profit du Roi...

Il y eut un léger murmure. Pierre-Augustin et Gilles se regardèrent. Le visage du chevalier s'empourpra.

– L'exil ? Le bannissement pour un coquin qui méritait la corde ? Par le Dieu tout-puissant...

– Chut !... souffla Beaumarchais. Songez à qui vous êtes ! Mais j'avoue que c'est inquiétant. Ou bien la Reine est moins blanche qu'elle ne veut bien le dire ou bien le Parlement passe outre les ordres du Roi et cela risque d'être grave.

Bouillant de colère impuissante, Tournemine dut écouter le vote oral des juges : la recommandation était acceptée à l'unanimité.

– Alors, c'est moi qui ferai justice ! gronda-t-il entre ses dents.

– Vous ferez ce que voudra le Roi, intima Pierre-Augustin qui avait entendu. Vous lui appartenez toujours. Voyons la suite.

La troisième recommandation demandait l'acquittement de la belle Oliva en raison de l'insuffisance des preuves. Elle subirait seulement une réprimande. Ce fut le troisième vote à l'unanimité.

La quatrième touchait Cagliostro. Joly de Fleury demandait qu'il soit acquitté sans réprimande et entièrement disculpé. Il eut satisfaction à l'unanimité.

– Je ne vois pas ce que l'on pouvait faire d'autre ! grogna Gilles, en haussant les épaules. Il n'est absolument pour rien dans le vol. Ces gens ont peut-être, après tout, quelque idée de la justice.

La salle commençait à s'ennuyer. Tout cela était un peu terne mais l'intérêt se réveilla bientôt : le Procureur en venait aux principaux coupables.

« Que Marc-Antoine de La Motte soit condamné par contumace à être battu et fouetté nu avec des verges; à être marqué au fer rouge, sur l'épaule droite, des lettres GAL par l'exécuteur public; à être conduit aux galères où il sera captif à perpétuité au service du Roi; que tous les biens dudit La Motte soient confisqués au profit du Roi. En raison de la contumace dudit La Motte cette sentence sera portée sur un écriteau que l'on fixera à un poteau sur la place de Grève. »

– Comme ce misérable doit être à Londres avec les morceaux du collier, il n'aura guère à souffrir de tout cela, fit Gilles. Cela m'étonnerait qu'il vienne réclamer sa part de justice. A moins que les Anglais ne nous le renvoient...

– Jamais de la vie ! Vous n'imaginez pas le nid d'espions, de rebelles, de contumaces et de mécontents français de tout poil que recèle la bonne ville de Londres. Croyez-en ma vieille expérience : cela grouille et nos bons amis anglais se font un plaisir de choyer en sous-main tout ce beau monde. Mais je suppose qu'il va être question, à présent, de notre belle comtesse...

Il y eut néanmoins un temps d'arrêt dans la lecture des recommandations. Jeanne de La Motte risquait sa tête et une sentence de mort allait peut-être être réclamée. Ainsi l'avaient demandé deux des juges partisans du cardinal de Rohan, Saint-Vincent et Du Séjour. Aussi les treize juges appartenant au Clergé qui siégeaient au tribunal durent-ils se retirer, leurs fonctions ecclésiastiques interdisant leur participation à un vote pouvant se conclure par la mort. Ils le firent de mauvaise grâce et Beaumarchais eut un petit rire.

– Les Rohan ont bien manœuvré, dit-il. Ces treize calotins sont notoirement hostiles à leur confrère. Il vaut bien mieux pour lui qu'ils ne soient pas là quand viendra son tour.

– Où voyez-vous une manœuvre ? Cette femme va très certainement être condamnée à mort. Son crime est aussi grave que celui de...

– ... de la jolie dame de Sainte-Assise ? Ma foi, oui... pourtant, je jurerais bien que cet âne de Joly ne va pas demander sa tête. Si la Reine a eu connaissance de l'affaire du Bosquet de Vénus, elle ne peut demander la mort car elle est, alors, un peu responsable de la suite de l'histoire, ayant elle-même introduit la louve dans sa bergerie...

Il avait raison. Le Procureur ne demanda pas la tête de Jeanne. Il demanda :

– « Que Jeanne de Valois de Saint-Rémy, comtesse de La Motte, soit condamnée à être fustigée et battue, nue, par l'exécuteur public; à être marquée au fer rouge sur les deux épaules par la lettre V (voleuse); à être emprisonnée à perpétuité dans la maison de correction des femmes, la Salpêtrière; tous les biens de ladite Jeanne de Valois de Saint-Rémy, comtesse de La Motte, seront confisqués au profit du Roi... »

Et il eut gain de cause à l'unanimité des quarante-neuf juges demeurant encore en Cour. Restait le cardinal de Rohan, autrement dit le plus intéressant.

Au milieu d'un silence de mort, la recommandation le visant fut :

« Que le Cardinal-Prince de Rohan soit condamné à se présenter à huitaine dans la Grande Salle du Palais de Justice pour déclarer publiquement qu'il a été coupable d'un acte d'audace criminelle et d'irrespect envers la personne sacrée des souverains quand il s'est rendu au Bosquet de Vénus où il croyait rencontrer Sa Majesté la Reine de France; qu'il a contribué à tromper les négociants vendeurs du joyau en leur laissant croire que la Reine était au courant des transactions dont celui-ci était l'objet; que le Cardinal-Prince de Rohan soit condamné à exprimer publiquement son repentir et à solliciter publiquement aussi le pardon du Roi et de la Reine; qu'il soit condamné à se démettre de toutes ses charges, à verser une contribution spéciale qui ira à des aumônes pour les pauvres, à être banni sa vie durant de toutes les résidences royales et maintenu en prison jusqu'à ce que toutes ces sentences aient été exécutées... »

Il avait à peine laissé tomber le dernier mot que la tempête se déchaînait. Tandis que, d'un même mouvement, les dix-neuf Rohan se levaient comme une immense statue de la protestation drapée de crêpe, l'Avocat Général Séguier bondissait de son siège pour protester avec la dernière violence. Apparemment, le

Procureur du Roi avait négligé de lui faire approuver ses conclusions ainsi que l'usage lui ordonnait de le faire.

– Ces recommandations sont un déni de justice! cria Séguier. Prêt à descendre au tombeau, vous voulez couvrir vos cendres d'ignominie et la faire partager aux magistrats? Le Cardinal-Prince de Rohan est innocent. La Justice veut qu'il soit acquitté.

– Votre colère ne me surprend point, monsieur, répondit l'autre sur un ton au moins aussi aigre. Un homme voué au libertinage comme vous devait nécessairement défendre la cause du Cardinal.

– Je vois quelquefois des filles en effet, fit Séguier dans un grand mouvement de franchise. Je laisse même mon carrosse à leur porte. C'est affaire privée. Mais on ne m'a jamais vu vendre bassement mon opinion à la fortune...

Partie de cette façon, la bagarre devint quasi générale. Le président d'Aligre se rangeait du côté du Procureur, quoiqu'en demandant qu'il voulût bien atténuer la sévérité de son réquisitoire. D'autres conseillers emboîtaient le pas à l'Avocat Général. La salle, de son côté, s'en mêlait et des disputes privées ajoutaient encore au tumulte. Finalement, craignant que cela ne se terminât en bataille rangée, le Président jugea plus prudent de décréter une suspension d'audience. Au surplus, il était déjà 2 heures de l'après-midi et les juges éprouvaient visiblement le désir de se restaurer. Les grandes robes rouges et noires se retirèrent majestueusement dans la salle Saint-Louis où un repas froid leur était servi.

– Que faisons-nous? dit Pierre-Augustin qui transpirait comme une gargoulette. Allons-nous rester dans cette étuve? J'avoue que j'ai grande envie, moi aussi, de me mettre quelque chose sous la dent...

– Moi aussi, mais si nous partons, retrouverons-nous nos places?

– Cela n'a peut-être pas tant d'importance... Le

jugement est pratiquement prononcé. Il ne reste plus que le cas du Cardinal.

Son hésitation fut de courte durée. Les huissiers commençaient à faire évacuer la salle, la suite des délibérations devant se faire à huis clos. Le prétoire ne serait rouvert au public que pour le prononcé de la sentence.

– Voilà qui classe tout, fit Beaumarchais avec un soupir de satisfaction. Ces messieurs préfèrent laver leur linge sale en famille. On ne peut guère le leur reprocher. Venez, je vous emmène vous refaire une énergie.

– Où cela ?

– Au nouveau « restaurant » qui vient de s'ouvrir au Palais-Royal. Cela s'appelle « Les Frères Provençaux » et l'on en dit merveilles...

Mais Gilles n'écoutait qu'à moitié. Tout en se dirigeant vers la sortie, il examinait les visages qui se pressaient autour de lui, cherchant à reconnaître Barras. Son manège n'échappa pas longtemps à Pierre-Augustin qui demanda :

– Vous cherchez quelqu'un ?

– Oui, un homme à qui j'ai des obligations... qui a fait beaucoup pour moi et que j'ai aperçu dans la salle. Il a l'air plutôt mal en point et je voudrais...

– ... lui venir en aide, je n'en doute pas. Qui est-ce ?

– Un cousin de l'amiral de Barras, le vicomte...

– Paul de Barras ? Le joueur ?

– Vous le connaissez ?

– Tous les tripots le connaissent et je connais tous les tripots. Attendez ! Je crois que je l'aperçois.

Fonçant à son tour tête en avant, Beaumarchais réussit à faire sauter le bouchon de corps qui encombrait la porte et arrivé dans la Grand-Salle désigna Barras qui, tête basse, se dirigeait vers la sortie à pas lents. Il semblait accablé.

– Il vaudrait mieux, dit l'écrivain, que vous ne l'abordiez pas vous-même. S'il allait vous reconnaître...

– Cela n'a plus d'importance, mon ami. Quoi qu'il

arrive au Cardinal, ce qu'il m'avait remis n'a plus de prix pour Monsieur. Et puis, Barras n'est pas de ses amis.

En trois sauts, il eut rejoint son ancien ami.

– Monsieur ! dit-il en prenant tout de même soin de prendre l'accent américain. Puis-je vous parler un instant ?

Le joueur tressaillit et regarda le nouveau venu avec une sorte de crainte. Il était très pâle et son visage aux traits tirés faisait pitié. Gilles comprit qu'il avait en face de lui un homme tenaillé par la peur.

– Que voulez-vous ? dit Barras.

– Vous remettre ceci... de la part d'un ami d'autrefois. Il a cru s'apercevoir que vous pouviez en avoir besoin.

Et, tirant sa bourse de sa poche, il la mit dans la main du jeune homme qui la regarda un instant avec stupeur.

– Un ami ? J'en aurais encore un ?

– Pourquoi n'en auriez-vous plus ? En cherchant bien, on a toujours un ami quelque part... Votre présence ici n'en est-elle pas la preuve ?

Les yeux las de Barras s'efforcèrent de scruter le visage brun cerné d'une courte barbe, cherchant les yeux dans l'ombre des épais sourcils. Dans son regard à lui, la curiosité remplaçait la crainte. Et puis il y avait la bourse, tellement rassurante, sur laquelle ses doigts maigres s'étaient refermés avec avidité.

– Vous savez cela ? fit-il lentement. Alors vous savez aussi qu'il faut que je me cache. Toutes les portes se ferment devant les amis des condamnés... et j'ai fait, jadis, un mauvais choix.

– On oubliera vite. Savez-vous où aller ?

Le joueur eut un petit rire triste.

– J'ai un cousin chanoine en Picardie. Je suis, en principe, son secrétaire... il m'abrite mais ne me nourrit guère. Allons, il faut que je m'en aille. Vous direz...

Il s'arrêta, hésita... regarda de nouveau Gilles mais cette fois avec, dans l'œil, une lueur de son ancienne gaieté. Puis, se décidant brusquement, tendit la main.

— Voulez-vous me faire l'honneur ? dit-il presque timidement.

Sans hésiter Gilles serra la main qu'il offrait.

— Merci... mon ami, murmura Barras avec émotion en appuyant intentionnellement sur le dernier mot. Cela non plus je ne l'oublierai pas... pas plus que le geste d'autrefois, rue Neuve-Saint-Gilles. Dieu vous garde !

Et il disparut dans la foule à la manière d'une couleuvre noire se glissant entre deux pierres, suivi par le regard songeur de Gilles, persuadé qu'il l'avait reconnu. Vers quel destin s'en allait-il cet homme intelligent qui usait si mal des dons que la nature lui avait impartis ? Cela pouvait être le meilleur, ou le pire, suivant qu'il parviendrait ou non à s'arracher à sa funeste passion du jeu...

Voyant qu'il était seul à présent, Beaumarchais rejoignit Tournemine.

— Eh bien ? Pouvons-nous aller dîner ?

— Volontiers... si vous voulez bien vous charger de l'addition, fit Gilles en riant. Je n'ai plus un sou en poche.

Vers 5 heures, lorsque la chaleur commença à faiblir, les deux hommes revinrent au Palais. Grâce à un joli vin de Provence et à une étonnante purée de morue à la crème et à l'ail qui constituait la spécialité des « Frères Provençaux » et que ceux-ci venaient de faire découvrir aux « gens du Nord », ils se sentaient d'humeur plus optimiste. Mais cette belle humeur passagère ne résista guère à l'atmosphère lourde, tendue qui régnait à présent autour du Palais à nouveau assiégé par une foule presque silencieuse.

— On ne sait toujours rien ? demanda Gilles à un groupe de maçons en blouse poussiéreuse qui avaient visiblement abandonné les travaux du Pont-au-Change.

L'un d'eux regarda l'étranger avec une sorte de dédain, cracha par terre et consentit à répondre :

– Rien ! Z'ont repris la séance à 3 heures et demie et z'ont pas encore fini. Ça doit jaspiner dur, là-dedans...

Puis il tourna le dos pour bien marquer que l'audience était terminée...

L'attente se révéla interminable. Gilles et Beaumarchais avaient regagné la Grand-Salle et la subirent tout entière adossés aux fûts des colonnes, regardant onduler et s'agiter faiblement la foule qui emplissait l'immense parloir chaque fois qu'une porte s'ouvrait.

Ce fut seulement à 9 heures du soir que la Grand-Chambre rouvrit les siennes, montrant, à la lumière des chandelles, les visages gris de fatigue des juges.

La sentence souleva une tempête d'acclamations qui roulèrent de la salle du tribunal jusqu'à la rue, dévalant le grand escalier comme un torrent : par vingt-six voix contre vingt-trois le Cardinal-Prince de Rohan était déchargé de toute accusation. C'était l'acquittement pur et simple, sans blâme, sans excuses publiques.

Les deux amis l'accueillirent sans commentaire. Ils laissèrent s'écouler le flot tumultueux qui se précipitait déjà dans la cour du palais pour assister au départ de l'ex-accusé qui allait pouvoir rentrer immédiatement chez lui. Ils partirent dans les derniers.

– Le voilà le héros du jour ! soupira Beaumarchais qui tout en marchant la tête penchée fixait le bout de sa canne avec une attention soutenue. C'est peut-être un peu beaucoup.

– Pourquoi ? Dans cette triste histoire, il n'était tout de même qu'une victime...

– Une victime qui espérait fermement faire cocu son Roi. Mon ami, ce jugement est grave car non seulement le Parlement n'a tenu aucun compte des ordres du Roi mais il en a pris nettement le contrepied et la victime, à présent, c'est la Reine qui fait figure de coquette étourdie, sans moralité et capable de n'importe quelle sottise.

– Elle est coquette et étourdie... et son intelligence n'est pas immense.

– Sans doute. Mais cela devrait rester le secret d'un entourage restreint. Monsieur va être content : cette affaire et ce jugement jettent de la boue sur les marches du trône. Ecoutez donc comme le pleuple est heureux de ce soufflet appliqué à une Reine qu'il adorait, il y a encore bien peu de temps.

C'était vrai. Dehors, on chantait, on riait, on acclamait le nom du Cardinal. De loin, Beaumarchais et Tournemine assistèrent à la sortie du héros du jour et l'aperçurent pâle mais souriant à la lumière des torches qui lui faisaient une sorte de retraite aux flambeaux. Sa voiture semblait voguer sur une mer humaine et ce ne fut qu'après un long moment qu'elle disparut entre la double haie de décombres du Pont-au-Change.

– Des décombres! murmura Pierre-Augustin. Ce pauvre homme ne semble guère s'apercevoir de ce qu'il cause. Fasse le Ciel que cela n'amène pas la mort de la royauté en France!

Comme il achevait ces mots, un bruit grinçant de roues mal graissées se fit entendre, accompagné d'un écho de prières psalmodiées : le déblaiement du cimetière des Innocents continuait. Au bout de la rue prolongeant le pont Notre-Dame, les chariots de la mort recommençaient à passer, emportant leur sinistre charge...

Parcourus d'un désagréable frisson, les deux amis se serrèrent la main et se séparèrent.

LES AMIS DE THOMAS JEFFERSON

Deux jours après ce jugement qui avait secoué Paris, Gilles soupait à la légation des Etats-Unis dans une ambiance bien différente et beaucoup plus agréable. Par les fenêtres ouvertes sur l'avenue de Neuilly que l'on commençait d'appeler l'avenue des Champs-Elysées, entraient des parfums d'herbes, de foin fraîchement coupé, de troène, de tilleul et de sureau qui embaumaient la nuit de juin et faisaient de cet instant un instant privilégié.

A travers les épaisses frondaisons des doubles rangées d'ormes centenaires qui soulignaient chaque côté de la chaussée, quelques lumières piquaient l'obscurité, découpant des formes de branches et de feuilles : celles du poste de garde des Suisses installé dans le grand pavillon moderne construit par l'architecte Ledoux à la barrière de Chaillot, si voisine que les piliers d'ancrage de sa grille s'appuyaient au mur de la légation; celles aussi de l'élégant hôtel de la comtesse de Marbeuf qui se trouvait juste en face, de l'autre côté de l'avenue. Mais ces lumières étaient assez discrètes pour que l'impression de campagne fût complète.

C'était d'ailleurs ce côté champêtre qui avait séduit Thomas Jefferson, nouvel envoyé des jeunes Etats-Unis qui, environ un an plus tôt, avait succédé, en France, à Benjamin Franklin. Logé alors dans une impasse, le cul-de-sac Taitbout, il avait jugé à la fois intolérable l'existence dans ce fond de cour et tout à fait indigne de son pays l'étroit logis qu'il y occupait. Il s'était donc mis en quête d'une belle maison assez campagnarde, pour qu'il fût possible d'y oublier les boues de Paris. Son idéal s'était trouvé dans ce bel hôtel de Langeac, construit dix-huit ans plus tôt par le comte de Saint-Florentin pour sa maîtresse, la marquise de Langeac.

De construction récente, de belles dimensions et de lignes sobres (l'architecte en était Chalgrin) l'hôtel, situé au coin de la rue Neuve-de-Berri, était l'un des rares existant alors dans ces Champs-Elysées où quelques guinguettes entourées de bosquets touffus, providences des amoureux en été, voisinaient avec des cultures maraîchères et où l'on trouvait alors plus de salades, de poireaux et de carottes que d'ifs taillés et de parterres « brodés ». Après la mort de la marquise, son fils avait d'abord loué l'hôtel au comte d'Artois, dont les grandes écuries se trouvaient voisines, pour y installer sa maîtresse, à lui, la belle Louise Contat de la Comédie-Française qui n'y était d'ailleurs pas restée très longtemps, l'endroit lui paraissant trop désert et trop écarté.

Depuis qu'il s'y était installé, au mois d'octobre précédent, avec ses deux filles, Patsy et Polly, leur gouvernante, son secrétaire William Short, son maître d'hôtel français et son cuisinier mulâtre, Thomas Jefferson s'était appliqué à donner un cachet très virginien à cette aimable demeure aménagée naguère pour les coquetteries d'une Célimène. Ainsi, dans la salle à manger, des panneaux de velours vert alternaient avec de blanches boiseries au dessin net d'où s'enlevaient, sur des consoles, des bustes sévères d'hommes d'Etat. Ainsi, dans le grand jardin, dont Jefferson s'occupait avec des soins d'amoureux, une plantation d'un superbe maïs, cet « Indian Corn » provenant en droite ligne d'un village d'Indiens cherokees dont ne pouvait se passer l'ordinaire d'un Virginien de bonne souche, avait remplacé l'un des parterres de fleurs.

Il avait d'ailleurs, le maïs « du jardin », figuré en bonne place au menu offert aux convives de ce soir. On l'avait servi « on the cob », sur l'épi, avec du beurre et du sirop après l'avoir cuit dans l'eau bouillante. Avec lui, l'admirable jambon de Virginie « honey cured and hickory smoked »(1) était apparu flanqué de sa sauce faite de miel et de jus d'orange, et aussi le poulet frit à la manière du Maryland. Un énorme gâteau « Angel Food », luisant comme un glacis sous une épaisse carapace de sucre et enguirlandé de crème fouettée, constituait le dessert que venaient d'apporter gravement les valets orchestrés par M. Petit, l'imposant maître d'hôtel du ministre plénipotentiaire.

Chacun ayant englouti en silence une part imposante de ce monument fourré de fruits frais, le bien-être et l'aimable décontraction qu'engendre la bonne chair s'emparaient des convives avec un brin de laisser-aller.

(1) Traité au miel et fumé au bois d'hickory.

C'était l'heure où allaient apparaître le café, les cigares et le « punch » traditionnel et chacun s'apprêtait à leur faire l'accueil convenable.

Autour de la table luisante de belle argenterie, fleurie de roses et illuminée par plusieurs bouquets de bougies, sept hommes avaient pris place autour du ministre, sept Américains et c'était ce qui expliquait ce menu typiquement national donné en l'honneur de l'un d'eux.

Le héros de ce « dîner de famille » comme Jefferson aimait à en donner était un jeune homme de trente ans, le colonel John Trumbull, fils d'un gouverneur du Connecticut, qui venait d'arriver de Londres où le ministre l'avait rencontré trois mois plus tôt. Mais ce n'était pas pour ses exploits guerriers que ce jeune ancien combattant de la guerre d'Indépendance avait attiré la sympathie de Jefferson mais bien pour son réel talent de peintre. Aimable, cultivé, John Trumbull, qui avait pris ses grades universitaires à Harvard et qui, durant une année, avait été, à Londres, l'élève du peintre Benjamin West, venait d'accepter l'invitation de Jefferson à séjourner autant qu'il lui plairait à l'hôtel de Langeac afin de connaître les merveilles artistiques de la France, de visiter les collections du Louvre et aussi le Salon qui avait lieu chaque année à Paris.

Autour de lui, ce soir, le ministre américain avait réuni plusieurs de ses compatriotes, vrais ou supposés tels, auxquels il portait de l'intérêt pour une raison ou pour une autre. Il y avait là celui que l'on surnommait « le tigre des mers », l'amiral John Paul-Jones, petit homme roux comme une carotte pourvu de bras interminables mais doué d'une force prodigieuse, en dépit d'une apparente fragilité, et d'un charme auquel peu de femmes résistaient car il résidait surtout dans l'ironie de son sourire et l'éclat froid de ses yeux gris. Il était, avec Jefferson lui-même, l'un des vétérans de l'assemblée car il approchait la quarantaine.

Lui n'habitait pas la légation. En revanche, le colonel David Humphrey, trente-cinq ans, ancien aide de camp du général Washington et secrétaire de la Commission américaine chargée d'établir des traités de commerce avec les nations européennes, y tenait ses quartiers, de même que William Short, vingt-six ans, secrétaire de Jefferson qui était le mondain de la légation, affichait un goût prononcé pour la vie parisienne... et cachait soigneusement la passion dévorante qu'il éprouvait pour la jeune et ravissante duchesse de La Rochefoucauld.

Deux commerçants, John Appleton, marchand, marin et constructeur de navires à Calais, et Samuel Blackden, ami personnel de Paul-Jones et tout fraîchement débarqué à Paris lui aussi complétaient la liste des convives avec un jeune homme dont Thomas Jefferson avait fait la connaissance l'hiver précédent par l'entremise de Tim Thocker, son courrier préféré avec le général Washington, Premier Président des Etats-Unis : le « capitaine » John Vaughan.

Ami passionné des arts, grand architecte lui-même, élégant et discret, le ministre s'était senti naître une amitié spontanée pour ce grand garçon taciturne et timide, dont la courtoisie pleine de réserve et l'aspect un peu sévère, en dépit d'une magnifique allure et d'un charme indéniable, lui semblaient tout à fait typiques d'un jeune Américain de bonne souche ayant connu jusque-là une vie difficile. Et quand il considérait ce nouvel ami, toujours irréprochablement élégant dans ses vêtements sobres de cette coupe anglaise dont il était l'un des fervents, Jefferson se disait qu'il aurait aimé avoir un fils comme celui-là...

De son côté, Gilles de Tournemine, alias John Vaughan, ne pouvait se défendre d'une amitié grandissante qui venait s'ajouter à l'admiration toujours éprouvée, avant même de le connaître, pour l'homme qui avait rédigé la fameuse Déclaration d'Indépendance. Cette admiration rejoignait celle qu'il avait vouée jadis à cet autre gentilhomme de Virginie, au grand artisan de la liberté américaine, au général George Washington dont il avait eu l'honneur d'être l'aide de camp...

Assis entre John Trumbull et Samuel Blackden, il

regardait à travers la fumée de son cigare le visage passionné de son hôte qui développait, à l'intention de ses invités en général et du peintre en particulier, l'un des sujets qui lui tenaient le plus à cœur : le génie architectural de l'architecte italien Palladio qui avait pour lui plus d'intérêt que les actualités judiciaires parisiennes.

A quarante-trois ans, Jefferson, avec sa haute silhouette mince et bien découplée, ses traits à la fois fins et énergiques, ses épais cheveux auburn dont l'argenture seyante ne devait rien à la poudre, demeurait un homme très séduisant et plus d'une jolie femme de la société caressait le rêve secret de remplacer auprès de lui la jeune épouse qu'il ne cessait de pleurer, la charmante Martha Wayles Skelton, morte il y avait à peine quatre ans. Mais on ne lui connaissait pas d'aventures féminines, rien qu'une très tendre amitié pour la charmante et spirituelle comtesse de Tessé, tante par alliance de La Fayette...

Sa voix aussi, grave et enthousiaste, était un charme. Elle maniait le français sans le moindre accent et avec une rare perfection, surtout lorsqu'il développait, comme en ce moment, un sujet qu'il aimait.

– Je soutiens que la coupole représente le sommet dans l'art de Palladio, plus noble encore que ses doubles portiques dont la majesté rend cependant ses œuvres sans égales. Il est le seul dont les travaux surpassent presque les splendeurs de l'art grec ou romain...

– Vous aimez l'Antiquité à ce point ? dit le peintre en souriant.

– A un point inimaginable ! Lorsque je me suis rendu à Nîmes dans le Midi de la France voici quelques mois, je suis demeuré des heures en contemplation devant la Maison carrée. Je crois que je la regardais tout à fait comme un amant regarde sa maîtresse.

– Elle n'a guère de coupoles, cependant...

– Non, mais tant de noblesse, de si justes proportions ! En fait de coupole, d'ailleurs, mon ami je compte vous montrer, ici même, l'une des merveilles du genre. Même chez Palladio, il n'est pas de plus noble dôme que celui de la nouvelle Halle aux Blés.

– La Halle aux Blés ?

– Mais oui, la Halle aux Blés de Paris. Tant que vous ne l'aurez pas vue, vous n'aurez aucune idée de la perfection de cette admirable rotonde, construite sur une charpente d'un modèle tout à fait nouveau. Pour ma part, je compte en faire faire des dessins poussés que j'enverrai dans ma chère ville de Richmond afin que cela serve de modèle pour le Capitole qui va s'y construire. Peut-être aussi pour le nouveau Marché et même, pourquoi pas, pour ma propre demeure car j'en suis venu à cette conclusion que ma maison de Monticello aurait plus de grâce et plus de noblesse si je la couronnais d'un dôme... Mais revenons à vous. Il vous faudra voir également toutes les merveilles de la nouvelle architecture moderne de Paris : les pavillons que M. Ledoux construit aux barrières pour abriter l'Octroi, ainsi que vous pouvez en admirer de ces fenêtres. Il y a aussi, tout près d'ici, l'église neuve de Saint-Philippe-du-Roule et les superbes écuries que Mgr le Comte d'Artois a fait construire au coin de notre rue Neuve-de-Berri et du faubourg Saint-Honoré. Et puis l'admirable hôtel du prince de Salm dont les jardins descendent jusqu'à la Seine (1)...

Quand Jefferson était lancé sur son sujet préféré il était pratiquement impossible de l'arrêter. Il devenait une sorte de fleuve à la fois lyrique et majestueux. Gilles cessa d'écouter pour se plonger dans ses propres pensées. Il n'aimait, en effet, ni l'architecture ni les plantes potagères et si, jusqu'à présent, il avait tant aimé venir chez le ministre des Etats-Unis, c'était surtout parce qu'il s'y était forgé, petit à petit, cette personnalité américaine dans laquelle il se sentait chaque jour un peu plus à l'aise, un peu mieux adapté. C'était d'ailleurs ce qu'avait voulu Tim, reparti au pays depuis

(1) C'est actuellement la Grande Chancellerie de la Légion d'honneur.

quatre mois déjà et qui, au moment du départ, lui avait dit en l'embrassant :

– La maison de M. Jefferson, c'est un vrai petit coin de Virginie implanté dans Paris. Tu pourras y apprendre à devenir un vrai citoyen des Etats-Unis, ce qui sera bien utile si tu décidais un jour de le devenir pour de bon et de venir à Providence recueillir l'héritage du vieux John Vaughan...

L'idée, sur le moment, lui était apparue séduisante et, souvent, il s'y était attardé, laissant son esprit vagabonder sur les traces légères d'un petit garçon blond que l'on élevait quelque part en pays mohawk, sous les peaux tannées d'une hutte iroquoise, un petit garçon dont il savait bien qu'un jour il ne pourrait plus résister à l'envie de le retrouver. Mais il savait aussi qu'il ne quitterait jamais la France tant que Judith demeurerait captive du Carmel de Saint-Denis.

Plus d'une fois, au cours de cet hiver, il avait guidé les pas de Merlin jusqu'en vue du grand portail du couvent et il était resté là de longs moments, à contempler ces murailles muettes comme si, par la seule vertu de sa volonté et de son profond désir, il avait espéré les voir s'écrouler comme les murs de Jéricho à l'appel des trompettes d'Aaron... Mais rien ne bougeait jamais. Saint-Denis demeurait Saint-Denis comme devant et Gilles revenait alors chaque fois plus amer, et s'en venait demander à Mme de Balbi de l'aider à oublier un moment ce tourment que la Reine semblait prendre plaisir à prolonger.

Tourment d'autant plus cruel que le faux John Vaughan n'avait rien d'autre à faire que mener une élégante existence d'oisif. Depuis l'affaire de Seine-Port, pas une seule fois le Roi ne lui avait fait signe, pas une seule fois il n'avait eu besoin de lui. C'était au point que parfois il se demandait si, à Versailles, on ne l'avait pas totalement oublié...

Cela représentait, dans son existence, un vide de plusieurs mois, peuplé de quelques nouvelles : la mort, en novembre, du gros duc Louis-Philippe d'Orléans qui s'en était venu dormir son dernier sommeil dans la petite église de Sainte-Assise tandis que la Montesson, sa veuve, entrait dans un couvent élégant pour y prendre un deuil de princesse. Il y avait eu aussi, en janvier, le mariage de l'ambassadeur de Suède, le baron de Staël-Holstein, avec l'étrange Germaine Necker, un bas-bleu aux yeux de flammes qui avait, pour une jeune fille, une bien curieuse manière de dévisager les hommes. Les noces avaient fait retentir la paisible rue du Bac de leur faste et Gilles, traîné par Fersen, qui était témoin après avoir bien failli épouser lui-même la jeune Germaine, y avait assisté et s'y était fort ennuyé car la tribu Necker lui avait paru indigeste. Et puis, bien sûr, il y avait eu, en mars, le mariage de Pierre-Augustin et de Thérèse et, se souvenant du visage illuminé de bonheur de son amie, Gilles avait pensé que cela avait été, pour lui, le seul bon moment de ces six derniers mois.

A présent, et depuis la conclusion du procès du Collier, l'envie de franchir l'Atlantique lui était revenue, sournoise mais plus insistante que jamais. Le jugement lui laissait un goût amer de dérision et un bizarre contentement. A mieux l'examiner, il en était venu à conclure que cela tenait à ce qu'il n'aimait pas la Reine comme il aimait le Roi, qu'il lui gardait rancune de tenir Judith en prison, même si c'était dans les meilleures intentions du monde. Qui donc pouvait, mieux que lui-même, savoir où résidait son bonheur ? Et de quel droit laissait-elle l'épouse de Gilles continuer à se croire veuve... alors que sa conduite, à elle, n'apparaissait pas des plus pures ? Il y avait plusieurs mois, déjà, que l'on avait proclamé que Marie-Antoinette était enceinte une nouvelle fois, que l'enfant attendu naîtrait aux environs de la mi-juillet... exactement neuf mois après le voyage à Fontainebleau... Aussi, depuis deux jours, Gilles caressait-il le projet de se rendre à Versailles, d'y demander audience à la souveraine et de réclamer hautement son épouse et le droit de l'emmener avec lui outre-mer.

Peut-être essuierait-il un refus. En ce cas, l'idée d'un coup de force contre le couvent n'était pas pour lui déplaire. Même si l'on lançait à ses trousses toute la maréchaussée du royaume, il savait que la lutte lui serait facile tant il se sentait habité par la passion de la liberté, dût-elle même devenir éternelle. Mourir en tenant dans sa main celle de Judith, ce serait peut-être encore le plus merveilleux des bonheurs... Ce serait, en tout cas, la fin de toutes leurs tribulations...

Il en était là de ses songeries quand une main, frappant sur son épaule, le ramena si brutalement sur terre qu'il faillit renverser le verre d'eau-de-vie de pêche qu'il réchauffait dans sa main et qu'il contemplait depuis un moment sans même s'en rendre compte.

– A quoi pensez-vous donc, Vaughan? fit la voix joyeuse de Samuel Blackden, son voisin immédiat. Dieu me pardonne, vous regardez votre verre d'un œil si sévère et si menaçant qu'on pourrait supposer qu'il vous a fait quelque chose et que vous lui en voulez... ou alors vous dormez!

Voyant tous les regards fixés sur lui, Gilles reposa le verre, essuya calmement les quelques gouttes d'alcool qui avaient coulé sur sa main et sourit.

– Excusez-moi! Je n'ai rien contre cette eau-de-vie qui est parfaite et je vous assure que je ne dormais pas. Mais je crois bien que je rêvais tout de même...

Blackden rit de plus belle.

– Eh bien!... Celle qui vous envoie ainsi dans la lune doit être une vraie sirène car l'amiral vous a, par deux fois, posé la même question et vous n'en avez rien entendu...

– Laissez-le donc tranquille, Blackden! interrompit Paul-Jones avec bonne humeur. En ce qui me concerne, je n'aime pas que l'on interrompe mes rêves. Ils vous emportent si loin parfois...

– Je n'en suis pas moins désolé, dit Gilles. Que disiez-vous, amiral?

– Je vous demandais seulement si vous n'aviez pas envie de profiter de mon bateau pour aller voir votre pays. Mon fidèle *Bonhomme Richard* m'attend à Brest et je pars demain pour le rejoindre afin d'aller passer quelques mois en Virginie, chez mon père adoptif. J'aimerais vous montrer la Virginie qui est une terre magnifique. Et puis, vous pourriez en profiter pour remonter jusqu'à Providence afin d'entrer en possession de vos biens...

Le sourire de Gilles s'accentua. La proposition du marin était séduisante. Elle venait, en outre, comme une réponse aux questions qu'il se posait depuis deux jours. Mais le départ était trop proche pour lui laisser le temps de reprendre Judith. Et puis, au fond de lui-même, il n'aimait guère l'idée de Tim d'aller revendiquer l'héritage de John Vaughan. C'était une chose qu'emprunter le nom d'un vieux marin mort sans descendance et c'en était une autre que s'installer dans ses meubles. Mais tout cela était impossible à invoquer comme excuse...

– Je partirais volontiers avec vous, amiral, répondit-il, car je ne saurais avoir meilleur guide ni plus glorieux introducteur, mais j'ai encore bien des affaires à régler ici, ne fût-ce que celle de l'assurance de la *Susquehanna* aux Lloyd's de Londres. Cet argent pourrait me permettre d'acheter un navire à réparer... ou même d'en construire un autre, ainsi que ne cesse de me le prêcher mon ami Appleton ici présent.

– Appleton prêche pour son saint, intervint Jefferson, et surtout pour son chantier naval de Calais. Attendez donc un peu, John, avant de vous lancer dans cette aventure : un navire coûte cher et la générosité des Lloyd's, surtout envers un skipper américain, reste à démontrer. A ce propos...

Une tumultueuse entrée lui coupa la parole. Précédé par un valet visiblement débordé et suivi d'une grosse dame armée d'une minuscule ombrelle et coiffée d'un gigantesque chapeau, un petit vieillard faisait irruption, brandissant lui aussi une ombrelle mais grande comme une tente de campagne et d'un joyeux rouge coquelicot. Il était ridé comme une pomme, ses jambes auraient pu servir de pieds à un fauteuil Louis XV et il n'avait pratiquement plus de dents, mais il n'en faisait pas moins preuve d'une vitalité digne d'un adolescent.

– Ah, messieurs ! s'écria-t-il à demi étranglé par l'émotion, ah ! messieurs, quel coup funeste, quelle chose affreuse !... Il a fallu que je vienne à vous dans l'instant... à vous qui êtes les champions de la Liberté, à vous qui venez de lever l'étendard victorieux de la révolte contre les forces... de l'oppression monarchique... à vous qui...

Il s'arrêta tout à coup, comme un automate dont le ressort est arrivé au bout de sa course, battit l'air de ses bras, ferma les yeux et s'évanouit tandis que l'on se précipitait à son secours au milieu d'un grand bruit de chaises remuées et que la grosse dame glapissait.

– Bon ami ! Bon ami !... Je vous ai toujours dit que vous aviez tort de vous mettre dans de tels états !...

– Portez M. de Latude sur la méridienne de la bibliothèque, ordonna le ministre aux valets qui avaient déjà relevé le petit vieillard. Vous y porterez aussi les eaux-de-vie, les cigares, le punch et encore du café. Ce pauvre ami en aura sûrement besoin.

A la suite du cortège, chacun se dirigea vers la grande pièce vêtue d'acajou et de reliures précieuses, qui était, avec la salle à manger, celle où Jefferson aimait le mieux réunir ses amis. Gilles suivit, plus lentement : de tous les habitués de l'hôtel de Langeac, le vieux Latude était peut-être le seul qu'il ne pouvait pas voir. Cette ancienne victime de la Pompadour qui promenait partout ses trente-cinq ans de captivité comme une bannière, cet ancien garçon barbier pris jadis à son propre piège et qui se retrouvait à présent pensionné du Roi et « vicomte de Latude » par l'inadvertance de la Chancellerie royale avait le don de lui taper sur les nerfs, presque autant que sa compagne, la replète Mme Legros, mercière retraitée, qui s'était instituée sa protectrice, sa fille, sa compagne de tous les instants et son accompagnatrice obligatoire dans tous les salons libéraux où Latude se taillait de beaux succès depuis deux ans. Elle mettait la « musique » de ses soupirs, de ses exclamations et de ses larmes sur l'interminable opéra à un seul personnage que jouait, avec un souffle épuisant pour ses auditeurs, ce champion de l'évasion sur une grande échelle.

– Je ne comprendrai jamais, dit Paul-Jones qui n'avait pas jugé bon, lui non plus, de se précipiter et qui avait fait le tour de la table pour rejoindre Gilles, ce qui a pu séduire notre ministre dans ce petit bavard insupportable. Comment n'est-il pas excédé d'entendre continuellement les récits de ses captivités et de ses évasions ? Ce n'est pas Latude, c'est Théramène cet homme-là !... Pour ma part, j'en suis accablé et je crois, Dieu me pardonne, que si je quitte demain la France, c'est pour ne plus l'entendre.

– M. Jefferson voit en lui une sorte de combattant de la liberté à tout prix. En outre, il faut bien avouer que trente-cinq années de captivité sont une chose affreuse, bien propre à émouvoir un cœur aussi généreux que le sien. Songez un peu : trente-cinq fois trois cent soixante-cinq jours ! Une vie entre les quatre murs d'une prison ! C'est à rendre fou...

– Peut-être, mais quel résultat ! Regardez un peu ce bonhomme : le voilà vicomte, bien renté, devenu une manière de héros national, dorloté dans les salons sans compter la grosse mercière qui le mitonne comme un bébé. Il n'en aurait jamais eu autant s'il était resté barbier. En tout cas, un tel homme n'est guère un exemple à montrer à des jeunes filles comme les demoiselles Patsy et Polly !

– Bah ! Elles ne quittent guère leur couvent de Panthemont. Il ne peut pas les choquer beaucoup à cette distance. Ceci dit, je suis comme vous, je ne l'aime pas mais, peut-être après tout sommes-nous, l'un et l'autre, trop... puritains.

– Puritain, moi ? En dépit de mon sang écossais, je proteste que vous m'insultez, Vaughan ! Moi qui ne cesse de faire des folies pour les femmes ! Moi qui ne sais pas résister quand on m'en signale une que je ne connais pas! Tenez... que faites-vous en sortant d'ici?

– Que voulez-vous que je fasse? Je vais me coucher, parbleu... et peut-être plus tôt que je ne pensais si ce vieux raseur s'installe. Bien que, pour une fois, il paraisse avoir quelque chose de plus intéressant que lui-même à raconter... Je crois d'ailleurs qu'il revient à lui...

La voix enrouée de l'ancien pensionnaire de la Bastille et de Vincennes s'entendait, en effet, de nouveau mais, au moment de pénétrer dans la bibliothèque, Paul-Jones retint son compagnon.

– Cette nuit est la dernière que je passe à Paris, plaida-t-il. J'aimerais que nous la brûlions ensemble. Mettez cela sur le compte d'une sympathie que j'espérais avoir le loisir de développer au cours de la traversée. Ne me refusez pas. Je crois pouvoir vous promettre que vous ne le regretterez pas.

– Mais je sais déjà que je ne regretterai pas d'être auprès de vous, amiral, bien au contraire...

– Vraiment? Vous me comblez de joie. Ecoutez! Afin de me donner de plus vifs regrets encore, un ami m'a proposé de me présenter à la plus jolie femme de Paris. Elle est, paraît-il, la maîtresse d'un banquier richissime et sa maison, où elle tient table et jeux ouverts, est infiniment agréable. Et bien qu'elle ne soit là que depuis peu de temps, certains la nomment déjà la Reine de la Nuit tant elle est belle et séduisante. N'en avez-vous pas entendu parler?

– Mon Dieu non, pas encore. Hormis pour me rendre ici, ou chez mon ami Beaumarchais, je sors assez peu... Ceci dit, je vous accompagnerai avec plaisir.

Entrant dans la bibliothèque, ils s'approchèrent du cercle formé autour du canapé sur lequel Latude, accommodé d'une pile de coussins, était en train de reprendre ses esprits en avalant un verre de ce redoutable punch virginien qui mélangeait le rhum à la bière et à quelques autres ingrédients capables d'étendre raide un buveur moyen. Mais le vieil homme paraissait y puiser des forces nouvelles.

— Eh bien, dit Jefferson quand il le vit un peu remonté, nous direz-vous, cher ami, ce qui vous a mis dans cet état ?

Tout en parlant, il faisait signe à un valet de remplir à nouveau son verre. Madame Legros tendit le sien.

— Il n'est pas raisonnable, monsieur le ministre, pas raisonnable du tout ! J'ai voulu l'empêcher de venir jusqu'ici en lui expliquant que demain matin serait assez tôt, qu'il avait besoin de se coucher, mais il n'a rien voulu entendre. Il vous aime tant, voyez-vous, qu'il lui faut partager avec vous toutes ses émotions, celle de ce soir comme les autres. Il faut vous dire que nous étions priés à souper chez de bons amis à moi qui ont leur demeure en face de l'hôtel de Rohan-Strasbourg et que nous avons été...

— Mais taisez-vous donc, pécore ! s'écria Latude indigné. Vous racontez tout comme une sotte et êtes bien incapable de traduire les états d'âme d'un homme comme moi ! Je suis assez grand pour raconter tout seul... En effet, mon ami, ajouta-t-il d'un ton plus aimable en se tournant vers Jefferson, nous étions chez des amis quand, par les fenêtres ouvertes, nous avons vu les gens qui passaient dans la rue se rassembler peu à peu autour d'une femme sortant tout juste de l'hôtel de Rohan et qui pleurait, qui pleurait... oh ! c'était à faire pitié. Un homme l'a rejointe, qui la cherchait sans doute mais qui, la voyant entourée de monde, est resté avec elle et ils ont raconté à la foule ce qui venait de se passer chez ce pauvre Cardinal...

— Comment cela, ce pauvre Cardinal ? dit le ministre. N'est-il pas sorti blanc comme neige du Parlement ?

— Eh oui ! mais cela n'a pas fait l'affaire de Versailles. Il paraît que, ce tantôt, le baron de Breteuil, l'ennemi juré du Cardinal et le ministre des vengeances de la Reine, s'est fait porter chez Monsieur le Cardinal, en dépit d'une maladie, pour lui demander, de la part du

Roi, sa démission de la Grande Aumônerie et son cordon bleu. En échange, il lui a signifié un ordre d'exil. On l'envoie dans son abbaye de la Chaise-Dieu, dans le fin fond des montagnes d'Auvergne, avec défense de jamais reparaître à la Cour... Il doit être parti demain.

– Le Roi a modifié le jugement du Parlement ? dit Paul-Jones. En ce cas, ce n'était guère la peine de lui demander de se prononcer sur cette affaire...

– C'est un scandale, n'est-ce pas ? renchérit Mme Legros décidément incapable de se taire. On exile ce pauvre cher Cardinal tout comme l'on a exilé Reteau de Villette, le faussaire. La même peine...

– Pas tout à fait, coupa Gilles. J'étais au procès, j'ai entendu la sentence... d'ailleurs ridicule de ce Reteau. Il va être conduit enchaîné à une frontière. Le Cardinal gagnera librement son abbaye, c'est-à-dire une terre française où il est le maître. Il y a tout de même une nuance...

– Je vous l'accorde, s'écria Latude, mais l'aggravation de jugement ne vise pas que le Cardinal. On chasse Cagliostro ! Lui aussi doit quitter la France, et vite, avec le peu qu'on voudra bien lui laisser, sans doute, de sa fortune. Oh ! il n'est pas difficile de deviner d'où est venu le coup. Le Roi, lui, est une bonne pâte d'homme mais l'Autrichienne en fait ce qu'elle veut et sa haine envers le Cardinal ne désarme pas. La foule, devant l'hôtel de Rohan-Strasbourg, ne s'y est pas trompée, elle ! J'aurais voulu que vous entendiez le vacarme, les cris de colère, les menaces que l'on faisait entendre. Une chose est certaine : à cette heure, le peuple de Paris s'assemble afin d'empêcher le Cardinal et sa suite de sortir de l'hôtel. Et si l'on envoie la troupe pour dégager les portes, il y aura du sang versé...

– Il n'y aura pas de sang versé, dit encore Gilles. Le Cardinal ne le permettra pas. Cet homme-là se pliera à la volonté royale sans un mot de protestation, j'en suis certain.

– On le sait bien et c'est pour cela, surtout, que nous sommes accourus ici. Monsieur le ministre, je vous en conjure, il faut que vous fassiez quelque chose...

– Moi ? fit Jefferson abasourdi. Mais que voulez-vous que je fasse ?

– Courez à Versailles ! Le Roi vous aime et vous veut du bien. Expliquez-lui qu'il doit rapporter cet ordre d'exil inique, s'il ne veut pas voir demain Paris à feu et à sang. Dites-lui...

– Là, là, mon ami ! Comme vous y allez... Je ne peux ni ne veux intervenir en quoi que ce soit dans cette affaire qui est une affaire intérieure de la France et ne regarde en rien les étrangers. On ne me pardonnerait jamais, à Annapolis, en admettant que je me laisse entraîner par vous, ce qu'à bon droit on considérerait comme une lourde faute...

– Alors, voyez la Reine en privé ! En privé ! On trouve suspect à Paris cette grande sévérité pour un homme qui, après tout, était peut-être bien tout de même son amant... C'est une garce, mais...

Le sang monta brutalement au visage de Tournemine.

– Misérable !... gronda-t-il, prêt à se jeter sur Latude, mais déjà une poigne vigoureuse le retenait.

– Du calme, John ! dit Jefferson d'une voix dont la douceur contrastait avec la dureté de sa main. Notre ami se laisse emporter par la générosité de sa nature qui lui fait craindre le sang versé et vous, vous êtes comme tous nos jeunes hommes, un peu amoureux de la Reine de France. Mon cher monsieur de Latude, ajouta-t-il beaucoup plus fermement, je vous serais fort obligé de ne plus me parler de Versailles. Je n'ai rien à y faire et je n'irai pas.

Puis, baissant la voix tandis que quelqu'un d'autre posait une question à l'ancien prisonnier, il murmura mi-sérieux, mi-moqueur, à l'adresse de Gilles.

– Taisez-vous donc ! Vous oubliez que vous êtes américain. Ma parole, vous réagissez comme un gentilhomme français... ou comme un Garde du Corps !

En dépit de son empire sur lui-même, Gilles tourna

vers le ministre américain un regard qui s'effarait mais il ne rencontra qu'un visage souriant et un regard amusé.

– Avant de partir, ce soir, ajouta le ministre, passez donc un instant dans mon cabinet. J'ai quelque chose à vous remettre...

Sans laisser à Gilles le temps de lui répondre, il s'éloigna de quelques pas pour se faire servir un verre de punch. Personne n'avait fait attention à leur bref aparté. La conversation roulait à présent sur la comtesse de La Motte et quelqu'un demandait si la sentence qui la frappait avait été exécutée...

– Pas encore, dit Latude, et d'aucuns pensent qu'elle ne le sera jamais. On dit que des recommandations la concernant sont venues de très haut, durant le procès, car ce n'était pas elle que la Reine voulait voir pendre mais bien Rohan. Le Parlement n'a pas tenu compte de ces recommandations puisqu'il l'a condamnée au fouet, à la flétrissure et à l'internement à vie à la Salpêtrière, mais nous venons d'avoir la preuve de la facilité avec laquelle le Roi peut modifier un jugement. Elle sera graciée... Ce serait la conséquence logique de l'accablement du Cardinal, car pour la Reine il n'y a qu'un seul coupable et c'est Rohan. Mme de La Motte n'est qu'une comparse, un instrument. Je sais par expérience qu'un instrument se brise aisément s'il est de peu de valeur. Mais cette femme est tout de même une Valois. On aura égard au nom, sinon à la femme. On la fera évader par exemple...

– L'a-t-on ramenée à la Bastille ?...

– Non. Elle est toujours à la Conciergerie. C'est pourquoi je suis à peu près certain qu'on lui donnera la clef des champs. Une faible femme ne saurait s'évader de la Bastille. Pour cela, il faut être un homme vigoureux, patient, plein d'industrie. Tenez, je me souviens de ma première tentative...

D'un même mouvement, Gilles et Paul-Jones s'écartèrent du cercle établi autour du canapé et cherchèrent refuge dans une zone moins éclairée, près des grandes armoires d'acajou garnies de belles reliures aux ors assourdis.

– Le voilà qui recommence ! gémit le marin. Il y en a pour jusqu'au matin. Quittons la place maintenant. Demain, avant de monter en voiture, je reviendrai faire mes adieux à Jefferson... Pour le moment, allons le saluer et sortons !

– Pardonnez-moi, mais je ne peux plus vous accompagner. Le ministre m'a demandé de passer un instant dans son cabinet pour une affaire importante lorsque la soirée sera finie. Croyez bien que je regrette...

– Ah non ! Vous n'allez pas m'abandonner ! Dites à Jefferson que vous le verrez demain. Je vous assure que vous en avez jusqu'au matin. Cela reviendra au même...

– Peut-être mais je ne suis pas le grand John Paul-Jones et je ne peux me permettre une attitude aussi désinvolte envers un homme de son âge. A tout le moins, il faut que je patiente encore un peu...

– Eh bien, demeurez encore un moment et venez me rejoindre. Moi je pars, j'ai devant moi trop peu de temps pour le gaspiller. Viendrez-vous ?

– Je ferai tous mes efforts pour...

– Cela ne me suffit pas. Je veux une promesse.

Tant d'insistance finissait par intriguer Gilles. Jusqu'à présent, Paul-Jones lui avait montré une certaine sympathie, il l'avait même invité, un soir, à souper chez lui, boulevard Montmartre, dans l'appartement qu'il louait à un certain M. de La Chapelle et qu'il partageait avec sa maîtresse, une Mrs Townsend qui se prétendait fille du feu roi Louis XV et que Gilles n'aimait pas beaucoup. Mais l'état de leurs relations, jusqu'alors, ne justifiait pas qu'il fût indispensable de passer ensemble la dernière nuit... à moins que Paul-Jones, dans son impérieux désir de rencontrer celle qu'il appelait la Reine de la Nuit, ne cherchât à se procurer, tout simplement, un alibi capable d'attester devant l'irascible Mrs Townsend (car elle était insupportable) qu'ils avaient achevé la nuit ensemble...

– Allons, promettez ! reprit le marin. Peut-être n'aurez-vous pas, de sitôt, l'occasion d'être conduit chez cette Mme de Kernoa car, si sa maison est fastueuse, il faut tout de même montrer patte blanche pour y être admis.

Gilles, qui n'écoutait que d'une oreille, tressaillit.

– Quel nom avez-vous dit ?

– Mme de Kernoa. Elle habite rue de Clichy l'ancienne folie du duc de Richelieu.

– C'est un nom breton, cela ? Elle est bretonne ?

– Nullement. Ecossaise ou irlandaise, je crois. Ce nom est celui du mari, car il y a toujours un mari dans ces cas-là. Cela fait plus respectable. Ce qui n'empêche que beaucoup d'hommes s'intéressent à la merveille. Le banquier Laborde d'abord puis son voisin, l'ambassadeur des Deux Siciles, prince Caramanico. Un autre voisin, enfin, l'Ecossais Quentin Crawfurd, celui que l'on a surnommé « le Nabab de Manille » qui a cependant une superbe maîtresse et que l'on dit, de surcroît, amoureux de la Reine, serait prêt pour elle aux pires folies. Alors, je vous attends ?... Rue de Clichy, numéro 24, un bel hôtel avec jardin.

– Soit, je viendrai. Mais comment me faire admettre si je suis seul ? Vous dites qu'il faut montrer patte blanche.

– C'est bien simple. Je vous annoncerai tout comme mon ami Barclay, le consul que nous avons en France, va m'annoncer. Mais, je vous en prie, ne tardez pas trop.

– Je ferai de mon mieux...

Profitant de ce que la conversation devenait générale et touchait les conséquences probables du procès, John Paul-Jones alla serrer discrètement la main de son hôte et disparut avec la légèreté d'un sylphe et la joie espiègle d'un écolier qui s'en va faire l'école buissonnière. Gilles le suivit des yeux jusqu'à ce qu'il eût franchi la porte, résistant de son mieux au brusque désir qui lui venait de lui emboîter le pas afin de voir plus vite à quoi ressemblait cette femme dont le nom, typiquement breton, lui rappelait quelque chose. Mais quoi ?

Son excellente mémoire avait déjà enregistré, à un moment ou à un autre, ce nom de Kernoa mais, sa meilleure forme d'expression étant surtout visuelle, il lui était impossible pour le moment de mettre un visage sur ces quelques lettres assemblées. Et puis quelque chose d'autre accrochait, comme si l'on avait prononcé ce nom devant lui mais d'une manière différente. Mais comment? Mais qui? Mais où? Et ce vieux bavard de Latude n'en finissait plus et repartait de plus belle sur ses propres misères, qui avaient été grandes sans doute et respectables, mais qui ne présentaient plus pour Gilles le moindre intérêt.

Evidemment, il n'en allait pas de même pour tout le monde et Latude s'était très vite aperçu qu'il y avait, dans le groupe habituel de ses amis américains, une tête nouvelle et il se lançait avec délectation dans l'odyssée qu'il aimait le plus au monde : la sienne.

Pour tromper son agacement, Tournemine s'en alla demander une nouvelle tasse de café au maître d'hôtel, vite rejoint d'ailleurs auprès de la petite table supportant les cafetières par William Short, le jeune secrétaire de Jefferson.

– Cette fois, nous en avons pour la nuit, gémit le jeune homme. Nous n'y couperons pas du grand jeu : les trente-cinq années de captivité vont y passer l'une après l'autre. A nous la Bastille, Vincennes, Bicêtre! A nous les échelles de corde et les trous dans le mur! Et ce Trumbull qui boit littéralement ses paroles! Regardez-le, cet imbécile : non seulement il écoute avec passion mais encore il en rajoute, il pose des questions. Nous n'en sortirons jamais.

– Dois-je comprendre que vous souhaitez sortir, William? Un rendez-vous?

Sous ses épais cheveux blonds sans poudre, l'aimable visage du jeune diplomate rougit légèrement.

– Pas vraiment. J'ai seulement promis, un peu imprudemment, peut-être, à Mme la duchesse de La Rochefoucauld d'aller la saluer dans sa loge aux Italiens. On donne *Alexis et Justine* avec Mme Dugazon dans le rôle de Babet.

– Je ne vois pas où est le problème, mon ami. Excusez-vous discrètement et disparaissez, tout juste comme vient de le faire l'amiral.

– Le cas n'est pas le même. L'amiral est un grand homme et moi je ne suis qu'un petit secrétaire obscur. C'est dire que je suis de service ici quand M. Jefferson reçoit. Il est veuf, ses filles sont au couvent et je constitue à moi tout seul la « famille » chargée de prendre soin des invités...

– Nous sommes d'accord. Mais quand l'invité n'a pas besoin de vous ? Tout ce qu'il demande c'est qu'on le laisse parler tranquille et il a Trumbull pour l'écouter. Un peu de courage, que diable ! Allez demander votre bulletin de sortie !

– Je n'ose pas.

– Bien, dans ce cas, je vais essayer de nous tirer de là tous les deux...

Et traînant après lui le secrétaire frémissant d'espoir, Gilles s'en alla trouver Jefferson qui fumait distraitement sa pipe au coin de la cheminée.

– Monsieur le ministre, dit-il en se penchant vers son oreille, ce que vous avez à me faire entendre peut-il souffrir quelque retard ?

Jefferson releva, avec un léger tressaillement, des paupières qui semblaient curieusement alourdies. Il devait être en train de s'endormir doucement...

– Il ne s'agit que de vous, mon cher. Vous êtes donc seul juge mais, si vous le souhaitez, nous pouvons régler cette affaire tout de suite. A moins que vous n'ayez une affaire urgente qui vous appelle immédiatement au-dehors ?

– Aucunement. J'ai seulement promis à des amis de passer aux Italiens entendre le dernier acte d'*Alexis et Justine* que chante Mme Dugazon dont j'aime infiniment la voix.

– Alors, passons dans mon cabinet. Le moment me semble assez bien choisi. Notre absence ne sera même pas remarquée. Et puis, ajouta-t-il avec un demi-sourire, cela me fera un peu d'exercice. Je crois, Dieu me pardonne, que j'étais en train de m'assoupir...

Le bureau du ministre occupait, au premier étage, la grande pièce en rotonde ouvrant sur les jardins. Il doublait, en quelque sorte, la bibliothèque, par la quantité de volumes qui emplissaient les rayonnages d'acajou disposés sur certains panneaux. Les meubles, élégants et simples, étaient tous de ce style colonial américain qui avait emprunté, mais en les allégeant, de nombreux éléments aux styles anglais récents. Les peintures, de deux tons de gris, faisaient admirablement ressortir la teinte des meubles et le beau rouge profond des tapis et des rideaux de velours. Par les fenêtres ouvertes entrait une fraîche senteur de troène et de chèvrefeuille...

Gilles aimait l'atmosphère de ce cabinet où il avait été reçu lorsque Tim l'avait amené pour la première fois à l'hôtel de Langeac, où il était revenu plusieurs fois par la suite, et ce fut avec plaisir qu'il retrouva l'odeur de cuir, de tabac virginien et de plantes fleuries qu'il connaissait bien.

– Savez-vous, dit Jefferson en désignant à son hôte l'un des élégants fauteuils recouverts de cuir disposés devant sa table de travail, savez-vous ce que John Trumbull vient faire à Paris ?

– Vous l'avez dit tout à l'heure, monsieur : visiter nos monuments modernes, les collections royales du Louvre et assister au Salon de peinture qui se tient chaque automne à Paris. Faire quelques portraits aussi, j'imagine.

– Vous imaginez bien. Trumbull a deux grandes œuvres en tête. D'abord la signature de la Déclaration d'Indépendance pour laquelle il désire non seulement fixer mon visage mais aussi apprendre de moi certains détails touchant la position des personnages qui ont participé à cet événement et l'ameublement de la salle.

– Ce sera, je pense, une belle chose, dit poliment

Gilles qui ne voyait pas du tout où l'ambassadeur voulait en venir.

– Une très belle chose. Mais la seconde vous intéressera davantage, encore que le projet ne soit pas bien défini : Trumbull désire, après avoir brossé cette grande toile, immortaliser l'apothéose de la bataille de Yorktown : l'instant de la reddition de lord Cornwallis. Cela ne peut se faire sans les portraits fidèles des officiers français qui en furent les artisans. Aussi Trumbull se propose-t-il de prendre, dès à présent, des esquisses de certains visages illustres : le marquis de La Fayette, le comte de Rochambeau, l'amiral de Grasse, le duc de Lauzun, l'amiral de Barras, le prince de Deux-Ponts et beaucoup d'autres comme le comte de Fersen... et cet étrange officier que les Indiens appellent « le Gerfaut »...

Gilles ne s'y attendait pas. Il reçut le nom en plein visage et se sentit rougir. Les yeux sur ce visage, Jefferson sourit et reprit d'un ton léger.

– Il sera facile de réunir tous ces braves. Je me fais même fort d'obtenir l'accord de l'amiral de Grasse qui veut bien m'honorer de son amitié, en dépit de l'injuste disgrâce qui l'a frappé après sa défaite des Saintes et qui ne quitte plus guère son hôtel parisien. Seul manque à l'appel le dernier et c'est dommage. Mais on dit qu'il a été tué il y a six mois en tentant de s'évader de la Bastille. Quelle pitié !... Un homme de ce prix ! Voyez-vous, j'aurais aimé, s'il avait réussi, lui offrir l'asile dont il aurait eu grand besoin...

Les yeux bruns de Thomas Jefferson plongeaient droit dans les yeux clairs de son jeune vis-à-vis qui, sans que sa volonté y fût pour quelque chose, s'entendit murmurer :

– Vous le lui avez offert, monsieur, sans le savoir. Je suis celui que l'on appelait le Gerfaut.

Spontanément, l'ambassadeur tendit les deux mains au chevalier.

– Je le sais depuis bien peu de temps, mon ami, depuis deux jours exactement mais merci de ce mouvement de confiance qui vous a poussé à me le dire vous-même. Vous n'imaginez pas la joie que vous venez de me donner.

– Joie bien modeste, monsieur, le personnage n'en méritant pas davantage. Mais me direz-vous comment vous avez su ? Est-ce Tim Thocker ?

Occupé à examiner une liasse de papiers qu'il venait de tirer d'un tiroir, Jefferson hocha la tête.

– Tim Thocker se laisserait découper vivant plutôt que livrer le secret d'un ami si cet ami le lui demandait. Vous ne lui aviez pas demandé de me le confier et, en outre, il ne me connaît pas parfaitement. Alors qu'il connaît à fond le général Washington. C'est le Président des Etats-Unis lui-même qui m'a appris votre vérité, captain Vaughan. J'ai reçu, avant-hier, une lettre vous concernant et les papiers que voici.

– Ne m'appelez plus Vaughan, monsieur le ministre, puisque vous savez la vérité.

– Et pourquoi donc ? Vous n'en avez peut-être pas encore fini avec ce nom. Le Président des Etats-Unis qui, depuis longtemps, souhaite reconnaître vos services et vous attacher à la terre pour laquelle vous avez combattu si vaillamment me charge, d'abord, de vous offrir la nationalité américaine quel que soit le nom que vous déciderez de porter. Les actes que voici, ajouta-t-il en tendant à Gilles une mince liasse de papiers, vous font légitime héritier des biens et terres du défunt capitaine John Vaughan et établissent clairement votre filiation. Ceux-ci – et il en offrait d'autres – constituent une donation de mille acres(1) situés au long de la Roanoke River, en Virginie. Comme vous pouvez le voir, le nom du propriétaire est laissé en blanc afin que vous puissiez y inscrire le nom que vous choisirez. Mais, chez nous, cette terre est attribuée indifféremment au chevalier de Tournemine ou au capitaine Vaughan. Il vous suffira de vous faire connaître à Richmond si vous décidez d'implanter, en Virginie, une

(1) L'acre anglais vaut 40 ares 1/2.

dynastie de Tournemine américains. Dès à présent, vous possédez la double nationalité. Vous pouvez reprendre hardiment votre nom et vous réclamer, en cas de besoin, de la protection de notre légation... et vous pouvez aussi demeurer John Vaughan jusqu'à la fin de vos jours. Que choisissez-vous ?

– Pardonnez-moi, monsieur, mais la tête me tourne devant une si royale générosité. Soyez-en remercié de tout mon cœur... En vérité, je ne sais que vous répondre... Jadis, j'ai rêvé de m'installer sur votre superbe terre d'Amérique, d'y fonder une famille, un domaine, mais le chevalier de Tournemine se doit à son Roi, à son Roi qui l'a sauvé et qui peut-être ne lui permettrait plus de quitter la France à jamais, à présent qu'un orage semble s'amasser à son horizon...

– Alors demeurez John Vaughan ! C'est un personnage que j'ai appris à apprécier, un Américain... et je ne suis pas sûr d'avoir très envie de connaître son double français. A présent, mon ami, redescendons ! Votre rendez-vous vous attend et je ne veux pas faire attendre Monsieur de Latude. On est susceptible à son âge.

Tandis qu'ils redescendaient côte à côte le large escalier de pierre blanche, Gilles, encore étourdi de ce qui venait de lui arriver, cette subite fortune américaine soudain mise à portée de sa main, se souvint tout à coup du malheureux William Short qui avait si grande envie d'aller au théâtre.

– Puis-je abuser de votre bonté en vous enlevant aussi votre secrétaire? dit-il. William a, lui aussi, un grand faible pour la Dugazon.

L'œil du diplomate s'emplit d'un joyeux pétillement mais ses lèvres bien rasées ne s'accordèrent qu'un demi-sourire. Sans répondre il acheva de descendre l'escalier, pénétra dans la bibliothèque suivi de Tournemine qui n'osait pas renouveler sa demande et se dirigea droit sur son secrétaire toujours planté à la même place avec la mine de quelqu'un qui attend le salut.

– Je ne vous savais pas une telle passion pour le bel canto, Willy? lui dit-il gravement. Vous auriez dû m'en tenir informé car j'aime à développer les arts chez mes collaborateurs. Aussi, pour ce soir, vous êtes libre. Allez, mon ami, allez !

L'aimable visage du jeune diplomate s'illumina.

– Vraiment, monsieur, vous voulez bien ?

– Mais naturellement ! Mme Dugazon ! Peste !... Allez vite, mon cher William !

N'osant croire à son bonheur, le jeune homme s'élança mais comme il atteignait la porte, Jefferson le rappela.

– William !

– Monsieur le ministre ?

– Dites à Hemings de nous refaire du café. Nous risquons d'en avoir besoin, nous autres. Et... si, d'aventure, vous la rencontrez, mettez-moi donc aux pieds de Mme la duchesse de La Rochefoucauld ! Je crois me souvenir qu'elle aime beaucoup les Italiens, elle aussi. Bonsoir, Vaughan ! Et songez à ce que je vous ai dit. Un bateau est la chose du monde la plus facile à prendre...

– J'y songerai, Excellence, je vous le promets.

Entraînant un William Short écarlate et ravi, Gilles referma sur eux la porte de la bibliothèque où Latude déroulait toujours ses interminables périodes. Puis, après deux mots à James Hemings, l'esclave mulâtre que Jefferson faisait initier à la cuisine française, les deux jeunes gens s'en allèrent prendre l'un des fiacres qui stationnaient à la grille de Chaillot et lui ordonnèrent de les conduire au croisement des Boulevards de la Chaussée d'Antin.

Tout au long du trajet qui leur fit contourner les blanches murailles inachevées de l'église Sainte-Madeleine(1) avant de s'engager sous la quadruple haie de marronniers des Boulevards, l'Américain et le Français n'échangèrent pas dix paroles. Short, déjà en extase, vivait à l'avance l'instant si proche où il poserait ses lèvres sur les jolis doigts de sa duchesse et Tournemine

(1) La Madeleine actuelle.

songeait à l'offre généreuse du gouvernement américain.

Cela paraissait si simple et si facile à accepter ! Si séduisant aussi de tourner enfin le dos à une existence sans joie véritable. Il suffisait de faire ses bagages, d'enfourcher Merlin et, suivi de Pongo, de prendre la grand-route de Brest ou du Havre au bout de laquelle les huniers des grands navires se dressaient comme des tours de cathédrales... Quelques jours encore et la longue houle de l'Atlantique se gonflerait sous ses pieds et l'océan familier le porterait vers ces terres dont il avait toujours rêvé et qu'il avait appris à aimer. Et puis là-bas, au bout du grand chemin liquide, il trouverait une vie nouvelle, un grand domaine qui, planté en tabac ou en coton, ferait de lui un homme riche définitivement libéré des pièges politiques de la vieille Europe. Un domaine sur lequel s'élèverait l'enfant qu'il se hâterait de rechercher, l'enfant qu'il aimait déjà sans même savoir s'il accepterait cet amour...

Peu à peu, Gilles sentait faiblir sa résistance et prenait sa décision. Qui pouvait lui demander, sans faire preuve d'excessive cruauté, de vivre interminablement solitaire, le cœur écartelé entre deux amours ? Sa femme était prisonnière d'un couvent, son fils prisonnier des forêts d'Amérique et lui restait là, bêtement planté à mi-chemin de l'un et de l'autre avec cependant en mains tous les outils possibles pour forger son bonheur...

« Demain, se promit Gilles, j'irai à Versailles. Je verrai le Roi et lui dirai tout. Il est bon et généreux. Il comprendra et me fera rendre Judith. Et, dès que je l'aurai reprise, nous partirons... Là-bas, elle oubliera tout ce qu'elle a souffert ici... »

Pour ne pas ternir, si peu que ce soit, l'éclat du tableau qui se peignait en lui, il évita de se demander comment l'impétueuse Judith prendrait l'entrée dans sa vie du fils de Sitapanoki. Peut-être y aurait-il là un problème mais celui-là paraissait mineur en comparaison de ceux d'aujourd'hui...

« A chaque jour suffit sa peine! » pensa Gilles tandis que la voiture ralentissait.

On était arrivés à destination et l'on se sépara sur une poignée de main. William Short, n'ayant plus que quelques pas à faire, gagna à pied son théâtre tandis que le chevalier gardait la voiture et, par la Chaussée d'Antin, belle artère bordée d'élégantes demeures et de vastes jardins, se dirigeait rapidement vers la rue de Clichy.

Il était tard déjà et la plupart des rares maisons, elles aussi entourées de jardins, qui la jalonnaient étaient obscures. Seule une belle demeure, située à mi-pente du chemin menant à la barrière de Clichy, faisait monter un halo de clarté au milieu d'un parc touffu.

La grille d'entrée, martelée des chevrons Richelieu, était largement ouverte et montrait, au bout d'un jardin abondamment fleuri et d'une belle allée sablée, un assemblage de chevaux, de voitures et de valets encombrant les devants d'une maison aux proportions harmonieuses dont le bâtiment principal était précédé d'un portique central à quatre colonnes ioniques encadré de balustres.

Par les portes-fenêtres ouvertes, on pouvait apercevoir un grand salon vert amande, blanc et or, un autre entièrement revêtu de laques chinoises noires et or et un large vestibule décoré de grisailles en trompe l'œil représentant des vases, des statues et des amours d'où partait l'élégante spirale d'un escalier de marbre rose. De grands vases d'albâtre contenaient mal des brassées de roses couleur d'aurore.

Une foule chatoyante, presque uniquement masculine d'ailleurs, évoluait lentement dans ce cadre raffiné au son d'une musique si douce qu'elle en devenait aérienne. De loin en loin, tout de même, apparaissait une haute coiffure féminine chargée de fleurs ou de plumes.

Rapidement, Gilles gravit les quelques marches basses qui menaient à ce vestibule devant lequel veillaient deux Suisses dont la livrée vert amande galonnée d'argent dissimulait mal l'exceptionnelle vigueur et les muscles noueux. Ces deux molosses devaient être là pour veiller au bon ordre de la maison et la débarrasser discrètement des joueurs de mauvaise foi si d'aventure il s'en présentait. Et comme leur œil, naturellement soupçonneux, se posait sur lui, Gilles, sans plus attendre, déclina ses nom et qualités ainsi que sa situation d'ami de l'amiral John Paul-Jones qui avait dû l'annoncer.

– Monsieur est en effet attendu, grogna l'un d'eux sans s'encombrer d'une grâce superflue. Il peut entrer...

Il entra donc, aperçut, sur sa gauche, une salle à manger dallée de marbre blanc et rose, ornée de panneaux peints, de corniches de staff et de frises à palmettes et, entre deux fenêtres, d'une niche enfermant une statue de Ganymède. Quelques hommes et deux femmes s'y restauraient devant de grands buffets garnis de pyramides de fruits et de pâtisseries. Mais Paul-Jones ne faisait pas partie des mangeurs.

Il l'aperçut quand il pénétra dans le grand salon vert où plusieurs tables de jeu étaient disposées. Il se tenait debout près de l'une des fenêtres du fond, penché, tout charme allumé, vers une gracieuse chaise longue sur laquelle une femme éblouissante se tenait à demi étendue au milieu de plusieurs hommes qui semblaient être des croyants en adoration devant une divinité.

La femme ressemblait à un rêve car elle ne ressemblait à aucune autre, mais sa vue, comme celle de Méduse, rejeta brutalement Gilles, les tempes battantes et le cœur en déroute, contre le chambranle de la double porte auquel il dut s'appuyer un instant pour ne pas tomber, le dos tourné au salon.

Le vestibule était vide et nul ne remarqua son malaise. Il resta là un moment, les yeux fermés, cherchant à calmer les battements désordonnés de son cœur. Sentant la sueur couler de son front, il chercha son mouchoir, s'en tamponna le visage.

– Monsieur est souffrant ? fit auprès de lui une voix obséquieuse. La chaleur peut-être ?...

Rouvrant les yeux il aperçut un valet portant un plateau chargé de verres. Il prit l'un de ces verres, l'avala d'un trait sans même goûter ce qu'il contenait. C'était du rhum dont la force lui rendit rapidement la sienne.

– La chaleur, en effet ! dit-il enfin. Merci, mon ami. Cela va mieux...

L'homme s'inclina et s'éloigna. Alors, faisant effort sur lui-même, Gilles revint à l'entrée du salon avec l'obscure répugnance de celui qui vient de faire un cauchemar et qui craint de se rendormir. Mais le tableau était toujours le même à cette différence près que Paul-Jones, à présent, baisait dévotieusement les doigts de son hôtesse.

Qu'elle était belle, bon Dieu !... Le noir mat de sa robe, décolletée à la limite de l'indécence, faisait chanter sa carnation éclatante, l'éclat satiné de ses seins découverts jusqu'à leurs pointes roses, de ses épaules nues sur lesquelles croulait la masse fauve, à peine retenue par un simple ruban noir, de ses longs cheveux sans poudre. Pas une fleur, pas une plume, pas un ornement sinon la beauté insoutenable de cette femme et, contre la douce colonne de son long cou gracieux, l'éclair tremblant de fabuleuses girandoles de diamant longues d'une main...

Envahi d'une soudaine envie de meurtre, Gilles, les yeux fixés sur la bouche tendre qui souriait à d'autres, allait s'élancer sans savoir ce qu'il allait faire mais un groupe d'hommes, tout à coup, s'interposa entre lui et le canapé et il ne la vit plus. Il se maîtrisa alors, s'efforça de raisonner. Ce n'était pas Judith, ce ne pouvait pas être Judith ! C'était une courtisane qui lui ressemblait comme l'autre, la La Motte, lui ressemblait aussi... Il avait entendu dire que chaque être humain, sur terre, possédait un sosie. Pourquoi donc Judith n'en possèderait-elle pas deux ? Cela pouvait arriver !... C'était peut-être un peu extraordinaire mais cela pouvait arriver. En revanche, comment pouvait-il arriver que Judith, enfermée au Carmel, sous la garde d'une fille de France, se retrouvât soudain, par quelque infernal tour de passe-passe, transformée en créature de plaisir livrée à la concupiscence d'une foule d'hommes alors qu'elle était censée pleurer la mort de son époux, sa mort à lui Tournemine...

– Il faut savoir, grinça-t-il entre ses dents serrées. Il faut que je sache, à n'importe quel prix...

Retournant au perron, il s'adressa à l'un des Suisses.

– Un cheval ! Tu peux me trouver ça tout de suite ? Je serai de retour dans deux heures au plus.

L'homme saisit au vol le double louis qu'on lui jetait et disparut en courant dans la direction des communs.

Cinq minutes plus tard, Gilles galopait à bride abattue en direction de Saint-Denis.

LA PROVOCATION

Il était à peu près 1 heure du matin quand Tournemine arriva en trombe devant Saint-Denis, franchit la porte de Paris, sauta à bas de son cheval devant le grand portail du Carmel et courut se pendre à la cloche du tour qu'il agita vigoureusement. Le son argenté se répercuta dans les profondeurs vides du couvent puis se fondit dans le silence.

Le jeune homme allait sonner de nouveau quand son oreille fine perçut un léger trottinement, le bruit de deux pieds chaussés de sandales qui progressaient vers la porte. Derrière une petite grille aux barreaux serrés, un guichet s'ouvrit laissant paraître un visage rond et plein cerné de linges blancs qui l'emprisonnaient du menton au ras des sourcils.

– Qui va là ? chuchota la sœur tourière d'une voix ensommeillée.

– De par la Reine ! répondit audacieusement Gilles qui était décidé à tout pour parvenir à ses fins. Je demande à être reçu par Son Altesse Royale Madame Louise de France, Prieure de cette Sainte Maison.

– Notre Révérende Mère Thérèse de Saint-Augustin n'a pas coutume de recevoir à une heure aussi tardive... encore qu'elle soit déjà prête pour l'office de Matines. Qui êtes-vous ?

– Chevalier de Tournemine de La Hunaudaye, second lieutenant aux Gardes du Corps, Compagnie Ecossaise.

– En ce cas attendez ! Je vais vous ouvrir. Vous pourrez laisser votre cheval dans la cour.

Un instant plus tard, Gilles se retrouvait dans un couloir, glacial en dépit de la température douce de la nuit et sentant fortement le plâtre et la peinture fraîche. Depuis sa nomination au poste de Prieure du Carmel de Saint-Denis, Madame Louise y avait entrepris de grands travaux car, à son arrivée, le couvent passait pour « le plus lépreux » de France. Et, si les bâtiments conventuels avaient conservé toute l'austérité voulue, du moins la pluie et le vent n'y pénétraient-ils plus. Quant à la chapelle, elle avait retrouvé une splendeur perdue depuis longtemps.

L'attente du jeune homme n'eut pas le temps d'être éprouvante. Quelques minutes plus tard, la tourière revenait et l'engageait à la suivre : la Révérende Mère allait le recevoir. Après quelques couloirs et un ou deux escaliers, elle ouvrait devant lui l'un des battants d'une double porte, plongeait dans un profond salut, les mains au fond de ses manches, et s'effaçait pour laisser passer le visiteur derrière qui elle referma la porte.

Assise, très droite, dans un raide fauteuil de bois sculpté à haut dossier, une femme d'une cinquantaine d'années qui avait été belle et demeurait majestueuse le regardait entrer, appréciant à sa juste valeur le salut qu'il lui adressait et dont se fût contentée une reine. Tout autour d'elle, la grande pièce qui lui servait de cabinet de travail participait à cette majesté par sa nudité blanche, quasi espagnole et que n'allégeait en rien le grand Christ émacié dont le tragique bois noir écartelait le mur derrière la princesse nonne.

Celle-ci, d'un signe de tête, répondit au salut du jeune homme et, tout de suite, demanda :

– On me dit que la Reine vous envoie, monsieur. Que me veut ma nièce à cette heure que l'on peut qualifier de tardive ou de matinale au choix ? Mais... si vous venez de Versailles, d'où vient que vous ne soyez point en tenue et que vous portiez la barbe ? Cela n'est pas d'usage chez les Gardes du Corps.

Redressé de toute sa taille, Gilles prit une profonde respiration et se prépara pour le combat qu'il sentait venir. Il était plus facile d'imaginer, tout en galopant sur une grande route, l'entretien que l'on allait avoir avec une religieuse que de soutenir cet entretien quand l'abbesse en question était non seulement de sang royal mais encore auréolée d'une réputation déjà établie de sainteté. Ne disait-on pas que Louise de France avait choisi le renoncement afin d'expier, dans la prière et le sacrifice, les lourds péchés d'un père tendrement aimé ?

– J'appartiens bien réellement à cette arme privilégiée, Madame, mais je passe actuellement pour mort. C'est dire à Votre Altesse Royale que je ne viens pas de Versailles et que, si j'ai osé m'annoncer comme venant de par la Reine, mensonge dont je demande humblement pardon à Votre Altesse Royale, c'est uniquement pour avoir l'honneur d'être reçu par elle. C'est aussi parce que Sa Majesté a quelque chose à voir dans l'affaire qui m'amène.

La princesse ne marqua sa surprise qu'en relevant légèrement ses sourcils blonds au-dessus des yeux bleus, singulièrement perçants, qui scrutaient le visage immobile du jeune homme.

– Vous ne manquez pas d'audace, monsieur. Savez-vous que je devrais vous faire jeter dehors sans entendre un mot de plus ?

– Je savais ce que je risquais, Madame... mais Votre Altesse n'en a rien fait jusqu'à présent et je la supplie de n'en rien faire car il y va du salut d'une âme... ou plutôt de deux âmes car la mienne s'y trouve aussi engagée.

– Et fort mal engagée si j'en juge l'aplomb avec lequel vous maniez le mensonge. Eh bien, puisque je vous ai reçu autant vous entendre. J'avoue que vous avez réussi à piquer ma curiosité. N'avez-vous pas dit que vous passiez pour mort ? Qui résisterait à la nouveauté de converser avec un mort... mais quelle faute avez-vous donc commise, monsieur, qui ait nécessité votre disparition ?

– Une grande faute, Madame. J'ai le malheur de déplaire fort à Mgr le comte de Provence qui veut bien m'honorer de son inimitié. J'ajoute que, si je suis mort, je le suis sur ordre de Sa Majesté le Roi !

– Ah !

Le menton dans la main, son autre main caressant doucement la grande croix d'or qui pendait sur son scapulaire de laine noire, Madame Louise semblait peser une à une les paroles de son visiteur.

– Me dites-vous, cette fois, la vérité ? murmura-t-elle enfin.

– Sur mon honneur de gentilhomme et ma foi de chrétien !

– C'est bien ! Je ne vous demanderai donc pas le secret de cette mort étrange puisqu'il paraît être aussi celui du Roi mon neveu. En revanche, j'attends de vous que vous m'appreniez enfin ce que vous venez faire ici...

– Je viens supplier Votre Altesse Royale de bien vouloir me rendre mon épouse, Judith de Tournemine de La Hunaudaye, entrée en cette maison par ordre de Monsieur sous le nom de Julie de Latour et sur laquelle Sa Majesté la Reine a bien voulu étendre sa main souveraine et sa protection.

Quittant la croix d'or, la main de la princesse vint frapper une liasse de papiers qui se trouvait sur la grande table de bois noir tandis que, sous la guimpe, son visage pâle rougissait brusquement.

– Cette nuit est décidément la nuit des surprises,

s'écria-t-elle sans parvenir à dissimuler une soudaine irritation, et j'entends ici des choses étranges. Vous dites que cette belle jeune femme si sombre, si secrète qu'elle n'a voulu se confier à personne ici, pas plus à moi qu'à notre confesseur, était mariée et mariée à vous ?

– Nous nous sommes unis le 26 août de l'année dernière dans la chapelle de la Vierge à la cathédrale Saint-Louis de Versailles. Votre Altesse Royale peut faire confirmer mes paroles. J'ajoute cependant que ma femme, de son lignage paternel, n'était pas de Latour mais de Saint-Mélaine. Au surplus, Madame a un moyen bien simple de se faire confirmer mes paroles : qu'elle fasse appeler la pseudo-Julie de Latour. Comme elle me croit mort elle aussi, l'effet de surprise lui apprendra la vérité.

– La faire appeler? Mais Monsieur, elle n'est plus ici depuis environ quatre mois puisque c'est, je crois, au lundi du second dimanche de Carême que la Reine l'a envoyé chercher.

– La... Reine? fit Gilles abasourdi. Madame, Madame... Je supplie Votre Altesse Royale de rappeler ses souvenirs. Est-elle bien sûre que la demande venait de la Reine?

– Me prenez-vous pour une écervelée, monsieur? Si je dis la Reine c'est qu'il s'agit bien d'elle. Au surplus, j'avais reçu de ma nièce prière de ne rendre cette jeune femme à personne d'autre qu'à elle et, dans cet esprit, je l'avais déjà refusée à ma nièce de Provence qui, cependant, était venue en personne m'en faire la demande.

– Et... la Reine est venue elle-même?

– Ne soyez pas stupide! Elle m'a envoyé l'une de ses proches, la comtesse Diane de Polignac, avec une lettre de sa main. Je pense que vous n'avez rien à redire à cela? Ce n'est donc pas à moi mais bien à la Reine ma nièce qu'il faut aller redemander votre épouse, chevalier.

Une cloche au son étouffé se mit à sonner quelque

part dans les profondeurs du couvent et comme son visiteur, écrasé par cette nouvelle, ne faisait pas mine de bouger, la princesse se leva.

– C'est aujourd'hui fête de sainte Clotilde, reine de France, mais demain nous célébrerons la Pentecôte. Nous avons Vigile et jeûne et notre journée sera rude. Veuillez donc, monsieur, vous retirer et nous laisser à nos prières. Certaines seront dites à votre intention, car vous me semblez en avoir le plus grand besoin. Je vous donne le bonjour.

Tout en parlant, elle agitait une petite sonnette placée près de sa main pour appeler la tourière. Lourdement, Gilles mit un genou en terre.

– Que Votre Altesse me donne plutôt sa bénédiction, Très Révérende Mère, afin qu'elle me garde de l'Enfer dans lequel je vais plonger en quittant cette sainte maison.

Emue par la douleur qui vibrait dans la voix du jeune homme, Madame Louise leva la main.

– Dieu vous garde ! murmura-t-elle.

Mais, déjà, il s'était relevé, saluait profondément et s'élançait dans la galerie. Surprise par cette brusque sortie, la sœur tourière dut courir pour le rejoindre et le ramener jusqu'à la cour.

Immobile au milieu de son cabinet, Madame Louise écouta décroître les pas rapides de son étrange visiteur puis, se tournant vers le grand Christ de la muraille, alla s'agenouiller un instant sur le prie-Dieu sans coussin disposé devant.

– Daignez protéger ce malheureux garçon, Seigneur, car il a grand besoin de votre divine assistance. J'ai vu la mort au fond de ses yeux...

A travers la plaine Saint-Denis où se montaient déjà les baraques de la fameuse Foire du Lendit qui s'ouvrirait une semaine plus tard, le cheval de Gilles volait comme si la fureur qui habitait son cavalier lui était entrée dans le sang. Aveugle et sourd à ce qui n'était pas sa souffrance, ivre de colère, le jeune homme fonçait dans la nuit, hurlant sans même s'en rendre compte comme le supplicié sur la roue et semant la terreur chez les rares passants qui, persuadés d'avoir rencontré le Chasseur Maudit en route vers l'abîme infernal, coururent s'agenouiller aux plus proches Montjoies (1) pour implorer la miséricorde divine...

Enlevant son cheval, il franchit d'un saut magistral la barrière d'octroi, renversant deux Gardes-Françaises qui roulèrent dans la poussière et disparut dans l'obscurité dense projetée par les grands murs de Saint-Lazare. Mais, déjà, il ne criait plus. La violence de sa course et les gifles du vent frais qui venait de se lever lui faisaient du bien. Peu à peu, il réussit à se calmer, à se reprendre en main et même, arrivé à la petite chapelle Notre-Dame-de-Lorette, il s'arrêta, mit pied à terre. Il y avait là une fontaine dans l'eau de laquelle il alla plonger son visage brûlant.

Quand il en sortit, après trois ou quatre immersions, il était redevenu lui-même c'est-à-dire capable de regarder en face l'écroulement de son plus beau rêve car, à présent, le doute n'était plus permis, en admettant qu'il l'eût été vraiment et en admettant qu'il n'eût pas cherché, consciemment ou non, à s'illusionner. Il avait voulu savoir, il savait...

Il savait que celle que l'on appelait la Reine de la Nuit, que l'on disait vendue à un banquier, et peut-être à plusieurs, que la sorcière dont il venait de voir à l'œuvre l'infernale coquetterie, étalant une beauté à peine voilée sous le regard avide d'une troupe d'hommes qui la couvraient comme des mouches un rayon de miel, c'était sa Judith à lui et nulle autre ! Il n'y avait pas de sosie commode. Il y avait une fille perdue qui, au mépris de la foi jurée et quelques mois seulement après avoir appris la mort d'un époux prétendument aimé, livrait contre de l'or et un luxe de mauvais aloi un corps dont ce mari s'était emparé avec adoration,

(1) Minuscules reposoirs votifs qui jalonnaient la route royale de Saint-Denis.

avec vénération, un corps dont ce pauvre imbécile de Cagliostro prétendait préserver éternellement la virginité afin de lui conserver le don de voyance. Il y avait une fille qui ne craignait pas de traîner dans la débauche l'honneur de l'homme qui lui avait donné son nom. Encore heureux qu'elle ait eu la décence de le cacher, ce nom, sous un pseudonyme...

Et Gilles, soudain, se souvint. Il savait, à présent, pourquoi ce nom de Kernoa lui était apparu comme familier car il entendit brusquement, sortie des profondeurs de sa mémoire, la voix pesante du frère aîné de Judith, Tudal de Saint-Mélaine, telle qu'il l'avait entendue lors de la dramatique entrevue qu'il avait eue avec lui avant de le tuer.

« Elle avait été recueillie par un médecin de Vannes, un certain Job Kernoa qui l'avait trouvée sous les roues de sa voiture à moitié morte de faim... »

Kernoa était l'homme qui avait épousé Judith pour la soustraire aux entreprises cupides de ses frères et que ceux-ci avaient tué, le soir même de ses noces, avant de revenir jeter leur sœur au fond d'une fosse hâtivement creusée dans la forêt de Paimpont. Le malheureux avait été la première victime de cette malfaisante sirène et il le demeurait puisqu'elle n'avait pas craint d'abriter sa lucrative industrie sous ce nom, très certainement respectable, et qu'elle s'était contentée de modifier, à peine, grâce à une particule passablement ridicule...

Toujours furieux mais beaucoup plus calme, Gilles remonta à cheval et regagna la rue de Clichy où la soirée battait toujours son plein. Davantage peut-être encore car les voitures arrêtées devant la maison étaient plus nombreuses qu'auparavant.

Après avoir rendu le cheval au Suisse, il se fit conduire dans un petit vestiaire afin de remettre un peu d'ordre dans sa toilette et d'ôter la poussière de la chevauchée puis, calmement, il se dirigea vers le salon vert. Toute la fureur de tout à l'heure s'en était allée, laissant derrière elle une volonté glacée et le besoin de frapper, de détruire, de venger son bonheur anéanti et son amour bafoué...

Il y avait beaucoup de monde, à présent, autour des tables de jeu. Par contre, la chaise longue de velours amande était vide. Celle qui l'occupait tout à l'heure se trouvait, avec sa cour d'admirateurs, dans le salon de laque noire. Une flûte de champagne à la main, elle riait des plaisanteries qu'un de ses compagnons chuchotait à son oreille. Fier comme un paon et tout sourire, John Paul-Jones tenait sa main libre entre les siennes avec plus de respect certes que s'il eût tenu la main de la Reine en personne.

L'amiral avait bu, sans aucun doute, mais pas au point de lui brouiller la vue. Apercevant Gilles debout au seuil de la pièce, il le salua d'une exclamation triomphale.

– Enfin vous voilà ! Vrai Dieu, mon ami, je commençais à désespérer de vous voir arriver.

– Pour un désespéré, vous me semblez singulièrement joyeux, amiral ! répondit Gilles en forçant un peu son accent américain. Quant à moi, j'ai quitté la légation plus tard que je ne pensais et j'ai eu affaire ailleurs. Voulez-vous me présenter ?

– Naturellement. Chère et belle amie, permettez-moi de vous présenter l'un de mes jeunes compatriotes, le capitaine John Vaughan, fils d'un de nos plus valeureux corsaires et marin lui-même. Il brûlait du désir de vous connaître...

Sous leurs longs cils, les yeux sombres de la jeune femme parcoururent insolemment, de la tête aux pieds, la longue silhouette du nouveau venu, à la manière exacte du riche planteur qui songe à acheter un esclave.

– Vraiment, monsieur, vous brûliez ? fit-elle du bout de ses jolies lèvres qu'elle trempa aussitôt dans le vin léger qui pétillait au bout de ses doigts. Comme c'est intéressant !...

– Heureux de vous l'entendre dire. C'est vrai, je brûlais... je brûle encore d'ailleurs et, cet incendie étant fort gênant, j'ose espérer que vous serez assez bonne pour consentir à l'éteindre.

Judith fronça les sourcils. De toute évidence, il y avait dans le ton de cet inconnu quelque chose qui ne lui plaisait pas.

– Comment l'entendez-vous ? fit-elle avec hauteur.

– Le plus simplement du monde, madame, dit-il tranquillement. Vous êtes extrêmement belle – et son regard, à son tour, détailla la beauté offerte de la jeune femme, s'attardant sur le nid de dentelle noire où palpitait la gorge si largement découverte. Vous avez l'habitude que l'on vous désire et que l'on vous le dise. Eh bien, je le dis : je vous désire. Il vous reste donc à me faire connaître le prix que je dois payer pour assouvir ce désir en achevant cette nuit dans votre lit.

Un tollé indigné salua cette effarante déclaration, étouffant le cri de colère de Judith et le bruit cristallin que fit, en se brisant, le verre qu'elle venait de lâcher. En même temps, sa main, rapide comme l'éclair, partit en direction de l'insulteur pour le gifler mais il fut plus rapide qu'elle et saisit cette main au vol.

– Allons ! Du calme ! Pourquoi tant d'indignation ? persifla-t-il. Il faut avoir le courage de ses opinions... ou de son métier ce qui revient au même.

– Etes-vous devenu fou, Vaughan ? souffla Paul-Jones abasourdi. Vous avez trop bu sans doute...

– Nullement ! Et je ne vois pas pourquoi il faudrait tant de détours pour passer marché avec une courtisane dont on a envie...

Une tempête de protestations souleva le groupe d'hommes qui entouraient Judith dont Gilles tenait toujours la main et qui se tordait, pâle de fureur, pour essayer de lui échapper.

– On voit bien que vous venez d'un pays de sauvages ! s'écria l'un d'eux en s'élançant sur Gilles. Vous n'êtes qu'une brute sans éducation ! Lâchez Madame immédiatement !

Mais, avant que l'autre ne l'ait atteint, Tournemine avait reculé, traînant après lui sa prisonnière qu'il maintenait d'une poigne irrésistible tandis que, de sa main libre, il avait tiré son épée.

– Je n'ai pas l'intention de la lâcher. Allons, messieurs, qui de vous va venir me la réclamer les armes à la main ? Qui de vous va accepter de se battre pour une catin ?

– Cyprien ! Anatole ! hurla Judith en direction du vestibule. Venez me libérer et jeter ce misérable à la rue...

Les deux Suisses apparurent aussitôt, suivis d'ailleurs de presque tous les occupants des tables de jeu que les cris avaient alertés. Mais Gilles avait déjà cherché refuge dans l'angle d'une porte, suivi de Paul-Jones qui, hagard, ne sachant plus très bien où il en était, le suppliait de faire cesser ce scandale.

Le jeune homme éclata de rire.

– Voilà bien du bruit pour peu de chose ! s'écria-t-il. Je n'ai fait que réclamer hautement ce qu'implorent avec bassesse tous ceux qui sont ici. Tenez-vous tranquille, madame, gronda-t-il entre ses dents, sinon je déchire votre robe, je vous expose nue sur cette table et je fais monter les enchères ! Allons, messieurs, approchez ! Qui veut tâter de ma lame ?

– Mais enfin, que prétendez-vous faire ? cria quelqu'un.

– Je prétends faire sortir de son trou le propriétaire de madame... l'homme qui paie tout ce luxe ! C'est à lui, il me semble, de défendre son bien. Cela lui coûte assez cher : lui seul a le droit de me demander raison et vous le savez bien. Aucun gentilhomme ne peut avoir envie d'aller sur le pré pour une gourgandine... Allons, où est le banquier Laborde ?...

Un homme très brun, de taille moyenne mais vigoureusement bâti, très élégamment vêtu et de noble allure, sortit du cercle qui entourait le couple.

– M. de Laborde n'est pas là, articula-t-il avec un fort accent italien, pas plus d'ailleurs que M. de Kernoa...

– Comment ? Il y a un M. de Kernoa ? s'écria Gilles. Mais d'où sort-il celui-là ?

– Pourquoi n'y aurait-il pas un M. de Kernoa ? cria Judith. Pourquoi n'aurais-je pas le droit d'avoir un époux ? Qui vous a autorisé à vous immiscer ainsi dans ma vie ? Allez-vous-en, vous et votre amiral ! Les Américains sont des gens impossibles qui se croient tout permis. Quant à vous, vous n'êtes qu'un misérable fou mais ce que vous venez de faire va vous coûter la vie car ceux qui me protègent ne laisseront pas un tel forfait impuni...

– Vraiment ? Mais écoutez-la donc. C'est une impératrice, ma parole, que cette femme ! Allons, la belle, assez de mensonges ! Bas les masques à commencer par celui de cet honorable époux. Il y a eu jadis un brave garçon nommé Job Kernoa que vous aviez épousé et qui était médecin, à Vannes, mais il est mort depuis longtemps et le soir même de ses noces avec vous. De là vient ma surprise en apprenant qu'il était si heureusement ressuscité... et anobli par-dessus le marché.

Soudain, la main qui serrait Judith ne tint plus qu'une petite chose froide et molle. La jeune femme glissait à terre sans connaissance après avoir jeté à son bourreau un regard dilaté par l'épouvante. Aussitôt l'Italien fut à genoux auprès de la longue forme noire qui n'avait rien perdu de sa grâce en s'abattant sur les dalles de marbre rose. Il la prit dans ses bras pour chercher à la ranimer.

– Si vous l'avez tuée, je demanderai votre tête, monsieur, tout américain que vous soyez !

– Allons donc ! Vous voyez bien qu'elle respire.

– Peut-être pas pour longtemps. Des sels ! du vinaigre ! une serviette !... Que l'on appelle sa caméristé ! Il faut la porter dans sa chambre.

Un instant plus tard, l'un des gigantesques Suisses emportait Judith inanimée dans ses bras et perçait, suivi de la femme de chambre accourue, le cercle chuchotant des joueurs et des fêtards qui avaient assisté à cette scène violente avec autant de sang-froid que si elle s'était déroulée sur le plateau d'un théâtre. Pour tous ces gens, Mme de Kernoa était une hôtesse agréable, fastueuse et commode mais rien de plus. La passion du jeu les habitait trop pour qu'ils se soucient beaucoup du sort d'une femme de petite vertu. Néanmoins, ils ne retournaient pas encore à leurs cartes et à leurs dés pensant, non sans raison, qu'il y avait peut-être encore quelque chose à voir.

En effet, l'Italien s'était relevé, époussetant d'un geste machinal ses genoux, et se dressait devant Gilles qui n'avait pas fait un geste lorsque l'on avait emporté Judith.

– A nous deux, à présent, monsieur l'insulteur de femmes ! M. de Kernoa se trouvant absent ce soir, ainsi d'ailleurs que M. de Laborde, le meilleur ami de cette malheureuse jeune femme que vous avez osé agresser de si inqualifiable façon, c'est donc moi qui me substituerai à eux pour vous demander raison. J'ajoute que je suis très fort aux armes et que j'espère bien vous tuer.

– Ne vous gênez surtout pas, fit tranquillement Gilles en remettant son épée au fourreau. Néanmoins, avant de vous donner ce plaisir, j'aimerais savoir à quel titre vous vous faites le défenseur d'une vertu inexistante ? Faites-vous partie, vous aussi, des propriétaires, ou bien n'êtes-vous encore que candidat au titre ?

– Cela ne vous regarde pas ! Je suis le prince Caramanico, Ministre plénipotentiaire de Sa Majesté le Roi des Deux-Siciles auprès de la cour de France. Cela doit vous suffire, il me semble... Et je déclare hautement ici, que vous êtes un lâche et un misérable. Vous battrez-vous ?

– Il n'a jamais été question d'autre chose... encore que vous ne soyez pas l'homme que je souhaite tuer. Cela ne me fera qu'un duel de plus, voilà tout... car je vous préviens que je suis moi aussi d'une certaine force aux armes.

Le large sourire du prince fit briller ses dents impeccablement blanches.

– Vraiment ? Vous me faites plaisir car je n'apprécie rien tant qu'un bon adversaire, si ce n'est le plaisir que l'on prend auprès d'une jolie femme. Messieurs, ajouta-t-il à l'adresse du cercle de curieux, il n'y a plus rien à voir ici et vous pouvez retourner à vos jeux. La suite de cette aventure ne regarde plus que cet homme et moi et vous pensez bien que nous n'allons pas en découdre ici.

– Pourquoi pas ? fit Gilles. Le jardin me paraît vaste et commode.

– Sans doute, mais si vous n'y voyez pas d'inconvénient, je préférerais le mien. J'habite Chaussée d'Antin, à deux pas d'ici. Nous y serons d'autant mieux que nous aurons moins de curieux autour de nous. Etes-vous d'accord ?...

Cette fois Gilles n'eut pas le temps de répondre. John Paul-Jones venait de s'interposer entre lui et son adversaire.

– Voyons, messieurs, un peu de raison ! Ce duel est impossible. Songez à ses conséquences. Les ambassades ne sont-elles pas, par définition, territoires nationaux de ceux qui les occupent ? Aller s'y battre en duel avec l'un quelconque de ses membres constitue une violation du territoire, quelque chose comme une invasion. C'est un cas de guerre...

Le prince haussa les épaules.

– J'ai déjà eu l'avantage de rencontrer M. Thomas Jefferson. C'est un homme sage et mesuré et je serais fort étonné qu'il se déclare solidaire des folies criminelles d'un jeune fou sous prétexte qu'il est son compatriote.

– Cela signifie seulement que vous ne nous connaissez pas, s'écria le marin en se redressant de toute sa petite taille. Tous les Américains sont solidaires, prince, c'est ce qui leur a permis de conquérir leur liberté. Sachez que M. Jefferson ne saurait se désintéresser du sort d'aucun d'entre nous, fût-il le plus humble et eût-il cent fois, mille fois tort comme le capitaine Vaughan ce soir. Ce que vous venez de faire, ajouta-t-il avec sévérité en se tournant vers Gilles, m'indigne et me choque au delà de tout ce que vous pouvez imaginer. C'est moi qui vous ai fait entrer dans cette maison et vous m'avez couvert de honte par une conduite dont je cherche encore à comprendre la raison.

– La raison ne regarde que moi, fit le chevalier avec hauteur. Il s'est trouvé que je connaissais cette femme, beaucoup trop pour mon bien. Que cela vous suffise ! Je regrette seulement que vous vous trouviez mêlé à une aventure où vous n'avez que faire et dont vous devez vous désintéresser. Vous quittez Paris dans quelques heures, amiral : rentrez chez vous et oubliez-moi...

– En aucune façon car, je vous l'ai dit, je me tiens pour responsable dans une certaine mesure. Si ce duel insensé doit avoir lieu, je vous servirai de second... mais pas par conviction, simplement parce que nous sommes compatriotes.

Gilles avait bonne envie d'envoyer promener l'Américain et ses sermons et de déclarer son véritable nom mais c'eût été risquer de découvrir la réalité des liens existants entre lui et Judith et faire connaître à tous son déshonneur de mari.

– Je vous remercie, dit-il. A présent, si ce duel doit dégénérer en incident diplomatique, battons-nous ici et n'en parlons plus.

– Non ! coupa le prince. Un ministre plénipotentiaire ne se bat pas dans le jardin d'un tripot !

– Nous n'en sortirons jamais. Allons où vous voulez : au Bois de Boulogne, dans un terrain vague, n'importe où, mais finissons-en !

– Un lieu public est impossible. C'est le Roi de France alors qui pourrait s'estimer offensé...

– Peut-être auriez-vous pu songer à tout cela avant de vous jeter à l'étourdi dans une affaire qui ne vous concernait en rien, monsieur, s'écria Gilles à bout de patience. A présent j'exige...

– Si la demeure d'un grand seigneur génois peut vous convenir, messieurs, dit, du seuil de la porte, une voix féminine douce et chaude, je serais heureuse de vous tirer d'embarras et de vous y accueillir... Je suis la comtesse de Balbi.

Et Anne, toute vêtue de faille gris bleuté, des roses fraîches dans sa coiffure et à son décolleté, apparut dans l'encadrement de la porte.

– Vous, madame? dit, avec sévérité, Gilles repris par ses anciennes méfiances. Que faites-vous ici?

Elle lui dédia un sourire ensorcelant.

– Allons! Ne montez pas sur vos grands chevaux puritains, mon cher John. Vous savez que je suis une joueuse incorrigible et combien j'aime ce qui sort de l'ordinaire. Un ami, le comte d'Orsay, qui appartient à la maison de Monsieur, m'a vanté cette maison... et sa belle hôtesse. La curiosité m'a poussée à l'accompagner ce soir. Vous voyez, cher Caton, qu'il n'y a pas de quoi fouetter un chat. J'ajoute que je ne regrette pas cette démarche que d'aucuns jugeraient imprudente...

Le regard mi-souriant, mi-implorant de la jeune femme s'attachait à celui de son amant. Il la connaissait assez à présent pour sentir qu'elle ne mentait pas et se contenta de hausser les épaules. Il savait, en effet, quelle passion des cartes en particulier et du jeu en général l'habitait et qu'il n'était pas de tripot un peu élégant qu'elle n'eût visité au moins une fois; que, même dans son propre hôtel, une cave avait été aménagée à cet effet, une cave comme il en existait d'ailleurs dans certaines ambassades étrangères.

– Pour ma part, dit Caramanico, j'accepte avec reconnaissance votre offre généreuse, madame, et vous en rend grâces. Eh bien, monsieur, ajouta-t-il à l'adresse de Gilles, je crois que plus rien ne nous empêche de vider notre querelle. Voici le comte Cavalcanti qui me servira de témoin. Partons donc! Je vous demanderai seulement la permission de m'arrêter un instant chez moi pour y prendre mon médecin...

– Inutile! coupa Mme de Balbi. Il y a, chez moi, un excellent médecin à demeure qui veille sur la santé du comte, mon époux...

Le prince s'inclina.

– Dans ce cas... Ah ! j'allais oublier. Vous êtes l'offensé, capitaine Vaughan. Quelle arme choisissez-vous ?

– Nous avons chacun une épée. Pourquoi chercher d'autres armes ?

– Eh bien, messieurs, allons ! dit froidement la comtesse. J'ai là mon carrosse et je vous emmène, capitaine Vaughan, ainsi que votre témoin, bien entendu.

– Ne vous donnez pas cette peine, madame, fit Paul-Jones qui ne se départissait pas d'une raideur réprobatrice bien qu'il eût enveloppé la jeune femme d'un regard admiratif, j'ai, moi aussi, ma voiture...

Le sourire qu'Anne lui adressa disait assez qu'elle était enchantée d'une circonstance qui lui accordait un moment de solitude avec Gilles mais elle se contenta d'approuver d'un signe de tête, s'absenta un instant en disant qu'elle allait prévenir le comte d'Orsay de son départ et de son intention de lui renvoyer sa voiture, revint puis, glissant son bras sous celui de Gilles, prit la tête du petit cortège qui se dirigea vers le perron.

En prenant place auprès de Madame de Balbi, sur les coussins de velours bleu de la voiture, Gilles ne put s'empêcher de lever les yeux vers le premier étage de la maison. Une suite de trois fenêtres y était éclairée mais de façon bien différente de l'illumination du rez-de-chaussée. C'étaient les lumières roses, adoucies des lampes que l'on allume de façon à ne pas blesser les yeux d'un malade.

Le chevalier n'avait qu'à fermer les siens pour imaginer Judith étendue dans la blancheur dérangée des draps et le flot brillant de sa chevelure dénouée, inconsciente encore peut-être ou, déjà réveillée, cherchant à comprendre pourquoi cet inconnu l'avait attaquée avec tant de brutale grossièreté, tant de mépris aussi. A moins que l'évanouissement n'ait été qu'un bon moyen d'en finir avec une situation devenue insupportable ? Mais non ! Elle était pâle jusqu'aux lèvres lorsqu'on l'avait emportée et Gilles revoyait nettement la tête inerte qui ballottait sur le bras du Suisse.

Une brusque douleur lui vrilla le cœur, dominant un

instant l'amertume et la colère qui ne le quittaient pas. Venant d'un étranger, d'un inconnu, ce qu'il venait de faire était d'une inqualifiable goujaterie mais lequel, parmi ceux qui avaient assisté à la scène, lui donnerait tort un seul instant s'il savait la réalité de ses liens avec la fausse Madame de Kernoa ? Qu'y avait-il au juste dans la jolie tête de Judith ? Quelle sorte d'amour était le sien puisqu'au lieu de le pleurer dans le silence et la dignité, elle avait choisi de le remplacer dans d'aussi infâmes conditions ? A moins que la Reine n'eût raison sur toute la ligne... à moins qu'elle ne l'ait jamais aimé réellement et, si elle l'avait épousé, c'était uniquement parce qu'il s'était trouvé là, seul refuge pour elle à un moment où elle ne savait plus de quel côté se tourner, où elle mourait de peur...

– Ne me traite pas en ennemie ou en coupable, murmura auprès de lui la voix d'Anne. Sur l'honneur de ma mère, je te jure que c'était la première fois que je venais ici, ce soir...

– Pardonne-moi !... mais ce n'était pas à toi que je pensais, dit-il amèrement. Depuis que je suis entré dans cette maison, tout à l'heure, il me semble que je vis un cauchemar, que ce n'est pas moi, que ce n'est pas elle et je fais des efforts inouïs pour me réveiller. Mais rien ne me réveille, ni ma course jusqu'à Saint-Denis...

– Tu es allé à Saint-Denis ? Mais quand ?

– Il devait être une heure du matin, je crois, lorsque j'y suis arrivé. Oui, j'y suis allé tout de suite, dès que je l'ai vue, elle, à demi étendue dans ce salon vert, une troupe d'hommes à ses côtés. Je l'ai reconnue tout de suite mais je ne voulais pas croire à ce que voyaient mes yeux...

– Je sais. J'ai éprouvé cela moi aussi quand elle nous a accueillis, Orsay et moi. Mais je n'ai pas eu besoin d'aller chercher confirmation ailleurs. J'ai bien vu, à son sourire de défi, qu'elle m'avait reconnue, donc que c'était bien elle.

– Moi elle ne m'avait pas vu. Et, de toute façon, elle

ne m'a pas reconnu. Alors, j'ai emprunté un cheval et j'ai couru jusqu'au Carmel. Là, j'ai vu Madame de France qui a bien voulu pardonner mon irruption dans sa maison.

– Tu l'as vue ? A une heure du matin ? Elle t'a reçu ?

– Si elle ne l'avait fait, je crois que j'aurais fouillé tout le couvent l'épée à la main. Comprends donc qu'il me fallait retrouver Judith, la vraie, ma Judith à moi ! Il fallait que je me prouve à moi-même que l'autre, là-bas, n'était qu'une vilaine copie... mais je ne l'ai pas trouvée, bien entendu.

La main d'Anne, douce et apaisante, vint se poser sur celle de Gilles qui était froide et contractée.

– Comme tu l'aimes ! murmura-t-elle tristement. Tu ne cesseras jamais de l'aimer, n'est-ce pas ? Quoi qu'elle puisse faire ?

– L'aimer ? Je ne sais plus très bien ce que j'éprouve. Tout à l'heure, j'avais envie de la tuer et j'ai toujours envie de la tuer...

– C'est bien ce que je disais : tu l'aimes ! Mais que t'a dit Madame Louise ? Comment Judith a-t-elle pu quitter Saint-Denis ? La Reine l'avait prise sous sa protection, m'as-tu dit, et Monsieur d'ailleurs n'en a plus jamais reparlé. Ce n'est pourtant pas faute d'avoir essayé de le sonder à ce sujet mais chaque fois, il m'a répondu qu'il valait bien mieux la faire oublier, qu'il l'avait mise lui-même à Saint-Denis et qu'après tout il était excellent qu'elle y reste un moment...

– Aussi est-ce sur un ordre de la Reine qu'elle est sortie, voici quatre mois.

Mme de Balbi haussa les épaules.

– Bah ! Un ordre de la Reine, cela s'imite ! Nous venons d'en savoir quelque chose avec cet effarant procès. Madame Louise n'a tout de même pas remis ta femme en liberté sur le vu d'un simple papier apporté par on ne sait quel messager ?

– Ce n'était pas un quelconque messager, c'était la comtesse Diane de Polignac.

Dans l'ombre de la voiture, les yeux d'Anne étincelèrent et parurent s'agrandir. Elle se tut un instant puis, haussant les épaules, déclara, comme pour elle-même :

– Cela n'a pas de sens ! Pourquoi la Reine aurait-elle fait cela et pourquoi la Polignac ? Ou alors elles ont voulu engager ta chèvre sauvage dans un chemin qui ne lui a pas plu et elle s'est échappée après quoi elle s'est trouvé un protecteur en la personne de Laborde ? Il ne faut pas oublier la haine qu'elle portait et doit encore porter à Marie-Antoinette... par ma seule faute d'ailleurs, ajouta-t-elle avec une amertume qui perça l'espèce de gangue glacée dans laquelle Gilles se sentait prisonnier. Il réussit même à lui sourire.

– Il n'arrive jamais que ce qui doit arriver et tu n'es pas responsable du gâchis de ce soir... Quant à la Reine, j'ai bien l'intention d'aller lui demander compte de ma femme, si je sors vivant de l'aventure de ce soir. Ce que je ne suis pas très sûr de souhaiter, vois-tu.

Aussitôt elle fut contre lui, les yeux soudain chargés de nuages et, des deux mains, elle s'accrocha à lui.

– Promets-moi... jure-moi de tout faire pour rester en vie ! Tu ne vas pas te laisser embrocher bêtement par ce Sicilien, n'est-ce pas ? C'est un redoutable bretteur... et je ne suis pas très sûre de son extrême loyauté. C'est la raison pour laquelle j'ai proposé mon jardin, mon médecin. Gilles, je t'en supplie... promets-moi de bien te battre. En échange, je te promets de tout faire pour éclaircir le mystère que l'on appelle à présent la Reine de la Nuit. Demain je verrai Monsieur, je chercherai, j'interrogerai. Je verrai aussi la Polignac. Ce n'est pas une vertu, tant s'en faut et nous avons quelques vices communs. Je saurai la vérité. Dussé-je la demander à Judith elle-même. Mais toi, tu promets ?

Le passage d'une lanterne fit luire les larmes qui roulaient sur ses joues et révéla l'angoisse qui habitait son regard. Un instant, Gilles la considéra sans rien dire, avec une surprise où passait un peu d'émotion.

– C'est donc vrai que tu m'aimes, toi ?

– Oui, moi... moi, la Balbi !... la femme aux cent aventures, je n'ai plus d'amour que pour un seul homme, toi ! C'est drôle, n'est-ce pas ? Je me croyais si forte...

Il l'attira contre lui, plongeant son regard dans l'eau sombre et brillante du sien. Contre sa poitrine, il sentit le battement affolé du cœur de la jeune femme.

– C'est drôle, en effet, dit-il lentement. Je voyais en toi une ennemie et tu ne cesses de me prouver un amour auquel je ne voulais pas croire... Elle... voilà des années qu'elle dit m'aimer, elle est ma femme mais hormis le don de sa virginité je n'ai jamais eu d'elle que des preuves de méfiance. C'est ce soir, cependant, que je comprends combien ma vie est bouleversée. J'ai peur vois-tu... que ce ne soit dur de vivre après cet échec jeté à ma plus chère espérance.

– Néanmoins tu vivras... Je veux que tu vives.

Il se pencha un peu plus et l'embrassa, doucement d'abord puis avec une ardeur désespérée. Ses lèvres lui parurent fraîches et douces comme une source rencontrée après une course épuisante. Il y but à longs traits, réconforté plus qu'il ne l'aurait cru par cette féminité vivante et vibrante qu'Anne dégageait. Alors qu'il s'apprêtait à regarder, une fois de plus, la mort au fond des yeux, il avait l'impression d'étreindre la vie même.

La voiture venait de franchir le grand portail de l'hôtel de Balbi et roulait sur les pavés de la cour d'honneur. On arrivait. Vivement, Anne glissa des bras de Gilles.

– Tu n'as pas promis ! gronda-t-elle en essuyant avec rage les larmes qui coulaient encore de ses yeux. Tu n'as pas promis...

– Mais si ! Je viens de le faire... sur ta bouche. Il faudrait qu'il soit bien fou l'homme qui se refuserait à jamais la joie de te posséder encore.

– Vrai ? Tu vas te battre...

– Comme si ma vie en dépendait ! fit-il avec un petit rire. Tu m'as rendu le goût du combat. C'est déjà beaucoup...

Posant un baiser rapide au creux de la main qui tenait encore la sienne, il sauta à bas du carrosse et offrit son poing fermé pour aider la jeune femme à descendre dans un grand frissonnement de soie. Les deux autres voitures qui les avaient suivis arrivaient à leur tour et la comtesse, après quelques mots murmurés à l'oreille du majordome qui s'était précipité au-devant d'elle, se dirigeait vers une petite porte donnant directement sur le grand jardin derrière l'hôtel et qu'une simple grille séparait du parc du Luxembourg.

Ce jardin était en fait une roseraie, un véritable paradis de roses dont les masses embaumées s'épanouissaient un peu partout, en massifs, en cascades, en boules neigeuses ou en vagues, croulant de grands vases de pierre qui ornaient la terrasse et le large escalier descendant jusqu'aux fontaines d'une vaste pièce d'eau. De chaque côté de cet énorme bouquet, de grands arbres prolongeaient ceux du parc de Monsieur et abritaient quelques-unes de ces charmantes constructions fantaisistes que l'on appelait alors des fabriques : une lanterne chinoise, une pyramide, un petit temple dorique à quatre colonnes cannelées...

Ce fut vers ce temple que l'on se dirigea. Il s'élevait au centre d'une petite clairière tapissée de sable uni et de larges bandes de gazon. Des valets apparurent avec des lanternes et le médecin que Mme de Balbi avait fait réveiller et qui accourut tout en achevant de nouer sa cravate.

– Voici le Dr Marchais, messieurs, chirurgien par quartiers de Monsieur, qui soigne le comte de Balbi. J'ajoute qu'il a servi aux Carabiniers du comte de Provence et qu'il peut vous tenir lieu de directeur du combat. A moins que vous ne préfériez que j'assume moi-même cette charge ?...

– Comment le pourriez-vous, madame ? s'écria Paul-Jones scandalisé. Les armes sont objets bien étrangers à une grande dame doublée d'une jolie femme.

– Vous seriez surpris, amiral, si je vous montrais ce que je sais faire une épée à la main. Et je ne suis pas la seule en France. Mais je m'écarte et vous laisse vider cette affaire.

Tandis qu'elle allait s'asseoir sur les marches du petit temple, les deux témoins et le docteur réglèrent les modalités du combat. Ce fut vite fait et, la mesure des épées ayant donné toute satisfaction, les deux adversaires ôtèrent leurs habits et s'en allèrent prendre chacun sa place. Gilles le fit rapidement, en trois pas vifs après avoir jeté négligemment son habit sur le sol. Ce fut plus long pour le prince qui se souciait évidemment de ses satins brodés et qui jugea bon de faire quelques pliés pour s'assouplir le jarret.

Debout à sa place, la pointe de son épée plantée en terre, Tournemine le regardait faire avec un mélange d'agacement et d'amusement. Le voyage en carrosse lui avait rendu tout son sang-froid et tout son empire sur lui-même. Aussi considérait-il ce duel inutile comme une stupidité. Il n'avait aucune raison d'en vouloir à ce Sicilien qu'il n'avait jamais vu et qui avait seulement cru bon de se faire le défenseur d'une vertu défunte mais à laquelle apparemment il croyait. C'était, en outre, du temps perdu car, sa violente vague de désespoir étalée, Gilles, à présent, brûlait d'impatience. Il avait hâte de retourner à l'ancienne folie du maréchal de Richelieu, afin d'y apprendre, une bonne fois pour toutes, d'où sortait ce M. de Kernoa dont on lui avait assuré qu'il était définitivement mort et qui, cependant, venait de refaire surface de la façon la plus inattendue.

Le prince étant enfin prêt, il tomba en garde au commandement du directeur du combat, décidé à en finir aussi vite que possible avec ce qui n'était plus, pour lui, qu'une formalité mondaine. Le premier sang apparu arrêterait le duel...

Mais il comprit instantanément qu'il allait avoir besoin de toute sa science et de toute son habileté pour que ce premier sang ne fût pas le dernier. A peine le docteur eut-il prononcé l'habituel « Allez, messieurs ! » quc Caramanico chargeait son adversaire avec une violence parfaitement inattendue, dirigeant sur lui un bizarre coup tournoyant, qui eût été normal au sabre mais qui ne faisait guère partie de la technique de l'épée. Si Gilles n'avait, par un prodigieux réflexe, levé sa lame, le tranchant de l'épée lui eût entamé le cou. Ce prince avait dû apprendre les armes avec les bravi du port de Naples.

Convaincu qu'il n'avait pas affaire à un adversaire normal, Gilles décida de ménager son souffle et de jouer plus serré qu'il n'aurait cru. L'homme avait, visiblement, un poignet de fer et des nerfs d'acier et son répertoire de coups était stupéfiant. Avec une étonnante rapidité, il passait son arme de la main droite à la main gauche afin d'attaquer des deux côtés. En outre, le Breton n'aimait pas beaucoup l'étrange fixité de son regard devenu aussi froid et aussi figé que du basalte.

Lorsque Gilles passa à l'attaque, Caramanico para chacun de ses coups sans effort apparent, se contentant de faire un bond de côté pour revenir à son tour à l'attaque. Aussi, à mesure que la lutte continuait, Gilles acquit-il la certitude que ceci n'était pas un simple duel mondain mais un exercice classique de salle d'armes avec la mort pour conclusion. Cette étonnante machine de duel prétendait sans doute offrir son cadavre à la Reine de la Nuit en cadeau de bienvenue.

Les témoins aussi avaient compris et, dans le silence de la nuit, on pouvait entendre, quand le choc des épées faisait trêve un instant, leurs respirations oppressées ou même certaines exclamations indignées de Paul-Jones quand le jeu du prince lui paraissait par trop irrégulier car celui-ci bondissait de tous côtés avec une telle vivacité que Gilles, un instant, crut qu'il allait l'attaquer par-derrière et frapper dans le dos.

La colère le prit. Que cet homme eût envie de sa femme était une chose mais il n'allait pas, par-dessus le marché, se laisser tuer stupidement par un demi-fou décidé à tout pour entrer dans son lit. Risquant le tout pour le tout, il s'élança sur Caramanico avec tant de fureur qu'il mit sa propre vie en danger une douzaine de fois avant de le forcer à céder du terrain. Pendant quelques instants l'initiative du combat lui appartint et, tout à coup, Tournemine vit ses yeux redevenir vivants sur une expression de doute tandis qu'il se déplaçait avec vivacité toujours mais peut-être moins de légèreté afin de se protéger de ce dard à mille têtes qui le menaçait.

Rompant pour esquiver, le prince trébucha sur une légère irrégularité du terrain, motte d'herbe ou pierre, faillit tomber; au prix d'un miracle musculaire il parvint à reprendre son équilibre mais la très petite seconde d'inattention qu'il avait eue était exploitée par Gilles qui se ruait une fois encore à l'assaut. Emportée par l'élan du chevalier, sa lame s'enfonça profondément dans la poitrine du prince...

Réalisant ce qui venait de se passer, il l'en retira immédiatement. Son adversaire, les yeux agrandis par une immense stupeur, semblait figé sur place. Lâchant son épée, il porta la main à sa blessure tandis que ses jambes fléchissaient lentement. Sa bouche s'ouvrit laissant couler un filet de sang. Ses yeux se refermèrent et il s'abattit sur le tapis d'herbe aux pieds mêmes des témoins et du docteur qui accouraient. Celui-ci s'était jeté à genoux et procédait à un premier examen tandis que Gilles, froidement, essuyait la lame de son épée avant de la remettre au fourreau.

– Est-il mort ? demanda-t-il.

Le médecin releva vers lui un regard assombri.

– Non, il vit. Mais j'ignore pour combien de temps encore.

– On va le transporter chez moi, dit Mme de Balbi qui avait déjà envoyé l'un des valets porteurs de lanternes faire préparer un appartement et chercher une civière. Si vous voulez bien me suivre, messieurs, vous pourrez prendre quelques rafraîchissements tout en rédigeant le procès-verbal du combat.

Pour la première fois, alors, le témoin de Caramanico, le comte Cavalcanti, fit entendre sa voix, une voix assez désagréable d'ailleurs et que la mélodie de l'accent napolitain ne parvenait pas à rendre séduisante.

– Autant vous le dire tout de suite, messieurs, je ne saurais signer quelque procès-verbal que ce soit. Le combat n'a pas été régulier.

– Pas régulier? s'écria Paul-Jones. Où prenez-vous cela?

– Le prince a été frappé à terre. En le voyant trébucher, Monsieur aurait dû baisser son arme et attendre qu'il retrouve son équilibre. Il aurait dû...

Il n'alla pas plus loin. Brûlant de colère, Gilles l'avait empoigné par le col de son habit et le soulevait de terre pour amener sa figure à la hauteur de la sienne.

– J'aurais dû?... Vraiment? Si quelqu'un a mené ce combat irrégulièrement c'est bien votre précieux prince dont les attaques ont été, la plupart du temps, contraires à toutes les lois du duel. S'il m'avait embroché de dos, comme il a failli le faire, vous n'auriez pas trouvé cela irrégulier, n'est-il pas vrai?

– Laissez... laissez-moi! Vous... vous m'étranglez!

– Ne me tentez pas! Mais peut-être préférez-vous que nous achevions ce différend l'épée à la main? Pendant que j'y suis...

Il l'abandonna au Dr Marchais et Paul-Jones qui s'étaient précipités pour le lui ôter des mains, puis le regarda, goguenard, se frotter la gorge en roulant des yeux furieux.

– Eh bien? Nous battons-nous?...

– Je... je ne me bats pas... avec des gens de votre espèce...

– Monsieur, intervint Paul-Jones sévèrement, le duel a été parfaitement régulier de la part du capitaine Vaughan. Je n'en dirais pas autant de votre ministre. Aussi, je vous avertis que nous allons, le docteur et moi, établir le procès-verbal que nous signerons.

– Et que je signerai aussi, dit Anne, au nom de mon époux.

– Merci, madame. Quant à vous, que vous le signiez ou non n'a que peu d'importance. Sachez seulement que j'aurais plaisir à vous couper les oreilles si vous vous avisiez de le contester.

– Oh, je signerai, je signerai !... De toute façon, ajouta-t-il en ricanant, le prince sera vengé s'il meurt. Les Siciliens n'acceptent pas que l'on tue leurs maîtres et où que vous alliez, capitaine Vaughan, vous serez en danger...

– Vous me terrifiez ! fit-il avec un froid sourire. Puis-je néanmoins suggérer que vous preniez quelques informations sur les règles et devoirs qui régissent le duel en France, et dans la majorité des pays civilisés d'ailleurs, auprès du tribunal des Maréchaux de France ? Il semblerait que vos connaissances siciliennes soient fort incomplètes et cela pourrait vous être utile à l'avenir...

Le procès-verbal dûment signé, on se sépara. Gilles repartit dans la voiture de Paul-Jones en dépit des yeux déçus d'Anne. Mais pouvait-il décemment demeurer sous le toit du mari de sa maîtresse et qui abritait, au surplus, l'homme qu'il avait peut-être tué ? En outre, Mme de Balbi se devait à ses hôtes. En songeant qu'elle allait finir sa nuit dans les austères occupations d'une infirmière bénévole, Gilles ne put s'empêcher de sourire. De toute évidence ce n'était pas cela qu'elle avait imaginé. Lui-même non plus d'ailleurs. Il avait espéré que ce duel stupide prendrait fin sur une égratignure pour l'un ou l'autre et qu'en tout état de cause le vaincu serait reparti sur ses pieds.

Le trajet entre le Luxembourg et la rue du Bac où logeait Tournemine était court. Les deux hommes l'accomplirent en silence et ce fut seulement quand sa voiture s'arrêta devant la maison du jeune homme que l'Américain se décida à ouvrir la bouche.

– Voulez-vous un bon conseil, Vaughan ? Faites vos bagages et partez avec moi.

– J'apprécie votre sollicitude, amiral, mais je ne vois vraiment pas pourquoi je devrais m'enfuir. Car c'est cela, n'est-ce pas, que suggère votre proposition ?

Est-ce que, par hasard, vous prendriez au sérieux les menaces de ce Cavalcanti ?

– Peut-être. Voyez-vous, mon ami, je connais le monde et les hommes mieux que vous. On ne peut vous le reprocher car vous êtes encore très jeune. Moi, je suis largement votre aîné et, en outre, j'ai beaucoup navigué déjà. Je ne vous reparlerai pas de ce qui s'est passé ce soir, chez Mme de Kernoa. J'en ai été profondément choqué mais, à mieux vous examiner durant tout ce qui a suivi, j'en suis venu à penser que vous aviez peut-être une raison valable puisque vous semblez connaître son passé...

– Je le connais, en effet. Et puisque vous voulez bien vous intéresser à moi en dépit du scandale de tout à l'heure, je vous supplie de croire que je n'avais pas bu et que j'avais la meilleure des raisons... une raison qui, un moment, m'a soufflé l'envie de me laisser tuer par ce Caramanico...

– Je suis heureux que cette envie vous soit passée et c'est pourquoi je vous mets, à présent, en garde. Si votre adversaire meurt... et même s'il ne meurt pas car je le crois tout de même gravement atteint, vous allez vous trouver confronté à deux problèmes : d'abord la situation difficile que vous allez créer à notre ministre Thomas Jefferson car les gens des Deux-Siciles vont se hâter de présenter cela comme une atteinte directe de l'Amérique à leur patrie...

– Je ne vois pas où est le problème. M. Jefferson peut parfaitement me désavouer. Il s'agit d'une affaire privée.

– Sans doute mais vous ne connaissez pas ces gens-là. Le second problème est plus grave encore : vous risquez tout simplement d'être assassiné un beau soir en rentrant chez vous.

– Comment ? Assassiné ?

– Mais oui. D'étranges lois non écrites existent en Sicile constituant, comme en Corse d'ailleurs, un code d'honneur tout à fait particulier. Les Siciliens forment des clans et quiconque attente à la vie ou à l'honneur d'un membre de ces clans, surtout s'il s'agit d'un chef, doit le payer de son sang. Ils sont d'autant plus dangereux qu'ils se cachent sous tous les masques possibles et que certains sont de véritables bandits ne reculant devant rien pour atteindre le but fixé. Ils ont aussi des hommes de main dont le fanatisme aveugle ne raisonne jamais. Ce sont des machines à tuer, un point c'est tout. Venez-vous avec moi ?

Gilles sourit, hocha la tête.

– C'est impossible... mais je vous remercie de l'intention, de l'aide et de l'avis. Soyez sans crainte, je me garderai... Bon voyage, amiral ! Un jour, prochain peut-être, nous nous retrouverons outre-Atlantique. Dieu vous garde !

Sur une brève mais chaude poignée de main, le chevalier sauta de la voiture et rentra chez lui puis, du seuil, regarda s'éloigner l'attelage dans la lumière grise du petit matin.

À LA CROISÉE DES CHEMINS

En rentrant chez lui Gilles, pensant qu'il avait besoin de retrouver des idées claires pour faire face aux nouveaux problèmes qui s'étaient présentés dans le courant de cette nuit particulièrement fertile en événements inattendus, réclama un flacon de rhum à Pongo, en avala les deux tiers et alla se coucher avec l'agréable sensation d'avoir la tête absolument vide.

Elle lui parut, en revanche, singulièrement lourde et brumeuse quand, au bout d'un laps de temps indéterminé, un brutal rayon de soleil, dispensé par l'action énergique de Pongo sur les rideaux de sa chambre, lui arriva dans l'œil et le sortit de son sommeil. Il bâilla, s'étira, repoussa d'un coup de pied draps et couvertures et s'assit sur le bord de son lit, passant sur ses lèvres sèches une langue dont il eût bien juré qu'elle était en peluche. Mais, en même temps, une merveilleuse odeur de café atteignait ses narines et lui fit enfin ouvrir les yeux.

L'odeur s'approcha, se matérialisa sous la forme d'une tasse pleine à ras bord que Pongo vint promener sous le nez de son maître qui s'en saisit, en avala le contenu tout brûlant, la reposa et dit :

– Encore !

Une seconde eut le même sort après quoi le jeune homme s'ébroua comme un grand chien et se remit sur ses jambes, constatant non sans satisfaction que les murs de sa chambre avaient retrouvé toute leur stabilité.

– Quelle heure est-il ? fit-il.

– 2 heures. Toi t'habiller et partir. Grand chef Jefferson envoyer homme demander toi venir le voir vite, vite...

– Eh bien ! marmotta Gilles. On dirait qu'on n'a pas perdu de temps à l'ambassade des Deux-Siciles. Pongo, mon ami... un bain chaud et deux ou trois seaux d'eau froide... et puis encore du café après...

– Tout ça prêt ! Pongo penser toi en avoir besoin quand trouver bouteille de rhum presque vide...

– Je n'ai pas tout bu ? fit Gilles sincèrement surpris. Tu m'étonnes. En ce cas... je finirai le reste avec le café. Viens m'aider, je te raconterai ma nuit pour la peine.

D'un pas encore un peu hésitant, il gagna son cabinet de toilette, entra dans un bain presque brûlant, se savonna puis se releva pour que Pongo pût lui déverser sur la tête trois grands seaux d'eau aussi froide que possible. Une vigoureuse friction suivit, faite avec une eau d'aubépine, et Gilles se sentit tout neuf. En revanche, la belle humeur de Pongo avait complètement disparu au fil du récit du chevalier. Il garda le silence un long moment, puis, tout en aidant Gilles à passer une chemise fraîche, il bougonna :

– « Fleur de Feu » devenue fille perdue ?... Ça pas possible ! Pongo pas croire...

– Moi non plus je n'y croyais pas. Je suis même allé

réveiller tout le couvent de Saint-Denis parce que je ne pouvais pas y croire. Pourtant, il n'y a aucun doute : c'est bien elle... elle la maîtresse d'un banquier, acoquinée avec je ne sais quel truand qui se fait passer pour son défunt mari. Elle, vendue au plus offrant ! Tu ne l'as pas vue comme je l'ai vue, Pongo, décolletée jusqu'au ventre, étalant ses épaules et sa gorge sous les yeux d'une bande d'hommes qui avaient visiblement beaucoup de mal à tenir leurs mains derrière leur dos. On dit même qu'elle a plusieurs amants...

– On dit, on dit... Et elle ? Quoi elle dire ?

– Que voulais-tu qu'elle dise ? Je ne lui ai pas demandé d'explications : elles étaient superflues. Il n'y a qu'une conclusion à tirer de tout cela : Judith ne m'aime plus... en admettant qu'elle m'ait jamais aimé...

– Pourquoi, alors, vouloir tuer Reine ?

– Par vengeance, par haine pure et simple. Il n'y a pas besoin d'aimer un homme pour détester une femme que l'on croit sa rivale. L'orgueil blessé suffit..

– Peut-être... et peut-être pas. Toi faire quoi, maintenant ?

– Que veux-tu que je fasse ? Je vais chez M. Jefferson puisqu'il m'attend...

Achevant de s'habiller, il passa un frac couleur tabac orné de boutons d'argent sur une culotte de casimir chamois et un gilet de même nuance, chaussa des demi-bottes à revers, prit son chapeau, ses gants et descendit à l'écurie. Un moment plus tard, au trot paisible de Merlin, il descendait la rue du Bac, franchissait la Seine au pont Royal et se dirigeait vers la place Louis XV (1) pour gagner les Champs-Elysées.

Le temps était superbe et il y avait beaucoup de monde dehors, beaucoup d'équipages mais aussi beaucoup de promeneurs à pied qui prenaient le soleil en respirant l'odeur du jardin des Tuileries où les robes claires des femmes ajoutaient un surcroît de fleurs.

(1) Le pont de la Concorde, alors pont Louis-XVI, était en construction.

C'était ce que Gilles avait coutume d'appeler « un jour de grâce », un de ces jours où tout paraît marcher pour le mieux dans le meilleur des mondes, où l'on sourit sans bien savoir pourquoi – parce qu'il fait beau ou parce que l'on a entendu chanter un oiseau – où la misère elle-même semble peser moins lourd et où les mendiants arrachent, en passant, un brin de feuillage pour le piquer dans un trou de leur chapeau... Si, la veille, Paris avait connu un commencement d'émeute en apprenant l'aggravation de peine qui frappait le Cardinal de Rohan, il n'y paraissait plus. Facilement oublieux, une fois passés ses grands moments d'émotion, le Parisien, satisfait de s'être offert une sorte de baroud d'honneur, était retourné à ses affaires, à sa boutique ou à sa canne à pêche.

Curieusement, cependant, et à mesure qu'il avançait au milieu de cette sérénité ensoleillée, Gilles sentait son humeur s'assombrir car il avait conscience d'apporter une tache au tableau, une fausse note à la symphonie. Le plus beau soleil ne pouvait rien pour dissiper l'amertume qui l'habitait et surtout le vide, le vide énorme qu'il ressentait dans la région du cœur...

Depuis ce beau soir de septembre breton où il avait tiré des eaux du Blavet le corps dénudé de Judith, toute sa vie, tout son temps, tous ses rêves, tous ses espoirs et tous ses efforts s'étaient concentrés sur la jeune fille. L'amour qu'il éprouvait pour elle avait été sa seule raison de vivre, sa seule raison d'être et de vouloir... Qu'en restait-il à présent ? Rien... Tout s'était dilué, dissous, effrité, dispersé au caprice d'une femme inconsciente qui demeurait son épouse devant Dieu et qui, cependant, semblait l'avoir entièrement oublié...

Peut-être, après tout Judith n'était-elle plus une créature normale ? L'épreuve terrible subie au soir de ses premières noces avec Kernoa, les étranges pouvoirs que Cagliostro avait pu prendre sur son esprit avaient pu causer des ravages dont, peut-être, lui-même ne s'était pas assez soucié, emporté qu'il était par sa passion ?

Cette nuit, Gilles retournerait à la folie Richelieu afin de sonder, une dernière fois, cet esprit fragile, ce cœur inconstant, afin de savoir si l'ombre d'un espoir demeurait encore de l'arracher à l'existence dégradante qu'elle s'était choisie... ou que peut-être, après tout, on lui avait imposée... S'il échouait, il faudrait bien tourner la page et tenter de se trouver soit une raison de vivre soit une honorable mort, ce qui était vraiment la chose du monde la plus facile à trouver pour un homme de cœur...

En se retrouvant, un moment plus tard, dans le grand cabinet de Thomas Jefferson, assis dans le même fauteuil, en face de la même fenêtre ouverte largement sur le joyeux fouillis du jardin, le jeune homme eut cependant l'impression qu'une éternité s'était écoulée depuis la dernière fois qu'il s'était trouvé à la même place. C'était cependant la veille et la seule différence extérieure résidait dans le fait que le jour avait pris la place de la nuit.

Mais une autre différence fut tout de suite sensible lorsque, après l'avoir attendu un instant, Tournemine vit Jefferson franchir à grands pas nerveux, la tête dans les épaules et les mains nouées derrière le dos, la porte qu'un valet lui ouvrait. De toute évidence l'aimable bonhomie de l'hôte d'hier avait fait place aux soucis du ministre plénipotentiaire.

Il alla prendre place dans son fauteuil, considérant d'un œil morne son visiteur.

– Quelle diable d'idée vous a pris d'en découdre avec le ministre des Deux-Siciles ? articula-t-il enfin avec un soupir qui en disait long sur ses secrètes pensées.

– L'idée n'est pas venue de moi. J'ignore qui vous a informé, monsieur...

– Paul-Jones, qui est venu me faire ses adieux dès le matin. Mais il n'a précédé que de bien peu la protestation officielle des Napolitains. Il m'a dit, en effet, que le prince vous avait provoqué mais que, le faisant, il n'a guère fait que devancer, très certainement, les intentions de la plupart des hommes qui se trouvaient chez cette Mme de Kernoa et que, d'ailleurs, lui-même avait, un instant, songé à vous corriger...

– Puis-je savoir, fit Gilles, négligeant la remarque, quelles sont les exigences formulées par les Napolitains touchant cette affaire ? Demandent-ils des excuses ?

– Des excuses ? Vous rêvez ! Ces gens-là veulent du sang ou quelque chose d'approchant. Ils m'ont donné le choix entre leur livrer le coupable ou le laisser aux soins de la police française.

– La police française ? A quel titre ? Je n'ai, en rien, enfreint les lois du royaume, pas plus d'ailleurs que celles du duel. Je n'en dirais pas autant de mon adversaire...

– Je sais tout cela, soupira Jefferson. Mais je sais aussi qu'ils n'auront aucun mal à obtenir contre vous une lettre de cachet. N'oubliez pas que leur reine, Marie-Caroline, est la propre sœur de Marie-Antoinette. Celle-ci ne leur refusera pas cette satisfaction.

– Cela reste à démontrer. La Reine et moi sommes en compte, elle me connaît et le Roi mieux encore. Ils ne me livreront pas...

– Etes-vous stupide ? Il s'agit d'un ministre plénipotentiaire, mon garçon ! S'il meurt, et il est bien parti pour cela d'après ce que l'on m'a dit, les souverains français ne pourront pas refuser de vous faire arrêter, à moins que vous ne soyez déjà hors d'atteinte...

– Daignerez-vous m'apprendre quelle a été votre réponse ?

– Je n'en ai pas encore donné. J'ai demandé le temps de la réflexion. Si le Roi décidait de vous faire arrêter, je ne pourrais pas m'y opposer... Oui, je sais, je vous ai dit que j'aurais aimé abriter le « Gerfaut » fugitif mais il s'agissait d'une affaire privée et non d'une affaire à tournure internationale. Je ne peux pas me permettre, actuellement, de créer un froid entre le Roi et moi. Vous n'ignorez pas quels sont mes espoirs touchant le port de Honfleur pour l'avenir du commerce américain en Europe. A présent que les ponts sont coupés entre nous et l'Angleterre, il nous faut songer à remplacer le port de Cowes qui entreposait le riz en provenance de Caroline. Honfleur, sur l'estuaire de la Seine, est admirablement placé pour prendre la relève et je souhaite obtenir de Versailles qu'on nous laisse en faire un énorme port franc et le rendez-vous général de la navigation américaine. Vous êtes bien léger, dans une balance, en face de tels intérêts.

– Je le conçois sans peine. Eh bien, Monsieur le Ministre, vous n'avez pas le choix : abandonnez-moi !

– Ne soyez pas ridicule. Vous savez parfaitement qu'il existe avec vous une position de repli fort simple : Vaughan peut disparaître en quelques instants. Après tout... vous n'avez plus guère de raison de vous cacher...

– En effet. Puis-je cependant vous faire remarquer qu'hier encore vous me disiez souhaiter me voir rejeter ma première personnalité pour devenir définitivement le fils du vieux marin ?

– Je l'ai dit, en effet, et je le pensais...

– Vous ne le pensez plus ?

Il y eut un silence, court d'ailleurs : le temps de quelques battements de cœur. Ce fut le poing de Jefferson qui, en s'abattant sur l'acajou de sa table, le rompit.

– Par tous les Prophètes ! Quelle damnée mouche vous a piqué d'aller attaquer aussi grossièrement cette malheureuse femme ? Je vous croyais un gentleman et je m'aperçois qu'il n'en est rien et... oui, je l'avoue, j'en viens à regretter que l'on vous ait accordé la nationalité américaine, mais...

Gilles se leva brusquement et, considérant le ministre du haut de sa taille, remarqua, sarcastique :

– J'ignorais que le peuple américain était composé uniquement de gentlemen. Soyez sans crainte, monsieur Jefferson, je ne me permettrai pas de dissimuler mes vices européens sous le masque d'un vertueux nom américain. Dès ce soir, je vous ferai tenir les décrets de naturalisation que vous m'avez remis, mes droits à la succession de John Vaughan et la concession de terre...

– Pas la concession de terre, voyons! Elle a été attribuée d'abord au chevalier de Tournemine. C'est un don de reconnaissance, le prix du sang versé...

– Les Tournemine n'ont jamais vendu leur sang, monsieur. Il ne peut donc correspondre à un prix quelconque. Les Etats-Unis ne me doivent rien.

Lentement, Jefferson se leva. Sous ses épais cheveux couleur d'acajou son beau visage avait pâli.

– Je vous en prie, John, ne le prenez pas ainsi.

– Je m'appelle Gilles, coupa le jeune homme, cassant.

– Essayez de me comprendre. Vous m'avez mis, que vous le vouliez ou non, dans une situation difficile. Le Roi Louis XVI n'éprouve pas une grande tendresse pour nous, les rebelles. Nous sommes la preuve vivante qu'une lutte contre une monarchie de droit divin peut réussir. Il voit en nous les ferments installés chez lui de troubles éventuels et, si je veux, comme le veut le général Washington, comme le veulent La Fayette et tous vos anciens compagnons d'armes, qu'une amitié totale, absolue, fraternelle s'instaure entre nos deux pays, je dois veiller à lui faire comprendre que nous lui sommes vraiment reconnaissants de l'aide apportée jadis, que nous ne souhaitons à notre tour que l'aider à donner plus de bonheur à ses sujets. Je dois le ménager et ménager ceux des siens qui pourraient avoir à se plaindre de nous. Au moins... ne pouvez-vous me donner une raison valable... une seule de votre conduite d'hier soir?

Un froid sourire détendit les lèvres serrées du chevalier mais n'atteignit pas ses yeux glacés.

– Je le pourrais, en effet. Je pourrais vous donner la meilleure, la plus convaincante des raisons mais je ne le ferai pas.

– Pourquoi?

Se détournant, Gilles alla reprendre, sur le coin

d'une console, ses gants et son chapeau, revint jusqu'au milieu de la pièce, haussa les épaules.

– Parce que... si vous en êtes à regretter pour une peccadille que l'on ait voulu faire de moi un véritable Américain, il se trouve que moi je n'ai plus du tout envie de l'être... du moins pour le moment. Mes respects, Monsieur le Ministre Plénipotentiaire des Etats-Unis de l'Amérique Septentrionale (1).

Il salua profondément puis, sifflotant doucement un menuet de Mozart, il descendit le grand escalier de pierre, alla récupérer Merlin, sauta en selle et, quittant l'hôtel de Langeac, se glissa au milieu des équipages qui montaient et descendaient la grande artère champêtre entre la place Louis XV et la grille de Chaillot. Le soleil commençait à baisser et c'était l'heure de la promenade élégante. Les dorures des carrosses côtoyaient les vernis austères des nouvelles voitures à l'anglaise et les légers cabriolets des filles d'Opéra. Tout cela débordait de satins clairs, de mousselines couleur d'aurore, de dentelles, de gaze azuréenne, de fleurs et de rubans dont étaient surchargés les gigantesques chapeaux de paille des femmes. On s'interpellait d'une voiture à l'autre, on riait et, sous les ombrages des contre-allées les marchands d'oublies, de limonade, de cerises ou de glaces faisaient, avec les jolies promeneuses ou avec les enfants, des affaires d'or.

Tout à coup, Gilles eut envie de s'attarder un peu mais en dehors de toute cette agitation qui soulevait trop de poussière à son gré. Une poussière qui pour être dorée et essentiellement poétique n'en était pas moins desséchante. Il avait soif, faim aussi car il n'avait rien mangé depuis la veille et il avait envie d'être un peu seul avec lui-même. Par l'allée des Princes, il gagna le cours de la Conférence et, avisant une guinguette dont le petit jardin descendait jusqu'aux eaux vertes de la Seine, il attacha son cheval à la porte

(1) Titre exact de Jefferson.

et alla s'installer sous une tonnelle couverte de vigne d'où la vue sur le fleuve était charmante.

Il s'assit, commanda du vin frais, une omelette, de la salade et du fromage à la servante en bonnet tuyauté qui accourut puis, posant ses pieds sur la balustrade faite de grosses branches élaguées qui fermait la tonnelle et en faisait une sorte de balcon, il essaya de faire le vide dans son esprit en contemplant la circulation de chalands, de barges, de coches d'eau et de barques de pêche qui sillonnaient les eaux étincelantes où se brisaient les rayons du soleil rouge. Avec intention, il s'était placé tout au bout de la tonnelle, afin d'être aussi éloigné que possible des deux hommes qui y étaient déjà installés, buvant du vin blanc à une petite table...

L'ambiance calme et heureuse de ce beau jour lui fit du bien. En dépit de l'apparente désinvolture avec laquelle il avait accueilli les paroles de Jefferson, il s'était senti blessé par l'espèce de hâte mise à le retrancher de la vertueuse nation américaine et à lui faire entendre que l'on ne souhaitait plus guère qu'il choisît de rester définitivement John Vaughan et de continuer cette estimable dynastie. Certes, il pouvait toujours fonder une famille de Tournemine qui deviendrait américaine mais surtout avec le temps. Qu'ils s'installassent au bord de la Roanoke (car, la réflexion venue, il était bien décidé à garder ses mille acres de bonne terre) et ils seraient très certainement, lui et peut-être ses enfants, « les Français ». La troisième génération seulement laisserait oublier l'origine. Tandis qu'en s'installant pour jamais sous le collier de barbe de John Vaughan, il eût effacé d'un seul coup tout son passé français et breton...

« Tout compte fait, songea-t-il, en m'évitant les tentations du choix, on me rend service. C'était peut-être le chemin commode mais comment aurais-je pu me résoudre à rejeter à l'oubli le beau nom que, sur le champ de bataille de Yorktown, j'ai reçu de mon père et jusqu'au souvenir de ce même père pour adopter comme ancêtre une lignée de marins ivrognes venus en droite ligne du Pays de Galles ou d'Irlande? J'ai été trop heureux de devenir un Tournemine et j'ai honte, à présent, d'avoir imaginé même un instant, pour sauver ma peau et vivre en paix, que j'aurais pu y renoncer... »

La servante, souriante, lui apportait son petit repas et il l'entama par une rasade de vin destinée, dans son esprit, à sanctionner la décision qu'il venait de prendre. C'était dit : tout à l'heure il enverrait Pongo porter tous les papiers concernant John Vaughan qui lui avaient été remis par Jefferson au nom du Congrès. Il n'en garderait pas moins d'ailleurs ceux qu'il devait à l'industrie de Beaumarchais et qui, hors d'Amérique, pouvaient lui être encore de quelque utilité dans la suite de temps peut-être troublés.

Il fit disparaître avec enthousiasme son omelette et sa salade qui était bien fraîche et croquante et il allait attaquer le fromage lorsque certaines paroles des deux hommes installés à l'autre bout de la tonnelle arrivèrent jusqu'à lui. L'un d'eux, encouragé peut-être par la tranquillité du lieu, avait un peu élevé la voix et Gilles avait bien cru saisir au vol le nom de La Hunaudaye.

Tournant la tête, il considéra ses voisins, ne leur trouva rien d'extraordinaire. Leurs vêtements bourgeois étaient simples mais bien coupés et ils évoquaient assez des notables de province venus dans la capitale pour affaires. Leurs visages, en revanche, lui étaient invisibles : l'un des deux hommes lui tournait le dos et cachait la plus grande partie de son compagnon. La lumière d'ailleurs baissait et verdissait sous la tonnelle depuis que le soleil avait disparu. Les voix, elles aussi, avaient baissé et Gilles dut tendre l'oreille pour entendre mais, à nouveau le nom familier revint, très net cette fois.

— A La Hunaudaye, disait l'un des deux hommes, M. de Talhouet voudrait bien faire place nette. On dit qu'il a des projets sur le château dont il souhaite démolir une partie et que pour cela il désire y mettre des gens bien à lui. C'est impossible tant que vivra le vieux Gauthier...

– Pourquoi donc? On a toujours le droit de renvoyer des serviteurs et de les remplacer par d'autres... Gauthier se fait vieux et, depuis l'accident survenu à son petit-fils, il doit abattre double travail. Le maître est dans son droit...

– Allons donc! On croirait que vous ne connaissez pas nos gens du Pleven. Le vieux Gauthier est né à La Hunaudaye. Les siens ont servi les Rieux depuis des générations et lui les a servis également. Il y a trop peu de temps que Talhouet est propriétaire du château... Quelques années. C'est donc un étranger pour la région et s'il chassait les Gauthier, même pour les installer ailleurs, cela causerait une révolte. Toutes les fourches et les faux se lèveraient contre lui. Il lui faudra patienter...

– Patienter? Je ne l'en crois guère capable et j'ai peur que...

Un bruit de chaises raclant le sol couvrit la fin de la phrase. Les deux hommes se levaient et, de nouveau, baissaient la voix. Il y eut le son d'une pièce de monnaie tintant sur le bois de la table puis des pas qui s'éloignèrent.

Resté seul, Gilles acheva distraitement son repas. Ce qu'il venait d'entendre ne lui plaisait pas car il avait gardé, au fond de sa mémoire, le souvenir de l'unique nuit passée par lui sous les voûtes sévères du château ancestral et aussi celui de l'accueil, si simple et si noble, qu'il avait reçu de Joël Gauthier. Il revoyait, un genou en terre et baisant sa main, ce grand vieillard à cheveux blancs, si hautain sous son large chapeau noir et qui, cependant, devant lui encore presque un enfant alors mais dernier dépositaire du sang des anciens maîtres, avait courbé sa tête vénérable et fière, plus fière très certainement que bien des têtes seigneuriales, pour lui offrir, spontanément, l'antique hommage féodal. Cet homme, il le savait, l'attendait encore, espérait son retour avec la fortune qui permettrait au sang du Gerfaut de reprendre La Hunaudaye.

« Il faut que vous retrouviez au moins le château pour que je puisse mourir heureux », avait-il dit. Et voilà que l'on parlait de l'arracher à ce domaine qui était toute sa vie, à la maison basse abritée sous les tours formidables où, avec les siens, il vivait, où il priait, où il espérait. Où il rêvait aussi, sans doute, au légendaire trésor de Raoul de Tournemine, de l'homme qui, de Rome où il avait été ambassadeur, avait rapporté une fabuleuse collection de joyaux mais aussi une dangereuse passion car, de ces bijoux dont certains avaient, disait-on, paré les Borgia, Raoul était devenu le captif, l'esclave si passionné qu'il n'avait pu supporter l'idée de les laisser à ses descendants et, avant de mourir, les avait cachés si bien que personne, jamais, n'avait pu les retrouver.

Un long moment encore, Gilles demeura sous la vigne de sa tonnelle que la nuit, lentement, envahissait. Avec elle, le calme s'était fait. A l'intérieur de l'auberge, des lumières s'étaient allumées mais le jardin restait obscur.

– En été, le soir, il y a des moustiques, lui avait dit la servante. On ne s'y attarde guère et Monsieur, peut-être, ferait mieux, s'il veut prolonger son repas, de rentrer à l'intérieur.

Il avait refusé, ne pensant pas s'attarder, d'ailleurs, mais depuis qu'il avait entendu les paroles des deux inconnus, une idée germait dans son esprit et il avait profité de sa solitude pour l'examiner plus attentivement, pour la creuser et la polir. Et quand la servante, craignant peut-être qu'il ne partît sans payer, vint voir ce qu'il devenait sous couleur de demander s'il n'avait besoin de rien, il se leva, tendit à la fille, ravie, un demi-louis et s'en alla rejoindre son cheval, emportant au cœur, avec la décision qu'il venait de prendre, un apaisement qui ressemblait à un espoir.

– Je crois que nous allons quitter Paris, mon fils! fit-il en caressant affectueusement l'encolure soyeuse de Merlin. Tu es fils des grands espaces et moi, au fond, je ne suis guère qu'un paysan. Ni la ville ni les palais ne nous valent grand-chose... Mais allons d'abord chez nous pour mettre un costume plus conforme à une expédition nocturne.

L'un portant l'autre, les deux compagnons firent paisiblement le chemin du cours de la Conférence jusqu'à la rue du Bac. La nuit semblait s'épaissir d'instant en instant grâce à un orage dont les premiers grondements commençaient à se faire entendre du côté de Saint-Cloud et, en s'engageant dans sa rue, Gilles eut soudain l'impression de plonger dans un tunnel tant elle était obscure. Ou bien les allumeurs de lanternes n'avaient pas fait leur ouvrage ou bien le vent qui se levait et les faisait grincer sur leurs chaînes les avait soufflées.

Il n'y avait pas non plus âme qui vive, bien que l'heure ne fût pas encore très tardive mais le mauvais temps menaçant avait vidé les rues en un clin d'œil, Parisiens et Parisiennes ne se souciant pas d'exposer à la pluie leurs vêtements d'été. Mais, en arrivant à la hauteur du marché de Boulainvilliers, édifié cinq ans plus tôt par le Prévôt de Paris à l'emplacement de l'ancienne caserne des Mousquetaires Noirs, l'œil aigu du jeune homme aperçut quelque chose de bizarre devant la porte de sa maison : des formes noires qui n'appartenaient certainement pas à des revenants étaient en train d'ouvrir sa porte.

Un instant, par l'entrebâillement, il aperçut la fenêtre éclairée de la loge de son concierge et vit, nettement cette fois, qu'une petite troupe d'hommes drapés de grands manteaux noirs était en train de s'introduire chez lui sans y avoir été invitée.

Mettant sans bruit pied à terre il alla attacher Merlin sous l'un des auvents du marché, prit dans les fontes la paire de pistolets tout armés qu'il y gardait toujours en cas de besoin et s'assurant que son épée jouait bien dans son fourreau, il prit sa course vers sa maison sans faire plus de bruit qu'un chat. Les gens qui l'envahissaient ainsi ne devaient guère être animés de bonnes intentions et, en dehors du concierge dont la bravoure n'avait rien de légendaire, il n'y avait au logis que Pongo et le chat adopté par lui depuis deux mois.

« Caramanico doit être mort », songea Gilles inquiet sur le sort de son fidèle compagnon qui, en dépit de son courage, ne pouvait affronter seul une dizaine d'assassins.

C'était là, à n'en pas douter, une manifestation de l'étrange fraternité sicilienne dont avait parlé Paul-Jones et qui ne reconnaissait ni les simples lois de l'humanité, ni les codes d'honneur habituels pour ne prendre en considération que les torts faits à l'un de ses membres même s'il en était le premier responsable.

Un pistolet à chaque poing, il poussa du pied le lourd vantail de la porte que les inconnus n'avaient pas refermé, sans doute pour éviter le bruit et pour se ménager une retraite plus rapide, et jura entre ses dents. Les misérables travaillaient vite : le malheureux concierge gisait, face contre terre, au milieu de sa loge, un couteau planté entre les deux épaules. Ils travaillaient bien aussi : la victime n'avait pas poussé le moindre cri. Gilles l'eût entendu.

Quatre à quatre mais toujours silencieusement, il escalada l'escalier de pierre, vit que la porte de son appartement était, elle aussi, ouverte. L'antichambre était vide, le salon également mais le jeune homme poussa un soupir de soulagement en percevant, dans la bibliothèque, une voix autoritaire, pourvue d'un violent accent méditerranéen qui interrogeait.

– Ton maître ! Où il est ?...

Puis la voix paisible de Pongo.

– Moi pas savoir !... maître sorti.

– Oui, mais où ? Quand va-t-il rentrer ?

S'approchant doucement, Gilles vit Pongo debout entre la cheminée et la petite table sur laquelle il devait être en train de disposer un en-cas comme il avait coutume de le faire lorsque Tournemine ne rentrait pas dîner. Un homme masqué de noir, vêtu de noir, un chapeau pointu de bandit calabrais enfoncé jusqu'aux sourcils, le menaçait d'un couteau appuyé sur sa gorge tandis que deux autres, qui semblaient la fidèle copie du premier, maintenaient l'Indien immobile. D'autres encore, six en tout, formés en demi-cercle, regardaient la scène.

– Tu ne veux pas répondre ? reprit l'homme au couteau.

– Ça servir à quoi si moi dire maître ici ou là ? Lui pas tout me dire. Lui absent, c'est tout !

– Parfait. Eh bien, on va l'attendre. Vous autres, vous allez enlever le corps du concierge pour qu'il ne se doute de rien mais toi, l'indigène, je vais te tuer doucement... tout doucement, histoire de passer le temps, de charmer les longueurs de l'attente...

– Tu n'auras guère le temps de t'ennuyer...

Gilles venait de s'encadrer dans la porte. Les deux pistolets avaient simultanément craché la mort. L'homme au couteau, qui devait être le chef, s'écroulait dans sa grande cape noire et, avec lui, l'un des deux qui tenaient Pongo. Rapide comme l'éclair, celui-ci abattait l'autre d'un maître coup de poing puis bondissant vers une panoplie d'armes qui ornait l'un des murs, en arrachait un sabre d'abordage. Un furieux moulinet décolla à moitié la tête d'un des assaillants qui, tirant leurs épées, formaient autour de Gilles un cercle menaçant.

Le jeune homme, ses deux coups lâchés, avait laissé tomber ses pistolets, arraché son épée du fourreau et ferraillait contre la meute, ce qui n'était pas facile car ils étaient cinq et semblaient savoir tenir une épée. L'un d'eux s'écroula, la gorge transpercée, avec un affreux gargouillement. Pongo tomba comme la foudre sur deux des quatre restant encore. Contre son sabre, les épées n'avaient pas la partie belle mais l'Indien, comme Gilles lui-même, avait affaire à deux adversaires, ce qui n'était d'ailleurs pas pour leur déplaire.

– Ça commence à être amusant ! cria Gilles. Tu n'es pas blessé ?

– Non. Pongo pas blessé... mais lui mort ! ajouta-t-il

en enfonçant son arme dans le corps d'un de ses adversaires au moment précis où Gilles embrochait l'un des siens en poussant un cri sauvage qui terrorisa le second.

Rompant brusquement le combat, au moment précis d'ailleurs où il allait toucher Tournemine, il s'enfuit à toutes jambes, immédiatement suivi par le dernier ennemi de Pongo qui, de toute évidence, ne se souciait aucunement de rester seul avec ces deux furieux.

L'Indien allait s'élancer sur leurs traces mais Gilles le retint.

– Qu'ils aillent rejoindre le Diable leur maître si cela leur chante ! J'estime que, pour ce soir, le tableau de chasse est suffisant, fit-il en désignant les sept cadavres qui jonchaient sa bibliothèque.

Sept parce que l'homme dont Pongo s'était débarrassé d'un coup de poing était allé se fendre le crâne sur le marbre de la cheminée...

– Beaucoup de sang ! dit Pongo en se grattant la tête. Tapis et fauteuils perdus. Pas possible nettoyer...

– Quelle bonne ménagère tu es devenu ! s'écria Gilles en riant. De toute façon, cela n'a pas d'importance : nous n'en avons plus besoin... ni d'ailleurs de ces défroques ! ajouta-t-il en faisant voler, de la pointe de son épée qu'il venait d'essuyer, le turban neigeux de Pongo. (Le visage de celui-ci s'illumina.)

– Fini déguisement ? Vrai ?

– Très vrai ! On va redevenir nous-mêmes et, ensuite, filer d'ici au plus vite. Les gens qui nous ont attaqués ont essuyé une défaite mais ils n'ont pas perdu leur guerre. Ils ne renonceront pas à leur vengeance et reviendront en force aussitôt que possible. Il n'y a pas de temps à perdre car, cette fois, ils nous auraient...

– On fait quoi ?

– On déménage... cette nuit même ! Va d'abord rechercher Merlin que j'ai laissé sous l'auvent du marché Boulainvilliers. Après tu reviendras emballer ce qu'on a de plus précieux. Pendant ce temps, je vais écrire au propriétaire, lui payer un mois d'avance et le prier de vendre les meubles qui m'appartiennent et que nous ne pouvons emporter. Il n'aura qu'à remettre l'argent à mon ami Beaumarchais. Mais avant va nous chercher une ou deux bouteilles de bourgogne. On en a grand besoin...

Les yeux de Pongo brillaient comme des chandelles tandis que sa grande bouche s'étirait en un sourire qui lui faisait le tour de la tête exposant orgueilleusement ses grandes incisives de lapin.

– Moi aller tout de suite...

Il revint un instant plus tard avec une bouteille sous chaque bras, fit sauter les bouchons, tendit l'une à Gilles qui, assis devant un petit bureau, était déjà en train d'écrire sa lettre, et se mit en devoir de vider l'autre à la régalade.

– Hum ! fit-il avec un claquement de langue significatif. C'est Grand Esprit qui descend dans intérieur Pongo ! A présent moi aller chercher frère cheval...

Enjambant les cadavres avec un parfait naturel, il se dirigea vers le salon mais, arrivé à la porte, se ravisa, se retourna vers Gilles qui s'était remis à écrire après avoir vidé, lui aussi, sa bouteille.

– Et... on va où ?

– Cette nuit ? A Versailles. On retourne sous notre ancien aspect dans notre ancien logis, chez cette bonne Mlle Marjon. Ce ne sera peut-être pas pour longtemps d'ailleurs... Je te raconterai...

– Pas la peine. C'est déjà très grande joie retrouver grand chef « Ours Rouge », vieille squaw « Aimable Cigogne », vieux jardinier cacochyme et chatte Pétunia. Moi la marier avec Nanabozo...

Et, plein d'enthousiasme à l'idée d'unir prochainement en légitime mariage l'aristocratique minette de Mlle Marjon et son enfant adoptif né sur quelque gouttière dans les dernières classes de la société féline, il s'en alla exécuter les ordres de son maître.

Celui-ci acheva sa lettre, la sabla, la cacheta et la mit dans sa poche. Puis il alla chercher un sac de cuir et vida dedans le contenu des tiroirs de son secrétaire, mettant à part les papiers concernant John Vaughan qu'il tenait de Jefferson. Il en fit un rouleau qu'il cacheta après avoir glissé quelques mots à l'intérieur.

Ceci fait, il demeura un moment debout, bras croisés, au milieu de la bibliothèque, contemplant, perplexe, ses lugubres occupants qui avaient teint en rouge la plus grande partie de son tapis, hésitant sur le parti qu'il convenait de prendre.

La bonne règle des choses voulait qu'il alertât l'inspecteur de police le plus proche, autrement dit le sieur Lescaze qui habitait rue du Bac, juste à côté du marché Boulainvilliers mais il craignait un peu que les tracasseries policières ne le retardassent car il avait encore beaucoup à faire cette nuit et Lescaze, qu'il connaissait un peu, était sans doute l'homme le plus méticuleux, le plus lent et le plus paperassier de toute la Police parisienne. D'autre part, filer sans avertir qui que ce soit, laisser les choses en l'état, c'était donner prise aux pires suppositions, aux pires accusations...

Il en était là de ses cogitations quand il entendit Pongo rentrer à l'écurie et, presque simultanément, le pas lourd et cadencé des soldats de la Garde de Paris (1) qui faisaient leur ronde. Se ruant à l'une des fenêtres donnant sur la rue, il l'ouvrit, aperçut en bas les six hommes vêtus de bleu et de rouge commandés par un caporal qui composaient l'escouade et se mit à crier « A la Garde ! ».

Un instant plus tard, ledit caporal, flanqué de deux soldats, contemplait le carnage avec une stupeur mêlée d'admiration.

– C'est vous, monsieur, qui avez fait tout ce travail ?

– Avec mon serviteur, oui. J'ai eu la chance d'arriver tout juste comme ils venaient de s'introduire chez moi et j'ai pu les prendre par surprise. Pouvez-vous vous charger de les faire enlever ? Je devais, cette nuit

(1) La Garde avait absorbé le Guet depuis 1783.

même, partir en voyage et cela me contrarierait fort de me mettre en retard...

La proposition, étant accompagnée de trois ou quatre pièces d'or, reçut une totale adhésion. Le caporal assura qu'avant le lever du jour, les corps des « malandrins » reposeraient sur les dalles de la Basse Geôle(1) et que, si le gentilhomme voulait bien lui rédiger quelques mots de déposition, il se ferait un plaisir de se charger lui-même des ennuyeuses formalités usitées dans des cas semblables.

– Nous vivons des temps si troublés qu'il n'est pas rare de voir des sacripants attaquer les honnêtes gens jusque dans leurs lits. La rue ne leur suffit pas. Et si nous n'étions pas là...

La reconnaissance s'imposait. Tournemine se hâta de rédiger les quelques lignes demandées mais ne manqua pas d'y joindre de nouveaux subsides destinés à encourager la Garde dans sa pénible mission de protection et de défense des gens de bien.

– Si d'autres détails vous étaient nécessaires, ajouta-t-il, vous pourrez toujours, après mon départ, vous adresser à la légation des Etats-Unis de l'Amérique Septentrionale, hôtel de Langeac, rue Neuve-de-Berri. On s'y fera certainement un plaisir de vous aider, dit-il encore sans pouvoir se défendre d'une petite joie perverse en songeant au « plaisir » qui pourrait être alors celui de Jefferson. Mais le caporal n'avait entendu qu'une partie de son discours.

– Monsieur est américain? s'écria-t-il, soudain débordant d'admiration. (S'il n'avait eu un mousqueton, il eût peut-être joint les mains en signe de ferveur.) Ah!... Voilà un pays pour les hommes libres... J'ai entendu dire que l'on pouvait y vivre à sa guise, faire tout ce qu'on veut puisqu'il n'y a pas de roi...

Gilles se mit à rire.

– N'importe qui peut vivre à sa guise lorsqu'il est au milieu d'une immense forêt ou bien au cœur d'une

(1) La Morgue.

région complètement sauvage, dit-il. Et s'il n'y a pas de roi, il y a tout de même le Congrès, le général Washington, les gouverneurs d'Etats et quelques autres broutilles. Cela n'empêche d'ailleurs que ce ne soit réellement un admirable pays.

– Je vois! fit avec importance le caporal qui ne voyait rien du tout. Et c'est là que Monsieur va, naturellement?

– Naturellement. Un navire m'attend au Havre.

– Alors, bon voyage, monsieur, et n'ayez surtout aucun souci pour tout ça!... ajouta-t-il avec un dédain superbe. En exterminant des malandrins, c'est toujours autant de fait pour nous ou pour le bourreau. Allons-y, les gars! Emportons ces messieurs. Bouchu, va me chercher un tombereau.

Ce fut vite fait. Quelques minutes plus tard, les cadavres siciliens étaient empilés dans le chariot qui servait à enlever, quand on y pensait, les ordures du quartier. Le caporal et ses hommes acceptèrent gracieusement le verre de vin que Pongo avait préparé et que l'on but à la santé de l'Amérique libre et fraternelle, après quoi l'on se sépara enchantés les uns des autres. Quand la demie de minuit sonna au clocher de l'église voisine des Jacobins, la rue du Bac avait retrouvé sa tranquillité habituelle.

Alors, tandis que Pongo procédait à la confection des bagages, Gilles alla s'enfermer dans son cabinet de bains avec un pot d'eau chaude qu'il était allé prendre à la cuisine, prit ses rasoirs et entreprit de libérer son visage de la barbe qui l'avait si bien dissimulé durant plusieurs mois. Il ôta également la fausse cicatrice qui lui tirait la lèvre, les faux sourcils noirs, si habilement faits qu'ils lui faisaient des arcades proéminentes et enfonçaient d'autant les yeux dans l'orbite.

A voir peu à peu reparaître dans le miroir sa figure d'autrefois, il éprouva une joie inattendue, proche voisine de celle que l'on éprouve en glissant dans de vieilles et amicales pantoufles des pieds longtemps comprimés dans des bottes un peu étroites.

Restaient ses cheveux teints en brun très foncé mais coupés assez court, à la mode de la Nouvelle-Angleterre. Il hésita un instant à les raser entièrement mais, constatant que des racines plus claires apparaissaient, il se contenta de les couper plus court encore, obtint une sorte de brosse à pointes foncées qu'il suffirait de recouper bientôt puis, allant chercher l'une de ses anciennes perruques d'uniforme, il l'ajusta soigneusement et se retrouva Gilles de Tournemine des pieds à la tête. John Vaughan venait de disparaître totalement.

Peut-être pas définitivement d'ailleurs car ce camouflage pouvant se révéler encore utile, le chevalier rangea soigneusement dans un sac les divers objets et ingrédients qui avaient permis à Préville de le faire naître.

Ceci fait, il se rhabilla, enfila une chemise propre, mit des culottes collantes noires, boutonna jusqu'au ras du cou un long gilet de même couleur sur lequel il boucla la ceinture supportant sa meilleure épée, celle que jadis lui avait donnée Axel de Fersen, et endossa un habit de fin drap gris anthracite. Pour ce qu'il voulait faire à présent, mieux valait être aussi peu visible que possible.

Enfonçant sur sa tête un tricorne dépourvu de tout ornement, il acheva de ranger dans son sac tous les objets personnels qui se trouvaient dans sa chambre, prit un grand manteau de cheval et alla rejoindre Pongo qui, débarrassé lui aussi de ses blancheurs orientales, avait repris le sombre costume européen que, cependant, il n'aimait guère. Il accueillit son maître avec un large sourire.

– Toi redevenu seigneur Gerfaut ! déclara-t-il. Moi content !

Avec stupeur, Gilles considéra la pile de sacs et de malles qui encombraient l'antichambre et sur laquelle trônait un panier d'où sortaient des miaulements plaintifs.

– Qu'est-ce que c'est que tout ça ?

– Affaires personnelles ! Linge, habits, belles choses

en argent... Nous très riches ! fit Pongo visiblement enchanté.

– Et comment comptes-tu emporter tout cela ?

– Pongo prendre charrette du jardinier, atteler propre cheval et aller comme ça jusque chez demoiselle « Aimable Cigogne » avec toi...

Gilles se mit à rire.

– Tu as réponse à tout. Seulement tu vas aller à Versailles tout seul.

Les yeux de Pongo se changèrent en deux points d'interrogation mais il fronça les sourcils.

– Où toi aller ? fit-il soupçonneux. Encore faire sottises ?

– J'espère que non, fit le jeune homme avec un soupir. Je vais suivre ton conseil, mon ami : je vais voir ce qu'il reste de ma femme dans cette catin qui se fait appeler Mme de Kernoa. Viens, je vais t'aider à charger ta charrette. Ensuite, je fermerai la maison...

Un quart d'heure plus tard c'était chose faite et, l'un sur sa charrette, l'autre sur son cheval, Pongo et Gilles commençaient à descendre la rue du Bac en direction de la Seine. Le temps était le même que lors du retour de Gilles. L'orage semblait tourner autour de Paris sans se décider à éclater. Il s'éloignait, cependant, car les coups de tonnerre étaient plus sourds, plus espacés aussi et le vent s'était un peu calmé. La rue, d'ailleurs, avait retrouvé son éclairage, grâce très certainement aux bons soins de la patrouille.

Comme Tournemine atteignait l'angle de la rue de l'Université, une voiture en sortit et s'arrêta devant la porte de la maison qui formait cet angle, une belle demeure datant du siècle précédent. Un homme et une femme en descendirent.

Très belle, très gaie aussi, la femme était célèbre et Gilles la reconnut aussitôt : c'était la Saint-Huberty, la plus célèbre cantatrice de l'Opéra. Elle sauta à terre dans un envol de dentelles claires nimbées d'un léger nuage de poudre échappé à sa haute coiffure et tira la sonnette de la porte puis, constatant que son compagnon ne l'avait pas suivie, elle se retourna et lanç mécontente :

– Eh bien ? Venez-vous ? Je croyais que vous attendiez, cette nuit, une visite...

L'homme ne lui répondit pas. Planté au milieu de la rue, sous l'éclairage dansant de la lanterne pendue entre deux maisons, il regardait passer Tournemine avec des yeux dilatés de stupeur qui, un instant, croisèrent le regard glacé du chevalier. Mais sans s'arrêter, celui-ci détourna la tête et poursuivit son chemin sans que l'autre trouvât seulement la force d'une réaction.

Ce fut ainsi que le chevalier sut que, pendant des mois sans doute, il avait habité sans le savoir presque en face de l'un de ses plus mortels ennemis, le comte d'Antraigues avec lequel, par deux fois déjà, il avait croisé le fer au détriment de celui-ci d'ailleurs (1)... et qu'il venait d'être reconnu.

« Dès demain, pensa-t-il, le comte de Provence saura que je suis toujours vivant. Lui et les hommes de Caramanico, cela va faire beaucoup d'ennemis en même temps ! Il va falloir aviser mais si, cette nuit, tout se passe comme je l'espère, cela n'aura plus beaucoup d'importance... »

Une demi-heure plus tard, ayant laissé, place Louis XV, Pongo et la charrette poursuivre leur chemin vers la barrière de la Conférence, il se retrouvait rue de Clichy devant la grille close de la folie Richelieu.

Apparemment, Mme de Kernoa ne recevait pas, cette nuit. Au fond de son beau jardin, la maison était obscure. Aucune lumière ne se montrait derrière les volets fermés et ce silence, ces ténèbres évoquaient si bien l'absence, l'abandon, que Gilles sentit une inquiétude lui mordre le cœur : le scandale d'hier avait-il été si grand que les protecteurs de Judith aient jugé utile de l'éloigner si rapidement ? La plupart des tripots élégants étaient souvent le théâtre d'affaires plus ou moins violentes sans s'en trouver plus mal pour autant,

(1) Voir le Gerfaut des Brumes, tome II : *Un collier pour le diable.*

bien au contraire. Quant aux grandes courtisanes, leur renommée se trouvait au contraire singulièrement augmentée quand, d'aventure, deux gentilshommes jugeaient utile de se couper la gorge pour leurs beaux yeux.

Mais, si l'hôtel semblait mort, une flamme brûlait derrière les contrevents de l'un des deux petits pavillons d'entrée, élevés près de la grille à l'usage du concierge et du jardinier. Et, sans hésiter, Gilles alla frapper à cette fenêtre.

Il frappa un moment qui lui parut durer un siècle. Finalement, une petite porte s'ouvrit derrière la grille et un homme en bonnet de nuit sortit, armé d'une chandelle dont il protégeait la flamme de sa main. Les coups avaient dû le réveiller car il bâillait à se décrocher la mâchoire et ce fut avec un maximum de mauvaise humeur qu'il demanda :

– Qu'est-ce que vous voulez ?

Pour ne pas éveiller la méfiance de cet homme, Gilles, pensant qu'il n'était pas mauvais qu'on le prît pour un imbécile légèrement pris de boisson de surcroît, avait laissé son cheval un peu plus haut dans la rue et s'était accoudé familièrement à la grille.

– Ce que je veux, mon bonhomme ? Ben, je veux entrer parbleu ! J'arrive de province et on m'a dit que c'était ici la maison de Paris où l'on s'amusait le plus. Alors je viens m'amuser... Ouvre-moi !

– Passez votre chemin. On ne s'amuse pas ce soir...

– Ah non ?... Ça, c'est pas de chance ! Et pourquoi est-ce qu'on ne s'amuse pas ?

– Parce que c'est comme ça ! Et puis vous avez trop bu : allez vous coucher...

– Pas sommeil !... Mais, écoute un peu, concierge... et, tiens, prends ça ! ajouta-t-il précipitamment en portant la main à son gousset quand il vit que l'autre, avec un haussement d'épaules, allait rentrer dans sa loge.

– Qu'est-ce que vous voulez encore ? dit le concierge, considérablement radouci par le demi-louis qui brillait au bout des doigts du faux provincial.

– Je veux que tu me dises si, les autres soirs, on

s'amuse ici parce que je n'arrive pas à y croire. C'est pas gai, gai, cette maison noire, ce jardin noir, tout ce noir...

Le demi-louis ayant changé de main, le concierge se mit à rire.

– Quelque chose me dit que vous l'êtes aussi un peu, noir, mon bon monsieur. Mais on vous a dit la vérité. D'habitude, c'est très gai ici... Seulement, ce soir, les salons sont fermés et la maison aussi.

– Pourquoi ça ?...

– Parce que Madame n'est pas là. Elle est partie à... à la campagne.

– Ah ! Et où elle est, cette campagne ? fit Gilles, continuant son rôle jusqu'au bout pour masquer sa déception. C'est que... j'aurais bien voulu la voir, moi, ta Madame. On m'a dit qu'elle était... comment déjà ?... Ah oui : di-vi-ne ! Alors on ne renonce pas comme ça à voir une femme di-vi-ne... Et je rentre chez moi demain.

– Faudra vous faire une raison, mon pauvre monsieur. Je ne sais pas où elle est allée. On m'a seulement dit qu'elle allait à la campagne pour quelques jours. Maintenant, rentrez chez vous et laissez-moi retourner me coucher. Soyez raisonnable. Il n'y a personne... que moi.

Gilles allait peut-être essayer du pouvoir d'une autre pièce car il avait l'impresion que cet homme en savait plus qu'il ne voulait le dire quand, tout à coup, quelque chose attira son attention : là-bas, au premier étage de la maison, une lueur venait d'apparaître un court instant dans les interstices des volets. Il comprit alors que le concierge lui mentait, sur ordre sans doute, et que l'hôtel était beaucoup moins vide qu'on ne voulait bien le dire. Il s'agissait à présent de s'en assurer...

– C'est bon !... fit-il avec un hoquet des plus convaincants. Je m'en vais. Mais elle sait pas ce qu'elle perd, ta maîtresse ! Et quand tu la reverras, n'oublie pas de lui dire que le baron de Chevrotin-Roblochon ne se consolera... hic !... jamais de ne pas l'avoir ad... mirée !

– Entendu, entendu!... Bonne nuit, monsieur le baron...

Et, bâillant plus que jamais, le concierge, serrant dans sa main la pièce si facilement gagnée, referma sa porte soigneusement et, selon toute probabilité, regagna son lit en hâte.

Demeuré seul, Tournemine quitta l'appui de la grille et, chantonnant une chanson à boire à seule fin que le concierge l'entendît bien s'éloigner, alla rechercher Merlin et, le tenant par la bride, remonta la rue le long du mur de la propriété jusqu'à l'endroit où ce mur formait l'angle d'un petit chemin de terre s'insinuant entre deux propriétés et remontant en serpentant vers les vignes de Montmartre.

Sûr, désormais, d'être tout à fait hors de vue, le chevalier attacha son cheval à un petit arbre qui poussait contre l'enceinte de la folie Richelieu, se hissa debout sur sa selle et, de là, atteignit sans peine le haut du mur au moyen d'un simple rétablissement. Puis, à cheval sur le faîtage, il examina les alentours.

La maison, ainsi qu'il l'avait supposé, était assez proche de son mur. Le jardin, à cet endroit, formait un bosquet délimité par une haie basse, couverte de fleurs blanches, à travers laquelle filait une allée qui semblait aboutir à une terrasse. Plus aucune lumière ne se montrait mais la végétation lui cachait une assez grande partie des bâtiments.

Le silence était profond car, à cette heure tardive de la nuit, les oiseaux eux-mêmes étaient endormis. Craignant de le troubler et de faire apparaître peut-être les deux molosses humains qu'il avait vus garder le perron, Gilles descendit avec précaution, constatant non sans plaisir que son mur était plus qu'aux trois quarts couvert d'un lierre solide grâce auquel l'escalade du retour serait chose facile.

En quelques pas légers, il eut atteint la maison qui lui apparut dans toute son épaisseur. Une terrasse dallée en faisait le tour sur trois côtés et il suivit cette terrasse, ce qui lui permit de s'assurer que toutes les fenêtres du rez-de-chaussée étaient munies de volets et ces volets hermétiquement clos. En revanche, au premier étage, certains d'entre eux semblaient seulement poussés et, encore, avec quelque négligence. Restait à atteindre ce premier étage...

Mais, en arrivant sur le côté droit, il vit un grand arbre qui étendait ses branches touffues jusqu'aux fenêtres de la maison. Il examina alors soigneusement cet arbre : une des branches maîtresses frôlait le mur, atteignant presque l'une des fenêtres du premier étage.

Pensant que les dés étaient mentalement jetés, il empoigna une branche basse et se hissa dans l'arbre. C'était là un exercice qu'il n'avait pas effectué depuis longtemps mais qui lui permit de constater qu'il s'en tirait toujours aussi aisément.

Parvenu à la fourche, il resta un moment immobile, l'oreille tendue, le regard fouillant l'obscurité de la fenêtre qu'il avait prise pour but. Le volet, en effet, n'était pas fermé et laissait voir le brillant d'une vitre révélée par le mince rayon du dernier quartier de la lune.

Gilles grimpa alors sur la branche suivante puis sur une troisième : c'était précisément celle qui conduisait à la fenêtre. Alors, prenant appui sur une branche supérieure, il avança lentement en direction de la maison. La branche plia légèrement sous son poids mais résista.

Continuant à avancer sur sa branche qui oscillait de plus en plus, il tendit sa main droite sans lâcher la branche qu'il tenait de l'autre, réussit à atteindre le bord du volet et doucement, tout doucement pour ne pas rompre un équilibre déjà précaire, il le rabattit, dévoilant une balustrade étroite et un rebord qui lui parut suffisamment large.

Alors, lâchant enfin sa branche, il s'élança, le corps penché en avant, atteignit le rebord du bout des pieds et se heurta cruellement les genoux à la pierre de la balustrade qu'il empoigna et à laquelle il se maintint fermement puis s'assit pour tenter d'apercevoir ce qu'il y avait à l'intérieur. Sa main tâta les vitres et la fenêtre, doucement, céda sous sa pression : elle non plus n'était pas fermée.

Refusant de voir ce qu'il y avait d'étrange dans une telle négligence à la garde d'une maison d'autre part si bien close, il sauta d'un bond léger à l'intérieur et atterrit sans le moindre bruit car ses pieds touchèrent la douceur d'un épais tapis.

L'obscurité étant profonde, il tira son briquet de sa poche, le battit et vit qu'il se trouvait dans un long couloir qui traversait toute la maison et aboutissait à une fenêtre semblable à la sienne. Ce couloir était presque une galerie car il était assez large et une agréable senteur de fleurs fraîches y régnait, venant des vases disposés sur des consoles. Ils y alternaient, de chaque côté, avec des portes fermées, des portes donnant très certainement sur des chambres.

A pas comptés, le visiteur s'avança le long de cette galerie, cherchant à déterminer, en se souvenant de l'emplacement des fenêtres derrière lesquelles, avant son duel avec Caramanico, il avait vu la lumière rose – les mêmes d'ailleurs où, tout à l'heure, il avait vu passer une lueur – quelle était la porte donnant sur la chambre de Judith.

Pourtant, quand il crut l'avoir trouvée, il hésita un instant, la main levée au-dessus de la poignée. Peut-être, avant d'entrer là, ferait-il bien d'aller visiter le rez-de-chaussée où pouvaient se trouver de désagréables surprises. La large cage de l'escalier s'ouvrait, en effet, juste derrière son dos...

Il allait s'y décider quand un faible rai de lumière glissa soudain sous la porte qui s'ouvrit sans bruit. Debout derrière cette porte dans un ample peignoir de batiste blanche sur lequel croulaient ses cheveux, une chandelle à la main, se tenait Judith elle-même.

Le regard sombre et le regard clair se rencontrèrent, s'attachèrent l'un à l'autre.

– Entre ! dit tranquillement la jeune femme. Je crois bien que je t'attendais.

La porte refermée aussi doucement qu'elle s'était ouverte, Judith alla poser son bougeoir d'argent sur l'angle d'une petite table à coiffer dont le miroir doubla la flamme, révélant l'intérieur d'une chambre dont l'aspect surprit Tournemine. Avec ses blancheurs virginales et le bleu candide de ses sièges, elle évoquait davantage le sanctuaire d'une pure jeune fille que les désordres brûlants d'une courtisane. Il n'était jusqu'au lit, drapé à la polonaise, dont le charmant baldaquin n'abritât guère qu'une seule place.

Ce fut au pied de ce lit que Judith alla s'adosser, les mains cachées derrière son dos, comme pour en défendre l'accès éventuel. Gilles, pour sa part, choisit de s'appuyer à la cheminée, ce qui avait l'avantage de les mettre face à face bien qu'à une certaine distance.

Le court silence qui s'établit permit à Gilles d'examiner sa femme avec une attention non dénuée de surprise car il s'était attendu à toutes sortes de réactions de sa part : colère, angoisse, peut-être même horreur – mais pas à cette attitude paisible et indifférente, bizarrement détachée, presque lointaine. Debout dans le reflet pauvre de la bougie qui assombrissait la masse de ses cheveux dénoués mais idéalisait encore ses traits fins, vêtue de blancheur immaculée, elle ressemblait à un fantôme plus qu'à un être de chair car sa pâleur était extrême.

Vainement, il chercha à capter le sombre regard qui le dédaignait et passait au-dessus de lui. Agacé de n'y point parvenir, il se décida à faire entendre sa voix, une voix curieusement calme et qui ne reflétait en rien la tempête dont son cœur était bouleversé.

– Me diras-tu, fit-il, ce qui pouvait te faire croire que j'allais venir ?

Toujours aussi indifférente, Judith haussa les épaules.

– Tu ne pouvais pas ne pas venir. Cela ne t'aurait pas ressemblé... Dès l'instant où j'ai deviné qui se cachait derrière le masque de ce marin américain, j'ai su que tu reviendrais. Aussi t'ai-je attendu. Pas longtemps, il est vrai, puisque vingt-quatre heures seulement se sont écoulées depuis la honte que tu m'as infligée... C'était hier !

– Curieuse attente ! Une maison déserte, bouclée comme un coffre-fort, gardée et...

– N'y avait-il pas une fenêtre ouverte et n'as-tu pas su trouver cette fenêtre ? Je savais que cela suffirait. N'as-tu plus les ailes du Gerfaut ?

– Soit, tu m'attendais ! Mais hier... au milieu de cette foule joyeuse, de ces hommes qui collaient à toi comme des mouches à un rayon de miel, tu ne m'attendais guère, n'est-ce pas ?

Quittant sa pose abstraite, elle alla s'asseoir devant sa table à coiffer, pencha la tête pour contempler son visage dans le miroir. Puis, d'une petite voix paisible, comme si ç'eût été la chose du monde la plus simple, elle déclara :

– On m'avait dit que tu étais mort...

– Evidemment ! On n'attend pas un mort. On le pleure... ou on l'enterre. Apparemment, tu as choisi sans peine la seconde solution...

Le reflet du miroir lui renvoya la brutale terreur qui avait envahi les yeux noirs de Judith quand il avait dit « on l'enterre ». Et il devina que ce simple mot, en lui rappelant la nuit horrible où elle s'était trouvée jetée, toute vivante, au fond d'une tombe, suffisait à raviver son effroi et les cauchemars qui avaient longtemps hanté ses nuits, cauchemars dont, seule, l'influence magnétique de Cagliostro avait réussi à la délivrer. Mais la colère qui gonflait en lui était si violente qu'il éprouva une joie cruelle à lui faire ce mal. Au moins lui avait-il fait perdre sa superbe indifférence.

Lentement, il s'approcha d'elle jusqu'à ce que son propre visage s'inscrivît dans la glace au-dessus de la tête de la jeune femme.

— Tu ne m'as guère pleuré, il me semble ? L'anniversaire de notre doux mariage est encore éloigné de près de trois mois. Ma mort supposée n'en a pas neuf et cependant...

Brusquement, elle fit volte-face sur sa chaise et leva vers lui un visage étincelant de fureur.

— Pourquoi t'aurais-je pleuré ? On ne pleure que ce qui en vaut la peine et toi tu n'as jamais été digne même d'un seul de mes regards ! As-tu oublié ce qui s'est passé au soir de ce mariage dont tu oses te prévaloir ? As-tu oublié que tu m'as laissée seule... toute seule pour courir au rendez-vous que te donnait une maîtresse jalouse,... et quelle maîtresse ! L'immonde garce qui ridiculise notre pauvre Roi, qui déshonore le trône de France et qui, après lui avoir soutiré un collier de deux millions, jette à la Justice son autre amant, le cardinal de Rohan ! Ah ! vous allez bien ensemble, toi et elle ! Un paysan bâtard, mal dégrossi, et une putain...

La gifle claqua comme un coup de fouet. Une autre suivit et une autre encore qui procurèrent à Gilles une espèce de griserie dangereuse. Puis, arrachant Judith de sa chaise, il la jeta brutalement sur son lit où elle s'affala dans un froissement de tissus, disparaissant presque entièrement sous le flot de ses dentelles.

Ne voyant plus d'elle que deux pieds chaussés de pantoufles de satin bleu, Tournemine s'apaisa un peu, juste ce qu'il fallait pour reprendre le contrôle de lui-même. Il en était grand temps d'ailleurs car sa raison, obscurcie d'un brûlant nuage rouge, l'avait abandonné et il avait été, un court instant, sur le point de tuer. L'envie lui en bouillonnait encore au ventre comme les éclairs incandescents d'un soleil sanglant et l'effort qu'il dut faire sur lui-même pour maîtriser cet incendie le laissa tremblant, la sueur au front...

— Il te va bien d'appliquer à d'autres le nom de putain ! gronda-t-il entre ses dents serrées. Tu es devenue, n'est-ce pas, orfèvre en la matière ? Je ne suis sans doute qu'un paysan mal dégrossi, comme tu le dis si bien, mais je m'en retrouve infiniment fier car, chez nous, les paysans, nos femmes savent ce que c'est qu'être veuves et, pour elles, le noir des vêtements de deuil n'est pas destiné à devenir un piège pervers tendu à la lubricité des autres hommes, comme la robe que tu portais hier. Une véritable affiche, cette robe ! Une noble livrée, en vérité, pour la dernière des Saint-Mélaine !

Rejetant avec fureur les tissus qui l'empêtraient, Judith fit surgir de leur blancheur son visage, rouge des gifles reçues et ruisselant de larmes.

– Je t'interdis de prononcer ce nom ! Il est mort avec mon père ! Il n'existe plus... et moi non plus je n'existe plus ! Il n'y a plus de Judith de Saint-Mélaine !...

– Je sais !... et je le regrette mais les sirènes ne vivent pas longtemps sur la terre ferme... La mienne repose, pour l'éternité, sous un chêne de la vieille Brocéliande...

Avec horreur, la jeune femme plaqua ses deux mains sur ses oreilles.

– Tais-toi !

– ... mais c'est seulement hier soir que je l'ai compris. Trop tard... beaucoup trop tard !

D'un revers de sa main, il essuya son front humide d'une sueur qui se glaçait en dépit de la douceur de la nuit.

– Laissons cela ! soupira-t-il. Nous avons encore tant de choses à nous dire ! Parlons plutôt de ta haine pour la Reine. Cette haine, rien ne la justifie : je ne suis et n'ai jamais été son amant. Sur la mémoire de mon père et sur mon honneur, je le jure.

– Et tu t'imagines que je vais te croire ? L'honneur d'un bâtard ! cracha-t-elle avec mépris. Oh ! tu peux frapper encore, ajouta-t-elle en voyant se lever à nouveau la main vengeresse du jeune homme, il faudra bien que tu entendes ce que j'ai à dire car rien ne me fera taire. Tu oublies que j'ai été bien renseignée sur ton aventure avec la Reine ! Tu oublies la lettre que j'ai reçue au lendemain de ce que tu appelles « notre doux mariage » ! Elle m'a amplement éclairée sur ce que vous valiez, toi et ta souveraine de carnaval. On connaît ses amants : tu n'as fait qu'allonger la liste, voilà tout!

– Quelle sottise! J'ai lu cette lettre que Mlle Marjon avait conservée. Ce n'était qu'un tissu de mensonges ourdis par... un membre de l'entourage de Monsieur, dit-il, surpris lui-même de la soudaine répugnance qu'il venait d'éprouver à l'instant de prononcer ici le nom d'Anne. Mais Judith sauta sur cette dérobade.

– Un membre de l'entourage de Monsieur? Et qui donc? La belle comtesse de Balbi, peut-être? N'a-t-elle pas été elle aussi ta maîtresse?

– Nous nous égarons. Je n'ai pas à te livrer de nom. Il devrait te suffire de savoir que le prince est depuis longtemps mon ennemi... notre ennemi plutôt car, si tu veux tout savoir, lorsque j'ai été enfermé à la Bastille il m'a menacé de te faire mourir pour m'obliger à lui remettre certains objets...

– Quels objets? Le portrait de la Reine que j'ai trouvé chez toi peut-être?

– Cela et autre chose... mais si j'ai dû disparaître c'était uniquement pour te protéger, pour te sauver...

Elle haussa les épaules.

– Comme c'est vraisemblable! Et qui t'a aidé dans cette entreprise? Car on t'a aidé, n'est-ce pas? Ce n'est pas si facile de quitter la Bastille en laissant derrière soi un faux cadavre.

– On m'a aidé, oui.

– Et bien sûr c'était encore elle! Elle, toujours elle! Elle qui est toute-puissante...

– Elle que tu as voulu assassiner, en même temps que trois ènfants innocents... et sans parler d'une foule de malheureux à peine moins innocents! Comment as-tu pu accepter cette effroyable tâche, devenir meurtrière?

Sautant sur ses pieds, elle se dressa devant lui, orgueilleuse et menaçante comme un serpent qui va frapper.

– Une justicière! Cette catin et les bâtards qu'elle a glissés sur les marches du trône ne méritent pas de vivre. Ils déshonorent la royauté, la noblesse tout entière qui s'incline devant eux et baise leurs mains... Et moi, moi que cette femme a si cruellement offensée, moi dont elle a détruit la vie, j'ai fait le sacrifice de la mienne afin de l'abattre car j'étais prête à mourir avec elle ! N'oublie pas que je m'appelle Judith !

– Que tu t'appelais ! corrigea Gilles. N'avons-nous pas admis, il y a un instant, qu'elle n'existait plus ? En tout cas, bravo pour la tirade ! Tu possèdes un grand talent, ma chère, et je ne vois pas pourquoi tu ne monterais pas sur les planches. La Comédie-Française t'attend et comme théâtre et galanterie constituent les deux ravissantes mamelles des jolies femmes qui s'y font entendre tu t'y sentiras parfaitement à ton aise quand ton tripot ne marchera plus...

Haussant les épaules, elle alla ouvrir une petite porte qui devait donner sur un cabinet de toilette car Tournemine l'entendit faire couler de l'eau dans une cuvette.

– Ni tes insultes ni ton opinion ne m'intéressent, fit-elle à la cantonade, par contre j'aimerais beaucoup savoir comment tu as pu apprendre tout cela ? Personne n'en a rien su et l'on a tenu la main, en haut lieu, à ce que l'affaire ne transpire pas. Cela n'aurait guère arrangé la réputation de ta chère Marie-Antoinette...

– Comment j'ai su ? Oh, c'est fort simple : c'est moi qui ai fait échouer l'attentat si soigneusement préparé par ce cher comte de Provence.

Il y eut un silence puis Judith reparut, armée d'une serviette avec laquelle elle se tamponnait doucement le visage, un visage qui reflétait une grande perplexité.

– Toi ? dit-elle. Je ne vois vraiment pas comment tu as pu savoir...

– Peu importe ! Ce qui compte c'est que l'épouse du Roi, ses enfants, fit-il en appuyant intentionnellement sur le possessif, soient encore vivants, que tes mains... et mon honneur ne soient pas couverts de sang.

– En quoi cela concernait-il ton honneur ?

– Tu le demandes ? Que tu te fasses appeler Julie de

Latour, de Kernoa ou de n'importe quoi, il n'en demeure pas moins que tu es ma femme et qu'au moins sur les registres de l'Eglise, tu portes mon nom.

Elle eut un sourire moqueur que démentit la soudaine douceur de sa voix.

– Non, Gilles, je ne suis pas ta femme et, en fait, je ne l'ai jamais été. Notre mariage n'est pas valable et nous n'avions pas le droit de nous unir. C'est un grave péché que nous avons commis mais nous ne le savions pas...

– Qu'est-ce que cette histoire encore ? Pas valable notre mariage ?

– Mais non.

– Peux-tu me donner une raison plausible à une pareille sottise ? As-tu oublié...

– Je n'ai rien oublié. Quant à la raison, je vais te donner la meilleure de toutes : l'homme que j'avais épousé après avoir échappé au mariage que voulaient m'imposer mes frères n'est pas mort. Il a pu survivre à ses blessures et...

– A qui feras-tu croire cela ? gronda Gilles. Pas à moi, en tout cas ! Tu oublies qu'avant de mourir, pendu par moi, Tudal, ton misérable frère, m'a dit qu'il avait tué Kernoa. Je l'entends encore me dire que son épée lui était passée à travers le corps « comme une aiguille dans de la soie »...

– Ce ne serait pas la première fois qu'un homme laissé pour mort retrouverait le souffle et parviendrait à guérir.

– En effet. Tout dépend de la gravité de la blessure mais je connais peu d'exemples d'hommes percés de part en part et demeurés en vie. En outre, je vais te dire pourquoi je refuse de croire à cette soudaine résurrection...

– Que tu y croies ou non, quelle importance ? Elle est, un point c'est tout ! Job est vivant, il m'a retrouvée. Je regrette, bien sûr, de t'avoir trompé sans le vouloir. J'étais sincère le jour où j'ai accepté de devenir ta femme mais le Destin, sans doute, n'était pas d'accord puisqu'il m'a ramené mon véritable époux...

Elle parlait, elle parlait à présent, enfilant des phrases l'une après l'autre comme si elle récitait une leçon. Il y avait en elle quelque chose d'automatique, d'impersonnel qui frappa Gilles et lui fit froncer le sourcil : il aimait mieux la furie déchaînée de tout à l'heure. Celle-là était la vraie Judith; pas celle qu'il avait à présent sous les yeux, débitant des paroles qui lui paraissaient curieusement étrangères et que d'ailleurs il n'écoutait pas.

– Si je te comprends bien, dit-il tranquillement, ce bon Kernoa est un revenant, lui aussi, tout comme toi, tout comme moi... En tout cas, il me paraît au mieux avec le Seigneur car t'avoir retrouvée alors que tu étais cachée à Saint-Denis sous un faux nom après avoir passé pour morte, cela tient du génie. Au fait, et à propos de Saint-Denis, j'aimerais bien savoir comment tu en es sortie? La Prieure, Mme Louise de France, m'a dit que la Reine, cette Reine que tu hais tant, avait pris la peine de te faire chercher par l'une de ses intimes amies, la comtesse de Polignac, alors même qu'elle m'avait dit sa volonté de te maintenir dans cet abri sacré assez longtemps pour que l'on puisse oublier tes exploits de Seine-Port. Je t'avoue n'avoir rien compris et mon intention était de me rendre à Versailles pour voir la Reine et l'interroger respectueusement. Mais j'ai préféré commencer par toi. Cela m'a paru plus logique.

Il s'interrompit. Judith s'était mise à rire comme s'il venait de lancer une irrésistible plaisanterie.

– Je ne vois pas ce que j'ai dit de si drôle?

– C'est plus que drôle! Mais pour que tu apprécies tout le sel de la chose, il faut bien que je te mette les points sur les I. Comment as-tu pu croire que la Reine m'avait fait sortir? S'il n'y avait eu qu'elle j'aurais sans doute pourri dans cette prison jusqu'à ce que j'aie des cheveux blancs. D'ailleurs, vous étiez d'accord, toi et elle... Vous avez été trop contents d'apprendre que Mgr de Provence m'avait cachée à Saint-Denis. Quand on m'a dit que ta Messaline ordonnait que l'on m'y maintienne, même si Madame me réclamait, j'ai compris qu'elle me rendait ma haine et que, toi mort, elle entendait se venger sur moi...

– Assez de sottises ! Va au fait : comment es-tu sortie ?

– Grâce à celui qui m'y avait fait rentrer... et le plus simplement du monde : avec une fausse lettre de la Reine.

– Portée sans doute par une fausse comtesse de Polignac ? fit Gilles sarcastique.

– Tu ne crois pas si bien dire : portée par une fausse comtesse de Polignac. Ce n'était pas difficile, d'ailleurs. Il suffisait d'une femme lui ressemblant un peu. D'ailleurs, même cette ressemblance était superflue : Madame Louise a quitté la Cour bien avant que les Polignac n'y viennent. Elle n'a jamais vu la comtesse, ni aucun autre membre d'une famille qui était assez obscure, en son temps, et trop pauvre pour paraître à Versailles. Tu vois, tout cela est fort simple ! Qu'en dis-tu ?

– Rien ! En vérité je ne vois rien à dire ! Tout cela est admirable quand on songe que l'auteur de ces mensonges, de ces faux-semblants, de ces faux tout court est un prince du sang, un fils de France et le propre frère du Roi ! En vérité, je ne sais ce que je dois le plus admirer, du peu de crainte que lui inspire la justice divine ou de la servilité avec laquelle tu lui obéis et te plies à tous ses caprices. Je savais que Monsieur était un misérable prince, mais je ne savais pas que toi, une Saint-Mélaine c'est-à-dire une fille dans les veines de qui coule un beau sang breton, tu pouvais descendre assez bas pour le suivre dans ses menées tortueuses, pour t'avilir comme tu le fais.

Le mot la gifla et, enfin, elle retrouva ses réactions sauvages de tout à l'heure, celles de la vraie Judith.

– En quoi suis-je avilie ? Parce que j'ai repris la vie commune avec mon véritable époux ?

— La vie commune? Où donc est-il? Comment se fait-il que je ne l'aie vu à tes côtés ni hier ni ce soir?

— Il est absent de Paris mais il ne saurait tarder. Peut-être rentrera-t-il cette nuit même. Il ne me laisse jamais seule très longtemps.

— Vraiment? Alors, nous allons l'attendre ensemble. Pendant ce temps-là tu auras tout loisir de me raconter la suite de ton roman. Car, en vérité, il y a encore beaucoup de choses qui m'échappent dans ton histoire et, si tu veux savoir mon sentiment, je la trouve plutôt fumeuse.

— L'attendre? Que veux-tu dire?

— Rien d'autre que ce que je dis...

Et Gilles, avisant une chaise longue disposée devant l'une des fenêtres, alla en ôter une robe qui s'y trouvait jetée et s'installa commodément, en homme qui a tout son temps, prenant soin seulement de garder son épée à portée immédiate de sa main.

— Voilà! fit-il avec satisfaction. A présent je t'écoute. Dis-moi un peu quelle bonne fée de la lande bretonne, quel korrigan, quel enchanteur Merlin est allé prendre par la main ce digne moribond pour te le ramener à... au fait, où donc? Ce n'est tout de même pas à Saint-Denis qu'il est venu te trouver?

— Non, répondit Judith sombrement, c'est au château de Brunoy. Et cesse de persifler : le seul miracle dans notre histoire à tous deux est qu'il soit demeuré en vie et que le comte de Provence en ait eu connaissance. Job m'a cherchée quand il est revenu à la vie. Il a battu la Bretagne puis il est venu à Paris. Je lui avais parlé de ma pauvre tante de Sainte-Croix. La chance a fait le reste.

— La chance! Comme c'est aimable pour moi... Mais c'est vrai, au fait, tu avais jadis une tante à Paris, celle qui était une si fidèle adepte de ce pauvre Cagliostro. D'où vient que tu n'aies pas cherché refuge auprès d'elle après ma mort?

— J'avais alors besoin d'être puissamment protégée, par quelqu'un d'assez fort pour me venger de Marie-

Antoinette. Mais après ma sortie de Saint-Denis, j'ai voulu allez chez elle. Je suis arrivée juste à temps pour recueillir son dernier soupir. Elle était mourante... et c'est auprès d'elle que j'ai retrouvé mon cher Job ! A présent, tu sais tout et je t'en supplie, va-t'en !

– Que je m'en aille ? Mais, ma chère, il n'en est pas question. Je viens de te dire que je voulais voir ce bon Dr Kernoa... il est bien médecin, n'est-ce pas ?

Judith fit signe que oui mais, depuis quelques instants, elle faisait preuve d'une nervosité croissante, allant et venant à travers sa chambre en serrant très fort ses mains l'une contre l'autre. Pendant un long moment, elle continua en silence cette promenade agitée sous l'œil de Gilles qui l'observait, intrigué par un comportement si étrange. Elle semblait l'avoir complètement oublié, passait continuellement devant lui sans même lui jeter un regard mais murmurant entre ses dents des mots incompréhensibles. On aurait dit qu'elle discutait avec elle-même ou encore qu'elle luttait contre une puissance invisible. Et le silence profond qui enveloppait cette maison autour de cette femme presque hagarde avait quelque chose d'hallucinant.

Incapable de supporter plus longtemps ces allées et venues, Gilles allait arrêter Judith quand, d'elle-même, elle se planta devant lui et la lumière de la chandelle fit briller des larmes sur ses joues.

– Ecoute, fit-elle douloureusement. Il faut que tu t'en ailles ! Il faut que tu comprennes enfin qu'il n'y a plus rien de possible entre nous, que tout est fini. D'ailleurs cela a-t-il jamais commencé ? Nous nous sommes trompés...

– Parle pour toi ! Moi je sais que je ne me suis pas trompé. Toujours je n'ai voulu que toi, je n'ai rêvé que de toi. As-tu oublié nos nuits d'amour et ce soir merveilleux où tu es venue vers moi... où tu disais que tu m'aimais ? Et tu m'aimes vraiment sinon tu n'aurais pas fait ce que tu as fait quand tu t'es crue trompée. Reviens à toi, Judith ! Tu es là, devant moi, comme l'ombre de toi-même, prisonnière de je ne sais quel sortilège. Et d'ailleurs n'est-ce pas la seule explication valable ? Sinon comment toi, si fière, si farouche, comment aurais-tu pu consentir à devenir ce que l'on a fait de toi ? La Reine de la Nuit ? Une tenancière de tripot ! Une fille entretenue... toi, Judith ? Allons donc !

Avec colère, elle se détourna de lui, frappant rageusement le parquet du pied.

– Je ne suis pas une fille entretenue ! Si j'ai accepté de tenir ce rôle, c'est... oh ! et puis je suis bien bonne de te donner des explications puisque tu n'es plus rien pour moi, puisque tu n'as jamais rien été... Mais, à présent, il faut que tu t'en ailles... que tu cesses de me tourmenter. Si vraiment tu m'as aimée, laisse-moi !

A nouveau, il la saisit mais cette fois la serra contre lui si fort qu'elle en gémit, lutta pour échapper à son étreinte sans parvenir seulement à la desserrer.

– Pourquoi veux-tu tellement que je m'en aille ? Je t'ai dit que je voulais voir cet homme.

– Non... non ! Laisse-nous tranquilles ! Tu n'as aucun droit...

– Peut-être, après tout, mais cela n'explique rien. D'après ce que j'ai pu apprendre de ce Kernoa, il était... enfin, il est un homme de bien, un brave garçon. Pourquoi donc as-tu tellement peur d'une rencontre entre nous ? Parce que tu as peur, n'est-ce pas ? Peur de quoi ? Il est si jaloux ? J'ai quelque peine à le croire après le spectacle que tu m'as offert hier soir.

Elle se tordit contre lui mais il resserra encore son étreinte tandis que, de sa main libre, il emprisonnait les deux poignets de la jeune femme.

– Tu me fais mal !...

– Aucune importance ! Réponds-moi ! Tu as peur, n'est-ce pas ?

– Oui... oui, c'est vrai... j'ai peur.

– De quoi ? De qui ?...

Brusquement, elle cessa de se débattre. A quelques centimètres de son visage, il vit, avec stupeur, flamber un regard noir, un regard qui n'était que haine et que fureur.

– De qui veux-tu que j'aie peur sinon de toi ? Oui, j'ai peur de toi ! J'ai peur que tu ne me le tues parce que, vois-tu, je l'aime ! Tu n'imaginais pas cela, n'est-ce pas ? C'était si commode d'inventer je ne sais trop quelle influence occulte ! Cela satisfaisait ta vanité...

– Ce n'est pas vrai ! C'est moi que tu aimais...

– Peut-être... Oui, je crois que je t'ai aimé un temps. Tu es beau, fort, passionné... Tu m'adorais visiblement et j'étais si seule ! Mais lui, lui, c'est autre chose. Si mes frères ne nous avaient pas retrouvés, j'aurais été heureuse avec lui...

Gilles la lâcha si soudainement que, déséquilibrée, elle faillit tomber. Une main de glace lui étreignait le cœur et il avait l'affreuse impression d'être en train de se vider, tout à coup, de son sang. Il y avait, quelque part en lui, une invisible blessure par laquelle s'en allait sa vie...

– Tu l'aimes ? articula-t-il avec peine.

– Oui... Pardonne-moi !

Si elle n'avait pas ajouté ces deux pauvres mots d'excuses, il eût peut-être douté encore mais, pour exprimer ce semblant de repentir, il fallait qu'elle fût bien sûre d'elle-même... Pour lui cacher la souffrance brutale qui le ravageait, il se détourna d'elle. Le haut miroir de la cheminée lui renvoya une image fantomale, un visage blême aux traits tirés, brusquement vieilli de dix ans. Le sien !... cependant qu'au fond de ses souvenirs une voix hargneuse s'élevait, celle de Tudal de Saint-Mélaine, acculé par lui comme un sanglier dans sa bauge et qui lui avait jeté, avant d'être tué par lui : « Pas la peine de jouer les redresseurs de torts, Tournemine ! Elle se fichait pas mal de toi... » Ainsi, Tudal avait dit vrai et Judith, elle aussi, disait la vérité. Elle aimait l'homme qui l'avait recueillie quand elle fuyait ses frères et lui-même, elle n'était venue à lui que par solitude et parce qu'elle le croyait mort.

Un instant, il ferma les yeux, serrant les poings pour

retenir les larmes qui lui venaient et qu'il ne voulait pas lui montrer. L'affreuse petite garce! Il ne lui avait fallu que bien peu de mots pour détruire sa vie, ses espoirs. Il venait à elle prêt à pardonner pourvu qu'elle voulût bien le suivre. Il voulait l'emmener avec lui à l'autre bout de la terre, comme ils avaient jadis rêvé de le faire. Mais, le bonheur de Judith, ce n'était pas de lui qu'il dépendait, c'était d'un autre...

Le reflet de la glace lui montra qu'elle l'observait avec des yeux inquiets. Alors, sans la regarder, il alla reprendre son chapeau qu'il avait, en entrant, posé sur un meuble, marcha d'un pas ferme vers la porte, l'ouvrit :

– Adieu! fit-il. Que Dieu te pardonne s'il le peut. Moi je ne peux pas...

La porte refermée, il retrouva l'obscurité du couloir et, un instant, demeura immobile laissant la nuit couler sur lui comme un baume. Il fallait qu'il se reprît... il fallait lutter contre ce vide qui l'envahissait et qui chassait toute envie d'exister encore.

L'instinct le conduisit le long de cette galerie jusqu'à la fenêtre devant laquelle bougeait doucement la branche d'arbre qui l'avait amené. Mais son corps ne faisait qu'obéir à un automatisme que son esprit ne contrôlait pas et si quelqu'un, à cette minute, avait demandé à Tournemine où il allait, il eût été parfaitement incapable de répondre. Peut-être parce qu'il n'avait vraiment envie d'aller nulle part. Il se sentait fourbu comme après une très longue course. Et peut-être la meilleure chose à faire serait-elle de se trouver un trou quelconque, à l'abri d'un buisson ou d'un mur, et d'y dormir... Dormir des heures, des jours, des semaines! Laisser s'assoupir sa douleur...

Il enjambait l'appui de la fenêtre et allait saisir la branche pour retourner dans son arbre quand le pas d'un cheval retentit dans la rue puis s'arrêta. Il y eut un bruit de voix étouffées suivi du grincement d'une grille que l'on ouvrait. Et puis à nouveau le pas du cheval sur le gravier des allées, un pas tranquille, décontracté, l'allure de quelqu'un qui rentre chez lui...

Alors, brusquement, l'esprit de Gilles se remit à fonctionner. D'un seul coup, comme un homme que l'on a jeté à l'eau et qui touche du pied le fond, il remonta vers la surface. Quelqu'un arrivait à la maison et son instinct lui soufflait que ce quelqu'un était Kernoa. Alors l'envie le prit d'apercevoir au moins ce revenant dont le souvenir avait été assez puissant pour lui enlever si totalement l'amour de Judith. Et, au lieu de se hisser dans l'arbre, il rentra dans la maison.

Ses yeux qui savaient si bien voir dans l'obscurité étaient parfaitement accoutumés à présent et distinguaient à merveille les portes, les meubles. Il s'avança tout doucement au long du couloir en prenant bien soin de marcher exclusivement sur les tapis pour ne pas faire crier le parquet mais tout en se tenant prêt à se jeter dans telle ou telle encoignure de porte. En bas d'ailleurs, il entendit la porte-fenêtre s'ouvrir et se refermer... et n'eut que le temps de se cacher dans un renfoncement : Judith armée de sa chandelle venait de sortir de sa chambre et se précipitait dans l'escalier.

— Job !... mon chéri ! Enfin vous voilà !

Il y eut un silence et la main de Gilles s'en alla tourmenter avec rage la poignée de son épée. Les ombres immenses dessinées par la bougie sur le mur de l'escalier lui montraient nettement un couple enlacé, un couple d'amoureux mais qui se sépara rapidement.

— Mais quel visage, mon chéri ! Est-ce que tout n'a pas marché comme vous l'espériez...

— Vous voulez dire que tout est manqué ! Ces imbéciles de Siciliens se sont conduits comme des apprentis. Votre Américain en a couché je ne sais combien sur le carreau ! Un seul en a réchappé... pas pour longtemps d'ailleurs car, chez ses compatriotes, on ne pardonne guère aux maladroits. Toujours est-il que votre insulteur, ma beauté, est à cette heure en route pour l'Amérique.

— Quelle importance ! Un homme pris de boisson...

Je vous avais dit de ne pas vous en soucier. Je croyais que, cette nuit, vous deviez voir Monseigneur, lui expliquer que je suis lasse du rôle qu'il m'impose. Je voudrais tant que nous retournions chez nous, Job ! Avec tout ce que nous donne Monseigneur, nous pourrions vivre riches, heureux...

– Vous savez bien qu'il n'en est pas encore temps. Votre vengeance contre la Reine n'est pas encore accomplie, que je sache ? Alors pourquoi parlez-vous de partir ? Et qu'irions-nous faire à Vannes, dans ce trou ? Croyez-vous qu'avec les perspectives que l'on nous ouvre, j'aie encore envie d'aller soulager les vapeurs des bourgeoises et aider les paysannes à mettre bas ?

– Je sais ! Mais il y a des moments où tout cela m'ennuie, tous ces gens, tous ces hommes surtout ! Ils me font horreur...

– L'important est qu'ils ne s'en aperçoivent pas ! Allons Judith, soyez raisonnable ! Cela ne durera pas toujours, vous le savez bien...

Le couple enlacé remontait lentement l'escalier. Dans un instant la lumière jaune de la bougie rejoindrait Gilles appuyé contre sa porte. Il tâtonna derrière lui, trouva une poignée, pesa dessus... La porte s'ouvrit sans un bruit et, rapide comme l'éclair, il se glissa à l'intérieur mais sans refermer tout à fait le vantail afin d'apercevoir l'homme qui parlait. Ce qu'il venait d'entendre repoussait bien loin sa déception d'amour. Il ne comprenait pas quel piège sournois, tendu à la Reine, pouvaient bien représenter l'ancienne folie de Richelieu et ses habitants mais la vague de dégoût qui l'envahissait balayait en lui tout ce qui pouvait ressembler à une douleur.

Les premières paroles de l'homme lui avaient mis en évidence, en effet, que Judith n'ignorait rien de l'assassinat froidement prémédité contre lui par les hommes de Caramanico. Pourtant, tout à l'heure, elle l'avait accueilli avec un étonnant naturel – n'avait-elle pas dit qu'elle l'attendait ? – un naturel qui n'était sans doute que de la duplicité. L'étonnant était seulement qu'elle n'ait pas cherché à le retenir pour le livrer à ses gardes du corps et, en fait, la seule circonstance atténuante que l'on pouvait porter à son crédit était qu'elle n'ait pas cru bon de révéler la véritable identité du pseudo-Américain. C'était là un de ces mystères contradictoires habituels aux femmes...

Le cerveau de Gilles tournait à présent à grande allure, s'arrêtant à chaque détail, cherchant à trouver le mot d'une énigme dont il ne parvenait pas à saisir seulement le fil. Il avait l'impression d'être intégré au tableau d'un peintre fou, de jouer à visage nu une pièce dont les autres rôles seraient tenus par des masques. Tout sonnait faux dans cette maison, jusqu'à Judith elle-même et jusqu'aux propos du « bon Dr Kernoa » qui ne correspondait guère à l'image que l'on pouvait se faire d'un honnête médecin breton...

Tapi derrière sa porte, le chevalier retint son souffle : le couple qui s'était apparemment arrêté à chaque marche pour échanger des baisers, arrivait sur le palier et Gilles pouvait distinguer parfaitement l'homme à l'épaule duquel Judith appuyait amoureusement sa tête rousse. Il était assez grand et visiblement bâti en force. Lui aussi était roux mais d'une teinte plus sourde que celle des cheveux de Judith et qui contrastait avec un visage étonnamment blanc pour un homme habitué à sortir par tous les temps. Les traits étaient fins encore que la bouche, un peu lourde, eût une expression de bouderie obstinée que Gilles, naturellement, jugea déplaisante mais les yeux étaient extraordinaires et il fallut bien convenir qu'ils conféraient à un visage plutôt froid et sans grand caractère une indéniable séduction. C'étaient de larges yeux couleur d'or changeant que la flamme de la bougie faisait vivre d'une vie quasi sauvage. Ce visage-là non plus n'était pas fait pour se pencher avec compassion sur les misères physiques de ses contemporains. L'avidité et la sensualité s'y lisaient à livre ouvert et Gilles ne put que serrer les poings en constatant l'expression d'intense félicité qu'avait revêtue le visage aux yeux clos de Judith.

Le couple rentra dans la chambre mais la lumière du flambeau vint rejoindre le jeune homme par une porte entrebâillée. Il comprit qu'il se trouvait dans le cabinet de toilette dans lequel, tout à l'heure, Judith était venue rafraîchir son visage... Le silence était si profond qu'il n'osait bouger, craignant de faire craquer une lame de parquet. Il put entendre Judith pousser un profond soupir et, presque aussitôt, elle se remit à parler.

– Embrassez-moi mieux que ça ! Je vous sens distrait, absent... Je ne vous ai pas vu depuis vingt-quatre heures et vous ne semblez même pas heureux d'être auprès de moi.

– Ne dites pas de sottises. Vous savez bien que si, mais j'ai des soucis, des soucis que vous devriez partager.

– Lesquels, mon Dieu ?

– Comment croyez-vous que Monseigneur a pris la nouvelle du scandale de l'autre soir, sans compter le fait que ce maudit Américain s'en soit tiré indemne ?

– Je ne vois pas en quoi les insultes d'un étranger ivre pourraient inquiéter Monsieur ? Ce sont de ces choses auxquelles on s'expose lorsque l'on ouvre un salon aux joueurs.

– Des joueurs qui devaient être sévèrement triés pour que, justement, nous soyons à l'abri de ce genre d'incident. Vraiment, Judith, vous m'étonnez ! Dois-je vous rappeler avec quelle minutie Monsieur a insisté sur les points qui lui tiennent le plus à cœur ? Dois-je vous rappeler qu'il exige essentiellement le bon ton, l'élégance et la haute tenue de cette maison ? Nous devons représenter un couple riche et respectable, au sens où on l'entend dans la société parisienne. Vous passez pour la maîtresse d'un fermier général parce qu'il fallait bien justifier votre train de vie mais cela n'entache en rien votre « respectabilité ». Quelle femme du monde n'a pas d'amants ? Il vous en fallait un, au contraire, et très en vue pour asseoir votre réputation de femme supérieurement belle. J'avoue, d'ailleurs, que nous étions en bon chemin car cette réputation, jointe à la parfaite correction de nos jeux et à la largesse avec laquelle nos banquiers savent perdre, était en train de devenir flatteuse. Nous approchions lentement mais sûrement de notre but. Le comte de Vaudreuil, l'ami de la Reine, et son autre ami, le comte Esterhazy, ne sont-ils pas venus la semaine passée, à trois jours d'intervalle ?

– Je sais cela mais entre le fait que ces deux hommes soient venus ici, ce qui est normal pour deux gentilshommes aimant vivre, entre leur venue, donc, et celle de la Reine, il y a tout de même une énorme différence et je vous avoue, moi, que je n'ai jamais beaucoup cru à une telle possibilité...

– C'est que vous ne la connaissez pas comme la connaît Monseigneur. Vous n'imaginez pas à quel point elle aime le jeu. En dépit des défenses du Roi, elle tient table ouverte à Trianon et nous savons, de source sûre, qu'elle est allée un soir, masquée, bien entendu, jouer chez le duc de Dorset, l'ambassadeur d'Angleterre où l'on joue un jeu d'enfer et qui est de ses intimes. Elle perd d'ailleurs beaucoup plus souvent qu'à son tour. Vaudreuil et Esterhazy ont gagné ici, eux, et ils gagneront encore. Vous pouvez être certaine qu'elle aura envie de connaître le plus élégant tripot de Paris... et la femme que l'on dit la plus belle de France. Elle viendra, vous dis-je ! Masquée, entourée de deux ou trois amis, mais elle viendra. Monsieur est sûr que Vaudreuil l'amènera : c'est un homme sans morale.

– Que se passera-t-il alors ?

– Je l'ignore. C'est là le secret de Monsieur mais je crois pouvoir vous affirmer, si je connais bien Monseigneur, que votre vengeance sera pleinement satisfaite...

– Ce serait trop beau ! Elle ne viendra pas.

– Mais si ! Nous y comptions bien. Il suffisait d'attendre que son Suédois, son chevalier blanc, soit reparti pour ses glaces nordiques et cela ne saurait tarder car son Roi le rappelle... Or c'est juste maintenant que cet imbécile d'Américain est venu se jeter à la traverse.

Du revers de sa main, Gilles essuya la sueur froide qui coulait de son front. Ce misérable, qui semblait connaître à fond la Cour, l'entourage de la Reine et Monsieur par-dessus le marché, étalait avec un effrayant cynisme et une complaisance révoltante un plan destiné à achever l'ouvrage de la comtesse de La Motte, à faire monter de quelques degrés la vague de boue lancée à l'assaut du trône en y précipitant la Reine... En dépit de ce qu'il venait de subir dans cette maison, le chevalier bénit néanmoins le sort qui l'avait ainsi amené au cœur d'une conspiration plus infâme encore que toutes les autres. Il fallait essayer d'en savoir plus.

– Ne dramatisez pas ! disait Judith. Paris oublie vite les affaires de ce genre.

– Cela me paraît difficile. Vous oubliez, vous, qu'un ministre plénipotentiaire étranger s'est battu pour vous.

– C'est vous qui ne comprenez rien. Si le prince Caramanico s'est fait mon champion, c'est parce que apparemment il m'en a jugée digne...

Kernoa ricana.

– Digne ? Le beau mot ! Il a envie de vous, tout simplement. Il est amoureux fou. Je suppose que vous le savez ?

– Bien sûr, mais c'est l'effet produit sur le monde qui compte. Au fait, comment va-t-il ?

– Il s'en tirera. Heureusement, d'ailleurs, car, autrement, je ne donnais pas cher de notre entreprise. A présent, écoutez-moi bien. Nous allons garder cette maison fermée encore deux ou trois jours : vous êtes partie vous rétablir à la campagne. La semaine prochaine, vous reviendrez et nous ouvrirons de nouveau. Vous irez faire visite au prince pour le remercier de son intervention et tout, du moins nous l'espérons, reprendra son cours normal. D'autant que votre Américain, qui a toutes les chances de ne jamais revoir son pays, ne viendra certainement plus nous ennuyer...

– Comment cela ?

– Cela m'étonnerait qu'il quitte la France vivant et que la chance de cette nuit se renouvelle. On va l'attendre à Brest et aussi au Havre mais surtout à Brest. Il veut sans doute rejoindre l'amiral John Paul-Jones qui met prochainement à la voile pour Boston mais on le guettera aussi au Havre pour ne rien laisser au hasard.

– Comment savez-vous qu'il va en Amérique ?

– Je viens de passer chez lui. Il est parti avec armes et bagages. Ce n'est pas bien sorcier de deviner où il va... A présent, ma chère, je vous donne le bonsoir et je vais dormir, si vous le permettez. Je suis rompu...

– Oh non ! Pas encore ! Vous venez d'arriver ! Ne pouvez-vous rester un moment avec moi ?

– Je le voudrais, ma chérie, mais c'est impossible. J'ai besoin de repos, vous le savez, de grand repos, et je mène, actuellement, une vie exténuante. Bientôt il va faire jour...

C'était vrai. Le cabinet de toilette où se cachait Gilles semblait déjà moins obscur et peut-être allait-il falloir songer à battre en retraite mais les pieds du jeune homme étaient positivement rivés au sol. Il ne parvenait pas à se décider à fuir. Ce qu'il allait entendre, d'ailleurs, n'allait pas lui faire regretter d'être resté plus longtemps. Cela commença par un profond soupir de Judith puis sa voix s'éleva de nouveau, un peu tremblante comme si elle retenait des larmes.

– Je sais tout cela, mon cœur, mais il me semble que, si nous pouvions être tout à fait l'un à l'autre... non, non, ne vous fâchez pas ! Etant donné la gravité des blessures que vous avez reçues de mes frères, votre vie serait encore en danger peut-être si vous vous abandonniez tout à fait à l'amour physique. Mais au moins permettez-moi de rester auprès de vous, de partager votre chambre. Nous serions ensemble, au moins, et... cela m'aiderait !

Il y eut un autre soupir mais, cette fois, poussé par l'homme.

– Pourquoi êtes-vous si cruelle, Judith? Si égoïste aussi? Je souffre déjà bien assez sans ajouter encore à mes maux le supplice de Tantale. Le traitement que l'on me fait suivre m'oblige à demeurer chaste, à vous traiter en sœur en dépit de l'amour... et du désir que j'ai de vous. Cela ne durera pas, vous le savez. Un jour, nous serons l'un à l'autre... entièrement, et ce jour est peut-être plus proche que vous ne l'imaginez. Alors, sachons attendre et aidez-moi au lieu de me compliquer la tâche. Ne voulez-vous pas m'aider?

– Bien sûr que si, Job! Mais je vous aime tant, mon chéri...

– Moi aussi, ma douce, moi aussi! Allons! il est temps pour vous aussi de dormir.

– Pourquoi donc? Le jour va bientôt venir et je n'ai pas sommeil...

– Faites-moi plaisir! Dormez, Judith, dormez! Je le veux...

Elle ne répondit rien. Il y eut un froissement de tissus puis le léger craquement d'un lit où l'on s'étend, puis plus rien...

Une ou deux minutes s'écoulèrent après quoi Gilles entendit le bruit le plus inattendu qui soit : un petit rire sec et satisfait suivi d'un bruit de pas qu'on ne songeait même pas à étouffer. Il entendit ensuite Kernoa quitter la chambre, longer le couloir en sifflotant dans la direction opposée à celle de la fenêtre ouverte, ouvrir une porte, salué par une voix d'homme qui s'exclamait avec colère :

– Enfin te voilà! Je t'ai entendu rentrer et cela m'a réveillé...

La porte se referma et Gilles n'entendit plus rien. Il demeura un instant encore sans bouger, sourcils froncés, écoutant passionnément les bruits de la chambre voisine. De quel sommeil profond dormait Judith pour qu'elle ne se soit plus manifestée en rien depuis que Kernoa lui avait ordonné de dormir? Il y avait là quelque chose d'anormal, d'étrange même, mais qui n'était pas sans rappeler à Gilles ses rencontres avec Cagliostro, avec l'homme qui avait su si bien s'emparer de l'esprit de Judith. Ce Kernoa posséderait-il lui aussi un pouvoir de ce genre ?...

N'y tenant plus, il alla jusqu'à la porte entrouverte de la chambre, la poussa, marcha vers le lit que la bougie éclairait toujours. Judith y était étendue dans le gracieux désordre de son déshabillé qu'elle n'avait même pas eu le temps d'ôter. Elle donnait l'impression d'être tombée sur ce lit comme si quelqu'un l'y avait poussée. L'une de ses jambes pendait même un peu en dehors. Elle dormait profondément.

Avec douceur, Gilles ramena la jambe sur le lit puis se pencha sur la belle endormie mais elle ne bougea pas plus que si elle était morte. Néanmoins, sa respiration était régulière et même un léger sourire entrouvrait ses lèvres à peine plus pâles que tout à l'heure... Perplexe, il la contempla un moment, luttant contre l'envie de la charger sur son épaule et de l'emporter hors de cette maison. Mais il résista à cette impulsion. Que Kernoa ne fût pas conforme à l'image qu'il s'en était faite était une chose, qu'il ne fût pas vraiment Kernoa en était une autre. S'il était réellement ce personnage, lui, Gilles, n'avait plus sur Judith le moindre droit : elle était bien réellement son épouse devant Dieu et les hommes puisque le mariage avait été dûment béni avant que les frères Saint-Mélaine n'interviennent. Et puis, pour ce qu'il avait à faire à présent, il ne pouvait s'encombrer d'une femme qui lui jetterait sans cesse à la figure son amour pour cet inquiétant bellâtre. Puisqu'elle ne l'aimait plus, lui, Gilles, il fallait la laisser à la vie qu'elle s'était choisie...

L'appel enroué d'un coq le rappela à la réalité. Cette fois, le ciel commençait réellement à s'éclaircir. Il fallait quitter les lieux.

Rapidement il sortit de la chambre. La galerie était déserte et silencieuse mais, au lieu de rejoindre la fenêtre toujours ouverte, il alla dans l'autre direction. Une force plus puissante que la prudence le poussait vers la pièce dans laquelle Kernoa était entré. La main sur la garde de son épée mais sans faire plus de bruit qu'un sylphe, il suivit le couloir, écoutant un instant à chacune des portes rencontrées.

A la troisième seulement il comprit qu'il avait trouvé la bonne. Un rai de lumière passait sous la porte et aussi des murmures, des bruits bizarres se faisaient entendre. Si étranges mêmes que, sans plus de vergogne, il colla son œil au trou de la serrure... sentit le sang affluer à son visage et retint de justesse un juron. Puis, refusant d'en voir davantage, il battit en retraite, courut jusqu'à la fenêtre sur la pointe des pieds et s'envola dans l'arbre plus qu'il n'y grimpa. Une minute, il demeura assis sur la maîtresse branche, cherchant à reprendre son souffle mis à rude épreuve, beaucoup plus par ce qu'il avait vu, d'ailleurs, que par la gymnastique à laquelle il venait de se livrer.

Une bordée d'injures, les pires que l'on pût trouver dans le répertoire d'un soldat, lui montait aux lèvres et il aurait aimé pouvoir les crier dans le vent du matin. En même temps un sentiment de pitié lui venait pour Judith, si instable, si fragile. Que deviendrait-elle si elle découvrait un jour que ce Kernoa si passionnément aimé, qui se disait trop faible et trop mal remis de ses blessures pour se comporter avec elle en mari digne de ce nom, était en fait l'amant d'un des deux gigantesques Suisses qui gardaient la porte...

« Il ne peut pas être vraiment Job Kernoa, songeait Gilles dans son arbre. C'est impossible. Il y a trop de choses qui ne collent pas. Mais cela, il faut que j'en aie la preuve, il faut que je puisse mettre cette preuve sous les yeux de Judith. Après, je pourrai le tuer et, par Dieu, il ne mourra que de ma main, ce salaud ! D'ailleurs, de toute façon, je le tuerai, Kernoa ou pas. Peut-être ne me le pardonnera-t-elle jamais... Du moins je lui aurai évité l'enfer qui l'attend aux côtés de ce misérable. »

Rapidement, il dégringola de son perchoir, regagna

l'abri des buissons puis le mur couvert de lierre. En trois minutes, il se retrouvait dans le sentier où Merlin l'attendait sagement près d'un arbuste qu'il avait déshabillé. Au pas, pour ne pas attirer l'attention, tous deux redescendirent vers la rue de Clichy puis par la Chaussée d'Antin, les Boulevards et la Madeleine, ils rejoignirent les promenades du bord de Seine, croisant les premières charrettes de maraîchers qui, de Chaillot ou d'Auteuil, s'en allaient vers les Halles. Paris commençait à s'éveiller sous un ciel rose...

Mais, à mesure qu'il approchait de la route de Versailles, Tournemine, au lieu d'accélérer l'allure, ralentissait, freiné par ses réflexions. Sa première idée, en quittant la folie Richelieu, avait été de galoper jusqu'au Palais, de demander audience au Roi et de lui faire connaître les nouveaux et combien redoutables plans de son frère. Mais, outre que Louis XVI ne serait peut-être pas ravi de voir surgir inopinément et sans préparation, l'homme qu'il avait si habilement aidé à mourir, son intervention ne sauverait peut-être pas la Reine. Jamais Louis XVI n'avait réussi à obtenir d'elle qu'elle obéît quand il lui avait interdit quelque chose. Il en irait de même cette fois : si Marie-Antoinette avait envie d'aller chez la Reine de la Nuit, ce n'était pas une défense de son époux qui l'en empêcherait. D'ailleurs, dénoncer la maison au Roi, c'était dénoncer du même coup Judith et l'envoyer, sinon à l'échafaud, du moins dans une prison de femmes et peut-être sur un bateau de déportées en direction de la Louisiane ou des îles d'Amérique. Et cela, Gilles ne s'en sentait pas le cœur.

D'ailleurs, le danger qui menaçait la Reine n'était pas immédiat. Enceinte de huit mois, Marie-Antoinette ne sortait plus, ne recevait plus sinon de très rares intimes, n'accordait plus aucune audience. D'où l'impossibilité pour lui-même d'être reçu... Il fallait agir plus discrètement, la faire avertir qu'elle ne se laissât entraîner par qui que ce soit et sous aucun prétexte dans l'inquiétante maison de la rue de Clichy... Au fait, qu'avait donc dit Kernoa-le-bien-renseigné ? Qu'il fallait attendre le départ du Suédois ? Donc de Fersen, de Fersen le seul homme capable de faire entendre raison à la plus folle des souveraines...

En foi de quoi, parvenu à la place Louis XV, Gilles, au lieu de continuer vers la barrière de la Conférence, piqua vers le faubourg Saint-Honoré. Fersen y habitait un appartement qu'il louait dans l'hôtel de la comtesse de la Fare et, à cette heure matinale, il était à peu près certain de le trouver au logis. Profondément endormi à coup sûr mais ce ne serait pas la première fois que Gilles le tirerait de son lit.

Or, à sa grande surprise, Axel était déjà levé. Drapé dans une robe de chambre et assis à une petite table il s'apprêtait à attaquer un solide petit déjeuner quand Tournemine se fit annoncer ou plutôt fit irruption dans sa chambre sans même donner à Sven, le fidèle valet-secrétaire, le temps de l'annoncer.

– Dieu soit loué, tu es encore là ! s'écria-t-il en guise d'entrée en matière.

Pivotant sur sa chaise, Fersen le considéra avec une stupeur amusée où se mêlait un peu d'agacement.

– Quand donc perdras-tu l'habitude de tomber sur les gens comme une tuile un jour de grand vent ? Bien sûr, je suis encore là ! Je ne quitte la France que le 20 de ce mois...

– Pour la Suède !

– Pour la Suède mais via l'Angleterre. Ah ça, mais qu'est-ce que tout cela veut dire ?... Tiens ! Mais, au fait, te voilà redevenu toi-même ? Tu as décidé de ressusciter ?

– J'ai décidé d'escamoter momentanément le capitaine Vaughan qui est devenu encombrant. Cela dit, si je te tombe dessus de façon aussi peu protocolaire...

– Tu crois ?...

– ... ce dont je te demande pardon...

– Pas possible ? Tu te civilises...

– Cesse de m'interrompre tout le temps ! Je n'ai pas envie de rire. Si donc j'arrive ici à cette heure c'est parce que j'ai besoin de toi.

— Le contraire m'aurait étonné mais, en général, tes initiatives sont assez heureuses. Qui veux-tu sauver, cette fois ?

— La Reine, une fois de plus. Mais si tu trouves que j'abuse...

Il tourna les talons, faisant mine de se diriger vers la porte. Fersen se jeta littéralement sur lui pour le ramener vers la table.

— Assieds-toi ! Tiens ! Tu vas déjeuner avec moi. Holà, Sven ! Du café, du beurre, du jambon, des œufs, vite !

En dépit de ses soucis, Gilles ne put s'empêcher de rire devant cet empressement subit.

— Quel passeport que le nom de Sa Majesté ! dit-il. Mais sincèrement, Axel, l'affaire est presque aussi grave que celle de Seine-Port, quoique moins urgente sans doute. Il ne s'agit plus de faire sauter un bateau.

— De quoi alors ?

— Honnêtement, je n'en sais rien... Tout ce que je sais, c'est que la Reine y risquera son honneur, sa couronne, sa vie peut-être...

— Que ne vas-tu tout dire au Roi ?

— C'est impossible. D'ailleurs cela ne servirait à rien : elle ne l'écoute jamais. Toi, elle t'écoutera.

Le beau visage pâle du Suédois s'empourpra brusquement mais il y avait plus de joie que de confusion dans son regard quand il murmura :

— Si tu ignores la nature de ce danger, comment veux-tu que je me fasse entendre ?

— Je vais te raconter les dernières quarante-huit heures de ma vie et, surtout, les trois dernières. Tu jugeras. Mais avant donne-moi une tasse de café. Jamais, je crois, je n'en ai eu autant besoin.

Il en avala trois coup sur coup puis, aussi succinctement, aussi rapidement que possible, il raconta ce qu'il avait vécu depuis sa sortie de l'hôtel de Langeac en compagnie de William Short jusqu'à l'aube de ce jour. Assis en face de lui, les coudes sur la table et le menton dans ses mains, Fersen l'écouta sans l'interrompre mais Gilles pouvait voir son visage se rembrunir à mesure que se déroulait le récit. Quand ce fut fini, Axel le regarda se verser une nouvelle rasade de café et l'avaler, brûlante, d'un trait. Puis, hochant la tête :

– Mon pauvre ami ! murmura-t-il avec une chaleur qui surprit Tournemine.

Fersen n'était pas homme à extérioriser beaucoup ses sentiments. Son visage ressemblait la plupart du temps à un beau marbre clair, poli et froid. Mais à cette minute la compassion et une sorte de tendresse l'animaient. Le Breton eut un demi-sourire, presque aussi triste que des larmes.

– Merci... dit-il seulement.

– De quoi, mon Dieu ?

– D'avoir pensé à moi, à ce que je subis, avant de parler de la Reine ! L'amitié d'un homme tel que toi, je crois bien que c'est de cela que j'avais le plus besoin à cette minute...

– Ne me remercie pas. Je t'aime bien et cela me peine de te voir malheureux. Tu mérites tellement mieux. La Reine a raison : cette Judith ne te mérite pas.

– Qu'elle me mérite ou non, de toute façon cela n'a plus guère d'importance et sans doute a-t-elle des excuses si j'en juge cet étrange sommeil où je l'ai vue plongée...

– Peut-être. En tout cas, je te remercie d'être venu à moi. Sois sans crainte : jamais la Reine ne mettra les pieds dans cette maison à présent. J'en fais mon affaire et je t'en donne ma parole de gentilhomme ! Je sais que Vaudreuil, déjà, lui en a parlé, cet Esterhazy que je déteste également. Cela ne me plaisait pas car elle semblait trop intéressée. Autrement dit, tu arrives à temps. Je la verrai avant mon départ et je l'avertirai. Mais toi, que vas-tu faire à présent ?

– D'abord rentrer à Versailles où j'ai envoyé Pongo avec mes bagages, m'y reposer vingt-quatre heures puis partir pour la Bretagne. Il faut que je sache, à tout prix, si le Kernoa que j'ai vu est le bon...

– Tu as tort, Tournemine. Pourquoi ne pas essayer

d'effacer une bonne fois toute cette histoire ? Que t'importe, à présent ? Cette femme ne t'aime pas, ou ne t'aime plus mais, quoi qu'il en soit, ce n'est qu'une femme parmi tant d'autres. Elles sont des milliers, à travers le monde celles qui, aussi belles et plus douces, t'apporteraient la consolation de leur amour et de leur beauté. Cesse un moment de vivre pour les autres, Roi, Reine ou épouse, et songe un peu à toi-même !

– De toute façon, il vaut mieux que je m'éloigne un temps. Que ce soit sous l'aspect Vaughan ou sous celui-ci je suis menacé puisque, cette nuit, Antraigues m'a reconnu et que Provence, à cette heure, doit savoir que je suis vivant. Cela n'aurait pas beaucoup d'importance d'ailleurs si je ne risquais d'entraîner dans le danger ceux qui m'entourent : Pongo qui a failli être assassiné cette nuit et l'excellente Mlle Marjon chez qui je reviens, par exemple...

– Alors reste avec moi jusqu'à mon départ et ensuite accompagne-moi en Angleterre et en Suède. Je te présenterai à mes sœurs, Sophie et Hedda, à mes cousines Ulla et Augusta qui sont deux des « Trois Grâces » de Suède. Tu les aimeras comme tu aimeras mon père, le maréchal, pour qui l'honneur a plus de prix que la fortune, ma mère si belle et si sage ! Ils te rendront la famille que tu n'as jamais eue et, dans la sérénité de notre domaine de Ljung, tu te retrouveras toi-même : un homme libre.

Profodément ému, Gilles prit le Suédois aux épaules et fraternellement l'embrassa.

– Merci, Axel... je n'oublierai jamais que tu m'as offert généreusement une place à ton foyer. Mais un homme n'échappe pas à son destin et je n'ai pas le droit de me désintéresser de Judith tant que je n'ai pas la preuve formelle qu'aucun lien valable ne m'attache à elle car, au jour de notre mariage, je lui ai juré aide et protection. Je ne faillirai pas à ce serment, même si c'est contre elle-même que je dois la protéger.

Fersen hocha la tête et sourit avec quelque mélancolie.

– Tu l'aimes toujours, n'est-ce pas ? C'est aussi simple que ça...

– Sincèrement je ne sais pas... J'ai souffert de ce que j'ai vu cette nuit, j'en souffre encore mais moins pourtant, il me semble, que je n'aurais souffert il y a quelques mois. Il y a une fissure, dans cet amour, et je ne suis pas certain que, dans cette fissure, un autre visage ne se soit glissé...

– La belle Mme de Balbi ? C'est en effet un bon remède, mais qu'on ne peut peut-être prendre qu'à petites doses, comme certains poisons ?

– Il ne saurait en être autrement. Sa vie et la mienne ne peuvent s'unir. Simplement faire, de temps en temps, un bout de chemin ensemble...

L'entrée désinvolte d'un jeune homme vêtu à la dernière mode, tiré à quatre épingles et qui offrait avec Axel une ressemblance certaine, en plus jeune et en plus frêle, interrompit la conversation...

– Tiens ! dit Fersen avec bonne humeur, voilà un spécimen de la tribu familiale : mon jeune frère Fabian. Je lui montre la France et Versailles qui le fascine : il a une véritable passion pour les palais royaux et la vie de cour. Voici le chevalier de Tournemine de La Hunaudaye, Fabian. Le fameux Gerfaut dont je vous ai souvent parlé, l'un des plus rudes combattants de la guerre américaine. J'essayais de le convaincre de nous accompagner en Suède mais il me résiste...

– Vous avez tort, monsieur, dit le jeune Fabian dont les yeux s'étaient mis à briller comme des chandelles et dont la main s'était tendue spontanément. Nous serions fiers de vous présenter à Leurs Majestés... et aux dames qui vous feraient sans doute un succès...

– Le malheur c'est qu'il n'a pas envie, pour le moment, d'intéresser les Suédoises. Mais où donc courez-vous si tôt, Fabian ? Vous voilà déjà sous les armes ?

– Déjà ? Vous devriez dire encore, mon frère. Je ne sors pas, je rentre ! A présent, si vous le permettez, je vais me coucher car je tombe de sommeil... et je ne voudrais pas m'écrouler en face d'un héros d'Amérique. J'ai été charmé, au delà de tout ce que je pourrais exprimer, de vous rencontrer, chevalier, et j'espère que nous nous reverrons souvent...

Ayant salué, le jeune Fersen quitta la pièce avec une grande dignité.

– Je pars aussi, dit Gilles. Adieu, Axel ! Reviens-nous vite ! Royal-Suédois a besoin de son colonel et quelquefois aussi tes amis... sans parler de la sauvegarde de certaine famille royale. Que Dieu te garde !

Quelques minutes plus tard, dans la fraîcheur du matin et l'éclat du nouveau soleil, Gilles galopait le long de la Seine en direction de Versailles, heureux de respirer l'air vif et pur embaumé de toutes les senteurs fraîches des champs et des jardins où s'évaporait la rosée du matin, heureux aussi de sentir vivre entre ses genoux le corps puissant de Merlin. Le vent de la course et la gloire de ce beau jour d'été achevaient de chasser les ombres troubles de cette nuit sinistre déjà mises en déroute par l'accueil fraternel de Fersen. Au bout de la route, il y aurait un autre accueil, tout aussi réconfortant : celui de Marguerite Marjon qui l'avait adopté pratiquement comme fils, renforcé de celui d'Ulrich-August. Rien que pour leur affection, la vie valait encore largement la peine d'être vécue...

Et puis, pourquoi ne pas songer davantage au fils de Sitapanoki ?

QUATRIÈME PARTIE

LES PORTES D'UN AVENIR

LE SECRET DE SAINT-AUBIN-DES-BOIS

Le temps semblait aboli. Arrêté devant le grand pont-levis qui s'emmanchait à l'ombre de la maîtresse tour de La Hunaudaye, Gilles de Tournemine écoutait renaître en lui les émotions éprouvées trois ans plus tôt à cette même place. Il retrouvait intacte l'espèce de poussée d'amour qui lui était venue quand, de la corne de l'étang voisin, il avait contemplé pour la première fois la vieille forteresse de ses aïeux murée dans son arrogante solitude. Comme ce soir-là, les étourneaux tournoyaient encore dans le ciel qui, au-dessus des tours coiffées d'ardoises fines, s'assombrissait d'instant en instant.

– Tout pareil ! murmura Pongo qui, arrêté à quelques pas de son maître, regardait lui aussi. Rien changé !...

– Si, hélas ! soupira Gilles. Le vieux Joël se mourait quand nous avons quitté Versailles et rien ne dit qu'il soit encore en vie. Dieu sait, pourtant, que nous n'avons pas perdu de temps !

En effet, le chevalier venait d'arriver chez Mlle Marjon après avoir quitté Axel de Fersen et, installé autour d'une table avec l'aimable vieille fille et Ulrich-August, il s'adonnait sans retenue à la joie de se retrouver ensemble après tant de mois de silence et de séparation, quand un messager de la Poste avait apporté pour lui un court et dramatique billet, visiblement tracé d'une main affaiblie. Un billet qui disait :

« *Venez, monsieur le chevalier, venez au nom du*

Seigneur ! La charrette de l'Ankou(1) *grince à ma porte et je n'ai presque plus de temps pour parler à mon véritable maître...* »

C'était signé Joël, fils de Gwenaël Gauthier. Alors, le soir même, sans seulement songer à prendre le moindre repos, Gilles, confiant Merlin et ce qu'il possédait à ses amis, quittait Versailles avec Pongo en empruntant des chevaux de poste. Lancés comme deux boulets ils avaient, de relais en relais, gagné la Bretagne, dormant à cheval et ne s'arrêtant que pour prendre quelque nourriture et pour relayer. Une force plus puissante que la fatigue et que ses propres limites poussait en avant le dernier des Tournemine vers la vieille maison paysanne où se mourait le dernier des grands serviteurs de sa famille.

Cet homme qu'il n'avait connu qu'un seul jour, Gilles voulait le revoir et le revoir vivant car il représentait le dernier maillon de la chaîne qui le rattachait au passé glorieux et sanglant des fils du Gerfaut.

Exténués en dépit de leur endurance, Gilles et Pongo étaient tombés plus que descendus de leurs montures sur le haut talus où s'appuyait le grand pont-levis, désormais fixe et pourvu de balustrades, au-dessus de l'eau verdâtre des douves. Les madriers d'un autre âge avaient grincé sous le quadruple poids des hommes et des chevaux. Mais, avec le cri désagréable des étourneaux, ce fut le seul bruit qui se fit entendre. Le château semblait appartenir déjà au domaine de la mort.

Gilles tendait la main vers la chaîne, reliée à une cloche, qui pendait près du grand cintre de pierre, creuse orbite où s'abritait une grande porte rébarbative à souhait quand un son, à la fois grêle et argentin, se fit entendre venant d'un chemin creux, un son qu'il connaissait bien : celui de la clochette qui accompagne le viatique lorsque Dieu se fait porter au chevet d'un agonisant.

(1) En Bretagne, la mort est représentée par un squelette habillé conduisant une charrette.

En effet, un instant plus tard, un prêtre flanqué d'un enfant de chœur déboucha du chemin, abritant un vase d'or sous la soie noir et argent d'une étole. Derrière lui, un homme chaussé d'un seul sabot, car sa jambe gauche était remplacée par un pilon de bois, marchait aussi vite qu'il le pouvait, appuyant sur un pen-bas(1) sa marche difficile. Il baissait la tête et son grand chapeau noir cachait presque entièrement sa figure.

Le groupe se dirigeait droit vers le château. Gilles poussa un soupir de soulagement : grâce au Ciel, il arrivait à temps ! Et quand l'enfant de chœur, agitant toujours sa sonnette, atteignit la faible pente du pont, Gilles mit un genou en terre, immédiatement imité par Pongo.

Le prêtre avait aperçu les deux inconnus et les regardait avec curiosité. C'était un homme d'une soixantaine d'années, de constitution frêle, dont les épaules semblaient même un peu trop fragiles pour le poids de sa cape et des ornements sacerdotaux. Mais le visage était rond et encore frais, encadré de beaux cheveux gris, brillants et bien entretenus et s'éclairait de deux yeux bruns particulièrement vifs. Ses mains étaient beaucoup plus belles que ce que l'on aurait pu attendre des mains d'un curé de campagne.

— Que cherchez-vous, messieurs, en cette maison où la mort est à l'œuvre ? demanda-t-il d'une voix où une certaine habitude de l'autorité se faisait sentir.

— Je cherche Joël Gauthier, dit Gilles sans quitter sa pose agenouillée par respect pour le Saint Sacrement que portait son interlocuteur. Je suis le chevalier de Tournemine et...

Un cri de joie lui coupa la parole. C'était l'homme à la jambe de bois qui l'avait poussé.

— Vous êtes venu, monsieur le chevalier, vous êtes venu comme il l'avait demandé sans oser l'espérer ! Quelle joie vous allez lui donner !

Gilles vit alors que le malheureux estropié n'était

(1) Gros bâton noueux dont ne se sépare guère le paysan breton.

autre que Pierre, le petit-fils du vieux Joël, et se souvint de ce qu'avaient dit les deux inconnus, sur la terrasse du cabaret au bord de la Seine : le jeune homme avait eu un accident. Aussitôt, oubliant le prêtre il se releva, alla vers lui les bras ouverts, empli d'une immense compassion.

– Pierre Gauthier ! fit-il chaleureusement. Que vous est-il donc arrivé, mon pauvre ami ?

Le jeune homme avait changé. Sa bonne figure ronde, vernie de bonne santé de jadis, avait fondu au feu de la souffrance et de la peine. Mais il haussa les épaules avec une sorte de fatalisme et trouva un sourire.

– La mauvaise chance, monsieur le chevalier... et puis, sans doute, la volonté de Dieu !

– Dis plutôt ton trop grand courage, Pierre ! coupa le prêtre. C'est un loup, monsieur, qui lui a pris sa jambe. Le dernier hiver a été terrible et ceux de la forêt sont venus vers les villages pour trouver à manger. Pierre s'est jeté, sans arme, au secours d'une jeune fille mais il a été si cruellement mordu qu'il a fallu l'amputer. Il a failli mourir de l'amputation... Ah ! voici que l'on nous ouvre...

La grande porte s'ouvrait, en effet, avec une solennelle lenteur, découvrant une femme en coiffe blanche qui s'agenouilla au seuil. Gilles reconnut Anna, la mère de Pierre et la belle-fille du vieux Joël. Quand Dieu et ses serviteurs furent entrés dans La Hunaudaye, Tournemine et Pongo sur leurs talons, elle alla refermer soigneusement la porte puis précéda le prêtre vers la maison basse, adossée à la courtine est du château qui était la demeure de l'ancien garde-chasse. Elle agissait d'une curieuse façon automatique, sans regarder personne, comme une femme absorbée dans une trop grande douleur ou une trop forte angoisse.

Gilles revit la grande salle, barrée par la lourde cheminée de granit quasi seigneuriale par ses dimensions, la longue table de châtaignier flanquée de bancs à laquelle il avait pris place mais, dans la cloison de bois sculptée et cirée qui doublait le mur du fond de la salle, un grand volet était tiré, découvrant le lit clos où gisait l'agonisant.

Planté devant le lit, un cierge brûlait. Il avait été béni à la dernière Chandeleur et rappelait celui que l'on avait porté, au baptême, devant le petit Joël Gauthier. La flamme était censée tenir éloignés les démons de l'air et vacillait doucement au vent du soir car, ainsi que le voulait la coutume, toutes les petites fenêtres basses de la salle étaient grandes ouvertes afin que l'âme, quand elle quitterait le corps définitivement hors d'usage, pût trouver aisément son chemin vers le ciel.

Quelques personnes – une vieille femme, deux valets de ferme et une jeune fille – se tenaient agenouillées près de ce cierge et murmuraient des prières auxquelles une voix faible sortie de derrière la cloison ajourée s'efforçait de répondre mais tous se levèrent et s'écartèrent avec respect quand retentit la clochette et que le prêtre parut. La jeune fille qui se tenait courbée, les épaules secouées de sanglots, se redressa, grandit, monta comme un svelte jet d'eau et d'un seul coup accapara toute la lumière contenue dans la pièce : celle des flammes de la cheminée, celle du cierge, celle que reflétaient les murs blanchis. Elle fut, tout à coup, comme une explosion de jeunesse, rose comme un coquillage et blonde comme une moisson avec des nattes dorées grosses comme un poignet et de grands yeux d'un bleu sombre, presque violet, que les larmes faisaient étinceler.

Gilles la regarda, stupéfait, ébloui. Alors Pierre, conscient de l'effet qu'elle produisait, murmura :

– C'est ma jeune sœur, monsieur le chevalier, Madalen. Vous vous souvenez ?

– Je me souviens d'une enfant et je vois une jeune fille.

– Elle a seize ans ! Elle n'en avait que treize alors et, bien sûr, elle a beaucoup changé.

Changé ? Se pouvait-il que la petite chrysalide apeurée qu'il avait vue dans les jupons de sa mère, fût devenue cette royale créature, si grande car elle dépassait son frère d'une demi-tête et sa mère de toute la tête, si lumineuse et si déliée dans sa grâce instinctive et sans apprêt qui est celle des fleurs de plein vent. Il y avait en elle quelque chose évoquant irrésistiblement la noblesse naturelle de son grand-père, sa haute silhouette hautaine et fière.

La jeune fille dont le regard, un instant, avait croisé celui de Gilles, se détournait à présent en rougissant un peu et s'en allait aider le prêtre à se débarrasser de sa cape tandis qu'il s'approchait d'un grand coffre sur lequel étaient disposés des chandelles, un crucifix et une tasse d'eau dans laquelle trempait un brin de buis. Incapables de se détacher de cette fière silhouette, les yeux de Tournemine l'avaient suivie et il s'entendit murmurer :

– Comme elle est belle !

– Eh oui, soupira Pierre, et c'est un grand malheur ! Pareille beauté ne vaut rien pour une fille pauvre. Ma mère voudrait qu'elle entre en religion mais Grand-Père ne voulait pas entendre parler de s'en séparer. A présent...

Ils parlaient tout bas mais leur chuchotement attira l'attention du prêtre qui leur jeta un coup d'œil sévère.

– Ce n'est pas l'heure des conversations et si Monsieur de Tournemine voulait bien...

Il dut s'interrompre. Une sorte de râle jaillissait du fond du lit clos à la porte duquel vint s'agripper une grande main décharnée.

– Monsieur de... Ah !... A moi ! A moi...

Gilles se précipita avec Pierre, trouva le moribond faisant de terribles efforts pour se redresser, pour échapper à ce lit où la mort, déjà, le pétrifiait. Ses longs doigts osseux, crochés dans les ajourages de châtaignier, tentaient désespérément de tirer son buste trop lourd pour leur faiblesse.

– Mon père ! gémit Pierre, vous vous faites mal...

Mais déjà, Joël Gauthier avait reconnu Tournemine

et, relâchant son effort, se laissait aller de nouveau sur son oreiller de balle d'avoine cependant qu'une joie soudaine détendait ses traits crispés.

– Vous êtes... venu ! Dieu... soit béni !

– Dès que j'ai reçu votre lettre, je suis venu, dit Gilles avec douceur en prenant l'une des mains qui s'étaient reposées sur le drap de chanvre à peine roui...

– Je suis heureux... j'avais tant prié... pour avoir le temps. Ecoutez... car mes forces s'en vont...

Mais une main s'était posée sur l'épaule de Gilles.

– Veuillez me faire place, monsieur. Je dois entendre cet homme en confession avant de l'administrer. Ecartez-vous et vous reviendrez ensuite...

– Non !... Non ! Il faut... qu'il reste !

C'était le vieux Joël qui avait presque crié ces quelques mots. Et comme le prêtre, choqué, s'exclamait que Dieu devait passer en premier, l'agonisant reprit :

– Je vous supplie... de pardonner à un vieil homme, monsieur le Prieur du Saint-Esprit. Vous avez daigné vous déranger vous-même...

– Bien entendu ! L'abbé Rhedon, mon curé, a pris une mauvaise fièvre... et puis j'y tenais car je vous estime, Joël Gauthier...

– Alors... si vous m'estimez, monsieur le Prieur, permettez que Dieu attende... juste un instant ! Je dois... vous entendez... je dois parler au chevalier ! Et je sens... la mort qui approche.

– Mais enfin, si elle vous prend avant que vous ne soyez confessé ? Songez au salut de votre âme !

– Mon âme ?... Elle sera... oh... je souffre !... Elle sera plus en danger si je ne préfère... pas mon devoir, même à mon salut ! Un instant... juste un instant !

Impressionné par l'autorité qui émanait encore de ce corps exténué, par cette voix qui n'était plus qu'un souffle et qui cependant ordonnait plus qu'elle ne suppliait, le Prieur du Saint-Esprit s'éloigna, rendant à Gilles la place et se contentant d'un :

– Faites vite !

Le jeune homme se pencha de nouveau sur le moribond dont la main tâtonnait, cherchant son bras pour l'attirer plus près, encore plus près jusqu'à ce que son oreille fût proche de la bouche desséchée.

– Je... je sais où il est! souffla le vieillard avec une inexprimable nuance de triomphe.

– Où est quoi?...

– Le... trésor! Le trésor de l'ambassadeur... de Raoul... Je sais vous dis-je! A... attendez!

Quittant le bras de Gilles sa main tâtonna vers le mur, plongea derrière la paillasse et revint tenant un petit paquet fermé d'une croix de cire rouge qu'il laissa tomber sur son estomac.

– Prenez! Cachez... cela! J'ai écrit... tout ce que... je sais! Allez... le chercher! Sauvez... le château! Ramenez-y... le Gerfaut... et puis... priez pour moi!

– Mais pourquoi ne pas donner cela à Pierre? Il en aurait besoin, je pense...

– Oui... car après ma mort, il devra partir... et les femmes avec lui! Mais... ce bien ne nous appartient pas! Il est... à vous seul!... A présent, le prêtre!... Vite! Vite! Je sens que je m'en vais!...

– Partez en paix, Joël Gauthier! Je me charge d'eux!

Vivement, il se retira, appela l'abbé qui se précipita le ciboire en main tandis que tous ceux qui étaient là retombaient à genoux. Durant quelques instants on entendit alterner la voix chuchotante du prêtre avec des souffles qui semblaient de plus en plus faibles. Puis il n'y eut plus rien que le *Requiescat in pace* de l'officiant et la large bénédiction dont il enveloppa le lit et son occupant.

– C'est fini! dit-il seulement en se retournant. (Puis essuyant d'un mouchoir fin les gouttes de sueur qui perlaient à son front, il ajouta avec un soupir :) Il était temps!... C'est aux femmes, à présent, de faire leur ouvrage.

Mais seule Anna se releva pour aller, comme le voulait la coutume séculaire, arrêter l'horloge qui battait dans un coin de la salle, couvrir d'un tissu noir l'unique miroir accroché contre un mur et vider tous les récipients qui contenaient de l'eau – marmite, seau et cuvette – afin que l'âme libérée ne risquât pas de s'y noyer. Agenouillée près du banc du lit, Madalen, la tête dans les mains, pleurait doucement. Mais sa mère l'appela avec un rien de sévérité :

– Madalen ! Il faut songer à la toilette ! Va chercher le barbier et l'habilleuse des morts !

– Laissez cette enfant pleurer tout à son aise, coupa le prêtre. Je rentre au Saint-Esprit et Jeannet que voici, ajouta-t-il en désignant l'enfant de chœur qui avait paru s'ennuyer prodigieusement durant tout ce temps, va courir les chercher.

Puis, se tournant vers Gilles qui, faute d'oser approcher Madalen, s'efforçait d'apaiser le chagrin de Pierre, il ajouta :

– Il faut laisser ces pauvres gens à leur chagrin et à leurs devoirs funèbres. Ceux de Plédéliac vont venir pour aider et pour la veillée. Je crains qu'ils n'aient guère de temps à vous consacrer, chevalier. Puis-je vous offrir l'hospitalité de ma maison ? Je suis l'abbé Minet de Villepaye... Jusqu'au morcellement du domaine mon père qui est mort voici cinq ans était Intendant général des terres et biens de La Hunaudaye. Les ventes l'ont tué... comme elles ont tué aussi Joël Gauthier et vont réduire les siens à la misère. Une cabane dans les bois c'est à peu près tout ce que leur offrira le nouveau propriétaire du château à présent que le vieux n'est plus. Et Pierre n'est guère en mesure d'abattre du bois ou de faire de gros travaux pour nourrir les siens...

– N'ayez aucune crainte pour eux, l'abbé ! fit Gilles. J'ai promis au vieux Joël de me charger d'eux et je m'en chargerai. Quant à votre invitation dont je vous remercie, permettez-moi de la décliner. Je suis officier du Roi et j'ai l'habitude de dormir sur la paille. Mais je veux veiller avec ceux-ci...

– Comme il vous plaira. Mais je serai heureux de vous recevoir demain ou un jour prochain si cela vous agrée...

Reprenant sa cape des mains de Madalen, l'abbé Minet abrita de nouveau le ciboire d'or sous son étole puis, toujours accompagné du tintement de la clochette, reprit le chemin de son prieuré.

Une heure plus tard, le vieux Joël revêtu de ses plus beaux habits, rasé de frais et ses mains jointes liées d'un chapelet, reposait sur la grande table de la salle recouverte d'un drap blanc. Deux autres draps accrochés aux poutres du plafond formaient autour de lui une alcôve, la « chapelle blanche » que l'on tendait, traditionnellement, autour des morts. A ses pieds on avait disposé le petit bol à eau bénite et son brin de buis. La mort lui avait rendu, et au centuple, l'étonnante majesté qu'il avait eue de son vivant et que la maladie lui avait un peu enlevée et il reposait à présent, le grand paysan, avec la fierté hautaine des guerriers d'autrefois, de ces seigneurs féroces dont il s'était voulu, jusqu'à la minute suprême, le fidèle serviteur.

Au-dehors, la nuit se peuplait de présences et de lumières. A travers le pays, des gens portant des lanternes cheminaient vers La Hunaudaye pour venir participer à cette première veillée funèbre où les attendait un spectacle inhabituel.

Debout de chaque côté du rustique catafalque, deux hommes que personne n'avait jamais vus montaient, l'épée au clair, une garde rigide comme si celui qui gisait là eût été le véritable seigneur de ces lieux. Et ceux qui entraient regardèrent alors, avec un étonnement mélangé de crainte vaguement superstitieuse, ces deux hautes cariatides aux profils d'oiseaux de proie mais si dissemblables, ces deux gentilshommes inconnus qui rendaient à l'un des leurs un hommage quasi féodal. Sous l'ombre des grands chapeaux que l'on se hâtait d'ôter, sous celle plus légère des coiffes, les yeux s'arrondissaient mais sans oser remonter jusqu'aux regards immobiles, l'un de glace, l'autre de charbon, qui semblaient ne voir personne.

Les gens arrivaient, se signaient, jetaient un peu d'eau sur le corps au moyen du buis puis s'asseyaient où ils le pouvaient ou bien restaient debout pour se joindre aux prières commencées. Des voix nouvelles répondaient aux invocations qu'une très vieille femme, la doyenne du village voisin, lançait d'une voix haute et fêlée. Elles emplissaient la pièce basse d'une mélopée sourde, semblable au grondement d'un orage encore lointain déchiré de temps en temps par l'éclair d'un cri d'angoisse car, pour tous ces gens simples qui priaient, l'homme qui reposait là avait cessé d'être le cousin, l'ami, le compagnon habituel pour se changer en cette entité insaisissable, mystérieuse et inquiétante : un mort dont on ne pouvait plus savoir si son ombre ne reviendrait pas quelque nuit assouvir d'obscures vengeances.

« En fait, ils prient pour eux-mêmes beaucoup plus que pour lui... », songeait Gilles devenu pour quelques heures et de par sa propre volonté garde du corps d'un homme qui n'avait jamais porté la couronne mais dont le cœur était celui d'un roi. Et, sous son apparence impassible, le chevalier abritait une véritable tempête de sentiments contradictoires dont le bouillonnement le surprenait. Le départ pour un autre monde de Joël, ce vieillard qu'il avait cependant si peu connu, lui laissait l'impression étrange de perdre son père pour la seconde fois et, cependant, lui faisait retrouver un espoir assez semblable à celui qu'il avait éprouvé au lit de mort de celui auquel il devait la vie.

Il le revoyait, dans l'aube victorieuse de Yorktown, alors que la voix des canons avait définitivement cessé de se faire entendre, reposant sur une couverture militaire une main qui, déjà, se refroidissait et où demeurait visible la trace de l'anneau toujours porté et que cette main avait laissé entre les siennes, symbole de sa bâtardise abolie, tout comme tout à l'heure Joël Gauthier lui avait remis ce qui était peut-être le symbole de la résurrection de La Hunaudaye. Pierre de Tournemine mourant lui avait donné un nom, un rang, un honneur à défendre, une vraie vie d'homme enfin. Joël Gauthier venait peut-être de lui donner la fortune sans laquelle grand nom et titre n'apportaient que peu de puissance.

Contre sa poitrine il sentait, comme une présence, le poids cependant léger du petit paquet remis par l'agonisant. Qu'y avait-il dedans ? Un écrit sans doute mais aussi un petit objet dont il n'était pas possible de déterminer la forme, une clef peut-être... la clef de ce trésor qu'on lui remettait si noblement.

Sachant qu'il allait laisser les siens dans une situation pénible, Joël aurait pu, sans que quiconque ait le droit de lui faire le moindre reproche, livrer le secret à Pierre, le mettre ainsi à l'abri de la misère à laquelle le condamnait presque sûrement son infirmité et préserver du même coup les deux femmes qui allaient se trouver si dépourvues. Mais il n'aurait pas été alors Joël Gauthier, l'homme de la fidélité et de la grandeur à tout prix. Et que se serait-il passé s'il n'avait pas eu le temps de remettre à son destinataire ce dépôt qu'il devait considérer comme sacré ? Aurait-il eu vraiment l'affreux courage d'emporter avec lui son secret dans sa tombe, rejetant le trésor aux ténèbres pour des siècles peut-être ? Plus certainement, il l'aurait confié à Pierre mais avec l'ordre de le chercher, lui, Tournemine, et de le lui remettre. C'eût été alors condamner ce malheureux garçon à une affreuse tentation mais une voix secrète murmurait qu'à cette tentation Pierre n'aurait pas succombé.

« C'est à moi, à présent, qu'il incombe d'assurer leur existence et, si le trésor se retrouve, cela me sera facile. Je rachèterai le château et je ferai de Pierre mon intendant. S'il ne se retrouve pas, ce qui est toujours possible, je me chargerai d'eux tout de même. Anna est l'une de ces femmes fortes qui savent mener une maison, même importante, sans faiblir. Quant à Madalen...

Immobiles jusqu'alors, les regards de Gilles glissèrent lentement sous la paupière et vinrent se poser sur la jeune fille. Un chapelet au bout des doigts, elle se tenait assise à quelques pas de lui avec les autres femmes et tenait sa partie dans le chœur des répons aux prières. Un châle noir recouvrait sa tête, dissimulant l'or de ses cheveux mais exaltant la blondeur de son visage sur lequel les larmes continuaient à couler. Qu'elle était donc émouvante dans sa douleur ! Mais quelles pouvaient être les pensées qui se cachaient sous ce beau front lisse et pur ? Songeait-elle vraiment, comme le voulait sa mère – oh ! le nombre de mères bretonnes qui ne songeaient qu'à offrir leur enfant à Dieu ! – à ensevelir sa beauté sous les voiles d'une nonne ? Ou bien pensait-elle, au contraire, qu'avec son grand-père venait de tomber la dernière barrière la défendant encore du cloître ? Depuis qu'il était entré dans cette maison, Gilles n'avait qu'à peine entendu sa voix, une voix douce et musicale de fillette timide, mais, parfois, il avait surpris son regard posé sur lui, plein d'inquiétude mais dont il n'avait pu savoir s'il était terrifié ou admiratif.

Quant à lui-même, il s'interdisait d'analyser les sentiments qui s'agitaient en lui quand il regardait Madalen car il avait bien trop peur d'y découvrir l'appel d'un désir qui eût été une offense à l'âme de son vieil ami. Le seul qu'il s'autorisait se révélait être un besoin profond, presque instinctif, de la protéger, de la défendre, fût-ce au risque de sa vie, contre tout ce qui pourrait atteindre son cœur ou sa personne... et aussi l'espoir qu'elle le lui permettrait.

Tard dans la nuit – les gens de la veillée s'étaient retirés à minuit après un petit repas et, seuls, Pierre et les deux garçons de ferme veillaient auprès du corps – Gilles et Pongo se retrouvèrent dans la grande salle basse du logis seigneurial où, une fois déjà, ils avaient passé la nuit en compagnie de Jean de Batz. Ils retrouvèrent la jonchée de paille et les peaux de mouton blanc qui leur servaient de lit et aussi la brassée de genêts dorés – moins dorés que les cheveux de Madalen – dans le grand vase de pierre : même au fond du chagrin et des angoisses du lendemain, Anna accomplissait les gestes qu'auraient ordonnés non seulement l'ancêtre mais son propre sens de l'hospitalité.

La fatigue, qui l'avait miraculeusement déserté durant toute cette longue soirée, lui retomba sur les épaules comme une chape de plomb. Pongo, de son côté, dormait déjà, roulé en boule sur les peaux de mouton, tel qu'il s'y était laissé tomber sans prononcer un seul mot, à son entrée dans la salle. Pourtant le sommeil attendrait encore un peu car, si accablante que fût sa lassitude, elle était cependant moins forte que sa curiosité.

Tirant le paquet de son habit, il le regarda mieux, vit qu'il se composait d'un morceau de parchemin solide et si soigneusement fermé qu'il dut employer la pointe de son épée pour faire sauter le cachet cruciforme.

Quand l'enveloppe fut ouverte, un petit objet s'échappa d'un rouleau de papiers et tomba sur les dalles où il rebondit avec un bruit clair. Se penchant, Gilles le ramassa et constata qu'il s'agissait d'une petite feuille de laurier finement ciselée dans un bronze, sans doute très ancien car il était fortement oxydé, et pendue à un cordon. Un instant, il tint l'objet dans sa main, l'examina soigneusement, le tournant et le retournant. Puis, comme une plus longue contemplation ne lui avait rien appris de plus, il reprit le petit rouleau qui se composait de papiers d'âges différents : une feuille récente portant quelques lignes visiblement tracées par le vieux Joël et une sorte d'étroit cahier beaucoup plus ancien, jauni, taché, sali et couvert d'une curieuse écriture brunâtre que Gilles identifia comme étant du sang séché.

Il commença par celui qu'avait écrit le vieux Joël alors qu'il était sans doute bien malade déjà car l'écriture en était pénible et difficilement déchiffrable.

« *Moi Joël, fils de Gwenaël, j'ai trouvé ces objets à l'intérieur du vieux tumulus qui se trouve près de la rive de l'Arguenon et dont j'ai retrouvé l'entrée en déblayant les restes d'un ancien souterrain éboulé. Ce souterrain joignait le donjon du château à la rivière. Ceci reposait auprès d'un squelette enchaîné qui portait encore les restes d'une robe de moine et, par le peu de latin que j'ai appris à l'église, j'ai compris qu'il s'agissait du trésor de Raoul de Tournemine. J'ai donné une sépulture chrétienne à cette pauvre dépouille et j'ai fait dire des messes pour que son âme irritée ne revienne pas tourmenter ceux qui vont entrer en possession de ce bien. Que Dieu leur vienne en aide et me prenne en pitié à l'heure prochaine où je paraîtrai devant Lui!* »

Le vieux texte, lui, était écrit d'une main plus ferme mais le liquide qui avait servi d'encre avait pâli par endroits. Il était écrit en latin, langue avec laquelle, ancien élève du collège Saint-Yves de Vannes, il était familiarisé depuis longtemps. Néanmoins, en dépit de ses connaissances, Gilles mit une grande heure à venir à bout de ces lignes serrées dont la lecture constituait un véritable travail de bénédictin.

« *Moi, Pictro de Pescara, moine de Saint-Augustin, maître sculpteur-ciseleur et disciple du grand Romano, je sais que je suis ici pour mourir et pour que meure avec moi le secret du tombeau que j'ai construit pour le seigneur Raoul de Tournemine dans l'église du monastère de Saint-Aubin-des-Bois. Mon œuvre est achevée, parfaite, et le baron m'a félicité. Il m'a donné de l'or mais il a insisté pour que je parte dès l'aube du lendemain. Une escorte armée devait me conduire jusqu'à la ville de Nantes pour m'embarquer afin que je rentre à Rome auprès du cardinal Gabrielli, mon protecteur... J'ai eu l'escorte et des mules et de grands adieux à la poterne du château. Et puis nous avons pris le chemin couvert qui mène à la rivière. C'est quand nous avons été au plus profond de la forêt que mon escorte s'est jetée sur moi. On m'a pris ma bourse, on m'a mis des chaînes aux pieds, aux mains et on m'a jeté un sac sur la tête... Mais j'ai eu le temps d'apercevoir, attendant un peu plus loin, un homme vêtu de la même robe que moi. Il est monté sur ma mule et il a poursuivi mon chemin...*

Moi, on m'a traîné sur un chemin si rude que je butais à chaque pas et qui descendait, descendait... J'ai senti l'humidité d'une cave, l'odeur de la moisissure et, quand on m'a ôté le sac, j'ai vu que j'étais dans un lieu obscur, éclairé par une torche que portait un homme masqué. On m'a passé une corde autour du corps et on m'a descendu, sans me faire de mal, dans une sorte de puits à sec... C'est là que je vais mourir car, depuis trois jours, on ne m'a rien apporté à manger ni à boire...

Pourquoi ne pas m'avoir tué tout simplement d'un coup de poignard ou d'un verre de poison ? A cause de ma robe de moine ? La piété bizarre du seigneur Raoul lui interdit de verser le sang d'un prêtre ou de lui donner la mort directement mais elle ne lui défend pas de le laisser mourir. Etrange souci pour un voleur et un meurtrier ! De même, à part la bourse d'or, on ne m'a rien pris. On m'a laissé ma robe et les pauvres objets qu'il y a dedans : un stylet pour écrire, quelques feuilles de papier, un canif, un chapelet...

J'ai cru d'abord que l'on m'avait jeté dans une tombe pour y mourir étouffé mais je ne manque pas d'air... Mes yeux se sont accoutumés et, très haut au-dessus de ma tête, il y a deux étroites failles qui laissent passer un peu de jour... C'est grâce à cela que j'ai pu compter le temps mais je ne subirai pas la lente mort que souhaite le baron et, qu'il le veuille ou non, il aura versé mon sang car tout à l'heure, quand j'aurai achevé d'écrire ceci grâce à ce sang, j'ouvrirai mes veines avec mon couteau et je laisserai s'enfuir ma vie... Mais avant je veux rédiger cela en rassemblant les forces qui m'abandonnent déjà... Ma gorge brûle et ma langue épaissit... Je veux écrire dans l'espoir qu'un jour peut-être on trouvera mon corps et cet écrit et que la cachette sera découverte afin que, dans l'éternité, le seigneur Raoul ne jouisse pas de son crime...

Toi qui trouveras ceci, va dans l'église de l'abbaye Saint-Aubin et vois le superbe tombeau où reposera le baron de Tournemine avec son secret. Au pied du gisant tu verras ses armes et le grand casque empanaché à la visière baissée que j'ai sculpté dans la pierre. Ce casque est couronné de lauriers mais l'une des feuil-

les se soulève et cache le mécanisme qui ouvre la visière. Il suffit, une fois la feuille enlevée, d'appliquer à sa place la petite feuille de bronze que je porte à mon cou et de pousser... Va et puisse le seigneur Dieu permettre que tu puisses profiter de biens mal acquis. On dit que le baron a rapporté d'Italie de fabuleux bijoux, peut-être les fameux rubis de César Borgia et d'autres encore...

A présent, adieu. Toi qui trouveras ceci, prie pour le repos de l'âme d'un malheureux qui n'avait commis d'autre crime que l'orgueil de son talent. Le reste de mes forces je vais l'employer à prier pour que Dieu me pardonne d'avancer un peu l'heure de ma mort... qu'il me pardonne aussi d'avoir, peut-être dans une intention coupable, fondu un double de la feuille qui sert à ouvrir le casque de pierre. La paix soit avec toi... »

Sa lecture achevée, Gilles replia les papiers, reprit la petite feuille de bronze et à nouveau la contempla. Ce qu'elle représentait l'éblouit et l'horrifia tout à la fois : une fortune pour lui, une mort atroce et solitaire pour l'artiste génial qui l'avait créée dans sa perfection. Il remit les papiers dans la poche intérieure de son habit, souffla la chandelle et s'étendit enfin sur les peaux de mouton gardant serrée dans sa main la feuille de laurier dont il avait noué le lacet de cuir autour de son poignet pour ne pas la perdre dans son sommeil. Alors, enfin, il s'endormit des rêves plein la tête...

Le lendemain, tandis que les paysans d'alentour continuaient à défiler auprès de la dépouille du vieux Joël que l'on enterrerait le jour suivant, il interrogea Pierre sur le lieu de cette sépulture.

– Mon grand-père sera enterré, comme tous ceux de Plédéliac ou des alentours du château, dans le petit cimetière du prieuré du Saint-Esprit. Seuls les seigneurs ont droit à l'intérieur de l'église.

– Est-ce là que reposent mes ancêtres ?

– Oh non, monsieur le chevalier ! Ce sont les Rieux, les derniers seigneurs de La Hunaudaye qui sont au Saint-Esprit. Les Tournemine, eux, avaient coutume de se faire enterrer à l'opposé, en plein cœur de la forêt, dans la vieille abbaye de Saint-Aubin-des-Bois. Ils y avaient un enfeu et plusieurs tombeaux.

– J'aimerais y aller. Est-ce possible ?...

– Oh ! c'est bien facilc ! L'abbaye n'esl guère qu'à une petite lieue d'ici. Elle n'est pas en très bon état et il n'y a plus beaucoup de moines mais l'église est belle et les tombeaux sont toujours là.

– Peut-on y entrer aisément ou bien est-elle enfermée dans des cours et des bâtiments ?

– Mais... l'accès ne présente pas de difficultés, répondit Pierre sans parvenir à cacher tout à fait l'étonnement que lui causait cette bizarre question. L'église est bâtie sur un côté de l'abbaye. Elle longe le chemin qui va de Saint-Aubin à Saint-Denoual. Mais pourquoi vous tourmenter ? Si vous souhaitez visiter l'abbaye et surtout les tombeaux, le père abbé ouvrira toutes grandes ses portes au chevalier de Tournemine.

Tirant le jeune homme à part, Gilles l'emmena faire quelques pas hors du château le long des douves qui débouchaient sur un petit étang.

– Votre grand-père ne vous a rien dit touchant ce pourquoi il tenait tant à me voir avant de mourir ?

Le regard calme et franc du jeune homme rejoignit celui du chevalier.

– Il n'a eu besoin de rien me dire, monsieur le chevalier. Je sais qu'il s'agissait du trésor. Nous étions ensemble lorsqu'il a découvert l'homme mort au fond du puits. Nous cherchions depuis si longtemps !... Ah ! si ! J'y pense ! il m'a dit : « Je crois, Pierre, que nos recherches sont terminées. Il faut à présent le dire à M. de Tournemine... »

– Et si vous ne m'aviez pas retrouvé ? Savez-vous, mon ami, que j'ai dû passer pour mort pendant près d'une année ? Ma mère et mon parrain, l'abbé de Talhouet, doivent le croire encore.

– Nous n'en avons rien su et c'est très bien ainsi puisque vous êtes là. Ainsi, mon grand-père connaissait le secret ?

– Et il ne l'a pas partagé avec vous!

– Pourquoi l'aurait-il fait? Ce n'était pas le sien.

Un instant, Gilles considéra avec émotion ce garçon si cruellement atteint dans sa chair et pratiquement condamné à la misère avec les deux femmes qui lui étaient le plus cher et qui, cependant, parlait avec sérénité d'une fortune placée à portée de sa main et à laquelle il s'interdisait de toucher.

– Pierre, dit-il, le trésor se trouve dans le tombeau de mon ancêtre Raoul de Tournemine à l'abbaye de Saint-Aubin.

Le jeune homme joignit les mains dans un geste où il y avait plus d'horreur que d'émerveillement.

– Dans le tombeau? Monsieur le chevalier, s'il faut pour le reprendre violer une sépulture, il vaut mieux le laisser où il est! Le mort se vengerait sur vous, sur nous... Peut-être se venge-t-il déjà : grand-père est tombé malade si subitement!

– Rassurez-vous! il n'est pas question de violer quoi que ce soit. Le trésor se trouve « sur » le tombeau et non pas dedans.

– Sur le tombeau? Comment se fait-il, en ce cas, que personne ne l'ait découvert?

Gilles haussa les épaules et se mit à rire.

– Après tout, peut-être l'a-t-il été. Cela m'étonnerait car la cachette est habile mais vous pensez bien que le découvreur, si découvreur il y a, se sera bien gardé de se vanter de sa trouvaille. La seule façon de savoir si les joyaux de l'ambassadeur sont toujours à leur place est d'y aller voir... et d'y aller voir discrètement. Je ne nous vois guère allant demander à l'abbé la permission de faire nos fouilles en plein jour.

– D'autant que l'abbaye n'est plus ce qu'elle était. Elle est en pleine décadence et l'abbé qui vit à Lamballe n'y est pas souvent. Quelques moines y subsistent encore et ils sont assez faméliques.

– Eh bien, fit joyeusement Gilles en tapant sur l'épaule du jeune homme, si nous retrouvons le trésor, nous leur ferons un don pour qu'ils le soient moins.

Mais si vous voulez m'en croire, nous irons voir la chose de nuit et avec le maximum de discrétion. Aussi je reprends ma question de tout à l'heure avec une variante : est-il possible d'entrer dans l'église sans se faire remarquer... et comment ?

– Par la petite porte qui ouvre directement sur la route de Saint-Denoual. On ne la ferme jamais pour le cas où quelque malheureux paysan d'alentour pourrait avoir besoin du secours de Dieu... et d'ailleurs il y a beau temps que les objets précieux, les tapisseries et les vases d'or sont à Lamballe.

– A merveille ! Eh bien, Pierre, dès que nous aurons rendu nos derniers devoirs à ton grand-père, nous irons à Saint-Aubin. Autrement dit : demain soir. Ce sera vite fait : une lieue et retour à cheval, ce n'est rien.

– C'est que... je ne peux guère monter à cheval avec ma jambe. Mieux vaudra que vous y alliez seul...

– Jamais de la vie ! Tu as participé aux recherches, tu participeras à la découverte. Je te prendrai en croupe...

Pour toute réponse, Pierre fit un rapide signe de croix en homme qui se demande comment il se tirera de l'épreuve mais, pour la première fois depuis longtemps, un sourire de bonheur vint éclairer son visage amaigri.

Le vieux Joël confié à la terre chrétienne avec tout le respect qu'il méritait et tout le cérémonial breton, Gilles, Pierre et Pongo se préparèrent pour leur expédition. Anna tint à leur préparer un bon souper, tenant bien au corps et qui les préserverait un peu de la fatigue et du mauvais temps. Car, peu après l'enterrement de Joël Gauthier, un gros orage avait éclaté, suivi d'une pluie diluvienne qui avait, en un rien de temps, transformé les chemins en fondrières. Elle continuait à tomber, presque sans vent ce qui pouvait signifier qu'clle était là pour un moment. La température avait d'ailleurs baissé considérablement et il faisait presque froid.

Bien lestés d'une solide soupe aux choux garnie de lard, de galettes au beurre fondu et de cidre, les trois hommes se disposèrent à quitter La Hunaudaye. Mais, au moment où ils allaient sortir, Madalen vint à Gilles, lui fit une révérence et, en rougissant très fort, glissa dans sa main une petite médaille qu'elle avait dû prendre parmi celles qui se dissimulaient dans la guimpe bien amidonnée de sa robe.

– Afin que sainte Anne d'Auray vous protège, notre maître ! murmura-t-elle avant de tourner les talons et de courir cacher sa confusion dans la pièce voisine où les femmes avaient leurs lits.

Mais l'éclat humide des grands yeux violets avait frappé le chevalier et il baisa la petite médaille avant de la joindre au testament du moine dans la poche intérieure de son habit.

La pluie continuait, douce et têtue, et arrachait des reflets à tout ce sur quoi se posait la lumière de la lanterne qu'Anna élevait bien haut pour éclairer le départ.

– Vilain temps ! grogna Pongo qui, depuis son expérience dans la Delaware, détestait l'eau de tout son cœur.

– Tu n'y connais rien, fit Gilles joyeusement. C'est un temps parfait pour ce que nous allons faire. Nous ne rencontrerons pas âme qui vive et les moines seront tous dans leurs lits.

Il était déjà en selle. Tout en maugréant, Pongo aida Pierre à s'installer en croupe derrière lui avant de sauter à cheval à son tour, armé de la lanterne que lui passa Anna.

– Dieu vous garde ! lança Anna quand la petite troupe se dirigea vers la poterne. Prenez soin de ne pas glisser...

La recommandation n'était pas superflue. Un conglomérat de pierres et de boue grasse rendait le chemin difficile, même la route qui, de Pleven à Lamballe, traversait la lande et la forêt de La Hunaudaye et qui était une ancienne voie romaine. Il n'était pas loin de minuit quand les trois cavaliers arrivèrent en vue du vaste groupe d'édifices isolés au fond d'une lande cernée par la forêt.

Pas une lumière ne brillait et le silence y était si total, si pesant, que l'on aurait aussi bien pu croire abandonnés ces grands bâtiments groupés autour de leur église dont la tour carrée imposait sa puissance à l'écran noir de la nuit. Les yeux perçants de Gilles et de Pongo distinguèrent sans peine derrière des murs à demi écroulés, un vaste jardin envahi par les herbes folles et dont une partie servait de cimetière, des murailles lézardées ici ou là et quelques toits dont les bardeaux pointaient vers le ciel.

– Il ne reste plus que l'église, un beau cloître Renaissance, le logis de l'abbé et deux bâtiments conventuels, soupira Pierre. Autrefois, c'était, paraît-il, une riche et puissante abbaye. Ainsi l'avait voulu Olivier de Dinan, son fondateur, mais le temps, et puis le manque de foi ont fait leur œuvre.

– Combien sont-ils là-dedans ?

– Une dizaine tout au plus, tant moines que frères convers.

– Nous avons mis beaucoup de temps pour venir. A quelle heure chantent-ils matines ?

– Oh ! pas avant 4 ou 5 heures du matin. La plupart des moines sont âgés et puisque la règle veut que l'office soit chanté entre minuit et le lever du jour, ils allongent leur nuit autant qu'ils le peuvent. Tenez, prenez ce chemin à main droite, ajouta le jeune homme quand on fut à un carrefour où s'élevait un calvaire.

Quelques secondes plus tard, tous trois mettaient pied à terre à l'ombre des grandes murailles de l'église et se dirigeaient vers la petite porte basse qui ouvrait près du chevet. Elle s'ouvrit avec un léger grincement.

Il régnait à l'intérieur une humidité glaciale que les plus fortes chaleurs de l'été nc devaient jamais réussir à vaincre entièrement et une obscurité profonde. Pongo battit le briquet et se hâta d'allumer sa lanterne qu'il tendit à Pierre.

Le jeune homme guida tout d'abord Tournemine vers l'autel devant lequel tous deux s'agenouillèrent pour une courte prière avant de se retourner vers les profondeurs obscures de la vaste nef.

– Les tombeaux sont sur la gauche, chuchota-t-il, dans la partie qui ouvre sur le cloître du couvent.

En effet, passé un grand pilier angulaire, la lumière de la lanterne révéla d'abord un grand enfeu contenant plusieurs dalles gravées, puis deux tombeaux plus récents, assez bas et de facture plutôt sobre, enfin un monument plus imposant édifié le long d'un mur.

– Tenez, dit Pierre, voilà le tombeau de l'ambassadeur.

Mais Gilles l'avait déjà identifié. Il se dressait, puissant et magnifique mais élégant et sans lourdeur : une dizaine de statues d'une grâce achevée semblaient soutenir la dalle sur laquelle reposait le gisant du baron. Mains jointes, revêtu de son armure, les yeux clos, Raoul de Tournemine vivait son éternité dans une totale sérénité. Deux anges agenouillés encadraient le coussin où reposait sa tête et, à ses pieds, un chien était couché entre un blason où s'inscrivaient les armes du seigneur et un grand casque fièrement couronné de laurier dont la vue fit battre un peu plus vite le cœur de son descendant.

– C'est une belle chose, n'est-ce pas? murmura Pierre en allant déposer sa lanterne sur un angle du tombeau. Je crois que seuls les ducs de Bretagne ont eu si noble sépulture.

– J'espère seulement que les leurs sont mieux habitées, marmotta Gilles songeant avec une pitié révoltée au merveilleux artiste qui avait créé cette splendeur et que son talent avait conduit à une mort si cruelle. A l'œuvre, à présent, car ce sera justice que priver de son trésor un homme à ce point dépourvu d'entrailles! Eclaire-moi! ordonna-t-il à Pongo en s'approchant du casque.

L'une après l'autre, ses mains palpèrent les feuilles de la couronne. En dépit de l'émotion qui le bouleversait, elles ne tremblaient pas et accomplissaient leur travail calmement, méthodiquement. Allait-il réussir à trouver la feuille mobile? Tant de temps avait coulé et l'humidité de cette église était si grande que la pierre pouvait coincer, que le mécanisme intérieur avait pu rouiller. Ses doigts fermes poussèrent, tirèrent, grattèrent chacune des feuilles sans succès. En dépit de la fraîcheur ambiante, il avait chaud tout à coup, sentant un filet de sueur couler le long de son dos.

– Si pas possible ouvrir, souffla Pongo, moi chercher de quoi briser la chose.

– Non car alors ce serait profaner... Il faut que je trouve, il le faut.

Ce fut, naturellement, la dernière qui céda. La feuille qui se trouvait sur l'arrière du casque, à gauche du nœud de ruban liant la couronne, s'ouvrit comme le couvercle d'une tabatière quand Gilles tira dessus un peu fort... Un triple soupir de soulagement se fit entendre.

Le chevalier prit alors, à son cou, la feuille de bronze, fit un rapide signe de croix et l'appliqua dans la cavité découverte puis appuya dessus...

Dans l'épaisseur des pierres un léger déclic se fit entendre.

– La... la visière! souffla Pierre... Elle se lève...

– Chien aussi! fit Pongo.

En effet, avec une extrême lenteur, la visière ciselée du casque se levait tandis que le corps de la levrette s'ouvrait comme un couvercle. La gorge soudain sèche, Gilles éleva la lanterne qu'il avait saisie...

La nuit parut s'emplir de lumières, de couleurs, de fulgurances. La cavité du casque était pleine de perles et de pierres non montées : rubis, émeraudes et saphirs surtout dont les facettes renvoyaient les couleurs de l'arc-en-ciel mais c'était le corps du chien qui détenait les parures. Comme le casque, l'intérieur de l'animal était doublé de velours et, sur ce velours, colliers, bracelets, bagues et pendentifs s'entassaient sur une fabuleuse chaîne de rubis énormes qui reposait au fond avec une bague et une agrafe de toque faites des mêmes pierres.

Muets d'admiration, les yeux ronds, Pierre et Pongo regardaient les longs doigts du chevalier faire revivre, sous la lumière pauvre de leur lanterne, les pierres sanglantes qui dormaient là depuis si longtemps après avoir brillé sur la poitrine et la tête de César Borgia, le prince-fauve de la Renaissance.

– Mes amis, dit Gilles calmement, nous voilà riches !

– Vous voilà riche, corrigea doucement Pierre. Nous n'avons aucun droit sur ceci.

– Sauf celui de la fidélité, sauf celui que t'a acquis la grandeur d'âme de ton grand-père. Nous allons emporter tout ceci, Pierre, et tu en auras ta part.

Mais le jeune homme hocha la tête négativement.

– Non, monsieur le chevalier. Je n'en saurais que faire. Rachetez La Hunaudaye et faites de moi votre intendant, cela, oui je l'accepterai car cela réalisera mon rêve et les miens pourront continuer à vivre dans la dignité sur cette terre que nos ancêtres cultivent et servent depuis la nuit des temps. Mais rien d'autre !

Spontanément, Gilles attira le jeune estropié à lui et l'embrassa.

– Tu n'as plus rien à craindre ni pour toi ni pour les tiens. Sur le salut de mon âme, je ferai votre bonheur. Ta mère vivra en bourgeoise, ta sœur aura...

Il s'arrêta soudain. Il allait dire « une dot » mais à la suite de ce mot c'était la silhouette imprécise d'un mari qui apparaissait et une soudaine répugnance lui venait à l'idée de confier un jour la lumineuse enfant aux bras d'un homme, quel qu'il soit...

– Dépêchons-nous ! dit-il en conclusion. Il faut rentrer, à présent.

Homme de précaution, Pongo s'était muni d'un sac de toile. A eux trois, ils eurent vite fait d'y entasser le trésor que l'Indien chargea sur son dos après l'avoir soigneusement ficelé.

– Nous rentrer, dit-il avec un large sourire. Chemin aussi difficile pour revenir que pour aller...

Avant de quitter l'église, Gilles tint néanmoins à s'agenouiller une nouvelle fois devant l'autel pour une ardente action de grâces et, peut-être, pour que Dieu les préserve, lui et tous ceux qui allaient bénéficier du trésor retrouvé, de la vengeance de l'ancien propriétaire.

Quelques instants plus tard, l'église de Saint-Aubin retombait dans son silence et son obscurité tandis que, sous la pluie qui n'avait pas cessé, les trois compagnons reprenaient le chemin de La Hunaudaye, laissant seulement derrière eux des traces mouillées qui n'inquiéteraient guère les moines lorsque, tout à l'heure, ils viendraient chanter matines. Ne laissaient-ils pas ouverte la porte de leur église afin que le passant, le voyageur égaré pût trouver asile ou simplement abri en cas de besoin ?

RENCONTRE À LORIENT

– Pour vos pauvres, pour les prisonniers que vous rachetez, pour les filles que vous dotez et pour tous ceux à qui vous donnez tout ce que vous avez, même votre nécessaire...

Sans songer à dissimuler sa surprise, l'abbé de Talhouet regarda tour à tour son filleul, puis l'imposant sac d'or qu'il venait de déposer sur ses genoux puis, à nouveau, son filleul.

– Où as-tu trouvé cela ? Reviens-tu de Golconde ou bien...

– Ou bien ai-je fait un pacte avec l'Autre ? dit Gilles en riant tandis que le recteur d'Hennebont, légèrement choqué, se signait discrètement. Non, monsieur, je n'ai rien fait de tout cela. J'ai simplement retrouvé le trésor des Tournemine.

Une petite flamme s'alluma dans le regard bleu, pâli par la fatigue et les privations de l'abbé.

– Celui de Raoul que mon cousin de Rennes cherche depuis si longtemps et bien d'autres avant lui ?

– Celui-là même. J'ai eu, je crois, beaucoup de chance.

– Tu peux le dire ! Et tu me vois, moi, tout étourdi de cette chance. Songe qu'il y a quelques heures, je disais une messe pour le repos de ton âme, que je te croyais mort... et te voilà, bien vivant, plus solide que jamais ! C'est cela, vois-tu, pour moi le miracle, le vrai ! Pourquoi m'as-tu laissé vivre ce chagrin ?... Car j'en ai eu, tu sais ?

Emu par cette voix où tremblait le souvenir des larmes versées, Gilles vint s'agenouiller auprès du modeste fauteuil de paille où était assis M. de Talhouet, prit l'une de ses mains et la baisa avec un infini respect.

– L'ordre venait du Roi lui-même, mon cher parrain. Il fallait qu'il en fût ainsi mais je vous en demande pardon de tout mon cœur.

– En ce cas, tu n'as ni pardon ni explication à fournir. Si veut le Roi, Dieu veut aussi ! Mais relève-toi donc et installe-toi sur cette chaise. Tu es si grand que, même à genoux, tu m'obliges à lever la tête pour te regarder au visage, si tu es trop près de moi...

Gilles obéit, prit une chaise et l'approcha de la cheminée où brûlait un maigre feu d'ajoncs, tout à fait insuffisant par cette froide journée de janvier. Ce faisant, il enleva le sac d'or qui devait peser aux genoux du petit prêtre devenu si maigre et si fluet, pour le poser sur la table voisine. Son regard accrocha la petite bibliothèque placée tout auprès et qu'il connaissait si bien pour en avoir souvent manié les beaux livres, seul luxe qu'eût gardé M. de Talhouet. Or, la petite bibliothèque était vide ou presque. Envolé le Voltaire que le cher parrain lisait en cachette, envolée la vie des Grands Capitaines, envolées les douces reliures de peau souple où les fers avaient imprimé en or les armes des

Talhouet ! Il ne restait que quelques livres de piété, une Imitation de Jésus-Christ reliée en toile, un bréviaire usé.

– Qu'avez-vous fait de vos chers livres ? demanda-t-il, sachant parfaitement à l'avance quelle serait la réponse.

Elle vint, en effet, avec un bon sourire :

– Je n'avais plus envie de lire. Mes yeux se fatiguent vite, tu sais. Et puis...

– Et puis les pauvres ont toujours faim, n'est-ce pas ?

L'abbé se mit à rire d'un rire franc, joyeux et plein de jeunesse.

– Bien sûr ! Mais à présent, grâce à toi, je vais pouvoir en rassasier quelques-uns... et aussi racheter deux malheureux garçons d'ici qui sont tombés aux mains des Barbaresques. Un Père Trinitaire est venu l'autre semaine m'annoncer la nouvelle, me donner le chiffre de la rançon aussi. Et je ne savais que faire...

– Dites-moi le chiffre de cette rançon. Je vous le ferai porter de surcroît et si vous connaissez d'autres garçons d'ici tombés par malheur aux mains de ces Infidèles et susceptibles d'être sauvés, faites-le-moi savoir. J'habite l'hostellerie de l'Epée Royale, à Lorient... Et, pendant que j'y pense, demandez à votre Trinitaire s'il aurait des nouvelles d'un certain Jean-Pierre Querelle, de Vannes. Nous étions camarades au collège Saint-Yves et j'ai quelques craintes que son mauvais sort ne l'ait mené à Tunis ou en Alger...

– Ecris-moi ce nom ! Mais, dis-moi, tu es donc bien réellement devenu une sorte de Crésus ? Il était donc si mirifique, ce trésor ?

– Plus que je n'aurais osé l'espérer, mon parrain. Je suis très riche à présent.

– Loué soit Dieu car tu sauras te servir de ta fortune. Mais raconte-moi ta trouvaille. Comment as-tu pu réussir là où tant d'autres ont échoué...

Gilles n'eut pas le temps de répondre. La porte de la chambre venait de s'ouvrir sous la main de Katell, la vieille bonne de l'abbé, drapée dans son tablier des dimanches et toute rouge de joie.

– Monsieur le Recteur est servi! clama-t-elle d'un ton triomphant.

Surpris, l'abbé renifla les fumets de viande rôtie et de pâtisserie chaude que Katell transportait avec elle et qui l'avaient suivie dans l'escalier.

– Seigneur! fit-il. Qu'est cela? Faisons-nous bombance aujourd'hui?

– Nous fêtons la résurrection du petit, riposta Katell, et comme il vous connaît bien, Monsieur le Recteur, qu'il sait bien que, chez vous, la marmite une fois cuite s'en va le plus souvent sur la table d'un autre, il a pris la précaution de faire son marché avant de venir. Ce soir, vous aurez du poulet rôti, du fromage frais, des galettes, de la tarte aux pommes et du vin de Bourgogne!

M. de Talhouet leva les bras au ciel.

– C'est Versailles! Eh bien allons, ma bonne Katell, allons! Tu me conteras aussi bien ton aventure en mangeant, mon garçon, et ces bonnes odeurs réveillent, je l'avoue, ma gourmandise. Grâce à toi, je vais commettre un gros péché mais Dieu, je l'espère, ne m'en tiendra pas rigueur...

Tandis qu'ils descendaient tous deux le vieil escalier de pierre menant à la cuisine, Gilles posa la question qui le tourmentait depuis son arrivée.

– Je voudrais que vous me disiez, monsieur... Ma mère a-t-elle appris ma pseudo-mort?

– Naturellement. Je n'avais pas le droit de la lui cacher et je me suis rendu tout exprès à Locmaria pour la lui apprendre.

– Et... qu'a-t-elle dit?

– Rien d'abord. Nous étions dans le jardin du couvent et elle a continué de marcher auprès de moi au long des allées sans prononcer une parole. Mais je savais qu'elle priait car, entre ses doigts, les grains de son chapelet bougeaient doucement. J'ai respecté sa prière et nous avons ainsi fait le tour de l'enclos dans le plus grand silence. C'est seulement quand nous sommes arrivés à la porte du cloître qu'elle s'est tournée vers moi.

« S'il avait suivi la voie que je lui avais choisie, il vivrait encore ! » m'a-t-elle dit avec colère. Mais elle n'a pu empêcher que je ne remarque l'humidité de ses yeux. Je lui ai dit alors qu'elle pouvait te pleurer sans honte et prier pour toi, que tu n'étais plus un bâtard mais un gentilhomme... Alors elle a crié.

« Il ne l'était plus, peut-être, mais cela ne change rien pour moi ! Je suis toujours celle qui a péché, celle qui, sans être mariée, a donné le jour à un enfant ! Je suis, moi, toujours la mère d'un bâtard ! Quant à ce malheureux enfant, il a voulu son sort ! Je ne peux plus que prier pour lui mais que personne, jamais, ne revienne ici m'en parler !... » Et elle est partie... Néanmoins, dès demain j'irai lui dire...

— Rien ! coupa Gilles. Ne lui dites rien ! Je crois qu'il vaut mieux laisser les choses en l'état. Au moins, elle priera pour moi ce qu'elle ne ferait pas si elle me savait vivant... A présent, allons souper...

En dépit de ce que Gilles venait d'entendre, le repas fut gai, tout occupé du récit, un peu édulcoré tout de même, des aventures qui avaient occupé ces dernières années. L'abbé se réjouit des chances qui avaient protégé son filleul, s'assombrit à l'évocation de l'étrange atmosphère familiale qui régnait dans la famille royale, laissa entendre qu'il craignait, depuis longtemps, que ne vinssent des jours plus sombres encore, s'indigna du relâchement inquiétant des mœurs et, finalement, demanda :

— Que comptes-tu faire à présent ? Tu ne peux guère reprendre ta place aux Gardes. Penses-tu pouvoir racheter La Hunaudaye ?

— Il y a plusieurs mois que j'ai perdu cet espoir. Dès que j'ai été en possession du trésor, je suis reparti pour Paris afin d'en réaliser une partie puis je suis allé à Rennes pour y rencontrer votre cousin de Talhouet. Il a paru surpris de me revoir et plus surpris encore quand je lui ai offert, pour racheter le château, une somme plus importante que ce qu'il demandait voici trois ans. Mais il a refusé.

– Pourquoi donc ? Il n'en fait rien.

– Peut-être, mais d'après ce que j'ai pu entendre un jour dans un cabaret des bords de la Seine, je crois qu'il a justement l'intention d'en faire quelque chose. Quoi ? Je n'en sais rien; toujours est-il qu'il a refusé sans me laisser la plus petite ombre d'espoir.

– Oh ! c'est tout simple, sourit l'abbé en achevant, avec délices, la tasse de café que Katell venait de lui servir, Talhouet espère arriver à mettre la main sur le fameux trésor. Et comme tu ne pouvais tout de même pas lui dire que tu l'avais trouvé, je crois qu'il te faut renoncer à reprendre la vieille maison.

– C'est ce que je fais. Momentanément tout au moins. Je suis jeune, beaucoup plus jeune que lui et, si Dieu veut bien me prêter vie, la suite des temps me permettra peut-être de l'acquérir enfin. Pour l'instant, je compte m'établir de l'autre côté de l'Atlantique.

– Toujours ton vieux rêve ?

– Mais oui. D'autant que le gouvernement américain a bien voulu m'offrir une concession de mille acres de bonne terre sur les rives de la rivière Roanoke. Je vais donc me faire planteur de tabac ou d'autre chose, armateur peut-être aussi. J'ai acheté à la Compagnie des Indes, un bâtiment de 280 tonneaux, le *Lonray* pris aux Anglais. C'est une sorte de flûte mais mieux voilée et plus finement taillée pour la course. Je le fais remettre en état car il avait subi une avarie assez sérieuse sur les rochers de Groix et armer de seize canons. Avec cela, je dois pouvoir traverser l'Atlantique en quatre ou cinq semaines par bon vent. Naturellement, il ne s'appelle déjà plus le *Lonray*.

– Gageons qu'il s'appelle le « Gerfaut » ?

– Gagez vous gagnerez. Et déjà j'en suis très fier, ainsi d'ailleurs que des installations que j'y fais faire car, bien sûr, j'emmène la famille Gauthier avec moi. Ils me l'ont demandé car ils ne veulent plus demeurer aux alentours de La Hunaudaye. Pour emmener des femmes, un navire doit adoucir un peu ses cabines. En outre... je voudrais emmener Rozenn.

– Rozenn ? A son âge, tu veux lui faire traverser l'Océan, l'emmener vivre chez les sauvages ?

– Pourquoi pas ? Elle est solide. Où est-elle ? Toujours chez Mme la vicomtesse de Langle ?

– Toujours chez ma sœur, en effet, où...

– Où elle se ronge les sangs parce qu'on n'y a pas tellement besoin d'elle, malgré toute la bonté de Mme la vicomtesse qui s'essaie à ne pas le lui montrer, coupa Katell que le nom de sa sœur avait tirée du coin de cheminée où elle sommeillait, sa vaisselle faite. Marchez, mon garçon ! ajouta-t-elle. Si vous allez lui demander de vous suivre, elle dira oui tout de suite et même si vous lui proposiez d'aller au bout du monde ou en enfer !

– Katell ! protesta l'abbé. Retenez donc un peu votre langue et faites attention à ce que vous dites. Et puis cessez d'appeler le chevalier « mon garçon »...

– Ah ! certainement pas ! s'écria Gilles. Le jour où Katell m'appellera Monsieur le chevalier, je ne lui parle plus ! Allons, c'est dit : demain je vais au Leslé voir Rozenn.

– Et vous ferez bien ! Sainte Vierge bénie ! Va-t-elle être heureuse de retrouver son nourrisson vivant et de s'en aller courir les mers avec lui...

Et Katell s'en retourna dans son coin de cheminée où, pour marquer sa satisfaction, elle tira un ouvrage d'un panier et se mit à tricoter avec ardeur.

Cependant, l'abbé gardait à présent le silence. Songeur, il regardait son filleul qui, après lui en avoir demandé permission, avait tiré de sa poche sa pipe en terre et la bourrait paisiblement de tabac.

– Dis-moi, Gilles, fit-il au bout d'un moment. Tu vas emmener en Amérique Rozenn, Anna Gauthier et sa fille ?

– Bien sûr !

— Elles seulement ? Dois-je te rappeler que tu as une épouse et que tu dois, elle aussi, l'emmener.

A son tour, Tournemine garda le silence. A l'évocation de Judith, son regard s'était assombri et son visage se crispait.

— Je vous ai dit ce qu'il en est de mon mariage, monsieur. Judith prétend qu'il n'est pas valable et que, seule, ce Kernoa a droit au titre d'époux.

— Mais tu n'en crois rien, si j'ai bien compris. Et si tu veux savoir, moi non plus je n'en crois rien. Cet homme que tu as vu avec elle n'est pas, ne peut pas être un honnête médecin vannetais.

— Pourquoi donc ? fit Gilles avec un sourire amer, à cause de ses mœurs... bizarres ? Il a peut-être navigué et ce sont de ces habitudes que l'on prend, dit-on, sur les vaisseaux du Roi aussi bien que sur les navires marchands quand on vit entassés les uns sur les autres pendant des mois de navigation.

— C'est en effet possible mais, encore une fois, je n'en crois rien. Tout à l'heure, quand tu m'as raconté ta dernière entrevue avec Judith, n'as-tu pas dit que tu avais songé à faire des recherches à Vannes pour tenter de savoir la vérité ?

— En effet. J'y avais songé mais à présent cela me paraît bien difficile sinon impossible. Et puis, encore une fois, pourquoi donc cet homme ne serait-il pas le vrai Kernoa ? J'ai sans doute bâti un roman parce que j'étais blessé dans mon amour-propre, déçu de voir m'échapper un cœur que je croyais toujours mien...

Monsieur de Talhouet se leva si brusquement que la lourde table devant laquelle il était assis en trembla et qu'une écuelle roula à terre où elle se brisa. Son visage toujours si amène était devenu tout à coup incroyablement sévère.

— Je t'ai connu bien des défauts, Gilles Goëlo, mais tu n'as jamais été un menteur. As-tu donc, en prenant le nom des Tournemine, hérité de leurs travers, souvent monstrueux d'ailleurs ? Ou bien est-ce au service secret du Roi que tu t'es transformé à ce point ?

A son tour Gilles s'était levé, stupéfait par l'agressivité du ton.

– Un menteur, moi ? Mais pourquoi ? Et en quoi vous ai-je menti ?

– A moi, non ! C'est à toi que tu mens, mon garçon !

– A moi ? Mais...

– A toi ! Tu te racontes une histoire, une histoire commode parce qu'elle te permet de te croire libre d'une union qui peut-être te plaît moins qu'autrefois. Tu souhaites, à présent, n'est-ce pas, que ce Kernoa-là soit le bon, que ton mariage soit entaché de nullité, que...

– Pourquoi souhaiterais-je tellement être libre ? fit le jeune homme haussant le ton à son tour.

– Je vais te répondre par une question : comment est cette jeune Madalen dont tu m'as parlé tout à l'heure avec une émotion suspecte ? Une pauvre fille ? Un laideron ?... Allons, réponds ! Vas-tu me mentir, à moi aussi ?

– Non... non, je ne vous mentirai pas. Elle est... merveilleusement belle !

– Nous y voilà ! Et tu penses qu'une fois au bout du monde tu pourrais peut-être en faire un jour ta femme ? Ce serait si naturel, si simple : là-bas on n'a pas de préjugés de caste, j'imagine. Et puis, du moment que Judith est mariée à un autre...

– Vous avez trop d'imagination... Je n'ai jamais rien pensé de semblable et...

– Consciemment, je veux bien le croire. Mais inconsciemment ?

Cette fois, Gilles ne répondit pas et détourna les yeux. Comme ce vieil homme le connaissait bien ! Toujours d'ailleurs, il avait su lire en lui mieux que lui-même... et souvent avant lui-même... C'était vrai que la tentation lui était venue de laisser Judith à son destin et de tourner une nouvelle page, une page toute blanche, toute claire et toute pure comme l'âme de Madalen.

– Tu ne dis rien ? C'est donc que j'ai raison. Mais,

Gilles, tu sais très bien que tu ne peux partir sur cette équivoque, tu sais très bien que Dieu ne se contente pas d'à-peu-près. Si l'homme est un imposteur, Judith est toujours ta femme et le demeurera jusqu'à ce que la mort vous sépare. Voilà la loi divine et tu sais très bien que tu ne peux pas lui échapper !

Vaincu, Gilles baissa la tête.

– Je sais. Je l'ai toujours su. Soyez sans crainte, je ne vous décevrai pas. J'irai à Vannes...

– Non. C'est moi qui irai. On m'y connaît. J'y possède des amitiés, des intelligences. Ce serait bien le Di... ce serait bien surprenant si je ne parvenais pas à découvrir la vérité. Va voir Rozenn et puis rentre à Lorient. Je t'y enverrai de mes nouvelles. Mais, dis-moi... le Roi ?

– Eh bien ?

– Lui as-tu demandé ton congé ? Que tu sois mal en cour étant donné tes relations avec Monsieur et qu'on ne souhaite pas t'y voir ne te délie pas de tes engagements envers notre souverain. L'as-tu vu ?

– Non, c'était impossible. Après la découverte du trésor, je suis retourné à Paris, bien entendu. M. de Beaumarchais avec qui je suis, dès à présent, en affaires, m'a fait connaître les ordres du Roi et j'ai eu l'honneur d'être reçu, en son hôtel de Paris, par M. le comte de Vergennes. Il est fort malade et... je crains bien que la France ne perde bientôt le meilleur ministre qu'elle ait eu depuis longtemps mais il a fait l'effort de me recevoir pour m'apprendre comment je peux encore servir le Roi en terre d'Amérique. J'y verrai le général Washington, qui me veut du bien, et essaierai d'obtenir de lui que le Congrès accepte de se pencher sur l'énorme dette financière que les Insurgents ont contractée envers la France et dont il semble que plus personne ne se soucie.

– Te voilà ambassadeur ?

– Messager, tout simplement. Et messager officieux mais il faut faire avec ce que l'on a et Annapolis fait la sourde oreille tandis qu'à Paris, Thomas Jefferson joue les innocents lorsqu'on lui parle argent. Une seule chose l'intéresse : transformer le port de Honfleur en port franc pour les marchandises américaines car, à présent, c'est tout juste si le Congrès ne nous reproche pas d'avoir mis un terme, en aidant les Insurgents, au commerce avec l'Angleterre.

L'abbé se mit à rire.

– La reconnaissance est un très lourd fardeau, mon fils. Certes, j'admire le courage de ce peuple mais j'ai bien peur que le Roi ne se reproche longtemps d'avoir ainsi soutenu des idées aussi libérales. Il a, en quelque sorte, introduit le loup dans sa bergerie et un loup dont on a un peu trop oublié, en France, qu'il n'y a pas si longtemps, il se battait aux côtés de l'Angleterre pour nous arracher le Canada. Eh bien, il me reste à souhaiter que tu réussisses dans cette tâche délicate et que tu trouves le bonheur outre-Atlantique... mais je regrette un peu que tu ne choisisses pas de t'installer ici, en terre bretonne. Si tu ne peux avoir La Hunaudaye, pourquoi ne pas acheter un autre domaine ?

– J'y songerai plus tard, peut-être, quand j'aurai perdu tout espoir de la reprendre. Pour l'instant, je préfère regarder vers l'Occident. Si importante qu'elle soit, une fortune finit toujours par fondre si on ne la fait pas fructifier... et je crois que, pour l'instant, l'avenir est de l'autre côté de l'Océan. Et puis, pourquoi renoncerais-je à ce que l'on m'a donné ?

M. de Talhouet se leva, sourit et vint prendre le bras de son filleul pour remonter dans sa chambre.

– Peut-être as-tu raison. C'est l'avenir qui nous le dira mais j'avoue une peine égoïste à la pensée de te perdre à nouveau, surtout si peu de temps après t'avoir si miraculeusement retrouvé.

– Vous ne me perdrez pas ! protesta Gilles. Je ne pourrais pas supporter l'idée de ne jamais revenir... surtout si les événements faisaient que l'on ait besoin de moi.

– Ce n'est pas à souhaiter. Quand penses-tu partir ?

Gilles se sentit rougir.

– Mon bateau va être prêt. Je pensais mettre à la voile dans une quinzaine de jours. Mais...

– Mais il faut d'abord savoir ce qu'il en est de Judith, dit l'abbé gravement. Et puis, tu n'es pas si pressé : la mer est dure en janvier, surtout pour des femmes...

Le temps, qui se contentait d'être froid, parut dès le lendemain lui donner raison en déchaînant une violente tempête sur les côtes bretonnes. Le vent se mit à souffler avec fureur, empêchant toute sortie de navires. Des vagues énormes se jetaient à l'assaut du grand môle de Lorient et de la citadelle de Port-Louis, le port militaire qui lui faisait face de l'autre côté du Blavet dont les deux villes jumelles, le vieux port de Vauban et la cité, plus jeune, née de la Compagnie des Indes, contrôlaient l'estuaire.

La nuit était tombée depuis un moment déjà quand Gilles quitta l'enclos de la Compagnie qui s'élevait à quelque distance de la ville, près du confluent du Scorff c'est-à-dire au fond de l'estuaire qui lui assurait un abri incomparable. Il se hâtait car il avait rendez-vous avec l'un des plus puissants négociants de Lorient, M. Besné, pour régler avec lui un contrat de participation dans l'armement d'un gros trois-mâts carré, le *Président,* qui partirait au printemps pour les Grandes Indes.

Son propre navire, le *Gerfaut,* était pratiquement achevé et Tournemine, heureux comme un enfant de posséder ce superbe coursier des mers, s'était attardé plus que de raison à contempler la belle coque couleur de châtaigne relevée de filets d'or et la figure de proue toute neuve, figurant l'oiseau chasseur qui était son emblème et qui étalait ses ailes d'or à l'extrémité de l'étrave noire. Il en avait oublié l'heure et il s'en voulait car il s'était proposé d'aller, avant son rendez-vous, faire une courte visite à la famille Gauthier qu'il avait installée, en attendant l'embarquement, dans une coquette maison proche de la place d'Armes, afin d'éviter à Anna et surtout à Madalen, la promiscuité d'une auberge, si élégante fût-elle, et l'admiration indiscrète que n'eût pas manqué de susciter la beauté de la jeune fille. Rozenn y était installée elle aussi, à présent...

La violence du vent le surprit au sortir de l'enclos. Depuis que le ministre des Finances, Calonne, avait ressuscité, deux ans plus tôt, la Compagnie défunte, ses entrepôts et chantiers de construction avaient bénéficié d'un puissant renforcement de ses protections contre le mauvais temps et l'on y sentait assez peu la tempête. Affronté à de véritables rafales, Merlin, en dépit de sa force, ne put mener son maître qu'au pas et lorsque tous deux atteignirent l'auberge de l'Epée Royale où Gilles et Pongo avaient leurs quartiers, il était tard. M. Besné était déjà reparti, se contentant de laisser un message disant qu'il se rendait à son entrepôt où il resterait jusqu'aux environs de 9 heures pour vérifier des connaissements urgents.

Connaissant le goût de son nouvel associé pour le vin de Bourgogne, Tournemine s'en fit remettre deux bouteilles par le patron de l'Epée Royale et, à pied cette fois, prit la direction du port.

En dépit de la nuit et du temps, l'activité n'y était pas éteinte. Face à la forêt de beauprés, de huniers et de martingales qui se dressaient au-dessus des quais comme les antennes de monstrueux insectes, les maisons de beau granit bleu formaient une frise sans fin de tavernes d'où s'échappaient des chansons, des rires et, à intervalles irréguliers, des bruits de coups ou des imprécations. Çà et là, des matelots ivres étaient échoués dans le ruisseau, insoucieux des chariots qui passaient, dans un fracas de tonnerre, sur les pavés. D'autres titubaient entre les véhicules ou les piles de tonneaux et de ballots entassés sur le quai, attendant d'être embarqués ou ramenés dans les entrepôts.

La résurrection de Lorient, depuis à peine deux années, était une chose étonnante. Enfant, Gilles avait connu assez calme et un peu endormie cette belle cité bien construite, alignant ses maisons de granit le long d'un éventail de rues larges partant de la porte principale. Au temps du Roi-Soleil, elle avait été construite avec une élégante sobriété autour de sa place d'armes terminée par une terrasse à balustrade plantée d'ormeaux, sa tour de la Découverte haute de plus de cent pieds et le noble ordonnancement de ses bâtiments administratifs, de sa maison des ventes et de son puissant arsenal où s'allongeaient les longs canons de bronze ciselé.

La mort de la Compagnie avait endormi Lorient et elle s'était réveillée, comme une Belle au bois dormant, quand le drapeau de la nouvelle Compagnie des Indes avait été hissé au mât de l'Enclos remis à neuf. Depuis, s'y entassaient de nouveau tous les métiers de la mer, les voiliers, les cordiers, les poulieurs, les shipchandlers, les marchands d'habits et d'instruments de précision, les commerçants de toutes sortes mêlés aux fonctionnaires, aux officiers, aux armateurs et aux constructeurs de navires.

A cette heure déjà tardive on déchargeait encore. Un lourd navire arrivé la veille de Saint-Domingue chargé à ras bord de sucre, de mélasse, de café et d'indigo laissait couler jusqu'à la terre bretonne la richesse de ses entrailles. Plus loin, des gabarres déchargeaient du bois de charpente et des blocs de pierre et une galiote venue de Curaçao apportait des teintures.

Gilles s'attarda un instant à contempler ce spectacle qu'il jugeait réconfortant puis quitta le quai pour prendre une rue étroite qui conduisait à l'entrée arrière des entrepôts Besné, les grandes portes donnant sur le port étant déjà soigneusement bouclées.

Cette rue n'en était pas vraiment une mais un cul-de-sac ouvert entre l'entrepôt et une auberge d'assez mauvaise réputation et sans autre sortie que le passage voûté donnant sur le quai. C'était sur ce passage que s'ouvrait la porte de l'auberge, porte basse, enfoncée de quelques marches dans le sol.

Quand le chevalier s'avança dans l'ombre plus dense du passage, il ne remarqua pas deux silhouettes tapies sur les marches et continua son chemin vers l'entrée des magasins. Mais le sens inné qu'il avait du danger le fit se retourner brusquement et il aperçut, dessinées sur le fond plus clair du port, deux formes noires armées de gourdins.

Sa main chercha la garde de son épée avant de se souvenir qu'il n'était armé que de deux bouteilles. Le plus grand des malandrins tapota contre sa paume son instrument de persuasion et Gilles, fixant son regard sur le gourdin, fit semblant de reculer de crainte sachant bien que, par ce geste, le drôle cherchait à détourner son attention du comportement de son compagnon qui était en train de passer subrepticement sur sa gauche dans l'intention de l'assommer par-derrière.

Instantanément, Gilles fut prêt. Tandis que l'une des bouteilles partait comme un projectile en direction du plus grand, il tomba sur un genou au moment où son second ennemi le chargeait par-derrière afin de recevoir l'attaque. Le gourdin était levé pour retomber sur lui. Il pivota vivement sur son genou, passa sous le bâton, fit trébucher son adversaire et, le saisissant aux chevilles au prix d'un effort herculéen, le fit tournoyer pour l'envoyer tête première dans l'estomac de son compagnon.

Malheureusement, son effort fait, il dut s'accroupir de nouveau pour retrouver son équilibre et s'entama la main sur l'un des débris de verre laissés par la bouteille. Cela donna aux deux autres le temps de se relever et bientôt ils se dressèrent en face de lui plus menaçants qu'auparavant.

– A moi! cria Gilles sans grand espoir d'être entendu. A l'aide!

Ce fut au moment précis où les deux malandrins s'élançaient sur lui avec un grognement de triomphe que, sortis on ne savait d'où, trois hommes leur tombèrent dessus par-derrière et les maîtrisèrent en un rien de temps. En même temps, la porte de l'auberge ouverte (les trois hommes devaient en venir) apporta quelque lumière à une situation qui en manquait singulièrement. Gilles occupé à envelopper sa main blessée dans sa cravate vivement arrachée de son cou vit que l'un de ses agresseurs gisait à terre sans connaissance, proprement assommé, tandis que l'autre se débattait aux mains de deux solides gaillards vêtus comme des valets de maison bourgeoise.

Le troisième de ses sauveteurs, un homme de taille moyenne emballé jusqu'aux yeux dans un grand manteau noir rejoignant presque le bord du chapeau enfoncé jusqu'aux sourcils, considérait sa prise avec une satisfaction certaine après avoir écouté ce que lui murmurait à l'oreille l'un de ses valets.

– Ainsi, dit-il d'une voix dont l'accent étranger attira l'attention de Gilles, vous êtes ce Morvan qui opérait dans la police parisienne il y a environ un an et demi et qui en a été chassé à la suite d'un vol... bien que l'on n'y soit ni fort difficile ni fort délicat ?

– Et après ? grogna l'autre. En quoi cela vous regarde ?

– Cela me regarde beaucoup, mon garçon, car j'ai des comptes à régler avec vous. Moi aussi, vous m'avez volé... et si vous voulez tout savoir, je vous cherchais.

Passionnément intéressé, Gilles s'était avancé de façon à voir en pleine lumière le visage de son ancien agresseur et ne put retenir une exclamation de surprise.

– Morvan ! Morvan de Saint-Mélaine ! Enfin, je te retrouve !

Il avait bondi, bousculant l'homme au manteau pour empoigner le revers de l'habit râpé du malandrin. Du malandrin qui n'était autre que le dernier frère de Judith, l'un des deux hommes qui prétendaient avoir tué le Dr Kernoa.

– Il ne manquait plus que celui-là ! grogna le prisonnier, le bâtard, à présent !

Un petit rire se fit entendre.

– Ma foi, monsieur de Tournemine, la rencontre m'est heureuse car vous êtes l'un des rares hommes que j'aie quelque plaisir à rencontrer dans ce pays de malheur. J'espère que vous n'oubliez pas plus vos anciens amis que vos vieux ennemis ?

Et Gilles, stupéfait cette fois, vit qu'entre le chapeau à large bord et le pan du manteau apparaissait à présent le visage bien connu de Cagliostro.

– Vous ? murmura-t-il. Vous, ici ? Je croyais que...

– Que j'avais été banni du royaume ? C'est vrai et je le suis toujours. Je vis à Londres, à présent, ou plutôt j'essaie de vivre car lors de mon arrestation j'ai été volé indignement. Les gens de Police ont fait main basse sur bien des objets de valeur mais surtout sur des papiers qui sont pour moi d'une importance extrême. C'est la raison pour laquelle je me suis décidé à repasser la Manche. Certains des affiliés parisiens de ma Loge Egyptienne m'ont fait savoir que mon voleur avait quitté, par force, la police et officiait à présent aux alentours des riches cargaisons de la Compagnie des Indes. On m'a dit le cabaret où il tenait ses assises et je suis, grâce à Dieu, arrivé à temps pour vous tirer de ses griffes, tout comme, jadis, vous m'aviez tiré d'autres griffes autrement plus cruelles.

– Je vous en prie, ne rappelez pas cela. Ce soir, vous m'avez sauvé la vie et c'est tout ce dont je veux me souvenir. Merci, monsieur le comte... Mais, à présent, me direz-vous ce que vous comptez faire du sieur Morvan ?

– Si vous voulez bien m'accompagner, vous le verrez. J'ai loué, près d'ici et sous un faux nom naturellement, une maison fort commode pour entendre les confessions. D'ailleurs, vous êtes blessé et la sagesse serait, je crois, de vous laisser soigner. Holà, vous autres, emmenez-moi ça à la maison ! Nous vous suivons !

La cravate de Gilles était, en effet, pleine de sang et il sentait, à une légère faiblesse, la nécessité de quelques soins. Au surplus, son entretien avec Besné pouvait se remettre au lendemain et, ce fut sans la moindre objection qu'il suivit l'ancien sorcier de la rue Saint-Claude.

La petite maison louée par celui-ci s'adossait au rempart de la ville à l'endroit où il rejoignait les défenses du port. Elle n'avait rien de particulier sinon une très commode porte de dégagement donnant sur un boyau creusé entre ses murs et ceux d'une maison voisine.

Les protagonistes de la scène précédente s'y retrouvèrent dans une vaste cuisine pavée de granit où un grand feu, entretenu par un homme qui n'avait même pas levé la tête à leur entrée, brûlait dans la vaste cheminée. Sur un signe de Cagliostro, les gardiens de Morvan, qui l'avaient entre-temps ligoté comme un poulet prêt à être mis en broche, le firent asseoir sur un banc en face de l'homme de la cheminée dont il regarda les flammes avec appréhension.

– Qu'allez-vous me faire? chevrota-t-il.

– Je vais d'abord soigner la blessure de M. de Tournemine, fit gracieusement Cagliostro. Ensuite, je lui offrirai un cordial pour compenser la perte de sang... et ensuite je m'occuperai de vous, mon garçon. Ne vous affolez pas. J'ai seulement quelques questions à vous poser. Si vous y répondez tout ira bien, sinon... il est possible que je me mette en colère et que je devienne désagréable. L'homme que vous voyez ici, en face de vous, assure qu'il n'a besoin que de quelques minutes et d'un beau feu bien flambant pour rendre bavards les gens les plus secrets.

Tout en parlant, le comte avait déroulé la cravate de Gilles, examiné sa blessure qui était profonde et entamait la paume jusqu'à l'os, puis fouillait dans un coffre où il prit de la charpie et un flacon.

– Voulez-vous dire, fit le chevalier horrifié, que vous allez soumettre cet homme à la question? Comme au Moyen Age?

– Pourquoi comme au Moyen Age? La question est de tous les temps. Il y a bien peu d'années que le roi Louis XVI l'a abolie en France mais, croyez-moi, elle existe toujours dans presque toute l'Europe.

– Vous me décevez! Je croyais, monsieur, que vous saviez lire dans le cerveau des hommes? Je croyais que vos pouvoirs sur leur volonté n'avaient pas de limites?

– C'était une erreur. Mes pouvoirs sont limités par la stupidité et la méchanceté des hommes. Quant à lire dans leur esprit, je ne peux le faire que par l'entremise d'un médium...

– Allons donc ! Ne savez-vous plus provoquer ce sommeil artificiel qui vous était d'une si grande utilité... ? Seigneur ! ajouta-t-il avec une grimace douloureuse, que me mettez-vous là ?

– Une liqueur souveraine qui fermera votre blessure en trois jours avec la complicité de certain baume dont je vais vous enduire. Mais je reconnais que cela n'est pas fort agréable. Tenez, je suis certain que cela va déjà mieux, ajouta-t-il en constatant qu'un peu de couleur revenait au visage, devenu blême, du chevalier. Quant au sommeil artificiel, ajouta-t-il, baissant le ton, outre qu'il représente pour moi une grande dépense nerveuse que mon état de santé supporte mal actuellement, je ne désire pas m'en servir ici, en terre bretonne, où les esprits, facilement superstitieux et influençables, ne verraient peut-être guère d'inconvénients à m'envoyer au bûcher, même en notre siècle des Lumières ! Voilà qui est fait. A présent, occupons-nous de notre ami...

Il allait s'éloigner en direction de la cheminée devant laquelle Morvan claquait visiblement des dents en dépit de la chaleur, mais Tournemine le retint.

– Encore un mot, comte ! J'ai, moi aussi, une question importante à poser à cet homme, une question qui touche de tout près Judith, pour qui vous aviez de l'amitié et qui est, à présent, ma femme.

Cagliostro fronça le sourcil.

– Ainsi, vous l'avez épousée ? En dépit de ma mise en garde ?

– Oui. Mais peut-être n'est-elle pas réellement ma femme et c'est cela que je veux savoir. Me permettrez-vous, s'il répond de bonne grâce, d'intercéder pour lui ?

Le sorcier réfléchit un instant, scrutant son interlocuteur de son œil noir étincelant d'intelligence.

– Peut-être... Savez-vous où se trouve Judith en ce moment ?

– Oui, je le sais.

– A coup sûr ?

– A coup sûr !

– En ce cas allez-y ! Je ne vous cache pas que c'est elle, initialement, que je souhaitais retrouver mais elle semble avoir entièrement disparu. Personne n'a pu me dire ce qu'elle était devenue. Sa clairvoyance... si le mariage ne la lui a pas fait perdre, pourrait m'être plus utile que des aveux arrachés par la souffrance. D'autant que cet homme ne sait peut-être pas tout et n'est peut-être pas mon seul voleur...

Sans répondre, Gilles se dirigea vers Morvan dont le regard se chargea d'épouvante à son approche, et se pencha sur lui.

– Ecoute-moi, Morvan ! Tu mérites cent fois la mort dans les tourments de l'enfer, tu mérites cent fois que l'on te jette ainsi tout vivant, dans ce brasier...

– Non !... râla l'autre. Non ! Pas ça !... Pas ça !...

– Peut-être pourrai-je te l'éviter si tu réponds franchement à la question que je vais te poser. Rassure-toi, c'est une question qui n'a rien à voir avec ton affaire de vol mais qui a, pour moi, tant d'importance, que je suis prêt à me battre pour t'éviter la torture si tu y réponds.

Les yeux injectés de sang de Saint-Mélaine se levèrent sur lui, incertains, méfiants.

– Qu'est-ce que j'en ai comme garantie ?

– Ma parole ! Jamais je n'y ai manqué.

Le prisonnier poussa un profond soupir.

– Ça va, essayons toujours ! Qu'est-ce que vous voulez savoir ?

– Ecoute ! Te souviens-tu de cette nuit où, en compagnie de ton frère, Tudal, tu t'es introduit dans la maison de campagne d'un certain Dr Kernoa, un Dr Kernoa qui venait d'épouser Judith ?

– Naturellement, je m'en souviens. Qu'est-ce que...

– Attends un peu ! Ce que vous y avez fait, Tudal me

l'a raconté avant de mourir. Vous avez tué Kernoa et puis vous avez emmené Judith pour...

– Ne me rappelez pas ça!... Depuis la mort de Tudal, je revois trop souvent la scène, la nuit quand j'ai trop bu!

– Aussi ne t'en reparlerai-je pas. C'est Kernoa qui m'intéresse. Es-tu certain qu'il était bien mort?

Cette fois, les yeux de Morvan s'arrondirent.

– Mort? Naturellement qu'il l'était! Et plutôt deux fois qu'une! En voilà une question!

– Elle en vaut une autre, crois-moi, car j'ai les meilleures raisons de croire qu'il n'était pas tout à fait mort, qu'il lui restait encore un souffle de vie et que ce souffle a été si bien ranimé qu'à cette heure il se porte comme toi et moi.

Morvan secoua négativement la tête.

– C'est pas possible!

Le cœur de Gilles manqua un battement.

– Pas possible? Pourquoi? Tudal m'a dit qu'il l'avait embroché comme un poulet mais même une grave blessure à la poitrine peut être guérie. Tout dépend de la constitution du sujet, de sa vigueur.

– Je répète que c'est pas possible! Non seulement on l'a embroché comme vous dites si bien, mais on l'a aussi enterré!

La gorge de Gilles se sécha d'un seul coup.

– Vous l'avez enterré? Tu en es sûr?...

– Sur la lande de Lanvaux, au pied d'un grand pin. Je peux encore vous montrer l'endroit. On était peut-être en rogne, Tudal et moi, mais pas assez fous pour laisser un cadavre derrière nous. On a même lavé le sang sur le dallage avant de jeter le corps dans le coffre de la voiture. Croyez-moi, il était bien mort quand on l'a jeté dans le trou. Il était déjà raide.

La voix de Morvan rendait un tel son de vérité que Gilles n'insista pas. Le doute n'était plus permis. L'homme qui vivait auprès de Judith n'était bel et bien qu'un imposteur. Mais alors comment se faisait-il qu'elle soutînt si fermement qu'il était bien l'homme épousé jadis ?

– Encore un mot ? Peux-tu me décrire ce Kernoa ?

– Bien sûr, on l'a suffisamment observé avant d'attaquer. Un assez beau type, à peu près de ma taille, blond foncé et même un peu rousseau, une gueule qui pouvait plaire à une fille, mais avec des yeux d'enfant de Marie.

– D'enfant de Marie ?

– Oui, des yeux du ciel, candides et tout...

Revoyant l'étonnant regard d'or brasillant du compagnon de Judith, Gilles comprit qu'à présent il tenait vraiment la preuve de l'imposture car même si Morvan se trompait, contre toute vraisemblance, sur l'état du cadavre, il n'avait aucune raison de se tromper sur la couleur des yeux de sa victime qui semblait l'avoir frappé.

– C'est bien, dit-il en se redressant. Je te remercie. A présent, je vais tenir ma promesse. Monsieur de Cagliostro, ajouta-t-il en se tournant vers le comte, je vous demande de poser à cet homme, sans violence, les questions que vous souhaitez lui faire entendre car je ne pourrais que m'opposer à toute voie de fait contre lui. Il n'y a plus aucun doute pour moi qu'il soit réellement et définitivement mon beau-frère...

– Oh ! allez-y ! fit Morvan. Maintenant que j'ai commencé à répondre, je dirai tout ce que vous voulez. Mais tirez-moi de là, je crève de chaud.

On l'emmena à l'autre bout de la pièce, on le délia et même on lui tendit un verre de vin qu'il avala d'un trait.

– Ça va mieux ! Qu'est-ce que vous voulez savoir ?

Cagliostro posa calmement quelques questions touchant ce qui s'était passé après son arrestation. Morvan admit docilement qu'en dépit des scellés, il était revenu, de nuit et avec un confrère, visiter plus complètement l'hôtel de la rue Saint-Claude. Ce qui l'intéressait, lui, c'étaient bien sûr les objets d'art, l'argenterie, les tapisseries, tout ce qui pouvait se changer en belle monnaie d'or. Mais, l'autre, c'étaient les papiers qu'il recherchait. Et quand Morvan lui en eut fait la remarque, il se contenta de ricaner.

– Ces papiers que tu dédaignes représentent plus d'or que tu n'imagines. Le tout est de savoir à qui on les remet. J'ai appris, alors, conclut Morvan que le « client » de Bouvet...

– Il s'appelait Bouvet ? interrompit Cagliostro qui s'était mis à prendre des notes.

– Oui. Bouvet, Jean-Louis... J'ai donc appris que son client était un grand seigneur de l'entourage du comte de Provence, un Provençal, je crois, un certain comte de Modène...

Cagliostro cessa d'écrire et, lentement, remit son carnet et son crayon dans sa poche. Son visage s'était brusquement fermé, assombri et comme Gilles, qui l'observait, s'en inquiétait, il se contenta de hausser les épaules avec lassitude.

– Je vais repartir avec la marée de cette nuit si la tempête s'achève. Je n'ai plus rien à faire ici.

– Pourquoi ? Renoncez-vous si vite ? Je croyais que ces papiers étaient pour vous d'elle telle importance...

– Ils l'étaient, en effet, ils le sont toujours mais, à présent, plus je mettrai de distance entre eux et moi et mieux je me porterai. Ils sont entre les mains de Monsieur. Autant dire qu'aucune force au monde ne pourra me les rendre. Adieu, monsieur de Tournemine. Je crois que, sur cette terre, nous ne nous reverrons jamais car, à présent, c'est vers ma fin que je vais avancer et, en tout état de cause, je ne reviendrai jamais en France...

– Et moi ? fit Morvan, hargneux. Qu'est-ce que vous faites de moi ? Je peux m'en aller ?

– Tu peux ! dit Gilles. Mais où veux-tu aller, à présent ? Reprendre ton fructueux commerce de vol et de truanderie ?

Le plus jeune des Saint-Mélaine haussa les épaules puis levant un bras montra les déchirures de son habit.

– Fructueux, vous croyez ?... Je n'ai plus le choix.

Une fois qu'on est parti sur ce chemin, il faut aller jusqu'au bout.

– Même si le bout du chemin c'est le gibet ? Un Saint-Mélaine pendu comme un croquant, tu trouves ça normal ? Pourquoi ne retournes-tu pas au Frêne ? C'est ta maison, à toi seul à présent que Tudal est mort...

– Pour y faire quoi ? Crever de faim entre des murs lépreux et un toit qui ressemble à une passoire ? J'aime encore mieux la corde...

Gilles haussa les épaules.

– Passe demain à l'auberge de l'Epée Royale et demande-moi. Je te remettrai une somme suffisante pour que tu puisses recommencer à vivre... proprement. Pour essayer tout au moins. M'en donnes-tu ta parole ?

L'autre eut une grimace dont on ne pouvait savoir si elle était un essai de sourire ou le début des larmes.

– Ma parole ? Vous avez le courage d'y croire, vous ?

– Pourquoi pas ? Si toi tu veux y croire le premier ?

Il y eut un court silence puis Morvan, traînant les pieds, se dirigea vers la porte qu'il ouvrit. Mais, au seuil, il se retourna et, cette fois, sourit franchement.

– J'essaierai ! Tu as ma parole ! Adieu... beau-frère !

Et il disparut...

Quelques minutes après son départ, Gilles quittait la maison du rempart pour rentrer à l'Epée Royale. Il y avait longtemps qu'il ne s'était senti d'humeur aussi noire...

Un instant, passant en vue des ormeaux de la place d'Armes, il avait eu envie d'aller jusque chez Anna Gauthier, ne fût-ce que pour retrouver un peu de sa sérénité de tout à l'heure en contemplant le doux visage de Madalen mais il avait lutté contre cet entraînement qui, à présent, devenait dangereux.

Son devoir, il s'inscrivait devant lui en lettres intransigeantes et Madalen, quel que soit le rêve qu'elle avait fait naître durant quelques mois, ne devait plus, ne pouvait plus être pour lui autre chose que la fille d'Anna, la fille de celle qui gouvernerait sa maison au nom d'une maîtresse. Une maîtresse qui ne pouvait plus être que Judith.

Et parce qu'il était certain, à présent, d'être lié à Mlle de Saint-Mélaine pour le meilleur et pour le pire devant Dieu et devant les hommes et jusqu'à ce que la mort les sépare, Gilles de Tournemine, en arrivant à l'auberge, se fit monter dans sa chambre une dame-jeanne de vieux rhum de la Jamaïque et entreprit de s'enivrer superbement...

UN AUTRE CHEMIN...

Anne de Balbi quitta le canapé sur lequel elle se tenait à demi étendue et marcha vers la fenêtre aux vitres de laquelle apparaissaient les fleurs pâles du givre. Sa robe de velours bleu sombre ourlée d'hermine ne fit aucun bruit sur le tapis et la jeune femme demeura un moment immobile et silencieuse, regardant sans le voir le jardin enseveli sous la neige et laissant ses longs doigts fins éplucher machinalement les fleurs fanées d'une jardinière de vieux Sèvres disposée devant la fenêtre.

– Ainsi, dit-elle au bout d'un moment, tout est bien décidé ? Tu pars ?

Debout, à quelques pas d'elle, le dos à la cheminée, Gilles la regardait sans parvenir à se défendre d'une émotion inattendue. Venu pour une courtoise visite d'adieu, il découvrait que cet adieu lui était plus pénible qu'il n'aurait cru, que cette femme, si longtemps détestée mais ardemment désirée, avait fini par trouver le chemin de son cœur et par s'y faire une place plus large peut-être que lui-même ne l'imaginait.

– J'ai une mission à remplir, dit-il brièvement. Et puis je n'ai pas d'autre solution.

– A cause... d'elle ?

– A cause d'elle aussi. En dépit de sa conduite présente et passée, elle est ma femme. Il n'y a plus aucun doute là-dessus et mon devoir est de l'arracher à la vie déshonorante qu'elle mène. Mais, pour cela, il faut que je l'emmène au loin, là où personne n'imaginera que Mme de Tournemine et l'éphémère Reine de la Nuit ne sont qu'une seule et même personne. Mais pourquoi m'obliger à te redire ces choses ? Tu le savais depuis longtemps...

– C'est vrai... mais j'imaginais... Dieu sait quoi ? Pourquoi partir si loin ? Pourquoi l'Amérique ? Tu voulais reprendre tes terres bretonnes...

– En effet. C'est malheureusement impossible, tout au moins dans l'immédiat. Plus tard, peut-être...

– Reste au moins en France ! Ils ne manquent pas, les domaines que les courtisans abandonnent à eux-mêmes et dont les paysans demandent un maître ! Au moins, je pourrais te revoir de temps à autre... Tandis que là-bas...

Elle ne le regardait toujours pas mais, cette fois, il ne pouvait ignorer les larmes qui enrouaient sa voix. Lentement, il vint à elle, emprisonnant entre ses mains les épaules rondes qui à présent frémissaient.

– Anne ! dit-il doucement. Je ne veux pas que tu pleures. Je ne veux pas que tu aies de la peine. Ce n'est pas un adieu définitif que je suis venu te dire. Nous nous reverrons...

– Quand ? Dans des années ? Quand je serai devenue vieille et laide ? Quand tu n'auras plus envie de moi ?

Il la retourna brusquement, prit entre ses mains son visage humide, devenu si pâle, et posa ses lèvres alternativement sur l'un et l'autre de ses yeux.

– Ne dis pas de sottises ! Tu seras sans doute vieille un jour, mais tu ne seras jamais laide. Quant à moi, je crois que jusqu'à ma mort j'aurai envie de toi. Et quand je dis que nous nous reverrons, je crois, hélas ! que cela pourrait être plus proche que tu ne l'imagines.

– Hélas ? reprocha-t-elle, blessée.

– Hélas, pour le Roi ! Je l'ai juré : s'il a un jour

besoin de moi, je reviendrai, où que je sois. Et c'est sur toi, Anne, sur toi et sur mon ami Winkleried que je compte pour m'en avertir. Je vous donnerai de mes nouvelles, à l'un comme à l'autre, et toujours vous saurez où je suis.

Un éclair de joie brilla dans les yeux sombres de la jeune femme tandis que, de ses deux mains, elle s'accrochait aux épaules de Gilles.

– C'est vrai ? Tu feras cela ?

– Sur mon honneur ! J'ai besoin que tu demeures mon amie... mon amie très chère.

Il n'eut qu'à baisser un peu la tête pour trouver sa bouche. Un instant plus tard, il l'emportait, déjà défaillante, jusqu'à sa chambre... N'était-ce pas encore la meilleure manière de lui dire au revoir ?

Quand il se pencha sur elle, une heure après, pour un dernier baiser, elle se pendit à son cou.

– Tu reviendras ? Tu me le jures ?

– Je te l'ai déjà juré.

– Alors, je t'attendrai. Mais pas trop longtemps, sinon je suis très capable, moi aussi, de passer les mers pour te retrouver.

Il détacha doucement les bras qui le tenaient si bien et confia de nouveau la jeune femme au fouillis charmant de son lit en désordre mais, vivement, il repoussa les draps, les couvertures afin qu'aucun obstacle ne s'interposât entre son regard et la voluptueuse nudité d'Anne.

– Ne bouge plus ! murmura-t-il tendrement. Reste comme cela ! C'est cette image-là que je veux emporter avec moi.

La tenant sous son regard, il recula vers la porte derrière laquelle, instantanément, il disparut. Courant presque, il traversa le salon, fermant ses oreilles aux sanglots qui le suivaient et qu'il ne pouvait pas ne pas entendre.

Au cocher qui l'attendait dans la cour de l'hôtel de Balbi, il ordonna de le conduire rue de Clichy. C'était là qu'il avait donné rendez-vous, pour minuit, à Pongo, à

Winkleried et au capitaine Malavoine, un Breton carré, jovial et entêté auquel il avait confié le commandement du *Gerfaut*.

Consultant sa montre, il vit qu'il était un peu plus de 11 heures et que, selon toute probabilité, il arriverait juste à temps, compte tenu de la neige qui encombrait les rues de Paris.

Mais, en dépit de ses prévisions, les chevaux, ferrés à glace, marchèrent d'un bon pas et il ne mit guère qu'une demi-heure à traverser la Seine et à remonter vers les premiers contreforts de Montmartre. Les trois autres, d'ailleurs, étaient déjà arrivés et l'attendaient, dans une voiture aux lanternes éteintes qui stationnait à l'entrée du petit chemin des vignes.

Sa propre voiture alla se ranger à côté et Tournemine rejoignit Pongo et Malavoine qui se trouvaient à l'intérieur de la première.

– Où est le baron ? demanda Gilles.

– Il a voulu reconnaître les lieux, répondit Malavoine. Il doit être quelque part dans le jardin. Il a dit qu'il sifflerait quand il n'y aurait plus personne et que c'était inutile de se geler à plusieurs. Il est passé par là, ajouta-t-il en désignant la brèche creusée dans la neige au sommet du mur voisin.

Comme il achevait ces mots, les grilles de la propriété s'ouvrirent et deux voitures sortirent l'une derrière l'autre, tournant pour redescendre vers le centre de Paris.

– Il ne doit plus y avoir grand monde, dit Gilles. En passant, je n'ai aperçu que ces deux voitures devant la maison.

Comme pour lui donner raison, un sifflement se fit entendre de l'autre côté du mur.

– Allons-y ! ordonna Tournemine. C'est le signal.

L'un après l'autre, les trois hommes franchirent le mur et rejoignirent Ulrich-August qui les attendait à l'abri d'un grand bosquet de houx.

– Les derniers visiteurs viennent de partir, dit-il, tout bas. Ils sont en train de fermer.

En effet, à travers les branches dépouillées, Gilles reconnut l'un des deux imposants Suisses occupé à rabattre les contrevents extérieurs sur les portes-fenêtres. De la tête, Gilles désigna le côté de la maison sur lequel ouvrait la porte des cuisines qui se trouvaient en sous-sol. Le personnel était justement en train d'en sortir pour gagner les soupentes qui, au-dessus des écuries, lui servaient de logis.

– On passe par là...

L'un derrière l'autre, se courbant pour demeurer à l'abri des bosquets et massifs, les quatre hommes se dirigèrent en file indienne vers la petite porte. Tous étaient bien armés et tenaient à la main un pistolet tout chargé.

La porte de la cuisine, qui n'était pas encore fermée de l'intérieur, s'ouvrit sans peine sous la main de Gilles. La vaste salle basse était vide à l'exception de deux valets occupés à ranger l'argenterie et qui, terrifiés à la vue de ces quatre hommes, vêtus de noir, et armés, se laissèrent ligoter et bâillonner sans pousser seulement un soupir de protestation. Avant qu'on ne lui ferme la bouche, l'un d'eux consentit même à répondre à la question que lui posait Malavoine.

– Combien sont-ils là-haut ?

– Il n'y a plus que M. le baron, Mme la baronne, Victorin et Belle-Rose, les valets de Monsieur, et Eugénie, la camériste de Madame...

– Ça va !

Montant l'escalier sans faire de bruit, les quatre hommes débouchèrent dans le vestibule. Les lumières étaient éteintes dans la salle à manger et au pied de l'escalier. Seule, l'enfilade des salons était encore éclairée. Tendant le cou, Gilles aperçut Judith et le faux Kernoa. Assise dans un fauteuil, au coin du feu, les yeux clos, la jeune femme semblait dormir. L'homme installé près d'une table à jeu faisait les comptes. Tous deux se tenaient dans la grande pièce vert pâle qui servait de salle de jeu. Les valets devaient se trouver au fond où les chandelles brûlaient encore mais où la lumière baissait progressivement.

Au bout d'un moment, Kernoa lâcha sa plume, s'étira et se laissa aller en arrière avec un bâillement de satisfaction.

– Quel dommage que vous vous soyez sentie tout à coup si lasse, ma chère! La soirée marchait à merveille! Nous avons fait trois cents louis de plus qu'hier à la même heure. Qu'est-ce qui vous a pris?

Du fond de son fauteuil, Judith, sans ouvrir les yeux, murmura.

– Rien... tout! J'en ai assez de tout cela! J'en ai assez de passer des nuits entières debout à sourire, à boire, à écouter les plaisanteries stupides de tous ces imbéciles... Je suis fatiguée. J'en ai assez de cette vie!

– Vraiment? En avez-vous assez aussi de l'or qui s'entasse dans notre coffre? Bientôt, nous serons riches, vous savez? Très riches même. Il suffit d'un peu de patience encore. Et puis, je vous rappelle que notre but principal n'est pas encore atteint. La Reine n'est pas encore venue ici...

Brusquement, Judith quitta sa pose alanguie, ouvrit les yeux et se leva. Elle était devenue soudain très rouge et, dans le large décolleté de sa robe de faille verte, sa gorge se soulevait presque spasmodiquement.

– Et après? Je commence à croire qu'elle ne viendra jamais et que nous perdons notre temps.

Sans répondre, Kernoa prit, dans un coffret de laque, une liasse de billets qu'il effeuilla comme un éventail.

– Croyez-vous? Il me semble, moi, que, pour du temps perdu, c'est tout de même du temps intéressant. Que souhaitez-vous donc de plus?

– Je vous l'ai dit et répété cent fois : partir d'ici! Je hais cette maison et tout ce qu'elle représente. Je veux aller vivre avec vous dans le bonheur et la paix, dans un cadre digne de nous où nous pourrons enfin mener la vie normale des gens qui s'aiment. Qu'avons-nous besoin de plus d'argent? Avec ce que nous avons nous pouvons déjà nous établir largement. Nous aurons un château, des terres...

L'homme éclata de rire.

– C'est là toute votre ambition ? Un château plein de courants d'air, des terres plus ou moins fertiles, des paysans crasseux et toujours de mauvaise humeur ? Très peu pour moi ! Et vous ? Vous voyez-vous vêtue de grosse toile ou de gros drap, faisant des confitures ou ravaudant des chemises entre deux grossesses ? Allons donc !

– Chacun ses rêves ! Les miens s'accommoderaient fort bien de cela... Voyons, Job, que voulez-vous ? Que rêvez-vous ? Est-ce que vous ne m'aimez pas ?

Il haussa les épaules.

– Vous aimer ? Bien sûr que si je vous aime ! Vous êtes une ravissante créature mais, justement, votre beauté est chose trop précieuse pour aller l'enterrer au fond d'un trou boueux. Réfléchissez : que deviendrait-elle au fond de la tanière de vos rêves ? Croyez-vous que je pourrais avoir encore envie d'une femme aux cheveux ternes, à la peau grise, mal vêtue, parfumée aux odeurs de cuisine ou de l'étable ? Vous savez combien mon système nerveux est fragile et délicat. Pour vous aimer comme je vous ai montré que je savais vous aimer, j'ai besoin d'un certain décor, d'une certaine ambiance. Votre peau est exquise, ma chère, à condition qu'elle soit toujours fraîche et parfumée.

– Vous n'en demandiez pas tant, jadis, quand vous m'avez épousée. Vous m'adoriez à deux genoux, vous ne rêviez que de l'instant où je serais vôtre. M'avez-vous fait assez attendre le moment où je deviendrais votre femme.

– L'avez-vous regretté ?

– Non. Notre première nuit a été divine. Je regrette seulement qu'elle ne se renouvelle que trop rarement. Je sais que votre santé mérite ménagements mais quand un homme aime sa femme...

– Le malheur est que vous n'êtes pas la femme de

cet homme et qu'il n'est pas, qu'il n'a jamais été le Dr Kernoa.

Incapable d'en entendre davantage, Tournemine, un pistolet dans chaque main, venait d'apparaître au seuil de la pièce. Derrière lui, Pongo, Winkleried et Malavoine allèrent prendre position aux différentes portes du salon. A sa vue, Judith poussa un cri perçant et enserra de ses bras le cou de son pseudo-mari qu'elle paralysa sans s'en douter.

– Ah ça ! Mais qui êtes-vous ? fit celui-ci en faisant des efforts désespérés pour se lever et pour se débarrasser de la tendre chaîne.

– Mon nom ne vous regarde pas. Je suis simplement l'époux de Madame; le seul valable.

– Ce n'est pas vrai, cria Judith. Seul, Job est mon époux ! Je le croyais mort quand j'ai accepté de vous épouser...

– A qui ferez-vous croire cela ? Peut-être êtes-vous folle mais pas au point, tout de même, de confondre le vrai Kernoa avec celui-ci. Au fait, mon garçon, qui êtes-vous ?...

Ayant réussi à se débarrasser de Judith, l'autre se leva, un sourire goguenard aux lèvres.

– Qui suis-je ? Mais cette chère enfant se tue à vous le dire : je m'appelle Kernoa...

– C'est faux ! Répondez et répondez la vérité, sinon je vous loge une balle dans le genou... pour commencer.

– Que voulez-vous que je vous dise ? Il y a votre vérité à vous et il y a la mienne. Je m'appelle bien Kernoa.

– Vous soutenez que vous êtes le Dr Kernoa... alors que je sais bien qu'il repose au fond d'un trou dans la lande de Lanvaux...

L'homme ne répondit pas mais, à la petite flamme qui s'alluma dans son œil, Gilles comprit qu'il allait se passer quelque chose et, sans cesser de tenir son ennemi sous le feu de l'un de ses pistolets, il tourna légèrement la tête et aperçut les deux colosses suisses qui approchaient sur la pointe des pieds, venant du salon des laques. Ils n'allèrent pas loin. A peine l'un d'eux eut-il franchi le seuil qu'il s'abattit de tout son long, victime de la jambe que Pongo avait étendue sur son chemin. Instantanément, l'Indien fut à cheval sur son dos et, lui relevant la tête en la tirant par les cheveux, plaça sous sa gorge un long coutelas. Kernoa devint vert et eut un mouvement pour aller vers lui, mouvement qui se heurta au canon du pistolet de Gilles. L'homme était le plus jeune des deux Suisses et le chevalier comprit qu'il était celui dont la vie devait être la plus chère à son maître. L'autre avait déjà été proprement assommé par le poing de Winkleried et Malavoine s'occupait activement à le ligoter.

– Un instant, Pongo! dit Gilles, négligemment. Tu pourras trancher la gorge de ce gentilhomme si Monsieur que voici ne se montre pas compréhensif...

– Non! Non!... Je vous en prie! gémit Kernoa, décomposé. Je vous en supplie, ne lui faites pas de mal! Je... je ne pourrais pas le supporter...

– Je le sais bien!

Puis, se tournant vers Judith qui, les yeux exorbités, avait suivi sans rien y comprendre cette scène, hermétique pour elle, Gilles ajouta, impitoyable :

– Voyez-vous, ma chère, vous ignorez beaucoup de choses parmi toutes celles qui se passent chez vous... entre autres les tendres relations... beaucoup trop tendres et trop intimes qui unissent votre prétendu mari et cet homme que Pongo tient sous son genou.

Blanche jusqu'aux lèvres, elle tourna vers lui des yeux qui semblaient aveugles.

– Tendres... relations? Je... je ne comprends pas.

– C'est difficile à comprendre et surtout difficile à admettre quand on a votre orgueil, mademoiselle de Saint-Mélaine. Mais cela signifie simplement ceci : les nuits que cet homme ne passait pas dans votre lit, il les passait dans celui de son valet, un valet qui était à la fois son amant et sa maîtresse! Au surplus, vous n'avez pas à vous en soucier outre mesure : jamais vous n'avez été mariée avec lui. Vrai ou pas ? ajouta-t-il en s'adressant au faux docteur.

– Vrai ! fit l'autre, l'œil sur le tranchant du couteau de Pongo.

– Qui es-tu ?

– Le secrétaire de M. le comte de Modène. Son secrétaire et son élève. Je me nomme Carlo Mariani...

– Son élève ? C'est de lui que tu tiens l'art d'endormir les femmes trop nerveuses ?

Les yeux de Mariani s'effarèrent.

– Il faut que vous soyez le diable pour savoir cela...

– Que je sois le diable ou quelqu'un d'autre, peu importe ! C'est bien cela ?

– C'est bien cela ! M. le comte avait pris l'habitude depuis qu'elle était revenue chez Monsieur, d'endormir... Mlle de Latour. C'est un excellent sujet. C'est ainsi qu'il a appris toute la vérité sur elle, sur sa vie d'autrefois et sur son mariage avec un certain Dr Kernoa dont elle a fait un assez bon portrait pour qu'il soit possible de le ressusciter. J'ai bien appris mon rôle et, ensuite, il n'a pas été difficile de la persuader de mon retour à la vie. A présent, je vous en supplie, retirez ce couteau ! Je... je ne pourrais pas supporter de le voir mourir.

– Tu l'aimes à ce point ? fit Gilles, sarcastique. Accepterais-tu de mourir à sa place ?

– Oui... oui, je crois que j'accepterais. Voyez-vous, la seule idée de vivre sans lui m'est insupportable...

– Vous entendez, madame ?

Un bruit de soie froissée et un soupir douloureux lui répondirent. Quand il se tourna vers elle, laissant Mariani aux soins de Winkleried, Judith venait de s'évanouir et gisait sur le tapis dans la grande corolle verte de sa robe...

Un instant, il la regarda. Evanouie, elle ressemblait étonnamment, la robe en plus, à l'adolescente qu'il avait un soir étendue sur l'herbe verte, au bord du Blavet d'où il venait de la sortir. Comme elle était jeune encore ! Et fragile, et touchante en dépit de ce caractère fantasque et instable ! Elle était si pâle qu'il craignit un instant de l'avoir tuée.

S'agenouillant auprès d'elle, il colla un instant son oreille sur le sein gauche, entendit le cœur battre lentement mais régulièrement.

– Va chercher sa femme de chambre, ordonna-t-il à Pongo. Dis-lui de mettre dans un sac le nécessaire pour un voyage et rejoins-nous dans la voiture. Ah ! apporte-moi aussi un manteau chaud.

Soulevant la jeune femme inerte dans ses bras, il alla la porter sur un canapé.

– Qu'est-ce qu'on fait de tout cela ? demanda Winkleried en désignant les trois prisonniers.

– On les ficelle et on les porte dans le jardin, assez loin de la maison à laquelle on va mettre le feu. Tenez, fit-il encore en raflant l'argent que Mariani comptait tout à l'heure, mettez ça dans les poches de ce misérable ! Au moins il aura les moyens de prendre le large. Cela lui évitera la vengeance de Monsieur. C'est un homme qui a horreur des maladroits...

Comme Pongo revenait, armé d'une pelisse doublée de renard, il en emballa soigneusement Judith avant de la reprendre dans ses bras et de la porter jusqu'à la voiture que Malavoine avait été chercher en courant et avait fait entrer dans le jardin après avoir envoyé le concierge abasourdi au pays des rêves grâce à un magistral coup de poing.

Un quart d'heure plus tard, tandis que les voitures redescendaient vers les Boulevards, le quartier s'éveillait au crépitement des flammes qui s'envolaient par les fenêtres grandes ouvertes de l'ancienne folie Richelieu. La tête de Judith appuyée à son épaule, Gilles regardait, sans le voir, défiler le Paris nocturne. Tant de fois il avait rêvé de ce départ à deux pour une vie nouvelle, pour un véritable bonheur ! Et, cette nuit, il n'éprouvait rien de ce bonheur qui aurait dû normalement être le sien.

Une phrase, que lui avait dite un jour, il y a bien

longtemps, la vieille Rozenn sa nourrice lui trottait dans la tête.

– Quand on veut quelque chose très fort et que l'on s'est honnêtement battu pour cette chose, presque toujours la vie la donne, un jour ou l'autre. Le malheur, c'est qu'elle vient quelquefois trop tard...

Trop tard ! Etait-il vraiment trop tard pour Judith et pour lui ? Qu'y avait-il au bout de ce chemin qui allait s'ouvrir demain sous l'étrave du *Gerfaut* dans la longue houle grise de l'Atlantique ? D'autres batailles, d'autres joies, d'autres soleils... ou la nuit éternelle, ou ce que l'on appelle la vie, tout simplement ?

TABLE DES MATIÈRES

QUATRIÈME PARTIE

LES PORTES D'UN AVENIR

Romans sentimentaux

Depuis les ouvrages de Delly, publiés au début du siècle, la littérature sentimentale a conquis un large public. Elle a pour auteur vedette chez J'ai lu la célèbre romancière anglaise Barbara Cartland, la Dame en rose, qui a écrit près de 300 romans du genre. À ses côtés, J'ai lu présente des auteurs spécialisés dans le roman historique, Anne et Serge Golon avec la série des Angélique, Juliette Benzoni, des écrivains américains qui savent faire revivre toute la violence de leur pays (Kathleen Woodiwiss, Rosemary Rogers, Janet Dailey), ou des auteurs de récits contemporains qui mettent à nu le cœur et ses passions, tels que Theresa Charles ou Marie-Anne Desmarest.

BENZONI Juliette

Marianne 601 **** & 602 ****
Un aussi long chemin 1872 ****
Le Gerfaut :
- **Le Gerfaut** 2206 ******
- **Un collier pour le diable** 2207 ******
- **Le trésor** 2208 *****
- **Haute-Savane** 2209 *****

CARTLAND Barbara

Les amours mexicaines 1052 ***
Le message de l'orchidée 1072 **
La flamme d'amour 1110 **
L'enchantement du désert 1188 **
La première étreinte 1189 **
Que notre bonheur dure 1204 **
La belle et le léopard 1215 **
Le mystère de la bruyère bleue 1285 ***
La revanche de lord Ravenscar 1321 **
Il ne nous reste que l'amour 1347 **
Piège pour un marquis 1699 **
La princesse en péril 1762 **
Défi à l'amour 1763 ****
Un souhait d'amour 1792 **
L'amour et Lucia 1806 **
Rencontre dans la nuit 1807 **
La magie de la bohémienne 1819 **
L'invitation au bonheur 1842 **
Les violons de l'amour 1883 **
L'amour était au rendez-vous 1884 **
Thérésa et le tigre 1912 **

CARTLAND (suite)
La revanche du cœur 2005 ★★
Les mirages de l'amour 2040 ★★
Idylle à Calcutta 2049 ★★
Prise au piège 2082 ★★
Miracle pour une madone 2100 ★★
Un mari chevaleresque 2114 ★★
Une épouse particulière 2115 ★★
Au cœur du péril 2131 ★★
Fiancée à un brigand 2144 ★★
Un amour conquérant 2145 ★★
La danse de l'amour 2160 ★★
Un amour sans fortune 2174 ★★
L'amour comme un espoir 2189 ★★
Un éternel enchantement 2230 ★★
Le choix du prince 2242 ★★
Loin de l'amour 2243 ★★
Le lord et la demoiselle 2256 ★★
Le secret de l'Écossais 2257 ★★
La victoire de l'amour 2271 ★★
Un cœur trop pur 2272 ★★
Qui peut nier l'amour ? 2285 ★★
La gondole d'or 2286 ★★
Toujours plus haut l'amour 2301 ★★
Les problèmes de l'amour 2302 ★★
Le chemin de l'amour 2318 ★★
Sur les ailes de l'amour 2319 ★★
Le secret d'Anouchka 2335 ★★
Lumières d'été 2336 ★★
Le signe de l'amour 2349 ★★
Un bonheur sans prix 2350 ★★

CHARLES Theresa
Le chirurgien de Saint-Chad 873 ★★★
Inez, infirmière de Saint-Chad 874 ★★★
Lune de miel à Saint-Chad 1112 ★★
Rosamond 1795 ★★★★
Thea 1873 ★★★★

COOKSON Catherine
L'orpheline 1886 ★★★★★
La fillc sans nom 1992 ★★★★
L'homme qui pleurait 2048 ★★★★
Le mariage de Tilly 2219 ★★★★
Le destin de Tilly Trotter 2273 ★★★
Le long corridor 2334 ★★★

COSCARELLI Kate — *Destins de femmes* 2039 ★★★★
DAILEY Janet — *Le solitaire* 1580 ★★★★
La Texane 1777 ★★★★
Les ailes d'argent 2258 ★★★★★
La saga des Calder :
- *La dynastie Calder* 1659 ★★★★
- *Le ranch Calder* 2029 ★★★★
- *Prisonniers du bonheur* 2101 ★★★★
- *Le dernier des Calder* 2161 ★★★★

DESMAREST Marie-Anne — *Torrents* 970 ★★★
GOLON Anne et Serge — *Angélique marquise des Anges* 667 ★★★ & 668 ★★★
Indomptable Angélique 673 ★★★ & 674 ★★★
Angélique à Québec 1410 ★★★★ & 1411 ★★★★ & 1412 ★★★★
Angélique - La route de l'espoir 1914 ★★★★ & 1915 ★★★★

HOLT Victoria — *La lande sans étoiles* 2007 ★★★★
LAKER Rosalind — *La femme de Brighton* 2190 ★★★★
Le sentier d'émeraudes 2351 ★★★★★

LINDSEY Johanna — *Le vent sauvage* 2241 ★★★
MATTHEWS Patricia — *Danser ses rêves* 1901 ★★★★
L'éveil de l'aube 2081 ★★★★
L'écume des passions 2116 ★★★★

MONSIGNY Jacqueline — *Michigan Mélodie (Un mariage à la carte)* 1289 ★★
L'amour dingue 1833 ★★★
Le palais du désert 1885 ★★

NICOLSON Catherine — *Tous les désirs d'une femme* 2303 ★★★★
ROGERS Rosemary — *Amour tendre, amour sauvage* 952 ★★★★
Jeux d'amour 1371 ★★★★
Au vent des passions 1668 ★★★★

STANFILL Francesca — *Une passion fatale* 2320 ★★★★
STEEL Danielle — *Un monde de rêve* 1733 ★★★
Celle qui s'ignorait 1749 ★★★★★
L'anneau de Cassandra 1808 ★★★★
Palomino 2070 ★★★
Souvenirs d'amour 2175 ★★★★★
Maintenant et pour toujours 2240 ★★★★★★

WOODIWISS Kathleen E. — *Quand l'ouragan s'apaise* 772 ★★★★
Une rose en hiver 1816 ★★★★★
Shanna 1983 ★★★★★

2208

Impression Brodard et Taupin
à La Flèche (Sarthe) le 29 juillet 1988
6769-5 Dépôt légal juillet 1988
ISBN 2-277-22208-9
1er dépôt légal dans la collection : août 1983
Imprimé en France
Editions J'ai lu
27, rue Cassette, 75006 Paris
diffusion France et étranger : Flammarion